LE CHANT DE L'OCÉAN

DU MÊME AUTEUR
CHEZ LE MÊME ÉDITEUR

L'Orpheline du bois des Loups
Les Enfants du Pas du Loup
La Demoiselle des Bories
Le Moulin du Loup
Le Chemin des Falaises
Les Tristes Noces
La Grotte aux fées
Les Ravages de la passion
Les Occupants du domaine

Marie-Bernadette Dupuy

LE CHANT DE L'OCÉAN

Roman

Trésors de France

PRESSES DE LA CITÉ

Production Jeannine Balland

ISBN 978-2-258-09487-1

Presses de la Cité | un département **place des éditeurs**

place des éditeurs

Je te dédie ce livre, à toi, mon cher papa,
le « sage » de notre famille.
Toi que j'aimais tant, tu m'as quittée
comme une colombe s'envole vers l'immensité du ciel.
Ces pages sont tissées de tes souvenirs,
de ces lieux chers à ton cœur,
le petit port du Chapus, les rivages atlantiques
et ces hautes montagnes des Pyrénées.
Autant de beaux décors où tu nous as souvent emmenées,
ma chère maman et moi-même.
A présent, c'est Violaine qui s'y promène…

Prologue

D'un bout à l'autre de l'horizon, la mer est en furie,
immense et déchaînée ! Elle rugit, comme prise de rage
contre les hommes qui peuplent ses rivages.
Par attaques ininterrompues, elle envoie ses vagues impétueuses
contre les rochers, où leur eau verte se brise
en mille éclaboussures, comme des tentacules prêtes à capturer
la moindre créature qui s'approcherait.
Seuls, sur une étroite jetée d'anciens pavés, deux enfants,
innocents et apeurés, contemplent le cœur serré la mer en colère,
sans pouvoir deviner le grand péril qui les menace.
Ce face-à-face dérisoire n'a pas de témoin,
hélas, car un drame va se jouer…

1

La chanson de l'océan

Bourcefranc, pointe du Chapus, septembre 1928

— Violaine ! Plus vite ! Cours ! s'égosilla François qui tenait la fillette par la main.

Les deux gamins, âgés de six ans, avaient déjà de l'eau jusqu'à la taille. Les vagues les cernaient, celles de la marée montante, la plus forte du mois.

— La mer est méchante, aujourd'hui ! gémit la petite, secouée de gros sanglots d'angoisse.

François tentait de rejoindre le passage empierré reliant le fort Louvois à la pointe du Chapus, leur village. Il leur restait plusieurs mètres à parcourir. L'Océan déchaîné, furieux et grondeur, les distançait. Les enfants luttaient contre la force du courant, ralentissant au fur et à mesure que l'eau montait. Soudain déferla une lame puissante, plus haute et plus profonde que les précédentes. Dans un remous éclaboussant, elle renversa le garçon. Malgré ses efforts désespérés, il lâcha la main de la fillette. Celle-ci fut aussitôt submergée par une masse d'eau mêlée d'algues brunes.

— Violaine ! hurla François.

Il avait réussi à se remettre debout, et, suffoquant, ses cheveux noirs ruisselant, il regardait autour de lui, cherchant la moindre trace de Violaine à la surface de l'eau. Un instant, il crut voir s'agiter sa robe jaune, la tache de ses longs cheveux blond roux… Puis, plus rien. L'Océan victorieux avait emporté la fillette au sein de ses ténèbres vertes.

La mer, si familière pour les enfants du Chapus, était devenue un monde effrayant dans lequel Violaine se débattait, ballottée sur un lit de sable et de galets. Elle se sentait emportée vers le large. Ses grands yeux bleus fermés, le souffle coupé, l'enfant gardait la bouche close, sachant, comme bien des gosses du bord de mer, qu'il ne fallait pas avaler d'eau.

Mais l'affolement, la peur panique de mourir vinrent à bout de son courage. Elle n'avait qu'un cri au bord des lèvres : « Maman ! » qu'elle ne put retenir davantage. Aussitôt, un liquide salé, amer, lui emplit les poumons, tandis que des courants violents la roulaient et la retournaient, poussant son corps menu vers les rochers du fort Louvois. François avait enfin atteint la chaussée pavée, vieille de plusieurs siècles. Des vagues s'y abattaient violemment, mais sans réussir à gêner la course éperdue du petit qui, désespéré, cherchait à rejoindre ses sœurs. Il agitait les bras, essayant d'attirer leur attention, et criait de toutes ses forces :

— Au secours, au secours ! Mariette ! Nicole !

Des larmes de détresse coulaient sur ses joues. Fils de pêcheur, élevé à quelques dizaines de mètres de l'Océan, François avait écouté à la veillée tant de récits de noyades qu'il pensait Violaine perdue à jamais. Son cœur si jeune n'avait pas encore connu de vrai chagrin et cette douleur intolérable le dominait tout entier. Ne plus voir Violaine, ne plus jouer avec elle… Il l'aimait tant ! Sa mère, Guillemette, lui avait raconté qu'elle avait nourri la fillette au sein, en même temps que lui. Elle lui répétait souvent :

« C'est ta sœur de lait, François ! Tu dois bien veiller sur elle, la protéger… »

Mais, cette fois, il n'avait pas pu défendre Violaine. L'Océan en furie avait été plus rapide et tellement puissant ! Alors, sans force, il courait, trébuchait, reprenait sa course folle, appelant encore et encore… Tout était de sa faute ! C'était lui qui avait entraîné Violaine aussi loin, presque vers le bord du coureau d'Oléron[1], là où les bateaux, pinasses et petits vapeurs circulaient sur un haut-fond, même à marée basse.

---

1. Chenal navigable entre les hauts-fonds.

Deux adolescentes surgirent, lui barrant la route. Mariette et Nicole, ses sœurs aînées, les joues rouges et le souffle court, le saisirent chacune par un bras.

— Où est Violaine ? On vous a vus, là-bas ! La petite a disparu ? C'est ça, François ? Parle, bon sang ! cria Nicole.

— François ! bredouilla Mariette. Montre-nous où elle a coulé ! Vite, je t'en prie !

Le garçonnet se mit à sangloter, incapable d'articuler un seul mot. Tremblant, il tendit un doigt vers l'étendue verte et brune, agitée de grosses vagues.

— Sainte Vierge Marie ! marmonna Nicole. Elle va se noyer… Il faut la retrouver ! Mariette, va prévenir ses parents… et maman ! C'est notre faute aussi, on devait surveiller les petits… Maman ne nous le pardonnera jamais et Gabrielle… mon Dieu, je n'oserai plus la regarder en face de ma vie !

— J'y vais ! balbutia Mariette qui pleurait aussi fort que son frère. Toi, François, préviens les gars du port, qu'ils mettent une pinasse à l'eau.

Violaine ne savait pas comment elle avait pu remonter à la surface. Cela n'avait duré qu'une poignée de secondes, sans doute, mais elle avait réussi à aspirer une bouffée d'air avant de couler à nouveau. Durant les quelques instants hors de l'eau, la fillette avait cru entendre quelque chose, comme un cri plaintif, mais la mer l'avait aussitôt reprise et ne la laisserait plus lui échapper. L'enfant lutta encore, revoyant en un éclair le joli visage de sa maman, le sourire de son père… Sa dernière pensée, tandis qu'elle sombrait dans un monde obscur, fut pour l'Océan. Elle le prenait pour son grand ami, avant… Elle aimait le contempler, perchée sur les épaules de son père lors de leurs promenades. Chaque jour avec François, elle ne craignait pas de patauger dans ses larges flaques où ils s'amusaient à pêcher des crevettes. Une douleur à la jambe ranima Violaine. Puis ce fut son épaule que des dents mordillaient. Quelque chose l'entraînait. La fillette s'abandonna.

Un instant plus tard, le vent lui caressa le visage et elle put à nouveau respirer l'air frais du large. Ouvrant alors les yeux, elle vit le ciel d'un gris bleuté, les mouettes qui volaient, la tour du fort Louvois.

— Maman ! gémit-elle faiblement. Maman, viens vite.

Violaine devina qui était là, et pourquoi elle restait la tête hors de l'eau. Tout près de sa joue, elle apercevait une forme blanche, des poils mouillés.

— Vénus ! Ma bonne Vénus... bredouilla-t-elle.

La chienne n'avait pas la force de ramener l'enfant vers la côte, mais elle la tenait fermement par le col de sa veste et, frénétiquement, battait des pattes pour ne pas couler avec la petite.

— Un bateau... murmura Violaine en levant un bras.

Un attroupement s'était formé à la pointe du Chapus, à l'endroit où la chaussée de pierre disparaissait sous les assauts de la marée. Gabrielle, la mère de Violaine, une grande et fine jeune femme brune, au profond regard vert d'ordinaire plein de douceur, écrasait sa bouche d'un poing crispé pour étouffer un hurlement de détresse. Elle n'avait que cette enfant et, à vingt-cinq ans, n'en voulait pas d'autre. Alors, la perdre ainsi ! C'était si épouvantable qu'elle aurait pu se jeter à la mer aussitôt, et y mourir aussi.

Près d'elle, Guillemette, qui connaissait bien Gabrielle, la soutenait d'une poigne ferme tout en guettant la surface de l'Océan. D'épais cheveux noirs retenus par un foulard rouge, des yeux sombres, brillants d'une terreur rageuse, c'était une jolie femme de taille moyenne, robuste et très vive. Ses filles, Mariette et Nicole, tentaient de consoler le malheureux François, toujours en larmes.

Guillemette avait trente-cinq ans et six enfants, ce qui suscitait l'admiration du village et de Gabrielle, non pas que ce fût rare d'avoir une telle progéniture, mais parce que cette femme énergique et généreuse ne chômait jamais, aussi douée pour la cuisine que pour la discipline.

Guillemette, comme toutes les personnes présentes, scrutait l'horizon, à l'affût du moindre indice, de la plus petite tache colorée à la surface de l'eau. Tout à coup, elle s'écria :

— Mon Dieu ! Gaby, je vois un point blanc, là, à gauche... Qu'est-ce que c'est ? Dis, comment était-elle habillée aujourd'hui ?

La mère de Violaine s'avança. Elle avait beau chercher, elle ne distinguait rien, la vue brouillée de lourdes larmes amères. D'une voix tremblante, elle réussit à répondre :

— Ma pitchoune portait un bonnet bleu, que j'avais taillé dans une de mes anciennes robes... Bleu avec un liseré de dentelle ! Mon Dieu, rendez-moi ma petite, par pitié !

D'autres femmes du village attendaient à quelques pas, ainsi qu'un vieil homme, dont les chaluts ne servaient plus depuis longtemps, excepté à décorer les murs de sa cabane. L'Océan n'avait plus de secret pour lui : une vie entière passée à le côtoyer lui avait fait mesurer la faiblesse des hommes face à une telle puissance. Nul ne peut résister à l'Océan lorsqu'il se déchaîne. Otant à peine la pipe de ses lèvres, il marmonna :

— La mer est mauvaise... La gamine a dû être emportée vers Maumusson !

A ces mots, Guillemette et Gabrielle, d'un même mouvement de tête, se tournèrent vers l'île d'Oléron, juste en face d'elles. La pointe de l'île, appelée Maumusson, était réputée pour ses courants dangereux. Imaginer leur petite Violaine brassée par les lames de fond, sous cette masse d'eau, les plongea dans un chagrin infini mêlé d'un sentiment d'impuissance.

— Je me sens mal ! souffla Gabrielle. Mes jambes ne me portent plus... Si je perds ma petiote, je vais mourir sur l'heure ! Ma seule enfant... noyée ! Oh, mon Dieu, je vous en supplie, protégez-la !

Guillemette, livide, attira sa voisine contre elle, la maintenant debout. Son regard d'une fixité terrible s'attachait à la silhouette de la pinasse qui poursuivait sa route, soulevée par les crêtes des vagues. Elle tenta de rassurer Gabrielle :

— Henri et Octave font de leur mieux ! Nos maris connaissent le secteur par cœur.

Mariette les bouscula brusquement. Surprise, l'assistance vit l'adolescente, d'ordinaire si réservée, retrousser ses jupons et entrer dans l'eau presque jusqu'à la taille. Enfin, elle pointa un doigt dans la direction du petit bateau en s'exclamant :

— Là-bas, voyez donc ! Du jaune, du blanc... Je crois que ce sont les cheveux de Violaine. Et le point blanc, c'est Vénus ! Oh ! Papa les remonte sur la pinasse ! Maman... Gaby, c'est un miracle ! Un vrai miracle !

Après les chuchotis navrés, les reniflements et les prières, ce fut une explosion de joie incrédule ! François, tout pâle, s'approcha lentement de Guillemette et lui prit la main. Mais celle-ci, à moitié ivre de soulagement, le gifla à toute volée.

— Dis-moi un peu, garnement ! Mariette t'a vu emmener Violaine vers le coureau ! Je t'avais interdit de dépasser le fort...

D'une pâleur mortelle et les mains jointes, Gabrielle remerciait Dieu et la Sainte Vierge de lui ramener au moins le corps de sa fille.

— Madame Gaby, j'ai vu Violaine bouger, sur la pinasse ! Elle est vivante, bien vivante ! cria Nicole, rose d'émotion. Regardez, ils reviennent...

— Je veux en être sûre avant de me réjouir ! répondit d'une voix tremblante Gabrielle. A cette distance, ma pauvre Nicole, tu as pu te tromper.

Guillemette, une main en visière, se mit à crier :

— Ma chienne ! La brave bête ! Je la vois comme je vous vois... Elle est allée au secours de la petite, je vous dis, au risque de se noyer aussi... Sinon, pourquoi serait-elle là-bas ? Hein ?

François, la joue marbrée de traces rouges, trépignait d'impatience. Chaque seconde de cette attente lui semblait s'éterniser, trop terrible à supporter après une telle peur. Pourtant, la pinasse, portée par la marée et le vent, rentrait à bonne allure. Avec la foi des tout jeunes enfants, il était persuadé que Violaine était vivante. Vénus, leur chienne, l'avait sauvée.

Dix minutes plus tard, dans le port du Chapus, Henri Plantier se hissa sur le quai, sa fille dans ses bras, serrée contre sa poitrine. Henri était un homme séduisant, le teint mat, les yeux couleur de châtaigne mûre et les traits fins. D'ordinaire, Gabrielle aimait prendre le temps de le regarder, à chacun de ses retours, avant de l'accueillir tendrement. Mais cette fois elle se précipita, aveuglée par ses larmes.

— Donne-la-moi, vite ! Ma pitchoune... Ma mignonne, mon amour, mon trésor !

— Gaby, tout va bien. Elle est sous le choc, mais elle respire ! murmura Henri d'un air halluciné. Cette brave chienne lui tenait la tête hors de l'eau.

Octave Lignet, le mari de Guillemette, approcha à son tour. Trapu, d'une demi-tête de moins que sa femme, il était sujet à l'embonpoint tant il aimait sa cuisine. Il était connu au pays pour son mauvais caractère et son franc-parler. Lissant sa moustache du bout des doigts, il déclara d'un ton grave :

— Parole, je ne lui mettrai plus de coup de pied où je pense, à cette bête ! Tu m'entends, Vénus ? Ce soir, tu auras droit à un morceau de lard. Et je t'en choisirai un beau, tu peux me croire...

Tous ceux qui avaient assisté au sauvetage entouraient Octave et Henri, les pressant de questions. Les discussions, les éclats de voix, les exclamations des uns et des autres n'atteignaient pas Gabrielle. Elle marchait à grandes enjambées sur la jetée, son enfant dans les bras.

— Je vais te réchauffer, ma chérie, sécher tes cheveux, te faire boire du bouillon. Et demain, j'irai allumer six cierges à l'église Saint-Louis ; tant pis pour la dépense, ma pitchoune... Six cierges, puisque tu as six ans ! Oh, ma petite fille à moi, dire que tu as failli mourir... Qu'est-ce que je serais devenue, sans toi ?

La fillette, somnolente, ouvrit les yeux. Les paroles caressantes de sa mère et la chaleur de ses baisers la ramenaient peu à peu du côté des vivants. Elle murmura :

— Maman, maman !...

Nicole avait rattrapé Gabrielle en courant. Elle venait d'avoir quatorze ans. Gracieuse, vive, c'était la préférée de Violaine parmi les filles de Guillemette.

— Madame Gaby, je suis venue vous aider. Attendez, j'ouvre la porte… Je vais ranimer le poêle. Il faudrait rincer la petite, ses cheveux sont poissés de sel.

Gabrielle acquiesça d'un signe de tête. Elles s'affairèrent ensemble, avec des gestes précis, précautionneux et pleins de tendresse. Violaine, lavée à l'eau douce et chaude, frictionnée, fut bientôt enveloppée d'une couverture et installée près du Godin, dont la lucarne rougeoyait.

— Parle-moi, ma chérie ! supplia Gabrielle en lui apportant un bol de soupe. On dirait que tu ne me reconnais pas.

— Si, maman ! bredouilla l'enfant. J'ai eu si peur… La mer m'a fait mal… elle était méchante…

Nicole poussa un soupir de soulagement et vint embrasser la fillette, les larmes aux yeux.

— Ah ! Tu retrouves ta langue ! Et moi, tu me reconnais ? ta Nicole ?

Violaine ouvrit grand ses prunelles d'un bleu intense. Elle regarda sa mère, puis la jeune fille aux cheveux châtains, qui bouclaient si joliment.

— Faut pas me punir ! gémit-elle. Je courais, mais la vague, elle m'a fait tomber.

Au même instant, Henri Plantier, Octave, Guillemette et Mariette entrèrent dans la pièce et, d'une seule voix, questionnèrent :

— Alors, comment va notre pitchounette ?

Seul François, resté en arrière, se taisait. Guillemette posa sur le sol grossièrement pavé un paquet informe d'où dépassait une queue blanche.

— Je me suis occupée de ma Vénus ! clama-t-elle. On aurait dit un gros rat mouillé de partout.

Gabrielle, voyant sa fille sourire, se redressa. Très solennellement, elle se dirigea vers la chienne, toujours emmitouflée, et la contempla longuement.

— Merci, Vénus ! Merci…

Encore sous le choc, à peine remise de la terrible peur qu'elle avait ressentie, la jeune femme s'affaissa soudain sur les genoux, prise d'un malaise. Son mari, aussi brun qu'elle et à peine plus grand, la releva avec précaution.

— Ma Gaby ! Moi aussi j'ai cru mourir de chagrin, quand j'ai su que la petite avait été emportée au large. Remets-toi, ma douce, notre Violaine est là, saine et sauve !

Henri ponctua ces mots d'un baiser sur les lèvres blêmes de son épouse. Son regard de velours sombre l'enveloppait d'une tendresse infinie.

L'accident dont parlait tout le Chapus avait eu lieu avant midi. Les heures suivantes, Violaine et Vénus devinrent le centre des discussions et les héroïnes du village. La fillette, assise au soleil devant la maison familiale, reçut beaucoup de visites. Ses parents l'avaient installée là car il faisait encore chaud en cette fin d'été. La chienne, couchée à ses pieds, digérait paisiblement, car on l'avait gâtée de biscuits, de pain dur et de lait. Gabrielle, installée sur un tabouret, veillait sur les deux rescapées en reprisant des draps.

Les vieux pêcheurs défilèrent, racontant leurs histoires de noyades, de bateaux coulés à la pointe de Chassiron, au bout de l'île d'Oléron.

Des femmes de Bourcefranc, une bourgade proche d'à peine un kilomètre, se déplacèrent, curieuses et bavardes. Leurs coiffes blanches oscillant au vent, elles venaient aux nouvelles et, pourquoi pas, causer un peu.

— Tu l'as échappé belle, ma poulette !

— Ah, ça aurait été un malheur de la perdre, cette petite ! Regardez-moi donc ces beaux cheveux qu'elle a, blonds ou roux, on ne sait point…

— Et cette brave chienne, qui a sauvé la gosse ! Monsieur le curé a dit qu'il aurait de quoi raconter, dimanche, à la messe !

Violaine écoutait et souriait, intimidée. Sur chaque visiteur, elle dardait son regard bleu de porcelaine, fronçant parfois le nez lorsqu'un discours lui semblait longuet. Elle n'avait jamais vu autant de monde à la fois.

Enfin une femme approcha, très élégante. Gabrielle chuchota à sa fille :

— Oh, ma chérie, vois un peu qui vient ! C'est madame Duplessis. Sois bien polie, surtout, et remercie-la.

Violaine avait appris à marcher, à parler et, en même temps, à remercier la belle femme du notaire. Elise Duplessis pratiquait en effet la charité, sans mesure aucune selon son sévère époux. La famille Plantier, composée de Gaby, d'Henri et de Violaine, avait droit à tout son intérêt, et cet état de choses intriguait bien des gens au pays. Ignorant les regards curieux de l'assistance, madame Duplessis s'arrêta devant la mère de Violaine.

— Bonjour, ma pauvre Gabrielle ! Et toi, chère petite, comment te sens-tu après ce terrible accident ?

— Bien, madame. Merci beaucoup.

Elise hocha la tête en contemplant le tableau que formaient la mère, sa fille et la chienne.

— Guillemette m'a mise au courant aussitôt ! Ma bonne Gabrielle, combien vous avez dû pleurer... Si je savais mon petit Edouard, mon fils unique, aux prises avec l'Océan, j'en perdrais la raison !

— C'est l'impression que j'ai eue, madame ! répliqua Gaby avec un regard effaré. Ma seule enfant... noyée ! Et tous ces gens qui marmonnaient des horreurs autour de moi ! Qu'on ne retrouverait pas son corps ; que le courant l'emporterait vers le grand large, ou sur les rochers ; que les crabes la mangeraient...

Violaine s'agita. Elle se sentait rétablie et brûlait de courir chez les voisins pour revoir François. Il était puni, enfermé à double tour dans la chambre du fond. Octave Lignet et Guillemette en avaient décidé ainsi...

— N'y pensez plus, Gabrielle ! disait Elise Duplessis. Ah, si vous saviez combien j'aurais préféré vous garder à mon service... Vous seriez maintenant à la place de Charlotte, que je trouve un peu fière pour une bonne ; elle joue les gouvernantes. Heureusement, cette brave Guillemette ne s'en laisse pas conter !

Gabrielle approuva en silence. Elle se souvenait des mois passés au service des Duplessis. Le notaire habitait une des plus belles maisons de Bourcefranc, où abondaient les meubles cossus, les tentures, les objets de valeur…

— Je suis très heureuse comme ça, madame ! déclara-t-elle. Henri est le meilleur des maris. Et son métier de pêcheur, il y tient beaucoup ! Pas autant qu'à notre Violaine, quand même…

Elise dévisagea intensément la fillette.

— Edouard t'envoie ses amitiés ! murmura-t-elle. Et autre chose…

La jeune femme rectifia une mèche de son chignon, puis elle tendit un panier à Violaine.

— Voici des caramels et des raisins, ma jolie, une belle brioche aussi. Tu en donneras un morceau à Vénus, puisque cette gentille bête t'a sauvé la vie.

— Merci, madame ! bredouilla Violaine. Merci très fort.

Gabrielle félicita sa fille d'un regard. Elise Duplessis ôta ses gants de cuir fin et caressa les magnifiques cheveux dorés de l'enfant.

— En tout cas, tu as été courageuse ! Maintenant il faudra être bien sage, n'est-ce pas, car tous ceux qui t'aiment ont eu très peur pour toi. C'est promis ?

— Oui, madame Duplessis !

Satisfaite, la jeune femme recula d'un pas. Gabrielle la vit observer d'un air triste le mur blanchi à la chaux de leur humble maison. Ils étaient logés par le maître mareyeur Olivier Bonaventure, bien connu dans le pays pour son avarice. En contrepartie, Henri, employé toute l'année comme ouvrier ostréiculteur, ne recevait qu'un très maigre salaire et son épouse devait trier les plus belles huîtres destinées à la vente. Elle s'acquittait de cette tâche en compagnie de la « brave Guillemette », sa voisine et amie, liée au même patron par un contrat identique.

— Au revoir, Gabrielle ! Demain, Charlotte vous portera un bon morceau de viande et des vêtements d'Edouard que j'ai triés ce matin. Violaine en aura besoin cet hiver…

— Je vous remercie de tout cœur, madame ! murmura Gabrielle.

Puis elle regarda, avec une étrange expression, empreinte de colère et de pitié, la visiteuse qui s'éloignait de sa démarche gracieuse.

Henri, bien que bouleversé par les événements de la matinée, était reparti dès la marée basse sur les parcs à huîtres. Ici, le ramassage et la surveillance des coquillages se conjuguaient au quotidien. Aucune excuse n'aurait pu justifier l'absence d'un des employés du maître mareyeur.

Il revint le soir, juste avant la nuit, maculé de boue verdâtre, comme tous ceux qui travaillaient sur les parcs, souvent envahis par la vase.

— Comment va la petite ? demanda-t-il en enlevant ses godillots boueux.

— Notre chérie a eu de la visite tout le jour ! s'étonna Gabrielle. Même madame Duplessis est venue lui porter des douceurs et la cajoler...

— Oh, celle-là, fit Henri, il faut toujours qu'elle mette son nez partout.

Gabrielle lança un coup d'œil inquiet à son mari. Elle ajouta d'un ton conciliant :

— Ton patron est passé aussi. Il m'a donné une belle dorade. Tu vois bien qu'il n'est pas si pingre que ça !

— Tu sais, cette dorade, il n'en a pas besoin, sinon il ne nous en aurait pas fait cadeau... marmonna son mari.

Violaine, qui était à table et mangeait sa soupe, claironna :

— Mon papa ! Je t'ai gardé de la brioche, pour ton dessert. Mais maman en a donné un peu à Vénus.

— Elle le mérite, va ! s'écria son père. Je parie que notre brave Guillemette est venue la récupérer sitôt rentrée de chez le notaire.

— Bien sûr ! répondit Gabrielle. Allez, viens te réchauffer près du poêle. Je te servirai le repas quand la petiote ira au lit. Elle n'en peut plus de fatigue.

Violaine bâilla, comme pour donner raison à sa mère. L'enfant avait hâte de se retrouver au lit, bercée par la chanson des vagues qui, nuit et jour, montait jusqu'à eux. L'Océan était si proche… juste au bout de la jetée. Parfois, quand le vent de noroît soufflait, le couple avait l'impression que la mer allait frapper à leur porte, après avoir dévasté le port et les autres maisons, pourtant basses et trapues.

Violaine aimait tout particulièrement ces nuits de tempête, car elle se sentait bien à l'abri dans son « nid ». Ses parents avaient baptisé ainsi un recoin aménagé pour elle, garni d'un lit et d'une chaise. Les cloisons étaient calfeutrées de tapis aux couleurs vives, laissant juste deviner une étroite fenêtre. Le Godin tout proche y maintenait une température convenable.

La petite aimait se blottir sous les couvertures tandis que l'Océan mugissait, que la pluie frappait aux volets. Elle s'endormait alors avec un sourire paisible aux lèvres, emportant dans ses rêves l'image de la lucarne rouge de braises du poêle, qu'elle avait longuement contemplée.

Henri, avant de s'asseoir près du Godin, souleva le couvercle d'une marmite cabossée. Le bouillon frémissait, garni de thym, de carottes, d'un oignon. Il distingua parmi les légumes d'épaisses tranches de poisson. Il huma avec plaisir la vapeur parfumée.

— Dis donc, c'est fête, ce soir !

— Oui ! Grâce à ton patron, quoi que tu en penses… et à madame Duplessis qui a le cœur sur la main ! s'écria Gabrielle. Nous lui devons tant.

— J'estime ne rien devoir aux Duplessis ! rétorqua Henri d'une voix altérée. Sauf une chose ! Tu me comprends…

La jeune femme haussa les épaules sans répondre. Elle prit une assiette dans l'évier et l'essuya d'un geste nerveux. La pièce était sombre et sommairement aménagée. Sous la fenêtre se dressait un énorme évier en pierre ; contre les murs, une maie et un solide bahut. Au centre trônait la table. Une porte s'ouvrait sur la chambre du couple où, l'hiver, régnait un froid glacial. Henri et Gabrielle s'en accommodaient, mais ils toussaient beaucoup de novembre à mars. Comme disait le père de Violaine :

« Ici, on chauffe les courants d'air ! »

Violaine bâillait de plus belle. Les Plantier avaient à peine terminé leur soupe quand on frappa à la porte, trois coups sonores aussitôt suivis d'un retentissant :

— Eh ! Gabrielle ! C'est Guillemette !

— Entre donc ! répondit Henri. Ce sont des manières de bourgeois de s'annoncer comme ça...

La porte s'ouvrit à la volée sur leur voisine. Guillemette souriait, un châle bleu cachant à demi la masse ondulée de ses cheveux bruns. Elle avait un petit panier calé contre sa hanche. Violaine descendit vite de sa chaise pour se pendre à ses jupes. On lui avait souvent dit qu'elle avait tété le sein de cette femme énergique et dévouée, si bien qu'elle la considérait comme sa seconde mère. La petite avait raccourci le prénom usuel à sa convenance.

— Ma bonne Guillette ! Tu m'apportes de la galette ?

— On ne peut rien te cacher, pitchounette ! J'en avais fait cuire de trop, alors j'ai pensé à mes amis... Et Vénus m'a suivie, bien sûr.

— Ce n'est pas moi qui m'en plaindrai ! s'écria Gabrielle.

La chienne remua la queue en levant sur sa maîtresse un regard brillant d'adoration. En son absence, et Dieu sait combien cette femme active se déplaçait dans le bourg et alentour, Vénus gardait la maison ou les enfants, mais la seule personne qui comptait vraiment était Guillemette.

— Assieds-toi donc avec nous ! proposa Gabrielle. Tu es sûre que tu ne prives pas tes petits en nous apportant du dessert ?

Guillemette prit Violaine sur ses genoux et déclara de sa voix bien timbrée :

— Quand je pense que mon François a failli faire noyer cette mignonne ! Je lui ai tiré les oreilles, à ce garnement. Et ce soir, du pain sec. Son père l'a fessé d'avoir désobéi, si fort que Nicole pleurait. Je ne lui donne pas tort, à mon homme. Ils ont peut-être le même âge, mais Violaine n'aurait jamais été de ce côté-là toute seule, hein, ma chérie ?

Du discours de Guillemette, la fillette n'avait retenu qu'une seule chose : François, qu'elle aimait comme son frère, avait été battu. Elle bredouilla :

— C'est moi qui voulais...

Henri éclata de rire. La mimique audacieuse de Violaine l'amusait. Il se leva pour chercher une tasse.

— Si la petite le dit, c'est la vérité. Ton François, elle le mène par le bout du nez. Le miracle, c'est que ta chienne se soit jetée à l'eau pour sauver la petite. Tu boiras bien une chicorée avec nous ?

— Ce n'est pas de refus ! affirma Guillemette. Après toutes ces émotions, j'ai l'estomac retourné. Ce qu'on se demandait, Octave et moi, c'est comment Vénus a pu nager aussi loin... La chienne a l'habitude de surveiller ma marmaille, quand ils sont de corvée de ramassage. Faut dire qu'à eux six ils m'en ramènent des kilos, et comme monsieur Bonaventure achète les coquillages au poids, je les envoie sur les parcs dès que la marée est basse.

Henri s'appuya au dossier de sa chaise avec un gros soupir.

— Nous l'avons déjà vue à l'œuvre, Vénus. Elle aboie dès que les vagues reviennent et que la mer monte. Cette bête a autant de cervelle que nous, parole ! A mon avis, ce matin, elle a vu notre Violaine emportée par la marée et elle n'a pas hésité une seconde. Elle s'est mise à l'eau.

Ils regardèrent tous la chienne dont le pelage blanc, parsemé de quelques taches noires, luisait sous la lampe. Il y aurait bientôt quatre ans que Vénus, de race setter, était entrée chez les Lignet. Guillemette l'avait recueillie tout bébé sur le marché de Saint-Just-Luzac. Depuis, Vénus faisait partie de la famille, secondant Guillemette dans la surveillance des enfants. Gabrielle se pencha pour la caresser. Puis elle reporta son attention sur sa voisine, impressionnée par sa capacité de travail.

— Ma Guillemette ! s'écria-t-elle enfin. Vrai, tu me surprendras toujours. Depuis que je te connais, je ne t'ai jamais vue en repos. Quand je passe chez toi, je te trouve soit au repassage, soit à la couture, et par-dessus le marché, tu cuisines des galettes pour un régiment !

— Si je te répondais que je n'ai pas le choix, Gaby ! Mon homme m'a fait de solides gamins, je dois les élever de façon correcte. Toutes ces bouches à nourrir, matin, midi et soir, ça m'empêche de baisser les bras…

Sur ces mots, leur voisine sortit du panier la fameuse galette, ronde et dorée, dont la bonne odeur se répandit dans la petite pièce.

Violaine se laissa glisser au sol et trottina vers la chienne. Elle ne résistait pas au plaisir de la caresser, car ses poils étaient particulièrement soyeux.

— Gentille Vénus ! dit-elle bien fort. Je t'aime beaucoup.

— Reviens à table, Violaine ! ordonna Henri.

La petite s'empressa d'obéir. Guillemette coupa la pâtisserie et distribua les parts. Chacun savoura en silence la pâte friable dont la saveur se partageait entre le goût du beurre et celui du sucre roux.

— Comment fais-tu pour acheter autant de beurre ? s'étonna Gabrielle.

— Mais ça ne me coûte pas un sou ! protesta Guillemette avec un regard malicieux. Nicole et Mariette pêchent des chancres dans les rochers du Daire, en basses eaux. Elles en portent deux paniers à l'épicerie, contre de la farine blanche et une livre de beurre. Pour l'anniversaire de François, le dix du mois prochain, je ferai une chaudrée et du fromager.

Gabrielle protesta en souriant :

— Si nous fêtions celui de Violaine en même temps, il y aurait moins de dépenses… Et puis, ils ont été baptisés ensemble.

Cette dernière remarque les ramena dans le passé, quelques années auparavant. Silencieux, tous trois se remémoraient ce beau dimanche de novembre 1921, où le soleil brillait sur le village du Chapus. Gabrielle, à peine remise d'un accouchement laborieux, portait Violaine contre son cœur. Guillemette tenait fièrement François, âgé d'un mois. Les bébés, vêtus de dentelles blanches, avaient reçu le baptême sous la voûte de l'église Saint-Louis. La cloche de bronze, fondue en 1604, avait annoncé l'événement à tous les hameaux voisins : la Pimpelière, la Sainceaudière, le Châtain…

Elise Duplessis avait assisté à la cérémonie, son fils Edouard assis à ses côtés. A l'époque, ce bambin de santé fragile commençait juste à marcher, alors qu'il avait deux ans passés. La femme du notaire, pieuse et peu soucieuse des différences sociales, avait offert aux Plantier comme aux Lignet une bouteille de champagne et de la layette fine, qui avait servi à son propre enfant.

Ce fut aussi cette journée-là que Guillemette, apitoyée par l'état de faiblesse de Gabrielle, lui avait proposé d'allaiter Violaine, assurant qu'elle avait trop de lait pour un seul nourrisson.

Henri fut le premier à rompre le silence de la maisonnée.

— Ah, soupira-t-il, nous pensions tous à la même chose, cette foutue année 1921…

Gabrielle fit les gros yeux à son mari. Elle n'appréciait pas les jurons.

— Nous avions une jolie petite fille, déclara-t-elle, et malgré la crise, nous étions bien heureux !

Violaine écoutait avec intérêt, malgré des paupières chargées de sommeil qui clignaient de plus en plus souvent. Guillemette le remarqua.

— La petite s'endort sur sa chaise ! Si tu la mettais au lit, Gabrielle ! Je t'attends…

Gabrielle souleva son enfant et la conduisit dans le réduit. Elle la déshabilla rapidement et lui enfila une longue chemise de nuit. Elle tapota son lit, secoua l'édredon.

— Ma Violaine, il faut dire le *Notre Père*, et le *Je vous salue, Marie…*

La petite fille commença, d'une voix douce :

— *Notre père qui êtes aux cieux, que votre règne vienne, que votre nom soit sanctifié, que votre volonté soit faite, sur la terre comme au ciel…*

Le ton faiblissait ; la fillette, très fatiguée, s'endormait presque. Gabrielle lui caressa la joue :

— Maintenant, remercions le Créateur pour ce qu'il nous a redonné en ce jour… ta jeune vie si précieuse, ma chérie.

Violaine s'exécuta, mais elle ajouta :

— Et aussi pour les galettes de ma Guillette, qui sont si bonnes.

Henri et leur invitée entendirent les derniers mots de la fillette et échangèrent un sourire attendri. Gabrielle, pieuse et fervente catholique, ne s'offusqua pas. Elle aida sa fille à s'allonger sous les couvertures et l'embrassa sur le front.

— Le marchand de sable est passé, ma Violaine. Fais de beaux rêves !

— Oui, maman, répondit la fillette en fermant les yeux avec délice. Dis, tu laisses la porte ouverte ?

— Bien sûr, ma mignonne.

Cependant, une grosse voix d'homme empêcha Violaine de s'endormir. Octave, le mari de Guillemette, entra au moment précis où Gabrielle reprenait sa place autour de la table. Cet homme, qui parlait fort et d'un ton rude, intimidait beaucoup l'enfant.

— Nicole et Mariette couchent les petits, alors je suis venu causer un peu ! clama-t-il.

— Eh ! Tu as eu raison, approuva Henri.

Tous deux travaillaient pour Olivier Bonaventure, l'un sur un chalutier, l'autre sur les parcs à huîtres. Ils étaient toujours contents de discuter le soir, après la soupe. Guillemette, qui méprisait l'oisiveté, sortit un tricot et une paire d'aiguilles de son panier.

— Mon Octave, il n'y a pas trois minutes, Henri parlait de cette fichue crève[1] de 1921 ! C'est loin derrière nous, aujourd'hui, grâce à Dieu !

— Voilà bien les femmes ! s'exclama Octave. Moi, je dis que c'était un gros malheur… Toutes nos huîtres mortes, le diable

1. Maladie, perte des huîtres.

seul sait pourquoi... Il s'en est fallu de peu que ce soit la misère dans tout le pays !

Henri alla ouvrir le bahut et sortit une bouteille en disant :

— Une petite goutte ! Ce brave Octave a déjà la langue sèche, je parie. Et puis, on peut bien trinquer un jour pareil, où notre fille a trompé la mort, grâce à Vénus !

Gabrielle fronça ses sourcils dessinés en ailes d'oiseau. Sur son gracieux visage passa une ombre de déception. Elle désapprouvait Henri, car, si Octave buvait un peu de l'eau-de-vie qu'elle gardait précieusement, il monterait le ton, taperait sur la table...

— Voyons, Henri, chuchota-t-elle, ce n'est pas sérieux, prenez plutôt de la chicorée. La petite dort sans doute, n'allez pas me la réveiller.

Mais Violaine ne dormait pas. Elle guettait l'écho des conversations. L'histoire de la grande crise la troublait. Elle avait souvent entendu les adultes en parler à la veillée. Ces événements, qui remontaient au temps de sa naissance, appartenaient un peu à sa vie tout en lui semblant pourtant si éloignés. Elle luttait contre le sommeil pour essayer d'écouter ce que les grands en disaient. Octave évoquait justement ce temps-là :

— Eh oui, on pouvait guider les pinasses n'importe où le long des parcs, tout ce qu'on ramassait dans les casiers était bon à jeter ! Nos belles huîtres avaient la maladie ! J'en avais le cœur brisé, moi ! Le patron m'en causait hier. Sans les naissains[1] de portugaises, tous les bassins de la région couraient à la ruine.

Guillemette et Gabrielle levèrent les yeux au ciel. Henri hocha la tête en ajoutant :

— Monsieur le curé, dans ses papiers, a lu que le Roi-Soleil, un des plus grands, ne voulait à sa table que des huîtres de chez nous. Il y a de ça trois cents ans ! C'est pour dire la qualité qu'elles avaient ! Alors, les portugaises, ces fichues

1. Larves des huîtres.

« creuses », elles nous ont peut-être sauvés, mais le goût est moins fameux. Le Roi-Soleil ! Louis le quatorzième, en voilà un homme sensé, qui fit bâtir notre fort Louvois pour surveiller l'entrée de la Seudre et en amont le port de Rochefort. Du costaud, ce bâtiment-là, il n'est pas prêt de s'écrouler ! Mais nos belles plates, que l'on vendait jusqu'à Paris, elles ont disparu, elles !

Octave tapa sur la table pour appuyer ses propos, ainsi que l'avait prévu Gabrielle qui le sermonna doucement. La chienne posa aussitôt sa tête sur les genoux de sa maîtresse, comme si elle redoutait un coup. Guillemette la caressa pour la rassurer.

— Ne t'en fais pas, ma belle Vénus ! Mais, vois-tu, les hommes se rendent malades pour rien. Ecoute-les, Vénus ! Les parcs se sont regarnis, les claires aussi, mais ils se plaignent encore. Moi, j'ai les doigts rouges et gercés à force de trier les huîtres ! Mais je me moque bien qu'elles soient françaises ou portugaises, tant que les gens des villes les achètent au patron…

Ce furent les mots de sa nourrice que Violaine perçut, à demi endormie. Elle bâilla en se pelotonnant au creux de son lit.

2

Un pays de sel et de vent

Après le départ de leurs voisins, Henri s'étira en bâillant. Comme Gabrielle débarrassait en contournant la table, il en profita pour la saisir par la taille.

— Laisse ça, ma chérie, que nous allions au lit, nous aussi.

La jeune femme se dégagea avec un rire gêné.

— Ne parle pas si fort, Henri. La petite se réveille d'un rien, même la nuit quand tu tousses tant…

— Ne tremble pas ainsi, Gaby ! Violaine ne nous entendra pas. Laisse-moi t'aimer… Je te ferais bien un enfant, moi, tout de suite. L'eau-de-vie m'a revigoré.

Gabrielle esquissa un pauvre sourire. Elle n'ignorait pas les désirs de son mari et tentait d'y répondre… parfois, mais elle n'y trouvait pas les mêmes joies que lui. Surtout, Violaine lui suffisait. Elle marmonna :

— Va te coucher… Je finis de ranger et je te rejoindrai vite.

— Non, tu ne m'auras pas comme ça. Je te connais, va ! Tu attendras que je dorme pour te glisser dans le lit, en faisant attention de ne pas me réveiller. Ma Gaby !

Il se leva et éteignit la lampe à pétrole. La lueur rouge du poêle éclairait suffisamment pour qu'il se dirige vers sa femme. Arrivé devant elle, il l'enlaça avec ardeur et l'embrassa dans le cou.

— Mon bel amour ! supplia-t-il. Ma colombe… N'aie pas peur.

Gabrielle ferma les yeux. Les lèvres de son mari parcouraient la chair délicate de son décolleté. Elle sentit ses mains se glisser dans l'échancrure de son corsage.

— Henri, chuchota-t-elle. Je t'en prie ! Ne me brusque pas, aie pitié.

Mais il ne l'écoutait pas, affolé par ce corps si doux qui lui appartenait devant Dieu et les hommes. Gaby se raidit brusquement. Ces mains d'homme sur sa peau, ce souffle haletant dans son cou... Elle crut revivre le cauchemar qui la hantait. Henri se conduisait comme l'autre.

— Arrête ! sanglota-t-elle tout bas. Je t'en supplie, arrête !

Il se figea sans pour autant desserrer son étreinte. Son désir exacerbé le torturait. Il lui souffla à l'oreille :

— Non, pas cette fois ! Je n'en peux plus. Je te veux toute à moi. Tu es ma femme ! Je voudrais tellement effacer ce qu'il t'a fait, ce salaud !

Gabrielle sentit sa volonté faiblir. Jamais Henri ne lui avait encore parlé ainsi. Durant des années, il s'était efforcé de la respecter, se contentant de quelques brèves étreintes. Elle n'ignorait pas à quel point il en souffrait.

— Gaby, m'aimes-tu ? Aussi fort que je t'aime ?

— Oh oui ! Je t'aime. Tu sais bien que je t'adore, mon Henri. Mais... c'est plus fort que moi ; à chaque fois... Je t'en prie, pardonne-moi...

Il ne répondit pas et l'entraîna vers leur chambre. Gabrielle abandonna la lutte, vaincue par ses mots d'amour et sa volonté d'époux trop souvent délaissé. Avec une sorte de rage désespérée, elle répondit enfin au désir de son mari ; elle chercha les lèvres d'Henri et lui offrit, pour la première fois, un vrai baiser d'amour De nature réservée et pudique, elle ne s'était jamais laissée aller à un tel comportement. Mais, cette fois, elle voulait lui prouver la force de ses sentiments. Elle l'aimait tant !

— Ma tendre chérie ! murmura-t-il. Comme je suis heureux ! Viens, je t'en prie, viens... N'aie pas peur.

Ils s'allongèrent sur le lit, sans dénouer leur étreinte. Henri tremblait de désir, car jamais sa Gaby ne l'avait embrassé ainsi, avec une sorte de passion étonnée. Ce soir-là, il prit le temps de l'aimer. Ses gestes furent tendres et caressants. Il la déshabilla lentement. Pour une fois, son propre désir était à l'écoute des réactions de sa femme, aux prises avec des sensations qu'elle refoulait d'habitude. Enfin consentante, Gaby s'offrait aux caresses, cherchant le contact des mains d'Henri, se tendant vers lui comme pour anéantir le moindre espace entre eux. Jamais elle n'avait ressenti un tel besoin. C'était comme si elle découvrait son corps et ses propres désirs.

— Je ferai attention ! lui souffla-t-il à l'oreille quand elle l'attira sur son corps gracile et tendre.

— Non ! Viens, je t'en prie... Aime-moi ! Et si j'ai un autre enfant, je l'aimerai autant que je t'aime, oh... Henri, mon amour...

La jeune femme arqua son mince corps souple, accompagnant Henri dans le plaisir. Une douce chaleur l'envahit, un long spasme de jouissance la traversa, elle mordit un pli du drap pour contenir un bref cri de joie intense. Henri perçut son plaisir et, bouleversé, il poussa un long gémissement d'extase. Jamais auparavant ils n'avaient partagé une telle intimité. Ils restèrent ensuite liés l'un à l'autre, épuisés et heureux.

— Je ne savais pas, murmura Gabrielle. Pardonne-moi, je t'ai si souvent repoussé.

— Chut, ma chérie ! Je ne t'ai jamais rien reproché.

Ils s'endormirent nus, étroitement enlacés, ce qui ne leur était encore jamais arrivé.

Une semaine plus tard, Gabrielle étendait sa lessive dans l'arrière-cour de la maison. Violaine l'aidait en lui passant les pièces à linge. La jeune femme, levée à l'aube, avait déjà aéré son logement, mis des carottes et des oignons à cuire.

— Mademoiselle Charlotte ne va pas tarder ! dit-elle à sa fille. Fais vite, ma pitchoune.

Violaine prit deux torchons d'un coup et les déposa dans la main de sa mère. Toutes deux entendirent Vénus aboyer. La chienne de Guillemette faisait office de sonnette, car elle signalait, par des jappements sonores, le passage du moindre badaud.

— La voilà ! s'écria Gabrielle. Va donc la faire patienter !

Mais la fillette fit non de la tête, car elle n'aimait pas Charlotte, la bonne des Duplessis, qui portait souvent chez eux des fruits ou des vêtements d'Edouard. Cela arrangeait Gabrielle, mais la gênait également, les mauvaises langues du village prétendant que l'on faisait la charité aux plus miséreux.

Agacée par le caprice de sa fille, Gabrielle termina sa tâche en soupirant, puis elle poussa Violaine vers la porte donnant dans la pièce principale. Mademoiselle Charlotte était déjà entrée et se tenait près du poêle éteint, la mine pincée. Au bourg, on disait volontiers de cette fille arrogante qu'elle se prenait pour une duchesse depuis qu'elle habitait la grande maison du notaire.

Très mince, la taille bien prise dans une robe noire, Charlotte jeta un regard méprisant à Gabrielle. Elle posa un paquet sur la table en marmonnant :

— Voici la viande ! Madame vous offre aussi des fraises et de la crème.

— Vous la remercierez bien de ma part, mademoiselle ! répondit Gabrielle d'un ton poli.

Violaine, silencieuse dans un coin de la pièce, détaillait la toilette de la bonne : son col de dentelle, soigneusement repassé, ses chaussures brillantes, le foulard bleu noué sur ses cheveux châtains qui frisaient un peu aux tempes. La jeune fille avait belle allure, mais son nez busqué et son menton fuyant lui déplaisaient.

Elle peut bien faire des manières, la Charlotte, maman est la plus jolie ! songea la fillette.

La bonne franchissait déjà le seuil de la baraque quand une quinte de toux s'éleva de la chambre. Gabrielle montra aussitôt un air inquiet. Charlotte se retourna, regardant avec une expression de dégoût le décor où vivaient ces gens. Puis elle lança d'un ton froid :

— Madame conduira monsieur Edouard sur la plage, au bas de l'eau. A la pêche aux crevettes, bien sûr.

Gabrielle salua d'un signe de tête, puis elle se précipita dans la pièce voisine. Henri n'aimait pas cette Charlotte. Il avait attendu son départ pour se lever.

Violaine, restée seule, s'amusa à palper le paquet de la boucherie, qui craquait un peu, puis contempla les fraises, d'une belle couleur rouge et dont le parfum lui tordit l'estomac. Elle associa, au fond de son cœur de petite fille, cette odeur enivrante aux visages de madame Duplessis et de son fils. Elle murmura dans un souffle :

— Ils sont gentils. Je suis bien contente de voir Edouard tout à l'heure.

Pendant que ses parents discutaient à côté, Violaine sortit au soleil, devant la maison qui donnait sur la jetée. Elle s'assit le dos au mur, sur un carré d'herbes folles qui poussaient dans le sable. A un pas de là, partout où son regard portait, gisaient des débris de coquillages, gris, nacrés ou noirs. Le sol et sans doute le sous-sol en étaient saturés.

Violaine s'absorba dans l'observation des mouettes qui volaient par centaines au-dessus du coureau d'Oléron, pour l'instant agité de belles vagues à la crête écumeuse. Des pinasses aux couleurs vives y circulaient encore, transportant de pleines panières d'huîtres.

— La mer s'en va ! pensa la petite.

Un sifflement la fit sursauter. François gambadait vers elle. Ses cheveux bruns un peu ondulés, bien que coupés sur la nuque, prenaient au soleil des reflets noir bleuté. Il riait de joie à la simple vue de Violaine. Les deux enfants s'adoraient. A cause de l'accident qui avait failli coûter la vie à la fillette, ils s'étaient peu vus ces derniers jours.

— Tu attends tes parents ? demanda-t-il.

— Oui ! Et toi ? répondit-elle en bondissant sur ses pieds.

— Maman est partie chez les Duplessis, en même temps que leur bonne. Celle-là, elle en fait des manières !

— Tu peux le dire… Je ne l'aime pas. Son nez, on dirait un bec de mouette.

— Et elle marche pareil ! ajouta François en riant de bon cœur.

Ils se sourirent d'un air complice puis, d'un geste qui leur était familier, se prirent par la main et, se dirigeant vers les premiers rochers, traversèrent une étroite bande de terrain, couverte d'un tapis d'immortelles des sables. Ces minuscules fleurs jaunes dégageaient une senteur grisante, un peu âcre, dont les deux enfants raffolaient.

— Je vais en cueillir un peu pour la chambre de papa et maman ! s'écria Violaine.

— Moi aussi ! renchérit François, qui, seul, n'aurait jamais eu l'idée de le faire.

Sa sœur de lait était, pour le garçonnet, un perpétuel sujet d'émerveillement et d'admiration. A son avis, il n'y avait pas une petite fille aussi jolie dans tout le pays. Il adorait ses longs cheveux blonds où jouaient des reflets roux, ses yeux bleus et, surtout, ce léger semis de taches de rousseur, en haut des joues. Depuis qu'il l'avait crue noyée, il la contemplait comme un ange descendu du ciel.

Violaine, son bouquet serré au creux de la main, regarda vers l'horizon, au large de l'île d'Oléron dont la côte verdoyante s'étendait devant eux, de la pointe de Maumusson jusqu'au port du Château. Le bateau à vapeur qui transportait marchandises et passagers, de l'île au continent, rentrait précisément, droit vers le fort Louvois. Elle chuchota d'un air rêveur :

— Papa m'a promis qu'il m'emmènerait sur l'île, un jour... Monsieur Bouineau, le gérant, nous fera un prix. Il commande tous les bateaux. Papa me l'a dit !

— Alors, je viendrai avec vous ! décréta François. Mon oncle Jules habite à Saint-Pierre. On mangera chez lui.

De nouveau, ils échangèrent un sourire complice. Leur jeune existence se partageait entre le jeu et les balades sur les rochers ou sur la plage.

Durant toute la belle saison, à l'heure où chacun aimait s'attarder dehors, ils profitaient des soirées plus longues pour s'amuser devant les maisons. Pendant les jeux des enfants, les pêcheurs, qui accrochaient leurs filets sur les murs exposés au sud, vérifiaient leur état et, au besoin, effectuaient les réparations nécessaires.

François et Violaine n'allaient pas encore à l'école, mais à traîner de-ci, de-là, ils apprenaient quantité de choses et participaient à toutes les activités de leurs familles respectives.

— Violaine ! appela Gabrielle du pas de sa porte. Où es-tu passée ?

Comme en écho, la voix de Mariette, l'aînée des enfants de Guillemette, s'éleva :

— François, rentre tout de suite !

Les deux enfants coururent à perdre haleine. L'une entra en sautillant chez elle, l'autre se dirigea à petits pas vers sa grande sœur. Mariette avait disposé des panières en osier sur la table extérieure et les tapissait de paille et de varech humide. Elle expliqua rapidement :

— Nous devons aller à la gare porter ces bourriches ! Et il faut encore les remplir. J'ai mis les huîtres trop petites de côté, nous les mangerons ce soir. Nicole et Arlette porteront le brancard, Louis et toi surveillerez le chargement. Si nous le renversons, je ne t'en cause pas, le père nous écorchera les fesses.

François eut un pincement au cœur. Il aurait préféré accompagner Violaine et ses parents le long des claires, mais l'idée de voir démarrer le train le consola bien vite. Avec sa locomotive crachant des jets de fumée, les bruits grinçants des wagons au démarrage, l'odeur déroutante de fer qui émanait des rails, la grande gare du Chapus représentait, pour le petit garçon, un monde passionnant.

Son père, qui prenait parfois le train, lui avait raconté que, après avoir traversé les marais à vive allure, on ne voyait même plus la mer. Habitant à quelques pas de l'Océan, François n'arrivait pas à concevoir une chose pareille. La mer remplissait leur vie et leur horizon. Existait-il vraiment des endroits où le regard échappait à l'immensité marine ?

Violaine et ses parents partirent en direction des bassins. Ils s'étaient munis de trois paires de patins, des carrés en bois que l'on accrochait par une lanière aux chaussures et qui évitaient de s'enfoncer dans les fagnes, ces étendues de vase molle et grasse que le jusant découvrait.

Ils avançaient maintenant sur l'immense étendue de sable, encore luisante, dégagée par la marée, où régnait une activité de fourmilière. Au fur et à mesure que les eaux baissaient, hommes et femmes de tous âges avançaient, les uns sur les rochers, les autres sur le sable encore trempé. Les gens du vaste bassin de Marennes, l'ancien golfe des Santons[1], prenaient possession du territoire abandonné, pour quelques heures seulement, par l'Océan et vaquaient à leurs travaux.

Plusieurs patrons, dont Olivier Bonaventure, se partageaient les concessions où étaient établis les parcs à huîtres.

Gabrielle et Henri mirent leurs patins, car ils approchaient d'une zone vaseuse. Violaine se trémoussa en suppliant :

— Dis, papa, tu me portes un peu sur ton dos ?

Cette habitude remontait au temps des premiers pas de la fillette, quand Henri la calait sur ses épaules, de peur de la voir s'étaler dans les flaques.

Gabrielle se récria :

— Papa n'est pas bien costaud en ce moment et tu es assez grande pour marcher !

Mais Henri n'avait jamais pu résister au sourire de sa fille. Il confia sa besace à sa femme et souleva l'enfant qui, aussitôt, noua ses bras menus autour du cou de son père. De son perchoir, la petite huma, avec un bonheur de jeune animal, le vent riche en odeurs salines.

Il fallait être né là, y vivre quotidiennement, pour aimer jusqu'à l'ivresse cet air vif qui mêlait, dans son souffle inlassable, les effluves des terres marécageuses, celles des forêts de pins de l'île d'Oléron et les relents de vase, de coquillages, de rochers couverts d'algues, exacerbés par la chaleur du soleil. Henri se tourna face à la mer.

— Regarde, ma Violaine, comme c'est beau ! Le terrible Océan, qui peut se fâcher si fort, recule devant nous ! Tiens, on dirait qu'on lui fait peur ! Pardi, il nous connaît, depuis le temps que nous venons piétiner son domaine.

Violaine éclata de rire, car son cœur débordait d'une joie profonde. Elle adorait son père à l'égal d'un dieu bienveillant.

1. Antique peuplade locale.

La joue collée contre le tissu rêche de sa veste, elle se sentait bien, à l'abri et invincible. Elle se retourna et envoya de la main un baiser à Gabrielle qui fermait la marche.

La jeune femme hocha la tête avec un doux sourire. Elle contempla le visage rond de sa fille, son air de bonne santé...

Ah ! Elle est belle, ma pitchoune ! songea-t-elle. Quand je pense que j'aurais pu la perdre. Mais Dieu me l'a laissée...

Gabrielle éprouva une vague fierté, en se répétant silencieusement les grâces de sa fillette. Henri la ramena à la réalité.

— Allons, assez traînassé ! Toi, ma Violaine, tu descends. Maman va nous ramasser des coques. Un bon repas offert par la mer ! Hein, mignonne !

Violaine n'osa pas répondre, car elle avait déjà très faim. Mais accoutumée à se contenter de peu, elle patientait en silence, sachant que sa mère avait emporté, dans les poches de son tablier, trois tranches de pain de seigle.

Gabrielle lui prit la main tandis que son mari allait, à grandes enjambées, vers les parcs à huîtres dont il était chargé de l'entretien. Les mouettes et les goélands traversaient le ciel en groupes denses. Leurs piaillements aigus, le bruissement de toutes ces ailes, faisaient un vacarme étourdissant.

— Ouvre l'œil, ma fille, si jamais nous dénichions un gros crabe ! souffla-t-elle à l'oreille de Violaine, car les oiseaux continuaient leur tapage... Les « galope-chenaux » nous les chipent tous...

La petite approuva d'un signe. Les fameux « galope-chenaux[1] » lui faisaient peur. Son père et Octave juraient souvent contre ces audacieux voleurs qui, la nuit, à marée basse, pêchaient dans les bassins de la marchandise qui ne leur appartenait pas et emportaient à l'occasion les plus gros crabes.

Violaine s'accrocha à sa mère qui retira ses patins, mais trop tôt. Son pied gauche, à peine libéré de la planche, s'enfonça jusqu'à la cheville dans un trou d'eau que rien ne laissait

1. Braconniers de la mer.

deviner. Gabrielle eut un geste de mauvaise humeur, car le bas de son large pantalon, malgré les guêtres de toile huilée, était trempé et boueux.

— Me voilà propre ! gémit-elle. Je vais encore être de corvée de lessive. Ah ! quelle misère !

Parfois, elle ressentait de façon poignante sa pauvreté et se souvenait alors, avec une amère nostalgie, de l'époque où elle déambulait sur les parquets cirés de la belle demeure des Duplessis. Certes, elle n'était que femme de ménage et ne portait même pas de robe noire et de tablier blanc, mais elle aimait son travail. Et puis… le destin avait basculé. Gabrielle avait dû céder la place à Charlotte. Maintenant, Guillemette faisait des heures de ménage dans ce qu'elle nommait parfois, les yeux brillants, le petit château…

— Maman ! Il y a Edouard, là-bas, avec sa mère ! claironna soudain Violaine de sa voix fluette.

— Madame se promène, nous n'allons pas la déranger ! répondit Gabrielle. Et puis, n'attire pas l'attention de son fils, il n'a pas le droit de venir sur les rochers.

— Pourquoi, maman ? Moi, c'est là que je m'amuse le mieux.

— Edouard a une grave maladie, mais tu ne dois pas en parler. Tu as l'âge de comprendre ça. Si, par malheur, il se coupait avec une coquille, il saignerait. Et il pourrait perdre tout le sang de son corps…

La fillette, terrifiée, ouvrit des yeux ronds.

— Pauvre Edouard, je ne savais pas. Maintenant, je ferai bien attention à lui ! Regarde, madame Duplessis me fait bonjour ! Je peux y aller, dis ? J'aiderai Edouard à pêcher des *boucs*, il ne remplit jamais son seau. Je t'en prie !

Gabrielle poussa un long soupir.

— Bon, va les rejoindre, ma pitchoune. Mais, devant madame Elise, tu dois dire des crevettes, pas des *boucs*. C'est une dame instruite, qui n'aime pas trop notre patois. Sois bien polie et ne raconte pas de bêtises.

— Je te le promets !

Violaine ne tenait plus en place. Gabrielle lâcha la main de la fillette qui s'élança en retroussant ses jupes.

Elise vit l'enfant accourir. Violaine semblait tout à fait remise de sa mésaventure. Sa vitalité était presque une insulte pour l'épouse du notaire. Les joues roses et les mollets ronds de la fillette témoignaient d'une santé arrogante en comparaison de la constitution délicate de son fils. Ce dernier posa vite son épuisette et son seau. Lui aussi aurait volontiers trotté vers Violaine, mais il sentit sur son épaule les doigts légers de sa mère qui, d'une simple caresse, le retenait.

— Tu pourrais tomber, Edouard. Et te blesser aux genoux.

Violaine s'arrêta à un mètre du garçon. Elle lança un bonjour retentissant avant de planter un baiser sonore sur la joue d'Edouard. Puis, ayant déjà oublié les recommandations de Gabrielle, elle s'écria :

— Alors, as-tu pêché beaucoup de *boucs ?* Tu me les donneras ? Maman les fait cuire au bouillon, après je les croque tout entiers.

Edouard, subjugué par la vivacité de Violaine, restait silencieux, mais un grand sourire illuminait son visage. Violaine avait la faculté de le surprendre et de l'émerveiller chaque fois un peu plus. Elise se pencha, une expression amusée aux lèvres, et demanda à la fillette :

— Et après, tu n'as pas mal au ventre ?

Violaine, soudain intimidée, répondit en baissant le nez :

— Non, madame...

La voix douce et grave de la mère d'Edouard produisait toujours cet effet chez elle. La petite avait l'impression d'être enveloppée de musique et de bonté.

— Voulez-vous bâtir un beau château de sable, mes enfants ? interrogea la jeune femme. Je vous aiderai...

— Oui, mère... si Violaine est d'accord ! bredouilla son fils.

Edouard Duplessis, du haut de ses neuf ans, rêvait de jouer comme les autres enfants, de patauger dans les flaques d'eau de mer ou de dénicher des crabes dans les rochers. Mais il devait se contenter de ses pelles et seaux en fer, décorés de motifs colorés, un véritable trésor pour Violaine qui ne possédait aucun jouet.

Elise les conduisit sur un banc de sable humide. L'épouse du notaire, grande, bien faite, tenait de ses ancêtres hollandais une peau laiteuse et des yeux d'un vert limpide. Ses cheveux lisses et blond pâle étaient toujours coiffés en chignon bas sur la nuque.

Violaine lui lançait en cachette des regards curieux, car elle éprouvait maintenant à son égard une sorte de pitié, à cause de la maladie d'Edouard. Celui-ci, pour l'heure, remplissait ses seaux de sable.

Ce ne doit pas être drôle d'avoir un enfant qui peut perdre tout son sang s'il se coupe ! se disait la fillette.

Le petit garçon était vêtu en marin d'opérette, avec une tunique et un pantalon à rayures bleu et blanc. Sur ses boucles d'un blond doré, il portait un béret à pompon rouge.

Mais Violaine le trouvait très élégant et espérait qu'un jour prochain madame Duplessis lui donnerait cette magnifique tenue.

— Petite, as-tu mangé les fraises ? interrogea tout à coup Elise Duplessis. Je les ai cueillies moi-même, au lever du soleil, pour qu'elles ne soient pas flétries par la chaleur.

— Non, madame, maman ne m'a pas permis ! Elle veut les partager avec notre brave Guillemette.

La jeune femme fronça les sourcils.

— J'ai également fait porter, par Charlotte, des fraises aux Lignet. Tu le diras à Gabrielle. Les fruits frais sont excellents pour la santé. Dis-moi… il paraît que ton père tousse ?

La conversation commençait à gêner Violaine qui n'aimait pas qu'une autre personne parle de ses parents. En plus, elle préférait jouer avec Edouard que de devoir répondre. Elle eut un sourire soulagé en apercevant sa mère qui s'approchait.

— Voilà m'man ! fit-elle. Elle voulait vous dire merci…

Edouard venait de démouler le dernier seau rempli de sable. Il décora le sommet des tours ainsi formées de jolis cailloux blancs. Violaine chercha des brindilles de bois et les planta au centre.

— Quand la mer reviendra, dit-elle d'un air malicieux, ton château sera démoli ! Mais c'est bientôt la *frâche*, peut-être qu'il restera debout…

— La *frâche ?* s'étonna le gamin dont les traits fins s'éclairèrent, car il adorait les mots nouveaux.

— Papa appelle comme ça quand la grande marée va finir !

La voix de Gabrielle tomba sur eux, froide et altérée par la honte :

— Violaine ! Monsieur Edouard ne comprend rien à ce que tu racontes. Quand tu seras à l'école, la maîtresse te punira si tu ne parles pas français.

Elise eut un sourire triste. Elle se leva, secoua sa robe de soie verte pour la débarrasser du sable.

— Ma pauvre Gabrielle, laissez-la bavarder à son aise ! Elle n'a que six ans et ne pense pas à mal. A cet âge, il est difficile de se surveiller.

La mère de Violaine joignit les mains et murmura :

— Bientôt sept, madame, en novembre…

— Déjà ! balbutia Elise Duplessis. Mon Dieu, que le temps passe vite ! Je me souviens si bien du baptême. Cette année-là, toutes les huîtres mouraient et les gens du marais ne songeaient qu'à la faillite qui menaçait. Et cette jolie enfant souriait aux anges, sans savoir que la vie est bien douloureuse, parfois… N'est-ce pas ?

Gabrielle ne répondit pas. Elise aida son fils à se relever.

— Nous rentrons, Edouard, donne tes crevettes à Violaine. Si le soleil persiste, nous reviendrons demain. Le grand air lui donne un peu de rose aux joues ! ajouta-t-elle en regardant Violaine d'un air envieux.

— Bien sûr ! murmura Gaby. Et merci encore pour la viande et les fraises. Le bœuf, je l'ai mis au pot sur le feu avant d'aller sur le bassin. Mon homme va se régaler, la petite aussi.

Elise chuchota que c'était la moindre des choses et prit le chemin du retour avec son fils. Gabrielle resta figée un long moment, suivant des yeux la mère et l'enfant qui rentraient à pas lents vers leur riche maison, située près de l'église Saint-Louis.

— La moindre des choses ! répéta-t-elle avec amertume. Evidemment…

François avait réussi à échapper à la surveillance de Mariette et il déambulait le long d'un quai secondaire de la gare du Chapus. Le petit garçon ne comprenait pas toujours les recommandations de ses aînés. Là encore, il se demandait comment il pourrait s'égarer, car il était certain de bien connaître les lieux.

Sans penser à la punition inévitable qu'il recevrait pour son escapade, l'enfant admirait la charpente haute de ce vaste bâtiment, les murs immenses, les wagons en bois qui n'attendaient qu'une locomotive pour filer vers des régions lointaines.

Autour de la gare avaient été construits d'immenses hangars qui servaient d'entrepôts pour les marchandises en attente de l'heure d'embarquement. François assistait à un va-et-vient permanent qui créait une atmosphère fiévreuse, dominée par des appels, des cris, des bruits de ferraille. Des ouvriers ostréiculteurs, chargés de bourriches d'osier, demandaient le passage.

Les patrons mareyeurs surveillaient le rangement des paniers dans les wagons, une tâche qui exigeait du soin et de la délicatesse. Près de François, un des chefs de gare renseignait un jeune commis.

— Tu vas passer Bourcefranc, après c'est Marennes ; c'est là que tu dois descendre avec ta marchandise. Tu ne peux pas te tromper. Après, la ligne continue par Pont-l'Abbé, Saint-Savinien…

François, grisé par ces noms inconnus, décida sur-le-champ d'entrer à la Compagnie des chemins de fer quand il serait grand. Il porterait une belle casquette comme cet homme qui savait tout et il voyagerait dans ces pays où il n'y a pas d'Océan…

— Mais alors, sur quel quai je vais ? demanda le jeune homme. C'est que… je n'ai encore jamais pris le train.

— Eh ! A droite, voyons ! le wagon 15. Par contre, au retour, ne t'affole pas ! Ici, c'est une voie butoir, le terminus ; tu n'iras pas plus loin ! Ah si, droit dans la flotte ! Tu sais, après le fort Louvois, là où l'on pousse un wagonnet sur le passage pavé, à marée basse.

Le garçonnet tendit l'oreille en entendant évoquer le fort. Celui-ci, à l'abri derrière ses remparts, nourrissait l'imagination fertile des enfants. Violaine et lui s'amusaient à imaginer d'incroyables histoires qui s'y seraient déroulées.

Le chef de gare poussa un gros soupir.

— Et je te dirai, mon gars, que, sans le chemin de fer, le commerce dans le bassin de Marennes n'aurait pas démarré comme il l'a fait ! Cette gare et ses entrepôts, il a fallu démolir les casernes qui se trouvaient à la pointe du Chapus, juste en face du fort, pour les bâtir. Avant, figure-toi, on expédiait la marchandise dans des voitures à cheval !

François, subjugué, écoutait en dansant d'un pied sur l'autre. L'homme, un robuste gaillard à la moustache grise, gesticulait en parlant et son interlocuteur hochait la tête à chaque mot.

— Eh oui, je l'ai vue naître, cette gare ! C'était au siècle dernier, en 1889 ; je devais avoir l'âge de ce gosse ! ajouta le chef de gare en désignant François du menton.

Le commis fut soudain moins attentif, car Mariette venait justement d'apparaître, brune et dorée, ses yeux noirs pleins de colère. Voyant son petit frère, elle fonça droit sur lui, l'attrapa par le bras et s'écria :

— Ah, te voilà, toi ! Nicole et Arlette t'ont cherché partout ! Quand maman le saura, cette fois, tu seras fessé !

Le chef de gare leva les bras au ciel.

— Ne vous fâchez pas, jolie Mariette ! Ce petit s'instruisait !

La jeune fille s'empourpra, surprise de ce compliment inattendu. Le personnel des entrepôts la voyait souvent, mais peu d'hommes osaient l'aborder, car Octave Lignet était réputé pour ne pas plaisanter avec la vertu de ses filles.

— C'est que je m'inquiétais, moi ! répliqua-t-elle.

Malgré sa colère, elle adressa un sourire charmant au chef de gare, puis jeta discrètement un regard intrigué sur le commis qui la contemplait ouvertement.

François tendit la main à sa sœur en bredouillant :

— Je m'étais perdu ! Je te demande pardon, Mariette…

A quinze ans, la jeune fille rêvait d'avoir un amoureux, mais seule Nicole était dans la confidence. Cela sauva son petit frère, car elle ne voulait pas se montrer sous un mauvais jour devant le jeune homme. D'abord, elle ne l'avait jamais vu au Chapus ; ensuite… il lui plaisait bien.

L'incident fut clos. Un quart d'heure plus tard, les six enfants Lignet reprenaient le chemin de leur maison. Il leur fallait croiser l'avenue sablonneuse, longue de deux kilomètres, qui reliait leur village à Bourcefranc. Au carrefour les attendait leur mère. Guillemette les avait vus arriver de loin. François et son frère Louis portaient le brancard vide tout en s'amusant à imiter un train en marche : ils scandaient de gros « tchou tchou », la bouche arrondie, et faisaient d'étranges mouvements avec leurs jambes.

Vénus, assise aux pieds de sa maîtresse, se leva sur son ordre amical et trotta en avant de la petite troupe.

Guillemette eut un sourire amusé. Elle prit le temps, en ce milieu de journée si ensoleillé, d'admirer ses filles et ses fils. Derrière marchaient les deux aînées. Mariette, brune et bien faite à son image, avait l'œil de velours sombre.

Celle-là, il faudra la surveiller l'année prochaine, et lui trouver un mari ayant une bonne place, songea Guillemette.

Nicole, qui chuchotait à l'oreille de Mariette, paraissait grande et sérieuse pour ses quatorze ans. Les cheveux châtain doré, comme son père Octave, elle avait aussi hérité de son regard noisette et de sa bouche très colorée.

Ma Nicole ressemble beaucoup à mon homme, et elle est dure à la tâche, comme moi ! Je ne connais pas de meilleure lavandière.

Arlette, menue pour ses douze ans, et Isabelle, âgée de dix ans et bien en chair, passaient souvent pour des jumelles. Elles avaient la chevelure brun foncé de Guillemette et de François, le benjamin.

Ceux-là, ils tiennent tout de moi ! pensa-t-elle avec une satisfaction maternelle.

Restait Louis, qui tenait de son père et de Nicole, avec ses cheveux clairs. A huit ans, il semblait moins dégourdi que son petit frère, mais c'était un enfant d'une sagesse remarquable, obéissant et câlin. La jeune femme soupira.

— Ah, mes fils ! Je désespérais de les avoir. Ils sont venus coup sur coup !

Elle était satisfaite de l'examen de ses enfants. Quand ils furent tous auprès d'elle, Guillemette les gratifia d'un rire heureux.

— Alors, Mariette ! demanda-t-elle, les bourriches sont parties pour Cozes ?

— Oui, maman !

— Bien, rentrons ! Allez, à la maison.

Violaine, assise sur un petit banc en bois que lui avait fabriqué son père, guettait le retour des voisins, un seau posé entre ses pieds. Dès qu'elle vit son frère de lait, elle se précipita vers lui.

— François ! Viens voir mes *boucs !* C'est Edouard qui me les a donnés !

3

Vent de chagrin

Le soir même, Guillemette invita ses voisins à partager le souper[1]. Gabrielle accepta avec plaisir, car elle se sentait en sécurité auprès de son amie. Cette mère de famille nombreuse, dont le courage et le sens pratique la fascinaient, lui semblait posséder le don de faire reculer soucis et complications. Entre elles deux s'était créée, au fil du temps, une profonde complicité.

L'été s'attardait cette année-là, car il faisait aussi chaud, devant ces humbles maisons de pêcheurs, qu'aux plus beaux crépuscules du mois de juillet.

Nicole et Mariette avaient recouvert d'une nappe à carreaux rouge et blanc les longues planches posées sur les tréteaux. Cette table servait, le matin, à vendre des huîtres, toujours pour le compte de monsieur Bonaventure, à la petite clientèle qui aimait musarder du côté du port et de la jetée.

— Toi, ma bonne Guillemette, avec tes grandes filles, tu es bien aidée ! constata Gabrielle. Et heureusement, parce que mettre huit couverts chaque jour, quel travail !

Louis, François et Violaine jouaient sous le tamaris[2] qui poussait contre un muret protégeant le puits. Octave s'était assis sur le banc, les bras croisés. Il discutait à voix basse avec Henri. Les deux hommes dégustaient un verre de vin blanc de pays, bien sec mais fruité.

1. En charentais, le dîner.
2. Arbre du bord de mer.

— Sais-tu, disait le mari de Guillemette, que le patron compte acheter un autre chalutier ? Ah, môssieur Olivier Bonaventure ira bientôt sur les parcs le cigare au bec, comme ces « culottes de cheval » qui viennent surveiller le boulot, mais ne touchent jamais une huître !

Henri ne put s'empêcher de sourire, habitué aux récriminations de son collègue. Lui, il se moquait bien des mareyeurs prospères qui portaient des culottes et des bottes de cheval pour aller sur les parcs, histoire de prouver leur réussite sociale.

— Que veux-tu, Octave ? marmonna-t-il. Ils ont acheté des concessions, eux ou leurs parents. Nous, mon brave, nous sommes en bas de l'échelle. N'empêche, je suis bien content de pouvoir nourrir ma femme et ma gosse.

Gabrielle prit la main de son époux et renchérit :

— Henri a raison, les sous sont rares, mais nous n'avons pas à nous plaindre. Et puis, madame Duplessis est si généreuse !

Guillemette, qui coupait du pain, s'exclama, le couteau levé :

— Elle peut faire la charité, avec l'argent que son notaire de mari gagne sur le dos des autres ! Tenez, aujourd'hui, j'y suis allée, comme tous les jeudis. Charlotte m'a ordonné de briquer l'argenterie. Pas l'ancienne, mais tout un nouveau service à leurs initiales ! A quoi ça sert, dites !

Personne ne répondit. Guillemette, l'air outragé, continua à trancher la large miche dont elle avait pétri la pâte, à l'aube.

Violaine, dont l'estomac commençait à gronder, s'était rapprochée de la table.

— Oh, du bon pain de Guillette ! s'exclama-t-elle.

— Eh oui, ma pitchoune ! Je pensais à toi en le mettant au four. Et il sera encore meilleur avec du beurre et des *sourdons*.

Mariette apportait justement une marmite noire, d'où s'échappait une vapeur odorante. La jeune fille annonça :

— Voilà les coques !

Les discussions cessèrent immédiatement. Tous s'attablèrent, alléchés par le fumet délicieux qui les affamait davantage.

— Je les ai cuisinées à ma façon ! expliqua Guillemette, sur un lit d'échalotes mouillées au vin blanc. Vous m'en direz des nouvelles !

Gabrielle noua une serviette autour du cou de sa fille. Violaine contemplait son assiette bien garnie. Au creux des coquilles rondes, que l'enfant comptait garder et laver ensuite, reposait une noix de chair orangée.

Les parents beurraient les tranches de pain pour les plus jeunes, afin d'éviter le gaspillage. A peine les tartines distribuées, Louis, François, Violaine, Isabelle et Arlette se jetèrent dessus et mordirent à pleines dents dans la mie nappée de graisse succulente.

— Je te parie ma chemise, gloussa Octave, que les voisins devinent qu'on se régale, rien qu'à l'odeur ! Pas un homme dans le village n'a une femme aussi bonne cuisinière que ma Guillemette.

Gabrielle jeta un regard amusé à Henri en chantonnant :

— Moi aussi, j'ai préparé quelque chose ! Ce sera la surprise ! N'est-ce pas, Violaine ?

Les yeux bleus de la fillette se mirent à briller. Elle se lécha les doigts et supplia sa mère :

— Maman, je peux aller la chercher, la surprise ?

— Ne la fais pas tomber alors ! Nicole, accompagne-la, s'il te plaît, juste pour l'aider au cas où...

— Bien sûr ! répliqua l'adolescente avec un sourire.

Chacun des enfants Lignet aimait Violaine, car ils l'avaient vue prendre le sein de leur mère, dormir près de François, faire ses premiers pas, puis marcher d'une maison à l'autre.

Le soleil déclinait sur l'horizon, enflammant l'Océan de reflets pourpre et or. Le vol des mouettes devenait plus lent ; elles commençaient à se poser sur les rochers. C'était l'heure douce où les querelles, les envies, les regrets s'apaisaient, où le paysage paraissait plus beau, paré de teintes douces. Tout tendait vers l'harmonie, les hommes comme les choses.

Violaine revint vers la grande table. Petits et grands attendaient, avec amusement et impatience, la fameuse surprise ! La petite portait un plat avec précaution. Ses cheveux blonds chatoyaient dans la lumière cuivrée du soir.

— Regardez-la ! chuchota Gabrielle. Elle n'est pas peu fière d'apporter le dessert.

La tarte aux fraises, nappée de crème, provoqua un tonnerre de cris joyeux et d'applaudissements. Violaine en rosit de bonheur.

Henri confia à tous, d'un ton mi-gai, mi-amer :

— Ma Gaby non plus n'est pas peu fière de son gâteau ! La seule chose qui me dérange, c'est de savoir d'où elles viennent, ces fraises ! Du jardin de monsieur le notaire, la pire crapule du pays !

Ces derniers mots jetèrent un froid sur la tablée. Un silence pesant s'installa. Octave serra les lèvres, Guillemette haussa les épaules.

Arlette mit fin à la gêne en clamant :

— Nous aussi, on a eu des fraises ! C'est Charlotte qui les a apportées. Nicole et maman ont fait des confitures, pour cet hiver.

Gabrielle éclata de rire.

— Justement, je la connais, ma Guillemette. Je me suis dit : si elle a des fraises, elle les mettra en pot, et les petits ne les goûteront pas toutes fraîches, à la crème… Alors, je me suis mise en cuisine tout à l'heure.

— Et tu as eu une sacrée bonne idée ! s'écria Octave. Elles viendraient droit de l'enfer, ces fraises, je les mangerais quand même !

Gabrielle et Mariette poussèrent un « oh » indigné. Mais, comme les autres riaient, elles les imitèrent. Violaine avait écouté les discussions des « grands ». Elle jeta un regard inquiet sur le gâteau. Le mot « enfer » la terrifiait, car Gabrielle en parlait souvent. La fillette eut du mal à déguster sereinement sa part de tarte aux fraises.

Henri s'aperçut du trouble de l'enfant et la prit sur ses genoux. Il lui murmura à l'oreille :

— N'aie pas peur, ma Violaine ! Octave est un brave homme. Sais-tu que demain, maman et toi, vous irez à Bourcefranc ?

Cette promesse d'une promenade apaisa aussitôt la petite fille, qui se blottit avec bonheur contre son père. Elle lui souffla tout bas :

— Je t'aime, mon papa !

— Et moi donc ! répliqua Henri en l'embrassant sur la joue.

Gabrielle avait suivi cet échange. Elle se détourna un peu, essuyant discrètement ses yeux, car, en femme sensible, la moindre émotion lui faisait monter les larmes... Et Dieu seul savait combien elle en avait étouffé des pleurs, depuis quelques années...

A la nuit tombée, Gabrielle et Henri rentrèrent chez eux, tenant par la main une Violaine ensommeillée. L'enfant regarda sa mère allumer la lampe à pétrole tandis que son père ranimait le feu dans le poêle.

— Nous allons dire les prières, petite ! fit Henri d'un ton las.

Gabrielle ôta son châle et s'assit sur le banc près de sa fille. Henri resta debout. En chœur, ils récitèrent les prières du soir.

Dès la prière finie, elle la mit au lit, puis rejoignit Henri. Assis chacun d'un côté du Godin dans lequel mouraient des braises, ils parlèrent longtemps, à voix basse.

Les vagues se fracassaient sur les pierres de la jetée, mais le couple n'y prêtait pas attention. Ils étaient accoutumés à la rumeur grondante de l'Océan.

Henri prit les mains de sa femme et lui demanda :

— Avec mes sous, tu achèteras un sucre d'orge à la petite, et tu lui diras bien que c'est de la part de son père. Je voudrais la gâter plus, lui offrir de beaux vêtements... Quand je la vois habillée avec les frusques du gosse Duplessis, il me vient parfois des idées indignes d'un chrétien.

— Ne t'en fais pas ! Elle t'aime ! murmura Gabrielle.

— Et dans tes prières, à l'église, tu demanderas à Dieu de nous envoyer un hiver doux, sans trop de gelées.

— Henri ! s'offensa Gabrielle, si c'est aux huîtres que tu penses, je refuse de prier pour ça ! Le froid endommage rarement les claires, tu le sais bien, puisque l'eau y circule sans arrêt.

Les doux yeux bruns de son mari la fixèrent avec une expression étrange.

— Je ne pense pas aux huîtres, ma mie ! Que veux-tu, le froid me fait peur, pour notre fille et… pour autre chose.

Gabrielle, émue, quitta sa chaise et s'agenouilla devant Henri. Elle prit son visage entre ses mains fines et déposa un baiser timide sur ses lèvres.

— Tu es le meilleur homme du monde ! chuchota-t-elle.

Il l'étreignit tendrement. Comme il l'aimait ! Il l'embrassa dans le cou, puis ses lèvres glissèrent juste au creux de l'épaule. Gabrielle, chatouilleuse, ne put retenir un petit rire. Le vent du large agitait les volets, s'engouffrait sous la porte. Henri frissonna.

— Allons nous coucher, ma Gaby ! Je pars à l'aube du côté de la Pointe, après le fort Louvois.

Gabrielle ne répondit pas. L'eau froide qui gerce les mains et pince le cœur, en janvier, quand il faut laver les huîtres récoltées, la vase qui imprègne d'une odeur âcre les vêtements, les rochers coupants sur lesquels on trébuche, le vent, toujours le vent… C'était leur lot quotidien, celui des pauvres gens du littoral, employés pour des salaires de misère par des maîtres mareyeurs.

Les paroles que son mari avait si souvent répétées lui revinrent en mémoire.

« Vois-tu, ma Gabrielle ! Nous n'avons rien, mais nous sommes libres. Et nous avons l'espace, les trésors de l'Océan, le chant des mouettes… C'est une bien grande richesse. »

Elle songea qu'ils avaient du bon et du mauvais, selon les saisons. Cependant l'approche de l'automne l'oppressait. Quant à l'hiver…

Gabrielle et Violaine venaient d'entrer dans l'église Saint-Louis. Auparavant, elles avaient suivi en bavardant la large route blanche reliant le Chapus à Bourcefranc, celle qu'empruntaient tous les gens du bassin, les charrettes et les élégantes calèches venant de Marennes ou de Saint-Just.

Comme ce n'était pas jour de messe, le curé était occupé à balayer les pavés de l'allée principale. Il vint les saluer, sa longue soutane noire tombant sur ses grosses chaussures.

— Madame Plantier ! Comment allez-vous ? Mais c'est notre Violaine… bonjour, mon enfant !

Gênée, Gabrielle baissa la tête et lui dit gentiment :

— Ne vous dérangez pas, mon père ! Je venais prier et mettre un cierge à la Sainte Vierge…

— Faites, ma fille ! Et toi, petite, vas-tu à l'école ?

Rouge de timidité, Violaine articula à grand-peine :

— Non, je n'ai pas l'âge. J'irai pour mes huit ans !

Le curé lui caressa les cheveux et s'éloigna avec un sourire. Gabrielle et sa fille prirent place sur les bancs, près de l'autel. Un profond silence régnait dans l'édifice ; la lumière filtrée par les vitraux et le doux parfum d'encens achevèrent de les plonger toutes deux dans un état d'apaisement, de sérénité. Ici, Gabrielle se sentait protégée des rigueurs de sa vie ; elle aimait venir s'y recueillir et elle en repartait chaque fois plus forte, comme si le mystère de ce lieu sacré était sa source d'espoir.

Violaine contempla, selon son habitude, un ex-voto qui la fascinait. Suspendue à la voûte, c'était une belle maquette d'un navire de commerce, le *Saint-Louis*. Elle rêvait de pouvoir le toucher, mais il était hors de portée. La fillette ne vit même pas les larmes couler sur les joues de Gabrielle qui se signait, ses prières terminées. Celle-ci souffla bientôt à l'oreille de sa fille :

— Maintenant, nous allons allumer un cierge !

L'enfant saisit la main de sa mère et trottina à ses côtés vers la statue de la Vierge Marie. Une pièce tomba en tintant joliment dans l'urne destinée aux dons faits à l'église, et Gabrielle prit un cierge parmi les plus petits. Elle l'alluma à un autre et l'installa sur les piques du présentoir.

— Sortons, ma Violaine… Oh ! Tu as les doigts gelés !

Dehors, le soleil blanc du matin leur parut éblouissant. Gabrielle tendit son visage vers le ciel, comme avide de chaleur, de clarté.

— Maman, nous allons à l'épicerie… pour acheter le sucre d'orge ?

— Oui, pitchoune ! Tu as de la mémoire, gourmande ! N'oublie pas : c'est papa qui te l'offre, parce que tu es une bonne petite fille.

Violaine éprouva à ces mots un vif soulagement. Elles traversèrent la place et se dirigèrent vers une boutique dont les boiseries étaient peintes en jaune et vert. Au-dessus de la porte était écrit en grosses lettres : « Vins fins – Epices – Tabac ».

Des femmes, coiffées de la traditionnelle quichenotte, les croisèrent en lançant un sonore « bonjour, Gaby ». La fillette ralentit le pas, juste pour le plaisir de les admirer. Elle regretta soudain que sa mère fût tête nue. Mais la charmante Gabrielle ne portait sa coiffe que les jours où elle suivait Henri sur les parcs à huîtres. Il n'y avait pas de meilleure protection, au dire de toutes les femmes du pays, contre le soleil et le vent. Les joues et le cou couverts d'un pan de toile amidonnée, les intempéries étaient moins pénibles à supporter.

La rumeur populaire prétendait que l'origine même du mot « quichenotte » remontait loin et parlait de bien autre chose. En effet, la coiffe aurait empêché de nombreux soldats anglais, des siècles auparavant, lorsqu'ils occupaient l'Aquitaine, d'embrasser les jolies filles françaises à qui ils contaient fleurette.

« *Kiss not*[1] *!* »

L'expression avait circulé de bouche en bouche et le patois local s'en était mêlé.

Gabrielle connaissait cette histoire, mais elle ne l'avait pas encore contée à Violaine, un peu jeune pour la comprendre. Et pour l'heure, la petite ne pensait plus qu'au sucre d'orge, rouge et poisseux, qu'elle dégusterait sur le chemin du retour.

Ce matin-là, sa vie toute simple, entre l'Océan, sa maison et l'église, où sa mère l'emmenait souvent, lui paraissait un

1. « Ne pas embrasser ! »

chemin ensoleillé. Il suffisait de le suivre en profitant de tout ce qui était beau et bon…

Pointe du Chapus, décembre 1928

Depuis plusieurs semaines, Violaine dormait mal, car ses nuits étaient troublées par un bruit qu'elle avait appris à craindre bien plus que celui de la tempête. C'était l'écho lancinant d'une toux qui, à chaque quinte, l'enfant le savait, épuisait la poitrine de son père.

L'automne avait été frais et pluvieux sur tout le littoral charentais. L'humidité prenait possession des maisons, déposant en bas des murs des traces de moisissures grises, poissant les outils jusque sous l'auvent de l'appentis.

Ce soir-là, le vent du nord rugissait derrière les volets que Gabrielle avait fermés de bonne heure. L'Océan, comme soulevé par un souffle furieux, se ruait en grondant contre la jetée. A croire que ces deux forces de la nature, tels des géants querelleurs, se disputaient le privilège d'assourdir les habitants de la côte ! Violaine savait que l'hiver approchait. Elle espérait de tout cœur qu'il n'y aurait pas ces grands froids dont parlait sa mère, avec un air tourmenté.

Entre deux bourrasques, la toux résonna, une fois, deux fois… Violaine, qui sombrait dans un demi-sommeil, s'éveilla de nouveau.

Pauvre papa ! se dit-elle, le nez dépassant à peine des couvertures. Il faudrait qu'il vienne dans mon lit, qui est si chaud.

La petite eut envie de se lever. Ce serait simple, elle irait jusqu'à la chambre toute proche de ses parents et expliquerait son idée.

— Maman acceptera peut-être ! Elle pleurait ce matin, parce que papa tremblait…

La vision que Violaine aurait tant voulu oublier lui apparut dans toute sa force tragique. Son père gémissant, appuyé contre ses oreillers. Il murmurait, le visage terriblement pâle, malgré les taches roses à ses joues :

« Gabrielle, aide-moi à me lever, le patron m'attend. Si je ne vais pas au travail, il engagera un autre homme, ça ne manquera pas, et nous serons à la rue… »

Elle, Violaine, était assise sur une chaise, près du poêle, une tartine de confiture à la main. Mais elle avait tout vu et entendu, par la porte entrouverte. Sa mère se tordait les mains, sanglotait tout haut.

« Henri, tu es beaucoup trop mal pour sortir travailler ! Monsieur Bonaventure n'oserait pas nous donner congé d'ici, depuis sept ans que nous travaillons dur pour lui… »

Cette scène avait hanté la petite fille durant toute la journée. Même lorsque François était venu jouer avec elle, les images tournaient devant ses yeux ; elle y repensait sans cesse. Pendant le déjeuner, et le souper aussi, son père était resté couché. C'était la première fois. Violaine avait entendu, par l'entrebâillement de la porte, un sifflement étrange. Osant à peine regarder, elle avait vu que ce bruit se produisait à chaque respiration de son père et lui soulevait la poitrine.

Maintenant, au cœur de la nuit, il toussait, toussait… Puis il y eut un bruit, un rai de clarté, le cri aigu de Gabrielle ; cri de détresse, de révolte… Violaine préféra s'enfouir sous ses couvertures, n'osant pas imaginer ce qui se passait là, à quelques pas de son « nid » douillet.

Au petit jour, un tel silence régnait dans la maison que Violaine, à peine éveillée, bâilla, s'étira et attendit. Elle guettait le moindre bruit venant de la chambre de ses parents, mais rien ; pas de sifflement sinistre ni de quinte de toux. Cela la rassura. Sa vie d'enfant retrouvait la couleur du bonheur.

— Papa ne tousse plus ! Merci Sainte Vierge !

Peu à peu, la fillette perçut le chant rauque des oiseaux de mer, le bruit assourdi des vagues. Soudain, elle n'eut plus qu'une envie : fuir la maison et courir vers l'Océan, respirer son parfum salé. Ce serait si bon de galoper seule le long de la jetée. Les chalutiers devaient danser sur les flots agités du coureau d'Oléron, auréolés d'une couronne de mouettes blanches les survolant. Son père aimait tant observer leurs jeux aériens !

Mais un bruit familier tira la fillette de ses rêveries. De l'autre côté de la cloison, des pas effleuraient le plancher. Sa mère se levait. Puis Violaine reconnut le craquement du petit bois qu'on cassait, le grincement du tisonnier agité à travers la grille du Godin. Incapable d'appeler ou de quitter son lit, l'enfant patienta. Bientôt une odeur de feu et de café chaud réussit à la rassurer. Rien n'avait changé ! La fillette soupira de soulagement, se préparant à passer une bonne journée près du poêle, lorsque Gabrielle se précipita à son chevet, la tête entourée d'un foulard gris.

— Oh, ma pitchoune, tu es réveillée ? Ne bouge pas de ton lit. Je vais envoyer Mariette te chercher. Attends-la au chaud. Elle t'habillera. Je dois courir chez le docteur, à Bourcefranc... Papa est très fatigué ! Promets-moi d'être bien sage, Violaine !

— Oui, maman ! souffla l'enfant, impressionnée par l'air effrayé de sa mère.

Gabrielle sortit de la petite pièce aussi vite que si elle s'enfuyait. Violaine resta un moment pétrifiée... et le terrible bruit s'éleva de nouveau : la toux rauque de son père. Oubliant les ordres reçus, elle sauta du lit et chaussa ses sabots.

— Papa ! appela-t-elle d'un ton plaintif.

La porte de la chambre de ses parents était fermée. La fillette hésita. Devait-elle ouvrir ? Que se passait-il derrière le battant de bois ? Elle tourna la poignée, le souffle suspendu, le cœur serré.

— Papa ? Je peux venir ?

La voix d'Henri s'éleva, très faible :

— Entre, ma mignonne...

Elle obéit, vaguement rassurée. Son père lui sembla vieilli, le visage très maigre, la peau d'un blanc laiteux. Ses yeux bruns brillaient d'un éclat étrange. Il murmura en lui tendant la main :

— Ma Violaine, maman t'avait dit de garder le lit, il fait si froid... Je suis malade, mais ce n'est pas grave, ne crains rien.

La petite approcha, fascinée par la main paternelle qui tremblait un peu. Elle y déposa ses doigts menus et dit tout bas, prise d'une grosse envie de pleurer :

— Le docteur va te guérir, hein, papa ! Et quand ce sera le printemps, tu m'emmèneras à l'île d'Oléron, dis…

— Bien sûr, ma chérie.

— Et une autre fois, reprit Violaine, nous irons dans le grand marais… là où il y a des oiseaux qui se tiennent sur une seule patte.

Henri appuya un mouchoir contre sa bouche, un court instant. Enfin, il se redressa contre ses oreillers. Un pauvre sourire le transfigura.

— Tu te souviens de ça, ma pitchoune ? Tu en as de la mémoire. Oui, nous irons aussi. Dans le grand marais… Partout de la terre et de l'eau, des canaux et de hautes herbes fines. Tu verras des cigognes au long bec rouge, des hérons ; ce sont eux qui se tiennent sur une patte, quand ils se reposent… Avant, la mer recouvrait le marais, jusqu'à Brouage. Saint-Just-Luzac était alors une île…

Violaine écoutait, soudain éblouie par les belles images que faisaient naître les mots de son père. Elle s'imaginait marchant près de lui, prête à découvrir tous ces oiseaux dont il lui parlait.

— Et si nous nous cachons parmi les roseaux, continua Henri, nous verrons des loutres et aussi des tortues qui nagent lentement, sous leur grosse carapace. C'est un bien beau pays, entre la Seudre, Saint-Sornin, Brouage tout entouré de remparts… Je serai fier de te le montrer, ma Violaine ! Bientôt…

La fillette n'y tint plus. Elle se jeta contre la poitrine de son père et voulut l'entourer de ses bras.

— Papa ! Je t'aime autant que le bon Dieu !

— Non, ma mignonne ! Sois sage, mais il faut que tu restes à l'écart. Moi aussi je t'aime, mais je ne veux pas que tu tousses comme papa. Quand je serai guéri, tu m'en feras, des milliers de baisers… Maintenant, va ! Je pourrais te passer cette sale maladie !

Mais Violaine, suffoquée par un flot de larmes, car les yeux de son père exprimaient un grand chagrin, l'embrassa sur la joue, encore et encore...

Quelqu'un entra dans la maison et appela :

— Violaine ? Où es-tu ?

C'était Mariette. La jeune fille vit la porte de la chambre ouverte et l'enfant près du malade.

— Oh, pardon, monsieur Henri ! Gabrielle m'a demandé de la conduire chez nous, mais j'ai pris du retard... Maman n'était pas là, j'ai dû m'occuper des petits.

Henri hocha la tête. Brusquement, un sursaut le secoua et il toussa sans plus pouvoir s'arrêter. Ses joues pâles s'empourprèrent. Il réussit à articuler entre deux quintes :

— Prends vite la petite, Mariette... Vite, je t'en prie !

Violaine se sentit soulevée du sol par des bras robustes. Elle eut à peine le temps de se retourner et jeta un regard à son père. Il agitait une main, en guise d'au revoir.

— Papa ! bredouilla-t-elle.

Mariette sortit précipitamment de la chambre d'Henri et la déposa sur son lit, dans le réduit tiédi par la chaleur du poêle. Avec des gestes précis et rapides, la jeune fille veilla à emmitoufler l'enfant.

— Tes bas de laine... voilà ! Mais... tes petons sont glacés ! Mets donc ces chaussettes en plus... Tiens, et si on te laissait la chemise de nuit sous ta robe ?

— Si tu veux, Mariette... renifla la petite.

— Non, pas de robe ! Si tu joues dehors avec François et Louis, tu seras plus à ton aise en pantalon. Un bonnet sur tes jolis cheveux... Je te brosserai à la maison... Le manteau et l'écharpe. Allez, viens, tu vas boire du lait tout chaud.

Les manières de Mariette ne ressemblaient pas à celles, douces et soigneuses, de Gabrielle ; pourtant après cet habillage ponctué de bisous et de chatouilles, Violaine se sentit réconfortée. L'idée de petit-déjeuner avec François la consolait de cet immense chagrin qui lui était monté au cœur.

— Au revoir, monsieur Henri ! cria Mariette avant de sortir.

— Merci bien, petite ! lui répondit-il dans un souffle. Au revoir, ma Violaine !

— A bientôt, papa ! dit l'enfant sans oser regarder dans la chambre. A tout à l'heure…

Violaine appréciait la maison de Guillemette surtout en hiver. Une énorme cuisinière jaune ronronnait. Elle occupait la plus grande partie de la pièce ; la plaque du dessus et les poignées étaient astiquées et brillaient comme de l'argent. Une grande table touchait presque ce monument chauffant, pourvu d'un grand four. Près de la table se dressait un buffet aussi haut que large. A longueur d'année, huit personnes se disputaient le territoire situé entre les deux meubles et la cuisinière et encombré de chaises.

— Mmm… laissa échapper la fillette en entrant, les yeux pleins de larmes. Oh, ça sent bon !

François et Louis étaient attablés devant leur bol. Arlette et Isabelle venaient de partir à l'école. Nicole pliait du linge qu'elle entassait dans une panière.

— Eh, bonjour, Violaine ! s'écria l'adolescente. Assieds-toi donc. Je vais te beurrer des tartines.

Nicole, parmi les filles de la famille, était la préférée de Violaine, malgré sa ressemblance avec le redoutable Octave.

François souriait à sa sœur de lait, heureux de la retrouver si tôt. Les enfants déjeunèrent sans se presser, car ils n'osaient pas se montrer aussi gais que d'ordinaire. D'ailleurs, Mariette ne chantait pas en épluchant les pommes de terre et Nicole regardait sans cesse par la fenêtre. Les deux jeunes filles, en fait, ne savaient pas comment distraire les petits.

— Il fait mauvais, dehors ! expliqua Nicole. Avec ce vent glacé, ils prendraient mal…

— Et puis, il vaut mieux éviter que Violaine traîne devant la maison. Je crois que le docteur arrive, avec Gabrielle…

Ensuite, les événements se précipitèrent. Violaine vit passer, devant les carreaux, sa mère courbée en deux, suivie d'un homme vêtu de noir et de Guillemette. Gabrielle semblait pleurer et sa fille avait l'impression d'entendre ses sanglots. C'était comme si un vent de chagrin venait d'apporter la peine et le malheur dans le quotidien paisible de Violaine, balayant sa gaîté fragile. Et elle ne devait jamais réussir à l'effacer de sa mémoire.

Nicole se figea, accrochée au bras de Mariette. Louis se mordit les lèvres tellement il avait peur du silence qui avait soudain envahi la maison.

Très vite, Guillemette fit une entrée en bourrasque, le chignon en désordre, son châle noué de travers sur sa forte poitrine.

— Mon Dieu ! hurla-t-elle. Il faut conduire Henri à l'hôpital de Marennes... Mariette, cours chez le père Gautier, qu'il prête sa charrette et sa mule ! Dis-lui que c'est pour les Plantier. Nous devons être à la gare avant dix heures...

La jeune fille prit juste le temps d'enfiler une pèlerine de gros drap et se précipita dehors.

Violaine, muette de stupeur, s'aperçut alors qu'il se mettait à pleuvoir. Guillemette vint lui caresser la joue, se glissa vers la cuisinière et se servit du café, qu'elle tenait au chaud sur un angle.

— Nicole ! Amuse la petite ! cria-t-elle, l'air anxieux. Je vais retourner auprès de ma pauvre Gaby ! Elle pleure toutes les larmes de son corps. Dieu merci, nous avons cet hôpital ! Ils vont le soigner là-bas, sinon ça ne servirait à rien de construire des bâtiments pareils !

Et Guillemette claqua la porte. Violaine, qui avait réussi jusque-là à retenir ses larmes, se mit à sangloter puisqu'elle venait d'apprendre que sa mère pleurait aussi.

L'hôpital de Marennes avait été construit huit ans auparavant, en 1920. Les gens du pays, pêcheurs, marins et agriculteurs, s'étaient demandé, au début, à quoi il servirait. Ici, se soigner consistait à suivre la sagesse populaire, qui avait enseigné aux femmes l'art des tisanes et des cataplasmes. Peu à peu, les gens du pays s'étaient habitués à l'idée d'un hôpital ; ils s'étaient fait une raison. Certes, la médecine progressait moins vite que l'ostréiculture, mais de façon régulière.

— Je veux voir ma maman et mon papa ! bredouilla tout à coup Violaine en se levant de table.

Elle courut vers Nicole, les bras ouverts. La jeune fille se pencha et la serra très fort.

— Tu les dérangerais, ma chérie ! Ton papa doit s'habiller chaudement pour le trajet jusqu'à la gare... Et puis, il va faire ce petit voyage tiré par la mule du père Gautier, une brave bête qui trotte vite ! Il en a de la chance, monsieur Henri !

Bercée par la douceur des paroles de Nicole, la fillette s'apaisa. François et Louis, qui s'étaient approchés, assistaient à la scène en retenant difficilement leurs larmes.

— Ecoutez ! chuchota leur grande sœur. J'entends un bruit de carriole.

Violaine, toujours blottie contre la jeune poitrine de Nicole, vit par la fenêtre la mule avancer contre le vent chargé de pluie.

— Je t'en prie, Nicole ! sanglota-t-elle. Je voudrais voir papa monter dans la charrette.

L'adolescente, apitoyée par la supplique de l'enfant, se couvrit d'un vieux châle reprisé et remit son manteau à Violaine.

— François, Louis ! Ne bougez pas de là. Nous allons juste sur le pas de la porte.

En sortant, elles se heurtèrent à Mariette. Les deux sœurs se comprirent d'un coup d'œil. Encadrant Violaine et la tenant ferme par les épaules, toutes trois furent témoins du départ d'Henri. Guillemette s'était juchée la première sur le véhicule ; elle tenait un grand parapluie qu'avait prêté le père Gautier. Gabrielle, son foulard gris détrempé, à peine couverte d'un vieux gilet, soutenait son mari, vêtu de sa pelisse en toile cirée.

— Hue ! ma belle ! hurla Guillemette qui savait mener une bête attelée aussi bien qu'elle pétrissait des galettes ou reprisait des draps.

Ce malheureux équipage s'ébranla. Mariette voulut retenir la chienne par son collier, mais Vénus se débattit et fila en trottant derrière la carriole.

Violaine en garda la vision toute la matinée, malgré les efforts de François pour l'entraîner dans ses jeux.

— Je joue, je joue, gémissait-elle en plissant le bout de son nez, mais je pense à mon papa aussi...

4

Jours de deuil

Guillemette fut de retour à midi. Elle envoya Violaine et les deux garçons se dégourdir dans l'arrière-cour, sous l'auvent qui protégeait l'établi d'Octave. Puis elle entraîna ses filles dans la chambre. Celles-ci étaient suffisamment grandes pour entendre la nouvelle.

— Henri a les poumons très atteints ! Il aurait dû consulter le docteur bien avant. Gabrielle ne veut pas le quitter. Surtout, pas un mot à la petite ! Je dois prévenir madame Duplessis, elle serait fâchée sinon… Et puis aujourd'hui, c'est jour de repassage. Un sou est un sou !

Guillemette prit juste le temps d'avaler un morceau de fromage frais sur du pain avant de repartir. Nicole et Mariette firent rentrer les enfants et leur servirent de la soupe aux navets. Violaine eut du mal à manger. L'harmonie qui réglait sa jeune existence venait de voler en éclats, brisée par des quintes de toux, des cris et des larmes. Son père se trouvait dans cet endroit mystérieux appelé « hôpital » et sa mère avait disparu.

La fillette était accoutumée à rester quelques heures chez Guillemette, son ancienne nourrice, sa Guillette ! Mais cette fois, il rôdait autour d'elle une menace imprécise, une atmosphère différente, pesante, qu'elle apprendrait bientôt à reconnaître et à nommer. C'était la tristesse, le goût âcre du malheur.

Cependant, lorsque François sortit d'un placard une poupée en mauvais état, la fillette parvint un moment à chasser sa peine.

— Maman l'a trouvée derrière la maison du maire, dans un grand carton ! murmura le petit garçon. Avec, il y avait ses habits... Elle était plus belle, avant. Tu as vu ses dents et ses cheveux ?

Mariette, qui les surveillait, eut une idée.

— Apportez-moi la poupée ! Nous allons la réparer. Maman n'a jamais eu le temps de s'en occuper !

Nicole, soulagée, sortit la boîte à couture. Sa sœur avait raison, il fallait s'occuper la tête et les doigts plutôt que d'attendre des nouvelles de l'hôpital.

Ce fut un après-midi enchanté, fait de rires, de chansons fredonnées, pendant que la poupée reprenait une allure correcte. Ses cheveux naturels brossés, sa peau de porcelaine lavée et séchée, il ne manquait plus à la « demoiselle », comme la nomma Violaine, qu'une belle robe.

— Je lui couds des manches longues ! expliqua Nicole, cela cachera son bras cassé.

— Et moi un beau jupon, ajouta Mariette, on ne verra pas qu'elle a eu la jambe arrachée. C'est Arlette qui a fait ça, le jour où maman a ramené la poupée.

Violaine eut un regard farouche.

— Elle est méchante, Arlette ! Pauvre poupée !

— Arlette avait ton âge, ma chérie ! répliqua Nicole. Elle voulait la prendre à Isabelle. Crac, la jambe s'est détachée et cassée en morceaux, sur le pavé. Arlette a pleuré, Isabelle aussi, en laissant tomber la « demoiselle ». Tu vois, ce trou derrière sa tête ?

La petite fille effleura du bout du doigt la blessure. Sa bouche se tordit de chagrin. Mariette s'écria :

— Non, ne pleure pas, ma Violaine ! Je vais lui faire un beau bonnet dans ce bout de tissu rose. Et puis, sens le fromager qui cuit ! Nous allons nous régaler...

Les deux jeunes filles se regardèrent et reprirent la chanson interrompue. Louis répéta avec elles :

— « Sur le pont de Nantes, un bal était donné, sur le pont de Nantes, un bal était donné ! La belle Elise voudrait bien y aller, la belle Elise voudrait bien y aller... »

Dans ce pays, chaque ménagère savait préparer le fromager. Mariette, triomphante, le sortit du four bien noir selon la recette. Pourtant, elle ne pouvait s'empêcher de redouter la réaction de sa mère. En effet, afin de cuisiner ce gâteau, elle avait épuisé le pot de fromage blanc.

— Regarde ça, Violaine ! J'ai vu faire maman bien souvent, mais c'est mon premier fromager ! Quand j'aurai un mari, il sera bien content d'avoir une femme qui n'est pas manchote ! Tu vois, c'est simple : une pâte fine à l'huile en dessous et garnie de fromage sucré, avec des œufs battus.

Nicole pouffa en découpant la pâtisserie.

— Si nous le mangeons tout entier, maman ne saura même pas que tu l'as fait…

— Non ! s'écria François, il faut en garder pour Arlette et Isabelle. Elles vont rentrer de l'école.

Le retour de Guillemette, accompagnée de madame Duplessis, mit fin à la discussion. L'épouse du notaire chercha aussitôt Violaine du regard. Guillemette, embarrassée, examina d'un œil noir la table encombrée de tissus, la poupée étalée, les bols vides et un superbe fromager trônant au milieu d'un plat. Mais Elise ne prêtait aucune attention au décor. D'un geste, elle fit signe à Violaine d'approcher.

— Eh bien, mon enfant, tu t'amuses, on dirait ?

— Oui, madame… balbutia la fillette.

La petite se rappela soudain la chanson de Nicole, « Le Pont de Nantes », et cette belle Elise qui voulait danser. Elle crut un instant que la dame de la chanson se tenait devant elle, car la femme du notaire lui parut très jolie avec sa voilette et ses cheveux ondulés.

— Je voulais m'assurer que tu n'étais pas trop inquiète, mon enfant ! Ta maman ne peut pas rentrer ce soir. Elle te confie à Guillemette. J'ai demandé à Charlotte de porter une blanquette de veau pour le dîner. Je veillerai à aider tes parents, Violaine… Toi, il faut que tu sois bien sage.

La fillette promit dans un souffle. La présence de cette belle dame, qui l'avait d'abord ravie, la ramenait à présent du côté de son chagrin, à cause des paroles dites, du visage grave et triste. Alors, très vite, elle se raccrocha à ce qui l'avait si bien consolée.

— Mariette et Nicole soignent ma « demoiselle » ! dit-elle en montrant la poupée.

Mais Elise discutait à voix basse avec Guillemette et ne l'entendit pas. Elle s'en alla rapidement, laissant tomber par mégarde aux pieds de Violaine un mouchoir de soie parfumé à la lavande. L'enfant le ramassa prestement. Elle le porta à son nez et respira une senteur riche et fraîche qui la réconforta. Et madame Duplessis reprit sa place dans la chanson…

Le soir, Octave rentra plus tôt que prévu. Un pêcheur lui avait appris ce qui s'était passé chez les Plantier. Violaine craignait le mari de Guillemette mais, décidément, personne n'agissait comme de coutume.

Arlette et Isabelle ne s'étaient pas querellées en faisant leurs devoirs, Guillemette n'avait pas reproché à Mariette d'avoir cuit un fromager. Elle avait même donné la poupée à Violaine, en l'embrassant très fort sur les joues. Et Charlotte, en apportant la lourde marmite enveloppée d'un torchon, qui contenait entre ses flancs encore tièdes la fameuse blanquette de veau, n'avait pas son habituelle figure moqueuse. La bonne des Duplessis avait souri d'un drôle d'air aux enfants et s'était même attardée près de la cuisinière en bavardant avec Guillemette.

Lorsque la nuit eut noirci les carreaux, Violaine supplia Nicole de fermer les volets. La fillette était grisée de chaleur et de nourriture. Elle voulait jouer à être la plus heureuse du village, sa « demoiselle » contre son cœur et, au fond de sa poche, le mouchoir au délicieux parfum de madame Duplessis.

Octave lui-même parla peu et tout bas. Il but trois verres de vin, avala sa part de blanquette et partit se coucher. Il marmonna seulement :

— Misère ! Misère de misère…

Nicole et Mariette improvisèrent un lit pour leur protégée. Elles attachèrent ensemble deux vieux fauteuils en paille.

— Maman, demanda Nicole, puisque tu as les clefs de chez Gaby, il faudrait prendre l'édredon et les couvertures de Violaine. Nous lui ferons un lit là-dedans !

— J'y vais ! s'écria Guillemette. Viens donc, Vénus, allons prendre l'air...

Bientôt, Violaine put s'installer dans cette étrange couchette, à un pas de la cuisinière. Nicole et Mariette avaient si bien garni les fauteuils que l'enfant était vraiment comme dans un nid.

— J'ai peur du noir ! souffla-t-elle. Et je n'ai pas dit mes prières...

Emue, Guillemette s'essuya les yeux.

— Fais tes prières, ma chérie ! s'écria-t-elle, nous les dirons avec toi...

Certes, ils avaient moins de religion que Gabrielle et Henri, tout en étant bons catholiques et croyants. François et Louis, qui enviaient en secret le « lit » de Violaine, ainsi qu'Arlette et Isabelle, joignirent leur voix au *Notre Père*. Ensuite, tous les enfants Lignet se couchèrent dans la seconde chambre, où les lits étaient à touche-touche.

Guillemette se pencha sur le nid douillet et murmura, en caressant les joues de la fillette :

— Dors bien, ma petite chérie ! Tu vois, Vénus s'est couchée juste à côté, elle va veiller sur toi. Ta Guillette va coudre un peu sous la lampe, jusqu'à ce que tu dormes. Veux-tu savoir un secret, toi toute seule ?

— Oh oui !

— Tu n'en parleras à personne ?

Violaine promit d'un clignement de paupières.

— Eh bien, cet été, un bébé arrivera dans la maison, un joli bébé... Une fille ou un garçon... Alors je tricote pour lui. Es-tu contente ?

La petite serra plus fort sa poupée. Elle chercha à comprendre comment viendrait ce bébé, mais le sommeil l'engourdissait déjà.

— Je pourrai t'aider à le soigner ? bredouilla-t-elle malgré tout.

— Bien sûr, ma Violaine. Dors vite maintenant.

Guillemette cala sa chaise près de la cuisinière, prit ses aiguilles et sa laine, qui provenait d'un vieux paletot d'Isabelle. Elle guettait le souffle régulier de la fillette en comptant ses mailles, tandis qu'une buée de larmes faisait briller ses prunelles noires.

Le lendemain matin, Violaine se réveilla de bonne heure. Elle n'ouvrit pas tout de suite les yeux. Quelqu'un pleurait en disant d'une voix toute frêle :

— Il a passé à l'aube, quand le ciel bleuissait... Mon pauvre Henri ! Si j'avais cru que ça irait aussi vite ! Les docteurs ont dit que c'était une phtisie galopante. Ils criaient que nous aurions dû venir à l'hôpital bien plus tôt ! Mais... je ne le savais pas ! Henri ne se plaignait jamais...

— Chut ! dit Guillemette, ta petite dort, elle saura bien assez tôt.

Des sanglots suivirent et un murmure confus.

— Mon Dieu ! Sainte Marie ! Priez pour lui ! Pour moi et ma fille...

Violaine aurait voulu se rendormir, effacer de son esprit les mots de sa mère ! Ne pas l'entendre dire encore, d'un ton désespéré :

— Oh ! Guillemette, il est mort ! Mon Henri, il ne méritait pas ça... Je l'aimais tant. Qu'est-ce que je vais devenir sans lui ?

L'enfant se redressa sans bruit. Elle savait la vérité et cette vérité la terrorisait. Elle appela :

— Maman, maman !

Gabrielle tourna vers sa fille un visage altéré par la douleur. Elle se leva avec précaution, marcha pliée en deux vers le bizarre assemblage de fauteuils à la paille défraîchie.

— Ma Violaine, ma petite fille chérie, je n'ai plus que toi ! Papa est monté au ciel, cette nuit... Les anges du paradis vont le protéger.

Ces paroles furent prononcées d'un ton si navré, si poignant que la fillette éclata en larmes. Pour l'instant, elle ne voulait pas d'un papa bien installé chez les anges. Non ! elle rêvait de le voir entrer, avec ses guêtres boueuses, son bonnet sur les cheveux, un panier d'osier à la hanche. Il serait doré par le soleil, il ne tousserait plus, il rirait à pleines dents...

— Ma Violaine, je n'ai plus que toi ! répéta Gabrielle.

Le rêve fut chassé, balayé par ces mots, par la joue mouillée de sa mère contre la sienne.

— Alors, papa est mort ? demanda l'enfant. C'est sûr, qu'il est mort ? Moi, je voulais pas !

Violaine suffoquait, la bouche grande ouverte, car elle ne pouvait même pas pleurer tant elle avait peur et mal.

Gabrielle, devant ce spectacle tragique, prit sa fille dans ses bras et la couvrit de baisers éperdus.

— Ma pauvre petite pitchoune ! Tu l'aimais, ton papa... Moi aussi, je l'aimais... Je ne te laisserai pas, moi, n'aie crainte. Nous sommes bien malheureuses, ça oui !

La voix de la jeune femme tremblait, puis elle céda à de nouveaux sanglots. Violaine put enfin pleurer aussi, cramponnée à sa mère.

Guillemette les regardait, profondément affligée. Elle n'osait pas approcher de la mère et de la fille enlacées, secouées par la violence de leurs larmes. Elle se contenta de murmurer, sans espoir d'être entendue :

— Je suis là, moi, et je veillerai sur vous deux.

Le vent soufflait du large, faisant voleter les châles noirs des femmes. Le petit cimetière du Chapus était envahi par une foule de gens qui tournaient le dos à l'air froid et humide du noroît. On mettait en terre Henri Plantier, et ses collègues ostréiculteurs, les marins, les pêcheurs, leurs épouses, leurs mères, les enfants, tous assistaient à la cérémonie.

Violaine tenait fermement la main de Gabrielle, dont le corps mince frissonnait de chagrin. Pendant les obsèques, la jeune veuve avait beaucoup prié dans l'église, sans quitter des yeux le cercueil où reposait son mari. Elle avait eu l'impression, à ce moment-là, d'être encore près de lui, mais à présent il allait vraiment disparaître sous la terre sablonneuse et légère du pays.

Les vagues de l'Océan, dont on percevait le roulis déchaîné contre la jetée du port, semblaient prêtes à dévaster les cabanes de bois bâties près des rochers du Daire. C'était la seule musique qui accompagnait Henri ce jour-là, une musique sauvage et violente dont il connaissait chaque accord.

Guillemette reniflait, un mouchoir à la main. Son mari Octave montrait un visage fermé. Il perdait un de ses amis et gardait les lèvres closes sur sa colère, face à ce qu'il considérait comme une injustice du sort. Elise Duplessis, en toilette de velours brun, se tenait un peu à l'écart des villageois. Elle paraissait prier, ses mains gantées jointes sur la poitrine. Le prêtre récitait le requiem, agitant le goupillon d'eau bénite au-dessus de la fosse.

Gabrielle se sentit défaillir. L'instant approchait où elle devrait jeter une poignée de sable sur cette fragile caisse en planches où gisait son Henri. La jeune femme ne parvenait pas à croire qu'elle ne le reverrait plus. Son regard brun si doux, ses mains caressantes, usées par l'eau de mer et la vase... Violaine perçut la faiblesse de sa mère. La petite, à qui l'on avait dit d'être courageuse et sage, leva la tête.

— Maman ? tu pleures ?

Gabrielle lui lança un coup d'œil affolé. Si sa fille n'avait pas été là, à ses côtés, elle se serait effondrée au bord de la tombe, pour hurler de douleur et de terreur. Mais la petite, blonde et dorée malgré le ciel lourd de nuages gris, resplendissait au milieu de cet Océan de chagrin qui la submergeait. Ses beaux yeux bleus, gonflés par les larmes versées depuis deux jours, imploraient sa mère.

— Viens avec moi, ma Violaine ! bredouilla Gabrielle. Nous devons dire adieu à papa ! Toutes les deux... Ne lâche pas ma main, cela me donne de la force.

Nicole et Mariette pleuraient en silence, bouleversées par le chagrin de leur voisine. Elles tenaient aux épaules leurs petits frères, entourés d'Isabelle et d'Arlette. Les six enfants Lignet plaignaient de tout cœur leur chère Violaine et sa maman.

Gabrielle n'avait pratiquement rien mangé durant ces heures terribles qui s'étaient succédé, avec leur poids de malheur. Le départ à l'hôpital sous une pluie froide, la nuit d'horreur où Henri s'était éteint brutalement après des quintes de toux redoutables. La jeune femme revit dans un éclair l'écume sanglante ourlant les lèvres de son mari, puis ce brusque sursaut, sa vie coupée net.

— Il était si malade ! marmonna-t-elle en prenant le goupillon.

Elle aurait voulu revenir en arrière, juste pendant la veillée funèbre. Henri lui avait paru très beau, à la clarté jaune des cierges disposés dans leur chambre. Beau et reposé, avec un sourire apaisé.

— Henri ! cria-t-elle. Ne me laisse pas ! Non, pas déjà !

Guillemette se précipita pour retenir son amie qui vacillait. Octave lui prêta main-forte. Gabrielle, soutenue par des poignes solides, recula en sanglotant tout haut. Violaine s'accrochait à ses jupes :

— Maman ! Maman ! Qu'est-ce que tu as ?

Olivier Bonaventure n'avait rien perdu de cette scène tragique. Le patron d'Henri réajusta sa cravate. Vêtu d'un costume gris foncé, portant un chapeau que le vent voulait lui arracher, le maître mareyeur se faisait du souci. Il fut l'un des derniers à jeter une poignée de sable symbolique sur le cercueil de son employé.

Les gens se retiraient en groupes, après avoir présenté leurs condoléances à la veuve, que Guillemette aidait à rester debout. Il fallut plus d'une heure pour voir le calme revenir, et un monticule de terre jaunâtre faire office de tombe. Une collecte avait été organisée. Un marin piqua une simple croix de bois, où était gravé au couteau le nom « Henri Plantier ». Une couronne de lierre et de buis remplaça les fleurs, trop rares à cette époque de l'année.

Violaine, qu'enlaçait Nicole, se promit de venir au cimetière tous les dimanches. La fillette s'imagina cueillant des roses trémières, de toutes les couleurs, du mimosa, des dahlias, qu'elle porterait en cadeau à son cher papa.

Enfin, la foule se dispersa. Guillemette murmura à l'oreille de Gabrielle :

— Si nous rentrions ! Je te ferai boire du bouillon chaud... Tu dois tenir le coup, pour ta fille !

Gabrielle n'avait qu'une envie : dormir et ne pas se réveiller. Pourtant, elle prit le bras de son amie. Devant les deux femmes marchaient les enfants, dont Violaine. Octave souffla soudain à son épouse :

— Monsieur Bonaventure ! Il veut parler à Gabrielle..

Or, madame Duplessis désirait également discuter un peu avec la veuve. Gabrielle se retrouva donc confrontée au maître mareyeur et à sa bienfaitrice.

— Je suis navré, madame Plantier ! commença Olivier Bonaventure. Je ne veux pas vous ennuyer un jour pareil, mais il faut que nous causions. J'ai engagé un autre gars, qui remplacera votre mari. L'hiver, il y a encore plus de travail sur les parcs. Alors, rapport au logement... Je ne peux pas vous garder, faut me comprendre ! Celui-là, il me paiera un loyer, pas comme vous ! Donc...

Guillemette se mordit les lèvres tandis qu'Octave lui serrait le bras en signe de prudence. Sa femme avait son franc-parler et il la sentait prête à défendre, le verbe haut, la malheureuse Gabrielle. Ce fut Elise qui, d'un ton glacial, s'en chargea :

— Monsieur, vous n'allez pas tourmenter cette pauvre femme qui vient d'enterrer son mari ! Ce n'est ni l'endroit ni l'heure, mais je souhaiterais vous dire deux choses. D'abord, mon époux vous a trouvé de grosses commandes dans les Deux-Sèvres ; ensuite, je suis disposée à vous verser un loyer, afin que madame Plantier et sa fille puissent demeurer dans leur maison, au moins jusqu'à l'été. Si vous cherchez de quoi loger un nouvel ouvrier, il y a sûrement moyen d'arranger la baraque du père Mathieu. Son logement vous appartient aussi, n'est-ce pas ? Que voulez-vous, l'épouse d'un notaire est au courant de tout... Les hommes égoïstes, sans générosité, ne sont pas les bienvenus au royaume de Dieu, ne l'oubliez pas !

Gabrielle écoutait, l'air hébété, ses mains crispées sous son châle. Ainsi, sans madame Duplessis, elle se serait retrouvée à la rue avec Violaine... La jeune femme finit par réagir et déclara d'une voix douce :

— Merci, chère madame ! Mais je suis sûre que monsieur Bonaventure nous aurait quand même accordé un délai... N'est-ce pas, monsieur ? Comprenez, là, je suis encore tout étourdie... vu ce qui m'arrive, pourtant je comptais vous dire que je peux travailler sur les parcs pendant des années encore ! J'accompagnais Henri, tous les jours ou peu s'en faut ! Je connais le métier, monsieur, vous pouvez me croire !

Guillemette chuchota :

— Allons, Gaby, tais-toi donc !

Mais Gabrielle ne pensait plus qu'à l'avenir de sa fille. Elle voulait demeurer au Chapus et se battrait pour, s'il le fallait.

— Croyez-moi, monsieur Bonaventure, même les claires, je peux m'en occuper ! Je sais que l'eau doit être changée régulièrement, les bords, consolidés. Les outils de mon homme, je sais m'en servir.

Le maître mareyeur haussa les épaules, comme exaspéré par les suppliques de Gabrielle.

— Je ne pourrai pas vous garder l'année prochaine, madame Plantier ! Vous ne travaillerez jamais autant qu'un homme !

— Oh, je vous en prie ! s'écria la jeune veuve. Avec ce que l'on ramasse sur les rochers, et une seule enfant à nourrir, je m'en sortirai comme il faut ! Vous verrez !

Elise avait pâli. Le spectacle de Gabrielle implorant ce mareyeur au rictus méprisant lui était insupportable. Elle saisit l'homme par le coude.

— Je vous en prie, monsieur Bonaventure, veuillez immédiatement rassurer madame Plantier, qu'elle puisse rentrer se réchauffer. Je me porte garante pour les soucis que cette situation vous occasionnerait... Et vous, Gabrielle, soyez tranquille. Charlotte vous portera tous les matins un pot de soupe et de la farine blanche ; vous ne manquerez de rien.

Sur ces mots, l'épouse du notaire quitta le cimetière à grands pas. Saisi de stupeur et maîtrisant à peine une colère sourde, le mareyeur la suivit, saluant d'un geste de la main, les lèvres pincées, Octave, Gabrielle et Guillemette.

— Tout est arrangé, on dirait ! murmura celle-ci entre ses dents. Maintenant, ma grande, viens chez nous. Tu dormiras avec Mariette cette nuit, et Violaine, dans ses deux fauteuils. Il ne fait pas bon être seul quand on a le cœur trop lourd.

Octave hocha la tête. Il songeait à l'intervention de madame Duplessis. Cette femme devait vraiment s'ennuyer pour se mêler ainsi de la vie des autres. C'était un de ses sujets d'étonnement, de méfiance même.

Pourquoi joue-t-elle les sœurs de charité, celle-là ? se demanda-t-il encore une fois, en son for intérieur. Déjà, son gamin a une mauvaise maladie. Ma parole, elle a honte de rouler sur l'or... Et quand elle regarde Violaine, on dirait qu'elle voudrait la prendre sous son bras. Un croquemitaine en jupons, ouais !

Le pêcheur eut beau retourner la question en tous sens, il ne trouva pas de réponse. Le plus important, finit-il par conclure, c'était que la veuve de son ami Henri ait un toit sur la tête et de quoi manger...

Gabrielle et Violaine ne passèrent qu'une nuit chez Guillemette. Dès le lendemain des funérailles, elles rentrèrent dans leur petite maison, froide et silencieuse, pleine de souvenirs : chaque moment de leur existence imprégnait les lieux, ces instants de bonheur à trois... Au sein de la grande famille de Guillemette, entourée de leur affection, Gabrielle arrivait à accepter l'idée de la mort d'Henri. Mais de retour dans sa maisonnette, la douleur de cette perte lui revenait en plein cœur. Retenant ses larmes, elle marmonna :

— Je vais allumer le poêle, ma chérie !

La fillette jetait des regards désolés vers la chambre. C'était dans le grand lit qu'elle avait vu son père pour la dernière fois. Le chagrin lui serrait la gorge, au point de ne pas pouvoir dire un mot à sa mère. Seule sa belle poupée, qu'elle tenait contre son cœur, lui apportait un peu de réconfort. Violaine la berça, embrassa ses joues de porcelaine et lui chuchota :

— Maman, est-ce que je peux coucher ma demoiselle dans mon nid ? Elle a froid, très froid.

— Bien sûr, ma pitchoune ! La soupe sera bientôt prête.

Gabrielle retrouvait peu à peu les gestes de tous les jours. Le quotidien ne se laisse pas oublier. Et puis, il aide à reprendre pied dans la réalité, quand le cœur est trop lourd, que l'esprit se révolte… La vie, avec son lot de misère et de chagrin, continuait malgré tout. Alors, que faire d'autre ? Violaine avait besoin de sa mère. Gabrielle réussit à faire une flambée dans le Godin.

Mais tout son être souffrait de la mort d'Henri. Malgré sa profonde piété, en sachant son mari couché sous la terre, elle se mettait à douter du salut des âmes.

Des sanglots la suffoquèrent. Gabrielle se réfugia dans la chambre, leur espace d'intimité… Elle prit à sa ceinture une clef qui ouvrait un petit placard mural où elle rangeait ses maigres économies, son missel et un collier d'argent qu'Henri lui avait offert, la veille de leurs noces.

La jeune femme voulait y déposer son missel, mais, entre la boîte contenant ses sous et l'écrin du collier, elle découvrit une image, comme celles que l'on donne aux communiants, le jour de la confirmation.

Qu'est-ce que c'est ? se dit-elle.

Il lui fallut s'essuyer les yeux, se moucher, avant de pouvoir examiner sa trouvaille. Elle fronça aussitôt les sourcils, stupéfaite ! Le dessin, couleur sépia, représentait une colombe s'envolant dans un ciel parsemé de nuages blancs. L'oiseau, symbole de paix et d'amour, portait en son bec un rameau de buis.

— Mais… d'où sort cette image ? balbutia Gabrielle.

Du bout des doigts, la jeune veuve caressa le papier velouté. Les mots inscrits sous la colombe la frappèrent en plein cœur : « Je suis avec vous ! »

— Violaine ! appela-t-elle. Viens vite !

La fillette accourut.

— Ma mignonne ! J'ai trouvé cette image dans mon placard ! Je ne l'avais jamais vue ! Et puis, qui l'a mise ici ? Ne crains rien, dis-moi la vérité ! Tu ne l'aurais pas trouvée quelque part, avec François, et cachée là, après m'avoir pris ma clef ?

La petite ouvrit des yeux ronds. Son expression de surprise suffit à Gabrielle pour comprendre que sa fille ne connaissait pas ce dessin, porteur d'espérance.

— Non, maman ! Moi, je sais pas… Mais c'est beau, tu me le donnes ?

— Pas tout de suite, ma chérie ! D'abord, je veux savoir ce qu'elle fait chez nous. Je suis la seule à ouvrir ce placard. C'est ton papa qui a installé une serrure, parce que je m'inquiète toujours des voleurs. Gentil comme il était, il ne voulait pas que je me tracasse, mon Henri !

Violaine, voyant sa mère en larmes, la serra dans ses petits bras.

— Maman, je t'aime ! Papa, il est au ciel, comme la colombe. Il vole !

Gabrielle, éperdue de chagrin, n'y comprenait rien. Son esprit cherchait désespérément d'où venait cette image. Enfin, aucune explication logique ne pouvant la satisfaire, elle renonça.

— Nous allons la remettre à sa place, ma chérie ! dit-elle en soupirant. Tu dois avoir faim.

Violaine se coucha dès qu'elle eut dîné. Gabrielle, les nerfs à vif, veilla près du Godin ronronnant. Elle avait ressorti l'image du placard et contemplait la mystérieuse gravure. Elle ne pouvait détacher les yeux de ces quelques mots : « Je suis avec vous ! »

Ce message l'obsédait. En fidèle catholique, la jeune femme avait vu bien des images de piété, à l'église ou chez des voisins. Dans ce pays de bord de mer, ce genre de dessin évoquait surtout la Vierge Marie ou les saints protégeant les voyageurs. Mais cette colombe blanche, aux ailes déployées, lui paraissait étrange.

— Mon Dieu ! Je sais qu'elle n'y était pas hier matin, avant que l'on porte mon mari chéri au cimetière. Je le sais, puisque j'ai pris mon missel pour les obsèques.

Gabrielle détailla avec attention le carré de papier. Il semblait en bon état, presque neuf.

Henri ! songea-t-elle. Que je suis sotte ! J'ai l'impression que c'est toi qui me parles. Ma grand-mère me racontait bien que, parfois, les défunts nous envoient des signes... Elle avait entendu trois coups résonner dans son armoire, alors que son homme venait de trépasser.

La jeune veuve frissonna d'une crainte sacrée. Puis elle rangea l'image dans le placard et se coucha, l'oreiller de son mari serré contre son cœur.

Le lendemain, Gabrielle, hantée par ce qui lui était arrivé, retrouva un peu d'énergie. Il lui fallait interroger les gens capables de trouver une réponse à son tourment. Elle consulta en premier le curé de l'église Saint-Louis, son confesseur. C'était un homme instruit et d'une grande bonté. Il l'écouta sans l'interrompre, puis lui prit les mains.

— Ma chère enfant ! L'univers nous cache encore bien des secrets. Et puis, n'oublions pas la profonde miséricorde de Dieu pour nous, pauvres pécheurs. J'ai recueilli, au cours de mon sacerdoce, des témoignages surprenants. Puisque vous m'assurez que nul n'a pu placer cette image chez vous, que penser ? En tout cas, je peux vous assurer que, moi-même, je n'ai jamais vu ce genre de dessin. La colombe est un symbole chrétien, car ce bel oiseau volait au-dessus de Notre-Seigneur Jésus, à Jérusalem, mais il est rarement représenté sur ces petites images.

Gabrielle insista :

— Et les mots, mon père, « Je suis avec vous ! », sont-ils dans l'Evangile ?

— Une fidèle croyante comme vous ne peut l'ignorer. Vous le savez comme moi : Dieu est avec nous à toute heure de notre vie terrestre, mais ceux qui nous aiment et sont au ciel peuvent délivrer le même message. Retrouvez la paix, mon enfant, peut-être votre mari vous le demande-t-il... Vivez, avec votre fille, dans la sérénité des cœurs purs.

Gabrielle sortit de l'église dans un état second. Sa foi, comme une force nouvelle, la portait, soulageant l'amère douleur du deuil. Elle marcha ainsi jusqu'au Chapus et entra chez Guillemette à qui elle avait confié Violaine.

Louis, François et la fillette jouaient dans la cour. Les deux femmes, seules, burent une chicorée. C'est alors que Gaby, d'un ton ému, conta à nouveau son histoire.

— Mon Dieu ! s'exclama sa voisine, tu me donnes la chair de poule. Montre-moi l'image...

Les doigts de Guillemette tremblaient en tenant la petite gravure. Superstitieuse par-dessus tout, elle la rendit aussitôt à Gabrielle.

— Je peux te jurer, ma Gaby, que je n'ai jamais vu ce dessin. J'espère que tu me crois ! Et puis, si j'avais voulu te le donner, je l'aurais fait en mains propres, après l'enterrement. Je ne me serais pas amusée à le cacher dans ton placard. D'abord, je ne sais même pas où il est, ton réduit... ni ta clef !

— Regarde, murmura Gabrielle, la clef est à ma ceinture, sous mon manteau. Personne n'a pu me la prendre. Alors, il me faut admettre que c'est un miracle, un vrai petit miracle pour moi seule, de mon Henri bien-aimé, qui est au ciel avec les anges.

La jeune veuve pleura encore sur le sein généreux de son amie, mais ces larmes la réconfortèrent. Son chagrin était bien trop fort pour être consolé, trop immense, mais elle reprit courage, persuadée dorénavant qu'une âme charitable, et capable de pardon, veillait sur sa fille et sur elle, de là-haut.

Hormis le curé et Guillemette, personne au Chapus n'eut vent de cette image, apparue comme par enchantement. Mais beaucoup s'étonnèrent de voir à Gabrielle un visage lumineux, une résignation toute chrétienne à son sort de veuve. Le message de l'image habitait son cœur. Elle ne doutait plus désormais, et ses prières lui tenaient lieu de nourriture et d'amour.

Violaine berçait sa poupée en fredonnant, assise sur une chaise près du poêle. Le mois de janvier s'achevait et déjà l'air s'était adouci. L'hiver avait été très rigoureux, mais sans un seul jour de gel. La petite fille surveillait les gestes de sa mère occupée à écailler un énorme poisson. Gabrielle, les paupières rougies par les larmes, travaillait en pleurant doucement. Il y avait exactement un mois que son mari était mort. L'enfant chanta plus fort :

Ma poupée chérie ne veut pas dormir
Petit ange mien, tu me fais souffrir
Ferme tes doux yeux, tes yeux de saphir
Dors, poupée, dors, dors, ou je vais mourir...

Sa mère, surprise, se retourna et contempla sa fille avec émotion. Combien Violaine était charmante, ses cheveux nattés et garnis de rubans, avec la belle poupée que lui avait donnée Guillemette contre son cœur ! Elle essuya ses mains poisseuses sur un torchon et s'approcha.

— Tu n'as pas oublié cette chanson, ma pitchoune ?

— Tu me l'as chantée quand on dormait chez Guillette ! répondit Violaine. Moi, j'aimais bien habiter avec eux.

Gabrielle soupira, prit une chaise et s'installa en face de sa fille.

— Violaine, nous sommes si proches voisins que tu cours voir François dix fois par jour. Quand je travaille sur les parcs, Nicole te garde. Ma pauvre mignonne, je sais que la maison est bien vide sans papa, mais nous sommes chez nous ici. Je ne veux gêner personne. Chante encore, va ! Cela me fait plaisir.

La petite reprit son refrain, mais le mot « mourir », à la fin, lui fit craindre de nouvelles larmes de sa mère. A sept ans, l'esprit et le cœur sont portés à la joie, à l'espoir. Violaine avait eu beaucoup de chagrin et son père lui manquait à chaque instant. Pourtant, sans en avoir véritablement conscience, elle était avide de retrouver une vie quotidienne paisible et rassurante. Et puis, soir et matin, sa maman demandait à la Vierge, dans chacune de ses prières, de veiller sur son mari.

Gabrielle lui avait appris, il y avait déjà bien longtemps, que cette belle dame vêtue de voiles couleur du ciel, au visage plein d'amour, était la mère de Jésus-Christ, le sauveur de tous les hommes du monde. Sa maman ajoutait souvent, les yeux pleins d'espérance :

« Les femmes prient Marie, ma mignonne, car elle n'est jamais sourde à leurs suppliques ! Comme nous, son cœur de maman a souffert quand son fils a été mis en croix. Comme nous, elle a de la compassion pour ceux qui souffrent. Papa avait très mal à l'hôpital, alors la Sainte Vierge l'a rappelé à elle, pour qu'il prenne sa place parmi les anges... »

Désormais, lorsque Violaine pensait à son père, elle se le représentait avec deux magnifiques ailes blanches, comme la colombe sur l'image que sa mère gardait précieusement, entre les pages de son missel. Henri devait veiller sur les âmes, dans ce paradis dont parlaient si souvent sa mère et le curé de Bourcefranc. Cette certitude avait contribué à apaiser plus rapidement le chagrin de l'enfant.

— Dors, dors, ma poupée, et tu auras de la galette ! chanta la petite fille en souriant à Gabrielle. C'est joli comme ça aussi, hein, maman ?

— Oui, tout est joli ! surtout toi, mon rayon de soleil ! s'écria la jeune veuve en étreignant son enfant. Maintenant, je vais m'occuper de ce poisson, sinon nous souperons fort tard.

Violaine se leva et alla coucher la poupée dans son lit. Elle revint à petits pas et, faisant le moins de bruit possible, elle ouvrit le bahut. C'était la première fois qu'elle prenait l'initiative de mettre le couvert. Sa mère s'en aperçut et l'encouragea d'un sourire.

— Oh ! Voici une petite fée du logis ! Ma Violaine, que tu es gentille...

La fillette s'appliqua, posa les deux assiettes face à face, puis les verres, les couteaux et les fourchettes.

— Tu as vu, maman, je suis grande ! Je n'ai rien cassé... Bientôt, je t'aiderai à faire la cuisine et je pourrai même laver du linge ! Nicole m'a aussi montré comment on repasse.

Gabrielle ferma les yeux un court instant. Dans le poêle, le bois craquait, les flammes captives ronflaient, jetant des lueurs orangées derrière la lucarne de mica. L'eau de la marmite, assaisonnée de sel, de thym et de laurier, bouillonnait, prête à cuire la chair rose du poisson. Tout était presque comme avant... A la fenêtre s'attardait un coin de ciel d'un bleu sombre piqueté d'étoiles, signe que la marée était basse, là-bas, au bout de la jetée. Elle murmura d'une voix sourde, le cœur étreint par l'émotion :

— Henri !

C'était l'heure où son mari rentrait, avant... La jeune femme se raidit. Elle ne devait pas y penser, pour épargner Violaine que ses larmes bouleversaient. Quand le lit trop grand l'accueillerait, après le repas et les prières, Gabrielle pourrait étouffer ses sanglots au creux de l'oreiller.

— Maman ? s'inquiéta Violaine.

— Oui, ma pitchoune ? Ne t'en fais pas, je me suis écorché le doigt. Rien de méchant, mais la douleur m'a coupé le souffle. Puisque tu as mis la table, mangeons donc un peu du pâté de lapin que madame Duplessis nous a fait porter.

La mère et la fille s'assirent à table, sous la lampe à pétrole. Gabrielle voulait à tout prix paraître souriante, mais elle ne cessait de jeter des coups d'œil vers la porte. Violaine ne le remarqua pas. Elle savourait innocemment l'atmosphère presque « comme avant » de cette soirée.

La fillette aimait toujours autant jouer et courir avec François, mais elle passait également de longs moments à réfléchir : les instants suivant son réveil, avant de se lever, ou bien le soir, en contemplant la lucarne rouge du Godin. Sa mère était loin de se douter de toutes les pensées qui s'agitaient derrière le front de son enfant de sept ans.

En dépit de son jeune âge, Violaine se souvenait de tant de choses. Elle préférait évoquer les images des fêtes, des repas en famille ou les promenades sur le sable, à marée basse. Ce soir-là, en croquant dans sa tartine, elle revoyait pêle-mêle le festin donné pour leur anniversaire, à François et elle. Guillemette, si fière de sa montagne de galettes au beurre ; Octave, débouchant du cidre acheté à l'épicerie ; les bougies sur le gâteau au fromage blanc... Puis elle songea au dernier Noël, tellement triste, car son papa venait de mourir. Gabrielle avait tenu à l'emmener à la messe de minuit avec la famille Lignet, et l'écho des chants religieux vibrait encore dans le cœur de Violaine.

Depuis, il y avait eu leur solitude, à toutes deux, dans la maison silencieuse. Sa mère pleurait la nuit et, bien souvent, la journée aussi. Elle se coiffait de sa quichenotte et partait travailler sur les parcs à huîtres, en plein vent, dans la boue…

Arrivée à ce point de ses réflexions, Violaine eut soudain la vision d'un événement qui lui sembla briller d'une clarté joyeuse. Elle s'écria :

— Maman, quand le bébé de ma Guillette sera là, je pourrai m'en occuper, dis ? Ce sera mieux que ma poupée…

Gabrielle, qui mangeait sans appétit, se figea tout net avec une expression de profonde surprise.

— Que dis-tu, Violaine ? Quel bébé ?

La fillette réalisa alors, mais un peu tard, qu'elle avait fait une promesse à Guillemette. Le soir où son père était parti à l'hôpital, Violaine avait tant de chagrin que sa nourrice lui avait confié le secret sur le bébé. Elle bredouilla, prête à pleurer :

— Je ne devais pas le dire ! Guillette sera fâchée… Mais elle m'en parle toujours quand il n'y a personne ! Même que je serai la marraine ! Ce sera comme si j'avais un bébé à moi…

Très émue, la jeune femme se cacha un instant le visage dans sa serviette, partagée entre l'envie de rire et celle de pleurer. Elle se ressaisit et soupira :

— Guillemette attend un autre enfant ! Cela lui en fera sept ! Mon Dieu, protégez-la ! Et moi, ma pitchoune, qui n'ai que toi…

Violaine, perplexe, attendit la suite. Sa mère avait les joues rouges et un drôle d'air.

— Je suis très heureuse pour elle, reprit enfin Gabrielle, car chaque bébé est un cadeau du ciel pour une femme. Si Guillemette t'a confié ce secret, et qu'elle t'a choisie comme marraine, c'est sans doute vrai que tu pourras soigner le nourrisson !

La fillette, soulagée, respira mieux. Quant à Gabrielle, elle souriait rêveusement, ajoutant tout bas :

— Ma Guillemette n'a pas voulu m'annoncer la bonne nouvelle, à cause de mon deuil. Elle a un grand cœur, vois-tu. Du matin au soir, toujours à s'activer ! Je ne la vois pas souffler un seul instant ! Pourtant, dans son état, elle doit être bien fatiguée…

Violaine baissa la tête. Elle n'osa pas demander ce que sa mère voulait dire par là ni pourquoi leur voisine devrait se reposer. Guillemette n'avait changé en rien. Elle criait et riait toujours aussi fort, pétrissait le pain avec des gestes énergiques… La petite en déduisit que cela rendait fort et gai d'attendre la venue d'un bébé. Mais un mystère demeurait : les tout-petits ne savent pas marcher puisqu'il faut les promener dans des voitures à leur taille. Alors, comment trouverait-il le chemin du Chapus, ce nouvel enfant… ?

— Maman ! Qui va apporter le bébé à Guillemette ?

Embarrassée, Gabrielle se leva brusquement.

— Une cigogne, ma chérie ! Une de ces belles cigognes du grand marais. Elle le déposera devant la porte de nos voisins, enveloppé d'un tissu blanc. Mange vite, Violaine, le poisson est cuit à point.

Violaine, éblouie par ce qu'elle venait d'entendre, rêvassait, la cuillère en l'air. Elle s'empressa d'obéir et se promit, dorénavant, de guetter le ciel. Pas question de manquer l'apparition de la cigogne au long bec rouge, aux grandes ailes blanches, qui amènerait le bébé de Guillemette bientôt, très bientôt…

5

Je vous salue, Marie

Février, mars et avril s'écoulèrent. Le printemps se montre précoce sur les rivages atlantiques. Chaque dimanche après la messe, Gabrielle et sa fille se rendaient au cimetière. Jamais elles n'allaient sur la tombe d'Henri sans un bouquet de fleurs, cueilli en chemin le long de la grande avenue. Mimosas, frêles narcisses, aubépines… chacune s'ingéniait à dénicher de quoi honorer la mémoire du défunt. Violaine avait beaucoup grandi à la sortie de l'hiver. Elle était restée alitée une semaine entière, lasse et fiévreuse, dans le courant du mois de mars.

L'air plus tiède et le soleil revenu lui avaient redonné des forces et un appétit d'ogre. Ce dimanche-là, alors qu'elles quittaient le cimetière, le cœur lourd, madame Duplessis et son fils Edouard les abordèrent, ce qui surprit Gabrielle. En effet, l'épouse du notaire n'avait pas ménagé sa peine afin de la soutenir, mais, depuis quelque temps, elle semblait l'éviter et ne lui rendait plus visite, confiant la moindre démarche à sa bonne, Charlotte.

— Bonjour, madame ! murmura la jeune veuve en tendant la main. Je suis heureuse de vous rencontrer, car je ne sais pas comment vous remercier… Vous êtes devenue notre ange gardien ! Ce n'est pas la peine de vous soucier autant de nous ! Vous n'êtes pas responsable de la mort de mon époux !

Elise, soudain très gênée, se pencha vers son fils.

— Edouard, va jouer avec Violaine sous les arbres, là-bas. Tu lui prêteras ton cerceau, n'est-ce pas ?

Le garçon, qui aurait bientôt dix ans, hocha la tête. Il paraissait frêle et blême comparé à la fillette au teint doré, qui respirait la santé. Poussant devant lui, à l'aide d'une baguette, un grand cerceau de bois, Edouard entraîna Violaine, très contente de le revoir.

Les deux mères, d'un même air satisfait, les regardèrent s'éloigner.

— Votre fils se porte-t-il bien ? interrogea Gabrielle.

— J'aimerais lui voir les couleurs de Violaine... et sa vivacité d'esprit ! Edouard se fatigue vite et il ne termine jamais ses repas. Vous-même, Gabrielle ? Je m'inquiétais un peu, même si Guillemette, lorsqu'elle vient faire ses heures de ménage, me donne chaque fois de vos nouvelles. Ce travail sur les parcs, n'est-ce pas trop dur pour vous ?

Gabrielle ne répondit pas tout de suite. Son monde était si éloigné de celui de madame Duplessis. Que dire à cette femme si élégante dans sa robe de soie beige, la taille basse selon la mode actuelle, soulignée d'une ceinture de cuir fin ?

La mode de Paris était le dernier souci de Gabrielle, cependant Nicole lui en parlait souvent, quand elle venait garder Violaine. Les jupes longues n'étaient plus de mise, les femmes des villes montraient leurs jambes !

Elle haussa ses épaules si frêles et déclara :

— Que voulez-vous, le travail sur les parcs, dans les claires, ce n'est pas facile ! Pourtant, les femmes le font autant que les hommes et ce depuis bien longtemps. Ramasser les huîtres, les laver, les trier, porter les mannes... La seule chose que je ne fais pas, c'est conduire la pinasse... Monsieur Bonaventure l'a confiée à l'ouvrier qui remplace mon mari !

Gabrielle redressa enfin la tête, osant faire face à Elise. Avant la mort d'Henri, elle était déjà pieuse ; maintenant, sa foi lui communiquait un courage surprenant. Elle priait tant, et avec une telle sincérité, qu'il lui venait parfois le sentiment de s'entretenir librement avec la Vierge Marie.

— Chère madame, ne vous tracassez plus pour moi et la petite ! C'est généreux de votre part, mais cela m'embarrasse. Au village, à voir passer Charlotte tous les matins, les gens commencent à causer, forcément... Tous se demandent ce que j'ai fait pour mériter de telles faveurs...

Entendant ses mots, Elise devint toute rouge et s'indigna.

— Je me moque des ragots ! J'ai horreur de l'injustice, bien que je sois moins croyante que vous, Gabrielle. J'estime que vous êtes la victime d'une abomination. Je répare les dégâts, voilà tout !

Les deux femmes échangèrent un long regard, bien plus éloquent que tout ce qu'elles auraient pu dire. Un badaud qui passait à quelque distance assista à cet étrange dialogue muet. Il s'arrêta un instant pour les observer, surpris du tableau qu'offraient ces deux femmes de tenues si différentes. Les vieux vêtements noirs de la veuve, plus petite et plus mince que son interlocutrice, contrastaient d'autant plus avec la toilette lumineuse de l'épouse du notaire. L'une portait un foulard gris sur ses cheveux bruns, l'autre une capeline de paille garnie d'un ruban que le vent faisait danser.

Violaine riait aux éclats. Elle tentait de dompter la course du cerceau d'Edouard sur le sable sec de la place. Sous les coups de baguette, le cercle de bois roulait et la fillette courait en tous sens afin de le rattraper. Edouard avait du mal à la suivre. Il lui cria :

— Attends-moi, tu triches !

— C'est pas ma faute, Edouard ! pouffa la petite.

Ils s'arrêtèrent, essoufflés, près de la fontaine. Violaine, le front perlé de sueur, s'aspergea d'eau fraîche, sans souci de mouiller son corsage. Son camarade brûlait d'envie de l'imiter, mais il n'osait pas.

— Bois, si tu veux ! s'écria Violaine.

— Non, je serais malade après...

Ils marchèrent doucement au soleil, oubliant le cerceau et la baguette. Violaine levait souvent le nez vers le ciel où volaient des bandes de mouettes, prêtes à s'abattre sur les rochers dès que le jusant les aurait découverts. Elle n'avait confié son souci à personne. La cigogne porteuse du bébé tardait beaucoup. Pourtant, les grues étaient passées, filant vers le Sud avec des cris rauques. Gabrielle lui avait montré le V immense que les oiseaux migrateurs traçaient sur l'azur. Mais la cigogne, elle, ne se montrait pas ! Edouard avait remarqué les regards inquiets de Violaine. Il avait bien essayé de deviner ce qu'elle pouvait guetter ainsi, mais rien, dans le ciel, ne lui semblait digne d'un tel intérêt. Il finit par lui demander :

— Qu'est-ce que tu regardes là-haut ?

— Tiens, j'attends la cigogne ! Celle qui apportera le bébé de ma voisine. La pauvre ! elle a tricoté la layette, son mari a réparé le berceau de François, mais la cigogne ne se décide pas à venir.

Edouard jeta un coup d'œil aigu à la fillette. Il restait si fréquemment à la maison, condamné au repos sur un divan du salon, qu'il entendait des bribes de conversations, notamment celles de Charlotte et de Guillemette. Certains propos, qui n'étaient pourtant pas de son âge, ne lui avaient pas échappé. Conscient de son savoir, il prit un air supérieur et déclara, très satisfait de pouvoir enfin surprendre Violaine :

— Que tu es bête ! Tu peux l'attendre, ta cigogne ! Le bébé de ta voisine, il est dans son ventre... Elle a même dit à Charlotte, la semaine dernière, qu'il commençait à bouger, à donner des coups de pied. Je sais aussi bien d'autres choses...

Cette révélation foudroya Violaine. Son cœur se mit à battre très vite, ses jambes se transformèrent en coton... Elle resta figée, ne pouvant faire le plus petit pas. Edouard mentait sûrement ! Il ne pouvait en être autrement ! Mais le doute venait d'entrer dans son cœur. En pensée, elle revit sa bonne Guillemette, debout sur le seuil de sa maison, sa robe et son tablier gonflés par une sorte de bosse.

— Tu es méchant ! gémit-elle. Maman me l'a dit, que c'était la cigogne.

Edouard se sentit alors en position de force. Ce sentiment si nouveau lui plaisait infiniment. Il aurait voulu faire pleurer sa Violaine si jolie, parce qu'il ne l'avait pas vue depuis des semaines et qu'elle jouait toujours avec François Lignet, un garçon qui avait l'autorisation de patauger dans les vagues et de courir sur les rochers au risque de se couper ! Savourant cette joie mauvaise, il se mit à chantonner :

— Le bébé de Guillemette, il pousse dans son ventre !

Violaine lança un cri plaintif et courut vers sa mère. Gabrielle la reçut contre elle, très surprise de la voir aussi bouleversée.

— Eh bien, qu'as-tu, ma pitchoune ? Une bestiole t'aurait piquée...

— Voyons, Violaine ! s'inquiéta Elise, où as-tu mal ?

Mais la fillette se taisait, la figure enfouie dans la jupe maternelle. Edouard, qui arrivait à l'instant, se tenait à trois pas, bien droit. Il avait quitté son air fier pour se composer une mine maladive. Il murmura en reniflant :

— Maman, j'ai perdu mon cerceau ! Il faudra m'en acheter un autre à Marennes. Je voudrais rentrer maintenant, la tête me tourne.

Elise se hâta d'emmener son fils tandis que Violaine et sa mère prenaient de leur côté le chemin du retour. Gabrielle se doutait qu'il s'était passé quelque chose entre les deux enfants. Elle questionna plusieurs fois sa fille, mais sans succès.

— Parle donc ! T'es-tu fâchée avec Edouard ?

L'enfant, muette, fit signe que non de tout son petit corps. Elle avait trop honte pour parler. Mais, le plus terrible pour cette enfant dont le petit univers se composait de certitudes, c'était de découvrir que les choses ne sont pas toujours ce que l'on croit. Quelqu'un lui avait menti ! Qui disait la vérité... ? Sa mère ou le garçon ? Cette histoire de bébé dans le ventre de Guillemette la troublait et l'effrayait.

Violaine garda le silence... jusqu'au soir. Alors que Gabrielle récitait près d'elle le « Je vous salue, Marie », elle prêta soudainement attention à quelques mots qui la remplirent de crainte :

— « Et Jésus, le fruit de vos entrailles... »

La fillette marmonna la suite de la prière, l'esprit en alerte. Sa mère et son père avaient vidé devant elle des centaines de poissons ; elle les avait vus jeter les « entrailles » dans un seau, car cela servait d'appât pour pêcher les biques et les chancres. Elle balbutia, ses beaux yeux bleus remplis d'attente :

— Maman ! Qu'est-ce que c'est, un fruit d'entrailles ?

Gabrielle, stupéfaite, se signa, puis se laissa tomber sur une chaise. La question de sa fille la plongeait en plein désarroi. Comment une enfant aussi jeune, qui n'allait pas encore à l'école, pouvait-elle prêter une telle attention aux mots, aux expressions ?

— Ma mignonne, je t'expliquerai cela... quand tu seras une femme, comme moi. Sois patiente, le temps passe vite... hélas !

Violaine vint la câliner, le visage tendu par la curiosité.

— Mais... les entrailles, c'est bien dans le ventre des poissons ?

— Oui, souffla Gabrielle. Ecoute, Violaine : Jésus était le fils de Marie, le fruit de ses entrailles ! Tu n'as pas besoin d'en savoir plus pour le moment. Il est l'heure de dormir, file vite au lit ! Demain, je dois vider les trois claires en face du fort Louvois. Tu iras chez Guillemette.

Le silence s'installa dans la petite maison, doublé d'une certaine gêne. Pour la première fois, mère et fille évitaient de se regarder. Gabrielle, une fois dans son lit, éclata en sanglots. Ses doigts caressèrent la place où couchait Henri, avant... Sa tendresse, sa voix douce lui manquaient cruellement. Son corps gardait brûlant le souvenir de cette nuit merveilleuse où, pour la première fois, elle s'était totalement offerte au désir de son époux, trois mois avant sa mort. Cette nuit-là, elle avait découvert la beauté de l'amour, la force du désir et la volupté des corps partageant un tel sentiment ! Elle avait compris à quel point son mari l'aimait, mais le destin s'en était mêlé, lui arrachant prématurément l'homme de sa vie. Elle regrettait à présent de ne pas avoir eu un autre enfant à la suite de leur étreinte passionnée.

Je l'aurais élevé, ce bébé... même seule !

Violaine, quant à elle, resta longtemps éveillée à peser le pour et le contre. Elle se promit d'avouer son chagrin à Nicole dès le lendemain, car la jeune fille répondait volontiers à ses questions.

Nicole emmena Violaine sur le port. Assises au bord de la jetée, les pieds se balançant en cadence, elles admirèrent les bateaux sur le coureau d'Oléron, chalutiers et pinasses filant sur les vagues. La fillette, gênée, osa enfin interroger sa grande amie, juste avant midi. L'adolescente, amusée, lui affirma gentiment :

— Bien sûr que maman porte le bébé dans son ventre ! Mais ces choses-là ne sont pas de ton âge ! Edouard est un vilain gosse de t'avoir raconté ça !

— Alors, la cigogne ne viendra pas ? bredouilla Violaine.

— Ta maman t'a parlé de la cigogne, parce que tu es une petite fille de sept ans ! chuchota Nicole en embrassant la joue ronde qui effleurait la sienne. Moi aussi, papa m'a promis que la cigogne m'apporterait une sœur ou un frère. Et comme Arlette est née la nuit, j'y ai cru un moment... Maintenant, promets de ne rien dire à ta mère ni à la mienne. Le bébé sera là aux premiers jours de juillet, et tu le verras bien vite. C'est si mignon, un nouveau-né ! La plus belle des poupées !

Violaine se blottit contre Nicole, le cœur soulagé du fardeau qui gâchait sa joie de vivre. Maintenant, elle aussi, elle savait ! Elle n'en voulait plus à sa mère de lui avoir menti, mais son cœur restait blessé par l'attitude d'Edouard.

Mai et juin lui parurent interminables. Le ventre de Guillemette avait pris des rondeurs étonnantes. Violaine l'observait en cachette, fascinée à l'idée du tout petit enfant niché à l'intérieur. La fillette n'avait pas revu Edouard, mais François suffisait à combler son besoin de jeux et de rires.

Gabrielle travaillait dur du matin au soir. Ses bras et son décolleté avaient pris une couleur de pain brûlé, mais son visage et son cou, protégés par la coiffe, paraissaient d'un blanc laiteux. Les hommes du bassin commençaient à tourner autour d'elle, proposant un coup de main, espérant recevoir en échange un sourire... ou beaucoup plus. La jeune veuve les remettait à leur place poliment, mais avec un regard si terrible qu'ils se décourageaient vite.

Violaine se partageait entre les deux maisons, car, avec l'été revenu, on vivait dehors, dans l'odeur forte des lourds chaluts séchant au soleil, des huîtres triées devant la porte, *chacotis* et *papillons*[1] mis de côté pour le repas du soir.

Le 2 juillet, à l'heure rose où l'horizon s'empourprait des feux du couchant, alors que la marée basse dévoilait de vastes étendues de sable scintillant, Guillemette commença à geindre. Mais elle n'en perdit pas pour autant son sang-froid ni son tempérament de fer et elle distribua aussitôt les consignes à chacun.

— Mariette ! Fais chauffer de l'eau. Nicole, va chercher la mère Guérinaud, dis-lui que ça presse... Octave, file au bourg boire un coup de gnôle !

Gabrielle, qui soupait chez ses voisins, s'affola. Se tordant les mains, elle demanda d'une voix tremblante :

— Ma pauvre amie ! Que puis-je faire ?

— Emmène les petits, qu'ils ne me gênent pas !

Violaine retenait ses larmes. Le grand jour était enfin arrivé, mais elle ne l'imaginait pas ainsi. Jamais elle n'avait entendu sa nourrice gémir de douleur. Cette femme lui semblait inébranlable, tel un roc affrontant les tempêtes de la vie. Mais ce jour-là, Guillemette se tenait pliée en deux, le souffle court, les yeux brillant étrangement. La chienne guettait sa maîtresse en remuant la queue, comme si elle savait qu'un événement formidable se préparait.

— Prends aussi Vénus ! supplia la jeune femme. Sinon elle montera sur le lit pour lécher le bébé...

Gabrielle entraîna sa fille, François, Louis, Arlette et Isabelle. La chienne ne se laissa pas faire, refusant de quitter la place. Il fallut lui passer une corde pour la faire sortir.

— Il fait encore jour ! déclara Gabrielle. Nous allons nous promener sur le passage du fort, la marée ne montera pas avant deux bonnes heures.

Les enfants la précédèrent, heureux de cette escapade imprévue. Il faisait chaud, aussi apprécièrent-ils la brise marine qui les grisait d'une fraîcheur parfumée. Violaine, tout

1. Huîtres trop petites pour les vendre.

en gambadant et riant comme les autres, ne perdait rien de la beauté du paysage. Des promenades avec son père, elle avait gardé le don de l'émerveillement, le goût de la contemplation lorsque Dame Nature les régalait de sa beauté. Le disque incandescent du soleil plongeait derrière la ligne d'horizon, et des milliers de reflets se laissaient capturer par la crête écumeuse des vagues, vers le large. En face, les bois de pins de l'île d'Oléron, près du village de Saint-Trojan, se teintaient également d'or.

Gabrielle fit aligner les cinq petits. La chienne, croyant à un jeu, commença à japper.

— Maintenant, mes enfants, nous allons prier la Sainte Vierge, afin qu'elle protège votre maman et le bébé qui va naître ! Tous ensemble ! Ensuite, nous chanterons l'*Ave Maria*...

Violaine ne devait jamais oublier ces prières récitées sur le passage empierré du fort Louvois, accompagnées par la rumeur paisible de la mer, dans la clarté rose d'un soir d'été. A l'avenir, sa foi de petite fille pure et confiante ne devait plus la quitter, car les deux familles veillèrent tard ce 2 juillet, et peu de temps avant minuit, Guillemette, bien calée contre ses oreillers, présenta à tous un beau bébé dont le crâne rond s'ornait d'un duvet sombre.

L'accouchée annonça fièrement :

— C'est une fille ! Une jolie pitchoune ! Approche, ma Violaine... tu te souviens, tu seras la marraine. Alors, c'est à toi de choisir son prénom !

La fillette, émerveillée par le nouveau-né, devint rouge d'émotion. Octave, rentré depuis peu, l'encouragea d'une voix chaleureuse :

— N'aie pas peur ! Comment veux-tu la baptiser ?

Violaine lança un regard hésitant à sa mère qui souriait. Il y avait tant d'amour et de joie dans ce sourire ! La petite, émue, fut frappée par sa beauté. Gabrielle paraissait rajeunie, avec ses magnifiques yeux verts en amande, son nez fin, sa bouche au dessin charmant.

Voyant le trouble de sa fille et ses hésitations, Gabrielle lui murmura :

— Laisse parler ton cœur, Violaine !

Même le bébé semblait s'impatienter. Il se mit à pousser des cris ténus de chaton en ouvrant et fermant ses poings minuscules. Violaine se souvint des mots qu'elle connaissait si bien. Elle prononça enfin, de façon presque inaudible :

— Je vous salue, Marie !

— Qu'as-tu dit ? demanda Guillemette.

— Marie ! répéta plus fort Violaine. Marie, comme la Sainte Vierge. C'est le plus beau prénom de la terre !

Gabrielle essuya une larme de bonheur. Guillemette embrassa le front du bébé et acquiesça.

— J'avais déjà une Mariette ! J'aurai une brave petite Marie. J'espère qu'elle sera aussi gentille et sage que toi, ma Violaine.

— A présent, trinquons ! s'écria Octave. Et toi, ma chère femme, tu vas boire avec nous. Rien de tel pour faire monter le lait !

La nuit était déjà bien entamée lorsque Gabrielle et sa fille rejoignirent leur petite maison. Tous ces événements avaient épuisé Violaine qui ne se fit pas prier pour se mettre au lit. Elle eut juste la force de demander à sa mère :

— Es-tu contente ? Marie... c'est joli ?

— Il n'y a pas de plus beau prénom pour moi, ma mignonne. Je te remercie.

Puis l'enfant sentit la douceur d'une caresse sur son front et s'endormit aussitôt.

L'Océan s'était retiré depuis une heure environ et, sous le soleil éblouissant du plein été, les femmes s'éparpillaient vers les parcs à huîtres. Toutes coiffées de leur quichenotte blanche et vêtues d'un large pantalon de toile, il était difficile, de loin, de les différencier.

Violaine, François et Louis chuchotaient d'un ton de conspirateur, assis sur les rochers du Daire. Les trois enfants agitaient leurs pieds nus dans une flaque d'eau où flottaient des algues vertes et molles, que leurs parents appelaient « laitue de mer », et qu'ils se réjouissaient de « pêcher » avec leurs orteils.

— C'est vrai, je vous dis ! répétait Louis. Papa a emmené Arlette, quand il a été livrer dix bourriches à un restaurant de Ronce-les-Bains. Et ma sœur, elle les a vues sur la plage... des dames qui se baignaient dans les vagues. Même qu'on voyait leurs jambes et leurs bras ! Même qu'il y en avait une qui montrait son ventre...

François gloussa d'un air malin. Violaine, songeuse, fronçait les sourcils en se mordillant la lèvre inférieure. Elle finit par demander :

— Mais elles ne se sont pas noyées ?

— Bien sûr que non ! Papa a dit qu'elles prenaient des bains de mer ! Elles nageaient rudement bien. Après, Arlette nous a dessiné leurs maillots.

Violaine pataugea de plus belle. Elle tentait, en vain, d'imaginer sa mère à demi nue, jouant dans l'Océan. Cela lui semblait impossible ! Jamais Gabrielle ne ferait une chose pareille ! La fillette se releva et déclara :

— Nos mamans, elles n'ont pas le temps de s'amuser ! Et puis moi, je rentre, parce que Marie doit me réclamer.

Violaine, dans sa naïveté d'enfant, était persuadée que le bébé de Guillemette lui vouait une attention particulière, malgré ses trente jours d'existence. Louis, dont le caractère changeait un peu, car il allait sur ses neuf ans, répliqua d'un ton moqueur :

— Ma petite sœur, elle te connaît même pas ! D'abord, elle y voit pas bien... et maman a dû rentrer pour la tétée.

— Elle me voit ! cria Violaine en serrant les poings. Elle m'a souri et pas à toi... Tu es méchant, Louis, comme Edouard !

François se jeta sur son frère et le bourra de coups. Il avait pressenti des larmes dans la voix de Violaine et, en ardent protecteur de la petite, il ne supportait pas de la savoir triste ou contrariée. Il se fit menaçant.

— Arrête de l'embêter, Louis ! Tu n'as qu'à rester là tout seul ! Moi, je rentre avec Violaine.

Louis renifla, vexé d'être laissé pour compte. Il se consola en courant sur la bande de sable sec qui s'étendait en bas des rochers.

Violaine prit la main de son défenseur. Elle le remercia d'un sourire charmant. En ce début du mois d'août, il faisait très chaud, surtout quand le vent désertait ces rivages bien exposés. Les deux enfants entrèrent chez François où régnait une fraîcheur délicieuse. Guillemette donnait le sein à Marie. Elle plaisanta à leur arrivée.

— Ah ! Voilà ma bonne d'enfant ! Dès qu'elle aura mangé, tu pourras la changer et la bercer, Violaine. Moi, je dois retourner chez madame Duplessis. Elle reçoit des amies de Niort, du beau monde, et ce soir il y aura un grand dîner dans son jardin.

François but un verre d'eau. Sa mère, en l'observant, constata qu'il avait encore grandi. C'était vraiment un bel enfant, robuste, à la peau brunie par le soleil. Elle ajouta :

— Toi, fiston, tu ferais bien de balayer l'arrière-cour pendant mon absence et de secouer les édredons ! Et Louis, où est-il ?

— Il joue sur la plage ! murmura Violaine.

La petite fille s'était assise sur une chaise, près de la fenêtre. Elle contemplait la minuscule tête du bébé, sa bouche molle occupée à tirer sur le mamelon de sa mère. Le sein, en comparaison, paraissait presque plus gros que le crâne du nourrisson. Ce spectacle ravissait Violaine. Elle aussi avait tété le lait de sa Guillette, pendant près d'un an, lui avait-on raconté. François également. Il y avait de quoi éprouver, pour la femme au profil résolu, au chignon brun soigneusement roulé sur la nuque, une vive admiration.

— Tiens, prends-la, lui dit très vite Guillemette. Elle est repue et patientera jusqu'à mon retour, vers six heures ce soir.

Violaine reçut contre son cœur le petit paquet emmailloté, léger et pesant à la fois. C'était comme un trésor dont elle aurait eu la garde. Elle se sentait investie d'une responsabilité de grande et son cœur débordait de fierté et de joie ! A travers les linges, elle sentait le corps menu et souple tandis qu'une odeur de talc se dégageait des langes.

— Comme je l'aime, ma filleule ! soupira-t-elle. Si j'avais une petite sœur, je voudrais la même !

Guillemette esquissa un sourire triste en finissant une tasse de tilleul, car elle évitait le café lorsqu'elle allaitait. Elle songeait à Gabrielle, veuve depuis l'hiver, qui repoussait toujours aussi fermement le moindre compliment ou la plus petite aide de la part des hommes du bassin. Ceux-ci ne restaient pas insensibles au charme de cette belle jeune femme qui, pour sa part, était loin de songer à se remarier, encore moins à mettre au monde un autre enfant. Le souhait de Violaine n'était pas prêt de se réaliser. Guillemette soupira, puis fit ses dernières recommandations.

— Bon, je m'en vais. Ne faites pas de bêtises. Les quatre filles sont sur les parcs, avec Gaby. François, si ce coquin de Louis revient, dis-lui d'éplucher les pommes de terre pour la soupe.

Vive et brusque, elle sortit en coup de vent et partit d'un bon pas vers le centre du bourg. Violaine se hâta d'embrasser le front du bébé, ses joues veloutées. Tenir Marie dans ses bras la plongeait dans une sorte d'extase mêlée d'une infinie tendresse. François s'était empressé de faire ce que lui avait demandé sa mère et, oisif, il vint tourner autour de la chaise.

— Elle est mignonne, hein ? fit-il. Qui c'est que tu aimes le mieux ? interrogea-t-il en dansant d'un pied sur l'autre.

— Ma maman et la Sainte Vierge ! répondit aussitôt Violaine. Ensuite, Marie ; après, toi. Et Nicole aussi !

François fit une grimace.

— Si tu aimes tout le monde, ça ne compte pas ! Moi, c'est toi que j'aime le plus !

Flattée, la fillette garda la tête baissée. Depuis la naissance de Marie, elle se sentait très heureuse. Son père lui manquait beaucoup, mais par instants seulement… quand elle voyait ses outils dans la remise ou son manteau de pluie accroché à la porte. Son image s'effaçait peu à peu de sa mémoire, car l'enfant ne pouvait pas lutter contre le quotidien coloré et animé qui l'entraînait du côté des vivants. Les visages nets et si familiers de Nicole, de Mariette, de François, du bébé, de Gabrielle prenaient toute la place dans son cœur d'enfant.

— Si on allait promener Marie ? demanda-t-elle tout à coup à François. Elle ne risque pas de prendre froid.

— Vaut mieux pas, maman a dit d'attendre ici.

— Dommage ! chuchota Violaine. Bon, je vais changer ses couches et la remettre au lit.

Une heure plus tard, Mariette rentra seule, un panier plein de crabes sur la hanche. La jeune fille était très rouge. Elle se rafraîchit le visage au-dessus de l'évier et dit aux deux enfants :

— Vous pouvez aller jouer dehors ou rejoindre ce pauvre Louis que vous avez laissé tout seul, sur les rochers. Je m'occuperai de Marie !

François se précipita dehors avec un cri de joie, mais Violaine, étonnée, s'attarda.

— Qu'est-ce que tu as, Mariette ? Es-tu fâchée après nous ?

— Mais non, mignonne ! J'ai rendez-vous ici avec quelqu'un qui vient m'acheter ce panier de chancres ! Surtout, n'en parle pas à maman… ni à mon père !

La fillette promit. Mariette et Nicole lui confiaient beaucoup de petits secrets qu'elle ne trahissait pas. Avant de sortir, elle lança d'un ton malicieux :

— Je parie que c'est Arthur qui achète les chancres, hein ?

Mariette devint encore plus rouge et jeta le torchon humide sur Violaine, mais toutes deux riaient.

— File, petite coquine !

L'enfant courut vers la silhouette de François qui l'attendait déjà au bout de la jetée. Elle ouvrit grand ses bras, offrant son visage au vent du large qui jouait dans ses longs cheveux. Il lui en fallait peu pour être soudain infiniment heureuse ! Elle se mit à chantonner, grisée de vent et de joie :

Mon petit oiseau a pris sa volée !
Mon petit oiseau a pris sa becquée !
A pris, sa, à la volette, a pris sa, à la volette !
A pris sa volée…

François se mit à siffler le refrain. Ils se sourirent, prêts à profiter jusqu'à la nuit de cette belle soirée d'été. Un de leurs voisins, vieux pêcheur connu sous le nom de Georges, les salua quand ils passèrent devant chez lui. Violaine, si sensible aux couleurs, aimait sa maison, dont les murs chaulés étaient décorés de motifs en céramique jaune et bleue. Un massif de roses trémières aux multiples coloris mettait la touche finale à ce tableau plein de charme.

— Hé, les petits ! La marée remonte ! N'allez pas traîner sur le passage du fort. Une fois dans une vie, c'est suffisant !

— D'accord, père Georges ! cria François.

Violaine chantait toujours. Le pêcheur, qui réparait un filet, battit la mesure du pied gauche. La fillette avait le don de provoquer la sympathie, de créer la bonne humeur sur son passage. Tous, au Chapus, appréciaient Gabrielle et sa fille.

— Dis, Violaine ! murmura François. Si on faisait le tour du village… on passe le long de la plage, puis on va sur la place. On longera le jardin du notaire.

— Si tu veux.

Un instant, la fillette eut conscience qu'en suivant son ami aussi loin elle désobéissait à sa mère, qui la croyait chez Guillemette. Cependant, l'air tiède et parfumé incitait à se promener, à s'amuser. Ils suivirent le chemin de sable longeant la baie du Chapus, d'où l'on voyait le clocher de l'église de Bourcefranc. La mer envahissait déjà les parcs à huîtres, envoyant de petites vagues écumeuses dans les chenaux séparant les claires. Lorsqu'ils eurent dépassé la pointe de la jetée, les deux enfants abordèrent une petite anse. Un spectacle incroyable s'offrit à leurs regards. Madame Duplessis et trois autres femmes entraient dans l'Océan en poussant de petits cris effarouchés.

— Tu as vu ça ! souffla François. Elles sont en maillot de bain, comme disait Arlette.

Violaine resta bouche bée, fascinée par les jambes blanches des apprenties nageuses, le mouvement de leurs bras gracieux. Elise portait une sorte de pantalon moulant, descendant aux genoux, et sur la poitrine, un gilet en coton, qui dénudait sa gorge et ses épaules. L'ensemble, bleu foncé rayé de blanc, soulignait le ton nacré de sa chair rarement exposée au soleil. Ses cheveux relevés étaient contenus dans un étrange bonnet blanc. Quant à ses compagnes, l'une sautillait dans l'eau, vêtue d'une jupette bouffante, d'un pantalon rose coupé à mi-cuisse. La troisième, fine et très brune, était la plus inconvenante, car son maillot, fait d'une seule pièce de tissu, s'arrêtait un peu plus haut. Ses seins ronds étaient presque entièrement dévoilés.

— Fi de loup ! chuchota François, imitant son père Octave quand celui-ci était stupéfait.

— Il y a plein d'algues ! lui dit Violaine à l'oreille. Elles seront toutes sales après... Si Louis les voyait !

Ils se sauvèrent, saisis d'un fou rire irrépressible qui ne se calma pas avant la place du Chapus. En apercevant le toit de belles tuiles roses de la maison du notaire, Violaine sentit les battements de son cœur s'accélérer. Gabrielle évitait d'approcher cette demeure cossue, car elle craignait de rencontrer Charlotte ou monsieur Duplessis. La fillette dévora des yeux la grille vert foncé, envahie par une profusion de mimosas et de rosiers. Au-delà, elle apercevait la large façade aux nombreuses fenêtres.

— Guillemette a de la chance, murmura-t-elle, d'entrer là-dedans et de pouvoir aller dans le jardin !

— Chiche qu'on y va faire un tour ! fanfaronna François. Si quelqu'un nous voit, je dirai que je cherche ma mère !

Violaine le retint par le bras. Elle n'oserait jamais franchir le portail.

— Non, viens, je veux rentrer ! gémit-elle. On jouera aux osselets devant chez toi.

François, pourtant décidé, recula à contrecœur. Ils marchèrent doucement, afin d'avoir le temps d'admirer le jardin. Sur la vaste pelouse, Edouard poussait son cerceau. Tout de blanc vêtu, ses cheveux blond pâle bien brossés, le garçon semblait s'ennuyer, car ses gestes étaient lents et son profil, boudeur. Voyant le garçon, Violaine marmonna :

— Je ne vois plus Edouard sur la plage ! Sa mère ne l'emmène plus pêcher des crevettes ! Elle a peur qu'il attrape des maladies, Nicole me l'a dit.

François haussa les épaules. Les problèmes d'Edouard ne l'intéressaient pas le moins du monde. Il espérait que jamais plus ce « gosse de riche », selon l'expression de certains pêcheurs, ne reviendrait jouer avec Violaine.

Ce soir-là, Gabrielle sermonna sa fille après la prière.

— Violaine ! Guillemette vous a vus d'une fenêtre, François et toi, qui traîniez devant la maison du notaire. Je ne veux pas que tu t'en approches, m'as-tu comprise ?

— Oui, maman ! avoua tout bas Violaine. Je ne le ferai plus, je te demande pardon, maman !

L'enfant se jeta au cou de sa mère et l'embrassa avec passion. Gabrielle ferma les yeux et la serra très fort.

— Mon petit ange ! Je n'ai plus que toi sur terre ! Tu dois être bien sage…

6

Gabrielle

Avec le mois d'octobre, le bruit que redoutait tant Violaine résonna de nouveau dans la maison. Gabrielle toussait beaucoup, dès qu'elle rentrait des parcs à huîtres et jusque tard dans la nuit. Plusieurs fois, la fillette avait supplié sa mère de la laisser dormir avec elle, dans le grand lit, mais la jeune femme refusait fermement.

— Non, ma pitchoune, tu es mieux dans ton « nid », car le poêle t'envoie de la chaleur ! répondait Gabrielle.

Pourtant, dans la voix maternelle si douce, Violaine percevait autre chose, comme une crainte cachée. La petite aurait huit ans en novembre. Elle devait entrer à l'école, mais, l'institutrice étant malade, les classes ne commenceraient qu'en janvier. Ses élèves avaient été pris en charge par la communale de Marennes. Cette situation réjouissait François, peu pressé de s'asseoir sur les bancs du cours préparatoire. Il passait ses journées en compagnie de Violaine qui gardait Marie, devenue un beau bébé de quatre mois. Le quotidien des deux familles se partageait en horaires bien établis.

Le matin, Octave Lignet partait le premier, en pinasse ou à bord du chalutier d'Olivier Bonaventure. Mariette était cousette dans une boutique de Marennes, si bien qu'elle partait très tôt avec Arlette, Isabelle et Louis, les trois écoliers, et ils ne rentraient que le soir. Cela permettait à la jeune fille de rencontrer fréquemment Arthur, ce jeune commis d'un mareyeur du Chapus, qu'elle avait remarqué moins d'un an plus tôt, l'après-midi où François s'était perdu de son plein gré dans la gare.

Nicole avait la charge de toutes les lessives et elles étaient nombreuses, surtout depuis la naissance du bébé, mais cela ne l'empêchait pas d'aider aussi Guillemette au ménage et à la cuisine.

Violaine se sentait donc indispensable à son ancienne nourrice, car sa « Guillette », comme elle continuait à l'appeler, était toujours aussi active. Malgré tous ses efforts, leur voisine avait du mal à joindre les deux bouts, comme elle disait avec amertume. Jamais ses filles n'allèrent autant glaner en basses eaux tout ce que l'Océan offrait en guise de repas.

— Ah, si je n'avais qu'une bouche à nourrir ! ajoutait-elle. Comme cette pauvre Gabrielle, je m'en sortirais mieux.

Lorsque la jeune veuve entendait ces paroles, pourtant dites sans arrière-pensée, elle se sentait presque honteuse. De surcroît, madame Duplessis lui faisait encore porter chaque midi un pot de soupe ou de la viande, ce qui la désolait davantage.

— Je ne peux pourtant pas refuser ! confiait-elle à Violaine. Nous sommes si pauvres, ma mignonne.

Violaine, ce matin-là, berçait la petite Marie. Une pluie violente s'abattait contre les vitres de la fenêtre tandis que le vent soufflait sous la porte. François essuyait la vaisselle. Ils étaient seuls, ce qui n'était pas rare.

— On pourrait jouer à être le papa et la maman de Marie ! proposa-t-il en riant.

— Non ! s'écria Violaine, parce que les hommes, la journée, ils vont à la pêche. Toi, tu ranges les assiettes, comme une fille !

Vexé, François accrocha son torchon à un clou et vint se camper devant elle. Il ne comprenait pas la réaction de son amie dont le cœur, d'habitude si généreux, devait être chargé de quelque noir fardeau pour la pousser à parler de la sorte. Il la questionna :

— Pourquoi es-tu méchante avec moi ? Et puis, tu fais toujours la tête ! Même quand tu joues avec ta poupée.

— C'est que... je pense à maman ! répliqua la fillette d'une drôle de voix étouffée. Elle tousse de plus en plus, comme papa quand il était si malade... Alors, je prie la Sainte Vierge dès que je peux. Je me dis que c'est une maman, elle aussi, et qu'elle m'écoutera !

François fit une grimace. Il considérait plutôt les prières du soir comme quelque chose d'ennuyeux, doutant de leur efficacité. Mais il n'ajouta rien, ne voulant pas contrarier la fillette déjà si chagrinée. Il aurait tant voulu la rassurer, mais il ne savait comment. Il la regardait du coin de l'œil lorsqu'il vit soudain de grosses larmes couler sur les joues de Violaine.

— J'ai peur ! Cette nuit, elle a toussé plus fort que d'habitude ! murmura-t-elle.

Le silence s'installa entre les deux enfants, lourd de souvenirs de maladie et de deuil. Impossible de ne pas songer à Henri, il y avait si peu de temps, à peine un an... Le bébé les rappela à la réalité en lançant un cri aigu, puis il gazouilla en fixant le plafond.

— Je vais coucher Marie ! dit Violaine. Quand elle dormira, je retournerai à la maison, je dois mettre du bois dans le poêle. Tu la surveilleras bien, François. Nicole revient dans une heure.

Son frère de lait hocha la tête. Parfois, Violaine lui donnait l'impression d'être plus âgée que lui, aussi sérieuse que ses sœurs aînées. Il ignorait encore que les filles mûrissent plus vite que les garçons, surtout si elles sont tenues de veiller sur des nourrissons. Depuis les origines de l'humanité, l'instinct maternel s'éveille tôt, ainsi que la compassion féminine. Nul ne saurait d'ailleurs que le malheureux Henri, peu de temps avant sa mort, avait éprouvé un profond réconfort à sentir le bras de Violaine autour de ses épaules, à entendre sa voix fluette lui parler de leur pays bien-aimé. De même, Gabrielle aurait été incapable de deviner combien son unique enfant se tourmentait à son sujet.

Dès qu'elle vit le bébé fermer les yeux, Violaine s'enveloppa d'une pèlerine en toile cirée, un peu grande pour elle. François l'observait d'un œil boudeur. Elle sortit en chuchotant un

« au revoir » à peine audible. Dehors, des bourrasques pluvieuses lui coupèrent le souffle. La petite n'avait que quelques mètres à faire, mais elle se retrouva en un instant le visage ruisselant et les pieds mouillés. Elle avait à peine ouvert la porte qu'une toux rauque la surprit. Sa mère était assise contre le Godin, les épaules voûtées, sa chevelure brune collée en mèches humides sur le visage.

— Maman ! Qu'est-ce que tu as ?

Violaine ne prit pas le temps de quitter son manteau. Elle courut vers Gabrielle et la serra très fort.

— J'ai froid, ma petite chérie, j'ai si froid ! C'est cette pluie aussi, et ce vent ! Je suis rentrée plus tôt, je n'en pouvais plus !

La jeune femme ne put continuer, une quinte de toux la plia en deux. Violaine vit avec terreur la mince poitrine de sa mère se creuser et se soulever. Non, pas elle ! ce n'était pas possible !

— Nicole est peut-être revenue, maman ! gémit-elle. Je vais aller la chercher ! Elle te soignera.

— Non, laisse nos voisins. Nous les dérangeons assez souvent. Je vais me débrouiller seule. D'abord, je dois ôter ces habits mouillés, me sécher. Après, je n'aurai plus froid, tu verras.

Mais Gabrielle, malgré ces paroles, ne fit pas un geste pour se dévêtir. Traversée de violents frissons, elle était incapable de bouger. Elle n'en avait plus la force. Violaine comprit qu'elle devait agir vite ! Elle se débarrassa de sa pèlerine, puis elle ouvrit la lucarne du poêle et constata qu'il n'y restait que des braises. Sans un mot, elle courut chercher deux bûches dans la réserve et garnit le Godin. Elle s'empara ensuite d'un torchon propre, afin de frictionner les cheveux de sa mère.

— Maman, je peux t'aider, moi ! Je suis grande, tu sais ! Je lange Marie et je lui fais son biberon.

Gabrielle émergea de sa torpeur et se décida à enlever son gilet humide, son pantalon poisseux d'eau de mer et de pluie. Le poêle ronflait à présent. Violaine, un peu soulagée, respira mieux. Le nœud d'angoisse qui lui enserrait le cœur commençait à se relâcher.

— Je t'apporte ton gros jupon et ta chemise de laine ! dit-elle gentiment.

Au passage, la fillette se saisit de la marmite qui contenait la soupe du soir et la déposa sur le dessus du Godin.

Peu à peu, les joues de Gabrielle retrouvèrent quelques couleurs, sans doute apportées par la chaleur du Godin et le bol de potage fumant. La petite dévorait sa mère du regard, admirant sa jolie chevelure brune qui ondulait, si brillante sous la lampe. Son corps frêle ne tremblait plus.

— Tu es belle, maman ! déclara Violaine. Plus belle que madame Duplessis, plus belle que Nicole !

Les grands yeux clairs de Gabrielle plongèrent dans ceux de sa fille.

— Ma pauvre mignonne ! Je n'ai que faire d'être belle ! Cela ne m'attire que du malheur… mais tu es bien gentille de me dire ça. Ton papa aussi me le répétait. Il m'aimait. Il me l'a prouvé ! Oui, il fallait qu'il m'aime… Henri…

Violaine approuva sans trop comprendre. Elle guettait chaque cuillerée que sa mère avalait, croyant naïvement que cette soupe chaude lui redonnerait assez de forces et qu'elle ne tousserait pas de la nuit. Sa capacité d'espérance était à la dimension de son cœur, vaste comme l'Océan…

Une heure plus tard, lorsque sa fille fut endormie, Gabrielle éteignit la lampe à pétrole, afin de décourager Guillemette ou d'autres visiteurs. La jeune femme, assise près du poêle, commença à se balancer d'avant en arrière, secouée de gros sanglots silencieux.

— Ce saligaud, il a osé ! Depuis des jours qu'il ne me lâchait pas. Mon Dieu, il a osé… Et je n'avais même pas la force de me défendre.

Dans sa tête résonnaient encore les mots humiliants de l'ouvrier ostréicole.

« Tu ne vas pas rester veuve toute ta vie, ma belle ! Donne-moi un bécot, Gaby ! Allez, ne fais pas ta fière, je te connais, va… »

Le visage rougeaud de Bernard lui apparut, aussi net que s'il était dans la pièce. L'homme l'avait embrassée sur les lèvres, la maintenant serrée contre son corps épais. Elle avait senti son désir brutal tandis qu'il prenait possession de sa bouche. Pour un peu, il l'aurait couchée dans la vase, mais, comme toutes les femmes travaillant sur les parcs à huîtres, Gabrielle portait un solide pantalon, de quoi décourager certaines entreprises... Bernard, fou de rage de ne pouvoir arriver à ses fins, avait déchiré la chemise et ouvert si violemment la veste de la jeune femme que les boutons s'étaient arrachés. Avec rudesse, il avait posé ses mains, souillées par la boue des marais, sur les seins fragiles et blancs. Puis, gloussant d'un rire égrillard, il avait saisi une main de Gabrielle pour la guider vers son sexe. Elle suffoquait de honte et de terreur, prise de nausée.

Cette agression ignoble avait éveillé des souvenirs haïssables, ceux d'une autre bouche gourmande, d'une même cruauté dans le vice. Alors, ne pouvant accepter de revivre la même tragédie, Gabrielle s'était débattue avec l'énergie du désespoir, puis elle avait mordu la joue de la brute avant de crier au secours. Des ouvriers et leurs épouses, occupés à ramasser des coquillages dans une claire voisine, lui étaient venus en aide. Délivrée de l'étreinte de Bernard, la jeune veuve n'avait pas pu affronter les regards apitoyés de ses sauveurs. Elle avait pris ses outils et, sans remettre ses patins, s'était enfuie vers l'unique refuge, cette petite maison privée de la présence rassurante d'Henri.

— Je me sens salie, bredouilla-t-elle tout bas, et j'ai posé mes lèvres sur les joues si pures de ma pitchoune...

Le mal était plus profond chez Gabrielle qu'il n'y paraissait. Cet acte violent, témoignage barbare de la virilité imbécile, avait rouvert une ancienne blessure.

— Mon Dieu, murmura-t-elle encore, faites-moi laide, et vieille ! Je ne veux plus de ce corps qui attise leurs désirs de bêtes ! Je n'ai rien fait pour mériter cela ! Je ne souhaite qu'une chose : pouvoir vivre honnêtement jusqu'à mes derniers jours.

Gaby sursauta, terrifiée : quelqu'un marchait dans la ruelle. Bernard, tenu à l'écart par ses collègues, avait osé crier des mots plus orduriers que son geste.

« Je t'aurai, toi, quand je voudrai ! Tu en crèves d'envie ! On m'en a raconté de belles, sur toi ! T'as pas toujours été farouche, à ce qu'on dit… »

Et cet affront, il me l'a fait en public ! songea avec amertume la jeune femme. Devant les autres ! Si seulement Guillemette avait été là… Comme elle lui aurait cloué le bec, à cette crapule !

Cet affreux souvenir obsédait son esprit et son corps ; Gabrielle le ressassa des heures durant, jusqu'à l'écœurement. Enfin, épuisée, elle se jeta sur son lit sans même le défaire. Au matin, elle s'éveilla glacée de froid… et de honte. Celle-ci ne la quitterait plus désormais.

Le mois suivant cet incident, Guillemette demanda à parler en privé à Elise Duplessis. Celle-ci brodait un napperon, assise près de la cheminée dans laquelle trônait une superbe salamandre en fonte émaillée[1].

Guillemette, bien que hardie et volontaire, éprouva un peu d'embarras, car madame la regardait de côté, comme si elle déplorait cette visite.

— Qu'est-ce qui vous amène, Guillemette ? interrogea-t-elle. J'ai envoyé Edouard jouer dans sa chambre, alors faites vite ! Il pourrait inventer une nouvelle bêtise !

— Eh bien, madame, commença la jeune femme, c'est rapport à Gabrielle. Oh ça, elle ne manque de rien, grâce à vos bontés, mais… elle tousse.

Elise se redressa vivement en répétant :

— Elle tousse ! Quel malheur ! Je l'avais mise en garde, pourtant. Vous êtes sûre que ce n'est pas un simple refroidissement ?

Guillemette respira un grand coup. Elle se retint pour ne pas exploser de rage ! La jolie toilette de velours marron de cette

1. Poêle à feu continu orné de motifs en relief représentant une salamandre.

femme l'exaspéra soudain, autant que la masse de son chignon châtain clair ! Bien sûr, dans l'univers de madame Duplessis, il ne pouvait y avoir que de simples refroidissements ! Pour elle, qui ne connaissait de la plage que le sable humide lors de ses promenades avec son fils, pas besoin de patins pour travailler sur les parcs ! Une paire de bottines fines en cuir suffit largement pour leurs sorties à marée basse ! Que savait-elle de la douleur des mains gercées par l'eau et le froid, du vent qui transperce le corps, du dos cassé à s'occuper des huîtres ? La vie toute crue, avec son cortège de souffrances et ses abîmes quotidiens, n'appartiendrait jamais à son monde où mettre en garde peut suffire à éviter la mort !

— Elle tousse, je vous dis, comme son mari ! M'est avis qu'elle s'en va de la poitrine ! Je lui ai dit de voir un docteur, elle ne veut pas.

— Cela, je le sais bien ! répliqua Elise d'une voix étrange. Je rencontre souvent Gabrielle. Je lui ai proposé de régler les honoraires du médecin, mais elle a refusé.

— Gaby a sa fierté, surtout depuis que son mari est mort ! Elle brûle des cierges à l'église ; ça oui ! Tenez, l'autre soir, je l'ai même entendue dire que la Vierge Marie veillait sur elle, qu'elle s'en remettait à Dieu ! Moi, je pense à Violaine ! Une si brave gosse... Si vous la voyiez s'occuper de mon bébé, soigneuse et si sérieuse !

Elise se leva brusquement et marcha jusqu'à la fenêtre du salon qui donnait sur la place. Guillemette, malgré sa colère, admira avec un brin d'envie les bas de soie et les escarpins de cuir fin de la jeune femme, vêtue à la dernière mode d'une robe assez courte, dévoilant les chevilles et le bas du mollet.

— Je vais tenter de la raisonner, Guillemette ! dit-elle sans la regarder. Il me faut la convaincre d'aller à l'hôpital, au moins dans l'intérêt de sa fille... Violaine a eu huit ans, n'est-ce pas ?

— Mon François aussi ! Je suis bien fâchée que l'école soit fermée au Chapus. Ce garnement traîne toute la journée sur le port !

Elise ne répondit même pas. Guillemette, se sentant congédiée, sortit à pas lents. En traversant le jardin jonché de feuilles mortes, elle revit Gabrielle livide, les mains jointes sur sa poitrine. C'était la veille, dans l'arrière-cour où elles triaient des huîtres.

Ma Gaby crache du sang ! songea-t-elle avec un vague dégoût. Demain, elle n'aura pas la force de retourner nettoyer les claires, vu le temps pourri que nous avons… Aussi, le climat ne lui convient pas, avec toute cette humidité !

Guillemette pensa à son bébé, Marie. Violaine la tenait dans ses bras la moitié du jour. Et si la gamine avait la phtisie, elle aussi… sa petiote pourrait l'attraper…

— Pauvre de nous ! murmura-t-elle. Je ne peux quand même pas fermer ma porte à une pitchoune que j'ai nourrie de mon lait !

Madame Duplessis n'avait pas tardé pour agir. Peut-être n'appartenait-elle pas au même monde, mais elle ne perdait pas de temps lorsque son cœur était en alerte. Elle se rendit aussitôt chez Gabrielle.

L'épouse du notaire avait refusé de s'asseoir. Elle tenait, dans sa main droite gantée, un mouchoir parfumé à la lavande. Violaine, sur un geste de sa mère, avait filé chez Guillemette. Madame Duplessis ne resta qu'une dizaine de minutes.

Maintenant la jeune veuve, blottie près du poêle, se perdait en réflexions désespérées. Puis elle s'agita.

— Je ne suis pas si malade ! Au printemps, j'irai mieux, quand le soleil reviendra. Mon Henri… Je me sens seule, tellement seule sans lui !

Tout à ses pensées, Gabrielle n'entendit pas sa fille revenir.

— Maman ? J'ai vu madame Duplessis s'en aller, alors je suis vite rentrée.

— Tu as eu raison, ma mignonne ! Tu me manquais tant ! Violaine, j'ai très froid ! Dis, ma petite chérie, ça ne t'ennuie pas si je vais me coucher un peu dans ton lit ? Les murs sont humides, mes draps aussi… On n'est à l'aise qu'ici, à côté du poêle.

La fillette trouva à sa mère une expression tellement égarée qu'elle eut envie de pleurer. Gabrielle avait les yeux cernés de brun, les joues blêmes, et elle claquait des dents.

— Va dans mon nid, maman ! s'écria-t-elle. Je vais aller chercher Guillemette. Dis, tu veux bien ?

— Non, non ! bredouilla la malade. J'ai juste besoin de m'allonger une heure ou deux. Peux-tu me donner du café, ma pitchoune… un bon café sucré ! Cela me fera du bien.

Violaine s'empressa. Quand elle porta la tasse à sa mère, sa tendresse et son inquiétude la poussèrent à caresser son front, ainsi qu'elle le faisait au bébé. La peau en était sèche et brûlante. Ce détail, qui aurait aussitôt alarmé un adulte, rassura son âme d'enfant. L'important avait été de réchauffer sa mère et la sensation de sa peau chaude la réconforta.

— Ah, dit-elle, tu n'as plus froid, au moins !

Gabrielle voulut se redresser sur un coude, pour boire une gorgée de café. Mais elle n'y parvint pas.

— Laisse, ma chérie ! Je vais dormir. Va à côté, près du Godin, et prends ta couture. Tu sais, les torchons à ourler.

Violaine, le cœur pris dans un étau d'angoisse, ne put qu'obéir. Jusqu'à la nuit, elle tira l'aiguille, écoutant sa mère tousser. Les quintes ne se ressemblaient pas toutes, parfois sifflantes et courtes, ou profondes et interminables. Une peur atroce envahit l'enfant tandis que la pénombre s'installait dans la pièce. Bientôt, elle fut incapable de continuer à coudre.

Il faudrait allumer la lampe ! pensa-t-elle, mais c'est maman qui le fait. Elle ne veut pas que je touche au briquet.

La fillette ne savait que faire : elle n'osait pas la réveiller pour s'occuper de la lampe, mais elle était terrifiée par l'obscurité qui envahissait la maison. Enfin, elle se décida à appeler tout bas, mais sa mère ne répondit pas. Paralysée par une frayeur insensée, elle resta longtemps sur la chaise, dans le noir… Le vent hurlait aussi fort que les vagues de l'Océan se brisant contre les pierres de la jetée. Ce soir-là, ces bruits, si familiers lorsqu'elle était au chaud au fond de son « nid » douillet, aggravaient le sentiment d'isolement et d'abandon dans le cœur de l'enfant. Elle entendait sa mère tousser et geindre. Dormait-elle ? Etait-elle plus malade... Violaine ignorait que Gabrielle, sous l'effet d'une forte fièvre, délirait.

Nicole et Mariette la trouvèrent ainsi, figée par la terreur du noir et de ce qui se passait dans la petite chambre. Même le poêle était éteint. Les jeunes filles furent saisies de panique en découvrant, à la lueur fugace d'une allumette, le masque tragique de Violaine.

— Mais, pauvrette ! s'exclama Nicole en la prenant dans ses bras. Pourquoi n'es-tu pas venue nous chercher ?

Sa sœur alluma la lampe et se précipita au chevet de Gabrielle dont la respiration saccadée ressemblait à un râle d'agonie.

Violaine regardait un livre d'images que lui avait donné madame Duplessis pour son anniversaire, l'année précédente. Elle voyait à peine les dessins colorés qui ornaient les pages, car, de l'autre côté de la cloison, le docteur examinait sa mère, toujours alitée dans son réduit douillet, son « nid ». C'était le même homme qui était venu soigner son père... et cela n'avait servi à rien. Aussi la fillette se rongeait-elle d'inquiétude.

Guillemette, aussitôt alertée par ses filles, n'avait pas hésité à remuer ciel et terre, envoyant Mariette chercher le médecin et Nicole prévenir madame Duplessis. Puis elle s'était lancée dans la préparation d'une soupe de poissons qui, à son avis, redonnerait des forces à la malade.

A présent, malgré l'heure tardive, la maison contenait à peine tous ceux qui s'y trouvaient. Octave empilait des bûches près du poêle. Mariette et Nicole changeaient les draps du grand lit, car, après le départ du docteur, elles comptaient installer Gabrielle dans sa chambre.

Arlette et Isabelle manquaient au tableau. Elles étaient restées auprès du bébé. François et Louis s'étaient assis sur le banc, en face de Violaine. Ils faisaient preuve d'une sagesse exceptionnelle, impressionnés par la présence de Charlotte, venue aux nouvelles. Elle attendait le plus près possible de la porte, en manteau gris et béret de feutrine.

Maman va mourir ! se disait Violaine. Elle est si chaude, la pauvre. Elle ne me reconnaît même pas quand je lui parle. Sainte Marie, mère du ciel, sauvez maman !

La fillette avait les paupières et le nez rougis tant elle pleurait. Les adultes avaient beau la raisonner, lui assurer qu'on allait guérir sa mère, elle ne les croyait pas. Un an plus tôt, ils lui avaient menti en promettant que son père reviendrait de l'hôpital, guéri…

— Ne pleure pas, Violaine ! souffla François. Le docteur est là, il va donner des remèdes.

Elle fit non de la tête, luttant contre l'envie de sangloter tout haut. Le médecin sortit du réduit, le visage grave. Sans prendre garde à la présence des enfants et ignorant superbement Guillemette, il marcha droit sur Charlotte et déclara :

— Vous direz à madame Duplessis que cette femme souffre d'une pneumonie ! J'ai laissé sur la table de chevet de quoi faire baisser la fièvre, mais elle est poitrinaire et très affaiblie.

L'homme souleva son chapeau et sortit en marmonnant qu'il repasserait le lendemain. Charlotte le suivit, pressée d'annoncer la chose à sa patronne. En fait, elle espérait surtout se faire raccompagner par le médecin qui venait d'acquérir une automobile fort coûteuse, une des premières à rouler dans les rues de Bourcefranc.

Guillemette restait frappée de stupeur. Plus que le diagnostic du docteur, son attitude l'avait choquée. Elle laissa libre cours à sa colère et cria en s'essuyant les mains :

— Ce charlatan nous prend pour des bêtes ! Tu as vu ça, Octave ! Pas un mot, à nous les voisins de Gaby ! Monsieur décampe de peur de se salir, sans doute, parce qu'il vient chez les *vasous* !

— Voyons, calme-toi ! conseilla son mari. Les petits ne comprennent pas…

Violaine se leva sans bruit et trottina jusqu'au réduit. Sa mère ne toussait plus, elle semblait dormir, ses cheveux collés par la sueur de chaque côté de son visage émacié. Nicole rejoignit la fillette.

— Laisse-la se reposer. Le docteur lui a fait prendre un remède contre la fièvre. Quand ta maman se réveillera, nous la mettrons dans son lit. Je vais le chauffer avec des briques.

La voix douce de Nicole apaisa un peu Violaine qui cherchait à deviner ce que signifiaient les mots du médecin. Elle ne les avait pas compris, pas plus que la raison des éclats de voix de sa nourrice. Mais elle sentait bien que c'était grave. Sa peur grandissait à chaque instant, malgré les efforts de la jeune fille.

— Tiens, la pluie s'est arrêtée ! ajouta Nicole. Tu devrais prendre l'air cinq minutes, avec François et Louis.

Violaine obéit en silence et mit son paletot fourré, un cadeau de madame Duplessis, puis elle s'apprêta à sortir. Elle se retourna sur le seuil, comme si elle voulait emporter la vision de sa petite maison : celle-ci lui parut lumineuse et chaude, remplie de la présence de Guillemette qui pelait de l'ail en ronchonnant et d'Octave penché sur l'évier, mais dont elle ne distinguait que la silhouette ; quant à Mariette, elle astiquait les casseroles. Le poêle n'avait jamais autant ronronné.

François et Louis l'entraînèrent dehors, la prenant chacun par la main. Deux réverbères éclairaient la jetée et l'entrée du petit port. Violaine courut vers l'Océan, sans lâcher les mains des garçons. La fillette respira profondément l'air marin. Elle aurait tant voulu être un oiseau de mer ! Elle aurait pu s'envoler haut dans le ciel nocturne, si haut… et surtout très loin du malheur dont son jeune cœur sensible percevait le retour.

— Vous avez vu ! s'écria François. Les nuages sont partis, il y a plein d'étoiles. Le vent a tourné. Il fera beau demain.

A leur retour, Violaine trouva la table mise, la soupe de poisson fumante et sa mère bien installée dans son grand lit. Octave était rentré chez lui, pour ne pas laisser Arlette et Isabelle trop longtemps seules avec Marie. Le bébé prenait un biberon le soir, ce qui libérait Guillemette. Celle-ci annonça, en tournant la louche dans la marmite :

— Violaine, je vais dormir là cette nuit. François, Louis, après la soupe, vous filerez au lit. Papa vous attend.

La fillette éprouva un tel soulagement qu'elle mangea de bon appétit. Avec sa Guillette, tout semblait devoir rentrer dans l'ordre, comme si sa voix élevée suffisait à chasser les problèmes. De sa place, Violaine apercevait Gabrielle qui lui souriait, la tête au creux d'un oreiller blanc. Mariette et Nicole avaient veillé à son confort.

— Ta maman va mieux ! ajouta Guillemette en prenant Violaine par l'épaule. Elle a même pris un peu de soupe, elle aussi. Nicole lui en a porté un bol. Nous allons la sortir de là, tu verras...

Guillemette et ses filles débarrassèrent la table et lavèrent la vaisselle. Violaine, en les observant, avait l'impression que des bonnes fées étaient venues à son secours, chassant la peine et la maladie de leurs gestes quotidiens, mais surtout grâce à leur bonté. La maison ne lui faisait plus peur. Quand Nicole voulut la coucher, elle demanda à embrasser sa mère.

— Juste un baiser alors ! répondit l'adolescente. Notre Gaby est très fatiguée... Elle a eu une grosse fièvre.

L'enfant promit, puis elle approcha du lit sans bruit. Gabrielle ouvrit les yeux.

— Ma pitchoune ! Mariette m'a dit que tu avais eu très peur, toute seule dans le noir. Je suis désolée ! Je me sens bien, maintenant. Veux-tu dire tes prières avec moi ?

— Oui, maman.

Quand elles eurent fini, la jeune femme murmura :

— Ma Violaine, combien j'ai hâte que tu ailles au catéchisme, que tu fasses ta première communion... Je te coudrai une belle robe blanche, avec des dentelles ! Et je t'offrirai mon missel et un chapelet. En attendant ce grand jour, sois bien sage et n'oublie pas de prier. La Sainte Vierge veille sur nous tous.

La petite fille hocha la tête. Elle brûlait d'envie de serrer sa mère dans ses bras, de la cajoler comme sa poupée, sa « jolie demoiselle » qu'elle aimait tant.

— Maman ! Tu dois vite guérir ! Guillemette a dit que tu pourrais trouver un autre travail, au village. Ou alors c'est toi qui garderas son bébé et moi, je retournerai ramasser des coquillages. Je deviens forte, je peux porter les paniers.

Nicole appela Violaine. La fillette se jeta au cou de Gabrielle et la couvrit de baisers.

— Je vais au lit, maman ! Notre Guillette dort chez nous. Si tu es malade, elle te soignera.

— Bonne nuit, ma chérie ! J'ai une brique chaude aux pieds et des draps bien secs. Ne te fais pas de souci. A demain.

Violaine se coucha envahie d'un délicieux sentiment de sécurité. Cela lui rappela l'époque où son père était encore là ; elle s'endormait en l'entendant discuter à voix basse. Sa vie était alors si simple et heureuse ! Nicole et Mariette vinrent l'embrasser, puis elles sortirent en lançant des au revoir joyeux. Guillemette avait apporté un large fauteuil en osier dans lequel elle se cala, enveloppée d'un gros châle de laine.

— Je suis prête à veiller des heures, plaisanta-t-elle.

La lampe à pétrole suspendue au-dessus de la table répandait une lumière douce. Bientôt, le seul bruit dans la maison fut le cliquetis de ses aiguilles à tricoter.

Avant de s'endormir, Violaine se remémorait cette étrange soirée, si mal commencée, mais finalement sauvée par leurs voisins, amis de toujours. Elle songeait : Maman n'a pas toussé de la soirée ! Elle n'a plus de fièvre. Le docteur l'a vraiment guérie.

Puis elle sombra dans un profond sommeil, épuisée par les émotions de la journée.

Guillemette s'éveilla à l'aurore. Par les fentes des volets, elle devina la clarté dorée du soleil levant.

— Je m'attendais à passer une nuit agitée, mais Gabrielle a été sage comme une image. Il faut croire que ce docteur a donné les bons remèdes pour une fois !

Elle n'était pas femme à traîner le matin. Comme à l'accoutumée, elle se leva précipitamment, d'attaque pour affronter une nouvelle journée qui, elle l'espérait, serait meilleure que la précédente. La veille, Nicole avait mis la bouilloire sur le poêle, tellement garni qu'il dégageait encore de la tiédeur.

— D'abord, ranimer ce feu et préparer du café coupé de chicorée ! marmonna-t-elle.

Ce fut à cet instant que Guillemette jeta un œil par la porte de la chambre, restée entrouverte afin de s'assurer que Gabrielle dormait encore. Le lit était vide !

— Mon Dieu ! gémit-elle. Où est-elle passée ?

Tout de suite, elle se rassura. Vu l'état de Gabrielle la veille au soir, elle n'avait pu aller bien loin ce matin. Dans l'hypothèse d'une amélioration, elle avait pu se rendre au cabanon d'aisance, dans l'arrière-cour.

— Telle que je la connais, elle a dû marcher le plus doucement possible, de peur de me réveiller. C'est bien elle, ça !

Pourtant, une angoisse irraisonnée lui serrait le cœur. Elle courut dehors, fit le tour de la maison, appela… mais aucun signe de Gabrielle. Elle avait disparu. Affolée, Guillemette se rua chez elle et entra en criant dans la chambre.

— Octave !

C'était dimanche, jour de repos. Son mari ouvrit des yeux ronds, puis se redressa brusquement.

— Qu'est-ce que tu as à hurler comme ça ? maugréa-t-il.

— Gabrielle est partie ! Dieu tout-puissant, c'est ma faute ! Je ronflais tranquillement. Viens donc voir…

Octave s'habilla en silence tandis que sa femme se tordait les mains, ses yeux noirs pleins de larmes. La chienne gémissait en remuant la queue, quémandant une caresse. Vénus faisait fête à sa maîtresse, qui l'avait abandonnée toute une nuit ! Ce fut une des rares fois où Guillemette la caressa distraitement, tant elle se rongeait les sangs. Elle se sentait terriblement coupable d'avoir succombé au sommeil alors que son rôle était de veiller son amie. Elle le lui avait promis ! Et maintenant que Gabrielle avait disparu, elle redoutait le pire malgré sa nature optimiste. La famille Plantier avait déjà tant souffert, il ne fallait pas…

Violaine s'était levée. La maison paraissait si calme qu'elle avait eu une impression étrange.

— Tiens, Guillemette ne fait pas de bruit... Mais, c'est la bouilloire qui siffle ! Et maman ?

La fillette, inquiète, sauta du lit et découvrit les deux pièces vides. Elle entrebâilla la fenêtre donnant dans la ruelle et poussa les volets. Au même moment, Octave et Guillemette passèrent en courant, précédés de Vénus qui aboyait. Violaine, sidérée, ouvrit davantage la fenêtre et se tordit le cou pour les suivre du regard.

— Où vont-ils ?

Les pavés grossiers de la cuisine glaçaient ses pieds nus. Elle retourna dans sa chambre, enfila ses bas et chaussa ses galoches.

Les mouettes volaient bas, avec des cris aigus. Elles se posaient par groupes sur les rochers, encore humides et gorgés d'une provende précieuse laissée par la marée basse. Le ciel limpide, bleu lavande, présageait une belle journée fraîche, ce qui était fréquent au début de l'hiver. Sans échanger le moindre mot et oppressés par l'intuition d'un malheur imminent, Guillemette et Octave scrutaient chaque parcelle du rivage. Les vastes étendues dégagées par le jusant avaient un aspect inhabituel, puisque, exception faite de quelques pinasses sur le coureau d'Oléron, les parcs à huîtres étaient déserts.

Soudain, Guillemette saisit le bras de son mari. Tout d'abord muette de stupeur, elle finit par articuler :

— Là-bas ! Vois donc, sur le passage du fort Louvois...

— Bon sang ! s'exclama Octave.

Ils reprirent leur course folle, pataugeant dans les flaques, glissant sur des amas d'algues, l'un et l'autre pris à la gorge par la même panique. Ils s'engagèrent enfin sur l'ancienne chaussée pavée, encore scintillante d'humidité. Lui arriva le premier près du corps inanimé de Gabrielle.

— Mon Dieu ! Guillemette ! Vite !

Le pêcheur examina la jeune femme. Puis il se tourna vers son épouse, arrêtée à deux pas derrière, qui se cachait la figure dans son tablier. Elle demanda à mi-voix :

— Elle... respire encore ?

— Non ! cette pauvre Gaby a rendu l'âme.

Guillemette s'approcha enfin et s'agenouilla. Son amie gisait en travers du passage, allongée sur le côté, le visage face au sud-ouest, comme si elle avait contemplé la pointe de l'île d'Oléron, Maumusson, qui s'ouvrait sur le grand large. Ses traits fins, d'une transparence laiteuse, prenaient des reflets dorés sous les rayons du soleil matinal. Jamais elle n'avait été aussi belle, avec ses sourcils en aile d'hirondelle, ses larges paupières closes sur ce regard vert et si doux que personne, au Chapus, n'oublierait jamais...

De toute évidence, Gabrielle avait quitté sa maison en chemise de nuit, nu-pieds, sans prendre de châle ni de manteau. Que s'était-il donc passé alors que tous dormaient ?

— Mais qu'est-ce qui lui a pris ! sanglota Guillemette. Et moi, je n'ai rien entendu, rien vu ! Ah ! je pouvais jouer les blagueuses, dire que je veillerais toute la nuit... Malheur ! Je l'ai laissée partir ! Venir mourir ici ! Pourquoi ? La malheureuse a dû se trouver mal, tomber sur les pavés, le froid de l'aube aura fait le reste...

Octave n'était guère enclin aux larmes, pourtant il se frotta les yeux plusieurs fois. Lui non plus ne comprenait pas, il ne pouvait que supposer :

— Peut-être que la fièvre l'a reprise ! Le délire l'aura égarée. Elle aura voulu partir sur les parcs... ou chercher quelqu'un... Pour sûr, elle a dû tomber ! Pourtant, regarde son air, on la dirait endormie !

— Maman ?

Le frêle appel résonna dans le petit matin. Octave se tut aussitôt. Guillemette se redressa, l'air effaré. Violaine, échevelée et vêtue à la diable d'un gros gilet de sa mère et d'un pantalon, se tenait derrière eux. Depuis quand était-elle là ? Le couple était tellement anéanti par cette découverte macabre que ni l'un ni l'autre ne l'avaient entendue arriver. La fillette n'osait plus avancer. Elle répéta, pétrifiée :

— Maman ? Est-ce qu'elle dort, Guillette ? Dis-lui de se réveiller, je t'en prie ! Maman, maman !

Violaine se mit à hurler de terreur, cramponnée à la jupe de Guillemette. La fillette avait compris, puisque sa mère ne lui répondait pas. L'horrible chose dont elle avait si peur était arrivée. Sa maman était morte, comme son papa. Cela ne se pouvait ! Non, non ! Le chagrin la rendait folle.

Quelqu'un cria depuis la jetée. C'était Mariette qui accourait. Octave se précipita à sa rencontre.

— Petite ! Va vite chercher le docteur et des hommes du village. Gabrielle est morte. La pauvre Violaine est venue jusqu'ici toute seule, elle a vu sa mère. Misère de misère !

Violaine s'était tue. Elle avait si mal au cœur qu'elle ne pouvait ni pleurer ni respirer à son aise. Sa gorge serrée par une poigne de fer retenait d'autres hurlements. Des pensées se bousculaient dans son esprit envahi par un vent de panique et d'incompréhension. Elle s'était endormie tellement heureuse hier soir ! Et à présent, sa mère ne bougeait plus, couchée sur les pavés, si menue dans son effrayante immobilité. On allait la mettre en terre, comme son père. Elle ne verrait plus ses beaux yeux verts ni son sourire enchanteur. Un instant, elle voulut s'enfuir, retourner dans son lit, effacer ce terrible cauchemar de sa mémoire, revenir en arrière, quand tout était encore possible, avant... Elle se réveillerait alors et trouverait sa maman près du poêle, debout, occupée à cuire la soupe... Mais son cœur de fillette, brisé de douleur, savait que tout était fini. Son esprit, lui, résistait, refusant d'admettre une réalité qu'il ne pouvait concevoir. L'accepter signifiait la fin du temps de l'innocence, des rires insouciants, des jeux avec ses amis... Violaine, projetée brutalement hors du monde de l'enfance, pénétrait dans un univers désormais paré des teintes du malheur.

Guillemette prit la fillette par la main.

— Viens, ma chérie, viens voir ta maman. Comme elle est belle... Tu sais, elle sourit. Sûrement qu'elle est bien contente d'être au ciel, avec ton papa !

Ces mots tirèrent Violaine de sa tragique stupeur. Elle fit un pas, deux pas. Les bras robustes de sa Guillette s'ouvrirent et l'enlacèrent.

C'était vrai. Sa mère souriait d'un air infiniment bon et apaisé. Quelques mèches de ses cheveux voletaient au vent marin. Sa peau si douce à embrasser resplendissait dans le soleil matinal. Violaine la contempla longuement, puis elle enfouit son visage dans le corsage de Guillemette, dans la tiédeur de sa poitrine. Nicole, qui arrivait en pleurs, souleva sa protégée et l'emporta, tel un petit paquet de désespoir.

7

Départs

La disparition prématurée de Gabrielle, moins d'un an après celle de son mari, plongea le village du Chapus et les bourgades voisines dans une profonde consternation. Sa mort tragique devint rapidement le sujet de toutes les conversations. On se racontait comment elle reposait sur le passage du fort, paisible, le visage tourné vers le large. Il y avait eu, vu les circonstances de ce décès, une rapide enquête de la gendarmerie. Le docteur, dûment interrogé, émit la même théorie que le pêcheur Octave Lignet. La malade avait sans doute eu un violent accès de fièvre. Dans son délire, elle se serait enfuie, allant sur les lieux dont elle se souvenait vaguement, ce passage du fort Louvois. Son mari l'y avait si souvent conduite, du temps où leur fille n'était qu'un bébé qu'il portait sur son dos. Très faible, elle avait dû perdre connaissance et s'éteindre là, telle une flamme ténue soufflée par les vents de l'Océan. C'était la seule explication plausible.

Guillemette, l'air hagard, car elle se sentait coupable d'avoir mal veillé sur son amie malade, s'occupa des obsèques sans prendre un instant de repos. De la veillée au convoi funéraire, elle demeura près de sa chère Gaby, la face blême, les mâchoires crispées, et ce jusqu'à l'ultime séparation, lorsque le cercueil de bois blanc, payé par Elise Duplessis, descendit au fond de la fosse.

Durant ces deux jours où le chagrin de Violaine fut à son paroxysme, la fillette ne quitta pas Nicole. Celle-ci la protégeait des curieux et tentait de la consoler, mais elle se sentait impuissante face à une telle douleur.

— Maman, répétait l'adolescente à Guillemette, que puis-je lui dire ? La voici orpheline… D'abord Henri, puis notre douce Gaby !

Nicole dispensa tendresse et petits gestes de réconfort, mais le regard égaré de l'enfant ne cessait de l'inquiéter. Violaine ne parlait guère et jetait à tous des coups d'œil alarmés. Même Octave, malgré sa rudesse, observait la petite avec une grande pitié dans le cœur.

L'enterrement, sous un pâle soleil, rassembla une foule de gens. Gabrielle Plantier avait su gagner l'affection et le respect. Il paraissait impensable de ne plus la voir, digne et souriante, partir sur les parcs à huîtres ou entrer à l'église.

Le curé fit d'ailleurs un éloge de la jeune femme qui en bouleversa plus d'un. Elise Duplessis, assise sur le banc des notables, l'écouta un mouchoir blanc appuyé sur sa bouche, comme si elle avait envie de crier on ne sait quoi, qu'elle retenait par respect des convenances. Le brave prêtre eut parfois des tremblements dans la voix.

— Mes chers paroissiens, nous sommes réunis ici pour déplorer la perte d'une personnalité admirable du pays de Marennes, Gabrielle, la veuve d'Henri Plantier. C'était une jeune femme que je connaissais bien, modeste, courageuse et profondément pieuse, une âme d'exception que Notre-Seigneur accueillera en son paradis…

Des sanglots s'élevèrent parmi l'assistance, Mariette, Nicole et Guillemette ne pouvant contenir leur douleur. Dans le petit cimetière, chacun rendit hommage à Gaby, jetant une fleur sur sa tombe. Violaine, qui avait assisté à la cérémonie avec un masque figé et les traits gonflés par la fatigue et le chagrin, suscitait bien des commentaires.

La fillette, tout de noir vêtue par les soins de Nicole, semblait encore plus jolie avec sa peau dorée, ses longs cheveux blonds et ses magnifiques yeux bleus, l'ensemble lui donnant une allure étrange.

— Pauvre gosse ! disait-on. Que va-t-elle devenir ?

Olivier Bonaventure était présent. Il affichait une mine compassée qui ne trompait personne. Déjà, la veille, le maître mareyeur avait frappé chez Octave pour lui demander de vider la maison des Plantier.

Elise Duplessis resta à l'écart. L'épouse du notaire avait beaucoup pleuré, presque autant que Guillemette et ses filles. La mort de Gabrielle la désolait au-delà des mots, au point de lui faire perdre son assurance habituelle. Elle déposa un bouquet de roses de serre dans les bras de Violaine et repartit en murmurant :

— Je viendrai bientôt te voir…

Ce jeudi-là, Violaine était assise près de la fenêtre, chez ses voisins. Elle tenait Marie dans ses bras, car elle avait terriblement besoin de sentir la vie tout contre elle alors qu'un froid de mort la submergeait. Le contact de ce petit corps chaud la réconfortait, ainsi que les sourires du bébé, suaves et innocents.

Guillemette, Octave, Mariette et Nicole attendaient autour de la table. Arlette et Isabelle avaient été envoyées dans la chambre, avec l'ordre de surveiller François et Louis. En fait, les parents et les adolescentes, plus âgées, attendaient quelqu'un. Or, le futur entretien allait aborder des sujets trop graves pour risquer d'être interrompu ou simplement écouté par des oreilles innocentes.

La famille guettait l'arrivée de madame Duplessis. En effet, elle souhaitait leur parler d'un problème préoccupant qui se résumait en peu de mots : que faire de Violaine ?

La principale intéressée avait compris qu'on allait discuter de son sort, mais elle ne réussissait pas à sortir de l'état de choc où l'avait plongée la mort de sa mère. Il y avait eu bien des mots, des discours et des larmes autour d'elle. L'enfant ne retenait qu'une chose, dont la cruauté lui était cependant perceptible : ses parents dormaient tous deux au cimetière. Comme le répétaient les voisins, les gens du village : elle était seule au monde.

— Qu'est-ce qu'elle fait, cette bourgeoise ? grogna Guillemette. Nous n'allons pas passer la journée à nous tourner les pouces…

Violaine se mordit les lèvres. Le bébé gazouilla. La petite fille se pencha et l'embrassa sur le front. Enfin, on frappa. Elise Duplessis entra, vêtue d'un tailleur gris très élégant. Une toque de fourrure lui donnait une allure nouvelle. Mariette et Nicole, malgré leur chagrin, ne purent s'empêcher de détailler la toilette de l'épouse du notaire.

— Je suis désolée, s'écria Elise en s'asseyant, mais j'ai été retardée par une visite que je n'attendais pas. Bien, ne perdons pas de temps ! Il faut trouver une solution pour Violaine.

Personne ne perçut le bruit d'un loquet que quelqu'un soulevait discrètement. François se doutait que l'avenir de Violaine serait le sujet de la discussion, aussi avait-il décidé d'écouter à la porte de la chambre. Pour lui, l'affaire était simple. Puisque Violaine n'avait plus de parents, elle vivrait avec eux, les Lignet. Le garçon jugeait cela évident, car, depuis ses premiers pas, il avait coutume de voir sa petite voisine chez lui, à n'importe quelle heure du jour. Son amie d'enfance faisait partie de sa vie et il n'était pas question que cela change ! Elle deviendrait sa sœur, voilà tout.

Elise ôta ses gants et sortit un papier de son sac. Guillemette en profita pour annoncer d'une voix ferme :

— Moi, je veux bien la garder, notre Violaine. Cela fera une paire de mains en plus pour ramasser des coquillages !

— Ma femme, as-tu perdu la tête ? tonna Octave, les poings serrés. Nous sommes déjà neuf à la maison et, tous les jours que Dieu fait, tu te plains du manque de sous ! Une bouche en plus, ce n'est pas possible…

Violaine sursauta. Elle n'avait pas pensé à son avenir tant il lui semblait évident qu'elle resterait près de sa Guillette, partageant l'existence de François, de Nicole et des autres. Les Lignet constituaient sa seconde famille. Ils ne pouvaient pas la rejeter !

Guillemette, scandalisée par le refus de son époux, semblait pourtant adopter une attitude de soumission. Tout d'abord, elle ne dit rien. Quoique dotée d'un caractère autoritaire, son mari demeurait la seule personne à qui elle ne s'opposait pas en temps normal. Elle avait entendu assez de récits de femmes de pêcheurs abandonnées avec leurs enfants pour filer doux devant Octave. Mais son cœur de mère se rebellait devant une telle décision. Elle ne pouvait l'accepter. N'y tenant plus, elle laissa sa colère éclater.

— Comment ça, mon homme ? Tu chasserais d'ici une enfant que j'ai nourrie au sein, pratiquement élevée ? Cette petite, elle a bu mon lait pendant un an, avec François. Elle est comme qui dirait ma fille… Et sa mère, ma Gaby, qui est au ciel, je lui dois bien de garder sa Violaine !

Octave secoua la tête en marmonnant. Il n'osait pas crier aussi fort que sa femme devant madame Duplessis. Il se contenta de répliquer d'un ton ferme :

— Ce n'est pas une raison ! Elle pourrait rester chez nous, la petite, quelques mois… Mais après ? Je ne vais pas l'établir comme un de mes gosses. Et puis, la vie est assez dure !

Guillemette poussa un gémissement.

— Si je te disais que j'ai promis à sa mère, sur son lit de mort, de veiller sur notre Violaine ? Tu veux me faire parjurer, Octave ? Tiens, tu n'as pas plus de cœur qu'une huître !

Elise attendait patiemment, avec une expression songeuse, la fin de la querelle. Guillemette s'approcha et lui demanda d'une voix soudainement radoucie :

— Et vous, madame ? Ne pouvez-vous rien faire ? Depuis le temps que vous aidez Gabrielle ! Violaine est très habile de ses mains, sage, obéissante. Elle apprend vite. Je pense qu'elle pourrait aider Charlotte aux cuisines, au ménage… Il y a tant de place chez vous ! Comme ça, je continuerai à la voir, ma pauvre pitchoune !

Elise soupira en secouant la tête.

— C'est hors de question ! Certes, je dispose d'un peu de revenus personnels que je consacre à mes bonnes œuvres. Mais je ne suis pas la maîtresse chez moi ; mon époux ne supportera jamais la présence d'une fillette à la maison. Et puis, elle est trop jeune. Vous le savez très bien, Guillemette !

Les deux femmes échangèrent un long regard méfiant Nicole lança, dans le silence qui suivit :

— Papa, je t'en prie ! Gardons Violaine ! Je travaillerai double s'il le faut ! Elle partagera mon lit. Nous n'allons quand même pas la laisser partir à l'Assistance publique !

François, qui ne tenait plus en place derrière la porte, surgit dans la pièce. Blanc comme un linge, il prit part au débat en criant lui aussi, ajoutant à la confusion générale.

— C'est ma sœur de lait, alors faut qu'elle reste ici !

Tel un coup de tonnerre, le poing noueux d'Octave Lignet s'abattit sur la table qui en trembla, ramenant à sa façon le silence dans la pièce. Marie se mit à pleurer, effrayée. Violaine la rassura tendrement en lui chantonnant une berceuse, mais le bébé ne se calmait pas. Une onde de colère ranima sa nounou de huit ans et la fit s'éveiller de sa torpeur.

Monsieur Lignet hurle toujours ! pensa-t-elle. Il tape sur tout, il marche fort. A cause de lui, Marie dort mal.

La fillette continua pourtant à fredonner. Octave, encore très contrarié par la petite révolution qui venait de se produire dans sa cuisine, commença à sermonner rudement ses enfants. Alors, Violaine réagit enfin et, stupéfiant l'assistance, déclara soudain d'un ton fâché :

— Chut ! Le bébé pleure ! Il ne faut pas lui faire peur !

Elise eut un sourire attendri. Elle éprouvait pour Violaine une profonde affection. Son fils Edouard était un garçon chétif et ombrageux, le contraire en somme de cette petite fille éclatante de santé et si dévouée.

— Tu as raison, Violaine ! Pensons au bébé. Monsieur Lignet, ne vous mettez pas dans des états pareils ! Je ne suis pas venue jeter le trouble, mais vous dire ce que m'a confié Gabrielle, il y a quelques semaines. Je m'inquiétais en fait de l'avenir de Violaine si un malheur lui arrivait. Alors, celle-ci m'a avoué qu'elle avait une sœur, mariée à un paysan. Ils habitent entre Lourdes et Gavarnie, près d'un petit bourg de montagne…

Guillemette se récria, interloquée.

— J'étais la meilleure amie de Gaby, mais elle ne m'a jamais parlé de cette sœur !

— Pourtant, elles correspondaient au moins une fois par an. J'ai l'adresse de cette Marcelline. Je vais lui écrire. Je dois lui apprendre le décès de sa sœur et lui exposer la situation délicate de sa nièce. Comprenez-moi : la place de Violaine est auprès de sa famille, de sa vraie famille, et non pas chez vous ou chez moi. De plus, si jamais elle avait attrapé la maladie de ses parents, vivre en montagne serait salutaire… L'air y est très sain, paraît-il.

Octave ne cacha pas sa satisfaction. Ce n'était pas la méchanceté qui l'avait fait parler de la sorte. Il aimait bien Violaine, mais pas au point de l'élever jusqu'à sa majorité alors qu'il peinait pour subvenir aux besoins de ses sept enfants.

Violaine avait écouté cette fois-ci. Elle fouillait sa mémoire à la recherche d'une « Marcelline », mais ce nom n'évoquait aucun souvenir.

— Maman a une sœur ! s'étonna-t-elle. Peut-être qu'elles se ressemblent…

La fillette imagina aussitôt une seconde Gabrielle, douce et belle. Le visage de sa mère lui apparut tel qu'il était sur le passage du fort Louvois, un visage d'ange, magnifique dans le soleil levant.

Madame Duplessis se leva et lui caressa les cheveux. Elle dit en même temps à Guillemette :

— Je ne sais pas quand je recevrai une réponse. En attendant, bien sûr, Violaine restera chez vous. Je veillerai à ce que sa présence ne soit pas une source de dépenses supplémentaires.

Les Lignet au grand complet hochèrent la tête. Octave se frotta les mains, car il était sûr de manger de la viande les jours suivants. Charlotte, avec sa mine de mouette offensée, leur porterait sûrement de beaux morceaux de bœuf. Il n'était pas un mauvais bougre au fond, mais il parlait avec sa raison : il savait le prix de chaque goutte de sueur due au labeur pour subvenir aux besoins des siens. Et puis, on ne peut pas travailler le ventre vide ! Alors, quand l'assiette est pleine et, qui plus est, améliorée par quelques bons morceaux, autant en profiter !

Eh ! Cela nous changera du poisson ! songea-t-il.

Elise écrivit la lettre le soir même. Elle n'était pas sûre d'obtenir une réponse favorable, ignorant tout de Marcelline Carrier, la sœur de Gabrielle. Si le sort de Violaine l'attristait, elle pensait sincèrement que l'enfant devait être confiée à sa famille. Elle relut la missive en espérant ne pas avoir été trop directe dans sa façon de présenter les choses.

Madame,

Je vous écris en qualité d'ancienne patronne de votre sœur. Je suis au regret de vous informer du décès de Gabrielle. Elle avait perdu son mari, Henri Plantier, quelques mois auparavant. Tous deux sont morts de la tuberculose et, dans le cas de Gabrielle, une pneumonie a précipité les choses. Vous devez savoir qu'ils ont une petite fille de huit ans, Violaine, qui se retrouve seule au monde. Pour l'instant, sa voisine et nourrice l'a recueillie, mais cette situation ne peut plus durer, car cette femme est mère de famille nombreuse et très démunie.

C'est pourquoi je vous demande d'avoir la bonté de vous charger de l'enfant. Elle est saine, vive, travailleuse, douce et intelligente. Gabrielle m'avait confié que vous êtes mariée à monsieur Albert Carrier qui est réputé être un brave homme. Je vous en prie, écoutez votre cœur, tous les deux.

Veuillez recevoir, madame, mes sincères condoléances. Dans l'attente de votre réponse, je vous prie de bien vouloir accepter mes respectueuses salutations distinguées.

Elise Duplessis

Une semaine plus tard, la femme du notaire reçut une petite enveloppe. A l'intérieur se trouvait une simple feuille rayée, pliée en deux, couverte d'une écriture qui lui parut habile et ne comportant aucune faute. Ce détail la rassura aussitôt. La sœur de Gabrielle semblait avoir de l'instruction.

Madame,

Je suis désolée du décès de ma sœur. Pour sa fillette, hélas, il m'est impossible de m'en charger. J'ai déjà deux garçons et j'attends un enfant. Et puis, si ses deux parents étaient atteints de la tuberculose, qui m'assure que Violaine est bien saine ? Je ne veux pas introduire le « mal » chez moi.

D'autre part, je n'ai pas assez d'argent pour nourrir une personne en plus. Croyez que je suis désolée de ne pouvoir vous donner satisfaction. Tournez-vous vers l'Assistance publique.

Bien respectueusement,

Marcelline Carrier

Guillemette travaillait ce jour-là chez le notaire. Elise la trouva dans la cuisine, occupée à astiquer, avec une évidente satisfaction, les belles casseroles de cuivre rose.

— Lisez ça, ma pauvre Guillemette ! La sœur de Gabrielle ne veut pas de Violaine. Nous allons être obligées de la confier à l'Assistance publique. Je ne comprends pas comment une personne, même dépourvue d'un minimum de bonté, peut oser refuser d'accueillir sa propre nièce. Est-il possible de se conduire de la sorte ? Et cette histoire de maladie…

— Ah ça, répliqua Guillemette, on ne peut pas le lui reprocher, si elle a des enfants et qu'elle en attend un autre.

Elise, contrariée, tournait en rond, la maudite missive à la main. Ses talons hauts claquaient sur le carrelage rouge.

— Mais vous, Guillemette ? Vous n'avez pas peur ? Violaine garde votre bébé du matin au soir !

— Pour moi, la petite est saine. Elle ne tousse pas, elle a de bonnes couleurs. Ce qui cloche, c'est côté cœur, madame Duplessis. Elle a bien du chagrin, notre Violaine.

Elise, rassurée sur la santé de la fillette, prit enfin une résolution et repartit aussi vite qu'elle était entrée.

Je sais ce que je dois écrire pour convaincre cette femme ! se dit-elle. Comme l'explique mon cher mari, les pauvres écoutent toujours la chanson des écus ! Ce genre de déclaration n'est guère en son honneur, mais il y a longtemps qu'il a oublié d'avoir un cœur.

Elise s'installa à sa table de correspondance et reprit sa plume, bien décidée cette fois à convaincre la famille Carrier d'accepter la fillette. Jamais elle ne confierait l'enfant de Gabrielle à l'Assistance publique.

Madame, monsieur,

Je comprends les raisons de votre refus, mais je me vois dans l'obligation d'insister. Je serais vraiment malheureuse de confier Violaine à l'Assistance publique alors que vous êtes sa seule famille.

Si j'avais pu le faire, j'aurais été heureuse d'élever cette fillette que j'aime beaucoup. Mais mon mari ne veut pas. Il craint que la présence d'une enfant de son âge ne perturbe notre fils Edouard, dont la santé fragile nécessite des soins constants. Je ne peux qu'obéir à mon époux, hélas !

J'aimerais vous dire que Violaine est habituée à vivre dans le dénuement. Cependant, afin de faciliter vos finances, je vous propose un arrangement. Donc, si vous l'accueillez, je vous attribuerai une pension mensuelle qui vous aidera à subvenir aux besoins de la petite. Je vous enverrai également, deux fois par an, un trousseau complet vous épargnant le souci de la vêtir.

En ce qui concerne le transport, je me propose de la conduire jusqu'à Lourdes en train, puis jusqu'à votre village avec les moyens locaux. J'insiste, madame, car Violaine est une enfant charmante qui ne peut que vous aider à la naissance de votre troisième enfant. Elle est très attachée aux nouveau-nés. Elle pourra également vous seconder dans votre vie quotidienne et accomplir de petits travaux. N'ayez aucune peur, la petite est saine, elle a d'ailleurs été examinée par notre médecin de famille, un des meilleurs de la région.

En espérant que ces nouvelles conditions sauront vous décider, je vous prie de bien vouloir agréer, madame, l'assurance de mes sentiments distingués.

Elise Duplessis

Cette seconde lettre dut convaincre ses destinataires, car la réponse arriva très rapidement, favorable cette fois. Marcelline affirmait avoir réfléchi, « être prête à veiller sur sa nièce, comme toute bonne chrétienne ».

Elise ne put retenir un sourire d'amertume. Dire qu'il lui avait fallu promettre de l'argent pour obtenir un geste de la famille Carrier ! Ces gens devaient être vraiment très pauvres pour céder aussi vite. Elle avait honte de s'être servie d'un tel subterfuge, mais la situation de Violaine l'exigeait, malheureusement. Son âme de femme sensible se révoltait devant la cruauté des événements autant que celle des êtres.

Le cœur serré, elle s'empressa d'aller annoncer la bonne nouvelle à la famille Lignet. Octave était à la pêche, mais Guillemette et ses filles, occupées à cuire du pain, furent consternées.

— Mon Dieu ! s'écria Nicole. Notre Violaine, habiter en pleine montagne ? Mais elle n'y survivra pas ! Ce sont des régions affreuses ! Il paraît qu'il y a encore des loups et des ours énormes. Ces bêtes-là égorgent les agneaux et s'en prennent même aux bergers…

— Un jour, quelqu'un m'a raconté que les gens, dans ces pays-là, ne parlent pas comme nous ; que l'hiver, ils sont enfermés chez eux, emprisonnés par des murs de neige plus hauts que les maisons !

— Taisez-vous, ne l'effrayez pas davantage ! protesta Elise Duplessis, exaspérée. Ce sont des sornettes !

Violaine, qui venait de donner son biberon à Marie, avait suivi toute la discussion, les regardant tour à tour, cherchant dans leurs mots une lueur d'espoir, celui de rester au Chapus parmi les siens, entourée de ceux qu'elle aimait tant. Elle finit par leur demander :

— Alors, c'est vrai ? Je dois m'en aller chez ma tante ? Mais… je ne la connais pas !

— Oui, ma pitchoune, répondit Guillemette les larmes aux yeux. Sais-tu que ta tante va avoir un bébé… Tu pourras pouponner à ton aise.

— C'est Marie, le bébé que j'aime ! Je vais lui manquer ! Je ne veux pas partir…

Soufflant ces derniers mots dans un gémissement de bête blessée, la fillette alla coucher le nourrisson dans son lit, puis elle s'approcha d'Elise Duplessis. Ses grands yeux couleur d'Océan l'imploraient en silence, plus éloquents que les mots, plus forts que les pleurs ou les cris, plus terribles que le pire des châtiments… Violaine offrait son âme d'enfant pour unique défense. Enfin, elle osa murmurer :

— Madame, faites que je puisse rester ici, près de Marie, de François, de ma Guillette ! Je me ferai toute petite, toute sage. J'aiderai au ménage, au ramassage des coquillages ! Et puis, là-bas, à la montagne, je n'irai plus au cimetière porter des fleurs à mon papa, à ma maman… Je ne veux pas les quitter, les abandonner !

Nicole étouffa un sanglot en entendant ce cri du cœur. Guillemette devint très pâle. Mais Elise, persuadée qu'il n'y avait pas d'autre solution, décida de ne pas faiblir elle aussi. Consciente de son rôle dans cette affaire, elle était résolue à mener sa mission jusqu'à son terme. Elle répliqua avec douceur :

— Ce n'est pas possible, Violaine. Nous en avons déjà discuté ! Tu dois comprendre que j'agis pour ton bien. Tu sais que nous allons faire un grand voyage, toutes les deux. Il y a longtemps que je souhaitais me rendre à Lourdes, pour ramener de l'eau de la source à mon pauvre Edouard. Ce sera une bonne occasion. Ne roule pas des yeux pareils. Dans le train, je t'expliquerai ce qui s'est passé là-bas. Lourdes, c'est une ville que tous les croyants rêvent de visiter. Ensuite, je t'emmènerai jusqu'à Gavarnie, dans les Pyrénées. Je suis sûre que ta tante ainsi que tes cousins seront très gentils avec toi !

Violaine se moquait de tous ces inconnus. Elle n'avait retenu qu'une seule chose : on allait la séparer de François, de Nicole, de Guillemette et de sa chère petite Marie alors qu'elle avait déjà perdu ses parents. Elle balbutia, retenant ses larmes :

— Je ne veux pas aller à la montagne ! C'est mon pays, ici, la mer, la plage… Et Vénus, je ne la verrai plus ! Je ne veux pas partir !

Cette fois, elle éclata en sanglots tandis que la chienne gémissait en posant sa tête blanche sur les genoux de la fillette. Mariette et Nicole pleuraient aussi fort. Quant à François, il restait dans son coin, le visage fermé, dur. Il se mit à détester madame Duplessis et surtout cette Marcelline qui lui volait son amie, sa Violaine.

Elise poussa un long soupir. Elle prit l'enfant aux épaules.

— Tu dois être courageuse, ma petite, comme l'était ta maman ! Tu as de la chance d'avoir encore de la famille. Et là-bas, tu pourras aussi t'occuper d'un bébé. Quant aux chiens, j'ai entendu dire qu'à la montagne il y en a des énormes, tout blancs. Peut-être que ton oncle en possède un ?

Violaine hocha la tête d'un air résigné, puis elle se moucha. Elle finit par bredouiller :

— Oui, madame…

Guillemette entoura la petite d'un bras protecteur. Elle regarda longuement Elise avant d'ajouter :

— Vous êtes bien bonne, madame, de la conduire si loin, de payer tous les frais… Je ne sais pas comment vous remercier, au nom de notre pauvre Gaby… C'est sûr, sans votre aide, la petite irait à l'Assistance ! Vous êtes un peu son ange gardien, on dirait ! Je vous la confie, notre Violaine ! Elle est si gentille, j'espère que cette tante Marcelline sera brave, sinon j'irai lui tirer les oreilles !

Violaine eut un pauvre sourire à l'écoute des menaces de sa Guillette. Le sort en était jeté, elle allait partir. Alors, tant qu'elle se trouvait chez sa voisine, elle voulait profiter de l'atmosphère familière, des bavardages de Louis et de François, des câlins de Nicole. Mais chaque heure écoulée la rapprochait du moment de la séparation. La fillette en perdit l'appétit et le sommeil.

La veille du départ, Guillemette fit promettre à Violaine de leur donner souvent de ses nouvelles par l'intermédiaire de sa tante, en attendant que la fillette apprenne à écrire à l'école. Elise Duplessis avait décidé que la petite dînerait et dormirait chez elle. Il fallait boucler la valise de la fillette. Les adieux furent déchirants. Même Louis, un peu indifférent d'ordinaire, reniflait avec force. Arlette et Isabelle embrassèrent plusieurs fois Violaine. Nicole, après une étreinte désespérée, alla s'enfermer dans la chambre. Mariette tournait en rond, le visage défait par le chagrin. L'émotion générale devenait, en effet, insupportable. Elise décida d'y mettre un terme au plus vite ; elle s'écria :

— Partons maintenant ! Embrasse ta nourrice, mon enfant ! Nous prenons le train à six heures demain matin.

Violaine n'avait plus la force de protester. Elle évitait aussi de regarder du côté de sa maison, où elle avait grandi, heureuse, entre son père et sa mère. François, qui ne pouvait se résoudre à quitter sa sœur de lait, lui offrit un coquillage blanc en spirale, son plus précieux trésor.

— Tiens, Violaine ! Si tu le mets à ton oreille, tu entendras la mer. Même là-bas, dans les montagnes !

— François ! lui souffla-t-elle à l'oreille. Ne m'oublie pas ! Et quand tu seras grand, viens me chercher. Avec Marie. Elle ne me reconnaîtra pas, mais je lui dirai que j'ai été sa nounou… pendant six mois.

— Je te le promets, Violaine. Je viendrai ! chuchota-t-il.

Madame Duplessis s'impatientait. Octave devait les accompagner pour porter le bagage de la fillette, rempli de ses meilleurs vêtements.

Vite, Violaine agrippa sa Guillette et lui dit tout bas :

— J'ai pris ma demoiselle ! Dis, tu veux bien ?

— Bien sûr, c'est ta poupée, ma pitchoune ! bredouilla-t-elle, en essuyant un flot de larmes. Va, maintenant, va, ma chérie…

Un quart d'heure plus tard, Violaine entrait dans ce merveilleux jardin où elle pensait ne jamais poser un pied. Suivie d'Octave, elle trottinait derrière madame Duplessis. A la porte des cuisines, le pêcheur déposa son fardeau et les salua d'un air embarrassé. A l'instant de faire ses adieux à la fillette, il se sentait envahi de sentiments contradictoires : du soulagement, de la confiance, mais aussi quelques regrets, un peu de culpabilité et une certaine mauvaise conscience.

— Eh bien, bon voyage, madame ! fit-il. Et à toi aussi, ma petite Violaine !

Octave, dévisageant Violaine pour la dernière fois, revit soudain le visage aimable de son collègue Henri. Le pêcheur comprit, un peu tard, qu'il avait trahi la mémoire d'un ami. Il marmonna, tournant sa casquette entre ses doigts, les yeux fixés sur ses godillots :

— Faut pas m'en vouloir, pitchoune, de ne pas te prendre chez nous ! Mais l'argent est rare... avec le bébé en plus. Tu seras sans doute aussi bien avec ta tante, va ! Moi, rapport à ton père qui était le meilleur homme que je connaisse, j'aurais peut-être dû te garder... Je suis pas fier de moi, sais-tu ? Tu es bien petiote pour comprendre, mais j'ai pas fermé l'œil de la nuit, à cause de tout ça !

Elise, outrée, enveloppa l'homme d'un regard froid. C'était tout lui, de regretter sa décision au dernier moment. Excédée, elle ajouta, glaciale :

— Je crois qu'il vaut mieux vous en aller !

Pourtant, elle comprenait sa réaction. Incapable de cruauté, elle lui cria tandis qu'il reculait dans l'allée :

— Ne vous inquiétez pas, monsieur Lignet ! Je veillerai sur Violaine.

8

En voyage

La petite fille, muette d'appréhension, entra enfin dans cette superbe maison qu'elle avait si souvent admirée, mais de loin. La vaste cuisine à elle seule aurait pu loger les deux modestes bicoques de pêcheurs des Lignet et des Plantier.

— Installe-toi, Violaine. Je vais demander à Charlotte de te préparer un bain. Je ne voulais pas faire d'envieux, aussi je n'ai rien dit chez Guillemette, mais je t'ai acheté des habits neufs.

Depuis ses adieux aux Lignet, Violaine essayait de dominer de son mieux le chagrin qui l'assaillait. Mais à peine entrée dans ces lieux nimbés de mystère, elle allait de découverte en découverte. La nouveauté de ce qu'elle vivait parvenait peu à peu à la distraire. Charlotte l'aida à se laver dans une baignoire. L'eau chaude n'était pas versée à l'aide d'un seau, mais coulait d'un des robinets, ce qui stupéfia la fillette. Du savon émanait un tel parfum qu'elle faillit le goûter.

— Ne mets pas la savonnette dans ta bouche ! protesta la bonne sévèrement. Madame a bien tort de se donner autant de mal pour une gamine si bête ! Enfin, cela la regarde… Tu as de la chance ! Ma patronne se couperait en quatre pour toi, je me demande bien ce qu'elle te trouve…

Puis Charlotte se tut et prit un air songeur, le temps de vêtir Violaine de la tête aux pieds : chemisette, pantalon de coton fin brodé de dentelles, robe de laine et gilet assorti, bas de soie et bottines en cuir.

— Maintenant, les cheveux ! annonça la bonne. J'espère que tu n'as pas de poux. Tu ne devais pas les laver souvent, là-bas…

— Mais… je les brosse tous les matins ! protesta Violaine. Et d'abord, j'ai pas de poux, maman surveillait…

Quand la fillette fut conduite au salon, elle passa devant un grand miroir accroché dans le couloir. Il renvoyait l'image d'une jeune demoiselle qui ne lui ressemblait pas du tout. Elle ne se reconnut pas. Mais Elise semblait satisfaite de son apparence.

— Approche, mon enfant ! Comme tu es jolie ! Une vraie poupée.

La fillette n'osait plus bouger. Elle se contenta de détailler les meubles énormes qui lui parurent briller de mille feux, le lustre en cristal du plafond, les beaux rideaux de velours vert. Jamais elle n'avait vu autant de choses magnifiques ! Edouard, qui venait d'entrer, la trouva en pleine contemplation. Il portait une boîte en bois sous le bras gauche.

— Bonsoir, Violaine ! Maman m'a dit que tu allais partir très loin. Moi, je voudrais que tu restes ici, avec moi… Je suis toujours tout seul. Je n'ai personne pour m'amuser !

Violaine ne répondit pas, mais elle fut touchée par le ton gentil d'Edouard et son regard d'un bleu limpide, sincèrement affligé. Elise observait tristement les deux enfants.

— Jouez un peu avant le dîner, mes petits ! leur dit-elle. Je vais prévenir ton père, Edouard, que Violaine dort chez nous.

La jeune femme se garda bien d'ajouter que le notaire serait sans doute furieux de son initiative. En effet, Jérôme Duplessis prit son air des mauvais jours dès qu'il en fut informé. Il marmonna entre ses dents :

— Etait-ce nécessaire de l'amener ici, Elise ? Notre fils fréquente bien assez souvent ces gosses de pêcheurs quand vous le conduisez à la plage.

— Ne voulez-vous pas la voir, juste une minute ? insista son épouse.

— Non ! Je prendrai mon repas dans ce bureau ! J'ai un contrat à rédiger, de toute façon… Je vous souhaite un bon voyage. Surtout, continuez à jeter votre argent par les fenêtres ! A cause de vos caprices, je vais devoir supporter votre cousine Joséphine ! J'en ai par-dessus la tête de toutes vos lubies, ma chère ! On dirait que vous prenez plaisir à m'humilier, à me ridiculiser ! Cela vous amuse, je suppose ?

— Avant de m'accuser de tous vos maux, Jérôme, cherchez plutôt le vrai fautif... Rien ne m'amuse dans l'existence que nous menons ! A défaut d'être heureuse, je peux au moins goûter le bonheur de me montrer charitable, ce dont vous êtes incapable ! Et je vous rappelle que ma cousine vient de Cognac afin de garder Edouard. Que voulez-vous, notre enfant unique a besoin d'une présence féminine...

Le couple échangea un regard froid. De couple, ils n'en avaient que l'apparence. Ils faisaient chambre à part depuis des années et aucune tendresse ne les unissait. Ils supportaient l'un et l'autre cette situation pénible uniquement pour le bonheur de leur fils. La jeune femme sortit en claquant la porte.

Le dîner fut simple et rapide. Elise, comme à son habitude, n'avait pas faim. Edouard et Violaine discutaient à voix basse, tout à fait réconciliés à la veille de se séparer. Charlotte vint les chercher à l'heure du coucher.

— Nous montons, les petits !

Violaine se sentait complètement perdue dans ce décor éblouissant, si différent de son univers familier. Elle n'avait pas encore réalisé qu'une page de son existence venait d'être tournée et, sans cesse, elle pensait : « Quand je raconterai tout ça à François, il sera bien surpris. » Mais très vite elle se souvenait de la réalité. Demain, elle quitterait le pays... pour toujours. Elle ne reverrait pas son ami.

Edouard la prit par la main lorsqu'ils grimpèrent l'escalier recouvert d'un tapis rouge aux motifs dorés. Au même instant, une porte s'ouvrit dans le vestibule. Jérôme Duplessis désirait embrasser son fils. Il s'imaginait que la fillette hébergée par sa femme dormirait en bas, avec Charlotte. Il fut saisi d'étonnement en apercevant, au milieu des marches, cette enfant aux longs cheveux blond roux, aussi élégante que les filles de ses amies parisiennes.

— Papa ! s'écria Edouard. Regarde, c'est Violaine ! Dis, papa, pourquoi elle ne peut pas habiter chez nous ?

Jérôme fixa durement celle qu'il considérait comme une intruse dans son existence bien ordonnée. Sous ce regard méprisant, Violaine s'immobilisa, troublée au plus haut point. Elle avait ressenti la haine de cet homme même si elle n'en comprenait pas la raison. Qu'avait-elle pu faire pour mériter cela ? Charlotte la tira par le bras, afin d'éviter une réprimande de son patron. Mais la porte se referma d'un coup sec.

Elise avait décidé que la fillette dormirait dans la chambre d'Edouard, sur un lit pliant. Elle ne tarda pas à rejoindre Charlotte et les enfants, pour s'assurer du confort de sa protégée et faire réciter les prières du soir à son fils.

Violaine commença à dire le *Notre Père*, puis elle éclata en sanglots violents. Elle venait de revoir le sourire ébloui de sa mère lorsque toutes les deux priaient, dans leur petite maison.

— Je veux ma maman ! balbutia-t-elle. Pourquoi elle est morte ? Je veux voir ma maman !

Edouard observait la scène d'un air terrifié. Elise se précipita et berça la petite fille contre sa poitrine :

— Là, ma pauvre chérie ! Ne pleure pas si fort ! Si je pouvais te rendre ta mère, je le ferais... Tu vas te coucher bien sagement et je vais vous lire une histoire, celle de la Belle au bois dormant. La connais-tu ?

— Non, madame ! chuchota Violaine.

Les deux enfants, à la lumière rose d'une veilleuse, écoutèrent les aventures de la princesse Aurore qui se piquait le doigt à un fuseau et dormait cent ans. Apaisée par la voix caressante d'Elise, Violaine sombra elle aussi dans un profond sommeil. Edouard resta éveillé, même après le départ de sa mère.

Quand je serai grand, pensait-il, je retrouverai Violaine et je l'emporterai dans un château immense, au bout de la Terre. Papa ne pourra pas nous rattraper. Personne...

En gare de Bourcefranc, à six heures précises du matin, le train démarra. Elise Duplessis serra Violaine contre elle. La jeune femme éprouvait une sorte de griserie à l'idée de s'éloigner de son foyer pendant quelques jours. Elle avait décidé de mettre à profit le temps de leur voyage pour instruire cette enfant dont l'intelligence la surprenait souvent.

— Nous allons jusqu'à Saintes, ma petite. Ensuite, nous monterons dans un train plus grand, qui nous conduira à Bordeaux, puis à Lourdes…

— Oui, madame ! balbutia Violaine, mal réveillée et très inquiète de quitter le Chapus.

Elise l'avait sortie de son sommeil alors qu'il faisait encore nuit noire. A présent, le jour se levait et la fillette, assise près de la fenêtre, regardait le paysage défiler derrière la vitre. Elle vit le grand marais, envahi d'oiseaux blancs et de canards sauvages qui s'envolaient au passage de la locomotive. Il y eut aussi les arrêts dans les petites gares sur le trajet.

— Tu as vu comme nous allons vite ! lui fit remarquer Elise. Nous déjeunerons à Bordeaux, mais, si tu as faim, dis-le-moi ! Charlotte nous a préparé un en-cas froid.

— Non, merci, madame ! répondit Violaine d'une voix tremblante en détournant la tête.

Elle voulait cacher les grosses larmes qui coulaient sur ses joues, parce que tout le monde lui répétait d'être courageuse et qu'elle n'y arrivait pas. Elise comprit alors combien cette enfant de sept ans luttait contre un vrai désespoir et elle la plaignit de tout cœur.

Pauvre petite ! se dit-elle. Son père meurt quasiment sous ses yeux, sa mère aussi. Et maintenant, elle doit quitter ses seuls amis sur cette terre.

Pourtant, en descendant en gare de Saintes, l'enfant se ranima. La foule qui l'entourait, les odeurs nouvelles, la main affectueuse de madame Duplessis lui firent oublier un peu sa profonde détresse. Quand elles s'installèrent toutes deux dans un luxueux compartiment de première classe, à destination de Lourdes, avec arrêt d'une heure à la gare Saint-Jean de Bordeaux, Violaine se montra presque gaie. Tout la surprenait, les lieux comme les choses… jusqu'au tissu velouté des sièges et le cuir des accoudoirs qu'elle effleura d'un doigt timide. Sa curiosité en éveil la tirait du côté des vivants, lui permettant d'abandonner, pour quelques instants, le monde si sombre des souvenirs et des peines.

Le contrôleur entra dans leur compartiment pour vérifier leurs billets. Son regard se posa sur Violaine et il s'exclama d'un ton flatteur :

— Madame, vous avez là une jolie petite ! Et elle me paraît sage et obéissante.

Elise ne démentit pas. Violaine lui sourit, comme pour la remercier. Ces quelques mots avaient éveillé en elle d'étranges pensées.

Comme ce serait bizarre si j'étais la vraie fille de madame Duplessis et la sœur d'Edouard ! J'habiterais avec eux tous les jours.

Elle essaya d'imaginer quelle serait alors sa vie, mais sans succès. Très vite, cette idée lui parut idiote. Elle n'était pas une demoiselle, mais une enfant de pêcheur aimant patauger dans les flaques à marée basse, pêcher des *boucs* et courir sur le sable humide jusqu'à en perdre le souffle, sa main dans celle de son ami François… Elle pensa à la maisonnette de Guillemette et se mit à regretter la cuisine trop petite, la chaleur du poêle, la grande table réunissant tous les membres de cette famille qu'elle aimait tant… De songer au bébé Marie, à la chienne Vénus si affectueuse, à Nicole, à François, au vol des mouettes sur le port… son cœur se brisa. Les larmes jaillirent à nouveau. Cette fois, Violaine se réfugia dans les bras de madame Duplessis qui la berça tendrement.

— Calme-toi, ma chère enfant ! Je ne peux pas te garder et j'en suis désolée. Si seulement ton père avait eu de la famille. Mais ses parents sont morts quand il était tout jeune. Ta mère, née Chenu, dans les Pyrénées, n'a plus que sa sœur. Tu seras mieux chez elle que confiée à des étrangers.

A Bordeaux, elles déjeunèrent au grand Buffet de la gare, avec le souci de ne pas rater l'heure du départ. Elise, voyant la petite moins triste, lui annonça d'une voix câline :

— Sais-tu, Violaine, que ce soir, nous dormons à Lourdes, à l'hôtel Saint-Roch ? Et demain, je t'emmènerai voir la grotte de

Bernadette, une petite bergère à qui la Vierge Marie est apparue.

Violaine en resta bouche bée. Elle ignorait tout de cette histoire. Dans le train qui les emportait vers Lourdes, Elise se fit un plaisir de lui raconter comment Bernadette avait découvert une source miraculeuse.

— Je te l'ai déjà dit, Bernadette n'était qu'une humble bergère. Un jour, la fillette, qui traversait le gave, s'approcha d'une grotte. Elle entendit un bruit, comme s'il y avait du vent... Elle leva la tête en regardant vers la grotte. Et là, elle vit une belle dame, au visage ravissant et vêtue d'une robe blanche, la tête couverte d'un voile blanc, une ceinture bleue à la taille et une rose jaune sur chaque pied. C'était la première apparition. Ensuite, elle retourna là-bas, comme appelée, et la dame lui apparut plusieurs fois. Dix-huit, je crois... Bernadette, sur le conseil des prêtres, lui demanda qui elle était. « Je suis l'Immaculée Conception ! » répondit celle-ci. Enfin la Sainte Vierge, car c'était elle, demanda à Bernadette de creuser le sol de la grotte et d'aller boire à la fontaine. Un filet d'eau commença à couler ; il augmenta et devint une source. Les gens du pays y menèrent leurs enfants malades et des guérisons inexplicables se produisirent. Comme je te l'ai dit, je voudrais rapporter de l'eau à mon pauvre petit Edouard. Si cela pouvait l'aider à recouvrer la santé... Depuis qu'il est né, je m'inquiète tous les jours pour lui, j'aimerais tant qu'il puisse s'amuser comme les autres enfants...

Elise aurait pu parler des heures, car Violaine, fascinée, ne cessait de l'interroger.

— C'est bien vrai, demain, je verrai cette grotte ? demanda-t-elle avec exaltation. Comme maman serait heureuse ! Si je pouvais lui raconter...

— Violaine, je vais te donner un conseil. Quand je te laisserai chez ta tante, tu devras te montrer forte. Tes parents, tes amis te manqueront beaucoup. Alors tu devras essayer de t'adapter à ta nouvelle famille et de te faire accepter. Il suffit souvent d'être sage et serviable. Tu vas habiter un pays où la Vierge s'est montrée aux hommes, ne l'oublie jamais !

L'enfant promit, impressionnée. La jeune femme ajouta d'une voix très tendre :

— Et si vraiment tu es malheureuse, dans ces montagnes, endure-le comme une épreuve qui te rendra meilleure. Tu peux aussi m'écrire souvent. Je t'assure que je veillerai sur toi. Un jour, peut-être, tu pourras revenir au Chapus, quand tu seras une jeune fille. Je te trouverai alors un travail...

Ces paroles achevèrent de réconforter Violaine. Elle s'endormit, la joue appuyée contre la vitre. Elise l'éveilla au crépuscule, en la secouant par l'épaule.

— Ma petite ! Regarde, les montagnes... Nous arriverons à Lourdes dans une heure.

Violaine colla son nez à la fenêtre. Ce qu'elle vit la stupéfia. Les collines, les prairies étaient blanches de neige, sous un ciel bleu profond. Sur la droite, des contours élevés fermaient l'horizon d'un dessin irrégulier. Pour une enfant élevée au bord de l'Océan, accoutumée aux étendues planes des marais, cette vision avait quelque chose d'extraordinaire.

— Ce sont des montagnes ? bredouilla-t-elle. Et tout ce blanc, qu'est-ce que c'est ?

— Oui, répliqua Elise, ce sont bien les montagnes dont je te parlais. Elles sont couvertes de neige. Tu n'en as jamais vu. Pourtant, il y a une dizaine d'années, donc un peu avant ta naissance, il avait neigé sur notre pays : à Bourcefranc, au Chapus et même sur l'île d'Oléron.

Elles continuèrent à admirer le paysage jusqu'à Lourdes. Violaine vit surgir la ville illuminée à la nuit tombée. Le train s'arrêta enfin, non sans secousses et grincements.

— Il faut descendre, Violaine ! déclara madame Duplessis. J'aperçois des fiacres. Nous allons en prendre un qui nous conduira jusqu'à l'hôtel Saint-Roch.

Sur le quai, un vent glacial leur coupa le souffle. Des flocons tourbillonnaient autour de leurs visages. Elise entoura la fillette d'un bras protecteur en se demandant soudain si la petite, soumise à un climat aussi rude après les douceurs océanes, n'allait pas tomber malade à son tour. Elles grimpèrent avec soulagement dans un fiacre.

— Nous allons à l'hôtel Saint-Roch, place Jeanne-d'Arc ! indiqua la jeune femme.

Le cocher se chargea de leurs bagages.

— Vous avez de la chance ! dit-il avant de refermer la portière, le début de l'hiver, ce n'est pas la grosse époque des pèlerinages, sinon vous auriez attendu un moment... Vous donnerez le bonjour à monsieur Gérard et à sa dame, Jacqueline ! Les patrons de votre hôtel, je veux dire. Ce sont de bons amis à moi !

Elise marmonna un « oui » surpris. Etant peu accoutumée aux manières des gens du Sud, une telle familiarité la déconcertait. Mais Violaine adressa un gentil sourire à cet homme dont l'accent chantant, aux notes haut perchées, l'intriguait. Le dépaysement commençait à faire son effet sur la fillette, qui ne savait plus où regarder tant ce pays différait de tout ce qu'elle avait connu jusqu'à présent. La ville de Lourdes lui sembla immense, les rues, étroites, et la petite poussa une exclamation de surprise en apercevant la haute tour d'un château. Le fort Louvois lui sembla soudain bien petit, comparé à ce monument.

— J'espère qu'il fera soleil demain ! déclara Elise. S'il pleut ou s'il neige, notre promenade jusqu'à la grotte sera moins agréable...

— Mais nous irons, n'est-ce pas, madame ? s'inquiéta Violaine.

— Je tiens toujours mes promesses, ma chérie. D'ailleurs, je dois ramener un jouet à Edouard, tu m'aideras à le choisir. Et nous prierons pour lui devant la grotte.

Violaine hocha la tête. Elle songeait au lendemain, en compagnie de madame Duplessis. L'idée de cette journée avant de se retrouver seule chez sa tante Marcelline la rassura un peu.

Elles arrivèrent enfin sur la place Jeanne-d'Arc. Le cocher les déposa juste devant l'hôtel qui était l'un des meilleurs établissements de Lourdes. Lorsqu'elles entrèrent dans le hall, la petite fille fut franchement ébahie. Jamais elle n'avait imaginé une telle splendeur. Les tapis rouges, l'éclat des grands lustres en cristal, les boiseries rehaussées de dorures, tout lui parut extraordinaire. Elle se cramponna à la main d'Elise Duplessis en lui chuchotant :

— Nous allons vraiment dormir ici ?

— Oui, j'ai réservé deux chambres par téléphone.

Violaine n'osa pas demander ce qu'était le téléphone… Au même instant, une jeune femme se dirigea vers elles. La petite fille la trouva très belle, peut-être parce qu'elle était grande et mince, comme Gabrielle, avec des yeux bleus très doux.

— Jacqueline Lebail ? demanda Elise. Je suis madame Duplessis, je vous ai appelée avant-hier…

— Oui ! Je reconnais votre voix ! répliqua la dénommée Jacqueline en souriant gentiment. Venez, je vais vous montrer vos chambres. L'hiver, les pèlerins sont moins nombreux à Lourdes ; aussi ai-je plus de temps pour m'occuper personnellement de mes clients.

Elles montèrent toutes les trois un large escalier garni d'un tapis épais qui étouffait le bruit de leurs pas. Violaine admira les cheveux très blonds de madame Lebail, coiffés en chignon haut. Elle se sentit encore plus attirée par cette charmante personne dont l'accent chantant ressemblait à celui du chauffeur de taxi.

En découvrant sa chambre, la fillette resta frappée de stupeur. Jacqueline Lebail, qui guettait du coin de l'œil les réactions de l'enfant, s'en aperçut et se pencha vers elle :

— Quel est ton prénom, ma mignonne ? chuchota-t-elle pour ne pas l'effaroucher.

— Violaine !

— Que c'est joli ! s'exclama la patronne de l'hôtel en s'adressant surtout à Elise. C'est votre fille ?

— Non ! dit très vite celle-ci. Et croyez bien que je le regrette. C'est une enfant adorable…

Madame Duplessis se tut. Elle ne voulait pas en dire plus devant Violaine.

— Je vous laisse vous installer ! ajouta l'hôtelière en prenant congé. Mon mari sert le repas à partir de vingt heures.

Sur ces mots, elle sortit en refermant doucement la porte. Violaine se plongea dans la contemplation des lieux. La tapisserie représentait des arabesques de végétation et le parquet brillait tel un miroir. D'épaisses tentures roses dissimulaient les fenêtres. Quant au lit, il se dressait, imposant et couvert d'un tissu soyeux. Elise s'aperçut de l'étonnement ébloui de sa protégée. Cela lui fit un peu mal au cœur.

Pauvre gosse ! songea-t-elle en la regardant. Je lui fais goûter au confort, aux agréments que procure l'argent, et elle va échouer chez des paysans impécunieux, durant toute sa vie peut-être. J'espère que ce petit séjour ne la marquera pas trop.

La jeune femme avait remarqué combien sa protégée était capable de réflexions surprenantes pour son âge. Elle ôta sa toque de fourrure en soupirant et alla ouvrir la porte de communication donnant sur sa propre chambre.

— Violaine, je vais prendre un bain et m'habiller pour le dîner. Reste ici, je te prie. Tu disposes d'un cabinet de toilette ; profites-en pour te rafraîchir le visage et les mains. Attends, je vais t'allumer les lampes, tu ne connais pas les commutateurs électriques…

La fillette approuva sagement. Enfin, elle se retrouva seule, debout à côté de sa valise qui déparait dans ce décor luxueux. Mais Violaine n'en eut pas conscience. Elle l'ouvrit et sortit sa poupée.

— Tu as vu ça, ma demoiselle ? Nous avons une chambre de princesse ! Si Nicole voyait ce lit et cette armoire…

L'enfant explora la pièce, sa poupée dans les bras. Elle marchait sur la pointe des pieds, tant elle était intimidée. Un grand miroir lui renvoya son image. Violaine s'observa un bon moment avec une sorte de méfiance. Habillée de beaux vêtements neufs, chaussée de bottines fines, ses cheveux nattés en une tresse unique, elle ne ressemblait plus du tout à la Violaine courant sur la plage en pantalon boueux, échevelée par le vent du large.

— Maman ! Oh, maman ! gémit-elle tout à coup.

Ces événements imprévus, que les hommes nomment destin ou coups du sort, avaient changé les bases mêmes de l'existence de Violaine. Sa plainte venait de son jeune cœur rudement éprouvé. Si elle était demeurée chez sa Guillette, au sein d'une famille qui l'avait pratiquement adoptée depuis sa naissance, la fillette se serait sentie moins perdue. Mais chaque heure écoulée depuis son départ du Chapus, sans oublier celles passées chez le notaire, avait marqué son jeune esprit, conférant à son regard bleu une expression d'attente et de doute. Elle ne savait plus qui elle était vraiment et encore moins ce qu'elle allait devenir. Elle n'oubliait pas un seul instant que, dès le lendemain, elle retrouverait la famille de sa mère, mais ce fait même était dénué de réalité, car il ne se rattachait à rien de connu : le lieu où elle vivrait désormais, les personnes qui l'entoureraient, une nouvelle vie... L'enfant était trop jeune pour analyser ce fouillis d'émotions qui la submergeaient, mais elle en avait une conscience intuitive. Si Violaine avait su écrire, elle aurait représenté son avenir sous la forme d'un gigantesque point d'interrogation.

Mais tout enfant, quel que soit son besoin de réconfort et de tendresse, est doté d'une qualité que les adultes perdent bien trop vite : c'est la capacité de s'extasier, la joie de la découverte, le bonheur des choses simples. Violaine, encore si jeune, possédait tout cela, et sa curiosité, toujours en éveil, la poussa à entrer dans ce cabinet de toilette dont avait parlé Elise Duplessis. Une grande baignoire occupait la moitié de l'espace, non loin d'un lavabo d'une blancheur éclatante.

Vite, elle retourna poser sa demoiselle sur le lit et se précipita sur les robinets. L'eau chaude coulait à volonté. Violaine prit la savonnette parfumée et se lava soigneusement les mains, les joues, puis s'essuya avec une serviette douce comme du velours. Quand elle eut terminé, une idée bizarre la traversa, un sentiment si nouveau que son geste de remettre la serviette en place resta un moment suspendu. Toutes ces belles choses, ces bonnes odeurs, ces matières si agréables à toucher n'étaient pas faites pour elle, Violaine Plantier. Les discours revanchards d'Octave Lignet, son voisin, lui avaient appris certains mots, comme « ces fumiers de riches » ou « ces sales bourgeois ».

A présent, elle les comprenait et cette révélation la choqua. Ce genre d'hôtel était réservé aux riches, à ceux qui pouvaient payer. Pourtant, même si Elise Duplessis appartenait au monde des « riches », Violaine la trouvait belle et bonne, ne méritant pas l'insulte de tels propos.

La fillette réfléchissait encore à sa nouvelle perception des choses, cherchant à discerner le vrai du faux, quand la jeune femme, qui occupait tant son esprit, l'appela :

— Es-tu prête, petite ?

— Oui, madame ! s'écria-t-elle en accourant.

Elise l'attendait, éblouissante dans une robe de soie mauve, ornée d'un col de dentelle. Sa chevelure couvrait ses épaules. Jamais Violaine ne l'avait vue ainsi coiffée et elle en fut charmée.

— Que vous êtes belle… comme ça ! Je veux dire, avec vos cheveux défaits…

— Merci, ma petite Violaine. Allons vite dîner, j'ai très faim lorsque je suis loin de la maison !

Pour descendre l'escalier couvert d'un tapis moelleux, calé par des barres de cuivre, ce qui émerveilla de nouveau la petite fille, Elise Duplessis lui prit la main. Il y avait chez cette jolie personne un besoin évident de tendresse, une nécessité de montrer sa nature affectueuse.

La salle à manger parut à Violaine le plus bel endroit de la Terre. De grands miroirs reflétaient la lumière scintillante de lustres en cristal, et de superbes tableaux décoraient le reste des murs ; il s'agissait de peintures à l'huile représentant les sites les plus grandioses des Pyrénées, du cirque de Gavarnie aux grottes de Bétharram, du pic du Midi au Pont d'Espagne à Cauterets et ses cascades.

La vaste pièce était déjà à moitié pleine de convives et de pensionnaires. Violaine eut une appréhension en voyant un homme les accueillir et les saluer. C'était le maître d'hôtel, très élégant et aux façons solennelles.

— Bonsoir, madame ! Bonsoir, mademoiselle ! Cette table vous est réservée…

La fillette baissa le nez, confuse. S'entendre appelée « mademoiselle » lui avait fait monter le rouge aux joues ! Une fois installée devant des assiettes blanc et or, près d'une plante verte, elle laissa échapper un soupir de soulagement.

— Les hôteliers sont très aimables ! lui souffla Elise. Tout à l'heure, je suis descendue un instant demander un thé et j'ai rencontré le chef cuisinier. C'est le mari de la dame si blonde qui nous a montré nos chambres.

Quelque chose dans l'attitude de madame Duplessis avait changé. Violaine le perçut aussitôt. L'épouse du notaire du Chapus affichait un grand sourire, ses gestes devenaient plus spontanés. Elle mangea même de bon appétit, bavardant avec l'enfant entre deux bouchées. Elle était intarissable, prenant plaisir à expliquer à la fillette le nom de chaque chose.

— C'est du confit de canard, Violaine ! Et ces choses brunes, comme tu dis, sont des champignons : des cèpes ! Cela te change du poisson et des coquillages… Vois-tu, ma chérie, je voyage rarement, mais j'aime me retrouver dans des endroits inconnus, rencontrer des visages nouveaux. Cette Jacqueline Lebail m'est vraiment sympathique. J'aimerais avoir une amie comme elle. Bien sûr, elle ne plairait pas à mon époux…

Elise se crispa et termina son verre de vin. La fillette approuvait ses paroles en silence, tout en dégustant le contenu de son assiette. Au dessert, les îles flottantes, nappées de caramel brun doré, les fascinèrent toutes deux. La crème anglaise et les blancs en neige si légers leur firent l'effet d'un délice exceptionnel.

— C'était très bon, madame ! murmura Violaine. Merci beaucoup.

Elise éclata de rire.

— Tu devrais plutôt remercier Gérard Lebail ! Je crois qu'il préside en cuisine. Il est venu à l'entrée de la salle, il y a un instant, et je l'ai vu te lancer des coups d'œil attendris. Son épouse a dû lui parler de toi. Sous ses airs bourrus, je suis sûre qu'il a un grand cœur… Dis-moi, tu me sembles bien fatiguée, Violaine. Il est temps de dormir. Demain, nous avons tant de choses à voir… Je monte te mettre au lit. Ensuite, je préfère te prévenir, je redescendrai boire une tisane.

Une fois couchée, Violaine ferma vite les yeux. Elle se sentait minuscule au milieu de ce grand lit aux draps blancs. Sa poupée contre son cœur, l'enfant que l'Océan avait bercée tant d'années tendit l'oreille pour guetter les bruits de l'hôtel et de la ville. Ici, le vent ne soufflait pas derrière la porte, les vagues ne venaient pas se briser contre la jetée. Elle perçut l'écho de pas dans les couloirs, des rires et des chuchotements. De la rue montaient des grincements de roue, celles des derniers fiacres, et le claquement des sabots des chevaux sur les pavés.

Je suis dans le pays où la Sainte Vierge est apparue à Bernadette, une petite fille comme moi… pauvre comme moi… songea-t-elle. Oh, j'aurais tant voulu le dire à maman, qu'elle le sache !

Des larmes inondèrent les joues de Violaine. Elle s'endormit ainsi, avec le visage de Gabrielle qui fleurissait sous ses paupières closes, telle une vision aussi apaisante que déchirante.

9

De Massabielle à Gavarnie

Le lendemain matin, Violaine se réveilla si tôt qu'il ne faisait pas encore jour. Elle s'empressa de s'habiller, impatiente de partir vers la grotte dont lui avait tant parlé Elise. Une fois prête, elle installa confortablement sa poupée dans le lit.

— Je ne peux pas t'emmener en promenade, ma chère demoiselle, mais je te raconterai tout…

La fillette attendit longtemps. Enfin, Elise poussa la porte de communication.

— La femme de chambre a monté notre petit déjeuner, Violaine. Viens le prendre avec moi, cela te donnera l'occasion de voir ma chambre… Tu sais, hier au soir, j'ai beaucoup parlé de toi aux patrons de l'hôtel. Ils m'ont dit que, pour le dîner, tu auras un excellent dessert, préparé spécialement pour toi.

La jeune femme constata avec un pincement d'émotion que sa protégée avait bien tiré les couvertures de son lit et portait déjà son manteau. Assise sur une chaise, elle ressemblait à une petite voyageuse abandonnée. Le regret de ne pouvoir garder cette enfant sage et intelligente se fit à nouveau sentir. En fait, c'était comme un poids sur son cœur, un chagrin de plus en plus intense, oppressant. Elle aurait tant voulu… Elise repensa à la conversation de la veille, lorsqu'elle était descendue prendre sa tisane. Elle avait alors conté à Jacqueline et à son mari le destin tragique de sa protégée. Le récit les avait sincèrement émus.

Elise s'en voulut d'avoir promis cette journée de loisir en tête-à-tête avec Violaine, car la séparation du lendemain n'en serait que plus douloureuse. Elle se fit d'amers reproches, songeant un peu tard qu'elle aurait pu s'arrêter seule à Lourdes, après avoir confié l'enfant à son oncle Albert.

Je voulais tant lui faire plaisir ! songea-t-elle. Sa mère était si pieuse. Dans le train, je lui ai beaucoup parlé de la maladie d'Edouard, qui est son camarade. Cette eau que je voulais tant ramener à la maison, j'aurais pu aussi la recueillir au retour ! Tant pis… Le mal est fait !

Après les fastes du dîner de la veille, le petit déjeuner parut royal à Violaine. Les tasses en porcelaine, la cruche de café fumant accompagnée d'un pot de lait chaud, les croissants croustillants et trois petits pots de confiture l'éblouirent. Elle se régala sans arrière-pensée.

— Tu as raison de prendre des forces, ma chérie ! s'écria Elise. Aujourd'hui, ni train ni fiacre ; nous allons marcher.

Lorsqu'elles furent prêtes à sortir, Jacqueline Lebail, qui semblait les guetter, vint embrasser Violaine. Elle lui caressa aussi la joue en déclarant de sa voix chantante :

— Je crois qu'il va faire beau, ma mignonne. Pour le moment, il y a du brouillard, mais il devrait se dissiper très vite. Je vous souhaite une belle balade !

Violaine la remercia d'un grand sourire. Cette prévision se révéla juste. Quelques instants plus tard, un soleil timide dissipa la brume matinale et dora les toitures d'ardoise de la ville. Lourdes bruissait déjà d'une extrême agitation. Les commerçants ouvraient leurs boutiques, les laitiers, guidant un âne attelé à une carriole, parcouraient les ruelles. Soudain, les cloches se mirent à sonner à la volée.

Violaine ne perdait rien du spectacle qui l'entourait. Elles prirent la rue de la grotte, longue d'environ six cents mètres, qui menait au sanctuaire et aux basiliques. Elise marchait de son pas souple tout en continuant ses explications.

— Les apparitions de la Vierge ont eu lieu il y a plus de soixante-dix ans ! Lourdes s'est beaucoup développée depuis. Au temps de Bernadette Soubirous, ce n'était qu'une modeste bourgade au pied des Pyrénées. Maintenant, son nom est connu dans tous les pays chrétiens.

Violaine écoutait, sa menotte blottie dans la main gantée de madame Duplessis. Parfois, la fillette levait le nez vers le ciel d'un bleu intense, à peine semé de quelques nuages cotonneux. L'air glacé mordait le visage, mais il avait un parfum d'eau et de roches qui la surprenait. Entre deux hautes maisons, à la faveur d'une rue transversale, la femme et l'enfant virent soudain le dessin des montagnes enneigées.

— Oh, s'exclama Violaine, c'est très beau… Personne n'habite là-haut ? Est-ce que je toucherai de la neige ?

— Sûrement ! lui affirma Elise. Tu aurais même pu en voir de près ce matin, si le temps n'avait pas changé durant la nuit. Là où habite ta tante, je pense qu'il fait encore plus froid qu'ici, alors tu verras de la neige. On m'a dit que certains hameaux sont accrochés sur des pentes vertigineuses. Tiens, là… regarde ! Cette rivière couleur d'argent, c'est le gave de Pau. C'est sur ses berges, à Massabielle, que Bernadette allait ramasser du bois pour ses parents, très pauvres. Massabielle est le nom de ce gros tertre rocheux que l'on voit là-bas ; il abrite la grotte. Nous prendrons à peu près le même chemin qu'elle. Vois-tu, il y a longtemps que je souhaitais venir ici, car cette histoire me passionne. Je suis très croyante, ma petite Violaine.

Elles approchaient de la grotte. Des boutiques de souvenirs et d'objets de piété s'étaient installées sur ce trajet qu'empruntaient des milliers de pèlerins chaque année, ainsi que les malades, les infirmes, les moribonds. Violaine observait le paysage, mais aussi la silhouette de la forteresse dont la tour se découpait sur les Pyrénées couvertes d'un manteau blanc. Ces hautes montagnes l'impressionnaient autant que ce grand château. Elle se sentait minuscule !

— C'est joli, ce pays ! murmura-t-elle. Mais je préfère le Chapus… Pourquoi y a-t-il autant de gens ?

— Ils viennent prier la Sainte Vierge, se recueillir devant la grotte ! répondit Elise. Beaucoup espèrent guérir quand ils se baigneront dans les piscines, aussi bien ceux que l'on transporte sur des civières que les personnes dans des fauteuils roulants, car les eaux de la source découverte par Bernadette ont déjà réalisé de nombreux miracles ! Nous en reparlerons ce soir…

Violaine aurait voulu en savoir davantage, mais son attention était trop sollicitée par tout ce qui l'entourait. Elle ne savait où donner du regard. Fascinée par les statuettes de la Vierge Marie, par les médailles accrochées sur des plaques de velours, elle ne posait pas la moitié des questions qui la préoccupaient.

Quelques mètres avant la grotte, madame Duplessis s'arrêta devant des bergers en costume traditionnel du Béarn ; à leurs pieds étaient attachés trois énormes chiens blancs.

— Violaine, regarde ! Comme ils sont grands et aussi blancs que la neige… A côté d'eux, Vénus ferait figure de chiot !

La fillette ne put répondre, fascinée par les molosses. Elise lui souffla à l'oreille :

— Je crois qu'on les nomme des « pastours » ! Je l'ai lu dans un livre sur les Pyrénées que j'avais acheté avant notre départ.

Un des hommes s'écria dans un français déformé par un fort accent :

— Celui de droite, madame, vous pouvez le caresser, la petite aussi ! Les autres… y sont plus méfiants !

Violaine tendit la main et la posa sur la grosse tête d'un des pastours.

— Comme son poil est doux ! dit-elle d'un air ravi. Touchez, madame…

Mais Elise recula d'un pas, entraînant la fillette. Le berger cria avec un bon rire :

— Vous en avez une belle enfant, ma petite dame !

Embarrassée, la jeune femme prit le parti de rire à son tour. Elle pressa le pas, tandis que Violaine trottinait à ses côtés.

Elles arrivèrent ainsi aux abords de la grotte. Des vieilles femmes qui vendaient des cierges étaient assises près de l'entrée. Elise en acheta trois.

— Tiens, Violaine ! chuchota-t-elle. Nous les allumerons tout à l'heure, pour tes parents… et pour Edouard. J'aimerais tellement qu'il soit là, avec moi. J'aurais dû l'emmener, peut-être. Je voudrais tant qu'il mène la vie de tous les petits garçons en bonne santé !

Violaine serra plus fort les doigts de madame Duplessis, car elles pénétraient cette fois dans le sanctuaire. Il y faisait assez sombre, malgré la lueur répandue par les flammes des cierges. Elise prit sa protégée par l'épaule et la conduisit le plus près possible d'une niche naturelle ouverte au cœur du rocher. Une statue représentant la Sainte Vierge, en robe blanche, semblait les inviter à s'approcher.

Bouche bée, Violaine se figea. Elle se sentait soudain transportée de joie à l'idée qu'elle se trouvait dans un lieu aussi saint. Ses yeux bleus allèrent de la source qui coulait dans un bassin à la statue de Marie, avant de s'emplir de larmes. Elle pensait à sa mère, à son père.

— Prions pour Edouard ! lui chuchota Elise, témoin de ce chagrin muet. Prions pour ta maman et ton papa, mais aussi pour tous ceux qui souffrent !

Violaine joignit les mains, mais elle ne parvenait pas à prier, envahie de pensées troublantes. Tout ce que madame Duplessis lui avait raconté en chemin sur la petite bergère, Bernadette, la plongeait dans un grand émoi.

Elle était très pauvre, ses parents aussi, comme ma famille et moi… Elle avait la tuberculose, alors elle devait tousser… comme papa et maman… Elle ramassait du bois mort et moi, des coquillages… Après, elle a dû partir toute seule dans un couvent… Et moi, je dois habiter chez ma tante et mon oncle, loin de ma Guillette, de François, de mon bébé Marie !

Violaine était submergée par un désespoir enfantin. Prête à pleurer plus fort, elle leva la tête, implorant l'aide de la Très Sainte Vierge. Elle ne saurait jamais si ce fut l'effet du hasard ou celui d'un secours divin, mais il lui serait impossible, sa vie durant, d'oublier cet instant où un profond réconfort l'avait saisie, une douce impression de bonheur extrême. La fillette crut qu'elle allait s'envoler, tant elle était légère.

Elise, bouleversée par l'expression extatique de l'enfant, lui tapota le bras.

— Viens, ma chérie ! Partons à présent.

La fillette se laissa entraîner. Elles se promenèrent sur l'esplanade voisine et, en retournant vers la ville, la jeune femme acheta une chaînette d'argent et une médaille de la Vierge à Violaine, qu'elle lui attacha autour du cou.

— Maintenant, je crois que te voilà protégée de tout. Surtout, garde-la toujours sur toi. Cela t'aidera peut-être à te souvenir de moi, un petit peu...

— Je penserai toujours à vous, madame, répliqua la petite, car vous êtes si gentille de m'avoir emmenée à la grotte et à l'hôtel. J'aurais bien voulu la rencontrer, Bernadette...

Elise retint un sourire, devinant que l'enfant associait confusément les deux lieux qui l'avaient le plus marquée. Elles reprirent leur marche, se tenant par la main. Des commerçants ambulants proposaient des beignets, des biscuits... Violaine goûta du lait de chèvre qu'un jeune berger vendait au gobelet, à quelque distance de la grotte.

— Maintenant, allons visiter les basiliques ! proposa Elise. La Vierge Marie avait demandé à Bernadette de faire construire une chapelle près de la source... Au fil des années, les hommes ont bâti ces grandes églises.

La fillette hocha la tête. Elle avait vu tant de choses depuis leur arrivée à Lourdes, et même durant le voyage en train, qu'il lui semblait avoir quitté le Chapus depuis bien longtemps déjà. Des montagnes, des basiliques, de l'hôtel si luxueux, rien ne lui avait plu autant que la merveilleuse histoire de Bernadette.

En fin d'après-midi, le vent du nord se leva tandis qu'une armée de nuages noirs déferlait sur les vallées voisines du Piémont pyrénéen. Avant de rentrer à l'hôtel, Elise acheta à Violaine, dans un magasin de confection, deux tricots de laine et des chaussons fourrés.

— L'hiver ne fait que commencer, Violaine, je ne veux pas que tu souffres du froid. Te voici parée !

Epuisée par sa journée, la fillette remercia d'une voix lasse. Il n'y avait pas que la fatigue, mais aussi le retour de ses craintes. Avec les ombres du soir approchait le redoutable lendemain… Elle devrait quitter madame Duplessis, dont la présence douce et attentive lui devenait infiniment précieuse.

Le second dîner au restaurant de l'hôtel Saint-Roch fut plus animé que le premier, grâce à la présence gracieuse de Jacqueline qui les servit elle-même, car il y avait moins de convives ce soir-là. Elise et Violaine, quoique un peu fatiguées, se sentirent l'objet d'une attention amicale extrêmement touchante. Jacqueline avait disposé sur leur table un petit bouquet de fleurs séchées et le repas concocté par son époux se révéla léger et savoureux. Gérard Lebail vint s'assurer que la mousse au chocolat, au dessert, plaisait à l'enfant.

— Je t'apporte en plus des biscuits aux amandes ! annonça-t-il d'une voix câline. C'est Jacqueline qui les prépare ! Sais-tu que ma femme est d'origine russe ? Toi aussi, peut-être, qui sait ? avec tes beaux yeux bleus !

Jacqueline, qui écoutait, éclata de rire. Elise observa le couple à la dérobée, devinant leur bonheur d'être ensemble. Cette constatation la renvoya à l'échec de son propre mariage qui lui sembla plus cuisant encore. A cause de la sévérité de Jérôme Duplessis, elle vivait dans un monde froid et lourd de conventions étouffantes. Elle avait conscience du gâchis de son existence et d'être passée à côté du bonheur, celui de partager sa vie avec un être aimé, désiré… qui l'aurait entourée de tendresse…

La jeune femme se ressaisit, ne voulant pas se laisser aller à de telles pensées qui gâcheraient une si belle journée. Violaine avait besoin de sa gaîté, de sa force. L'heure n'était pas aux apitoiements !

— Le champagne doit me monter à la tête, s'écria-t-elle alors en prenant la main de la jolie Jacqueline, mais il me vient l'envie de prendre pension ici pour deux ans ! Je ferais venir mon fils Edouard, il se baignerait dans l'eau de la grotte, dans les piscines, et il guérirait enfin…

D'une nature dévouée et généreuse, Jacqueline Lebail répliqua, touchée par la sincérité qui émanait des paroles d'Elise :

— C'est sans doute impossible, chère madame, mais revenez chez nous aussi souvent que vous le pourrez ! Avec votre petit garçon…

Violaine était bouleversée par le chagrin d'Elise qui ne lui avait pas échappé. Elle pensa alors à ses parents, à la séparation du lendemain et se mit à sangloter.

— Pauvre chérie ! murmura Jacqueline. Allons, ne pleure pas ! Tu me fais tant de peine. J'ai une idée : je vais te donner un petit bijou qui te protégera.

Elise protesta, également prête à verser une larme. Gérard, gêné par ces démonstrations d'émotions, tapota de sa large main l'épaule de Violaine. Il soupira.

— Si je pouvais aider cette petiote, je le ferais sur l'heure. Mais elle a une famille à Gavarnie, n'est-ce pas ? Si on l'aime beaucoup, elle se remettra de son gros chagrin…

Jacqueline revenait déjà. Elle accrocha au cou de la fillette une fine chaîne au bout de laquelle brillait une pierre jaune sertie dans une monture argentée.

— Cela me vient de ma grand-mère ! Moi, je suis heureuse, alors je n'en ai plus besoin. Ne t'en sépare jamais, Violaine, c'est une topaze, dorée comme tes cheveux.

Madame Duplessis n'osa pas s'opposer à ce geste qu'elle jugeait pourtant exagéré. Mais quand elle vit Jacqueline serrer la fillette dans ses bras, elle comprit que certaines femmes possèdent un si grand cœur qu'il est inutile de les raisonner.

— Merci, madame Jacqueline ! bredouilla Violaine. Maintenant, j'ai deux colliers. Je serai bien sage et j'essaierai de ne plus pleurer tout le temps.

Gérard se détourna ; Jacqueline se mordit les lèvres pour ne pas pleurer aussi. Elise décida qu'il valait mieux se retirer. Spontanément, elle embrassa sans ambages leur hôtesse, dont les joues rosirent d'émotion.

Elles remontèrent dans leurs chambres en silence. La jeune femme éprouvait une tristesse sincère à l'idée de ne plus voir la fillette. Elle aurait tant voulu faire durer ces instants ! Elle s'assit au bord du lit.

— Viens sur mes genoux, ma petite Violaine !

Privée de l'affection de sa mère, de Nicole et de Guillemette, l'enfant ne demandait pas mieux. Elle cala sa tête blonde contre l'épaule d'Elise. Celle-ci lui murmura :

— Tu vas me promettre de vite apprendre à lire et à écrire, ma chérie ! J'enverrai des lettres chez ta tante et tu me répondras. Je te donnerai des nouvelles de tous ceux que tu aimes et, à chacun de tes courriers, je leur dirai comment tu te portes, si tu es sage...

Violaine devait fournir un effort inimaginable pour son âge afin de retenir ses larmes. Elle bredouilla d'une petite voix brouillée :

— Oui, madame Elise ! Je vous aime beaucoup, vous savez. Oh, gardez-moi, je vous en prie !

— Je ne peux pas, Violaine, ne m'en veux pas ! Je t'aime beaucoup, moi aussi. Je vais te confier un secret : si je vivais seule... enfin, si j'étais veuve à la suite de la mort de mon époux, je serais libre de te prendre chez moi. Ma maison serait la tienne et je vous élèverais, Edouard et toi, tu peux en être sûre ! Tu n'aurais pas à quitter le Chapus et nous serions tous si heureux ! Hélas ! les choses ne sont pas aussi simples et je dois obéir à mon mari. Je suis désolée, ma chérie ! Allons, il faut te coucher à présent.

Elise essuya une larme. Elle mit à l'enfant sa chemise de nuit et la borda. Avant d'éteindre la lampe de chevet, elle caressa longuement les beaux cheveux blonds, semés de reflets roux, qui s'étalaient sur l'oreiller.

— Chère petite ! J'espère que tu seras heureuse... un jour...

Violaine ne répondit pas. Elle ne dormait pas encore, mais gardait les paupières closes, afin de cacher des pleurs silencieux. Quand Elise sortit de sa chambre, elle laissa échapper de gros sanglots de chagrin et d'angoisse.

La voiture, un taxi noir dont le moteur produisait des bruits inquiétants, suivait une route étroite. D'un côté s'ouvrait un ravin au fond duquel grondait un torrent ; de l'autre, le talus grimpait haut, couvert de neige fraîche.

Elise jetait des coups d'œil affolés par la vitre. C'était la première fois qu'elle venait en montagne, et cet austère paysage blanc, taché du noir des rochers, l'impressionnait profondément. Elle avait apprécié le trajet jusqu'à Luz-Saint-Sauveur, mais ce n'était plus le cas depuis lors. Elle était effrayée par ces routes sinueuses taillées dans les versants pentus et la sensation du vide lui nouait la gorge. La voiture lui semblait devoir quitter la route à chaque instant et chuter dans le ravin. Elle avait opté pour une automobile plutôt qu'un véhicule à cheval, afin de gagner du temps et, par la même occasion, d'amuser Violaine. Le résultat était désastreux ! Les cahots leur retournaient l'estomac, et le chauffeur, qui ne semblait pas soucieux de les ménager, multipliait les coups de volant, à gauche, à droite.

Violaine se sentait de plus en plus mal. Elle gémit.

— J'ai envie de vomir !

Les sièges avant étaient séparés de l'habitacle réservé aux voyageurs par une vitre intérieure. Elise la frappa immédiatement pour prévenir le chauffeur et s'écria :

— Monsieur, arrêtez-vous !

L'homme obéit en maugréant. La route, trop étroite, ne permettait pas de se garer ; il demeura donc au milieu de la chaussée. Elise ouvrit la portière et fit descendre la fillette. Un vent glacé coulait des sommets enneigés. Une haleine froide, humide, montait du cours d'eau. Violaine se précipita vers le parapet, se pencha au-dessus du vide et soulagea son estomac. Elle respira ensuite profondément pour chasser le reste de nausée et regarda autour d'elle, terrifiée par ce décor grandiose et sauvage.

— Eh bien ! remarqua Elise. Ton petit déjeuner ne te profitera pas. Pauvre chérie, quel pays ! Monsieur, sommes-nous encore loin de Gavarnie ?

Le chauffeur du taxi faisait quelques pas en fumant sa pipe. Il haussa les épaules.

— Baste ! nous y serons dans une heure ou deux... si les nuages ne craquent pas avant. Il va encore neiger ce soir. Je sens ça, moi, et c'est pas fini ! Je vous préviens, faudra pas traîner là-bas...

Elise ne répondit pas, agacée. Les deux passagères reprirent place à l'arrière de la voiture et le calvaire continua

Violaine collait son nez à la vitre. Tel l'agneau avant le couperet, elle guettait sans impatience l'approche du village de Gavarnie. La vue des hautes montagnes qui entouraient la route lui broyait le cœur. Accoutumée à un vaste horizon, la fillette cherchait le ciel et ne devinait qu'un filet grisâtre, oppressant. Encore une fois, elle supplia :

— Madame ! J'ai si peur… Je veux rentrer au Chapus ! Je veux voir ma Guillette… et Nicole !

Elise passa son bras autour des épaules de la fillette et tenta de la rassurer.

— Ma petite Violaine, j'avoue que ce paysage est un peu inhospitalier, mais, quand tu seras dans la maison de ta tante, tu te sentiras à l'abri. Tu as peur de ces gens uniquement parce que tu ne les connais pas ; pourtant, ils sont ta famille, la seule que tu possèdes désormais. Sois courageuse, ma chérie !

Elise soupira. Ce qu'elle demandait à l'enfant lui paraissait totalement stupide et hors de proportions. En quoi le courage pouvait-il sauver la petite qu'elle conduisait, lui semblait-il, aux portes d'un enfer glacé, dans un monde figé en noir et blanc, traversé d'eaux tumultueuses ? Mais cette impression lugubre s'estompa à la vue des premières maisons, dominées par un frêle clocher. Elle soupira.

— Je crois que nous arrivons ! J'espère que ton oncle Albert est au rendez-vous. Mon Dieu ! Comment des gens peuvent-ils vivre dans de tels endroits ! On croirait la Sibérie, enfin telle que je l'ai vue en images… Et ce froid !

Violaine aurait voulu disparaître. Elle gémit encore.

— Et la gentille dame de l'hôtel, elle peut pas me garder, elle ? Je l'aimais bien, Jacqueline !

— Je sais, affirma Elise, mais réfléchis un peu : Jacqueline, tu ne la connaissais pas non plus, avant… Ce sera la même chose avec ta tante. Là, tu as très peur, mais demain tu seras sûrement toute contente. Marcelline est la sœur de Gabrielle, n'oublie pas, Violaine !

La voiture se gara devant une auberge qui semblait très accueillante. Des pointes de glace prolongeaient les festons, sculptés dans le bois, qui ornaient le toit. Son avancée protégeait une balustrade de la longueur de la façade.

Violaine ne voyait rien. Elle ne pouvait plus maîtriser une panique affreuse et pleurait convulsivement, blottie au fond du taxi. Son ventre se nouait de douleurs sourdes. Quand le chauffeur leur ouvrit la portière, un vent glacial s'engouffra dans l'habitacle.

Elise prit la fillette par le bras pour l'aider à descendre puis, regardant autour d'elle, s'étonna :

— Je ne vois personne ! Allons, ma chérie, calme-toi ! Tu vas finir par me rendre malade, moi aussi. Ton oncle ne va pas tarder à arriver. Entrons au chaud. Je vais rester un peu avec toi. J'ai besoin d'un café ou d'un thé brûlant.

Des flocons voltigeaient dans l'air coupant. Des nuages d'une étrange luminosité descendaient des sommets, dissimulant maintenant les cimes. Ils s'agglutinaient peu à peu, formant une sorte de plafond bas recouvrant toute la vallée. Une grosse femme les accueillit. Son accent était tel que, tout d'abord, les voyageuses ne comprirent rien à son discours de bienvenue. Enfin, les mots familiers de « repas » et « café » furent prononcés. Violaine, hébétée par ce pénible périple et la terreur qui l'affolait, fut attablée d'office devant un bol de lait.

— Madame, expliqua Elise, monsieur Albert Carrier devrait être là. J'ai accompagné sa nièce jusqu'ici.

— Oh ! Albert ! s'écria la patronne de l'auberge. Il ne tardera pas, mais faut pas s'étonner du retard, avec ce temps. Les chemins sont mauvais…

Elise hocha la tête, sirotant lentement son café. Elle ne pouvait détacher son regard de Violaine dont l'air apeuré, les tremblements incessants, les grands yeux remplis d'effroi accablaient la jeune femme, contribuant à accroître son sentiment de culpabilité. Elle se reprochait sa décision insensée.

Pourquoi l'ai-je emmenée au bout du monde ? songeait-elle. Je n'ai pas imaginé un seul instant que cette pauvre chérie allait vivre dans un endroit aussi perdu, tellement rude. Je suis pourtant bien obligée de l'y laisser... Si seulement Jérôme avait un peu de cœur !

Penser à son mari la rendit furieuse. De quel droit lui refusait-il d'agir selon sa conscience de chrétienne et de femme ? Elle fut tirée de ses réflexions par le chauffeur du taxi qui entra à grands pas en ronchonnant :

— Il neige dru, madame ! Si vous voulez dormir à Lourdes ce soir, faut se remettre en route.

Violaine écoutait, les yeux pleins de larmes. Elle aurait volontiers supporté de nouveau le trajet du retour pour échapper à ce qui l'attendait : une famille inconnue, dans ce pays étrange. Elise ne l'ignorait pas. Désespérée et ne sachant comment se sortir de cette situation qui lui broyait le cœur, elle se leva précipitamment, embrassa l'enfant plusieurs fois et lui dit :

— Bon, je dois partir, ma petite Violaine ! Ecoute, je te confie à cette dame qui t'a servi du bon lait. Tu n'as rien à craindre ; elle connaît ton oncle. Tu vas l'attendre ici, d'accord ? Ta valise est rangée dans l'entrée, juste à droite. Je dois te laisser, ma chérie. Je suis désolée, vraiment, tellement désolée ! Crois-moi, je t'en prie ! Si je pouvais faire autrement, je le ferais !

— Oui, madame ! Je vous crois... sanglota Violaine en la retenant par son manteau. Vous ne pouvez pas rester un peu, encore un tout petit peu ? Je vous en prie ! Ne me laissez pas, je veux m'en aller...

Adèle, la patronne, s'en mêla. Elle apporta une sucette à Violaine, qu'elle lui passa sous le nez avec un rire prometteur.

— Tu pourras dormir ici ce soir, ma petite, si ton oncle ne vient pas. Tiens, prends donc la sucette, je te l'offre !

Elise dut desserrer les doigts crispés de Violaine, qui tenaient ferme sa veste. Elle répéta :

— La dame te donne une confiserie ! Prends-la, voyons !

Puis elle s'écarta et glissa des billets à l'aubergiste en disant :

— Pour les frais, si elle dort chez vous !

La femme, ravie de l'aubaine, s'écria :

— Rentrez tranquille ! Je veillerai sur cette mignonne...

Elise hocha la tête et jeta un dernier regard à Violaine. La fillette pleurait sans bruit, les bras ballants, la sucette dans la main droite.

— Adieu, ma petite chérie ! bredouilla-t-elle, la gorge nouée. Je t'écrirai dès mon arrivée au Chapus et ta tante te lira ma lettre.

Violaine se raidit. Le Chapus ! Comme ils étaient loin, ses amis, son village. Lorsque le taxi démarra, l'enfant tira de sa poche un mouchoir parfumé à la lavande et le respira longtemps. C'était tout ce qui lui restait d'Elise. Adèle l'installa sur une chaise près de la cheminée, puis vaqua à ses occupations. La fillette se décida à manger la sucette. Son parfum caramélisé demeurerait pour l'enfant, durant des années, le goût précis du malheur infini, la saveur de l'abandon.

Albert Carrier regarda par une des fenêtres de l'auberge. Il aperçut une petite fille blonde assise près de la cheminée.

Ah ! Sûrement, c'est elle !

Adèle le reçut avec un rapide discours en patois et un bon rire. Violaine dévisagea celui qui se présentait comme son oncle. De taille moyenne, les épaules carrées, les cheveux bruns et le teint mat, sa large figure encadrée d'une fine barbe, elle le trouva beau, simplement parce qu'il lui souriait. Il s'approcha d'elle, ôta son chapeau constellé de flocons et lui demanda :

— C'est bien toi, Violaine Plantier ?

— Oui, monsieur !

— La bienvenue au pays, ma nièce. Je bois un coup et je t'emmène à la maison !

Adèle, Albert et deux autres clients se lancèrent alors dans une discussion animée, en patois, sans plus se soucier de la fillette. Elle n'en comprit pas un mot, tant l'accent, les intonations différaient de ceux de Charente. Le jour baissait derrière les vitres embuées. Violaine observait tous ces étrangers et se sentait de plus en plus perdue. Leurs façons, leurs habits sombres, les bérets enfoncés jusqu'aux sourcils la déconcertaient. Elle s'aperçut alors que les cloisons de planches de l'auberge étaient décorées de têtes d'animaux empaillés. Ces bêtes, elle ne les connaissait pas toutes, excepté celles qu'elle avait déjà vues dans ses livres d'images. L'enfant identifia un ours, à la gueule grande ouverte et au poil rare. Ses yeux de verre, d'un jaune brillant, semblaient la fixer. Il y avait aussi un sanglier aux défenses pointues, un renard entier, la queue en l'air, que les aubergistes avaient placé sur un buffet. Quant aux isards à cornes noires, Violaine les prit pour des chèvres bizarres. Sa curiosité rassasiée, elle replongea dans son chagrin, pétrifiée par la même terreur irraisonnée que dans le taxi.

Enfin, Albert tonna en refermant sa grosse veste :

— Ah, c'est ma mule qui aurait besoin d'une goutte d'eau-de-vie ! Faut remonter chez nous, maintenant. Viens-tu, petite ?

L'enfant se leva docilement et suivit son oncle. Adèle lui fourra une tranche de pain dans la main en déclarant :

— Je n'ai pas eu le temps de te faire souper, ma jolie. Tu mangeras mieux chez ta tante. Ho ! Albert ! n'oublie pas le bagage de ta nièce !

Dehors, des rafales chargées de neige tourbillonnaient. Une mule attendait sous la tempête, attelée à une charrette légère. Albert aida Violaine à grimper sur le siège avant, puis il cala la valise à l'arrière. Il grommela :

— Ah, bon sang ! On n'y voit pas à trois mètres. Cramponne-toi, gamine, ça va secouer. Le chemin est mauvais, comme tous les hivers... Ta madame Duplessis, elle aurait pu te conduire chez nous l'été prochain, au moins. C'est bien des affaires de bourgeois, ça, de faire sortir les gens par un temps pareil !

Heureusement, Violaine ne comprit pas la moitié des mots. Albert secoua les rênes et hurla :

— Hue ! Jolie ! Roule donc !

Si le voyage en taxi avait rendu Violaine malade, cette fois, ce fut bien différent : elle décollait du siège à chaque tour de roue, redoutant à tout moment d'être projetée au sol. Son oncle lançait des jurons, exhortant la mule à marcher plus vite, tandis que la fillette tremblait de froid et de frayeur. Le paysage d'un blanc opaque et feutré ne laissait apparaître, à travers des averses de neige, que les silhouettes de troncs d'arbres et les plus gros rochers.

— Dis, petite, hurla son oncle, tu ne ressembles pas trop à ta mère… ! C'est-y ton père qu'était blond comme ça ?

— Non, monsieur ! balbutia-t-elle. Papa avait les cheveux bruns.

— J'entends pas ce que tu racontes ! maugréa Albert. Avec ce vent, et cette fichue carriole qui n'en peut plus…

Violaine hocha la tête. Elle avait du mal à saisir le sens exact des paroles qui lui parvenaient, car Albert, même quand il s'exprimait en français, roulait les « r » et terminait ses phrases par des marmonnements confus.

— J'aurais dû partir plus tôt ! grogna-t-il. Mais avec Marcelline, je fais jamais ce que je veux. Tiens-toi, Violaine ! Violaine, c'est pas un prénom chrétien, ça…

Heureusement, la fillette n'avait pas écouté. Elle restait prostrée à côté de son oncle, scrutant le chemin devant eux, espérant deviner la masse d'une maison, mais il n'y avait que du blanc, partout… Soudain, un craquement sourd se fit entendre. La mule s'arrêta net, comme tirée en arrière par une force invisible. Albert cria :

— Malheur de nous ! Ma roue ! Descends…

Violaine obéit, terrifiée. Elle sauta du siège et s'enfonça jusqu'à la taille dans la neige accumulée au fond du fossé.

La sensation de froid intense lui coupa le souffle. Affolée, craignant de rester enlisée dans ce manteau blanc, elle poussa un cri instinctif.

— Maman !

Albert, à lourdes enjambées, vint à son secours. Il la souleva par la taille et la posa près de la mule. Si Elise Duplessis avait assisté à la scène, elle se serait sans doute félicitée d'avoir, le matin même, mis à Violaine un pantalon épais en lainage, deux gros gilets sous son manteau et un bonnet, sans compter les bottillons fourrés !

« Tu mettras ta belle toilette pour la messe du dimanche ! » avait-elle conseillé à la fillette.

Ses larges naseaux dilatés, la mule sentit le visage de Violaine qui s'écarta vite. C'était une grande bête aux longues oreilles tombantes, maigre et couverte d'un épais poil brun, pour l'instant parsemé de gros flocons. Albert s'échinait à dégager la roue de gauche, prise dans une flaque de glace qui avait cédé sous le poids du véhicule. Il hurla à l'enfant :

— Tu vas faire ce que je te dis, petite ! Tiens bon la mule avec les rênes et fais-la avancer un coup ! Après, tu la pousses au poitrail, qu'elle recule. Moi, je vais tâcher de soulever la charrette.

Violaine, le visage crispé, fit de son mieux, mais la mule refusait de bouger d'un pouce. Albert arriva, prit son fouet et frappa l'animal de toutes ses forces.

— Hue ! bourrique ! Bête du diable ! Tire !

Le spectacle de cet homme aux traits déformés par la fureur, criant des insultes au milieu des bourrasques neigeuses, avait de quoi impressionner ! Violaine se mit à pleurer en silence, courbant le dos à chaque claquement du fouet.

Pauvre mule ! pensait-elle. Ce n'est pas sa faute aussi...

Albert renonça. Il commença à dételer sa bête sans cesser de débiter des jurons en patois. Puis il s'adressa à l'enfant.

— Ecoute, toi ! Je vais manœuvrer moi-même la carriole. Quand j'aurai sorti la roue de l'ornière, nous pourrons repartir. Tiens bon Jolie surtout !

Elise Duplessis avait acheté des gants à Violaine, mais ceux-ci, humides, protégeaient à peine les mains de la fillette. Les doigts gelés, elle serra fort les rênes de cuir, dures comme du bois.

Son oncle se glissait à présent entre les brancards, les empoignant pour déplacer la charrette. N'obtenant aucun résultat, il passa à l'arrière. Avec des ahans qui trahissaient un effort surhumain, il parvint à faire pivoter le véhicule. Content de lui, il fit deux pas de côté. Ce fut à ce moment précis que la mule décida de reculer. Sa croupe heurta violemment le siège avant.

Or, sous la neige fraîche, des plaques de verglas subsistaient. Les roues glissèrent, ébranlées par le choc. Albert voulut se précipiter, mais il trébucha. La charrette, entraînée par son propre poids, vira de bord et dégringola dans le ravin bordant le chemin. Violaine, terrifiée, retenait la mule de toutes ses forces. L'animal se débattait tant et si bien qu'il finit par se libérer d'un mouvement d'encolure, s'éloignant aussitôt au petit trot.

— Bon Dieu ! Quelle poisse ! s'égosilla Albert.

La charrette continuait à descendre lentement vers le ruisseau hérissé de blocs rocheux. La valise de Violaine, éjectée, rebondit plusieurs fois avant de s'ouvrir contre un tronc.

— Jolie ! criait l'homme. Reviens ici, bourrique, maudite bestiole !

Albert ne comprenait pas. Tout s'était passé si vite ! Son regard hébété se posait tour à tour sur les vêtements éparpillés sur la pente, puis sur la fillette immobile au milieu du chemin. Il finit par déclarer d'un ton stupéfait :

— T'es un vrai oiseau de malheur, toi ! Et gourde comme pas une, avec ça ! Tu sais donc rien faire ? C'est pourtant pas difficile de tenir une mule !

Violaine n'avait pas le courage de se défendre. Elle avança vers le ravin. Sa précieuse poupée gisait dans la neige, son visage de porcelaine fendu du front jusqu'au menton. Déjà des flocons couvraient sa robe d'étoiles laiteuses.

— Ma belle demoiselle ! gémit-elle enfin. C'est Guillemette qui me l'a donnée…

Albert Carrier se gratta la barbe. Si l'un de ses enfants avait laissé s'enfuir la mule, pour sûr, il l'aurait battu sur-le-champ pour le punir de sa sottise. Mais frapper sa nièce, qu'il recueillait contre une pension plus que confortable, lui parut imprudent. Avec l'argent de la femme du notaire, il pourrait s'acheter une charrette neuve, au printemps. Quant à Jolie, il savait d'expérience qu'elle retrouverait bien vite son écurie.

— On monte à pied, petite ! annonça-t-il. Pour tes habits, j'enverrai Paul, mon aîné, les récupérer quand il fera meilleur.

Pas un mot au sujet de la poupée, que Violaine fixait à travers ses larmes. La voir ainsi abandonnée, blessée, lui fit songer à sa mère, sur le passage du fort Louvois. Elle murmura :

— Ma demoiselle est morte !

Albert lui prit la main et commença à marcher. Le chemin, bien qu'en pente douce, ne cessait de monter. Les pieds s'enfonçaient profondément dans la neige fraîche. Violaine devait extirper, à chaque pas, ses petites jambes alourdies par le poids de cet élément poudreux, forçant pour se frayer un passage. Elle eut rapidement les mollets endoloris.

— Ça neige dru ! se plaignit son oncle. T'en as jusqu'aux genoux, hein ? Suis-moi plutôt, mets tes pieds dans mes traces, tu te fatigueras moins.

— Oui, monsieur ! répondit-elle en haletant.

— Oui, l'oncle ! Bon sang, je suis ton oncle… et j'aurais pu être ton père. Alors pas de monsieur, gamine, sinon je me fâche !

Il faisait presque nuit. Violaine, totalement épuisée, se demandait quand ils atteindraient la maison de sa tante Marcelline. L'homme et l'enfant longeaient un pan de montagne qui les protégeait du vent du nord. La neige continuait à tomber, mais moins dense.

Tout à coup, Albert s'arrêta. Il semblait guetter quelque chose.

— Ecoute un peu ! Sainte Madone, pourvu que la mule soit à l'abri !

Contente de souffler un peu, Violaine renifla à plusieurs reprises. La marche l'avait réchauffée, hormis les pieds et les mains, mais son nez coulait et elle n'avait pas de mouchoir. Son oncle lui fit signe de ne pas faire de bruit. La petite avait beau tendre l'oreille, elle n'entendait que son propre souffle. Soudain, un étrange hurlement, rauque et puissant, résonna dans la montagne, suivi d'autres cris sinistres qui ressemblaient un peu aux plaintes de la bise. Il n'en fallait pas plus pour achever de terroriser la fillette. Elle bredouilla :

— Qu'est-ce que c'est ?

— Des loups… Ces sales bêtes rôdent encore. Mon cousin en a tué deux, à l'automne, mais ça ne suffit pas. Ils m'ont emporté un agneau, jeudi.

Violaine, épouvantée, s'accrocha au bras d'Albert. Un jour, Nicole lui avait lu l'histoire du Petit Chaperon rouge. Depuis ce jour, elle était persuadée que les loups mangeaient les enfants tout crus.

— N'aie pas peur, petiote ! Ils n'approcheront pas. Dire que j'ai laissé mon fusil sur la cheminée ! Mon voisin va lâcher son chien, un pastour blanc comme la neige. Quand les loups se mettent à hurler, il aboie bien fort, en grattant à la porte. Après ça, il montre à son maître, sur le bahut, son collier à pointes. Hop, on le lui enfile et il faut le laisser partir. Cette brave bête fonce dans la nuit et met les loups en fuite. Pardi, il ne peut pas se faire égorger, puisqu'il a au cou une bonne rangée de clous pointus.

— C'est un gentil chien, alors ! balbutia Violaine. Il va venir, dites, mon oncle ?

— J'espère ! Allons, marchons... Je sens la fumée. Encore deux virages, un raidillon et on sera entre quatre murs !

La fillette courait presque, terrifiée par les cris sonores qui se répercutaient dans le vallon étroit. Soudain, à quelques mètres seulement, une forme grise traversa le chemin.

— Mon Dieu ! s'écria Albert. Monte sur mon dos, petite. Vite, bon sang... Tiens-toi bien. Ils nous guettent, ces buveurs de sang, ces mangeurs d'entrailles !

Violaine avait aussitôt retrouvé énergie et agilité. Perchée à califourchon sur le dos de son oncle, elle le serrait à l'étouffer. Un deuxième loup passait et repassait entre les sapins, en haut du talus. Combien étaient-ils ? Violaine se tortillait, essayant de les apercevoir pour les compter, mais ces ombres mouvantes pouvaient être dix ou cent, elle n'aurait su le dire. Cette incertitude augmentait la sensation d'encerclement et de panique.

— Là ! cria-t-elle. Et là !

— Calme-toi ! marmonna avec peine son oncle. Tu m'étrangles ! Tu ne risques plus rien, je te dis. Ce n'est pas comme au sol, où les loups peuvent te prendre pour une chèvre ou un mouton et t'attaquer. A nous deux, on leur fait peur.

Si Violaine avait eu un peu plus d'expérience, elle aurait perçu, dans la voix de l'homme, une réelle inquiétude. Mais elle lui fit entière confiance et ferma les yeux.

— Je peux prier, mon oncle ! Maman le ferait, elle...

— Ne te gêne pas ; un coup de main de là-haut, ça ne fait pas de mal !

Les loups continuaient à épier la haute silhouette qui avançait péniblement dans la neige. Puis ils détalèrent en silence. Une forme jaunâtre venait de surgir de nulle part. C'était un chien énorme ! Il lança des aboiements profonds, aussi effrayants que les hurlements des bêtes.

— Eh, voilà ce brave Tonnerre ! s'exclama joyeusement Albert. Le pastour du voisin. Descends donc, Violaine. Tu vois cette lumière, au-dessus ? C'est chez nous.

Une fois que les loups eurent pris suffisamment de distance, le chien arrêta d'aboyer et approcha en remuant la queue, dans une attitude de soumission complète.

— Caresse-le, petite ! Il n'attend que ça... Tu risques rien, il adore les gamins !

Violaine ôta ses gants et tendit la main. Tonnerre avait une vraie fourrure, épaisse et soyeuse. Malgré la pénombre, elle devina un regard sombre, plein de douceur. Pêle-mêle, aussi violemment que les vagues se brisant sur la jetée du Chapus les jours de tempête, déferlèrent des souvenirs bouleversants : la chienne Vénus, si câline, qui l'avait sauvée de la noyade, ses beaux poils sur les oreilles ; le visage de sa Guillette ; les yeux noirs de François et sa fossette au menton ; le doux sourire de Nicole, sa préférée, si joyeuse. Enfin, la fillette revit le sourire de son père, l'expression résignée et rêveuse de Gabrielle, sa maman.

Le chagrin la submergea, l'emporta. Les bras autour du cou du gros chien, Violaine sanglota éperdument, aveugle et sourde au reste du monde.

— Allons, c'est fini ! murmura la voix de son oncle. Pauvre gamine ! Tu as eu peur, mais faut pas pleurer si fort. Là, donne ta menotte. La maison n'est plus loin ! Moi aussi, je suis bien fatigué...

10

Tante Marcelline

Albert Carrier n'était pas méchant, un peu rude certes, comme beaucoup de montagnards tenus de vivre dans des conditions difficiles. L'été dispensait orages et pluies diluviennes, l'hiver couvrait le pays de neige, quand ce n'était pas des jours de gel à ne pas mettre un chien dehors.

Violaine, trop bouleversée pour confier à son oncle les vraies raisons de ses larmes, se laissa traîner par la main dans un raidillon qui débouchait derrière la bergerie, un bâtiment jouxtant la maison familiale. L'enfant perçut une senteur familière, celle d'un feu de bois que le froid intense rendait plus tenace, mais aussi une odeur forte, écœurante, d'urine et de paille sale qui venait de la litière des moutons. Elle devina, à travers l'écran des arbres, de gros murs sombres qui ressemblaient un peu à des pans de rocher. Des cris frêles, plaintifs s'élevaient dans la nuit.

— Nous voici arrivés, petiote. Ecoute mes brebis comme elles bêlent ! Peut-être que les loups sont revenus. Tiens, regarde l'autre bâtisse plus haut, ce sont nos seuls voisins, Jeannou et Georges… Le reste, la bergerie, la maison, c'est chez moi !

Une seule fenêtre munie de barreaux était éclairée. Albert tapa ses godillots contre la pierre du seuil et ouvrit la porte. Ils se retrouvèrent dans un sas obscur, en forme de triangle. Son oncle ôta son manteau et l'accrocha à un clou.

— Quitte tes chaussures ici, Violaine ! dit-il à voix basse. Avec la chaleur, la neige que tu as dessous fondrait et ça salirait le carreau…

La fillette s'exécuta maladroitement, car on y voyait à peine. Albert tourna un loquet et poussa sa nièce dans une grande pièce carrée, éclairée par des bougies. A la lueur de leurs flammes, Violaine distingua des ombres massives.

— Ah, quand même ! fit une voix geignarde. La mule est rentrée, je me demandais ce qui se passait encore… Et la carriole, où elle est ?

Violaine n'osait pas avancer. La voix semblait venir du côté d'une cheminée monumentale, à l'opposée de l'entrée, permettant d'y voir un peu plus clair. En effet, une femme était assise près du feu. Violaine aurait pu se tenir debout dans la cheminée sans pour autant toucher les côtés de ses deux bras écartés ni le sommet avec sa tête. Le manteau, qui s'avançait sur près d'un mètre dans la pièce, était orné d'un volant de tissu, bruni par la fumée. Le feu était proportionnel à la taille du foyer, c'est-à-dire réellement imposant. La fillette n'avait jamais vu de foyer ouvert ni autant de longues bûches entassées. Dans le Godin, au Chapus, son père mettait de petits bouts de bois.

— Alors c'est elle ! reprit la voix. Approche-toi, que je te voie mieux. Eh bien, on croirait jamais la fille de Gabrielle… Approche donc ! Je ne vais pas te manger…

Il fallait obéir. Un pas, deux pas… et Violaine se retrouva auprès de sa tante. Marcelline, âgée de trente ans, plissa les yeux comme si elle n'avait pas une bonne vue. L'enfant l'observait, perplexe, avide de découvrir une ressemblance avec sa mère, la belle Gabrielle. On ne pouvait nier un air de famille. Marcelline aussi était une jolie femme, mais la nature l'avait privée de ce qui faisait la séduction de sa sœur cadette.

Ses cheveux châtain clair paraissaient ternes. Les lèvres n'avaient pas le dessin sensible, sensuel de celles de Gabrielle qui invitaient au baiser, au rêve… La bouche de Marcelline, plus mince, un peu amère, laissait deviner un caractère mesquin et méfiant. Le visage en lui-même, ovale, aux traits pourtant fins, n'était qu'une esquisse imparfaite de celui de la disparue.

Violaine soupira en baissant la tête. Les yeux bruns qui ne la quittaient pas ne se compareraient jamais au magnifique regard bleu vert de sa maman.

— Est-elle sotte ? pouffa Marcelline. Dis, tu pourrais me dire bonsoir, puisque tu es ma nièce ! Et tes cousins ? tu ne leur as pas apporté de cadeaux…

La fillette aperçut alors deux garçons, assis à une table, qui lui faisaient des grimaces. Tous deux portaient d'épais gilets de laine, de couleur grise, et leurs cheveux châtains étaient coupés ras.

— Paul et Pierre, clama sa tante, tes cousins… Paul a onze ans, Pierre, neuf ! T'auras intérêt à filer doux avec eux, ce sont tes aînés… Parole, tu les fais rire, avec ton pantalon ! Chez nous, les filles, elles portent des jupes. Et elles ont la langue bien pendue, pas comme toi !

Violaine se sentait très mal. Des odeurs nouvelles lui soulevaient le cœur. Il s'y mêlait des relents de vin aigre, de graisse chaude, un parfum fade de poussière. Elle n'osait plus bouger ; aussi la chaleur du feu commençait-elle à lui brûler la joue gauche.

Son oncle ne lui prêtait plus attention. Il extirpa de sa poche un canif très impressionnant qu'il ouvrit et essuya sur son pantalon. La lame brillait dans la pénombre de la pièce. Puis il fit glisser le plateau d'une large maie et en sortit une miche de pain dont il se coupa une épaisse tranche ; il prit ensuite dans un gros buffet un morceau de fromage. La petite, affamée, attendait en silence. Le carrelage rouge glaçait ses pieds, déjà humides de neige fondue malgré de solides chaussettes. Elle leva la tête et découvrit un plafond parcouru de poutres noircies par la fumée et hérissées de clous. Il y pendait des grappes d'oignons et des têtes d'ail, ainsi que des saucissons et un jambon.

— Est-elle fada, Albert, pour rester muette devant moi ? Et puis, regarde-moi cette tignasse rousse, ces yeux bleus ! Sûr, elle n'a rien de ma sœur. Dis-moi, mademoiselle Violaine, tu dois être le portrait de ton père, forcément !

Le « mademoiselle » avait été prononcé de façon exagérée sur un ton moqueur qui n'avait pas échappé à la fillette. Elle ne répondit pas. Marcelline la terrifiait... presque autant que les loups de la montagne ! Albert jeta un œil sur leur nièce et la vit prête à pleurer de nouveau. Il ronchonna :

— Laisse-la donc, Marcelline ! Elle a faim et sommeil. Ma carriole est au fond du ravin, avec la valise de la drôlesse. Ah, je n'ai pas eu de chance, ce soir. Si tu avais vu ce bazar !... Aussi, quelle idée de me faire descendre à Gavarnie ! Des loups rôdaient. Sans Tonnerre, peut-être ben qu'ils auraient croqué la gamine...

Du coup, les deux garçons arrêtèrent de gesticuler et firent silence. Leur cousine devenait enfin intéressante à leurs yeux. Ils la dévisagèrent, l'imaginant déjà mise en pièces et dévorée. Paul et Pierre n'étaient peut-être pas de méchants garnements, mais ils avaient entendu tant de choses sur cette fille qui allait habiter chez eux qu'ils n'étaient pas décidés à faire le moindre effort de gentillesse à son égard. Marcelline avait tracé un tel portrait de Violaine qu'ils étaient, depuis lors, persuadés que ce serait une « gêneuse », prétentieuse et pas très futée.

Le plus jeune, Pierre, s'exclama :

— Moi, cet été, j'ai vu un ours sur l'estive. Trois fois gros comme Tonnerre. J'ai pas eu peur !

— Té, bien sûr ! pouffa Paul. Papa avait son fusil.

Marcelline fit taire ses fils d'un regard. Puis elle se leva en tenant son ventre d'une main.

— Tu en as de bonnes, toi, mon homme ! Il faut que je serve cette bâtarde, maintenant ! Parce que la Gabrielle, on ne sait pas si elle était passée devant monsieur le curé, va... Et puis, pourquoi donc la carriole est au fond du ravin ? Elle nous porte déjà la poisse, celle-là !

Albert Carrier courba le dos, attendant que la mauvaise humeur de sa femme s'estompe. Epuisé par son expédition au village, il n'avait aucune envie de provoquer une dispute.

— Allons, ma belle Liline ! chuchota-t-il en prenant la jeune femme par la taille. Donne vite de la soupe à Violaine, nous causerons au lit.

Il n'en fallait pas plus pour radoucir Marcelline. Elle expédia ses fils à l'étage, où ils partageaient une chambre glaciale, puis elle posa une marmite en terre sur un trépied qu'elle cala au milieu des braises. Violaine observait tous ses gestes avec inquiétude. Elle pensait avec stupeur que cette femme, dont l'ombre dansait sur les murs jaunes, était la sœur de sa maman. En fait de liens entre sœurs, sa seule référence se trouvait au Chapus dans les personnes de Nicole, Mariette, Isabelle et Arlette. Elle les avait souvent vues se chatouiller, se coiffer, s'embrasser… Une vraie complicité affectueuse les unissait.

Alors, maman, songea la fillette, quand elle était petite, elle voyait tous les jours ma tante Marcelline. Est-ce qu'elles jouaient aussi ensemble ?

Si Violaine avait été plus âgée, elle se serait demandé pourquoi Gabrielle ne lui avait jamais parlé de sa sœur aînée. Les jambes tremblantes de fatigue et d'émotion, le ventre creux, elle ne savait qu'une chose : depuis son entrée dans la pièce, Marcelline ne lui avait pas dit un mot gentil, ne l'avait pas embrassée…

Déjà malade de peur et de chagrin, Violaine se sentait l'intruse au milieu d'étrangers dans ce monde inconnu. Ici, le moindre détail prenait une dimension inquiétante, propice à générer l'angoisse dans le cœur de l'enfant : le gros feu qui ronflait et craquait, les chandelles laissant de larges zones d'ombre entre les meubles et dans les angles du plafond, le profond silence de la montagne ensevelie sous la neige, dehors…

— Je veux rentrer au Chapus ! gémit-elle soudain. Je veux voir ma Guillette !

Albert et sa femme se regardèrent, interloqués. La bouche tordue, les yeux mi-clos, Violaine pleurait sans bruit. Marcelline marcha vers elle, la prit par le bras et la secoua fortement :

— Qu'est-ce que tu nous chantes ? Tais-toi donc ! Rentrer au Chapus, et puis quoi encore ! Alors, on te prend chez nous et tu n'es pas contente ? Sale peste !

— Ma Liline ! Ne lui fais pas peur ! Faut la comprendre, cette gosse. Elle a perdu son père, sa mère et, pour finir, on l'a traînée jusqu'ici ! Demain, ça ira mieux...

Albert n'aimait pas les discussions. Il préférait couper court, aussi avait-il appris à amadouer son épouse. Le calme revenu, Violaine se retrouva enfin assise à la grande table. Elle avait très faim et avala le plus vite possible la soupe épaisse que sa tante lui avait servie.

La perte de ses parents, le voyage en compagnie d'Elise, tous ces bouleversements avaient affiné sa sensibilité. Ce soir-là, Violaine comprit confusément que sa tante ne l'aimerait jamais. Les mots « sois courageuse », si souvent répétés par ses proches avant son arrivée à Gavarnie, prenaient enfin tout leur sens. Le moment était venu pour la fillette d'être « courageuse » !

Elle avait à peine fini son assiette que sa tante poussa une porte au fond de la pièce. Violaine aperçut un lit haut, garni de rideaux, et la lucarne rougeoyante d'un poêle. Albert Carrier se grattait la tête, l'air embarrassé. Il dit en bâillant :

— Ah ! Ma Liline t'a pas préparé de lit... Le bébé qu'elle porte la fatigue, sûrement... Pour ce soir, je vais te mettre une paillasse près du feu !

Il monta à l'étage, puis redescendit chargé d'un sac informe et d'une couverture. Il lui murmura :

— Tu vas t'arranger, hein, petite ? J'ai sommeil !

La fillette observa d'un œil ahuri une sorte de matelas dont le tissu était maculé de taches. Albert l'avait étendu à même le sol, à un mètre de la cheminée garnie d'un épais lit de braises rougeoyantes et de quelques tronçons de bûches noircis.

— Bonne nuit, ma nièce.

L'homme éteignit la lampe à pétrole. Violaine, les pieds mouillés, ôta enfin son manteau. Comme hypnotisée par la « paillasse », elle s'en approcha et s'allongea. Des tiges de foin la piquaient à travers la toile. Mais la couverture, elle, était aussi douce que la fourrure soyeuse du gros chien blanc, Tonnerre. Violaine s'enroula dedans, jusqu'au sommet du crâne. Ce lit étrange se révéla somme toute assez confortable.

— Maman ! Papa ! chuchota l'enfant. Je n'aime pas cette maison, je veux m'en aller…

Puis la fillette pensa à Elise, à Jacqueline, à ses amis du Chapus. Elle se mit à rêver que sa Guillette entrait chez Marcelline, escortée de Nicole et de François. Ils l'emmenaient en cachette et la ramenaient au Chapus où elle s'endormirait, bercée par le bruit de l'Océan.

— Mon coquillage ! gémit-elle. Je l'ai perdu dans le ravin, comme ma poupée.

Mais les péripéties du trajet, le froid, la neige, avaient épuisé Violaine qui sombra très vite dans un profond sommeil.

Au matin, elle fut réveillée par la grosse voix de son oncle et les jérémiades de sa tante. Ses cousins, Paul et Pierre, vinrent la regarder en ricanant. Albert, sans dire un mot, ralluma le feu.

— Debout, toi ! cria enfin Marcelline assise à table. Je ne vais pas t'apporter le petit déjeuner au lit. Il faut te mettre au travail, sinon gare à tes fesses. Je ne veux pas d'une mère la paresse !

Violaine se leva précipitamment. Echevelée, ses habits froissés, elle offrait à sa nouvelle famille une mine rose et craintive. Marcelline la regarda, hocha la tête d'un air écœuré et lui tendit un bol. Les deux garçons mangeaient de larges tranches de pain nappées de confiture.

— Donne du lait à ta cousine ! ordonna la jeune femme à Paul. Après, au ménage ! Elle doit se rendre utile. Je vais pas la nourrir à l'œil !

Après le repas de midi, Albert et Paul partirent sur les lieux de l'accident, afin d'essayer de récupérer les affaires de Violaine. La fillette sortit sur le pas de la porte. Le paysage qu'elle découvrit à la lumière voilée d'un jour grisâtre lui coupa le souffle : partout des montagnes au contour dentelé, couvertes d'un manteau blanc, des pentes hérissées de sapins. Sur sa droite, à quelques mètres, se dressait la maison des voisins, dont la cheminée fumait dru. Le gros pastour, Tonnerre, était couché devant le seuil. Dans ce décor immaculé, son poil paraissait jaune. L'ensemble dégageait une poignante impression de solitude, d'immobilité et d'enfermement, comparé au paysage de la mer ouvert, toujours animé et aux couleurs si variées.

La fillette étouffa un sanglot de panique. Comme elle aurait aimé, à cet instant, voir les chalutiers dans le port et les petites baraques de pêcheurs de Bourcefranc, peintes de teintes différentes. Ici le vent sifflait, telle une bête menaçante, sans apporter à l'enfant exilée les parfums salés de l'Océan, qui avaient enivré ses premières années.

Son cousin Pierre, vexé de ne pas suivre son père et son frère, vint la rejoindre. Il tendit un doigt vers le ciel.

— Hé, un aigle... L'été, il vient voler au-dessus de nos pâtures. Une fois, il a même emporté un agneau !

Violaine distingua en effet la silhouette d'un grand oiseau aux ailes étendues. Pierre ajouta en grimaçant :

— Les aigles, ils ont un gros bec crochu ! Ils peuvent te crever les yeux s'ils t'attaquent... Quand tu garderas les brebis de mon père, gare à toi !

La petite fille, effrayée, s'empressa de rentrer. Sa tante cousait une brassière pour le bébé. Elle lui lança un regard agacé, les lèvres pincées. Albert, en la quittant, lui avait demandé d'être indulgente avec Violaine, mais Marcelline n'en avait aucune envie. Son cœur n'était pas assez vaste pour accepter d'aimer, ne serait-ce qu'un peu, l'enfant de sa sœur.

Lorsque Paul et Albert rentrèrent de leur expédition, deux heures plus tard, ils trouvèrent Violaine seule, assise près du feu. Marcelline et Pierre étaient à l'étage. Son oncle lui rapportait une paire de chaussures, quelques vêtements raidis par le gel et une petite sacoche en toile cirée dont il avait dû examiner le contenu, car il déclara :

— Y a un missel là-dedans. Quand même, je pouvais pas le laisser pourrir sous la neige !

La fillette, éperdue de soulagement, lança à Albert un regard si brillant de gratitude qu'il en fut tout retourné. Il lui demanda tout bas :

— C'était celui de Gabrielle, n'est-ce pas ?

Puis, entendant Marcelline descendre les marches, il se dépêcha d'ajouter :

— Cache-le bien, va ! Si ma femme le reconnaît, elle te le prendra… Quand ta mère habitait à Gavarnie, elle l'avait déjà, ce missel ; je m'en souviens…

Violaine décida de glisser la sacoche sous sa paillasse, dès que son oncle et Paul furent assis à table. Mais elle voulut d'abord toucher le missel. Il s'ouvrit à une page précise, là où sa mère avait placé l'image de la colombe. En revoyant ce dessin qu'elles aimaient tant et qui avait redonné espoir à Gabrielle, la fillette éprouva une étrange impression de réconfort. Elle se souvenait du mystère qui l'entourait, puisque l'image pieuse était apparue par « magie » dans le placard que sa mère fermait toujours à clef.

Si je pouvais le garder avec moi, toujours ! pensa-t-elle en embrassant deux fois le bout de papier : un baiser pour son papa, un pour sa maman.

Cependant, elle craignait trop la réaction de Marcelline pour risquer de perdre cette image miraculeuse. Aussi la rangea-t-elle dans le missel. Elle prit ensuite le coquillage nacré, le dernier cadeau de François. Violaine ne se souvenait pas de l'avoir rangé dans la sacoche ; ce devait être Elise, à l'hôtel. Sa poupée gisait au fond du ravin, cassée en deux, mais au moins l'enfant avait son beau coquillage. Soulagée et ravie, elle le porta à son oreille. La mer y chuchotait ; Violaine pouvait y entendre un souffle affaibli qui lui rappela la brise marine jouant sur la crête des vagues. La fillette, émerveillée et désespérée, ne se lassait pas d'écouter cette rumeur bien-aimée offerte par ce petit morceau de son cher pays du Chapus. Mais, absorbée dans ses souvenirs, elle ne vit pas une main brutale se tendre vers elle pour lui arracher son trésor. C'était Paul. Il saisit le coquillage et se mit à courir autour de la table, brandissant son trophée à bout de bras. Pierre, jaloux, voulut le lui prendre.

— Arrêtez ! hurla Violaine d'une voix suraiguë. C'est à moi ! On entend la mer !

Elle se leva et les poursuivit. La rage la rendait folle. Les trois enfants criaient et renversaient les chaises. Paul. furieux, gifla sa cousine qui se cramponnait à ses épaules. Puis il jeta le fragile coquillage sur les carreaux et piétina les débris épars. Marcelline entra.

— Qu'est-ce qui se passe ici ?

Aussitôt, les enfants se figèrent sur place et la poursuite cessa. Paul commença à se frotter un genou en bramant :

— C'est elle, maman ! Elle m'a fait tomber ! Elle voulait pas me prêter son jouet.

Le visage contracté par une colère froide, Marcelline marcha sur Violaine et la saisit par les cheveux.

— Touche encore à mes garçons, petite bâtarde, et tu auras droit au fouet...

Marcelline la projeta à terre et la fillette se retrouva en travers de la paillasse. Sa tante approcha et, d'un geste vif malgré son ventre rebondi, s'empara de la sacoche, un sourire inquiétant étirant ses lèvres minces.

— Puisque tu es méchante avec tes cousins, tant pis pour toi ! Je te confisque ça et je vais le ranger dans mon armoire. Dès que tu seras sage, je te le rendrai.

Violaine, à partir de cet instant et ceci pour de longs mois, entra dans un cercle d'épouvante. Elle avait connu l'amour de ses parents, la tendresse de Guillemette et de ses enfants. Elle avait été choyée et protégée par tous et même par Elise Duplessis. Mais, à peine arrivée dans ce hameau isolé, la fillette découvrait l'indifférence, le mépris, la solitude et la méchanceté. Elle n'était pas préparée à affronter tout cela !

Il neigeait tant que Paul et Pierre n'allaient pas à l'école, située dans un petit village distant de deux kilomètres, sur le même flanc de montagne. Les journées passaient, toutes semblables. La famille se levait, déjeunait, se chauffait, puis soupait. Marcelline s'installait près de la cheminée, cousant et tricotant pour le bébé qui naîtrait au début de l'été. Albert soignait ses bêtes – six vaches et une trentaine de moutons – et fendait du bois. Ensuite il prenait place lui aussi au coin du feu, où il fabriquait, avec habileté, des paniers en écorce.

Certains soirs, les voisins venaient veiller. C'était un couple d'une cinquantaine d'années, Jeannou et Georges, les maîtres du pastour Tonnerre. Le chien n'avait pas le droit d'entrer, ce qui désolait la fillette. Malgré le froid, elle se glissait dehors, en sabots, pour caresser l'animal. Mais dès que son oncle s'en apercevait, il l'appelait et elle devait rentrer.

Violaine perdit peu à peu l'usage de la parole. Un froid glacial envahissait son cœur qui, pourtant, n'attendait qu'un geste affectueux pour déverser son trop-plein d'amour. Plusieurs fois bousculée par sa tante, pincée et frappée par ses cousins, elle se réfugiait alors sur sa paillasse, car aucun lit ne lui fut jamais préparé. La fillette en vint à aimer les lourdes vaches grises qui l'avaient tant effrayée, la première fois qu'elle avait dû s'en approcher pour apprendre à traire. Au moins, ces bêtes ne lui reprochaient rien, si bien que Violaine pataugeait dans le fumier et distribuait du foin avec plaisir. Les brebis aussi lui arrachaient un faible sourire lorsqu'elles l'accueillaient d'un bêlement plaintif. Son oncle l'accompagnait dans l'étable et la bergerie. Comme la petite se débrouillait bien, il n'avait rien à lui reprocher. Aussi, puisque Marcelline ne pouvait pas le surprendre, il profitait de ces instants pour lui parler.

— Au printemps, je te ferai un lit, petiote ! Va, tu es bien brave, quand même. Ma Liline ne devrait pas te mener la vie si dure, mais, que veux-tu, elle a ses humeurs !

Violaine ne disait mot, mais répondait d'un signe de tête. Elle aimait beaucoup les moments où Albert racontait des souvenirs de sa jeunesse ; toute son attention était alors concentrée sur les paroles de son oncle qui lui parlait parfois de sa mère.

— Sais-tu, ma nièce, que je voulais Gabrielle pour femme, il y a de ça une dizaine d'années ? J'avais le béguin, bon sang, tu peux pas imaginer ! C'est qu'elle était belle, ta mère. Et sage avec ça. Et travailleuse ! Mais quand j'ai commencé à m'intéresser d'un peu près à Gabrielle, les Chenu, ses parents, ils m'ont claqué la porte au nez ! Tout ça parce qu'elle était la cadette ! Ils voulaient marier Marcelline en premier. Et ma Liline, à cette époque, elle me faisait des yeux de pigeon en amour. Un jour, le curé m'apprend que ta mère était partie dans le Nord. Elle avait trouvé, par une cliente de l'auberge à

Gavarnie, une place de bonne chez des bourgeois, tes Duplessis… dans un autre pays, au bord de la mer. Alors j'ai épousé la sœur aînée. Ah ! Gabrielle… elle en a fait tourner des têtes !

La petite fille fut stupéfaite en écoutant cette histoire. Elle n'arrivait pas à imaginer sa mère en jeune fille des montagnes. Ainsi, Gabrielle avait vu ce paysage blanc de neige, les stalactites de glace au bord des toits, les sommets inaccessibles que l'on devinait, les jours de soleil… Pour Violaine, sa maman avait la douceur du climat de bord de mer, les yeux couleur d'Océan lorsque le ciel s'y reflète, les gestes ronds de tendresse… Tout en elle était à l'opposé de ces montagnes et de leur rudesse. Mais elle n'avait pas posé de questions à son oncle sur Gabrielle. Elle s'était contentée de lui jeter des regards bleus pleins de douleur.

Il ne fut pas question non plus d'école, car les chemins étaient impraticables. Cependant, en mars, Paul et Pierre, eux, retournèrent en classe. Personne ne proposa à la fillette d'aller à l'école et elle ne demanda rien. Comme elle aurait aimé se joindre à ses cousins et s'asseoir sur un des bancs de l'école ! Violaine se couchait en rêvant de savoir lire et écrire.

Madame Duplessis m'avait demandé de lui envoyer des lettres ! songeait-elle le cœur serré. Je ne peux pas ! Elle va croire que j'ai oublié. Alors elle sera fâchée…

Malgré ses malheurs, l'enfant dormait bien néanmoins, tant elle avait hâte de se réfugier sous sa couverture. Les semaines s'écoulaient, mais le printemps refusait de revenir. Violaine, lèvres closes sur son immense chagrin, travaillait dur. Marcelline lui imposait petit à petit la plupart des corvées : allumer le feu, balayer la pièce principale, secouer les édredons, éplucher les légumes, raccommoder le linge… La jeune femme, dont la taille s'épaississait, rejetait sur sa nièce toute son aigreur d'éternelle insatisfaite. Quant aux deux garçons, ils portaient sur Violaine le même regard que leur mère. Marcelline leur avait communiqué sa méchanceté envers l'enfant. Ils la considéraient donc comme un être bizarre, muet et peureux, qu'ils avaient le droit de battre et d'humilier dès que leur père s'absentait.

A la mi-avril, la neige se mit à fondre. Il pleuvait des jours entiers, de vrais déluges qui créaient des torrents de boue. Personne du Chapus n'aurait pu reconnaître la fillette si le hasard avait permis une rencontre. Violaine, privée des soins de sa mère, puis de Guillemette, ne se lavait pas, hormis les mains et le visage, parfois. Ses beaux cheveux étaient ternes, broussailleux. Elle enfilait les mêmes vêtements puants des jours durant. Le contraste était frappant entre l'enfant qui avait franchi le seuil un soir d'hiver et cette ombre de fillette sale et délaissée.

Albert constata ce changement. Le soir venu, dans leur chambre à l'abri d'oreilles indiscrètes, il confia à sa femme, d'un ton de reproche :

— Tu pourrais quand même soigner cette gamine ! Que diront les gens quand nous irons au village, bientôt ? Si ta sœur la voit, du haut du ciel, elle pourrait bien apporter le malheur sur notre maison ! La petite était proprette en arrivant chez nous...

Marcelline détestait que son homme aborde la question de leur nièce, ce qui était d'ailleurs relativement rare. Ce sujet avait le don de la faire sortir de ses gonds ! Si elle avait eu le pouvoir de gommer la présence de l'enfant pour retrouver leur vie, celle d'avant qu'elle ne leur tombe dessus, elle n'aurait pas hésité un seul instant. Mais voilà, sa capacité de cruauté n'incluait pas de tels dons ; alors, elle devait la supporter et c'était déjà beaucoup pour Marcelline. Excédée, elle haussa les épaules et se contenta de répondre :

— Ce n'est pas ma faute si cette gosse n'a pas un sou de raison. Je te l'ai dit tout de suite, elle est fada ! Une bêtasse qui pleure comme on pisse...

Albert ne répondit pas. Il décida de ne plus se mêler de l'éducation de sa nièce. Pourtant, il n'était pas mauvais, dans le fond, et souvent la honte le prenait. Deux fois déjà, il était descendu à Gavarnie encaisser les mandats d'Elise Duplessis. Cet argent-là lui faisait un peu peur, car il voyait Violaine dépérir.

— N'empêche, conclut-il, nous manquons à notre parole. La petite ne cause plus et elle ne va pas à l'école…

— Elle ira en septembre ! soupira Marcelline. Je suis grosse, je ne peux pas m'occuper d'elle. J'ai bien assez de soucis comme ça !

Les « soucis » de Marcelline demeuraient un mystère pour son mari. Et comme il n'aimait pas se creuser la cervelle, il se fit caressant, câlin, ce qui dissipait toujours les humeurs moroses de la jeune femme.

Le lendemain, un samedi, Albert se rendit à Gavarnie pour acheter du tabac et du sucre. Comme chaque fois que Violaine voyait son oncle partir, elle ressentait un pincement au cœur. La peur, toujours présente, s'intensifiait alors, car le reste de la famille profitait de l'absence d'Albert pour la harceler un peu plus. Elle redoutait une colère de sa tante ou une méchante blague de ses cousins qui n'allaient pas en classe ce jour-là.

Marcelline, dès que son mari fut sorti, cria à la fillette :

— Et le lait ? Tu devais rapporter deux litres de la traite de ce matin ! Hein, la muette, t'as oublié ?… Fada, va !

Violaine se leva prestement, prit la bouteille en verre sur le bahut et dévala les trois marches du perron. Elle s'empressa de remplir le récipient, les mains tremblantes. Depuis des semaines, son esprit lui jouait des tours. Elle n'arrivait plus à ordonner ses idées, uniquement concentrée sur son souci d'obéir vite, de bien faire ce que lui demandait sa tante. La crainte des réprimandes ou des claques en plein visage paralysait son esprit. Elle était incapable de dominer cet état ; elle ne vivait plus qu'en fonction de ses peurs, soumise à la poigne de fer de sa tante qui se plaisait à la rabaisser à la moindre occasion.

Ce fut donc avec terreur que Violaine aperçut Paul dans l'embrasure de la porte de l'étable. Incapable de parler, elle hâta le pas.

— Eh, tu en mets un temps, bêtasse ! Je te préviens, ma mère, elle est pas contente…

La petite voulut sortir, mais son cousin lui barra le passage. Au fond de son regard dansait une lueur sournoise qu'elle n'avait encore jamais vue. Son visage chafouin exprimait le plaisir cruel de dominer une créature plus faible que lui. Les leçons de sa mère avaient porté leurs fruits !

Violaine réussit à émettre un gémissement peureux et, faisant appel au peu de courage qui lui restait, elle essaya de pousser le garçon.

— Ah, t'es mignonne quand tu te fâches ! Pourquoi tu dis rien ? Et si je te touche où je veux, tu diras rien non plus ? Viens là pour voir…

Paul attrapa sa cousine par la taille. Sans relâcher leur emprise, ses mains commencèrent à se promener sur l'enfant. Il riait étrangement. Ses gestes se firent plus brutaux, les mains cherchant un passage sous les vêtements de la fillette. Tout à coup, il voulut baisser le pantalon de Violaine qui essayait de lui échapper. Trop jeune et tellement innocente, elle ne comprenait pas l'attitude de son cousin. Mais son instinct lui disait qu'elle était en danger. Elle n'aurait pu préciser la nature de ce danger, mais elle comprit qu'elle devait agir vite. Elle poussa un hurlement d'agonie, si aigu que le chien des voisins, le brave Tonnerre, aboya de toutes ses forces. Paul, surpris, lâcha prise. Il grommela :

— Oh, dis, ça va ! T'en fais des manières pour montrer tes fesses…

Marcelline fit irruption dans le bâtiment. Furieuse d'avoir dû mettre le nez dehors, elle se demandait ce qui se passait. Violaine, en la voyant, se rappela le lait et chercha la bouteille. Mais celle-ci gisait sur les pavés, le verre brisé. Elle l'avait laissée tomber dans l'affolement affreux qui l'avait saisie. Il n'en fallait pas plus pour déclencher la colère de la jeune femme.

— Et alors ? T'as encore fait des tiennes, sale bâtarde !

Paul, qui avait reculé prudemment à l'entrée de sa mère, se méfiait. Sa cousine pouvait retrouver sa langue d'un seul coup et dire la vérité. Il ne lui en laissa pas le temps et, jouant les victimes, se précipita en pleurnichant.

— Maman, c'est Violaine ! Elle a cassé le litre de lait et elle voulait pas que je te prévienne. Tiens, regarde ! elle m'a griffé la joue. Et quand j'ai essayé de la ramener à la maison, elle s'est mise à crier !

Le souffle court, Violaine écoutait. Le mensonge de Paul la dégoûtait. Elle ouvrit la bouche et respira un peu mieux. Elle savait qu'elle aurait dû expliquer ce qui s'était passé, mais elle n'avait pas les mots pour le dire. Sa jeunesse ne lui permettait pas de nommer ces gestes dont elle ne comprenait pas le sens. Aucun son ne franchit ses lèvres. Marcelline observa les éclats de verre, la flaque blanche, puis sa nièce et en déduisit que son fils disait vrai. Sa rage n'avait plus de limite ! Haineuse, le visage déformé par la fureur, elle siffla entre ses dents :

— Tu vas voir ! Sale petite garce, fille de putain !

La jeune femme, les mains sur les hanches, plissa les yeux : elle cherchait autour d'elle l'instrument lui permettant d'assouvir sa vengeance. Elle avisa enfin une courroie en cuir, vestige d'un vieux harnais qu'Albert conservait, et la décrocha. Paul recula, impatient d'assister à la punition qui ne tarderait pas. En cet instant, il détestait profondément Violaine.

Marcelline marcha sur la fillette et, sans hésiter, la frappa d'abord aux épaules. Les coups pleuvaient au hasard sur le dos, le ventre, les jambes… Violaine tournait en rond sans pouvoir éviter la morsure cinglante de la lanière, aussi dure qu'un morceau de bois. Elle finit par se ramasser sur elle-même, telle une bête prise au piège qui, ne pouvant échapper au danger, attend que celui-ci s'éloigne. Aucun cri ni la moindre supplique… Seul le souffle précipité de Marcelline, le sifflement du cuir cinglant l'air et le bruit de la lanière sur la peau de l'enfant retentissaient dans la grange.

— Tiens, et tiens, bourrique… Ça t'apprendra, va… Je vais te dresser, moi ! Casse encore une de mes bouteilles et tu verras !

La petite finit par sangloter de douleur. Cela ne calma pas sa tante, qui, à demi penchée, un rictus de haine la défigurant, continua à la battre. Elle ne pouvait s'arrêter, prise d'un vertige de soulagement mêlé de plaisir… Son ancienne jalousie vis-à-vis de Gabrielle, sa méchanceté, son aigreur de cette vie difficile… tout ce qui lui empoisonnait le cœur depuis tant d'années s'exprimait enfin, animait son bras d'une vitalité extraordinaire. Paul, sentant la nausée monter, s'enfuit de l'étable. Pendant quelques secondes, sa cousine avait eu l'expression horrifiée et étonnée des agneaux que son père égorgeait.

Le départ précipité de Paul mit fin au calvaire de l'enfant. Marcelline jeta la courroie dans un recoin, puis elle soupira, épuisée, car elle n'était pas habituée à un tel effort. Elle cria à la fillette recroquevillée sur les pavés suintants d'humidité :

— Tu me rendras malade, pauvre fada que tu es ! Lève-toi et file au lit. Je ne veux plus te voir de la journée ! Et tu n'auras ni pain ni soupe…

Violaine parvint à se redresser. Le corps entièrement meurtri, avec à l'esprit le souvenir odieux des gestes bizarres de son cousin, elle suivit docilement sa tante, la tête basse.

Albert rentra à la nuit. Marcelline, Paul et Pierre l'accueillirent avec joie, puisqu'il rapportait des sifflets en cuivre pour ses fils et une brioche à l'anis destinée à sa femme, qui en était gourmande. Il chercha Violaine et la découvrit déjà couchée, enfouie sous sa couverture. Il ne se posa pas de questions.

Ce fut, pour la famille Carrier, une excellente soirée…

Le mois de mai transfigura le paysage. Violaine assista au retour de la verdure, de la chaleur, avec le même air hébété. Les fleurs envahissaient le hameau, colorant les prairies en pente. De jeunes feuilles lumineuses couvraient les arbres, mais la petite fille ne le remarquait même pas. Elle vivotait tel un animal malade. Pendant les repas, sa tante surveillait chacune de ses bouchées avec un air de reproche constant. Pourtant, sa nourriture ne devait pas leur coûter bien cher : la fillette n'avait droit qu'à des pommes de terre, l'aliment de base des montagnards, tandis que ses cousins se régalaient de lard grillé. Du fromage que son oncle fabriquait, elle ne recevait que les croûtes jaunâtres qui lui donnaient la nausée.

Violaine passait de longues heures sur le perron, le regard fixé sur les cimes grandioses du cirque de Gavarnie. Le trousseau du bébé était prêt, mais Marcelline lui trouvait toujours de l'ouvrage.

Tonnerre, le gros pastour blanc, devina-t-il la détresse infinie de la fillette ? Il prit l'habitude de se coucher à ses pieds, de la suivre jusqu'à l'entrée de la bergerie. Il mendiait des caresses en la poussant de sa lourde tête. L'affection du chien, ajoutée à la beauté renaissante de la nature, permit à Violaine de sortir de son état d'hébétude. Elle reprit des forces et retrouva même le goût de rire en cachette, quand Tonnerre lui léchait le visage. Mais, sous le toit de sa tante, elle affichait un visage fermé et restait muette.

Paul et Pierre, lassés par son silence, finirent par la laisser en paix. Une fille qui ne criait pas, qui ne gémissait pas, perdait tout intérêt à leurs yeux. Paul, surtout, n'osait plus l'approcher, car il se souvenait de la courroie en cuir et de l'expression hallucinée de sa mère, ivre de violence.

Les derniers jours de juin, alors que de violents orages ébranlaient la montagne, deux événements se produisirent. L'instituteur reçut une lettre d'Elise Duplessis et Marcelline ressentit les premières douleurs de l'enfantement.

Au Chapus, Elise ne décolérait pas. Elle avait écrit quelques lignes aux Carrier, chaque fois qu'elle ordonnait un mandat, et n'avait reçu aucune réponse. Guillemette, lorsqu'elle venait faire du ménage, demandait des nouvelles de Violaine. En vain…

— Je n'en ai pas, ma brave Guillemette ! Attendons le printemps, ce ne doit pas être facile de poster du courrier, là-bas. Surtout si l'on ne fait aucun effort…

Enfin, lorsque le mois de mai étendit sur les rivages atlantiques chaleur et verdure, Elise commença à juger ce long silence bizarre. Très inquiète pour Violaine, elle téléphona à l'hôtel Saint-Roch, à Lourdes. Elle n'avait pas oublié combien les hôteliers s'étaient montrés affables et touchés par le sort de la fillette. Jacqueline Lebail fut navrée de ne pouvoir se rendre à Gavarnie, car les pèlerins affluaient avec le retour du beau temps. Elle tenta de la rassurer de son mieux, lui disant de son charmant accent du Sud :

— Chère madame, ne vous tracassez pas ! Dans ces hautes vallées, le facteur ne passe pas souvent ! Et puis, quand même, la petite est chez sa tante…

Mais Elise était furieuse ! Elle avait fait la promesse de veiller sur l'enfant et personne ne l'en empêcherait ! Ne sachant de quelle façon obtenir les renseignements souhaités, elle téléphona à la poste de Gavarnie. Des personnes fort aimables lui indiquèrent le nom de l'instituteur, Jacques Fabrou, qui travaillait dans la petite école du lieu. Il était le maître des cousins de Violaine. Madame Duplessis lui écrivit directement.

Elise était loin de soupçonner la vérité : Marcelline et Albert ne savaient ni écrire ni lire. Les lettres reçues par l'épouse du notaire l'année précédente, lors du décès de Gabrielle, avaient été rédigées par une femme de Gavarnie que l'on disait « instruite ». Il s'agissait de Sidonie qui habitait au-dessus du hameau. Un jour, il y avait de cela bien des années, elle était arrivée des contreforts espagnols. Elle s'était installée dans une maison isolée et, peu à peu, avait acquis une réputation de guérisseuse. Jamais elle ne refusait de soulager les souffrances d'autrui.

Et ce fut Sidonie qu'Albert envoya chercher, tandis que son épouse se tordait de douleur dans leur lit.

— Paul ! Cours chez Sidonie ! Dis-lui que ta mère souffre beaucoup, que le bébé arrive. Qu'elle vienne vite !

11

Sous l'aile de Sidonie

Une fois son fils parti sur le sentier abrupt menant à la petite maison de la guérisseuse, Albert demanda à Violaine d'activer le feu et de faire chauffer une grande quantité d'eau. La fillette, affolée par les hurlements de sa tante, obéit aussitôt. Son cousin Pierre s'était d'ailleurs sauvé dans un pré, bien heureux d'échapper à l'événement en gardant les brebis.

Jeannou, la voisine de Marcelline, vint à la rescousse. A peine arrivée, elle houspilla Violaine de sa voix rocailleuse :

— Pas ce chaudron, fadette ! L'autre, le gros ! Et les linges, il faut des draps propres et de la cotonnade pour l'enfant. Tiens ! c'est bien vrai que t'es pas dégourdie.

Albert était resté au chevet de sa femme. Il aurait voulu s'en aller qu'il n'aurait pas pu. Marcelline sanglotait et se cramponnait à lui des deux mains.

— Oh, mon Dieu ! J'ai mal ! Mon Albert, donne-moi quelque chose à boire… J'étouffe !

L'homme en perdait la tête. Déjà, lors de la naissance de ses fils, sa Liline criait si fort qu'elle avait dû ameuter tous les hameaux du versant. Violaine, les mains noires, son petit visage blême de crainte, avait entendu la supplique de sa tante. C'était une enfant sans méchanceté. Marcelline souffrait tant que son bon cœur en fut touché. La fillette, ne pensant pas à mal, courut dans la chambre porter un verre d'eau fraîche pour soulager sa tante.

Celle-ci, prise d'un spasme à cet instant précis, lança un râle d'agonie. Mais en reprenant son souffle, elle aperçut sa nièce près du lit, le verre à la main. Elle, dont l'âme rétrécie ne connaissait que la méchanceté, ne comprit pas un seul instant l'intention de l'enfant. La jeune femme n'y vit que le reflet de sa propre cruauté. Aussitôt, la fureur la saisit, chassant momentanément la douleur.

— Sauve-toi, bâtarde, tu te moques de moi, hein ? Tu es contente de me voir comme ça...

Marcelline se redressa alors et frappa violemment Violaine en pleine figure. La petite recula sous le choc, puis s'effondra sur le plancher. Elle saignait du nez et le verre s'était brisé. Albert, qui n'avait pas eu le temps de prévoir le geste de sa femme, la releva par un bras et, exaspéré, la poussa d'un coup de pied dans la cuisine.

Une fois de plus, la gentillesse de Violaine avait été repoussée, piétinée. Son cœur souffrait de cette nouvelle blessure bien plus que son visage tuméfié qui l'élançait. Le goût âcre du sang à la bouche, elle traîna son petit corps meurtri vers sa paillasse et s'y recroquevilla. Elle ne vit pas une silhouette se découper dans l'embrasure de la porte d'entrée. Une femme franchit le seuil de la maison, un panier d'osier calé contre la hanche. Grande et forte, elle avait le teint bistre des Espagnols, un large visage harmonieux et de beaux cheveux gris tressés en couronne autour du front. Vêtue d'une longue jupe bleue et d'un gilet noir, elle portait aux pieds des sabots rouges. Ses yeux de velours brun, dessinés en amande et semés d'éclats dorés, ourlés de longs cils, en impressionnaient plus d'un. L'étrangère fixa la fillette d'un air stupéfait.

— Qu'est-ce que c'est que ça ?

La nouvelle venue n'en croyait pas ses yeux.

Au même moment, Jeannou, qui descendait de l'étage les bras chargés de linges blancs, poussa une exclamation de surprise :

— Oh ! Sidonie ! Tu es là, déjà ? Le gosse vient à peine de courir chez toi...

— Je l'ai croisé en chemin et je lui ai conseillé de rejoindre son cadet dans la montagne. Et puis… à cheval sur mon balai, je vais plus vite que vous autres…

Sidonie, tout en parlant, ne quittait pas des yeux l'enfant couchée en boule sur un matelas sale. Elle soupira et posa son panier. Marcelline la vit de sa chambre.

— Vite, Sidonie ! Je vais mourir, je te jure que je meurs !

Violaine se redressa sur un coude. Ce prénom inconnu l'avait tirée de son abattement, mais la femme qui le portait avait déjà disparu dans la pièce voisine.

— Va prendre l'air, Albert ! ordonna Sidonie. Je ne veux pas de toi ici. Je dois examiner ta femme…

Soulagé, celui-ci sortit en courant presque. Marcelline, les cheveux collés par la sueur, gémissait et pleurait.

— Dis-moi, Marcelline ! commença Sidonie. Ce petit animal terrifié que j'ai vu près de la cheminée, sur une paillasse où je ne coucherais pas mes chats, ce ne serait pas ta nièce ? La fille de ta sœur Gabrielle ?

— Pourquoi… tu me demandes ça ? hoqueta la jeune femme. Bien sûr que c'est Violaine, une fada que je dois élever. Elle ôte le pain de la bouche de mes fils, celle-là !

La grande Espagnole se pencha sur elle avec une telle expression de colère que Marcelline se figea, bouche bée.

— Et toi, la douleur t'ôte ton entendement, sans doute ! persifla la guérisseuse. Ton mari et toi, vous n'êtes que des avares… et je ne parle pas que des sous ! Dans quel état avez-vous mis cette petite ? Peut-être que, si tu avais la conscience tranquille, cette naissance se passerait mieux !

Sidonie profita de l'immobilité ébahie de la parturiente pour juger de la dilatation du col de l'utérus. Le bébé se présentait bien. Elle marmonna :

— Je te sermonnerai plus tard ! Tu peux pousser, j'ai senti la tête de ton enfant.

Marcelline, fascinée par l'attitude grave et concentrée de l'Espagnole, s'exécuta. Après quelques cris rauques ponctuant ses efforts, elle mit au monde un troisième fils.

— Eh, voilà un beau chérubin ! triompha Sidonie. Respire à fond ; ce n'était pas si dur, tu vois ! Tu accouchais dans la colère et la haine... Le petit le sentait. Ne bouge pas, je coupe le cordon. Voilà ! Ensuite, je baignerai ce joli poupon.

Albert, qui guettait le premier vagissement du nouveau-né, entra sans bruit. Son épouse se reposait, les paupières closes. Il ignorait qu'en fait, elle redoutait surtout les regards de la guérisseuse. Jeannou apporta un baquet d'eau tiède. Avec une majesté de souveraine en sabots, Sidonie lava le bébé, puis laissa à la voisine le soin de le langer. Elle avait un autre souci en tête : cette petite chose meurtrie qui semblait l'attendre dans la pièce voisine, toujours assise au creux de sa paillasse. Elle s'en approcha doucement pour ne pas l'effrayer. Elle murmura :

— Bonjour, Violaine ! Dans quel état es-tu, ma pauvre minette !

Depuis six mois, la fillette n'avait pas entendu son nom ni perçu, dans une voix, une telle douceur pleine de compassion. Elle trembla, prête à pleurer de joie.

— Là, rassure-toi, Violaine ! je ne te veux pas de mal. Si j'avais su que tu étais malheureuse, je serais venue plus tôt. Es-tu tombée ? Tu as saigné ?

Violaine ne répondit pas, mais ses larges yeux bleus parlaient pour elle. Ils racontaient l'épouvante, la terreur, les brutalités imméritées, le malaise d'une toute jeune enfant privée de soins et de câlins. Sidonie passa la main sur le visage crasseux et sanglant. Elle devina la trace d'un coup violent. Habituée à panser les blessures de l'âme comme celles du corps, la femme sentait que cette fillette était avide d'amour et de réconfort. Elle lui chuchota :

— Ma belle petite chérie ! Voudrais-tu que je te donne un bain ? Il reste de l'eau chaude.

Jeannou fit irruption. La voisine de Marcelline boitait un peu et, courte sur jambes, elle se déplaçait en soufflant fort. Voyant la guérisseuse agenouillée devant Violaine, elle s'écria avec un rire aigri :

— Te fatigue pas, Sidonie ! La gamine, c'est une fada ! Elle n'a pas dit un mot depuis son arrivée. Toujours à rouler des yeux de bêtasse.

— Tais-toi, Jeannou, ou je te change en vipère ! Toi qui me traites de sorcière quand tu descends à Gavarnie, tu dois sûrement savoir que j'en ai le pouvoir… Retourne près de Marcelline.

Sidonie ne plaisantait plus. Son intonation prouvait son mépris. Jeannou s'esquiva sans demander son reste tout en maugréant des jurons.

La guérisseuse l'ignora et reprit, caressant la joue de l'enfant :

— Tu n'as pas eu de chance, ma petite ! Mais tu dois reprendre goût à la vie. Moi, je suis sûre que tu n'es pas muette.

Le sourire de l'Espagnole promettait un océan de tendresse et ses yeux débordaient de douceur. De toute sa personne émanait une telle aura de générosité que cette femme sembla à la fillette aussi lumineuse que le soleil d'été. Le cœur gelé de Violaine se réchauffa timidement. Soudain, sa bouche s'entrouvrit malgré sa volonté et elle bredouilla, d'une voix chevrotante :

— Ma tante… elle a pris le missel… celui de maman, et dedans… la colombe… l'image… elle me protège !

Une autre que Sidonie aurait pu croire que cette enfant maltraitée avait perdu la raison. Mais l'Espagnole possédait une telle connaissance de l'âme et une intuition si affinée qu'elle ne douta pas un seul instant de l'esprit de l'enfant. Ces quelques mots lui avaient permis de comprendre la situation de Violaine et la cause profonde de sa douleur. Elle embrassa la petite sur le front en lui soufflant :

— Je vais te laver, brosser tes beaux cheveux. Ensuite, je te le promets, Marcelline te redonnera ton missel avec ton image.

Sidonie déplaça les chaises et, avisant un drap plié sur la table, elle les en recouvrit. Dans cet abri improvisé, elle installa le baquet qui avait servi à baigner le bébé. Ensuite, avec des gestes délicats et sans cesser de parler, elle savonna la petite fille, puis la rinça à l'eau tiède.

Son cœur de mère se serra en découvrant, sur la peau mate de Violaine, des plaques rouges dues à l'irritation des sous-vêtements, raides de sueur et de crasse. Çà et là, des ecchymoses prouvaient les mauvais traitements subis. Mais ce qui lui fit le plus de peine, ce fut de découvrir, sur la maigre poitrine, une médaille de la Vierge et une petite topaze sertie dans l'argent. Elle s'exclama :

— Pauvre minette, tes côtes pointent, tes genoux aussi ! Ne crains rien maintenant ! tu as Sidonie pour amie ; ta tante ne te fera plus aucun mal. Je vais ôter tes bijoux pour le bain ; nous les remettrons ensuite…

Violaine s'éveillait d'un interminable cauchemar. Cette dame, plus gentille que les anges du ciel, l'enveloppait d'amour et de caresses. Ses doigts habiles lissèrent ses cheveux qui avaient retrouvé brillant et souplesse, les nattèrent et leur accrochèrent un joli ruban apparu comme par enchantement !

Sidonie n'avait pas eu peur de fouiller l'armoire du palier afin d'en ramener des habits propres qui, de toute évidence, appartenaient à la petite, mais que quelqu'un avait pris soin de cacher là-haut.

Albert sortit enfin de la chambre. Sa femme et lui avaient discuté un bon moment du prénom du bébé avant d'opter pour Jean, car Jeannou serait la marraine. Il vit alors le drap tendu sur les chaises et les flaques d'eau sur les carreaux. Il s'écria :

— Qu'est-ce que c'est que ce bazar !

Puis il aperçut Violaine ! Enfin… une autre Violaine, vêtue d'une robe bleue à col blanc et d'un tablier rose. Sa chevelure blond cuivré bien coiffée dégageait un visage menu, aux yeux cernés. Pourtant, le regard couleur d'Océan était bien le même ; la fillette fixait son oncle avec appréhension. Sidonie, tenant l'enfant par la main, s'approcha d'Albert et tendit un doigt accusateur vers sa robuste poitrine de montagnard.

— Honte à toi, Albert Carrier ! Tu rampes devant ta femme et tu laisses mourir de chagrin la fille de celle que tu aimais tant, Gabrielle. Oh ! ne fais pas cette mine de brute ! Je n'ai pas connu la mère de Violaine, mais, au pays, beaucoup de gens se souviennent d'elle. Une belle âme, une jeune femme dévouée et sage, qui avait quitté son village pour ne pas faire de tort à sa sœur aînée. Méfie-toi, Albert ! J'ai répondu aux lettres de madame Duplessis. Je sais combien vous touchez d'argent pour la garde de Violaine. Malgré cela, je la trouve maigre comme un clou, aussi mal tenue qu'une bête sauvage et rendue muette à force de mauvais traitements ! Lui donnez-vous à manger au moins ?

Albert n'était pas décidé à s'en laisser conter ! Un jour pareil, en plus... Il était fatigué des émotions de la journée et les cris de toutes ces femmes commençaient à l'agacer sérieusement. Il menaça en montrant le poing :

— Ne va pas bourrer le crâne de notre nièce avec tes sornettes, maudite femelle ! Et puis, elle a le pain qu'elle mérite ! Depuis quand engraisse-t-on les enfants, dans ce pays où il faut trimer toute l'année pour gagner trois sous ?

Sidonie remarqua le frisson qui parcourait Violaine. La petite fille commença à respirer plus fort, son visage pâlit, ses mains se crispèrent sur son tablier... L'angoisse la reprenait ! L'enfant ne méritait pas de souffrir une fois de plus de la cruauté de sa famille. La jeune femme décida de clore la querelle pour épargner Violaine.

— Tais-toi, Albert ! Méfie-toi ! Je pourrais te nouer l'aiguillette[1] d'un claquement de doigts ! Maintenant, je vais montrer le bébé à « votre » nièce, comme tu dis si bien, et causer un peu à ta « chère épouse »... la plus belle vipère du pays !

A la profonde surprise de Violaine, qui n'avait pas compris la menace proférée par l'Espagnole, son oncle haussa les épaules et sortit en sifflotant.

1. Rendre impuissant.

Marcelline berçait le nouveau-né dans ses bras. Elle releva la tête pour voir qui entrait. La vision de la fillette, transfigurée par les soins de la guérisseuse, parut la désemparer. Elle balbutia :

— Mais ! Qu'est-ce que tu lui as fait, Sidonie ? Tiens, elle est bien mignonne, comme ça…

— N'importe quel enfant est mignon quand on prend soin de le laver et l'habiller de frais, Marcelline. J'ai dit ce que je pensais à ton mari. Hélas, ce n'est pas le plus coupable ! Alors, écoute-moi bien, toi aussi : je suis la seule à savoir écrire sur ce versant. Et j'ai gardé l'adresse de madame Duplessis. Si tu continues à te venger de ta sœur sur cette malheureuse petite fille, j'enverrai une lettre là-bas, au Chapus ! Tu pourras dire adieu au joli magot que tu dois cacher sous tes draps. A partir d'aujourd'hui, je te conseille de la tenir propre, de la nourrir correctement et de ne plus la frapper. Sinon, il t'arrivera malheur, compris ? A propos, j'aimerais que tu redonnes son missel à Violaine.

Marcelline n'apprécia pas du tout ce sermon. Elle enrageait, mais la sagesse lui dicta de se tenir coite. Elle ne se sentait pas capable d'affronter Sidonie. Dans le pays, on disait que la grande Espagnole appartenait à une lignée de *brouches*, ces sorciers qui parlent aux animaux et aux sources, qui tirent des plantes des remèdes secrets et qui sont capables de vous jeter un sort rien qu'avec leur regard. Aussi Marcelline, docile, murmura-t-elle :

— Tu peux le lui donner, Sidonie ! Il est dans mon armoire, à gauche. Sais-tu, je croyais bien faire ! La gosse l'aurait perdu ou abîmé. Elle est si sale, et tête en l'air avec ça !

Le bébé poussa un vagissement. Violaine, se souvenant de la petite Marie, la dernière-née de sa Guillette, s'approcha timidement du lit pendant que Sidonie ouvrait l'armoire. Ce meuble superbe, aux lourdes portes sculptées de motifs floraux, représentait une grande partie de la dot de Marcelline.

— Ah, le voilà ! s'exclama la guérisseuse qui prit le missel entre ses mains et le tint serré un court instant, comme si elle écoutait quelque chose.

Puis elle l'ouvrit, juste aux pages renfermant l'image à la colombe. Violaine, après avoir examiné le nourrisson, recula et rejoignit Sidonie. Elle vit aussitôt l'image et, émerveillée, elle chuchota :

— C'est la colombe de papa !

La femme caressa du bout des doigts le dessin de l'oiseau blanc aux ailes déployées.

— Tu as raison, ma minette ; c'est vraiment la colombe que ton papa a envoyée à ta maman, pour lui dire de ne pas désespérer... Car c'est bien ainsi que cela s'est passé, n'est-ce pas ?

Violaine, très impressionnée, répondit tout bas :

— Oui, madame !

Marcelline, toujours calée dans ses oreillers, essayait de comprendre ce qui se marmonnait devant l'armoire, mais sans succès ! L'air innocent, elle se détourna quand Sidonie s'écria :

— Par pitié, Marcelline, ne t'avise plus de priver ta nièce de ce missel ni de cette image ! Une force divine a imprégné celle-ci. De gros malheurs s'abattraient alors sur ton foyer, sur tes fils et ton bien-aimé Albert !

Aussitôt, la tante de Violaine promit, l'air effaré. De nature superstitieuse, elle craignait les mauvais sorts. Au même moment revint Jeannou, son fichu noir de guingois.

— Ho ! Marcelline. Y a monsieur Fabrou dehors, qui cause à ton homme. Il a pas voulu te déranger, je lui ai dit que tu venais d'accoucher.

Sidonie tendit le missel à Violaine qui s'en empara d'un geste farouche, tant était grande sa peur de le perdre à nouveau. Un sourire ironique aux lèvres depuis les paroles de Jeannou, l'Espagnole prit l'enfant par la main en déclarant bien fort, de sorte que toutes les personnes présentes entendent :

— Viens, ma jolie, que je te présente ton instituteur !

Dans la grande pièce se tenait Jacques Fabrou, en grande discussion avec Albert. Petit, menu, des lunettes sur le nez, l'instituteur brandissait une enveloppe sous le nez de son interlocuteur. Sidonie écouta, sans aucune gêne, la conversation. Depuis sa rencontre avec l'enfant, elle s'estimait concernée de plein droit par tout ce qui touchait le devenir de Violaine. A peine monsieur Fabrou terminait-il son invective qu'elle prit à son tour la parole, non sans une pointe d'ironie.

— Monsieur Carrier, vous pouviez me le dire, votre embarras. Je vous ai vu au moins quatre fois depuis l'hiver. Si vous vouliez écrire à cette dame Duplessis, il fallait me dicter une lettre !

Violaine sentit son cœur palpiter de douleur et de joie. Entendre le nom d'Elise, ici, dans ces hautes montagnes, la bouleversait.

Le maître d'école reprit :

— Imaginez l'inquiétude de cette personne ! Elle était en droit de songer au pire ! Votre nièce malade ou, qui sait, morte ?

Sidonie renchérit :

— Elle n'avait pas vraiment tort, monsieur Fabrou ! Voici Violaine ! Puisque les foins sont finis, je suppose que vous rouvrez la classe. Eloi accompagnera cette petite tous les jours. Je suis sûre qu'elle a hâte d'apprendre son alphabet et ses chiffres.

Le jeune homme, originaire de Toulouse, hocha la tête, satisfait de compter prochainement une élève de plus sur les bancs de sa classe. C'était sa première nomination et il n'avait jamais osé se plaindre des rudes conditions de son poste. L'école comptait une dizaine d'élèves qui venaient s'asseoir sur les bancs… quand ils le pouvaient. La neige et les chemins verglacés les retenaient souvent au logis l'hiver, mais, dès que revenait la belle saison, garçons et filles aidaient à couper le foin, à l'engranger et se faisaient bergers ou bergères, sur les prairies d'altitude.

— Oui, l'école ne fermera que fin juillet ! Je serai ravi de recevoir Violaine. Es-tu contente, ma petite ? Je te donnerai un cahier neuf et une plume…

La fillette cligna des yeux en guise de réponse. Il lui faudrait encore beaucoup de temps pour retrouver l'usage de la parole face à des inconnus. Un sifflement mélodieux retentit alors, semblant venir du chemin. Sidonie tressaillit et jeta un coup d'œil vers un étroit sentier qui débouchait sur l'esplanade du hameau. Violaine l'imita et vit un garçon arriver, un panier calé sur le sommet de la tête. La guérisseuse se pencha et confia à sa protégée :

— C'est mon fils, Eloi ! Il a onze ans, comme ton cousin Paul. Mais lui, c'est un brave garçon, gentil et honnête.

Violaine observa le nouveau venu. Elle eut tout de suite confiance en ce garçon qui ressemblait tant à son frère de lait, François. Comme le fils de Guillemette, Eloi avait les cheveux noirs, le teint doré et des yeux très sombres. Mais ses mèches raides n'onduleraient jamais et son nez un peu fort lui donnait un air grave et doux. Il était grand comme sa mère et mince.

— Maman ! s'écria-t-il. Notre chèvre a mis bas. Je l'ai aidée, parce que la pauvre bête se fatiguait. Le chevreau est tout blanc.

Sidonie regarda Albert d'un œil malicieux en répliquant :

— C'est bien, mon fils ! Moi aussi, j'ai accouché une pauvre bête ce matin ! Son petit se nomme Jean !

L'instituteur poussa un profond soupir, choqué par ces habitudes paysannes qui ne s'embarrassaient pas de fioritures pour nommer les choses de la vie. Il ne s'y ferait décidément jamais ! Albert, furieux de la répartie de la guérisseuse, la défia du regard de persifler davantage au sujet de son épouse. Mais il en fallait davantage pour impressionner Sidonie. Elle insista :

— On peut blaguer, monsieur Fabrou ! Mais il faut bien reconnaître que les femmes, quand elles donnent la vie, font souvent plus de manières que les chèvres !

Cette fois, le maître d'école devint écarlate. Quant à Violaine, elle n'écoutait plus, perdue dans ses rêveries depuis que le nom d'Elise avait été prononcé. Eloi, intrigué, la dévisageait en souriant. Il secoua sa mère par le bras pour attirer son attention.

— Maman, qui est cette belle petite fille ? Je n'ai jamais vu des yeux aussi bleus ! Dis, si on l'emmenait voir le chevreau ? Elle a l'air tellement triste, ça pourrait lui faire plaisir !

Enchantée, Sidonie décréta :

— Bonne idée ! Albert, pouvons-nous conduire Violaine à la maison ? Eloi la ramènera pour le dîner. Un peu de marche lui fera du bien ; elle mangera de meilleur appétit !

Et sans attendre de réponse, son fils et elle firent mine de tourner les talons et encadrèrent Violaine.

Devant l'instituteur, Albert n'osa pas refuser. En fait, il se doutait que l'absence de sa nièce soulagerait Marcelline. Le sans-gêne de la guérisseuse commençait réellement à lui être insupportable, mais il se contenait, terrorisé par ses menaces.

— Eh oui ! Bien sûr qu'elle peut aller avec vous ! Mais attends donc cinq minutes, Sidonie. Je vais te donner un bon fromage de brebis pour le dérangement, une belle tomme qui te durera au moins deux semaines !

La guérisseuse accepta, en riant intérieurement. Il en fallait si peu pour impressionner ceux qui n'avaient pas la conscience tranquille ! Depuis qu'elle habitait sur ces hauteurs où les superstitions résistaient aux pressions d'un monde plus moderne, Sidonie abusait du verbe et des clins d'œil énigmatiques pour tenir à l'écart gêneurs et curieux.

Son panier lourdement chargé par les soins d'Albert, la guérisseuse quitta enfin le hameau. La fillette tenait fermement la main de cette femme qui l'avait prise sous son aile. Eloi lui saisit d'autorité l'autre menotte, rose et tiède. Par ce geste qu'avait si souvent fait François pour la conduire sur les rochers ou à la plage, le fils de Sidonie acheva de gagner l'estime de Violaine.

Je n'ai plus peur, se disait la petite en respirant enfin à son aise. Et je vais aller à l'école... Eloi, il a l'air très gentil, comme mon François !

Ce fut une journée que Violaine ne devait jamais oublier. Pendant de longs mois, elle avait enduré moqueries, insultes, brutalités... Or, depuis que Sidonie avait franchi le seuil de la maison de sa tante, elle n'avait subi aucune cruauté, et son missel ainsi que l'image de la colombe lui avaient été rendus. Sa prison de solitude et de peine venait d'être soufflée par la grâce d'une seule personne au sourire empli de douceur, aux gestes tendres et caressants. La fillette retrouvait le goût délicat du bonheur, le plaisir de sourire...

Le sentier étroit, bordé de noisetiers sauvages et de graminées, grimpait en lacets sinueux jusqu'à la maison de la guérisseuse, mais la côte n'était pas trop raide. Eloi, qui avait deviné la faiblesse de cette jolie petite fille, réglait son pas sur le sien, de même que Sidonie.

— Regarde, minette, comme les feuillages sont verts ! Tu vois les rayons du soleil qui les traversent ? Et cette fleur jaune, c'est de la populage ; elle soigne la toux et la fièvre. Je t'apprendrai le secret des plantes de la montagne, Violaine !

La grande Espagnole parlait sans arrêt, espérant susciter chez l'enfant l'envie de répondre. Autour d'eux, la forêt bruissait de chants d'oiseaux. Le sévère paysage blanc qui avait tant effrayé la petite, arrachée de son pays du bord de mer, s'était changé en un paradis de verdure au parfum de miel.

Une petite voix fluette retentit enfin, si ténue que Sidonie fut obligée de se pencher pour distinguer les mots timides de Violaine.

— Madame, avez-vous un chien ?

— Non, ma minette, répliqua Sidonie, mais j'ai des chats. Les chiens sont bruyants, ils font peur aux chevreuils, aux renards... J'aime voir les animaux des bois rôder près de chez moi.

— Moi aussi ! ajouta Eloi, bouleversé par l'enfant. J'ai un merle apprivoisé ; je te le montrerai, Violaine !

Violaine... Violaine ! Ce prénom que Gabrielle prononçait si tendrement, l'enfant ainsi nommée l'avait presque oublié. L'entendre résonner dans l'air chaud la comblait de joie. Elle murmura soudain, d'une voix chargée d'émotion :

— Vous voulez bien me garder avec vous, madame ?

La guérisseuse, très émue par cette demande spontanée, fut navrée de devoir lui répondre par la négative. Elle expliqua :

— Si je pouvais, ma belle petite, je le ferais ! Mais je n'ai pas le droit de t'enlever à Marcelline. C'est... compliqué. Je t'expliquerai... un jour.

Déçue jusqu'au désespoir, Violaine réprima un gros sanglot. Sidonie lui caressa la joue.

— N'aie plus peur de ta tante, minette ! Je te promets qu'elle n'osera pas te maltraiter, à présent ! Je lui ai dit que je préviendrais madame Duplessis... Cela ne l'arrangerait pas, je suis bien placée pour le savoir ! Et puis, tu iras à l'école après-demain ; Eloi te protégera.

Le garçon cueillit une marguerite et l'agita sous le nez de la fillette qu'il dévorait des yeux. Il lui dit, pour la rassurer à sa manière :

— Ne t'en fais pas ; j'ai déjà rossé Paul, il ne t'ennuiera pas. Et tu pourras venir chez nous le dimanche et aussi le jeudi ! N'est-ce pas, maman ?

Sidonie se récria gaiement :

— Chaque fois que tu souhaiteras nous voir, minette, tu n'auras qu'à suivre ce sentier ! Tu ne peux pas te tromper. Voilà, nous y sommes presque ! Tu vois ce grand pré plein de narcisses ? et le toit de chaume là-bas ? C'est le nôtre ! Ici, tu seras toujours la bienvenue, été comme hiver.

La grosse bâtisse des Carrier, en granit et couverte d'ardoises plates, était très différente de la maison de Sidonie. Cette dernière, beaucoup plus petite, parut une vraie splendeur aux yeux de Violaine. Le bois des fenêtres et de la porte était peint en bleu, des capucines orange rampaient le long des murs. Quant à l'intérieur, il l'enchanta : des plantes séchées, mêlées de fleurs, étaient suspendues aux poutres badigeonnées d'un lavis jaune. Le soleil inondait la pièce unique exposée au sud. Nul coin d'ombre, pas la moindre odeur de renfermé, mais une senteur de fleurs et de prairies ! La maisonnette, tel un bouquet parfumé et ensoleillé, respirait la vie et la joie. Par la fenêtre, les arêtes aiguës du cirque de Gavarnie paraissaient plus proches qu'au hameau situé en contrebas.

Eloi ne lâcha pas la main de la fillette. Pendant que Sidonie mettait la table dehors, sous un vieux pommier, le garçon montra à leur invitée de huit ans le chevreau nouveau-né, le merle apprivoisé, les chats qui sommeillaient à l'ombre.

Violaine, lorsqu'elle reçut dans ses bras le corps gracile du chevreau, fondit d'amour pour le petit animal. Elle embrassa son museau rose, ses poils d'un blanc d'ivoire, doux comme de la soie. La guérisseuse l'observait d'un œil attendri.

Voici une enfant qui a déjà trop souffert ! pensa-t-elle en maudissant Marcelline. La pauvrette a autant besoin d'aimer que d'être aimée !

Rassurée par les sourires d'Eloi, Violaine mangea de bon appétit. Elle goûta enfin à ces saucissons, durs comme des cailloux, que chaque famille laissait sécher, suspendus à un clou, après les avoir roulés dans la cendre de hêtre. Depuis des mois, la fillette voyait ses cousins se régaler de ces produits du pays sans y avoir jamais eu droit. Ses repas se composaient de pommes de terre accompagnées des grimaces narquoises de Pierre et de Paul ! Elle murmura, ravie de ce festin :

— C'est bien bon !

Sidonie lui servit aussi une soupe composée de petits bouts de viande fondants et de *sarrousses*.

La guérisseuse observait sa protégée du coin de l'œil, s'amusant de ses mimiques à chacune de ses découvertes gustatives.

— Ces feuilles vert sombre que tu regardes d'un drôle d'air, je les cueille en altitude, sur les pâtures à moutons. Ce sont des épinards sauvages. Ils te donneront de la force !

Enfin, Eloi posa sur la table la tomme de fromage de brebis, ronde et épaisse, offerte par Albert. Violaine découvrit la pâte fine et savoureuse de cette spécialité pyrénéenne qui se vendait dans tous les marchés, et même au bord des routes aux voyageurs amusés en quête de spécialités du terroir.

Tout émerveillait Violaine ! Il y avait bien longtemps qu'elle ne s'était autant régalée, sans personne épiant chacune de ses bouchées avec l'air de la lui reprocher. Le ventre tendu à éclater, elle pouvait respirer, heureuse et calme. Un chaton noir couché sur ses genoux acheva de la combler de joie. Elle le caressait en écoutant les chansons que Sidonie fredonnait tout en débarrassant la table. L'une d'elles charma particulièrement Violaine. Lorsque la jeune femme se tut à la fin de la ritournelle, la petite supplia :

— Pouvez-vous la chanter encore, madame ?

— Je peux te l'apprendre, si tu en as envie ! proposa Eloi. Tu n'as qu'à répéter ce que je dis...

« Dessous ma fenêtre est un oiselet, toute la nuit chante, chante pas pour moi ! S'il chante, qu'il chante, chante pas pour moi, chante pour ma mie, qui est loin de moi[1] *! »*

La mélodie berçait si bien Violaine qu'elle oublia de reprendre le refrain. Sidonie la remplaça, entonnant d'une voix puissante et limpide la suite de la chanson :

— *Montagnes, baissez-vous, plaines, haussez-vous, que je puisse voir où sont mes amis !*

Alors son fils courut chercher sa flûte et il en joua en dansant sur place.

Sur les hauteurs de Gavarnie, le temps semblait suspendu, baigné d'un bonheur presque parfait. La guérisseuse, malgré cette joyeuse ambiance, se perdait en réflexions amères. Elle se reprochait de ne pas avoir prévenu madame Duplessis du caractère violent et instable de Marcelline ainsi que de la lâcheté d'Albert vis-à-vis de sa femme. Les paupières mi-closes, Sidonie contemplait le visage si fin de Violaine, l'or roux de ses cheveux, ses yeux d'un bleu intense.

Elle ressemble à un petit ange triste... songea-t-elle. Si j'avais pu avoir un autre enfant ! Une fille, une sœur pour mon Eloi !

L'ancienne blessure se rouvrit, par la cruauté brutale du souvenir. Sidonie revit son mari, Thomassin, ce si bel homme aux cheveux de jais, tout frisés, son seul amour... mort onze ans plus tôt. Il travaillait dans une carrière et avait été broyé sous un bloc de pierre. Elle était enceinte d'Eloi. Sur son corps chéri, dont elle connaissait la chaleur et la fougue, combien elle avait pleuré ! Son Thomassin sans visage, défiguré, la poitrine enfoncée... et tout ce sang !

1. *Se canto,* chant traditionnel des Pyrénées.

Elle héritait de cette maison, un ancien abri de berger. Les gens de Gavarnie l'avaient vue passer, le ventre rond, chargée comme une mule d'un ballot de vêtements. Sidonie était montée jusqu'ici pour y mettre son fils au monde, cet enfant que Thomassin et elle avaient désespéré de concevoir. Elle avait déjà trente-deux ans quand elle s'était retrouvée enceinte. Un petit miracle, son Eloi, seule source de joies immenses ! Elle avait élevé son fils dans la solitude de la bergerie. Au fil du temps, elle lui avait appris la beauté de la montagne, mais aussi l'alphabet, la science des plantes guérisseuses et les secrets de la nature.

— Madame ? Vous êtes malheureuse ?

La voix inquiète de Violaine tira Sidonie de sa nostalgie.

— Oh, ce n'est rien, ma minette ! Je te voyais si gaie, avec Eloi, que je regrettais de ne pas avoir une jolie fillette à chérir...

— Moi, vous pouvez me garder ! Puisque ma tante, elle me veut pas...

Stupéfaite par la sensibilité et l'intelligence de Violaine, Sidonie la prit sur ses genoux. Avec gravité, elle posa ses larges mains tannées par le soleil sur le front rose de sa protégée. Elle tenta de lui expliquer :

— Ma douce enfant ! Je t'aime déjà très fort. Sens-tu la force qui t'envahit peu à peu ? Elle coule en toi du bout de mes doigts ! Je te donne le pouvoir de lutter contre Marcelline ! Cette force est magique ! C'est celle de la terre en été, quand le blé lève dans les plaines, quand la sève fait pousser les arbres... Ne te soucie plus de ta tante. Etudie, car je suis sûre que tu en es capable. Travaille si cette femme teigneuse te l'ordonne, mais dans ton cœur, en grand silence, fredonne notre chanson et sois courageuse. Un jour, tu pourras t'envoler... Je le sais !

La fillette confia alors à la guérisseuse ce qui la torturait depuis plusieurs mois.

— Je ne sais plus prier !

— Mais si, Violaine. Les mots que ta maman t'a appris, ils sont là, au fond de ton esprit. Ils vont revenir et ils t'aideront tout le long de ton chemin. Fais-moi confiance...

L'enfant acquiesça :

— Oui, madame !

— Allons, ma jolie minette. Et si tu m'appelais Sidonie, ce serait plus gentil, non ?

Eloi choisit cet instant pour chuchoter quelque chose à l'oreille de sa mère. Elle répondit tout bas, en espagnol, et Violaine ne comprit donc rien à leur conversation, mais elle vit le garçon s'élancer au pas de course sur le sentier qui redescendait au hameau.

— Où il va ? mada... euh ! Sidonie...

— Mon Eloi m'a soufflé une excellente idée. Il va prévenir ton oncle que tu dormiras chez nous ce soir. Je te ramènerai demain matin. Je verrai ainsi comment se porte le bébé de Marcelline.

Violaine la fixa la bouche entrouverte. Elle n'arrivait pas à le croire. Sa tante était si méchante, toujours à l'envoyer au lit avant le souper ou à lui ordonner d'aller chercher du bois à la nuit noire... Les violences endurées, les cris de rage, les injustices quotidiennes avaient traumatisé la fillette qui, de songer seulement à Marcelline, s'était mise à trembler ! Elle balbutia :

— Mais... mon oncle ne voudra pas. Ils vont monter chez vous pour m'emmener ! Et ils me battront ! Je dois traire les vaches, donner le foin aux brebis...

Sidonie, effarée de constater l'ampleur du mal accompli dans le cœur de l'enfant, tenta de la calmer.

— Chut ! Tu ne risques rien ici ! Pauvre minette, tu ne dois pas avoir peur ! Je suis là ! Ils ne te feront plus de mal... si je peux l'empêcher.

Violaine cessa bientôt de trembler, mais garda un air songeur. Puis des larmes coulèrent sur ses joues. La guérisseuse s'apprêtait à la consoler quand elle assista, éblouie et profondément émue, à un événement inattendu : un grand sourire lumineux apparut sur ce petit visage tourmenté, chassant les dernières ombres de peur. La fillette murmura :

— Merci, maman Sidonie !

Alors la jeune femme comprit que la petite pleurait de joie. Elle lui ouvrit les bras.

— Viens, ma jolie minette !

Eloi revint une heure plus tard. Il trouva sa mère et Violaine dans le potager, derrière le poulailler. Sidonie coupait de l'oseille. La fillette portait un panier garni d'œufs frais.

— Tiens, te voici déjà, mon fils… Ce soir, nous sommes de cuisine, pour notre invitée !

— Moi, j'ai fait la commission à m'sieur Carrier. Il a juste dit : « Eh, d'accord ! Ma femme a besoin de repos ! »

Sidonie s'écria :

— Tu entends ça, minette ? A écouter ton oncle, c'est toi qui fatigues Marcelline !

Violaine perçut la plaisanterie, mais elle n'osa pas rire, contrairement à Eloi et à sa mère qui pouffaient. La fillette ne comprenait pas comment soudain la vie pouvait être aussi différente selon les gens et les lieux. Au hameau chez sa tante, les journées étaient une succession de chagrins, de peurs, de cris. Ici auprès de Sidonie, tout n'était que plaisir ; la montagne elle-même paraissait mille fois plus belle, plus accueillante et plus chaleureuse. Violaine se sentait à nouveau vivre…

Ils contemplèrent tous trois le coucher du soleil, assis sur un petit banc appuyé au mur de la maison. Des ombres bleuâtres emplissaient les vallons, des rayons d'or rose affleuraient le moutonnement des forêts. Très haut dans le ciel, un grand oiseau planait, décrivant de grands cercles. Sidonie chuchota :

— C'est un aigle ! Heureusement, mes poules et leurs poussins sont bien enfermés. Et puis, lui aussi va regagner son aire et dormir, la tête sous son aile.

Violaine s'écria :

— Pierre m'a dit que les aigles attaquaient les bergers et leur crevaient les yeux avec leur bec crochu !

— Ce sont des sottises, petite ! protesta la guérisseuse. Toi qui as vécu au bord de la mer, as-tu vu des mouettes s'en prendre aux pêcheurs ?

— Non ! reconnut l'enfant. Mais comment vous le savez, que j'habitais au Chapus, avant ?

Sidonie caressa la joue de la fillette qui parlait de plus en plus et sans aucune difficulté de langage.

— Je sais lire dans les livres de géographie, minette ! J'ai regardé où se trouvait ton village quand j'ai écrit à madame Duplessis de la part de ta tante, qui est illettrée…

Sidonie expliqua à Violaine ce que signifiait « illettrée ». Elle ajouta que l'école permettait d'apprendre non seulement à lire et à écrire, mais aussi beaucoup d'autres choses passionnantes !

La pénombre s'installait doucement. La guérisseuse frissonna.

— La fraîcheur tombe, mes enfants ! Rentrons vite. Eloi, en l'honneur de notre invitée, je pense que je vais faire un gâteau à la broche…

Violaine, si heureuse depuis qu'elle avait suivi Sidonie et son fils, s'installa près du feu, sur une chaise paillée. Eloi l'intimidait encore un peu, mais elle se décida finalement à raconter ses souvenirs du Chapus, car ils pesaient sur son cœur depuis son arrivée à Gavarnie.

Sidonie l'écoutait, tout occupée qu'elle était à verser de la pâte, goutte à goutte, sur une solide tige en fer chauffée à blanc. Lorsque la fillette se taisait, trop émue ou perdue dans ses rêves, la grande femme s'empressait de combler le silence en commentant ses gestes :

— Vois-tu, ma minette, c'est une affaire de patience que ce gâteau. La pâte ressemble à celle des crêpes, mais je la parfume à la fleur d'oranger et je mets moins de lait. Avec la louche, je verse de petites quantités, en tournant, tournant… La chaleur du feu la saisit, et je verse encore.

Violaine souriait, les joues rouges et brûlantes, chauffées par les flammes. Eloi proposa à sa mère de l'aider.

— Non, mon garçon ! C'est un travail de femme !

Sidonie et son fils, ce soir-là, tandis que le gâteau grossissait en dégageant une odeur délicieuse, apprirent comment « la brave Guillemette » triait les huîtres, de quelle façon les enfants du Chapus partaient sur les rochers ramasser des coquillages que les mareyeurs leur achetaient au poids, le soir même. Le nom de François revenait régulièrement, dans le récit de leurs jeux comme de leurs bêtises.

Tant de silence accumulé, la nostalgie de son pays, le manque de ses amis… Les mots s'écoulaient de son cœur trop lourd, comme un baume apaisant sur ses blessures. Violaine revivait le bonheur passé et racontait, intarissable :

— Lui, François, c'est mon frère de lait. On ne se quittait jamais. On courait sur le port… la mer sentait bon ! Les vagues faisaient du bruit, toujours ! Elles montaient si haut, les jours de vives eaux, qu'elles s'écrasaient sur la jetée avec plein d'éclaboussures… François, quand je suis partie du Chapus, il m'avait donné un beau coquillage. Dedans, j'entendais la mer… Mais Paul me l'a volé, il l'a cassé…

L'Espagnole hochait la tête, prête à pleurer devant cette fillette, aux yeux bleus comme l'Océan, qui parlait en frémissant de son pays perdu, de ce frère de lait dont elle avait été séparée…

Enfin, le gros gâteau, bosselé, jaune et bruni au gré de ses irrégularités, fut prêt à déguster. Eloi, à l'aide d'un couteau à large lame, le fit glisser le long de la broche. Puis Sidonie coupa des tranches épaisses, encore tièdes, qu'elle roula dans le sucre. Violaine eut un petit rire joyeux en mordant dans sa part à belles dents.

Le soir, elle se coucha à côté de la guérisseuse, dans son lit haut aux boiseries claires. Les draps sentaient bon la lavande, le matelas en laine était moelleux et confortable.

— Je suis bien, comme dans mon « nid », à la maison. Papa et maman me bordaient. Ils m'embrassaient… Je voudrais tant les revoir, mes parents. Et François, Nicole, ma Guillette…

Les larmes jaillirent ! Sidonie, qui avait pris la petite contre elle, lui murmura :

— Pleure, ma pauvre minette, cela soulage ! Un bout de chou pareil, avec toute la misère du monde au cœur… Quel malheur !

La fillette bredouilla avant de s'endormir, épuisée :

— Maman Sidonie ! Merci, maman Sidonie.

12

Les années douces-amères

A partir de ce jour marqué par la naissance du troisième fils de Marcelline, l'existence de Violaine changea, partagée entre deux mondes : d'un côté, le hameau et la maison des Carrier, les silences boudeurs de son oncle, les regards haineux de sa tante, les mauvais tours sournois de ses cousins ; de l'autre, la maison de Sidonie, le regard brun or de la guérisseuse, comme une promesse de bonheur, Eloi et sa gentillesse...

Marcelline, effrayée par les menaces de « cette sorcière d'Espagnole », comme elle disait tout bas, s'occupa de sa nièce avec une hargne retenue. L'enfant pouvait désormais se laver à l'eau tiède en hiver, derrière un drap tendu entre deux meubles. Violaine eut droit au lard comme Paul et Pierre et, surtout, elle les suivit à l'école, qui accueillait les enfants des hameaux voisins. Monsieur Fabrou eut à cœur de soutenir cette nouvelle élève, qui montra aussitôt des capacités étonnantes. Il s'occupa désormais de Violaine avec cet air complice et protecteur que l'instituteur réservait à ses meilleurs élèves. Il pressentait que cette enfant blonde, d'une intelligence exceptionnelle, allait lui donner de grandes joies.

La première fois qu'elle passa le seuil de l'école, en l'occurrence une large plaque de schiste[1], Violaine éprouva une émotion immense qu'elle n'oublierait jamais sa vie durant. Elle en avait rêvé si souvent lorsqu'elle voyait ses cousins descendre

1. Roche sédimentaire feuilletée, par exemple l'ardoise.

le sentier, elle qui restait travailler à la maison, soumise aux ordres de sa tante. Des odeurs nouvelles l'assaillirent et la charmèrent avec une force égale. Comme dans toutes les écoles, les pupitres étaient alignés en deux rangées séparées par une allée centrale : d'un côté les filles, de l'autre les garçons. Quand elle entra dans la classe, la fillette aima tout de suite la senteur âcre de l'encre violette et celle, plus douce, de la craie. Les vieux planchers lavés au savon noir lui parurent magnifiques. Dans un coin de la salle trônait un énorme poêle en tôle, chargé de chauffer la classe durant l'hiver. Violaine se sentit aussitôt en sécurité dans ce lieu qui recelait tant de merveilles, comme ces grandes cartes de géographie, accrochées au mur. Sur une estrade était juché le bureau de l'instituteur et sur le mur, juste derrière, un tableau noir attendait la craie qui le couvrirait de signes encore inconnus pour l'enfant.

Au fil des mois, Violaine se retrouverait souvent debout devant ce rectangle sombre sur lequel, une craie à la main, elle formerait ses lettres et ses chiffres. Puis, peu à peu, des phrases entières, des opérations.

L'instruction dont elle était si avide, à cause de son désir d'envoyer des lettres à ceux du Chapus, lui fut salutaire à tous égards. Les dictées, les leçons de grammaire l'aidèrent à oublier les injures de Marcelline. Les tables de multiplication et les combats de Vercingétorix contre Jules César, le général romain, effacèrent les heures à pleurer sous sa couverture.

Le monde entier s'ouvrit ainsi à elle, par la magie des mots et des livres.

A l'école, Eloi veillait sur Violaine ; pendant les récréations et le déjeuner, les deux enfants ne se quittaient guère. Paul, s'il voulait tourmenter sa cousine, se heurtait alors au fils de la *brouche* et renonçait vite devant le visage fin et dur du garçon, qui avait son âge, mais comptait une demi-tête de plus.

Sidonie se rendait souvent au hameau afin d'examiner le bébé qui se révéla un nourrisson chétif et geignard. La guérisseuse choisissait ses jours, de préférence le mercredi, en fin d'après-midi, et le samedi matin. Ainsi, d'un seul coup d'œil plein d'autorité, elle imposait sa volonté.

« Marcelline, j'emmène ta nièce. Elle dormira chez moi ce soir. Je vais lui faire réviser ses leçons. »

La jeune femme acceptait d'un murmure furieux. Son esprit retors l'avait conduite à un étrange paradoxe : tout en méprisant Violaine, elle en appréciait les services, car celle-ci s'occupait soigneusement du petit Jean et se montrait travailleuse. Une seule fois, elle osa protester et Sidonie lui lança, avec un sourire glacial :

— Non, je l'emmène. Elle va écrire à cette bonne madame Duplessis, lui raconter comment se passent les choses ici…

Marcelline comprit l'allusion. Elle redoutait de perdre l'argent des mandats, aussi évita-t-elle ensuite de refaire la même erreur. Peu à peu, les séjours de Violaine chez la guérisseuse devinrent une habitude solidement établie.

La fillette qui affichait, chez sa tante, une attitude soumise et parlait à peine, semblait s'éveiller lorsqu'elle montait le sentier en compagnie de Sidonie et d'Eloi. La belle maisonnette l'accueillait, colorée et parfumée, ouverte au vent des cimes. Les chèvres se précipitaient à sa rencontre en bêlant. La fillette les caressait quelques minutes, puis se mettait à la recherche des chats.

Le soir, Sidonie surveillait les devoirs de son fils et de Violaine. C'était une femme instruite, originaire d'une bonne famille de Barcelone. Quand les opérations et les lectures étaient terminées, les enfants rangeaient vite leurs cahiers et, impatients, ils rejoignaient la guérisseuse qui s'installait près du feu, sous le manteau de la cheminée. Blottis l'un contre l'autre, Eloi et Violaine, assis sur un petit banc, l'écoutaient raconter sa jeunesse.

— Mes parents étaient très sévères, mais épris de justice. Ils sont morts quand j'avais onze ans. Ma grand-mère m'a placée dans une école religieuse. J'ai étudié jusqu'à ma majorité. J'aurais pu devenir institutrice ou professeur, mais j'ai rencontré Thomassin…

Les enfants frémissaient, car la voix de Sidonie faiblissait en prononçant ce prénom.

— Ton père, Eloi, avait le don de la sculpture. De ses doigts agiles naissait, dans la pierre ou le bois, tout ce qu'il voulait : des femmes, des chevaux… Il était venu travailler sur un chantier de Barcelone, car en attendant de vivre de son art, il devait gagner son pain. Il avait choisi la taille du marbre et du calcaire. Il en faut toujours, pour orner les frontons des églises ou des belles maisons des notables. Dans nos montagnes, les carrières de marbre sont renommées et nombreuses ; Thomassin les parcourait, versants français et espagnol. Mais un jour, sa passion qui le faisait vivre l'a tué.

Violaine en avait le cœur serré. Eloi devinait son trouble et lui prenait la main. Ce geste devait se répéter au fil des ans… jusqu'au soir où le garçon entoura les épaules de son amie et qu'elle appuya sa tête blonde contre lui…

Les soirs où Sidonie arrivait à surmonter la douleur toujours aussi vive à l'évocation de ce jour tragique, elle poursuivait le récit de sa vie, dans le calme de la maisonnette :

— Je l'ai aimé si vite, mon Thomassin ! Il me trouvait jolie, m'a-t-il avoué plus tard, et il n'avait plus qu'un rêve, sculpter mon visage dans le marbre blanc. Nous nous sommes mariés, malgré l'opposition de ma famille. Au milieu de cette désapprobation générale, une seule femme m'a soutenue : mon autre grand-mère, qui avait des dons de *brouche*, elle aussi. En vérité, ses pouvoirs consistaient en une grande connaissance des plantes et des fleurs, dont elle savait tirer le meilleur, et dans son intuition des maux des hommes. Ses mains devinaient le mal caché dans les corps. Bref, j'ai suivi mon cher Thomassin. Après nos noces, il m'a conduite ici. Mais oui, les enfants, dans cette maison ! Nous y avons vécu trois semaines de bonheur fou. Nous étions tellement heureux ! Tu vois ce bahut, Eloi ? C'est ton père qui l'a bâti, tout comme ce lit en bois. Il a aussi dallé de plaques de schiste la terrasse devant la porte.

Violaine regardait alors autour d'elle, cherchant des traces de la présence enfuie du mari de Sidonie. Elle réalisait enfin que d'autres familles, en dehors de la sienne, avaient connu la perte d'êtres chers. La guérisseuse avait perdu ses parents et son mari. Cela chagrinait la fillette qui l'aimait de plus en plus, mais en même temps, cette découverte la rassurait vaguement. L'enfant apprenait doucement, au cours de ces veillées, que la vie peut être difficile, parfois douloureuse, mais que les épreuves traversées ne détruisent pas les personnes éprouvées par de grands malheurs. Sidonie en était l'exemple vivant ; cette femme lui paraissait la plus merveilleuse de la terre. Peu à peu, Violaine émergeait de sa solitude où l'épreuve du deuil la maintenait jusqu'à présent. Elle se promit de suivre l'exemple de Sidonie, en étant bonne et courageuse sa vie durant.

— Ensuite, nous sommes repartis dans les vallées. Dix ans d'amour, mon Eloi, de bonheur. Nous n'étions pas riches, loin de là, mais si bien accordés. La vie nous était douce et belle. Un matin, j'ai su que j'attendais un bébé. A plus de trente ans. Et il y eut cet accident... Bon, c'est l'heure de se coucher !

Lorsque Violaine rentrait chez Marcelline, elle ne pouvait s'empêcher de faire des comparaisons. Sa tante n'était ni aussi belle et bonne que sa maman, Gabrielle, ni aussi douce et intelligente que Sidonie.

C'est peut-être pour ça qu'elle est méchante ! se disait parfois la fillette.

Ces réflexions la dérangeaient, car tout parlait en défaveur de sa tante. Vivre au hameau auprès d'elle lui devenait de plus en plus pénible depuis qu'elle avait pris goût aux veillées chez la guérisseuse. Violaine ne demandait plus à Sidonie de la garder auprès d'elle, car, en fort peu de temps, elle avait compris bien des choses. Alors, elle patientait, forte de l'amour de l'Espagnole, de la tendresse d'Eloi. Et les jours filaient, formant des semaines qui, elles-mêmes, composaient des mois. Le petit Jean grandissait, très attaché à sa nounou « Olaine ».

La veille des onze ans de Violaine, alors que la neige tombait en silencieuses cascades d'un ciel lourd de nuages, Eloi vint chercher la fillette chez les Carrier, une heure avant la nuit. En entrant, le garçon expliqua :

— Maman m'envoie porter la tisane de sarriette pour Albert et elle invite Violaine, car c'est son anniversaire.

Marcelline, pour qui la fillette n'avait d'autre intérêt que remplir les corvées journalières qu'elle lui assignait, n'avait bien entendu pas songé un seul instant à marquer cet événement. Agacée qu'Eloi le lui rappelle, la tante cria :

— Faites comme vous voulez ! Qu'elle reste trois jours là-haut, je m'en moque !

Violaine mit un bonnet rose et un manteau un peu étroit mais bien chaud. C'était un cadeau de madame Duplessis, envoyé l'hiver précédent, car Elise continuait à pourvoir en vêtements sa protégée. Les deux enfants quittèrent le hameau en riant et chantant de joie. Pour Violaine, il s'agissait plus d'une fuite vers un foyer accueillant où l'attendaient la tendresse de la guérisseuse, sa place au coin de la cheminée sur le petit banc, les chatons qui aimaient tant se blottir sur ses genoux...

— Ta tante file doux, dis-moi ! clama Eloi.

— Oui, elle a peur de notre Sidonie ! répondit la fillette en serrant fort la main de son compagnon.

— Demain, il y aura tant de neige qu'on n'ira pas à l'école, tu paries ? Et maman nous fera un gâteau à la broche...

Eloi, toujours attentif à sa nouvelle amie, calquait son pas sur le sien. Il prenait garde de ne pas marcher trop vite, car Violaine montait le sentier doucement, occupée à contempler la chute des flocons. Bientôt, la neige tapisserait d'un voile immaculé tout le paysage, arbres dénudés et rochers, jusqu'à l'herbe jaune des prairies désertes.

Ils arrivèrent près de la maison au crépuscule. Eloi, enchanté de découvrir une belle étendue neigeuse, proposa à Violaine d'aller un peu plus haut, sur leur rocher. Cette grosse pierre plate était leur refuge, tour à tour île au trésor, navire en perdition ou sommet inaccessible.

Violaine accepta avec une joie émerveillée. Son cœur débordait de bonheur, parce qu'ils seraient tous les trois ce soir et qu'elle dormirait, après la veillée, près de Sidonie. Ils coururent main dans la main vers le rocher. Eloi l'aida à grimper dessus et, de là, ils contemplèrent la vallée, les versants déjà nappés de blanc.

Depuis son arrivée dramatique chez sa tante sous une neige tombant dru, la fillette avait appris à aimer cet élément hivernal si froid qui embellissait la montagne d'une blancheur nacrée. Elle murmura :

— Comme c'est beau ! Mais je préfère l'été, quand il y a des fleurs partout.

Eloi, enfant des montagnes, adorait son pays quel que soit son aspect changeant à chaque saison. Il affirma :

— De toute façon, nous reviendrons au mois de juin et à l'automne… toute la vie ! Je t'aime si fort, ma Violaine… Je ne te quitterai jamais !

Elle se détourna, surprise. Elle n'avait jamais douté de l'affection de son ami, mais sa dernière exclamation contenait quelque chose de nouveau. Une expression étrange envahissait le regard sombre d'Eloi, son presque frère. Elle y avait lu une émotion inconnue, de l'admiration aussi.

Violaine n'avait pas conscience qu'elle changeait. Dans les yeux de sa tante au hameau, elle ne lisait que du mépris quand ce n'était pas de la haine ; ses cousins lui faisaient sentir la gêne de sa présence et son oncle la regardait à peine. Depuis son arrivée à Gavarnie, elle avait beaucoup grandi, plus vite que d'autres filles de son âge. Ses joues roses, ses beaux yeux bleus, les mèches qui s'échappaient de son bonnet avaient soudain pris une autre signification pour Eloi, plus âgé qu'elle. L'affection qu'il avait aussitôt éprouvée pour Violaine se muait en amour qui grandissait en son cœur. Ce nouveau sentiment dont il parlait, sans bien le connaître, ne ferait dès lors que se transformer lui aussi et s'amplifier au rythme des saisons.

Juin 1934

Eloi, perché à la fourche d'un vieux chêne, guettait l'arrivée de Violaine. Une brindille au coin de la bouche, l'adolescent sifflotait de joie. Aujourd'hui, c'était son anniversaire : il venait d'avoir quinze ans. Pour fêter cette date, Sidonie avait décidé de les emmener à Gavarnie, Violaine et lui. L'été à son zénith donnait lieu à une vie animée au village, car les touristes affluaient. La plupart d'entre eux étaient des pèlerins en pension à Lourdes qui cédaient au charme des affiches vantant les beautés du cirque de Gavarnie et sa célèbre faille. La légende disait qu'elle avait été fendue d'un coup d'épée par le preux chevalier Roland, des siècles plus tôt, d'où le nom de « Brèche de Roland ».

Le garçon avait bien changé lui aussi ; il se sentait presque un homme désormais. Contrairement à Violaine, il avait grandi dans l'affection constante de Sidonie et tout son être dégageait une impression de force tranquille et sereine. Heureux, il se promettait de profiter pleinement de la journée. Il ne manquait plus à son bonheur que sa chère petite Violaine pour qu'il fût complet.

— Ah ! La voilà ! s'écria Eloi en dégringolant de l'arbre.

Violaine montait le sentier d'une allure régulière de vraie montagnarde. Le temps où elle peinait en grimpant le chemin du hameau ou de la maison de la guérisseuse était révolu. Pour ses douze ans et demi, elle paraissait déjà grande et sa jeune poitrine gonflait un joli corsage blanc à col en dentelle. Ses cheveux blonds, semés de reflets flamboyants, s'étalaient sur ses épaules rondes. Elle avait noué à son cou un petit foulard rouge. Elle ne ressemblait plus à ce petit animal terrifié et maigrichon que Sidonie avait découvert sur une paillasse, devant la cheminée de la maison des Carrier.

— Ohé ! Violaine ! Ton ogresse de tante t'a laissée partir ? clama Eloi.

— Oui ! Le petit Jean piquait une colère, alors j'ai filé. Paul et Pierre étaient jaloux, parce que j'allais à la foire. Ils voulaient venir aussi, mais mon oncle a dit : « Laissez votre cousine partir tranquille, sinon cette maudite *brouche* est capable de faire tomber tous mes cheveux ou de me changer en bouc ! »

Sidonie, qui descendait à travers bois, entendit les derniers mots de Violaine. Elle éclata de rire.

— Ah, ma minette ! Je ne suis pas une bien méchante sorcière, mais mes menaces servent à quelque chose, hein ? Au moins à te protéger ! Puisque ton oncle et ta tante gobent tout ce que je leur raconte.

La guérisseuse montrait autant de joie que son fils. Elle avait fait le plus possible pour protéger Violaine de la rancœur de sa famille, la soustrayant aux mauvais traitements qu'elle subissait. Sa vigilance avait aidé la fillette d'alors à surmonter ses peurs et ses chagrins, lui avait redonné le goût du rire et du bonheur. Maintenant que l'enfant était presque une jeune fille, Sidonie ne baissait pas sa garde, guettant chaque fois les expressions de Violaine pour s'assurer que tout se passait bien au hameau. Ravie de voir à sa protégée son visage des bons jours, elle s'estimait satisfaite du résultat de ses efforts. En cette journée particulière, du fait des quinze ans d'Eloi, cette grande femme énergique pouvait enfin souffler et contempler la joie des enfants.

— Alors, ma chérie ! demanda-t-elle. Tu portes la belle jupe que madame Duplessis t'a envoyée ? Tu es très jolie. Je suis fière de conduire à la foire un beau gars comme mon Eloi, dont la moustache pousse déjà, et une princesse comme toi.

Violaine, gloussant de joie, se pendit au cou de celle qu'elle appelait « m'man Sidonie » depuis presque quatre ans. Elle répliqua d'une voix enjouée :

— Et toi, ma Sido ! Tu n'es pas une *brouche*, mais une fée. J'en suis sûre, car dans les contes que je lis, les fées ont le pouvoir de soigner et de guérir, comme toi.

— Mon chignon, coquine ! Et mon fichu de satin que je viens de repasser, tu vas me le froisser ! Allons, dépêchons-nous.

Dans un geste familier, Violaine saisit la main d'Eloi. Souvent, la fillette lui disait qu'il était son « François des montagnes », mais cela vexait secrètement l'adolescent. Il ne voulait pas être l'ombre d'un autre dans le cœur de son amie qui le comparait fréquemment à ce lointain garçon avec, dans la voix, la même émotion que jadis. Eloi rêvait d'être, un jour, la source d'un sentiment aussi fort dans l'âme de la fillette.

Mais ce matin, ils marchaient tous deux sur le chemin, insouciants et joyeux, offrant à Sidonie un tableau vivant du bonheur. Les admirant d'un regard plein de tendresse, la guérisseuse soupirait d'aise, car plus le temps passait, plus sa « minette » aux yeux bleus resplendissait.

Marcelline se méfie toujours de moi et c'est très bien ainsi ! Et puis, son troisième garnement l'occupe, même si Violaine fait tout le travail, songeait Sidonie.

C'était vrai. Fidèle à ses instincts de nounou, la fillette avait quasiment élevé le bébé, comme elle l'avait fait pour Marie, au Chapus. Ce garçonnet innocent l'avait aidée à trouver le temps moins long, au hameau. Marcelline devait à Violaine un nombre inestimable de lessives dans l'eau glacée du « lavoir ». Sa tante nommait ainsi un gros bac en pierre, adossé au mur de la bergerie. Sidonie savait que de nombreuses autres tâches occupaient Violaine telles que traire les vaches, confectionner le fromage blanc, préparer les purées et les soupes, mais aussi veiller aux promenades de Jean devant la maison des Carrier. L'enfant ne se plaignait jamais, accomplissant toutes ces corvées dans le silence, l'esprit uniquement tourné vers les prochains moments de plénitude qu'elle passerait chez la guérisseuse. Cette seule pensée lui insufflait l'énergie nécessaire, le courage et la patience.

— Eh, quand j'ai posé mes mains sur le front de la petite, pour lui donner de la force, j'ai dû mettre la dose ! s'esclaffa toute seule Sidonie. En fait, je suis bien une *brouche !*

La guérisseuse soupira de fierté. Elle aimait l'harmonie et le bonheur. Entendre le rire de Violaine se mêler à celui de son fils la ravissait. Ces deux-là, elle les avait vus se rapprocher, se comprendre à demi-mot et courir la montagne au crépuscule. L'Espagnole avait assisté à cette amitié d'enfants, pleine de tendresse. Elle s'était occupée d'eux de la même façon que s'ils avaient été frère et sœur. Au fil des saisons, les enfants avaient grandi, changé, et la différence d'âge s'était accentuée. Violaine abordait juste les rivages mystérieux de l'adolescence, gardant encore un peu de l'innocence de l'enfance, tandis qu'Eloi avait déjà franchi ce cap, étape obligée dans la vie d'un garçon de quinze ans. Sidonie avait ressenti ce changement et n'ignorait pas que son fils regardait différemment, depuis quelque temps, son amie de l'Océan. L'amitié du début s'était compliquée dans le cœur d'Eloi qui, en pleine adolescence, commençait à admirer la grâce charmante de Violaine, prêtant attention aux courbes naissantes de ce jeune corps inconscient de sa beauté.

Il y avait eu également les années d'école primaire. Là aussi, Eloi avait dressé, à l'aide de ses bras et ses poings, un rempart d'amour autour de la fillette.

Quand je pense que Violaine a appris à lire en trois mois à peine, et, très vite, à écrire ! songeait encore Sidonie.

Ainsi, depuis plus de trois ans, Violaine rédigeait seule des lettres à madame Elise Duplessis dont les mandats contribuaient à alimenter le bas de laine de la famille Carrier. Aussi Albert et Marcelline, prudents, car craignant de perdre cette source de revenus s'ils maltraitaient leur nièce, avaient modifié de façon notoire leur comportement. Quant au trousseau de Violaine, que l'épouse du notaire renouvelait au début de l'hiver et de l'été, il ne disparaissait plus, comme jadis, dans une armoire fermée à clef par Albert. Violaine rangeait ses affaires dans un vieux coffre en bois, sous l'œil envieux de sa tante. La transformation de la fillette en cette magnifique jeune fille ne tenait donc pas du miracle, mais d'un ensemble d'événements qui lui avait permis de surmonter tous ses malheurs.

Tout à coup, alors qu'ils approchaient du bourg de Gavarnie, Eloi sortit Sidonie de ses pensées en criant :

— Maman, j'entends de la musique… et des klaxons de voiture !

Violaine sautilla d'excitation. Elle s'accrocha au bras de Sidonie en riant :

— M'man Sidonie, je pourrais envoyer une carte postale à mes amis du Chapus, avec les sous que tu m'as donnés !

— Bien sûr, si cela te fait plaisir ! Cet argent, c'était pour t'acheter une fanfreluche, mais tu peux le dépenser à ta guise.

Sidonie caressa la tête blonde de Violaine. Elle aimait tant cette douce enfant, d'une surprenante intelligence et dotée d'un si grand cœur. Depuis que la fillette avait retrouvé la parole et le courage de vivre, jamais elle n'avait rendu visite à la guérisseuse sans évoquer sa Guillette, la chienne Vénus, la charmante Nicole, la coquine Mariette, ainsi que Louis, Arlette, Isabelle et surtout la petite Marie !

« Comme elle a dû grandir ! Je lui donnais le biberon et maintenant, elle parle et doit courir sur la jetée, comme moi avant… Et mon François… Je suis sûre que je le reconnaîtrais bien vite ! » disait Violaine d'un ton rêveur.

Sidonie avait remarqué que c'était son frère de lait qu'elle évoquait le plus. La guérisseuse pressentait un lien puissant entre ces deux enfants nourris au même sein, élevés ensemble. Comme la mer bruissante, que leur protégée décrivait si bien, avec la course des pinasses, le vol des mouettes blanches… François devait manquer à Violaine.

Heureusement, ces dernières années, un échange de courrier entre le Chapus et la poste de Gavarnie avait rendu à la fillette une incroyable énergie. C'était une idée de la guérisseuse, afin de redonner du courage à sa protégée. Elle lui avait conseillé d'écrire à ses amis et à madame Duplessis, en précisant bien de lui répondre chez Sidonie Fernandez, sous le prétexte que la maison de cette voisine était plus facile d'accès. Eloi se chargeait de poster les missives de Violaine. Toute la famille Lignet, de Guillemette à François, de même qu'Elise Duplessis correspondaient ainsi avec la fillette. Pour elle, déchiffrer les lignes tracées là-bas, dans une maison dont elle se souvenait si bien, imaginer ses amis assis sous la lampe, s'adressant à leur Violaine, avait été un immense réconfort.

Violaine était transportée de joie à chaque arrivée d'une nouvelle lettre. Elle l'ouvrait, heureuse et impatiente de lire les derniers faits et gestes de sa seconde famille de Charente-Maritime. Mais elle aimait particulièrement lorsque sa préférée des Lignet, Nicole, lui écrivait. Celle-ci lui conta, un jour, que son frère François, peu porté au travail scolaire, se montrait pourtant toujours prêt à prendre la plume pour écrire à sa sœur de lait ! Violaine, amusée, s'était aussi sentie très émue de ce détail !

De même, l'épouse du notaire, la première fois qu'elle découvrit la gracieuse écriture de Violaine, des boucles et déliés à l'encre violette, s'était essuyé les yeux, soudain emplis de larmes. Très émue, elle s'était précipitée dans le bureau de son mari pour lui montrer la lettre de sa protégée.

« Regardez donc, Jérôme, comme cette enfant s'applique ! Et il n'y a aucune faute d'orthographe ! Dieu veuille qu'elle puisse faire des études plus tard... Elle pourrait ainsi obtenir un travail convenable, vivre à son aise... comme elle le mérite ! Cette enfant a tellement souffert ; il est temps que la vie lui sourie, récompensant enfin son courage et sa persévérance ! »

Jérôme Duplessis avait jeté un œil froid sur la feuille de papier, puis haussé les épaules en rétorquant :

« Cessez de brandir votre Violaine à tout instant ! A vous entendre, cette gosse est la perfection même ! Oubliez-la un peu et occupez-vous plutôt de notre fils qui a davantage besoin de votre attention. Ce n'est qu'une gamine de pêcheur... Dépensez votre capital pour elle si cela vous chante, mais ne parlez plus de cette fille dans notre maison, je vous prie ! »

Elise n'avait pas répondu. L'indifférence hostile qu'elle éprouvait pour cet époux acariâtre, et d'une méchanceté sournoise, cédait peu à peu la place à une haine brûlante. Le notaire venait de se faire une ennemie en la personne de sa femme en méprisant sa protégée. Au lieu d'affaiblir les liens qui l'unissaient à l'enfant, il n'avait fait que renforcer la volonté d'Elise de veiller sur l'avenir de Violaine. La jeune femme prit à cœur de correspondre avec la fille de Gabrielle dont elle déplorait encore le départ pour les lointaines Pyrénées. Elle avait ainsi l'impression d'assouvir une vengeance trouble, car, de surcroît, Jérôme l'obligeait à repousser sans cesse son voyage à Lourdes. En effet, elle avait promis à la fillette de la retrouver dès que possible dans les Pyrénées.

Chaque fois qu'elle en évoquait la possibilité et fixait une date, son mari se débrouillait pour inventer tous les prétextes afin de retarder ce départ. Sans prévenir son épouse, il invitait de la famille, oncles, cousins, lointaines grands-tantes... ou bien il s'alitait, au bord de l'agonie, se plaignant de son ulcère à l'estomac qui le torturait. Elise, en femme dévouée et facilement influençable, n'osait alors s'absenter, craignant que les souffrances de son mari ne soient réelles malgré tout. Elle renonçait à ses projets, bien décidée toutefois à partir dès que l'état de santé de son époux le lui permettrait. De même, elle remplissait à la perfection son rôle d'hôtesse lors de ces invitations-surprises, mais son cœur souffrait de cette situation. Madame Duplessis s'accrochait coûte que coûte à l'idée de ce voyage tant espéré, mais toujours remis. Elle écrivait très souvent à Violaine et terminait régulièrement ces lettres par une vague promesse : « Un jour, ma chère enfant, je viendrai te rendre visite dans tes montagnes, puisque tu me dis qu'elles sont si belles en été. J'emmènerai Edouard à Lourdes, nous logerons à l'hôtel Saint-Roch, chez Jacqueline et Gérard Lebail. Te souviens-tu d'eux ? »

Elise ignorait, bien évidemment, que Violaine n'oubliait jamais rien, encore moins les personnes qui lui avaient témoigné de l'affection et de l'amour. Son cœur, incapable de mensonge ou de trahison, était fidèle à ses amis et à ses sentiments.

— M'man Sidonie ! Mais à quoi penses-tu ? protesta Violaine. Nous arrivons... Regarde cette foule !

Depuis son arrivée dans les Pyrénées, l'enfant n'était allée qu'une seule fois au village de Gavarnie, le printemps précédent, en compagnie de la guérisseuse.

Eloi, qui ouvrait la marche, s'exclama :

— Regardez l'auberge ! Toutes les tables de la terrasse sont occupées. Violaine, tu as vu les chapeaux que portent ces dames, avec des fleurs dessus ? Je préfère celles qui ornent nos prairies !

Violaine jeta un œil sur les fameux chapeaux, puis détourna vite son regard. L'auberge, embaumée par le chèvrefeuille et si accueillante avec ses rideaux roses, était certes plutôt jolie en été, mais ce lieu rappelait trop à la fillette les moments si douloureux de son arrivée dans les Pyrénées. Elle se souvenait trop bien de la pénible scène qui s'y était déroulée. Le départ d'Elise Duplessis, cette sensation de déchirement, d'abandon, la peur irraisonnée, l'intuition de nouveaux malheurs…

Ils ne s'attardèrent pas devant l'auberge, au grand soulagement de Violaine, et continuèrent à flâner dans la bourgade. En passant devant l'épicerie, Eloi s'écria :

— Oh, des chiots pastours ! Ce sont des bergers qui les vendent.

Sidonie les emmena admirer ces boules de poil blanches aux yeux sombres.

L'un des bergers s'adressa à Violaine en lui tendant un chiot :

— Tiens, fais-lui un *poutou*[1] !

Tout heureuse, elle câlina le petit chien, déjà aussi lourd que les chevreaux de Sidonie. A regret, elle le rendit à l'homme.

Ensuite, tous trois déambulèrent parmi les boutiques installées en plein air, sous des tentures jaunes. Les étalages composaient une symphonie de couleurs et de parfums. Les fruits embaumaient : pêches veloutées, d'un vert rosé, fraises brillantes et dodues, abricots, oranges venues d'Espagne à dos de mulet. Les saucissons et les gros jambons salés et séchés dans les greniers dégageaient des odeurs de poivre et de graisse chauffée au soleil.

Le spectacle du bourg, animé par la foire et une masse de curieux en balade, fascinait Violaine. Habituée au calme et à l'isolement des montagnes, la fillette s'émerveillait de la moindre attraction. Elle observa les ânes sellés qui emmenaient les touristes jusqu'au cirque, un site grandiose dont les visiteurs revenaient éblouis. Devant l'église, des jeunes filles en costume traditionnel – jupe large tombant aux chevilles, corsage blanc et foulard rouge sur leurs cheveux – exécutaient une danse solennelle sur un rythme lent.

Eloi tira brusquement Violaine par la main :

— Viens par là ! Il y a un montreur d'ours !

1. « Bisou » en patois béarnais.

Sidonie, toujours vigilante, leur recommanda :

— Ne vous approchez pas trop ! Cette bête est dressée, mais elle peut vous décocher un coup de griffes en une seconde !

Afin de ne pas gâcher leur joie, l'Espagnole cacha sa désapprobation. Elle n'aimait pas voir un animal enchaîné, un anneau dans le nez, qu'un dresseur souvent brutal condamnait à l'obéissance. Pour elle qui connaissait bien le cœur des hommes, les animaux étaient souvent plus dignes de son estime que l'espèce humaine ! Elle aurait voulu que cette dernière leur voue un peu plus de respect.

Eloi, restant à prudente distance de l'ours et de son montreur, prit tendrement Violaine par l'épaule et l'attira contre lui avec plus de fermeté que d'ordinaire. Ce geste possessif la troubla, mais son émoi céda vite la place à une sensation étrange et très douce qu'elle savoura secrètement. La tête appuyée dans le creux de l'épaule du garçon, la joue tiède de Violaine se retrouva tout près de la bouche d'Eloi. Il sentit le corps de son amie se détendre auprès de lui, la devina câline, mais il résista au désir de couvrir ses lèvres de baisers. Tous deux, ainsi enlacés, assistèrent aux tours qu'exécutait la grosse bête au poil brun.

Le garçon murmura à l'oreille de son amie :

— Un jour, au mois de mai, maman m'a conduit sur les estives, au royaume des aigles ! Et nous avons vu une ourse et ses petits sortir de leur tanière.

— Oh ! s'écria Violaine. Je voudrais y aller aussi… avec toi !

Le montreur, vêtu d'un costume sombre, était affublé d'un grand chapeau de paille. Une boucle d'oreille en or brillait à son lobe droit, à moitié cachée par une barbe touffue. L'homme jouait du tambourin, et l'ours se dandinait au rythme de la musique.

Un groupe d'élégantes jeunes femmes contemplaient la scène en poussant de petits cris d'effroi quand les yeux jaunes de la bête se posaient sur elles. Enfin, l'animal se remit à quatre pattes et fit le mort. Le numéro ainsi terminé, son dresseur passa devant les spectateurs en leur présentant une panière d'osier. Plusieurs personnes, impressionnées par cet ours si docile, jetèrent des pièces. Les quatre jolies femmes se montrèrent généreuses et s'éloignèrent en riant bien fort.

Eloi, qui avait suivi leur manège, marmonna :

— Les sottes ! Des filles des grandes villes... avec leur rouge sur les lèvres et de la poudre aux joues !

Violaine, dont les goûts et centres d'intérêt évoluaient avec son âge, les avait détaillées durant le spectacle de l'ours. Elle avait admiré leur tenue, des robes légères et colorées épousant leurs courbes ; elle les avait trouvées très belles. La remarque d'Eloi provoqua de sa part un haussement d'épaules. Evidemment, un garçon ne pouvait comprendre cette envie de coquetterie si naturelle chez la gent féminine. En songe, elle revit l'aînée des Lignet, si jolie aussi, qui rêvait de se farder et d'avoir des chaussures à talon pointu. Mariette venait d'épouser Arthur, le commis qui lui avait fait la cour patiemment pendant trois ans.

Tout à coup, Eloi annonça :

— Toi, ma Violaine, tu seras la plus belle du pays, quand tu seras une demoiselle. Et je t'épouserai !

Violaine, surprise par cette déclaration, balbutia, en le dévisageant d'un air bouleversé :

— Que tu es gentil, mon Eloi ! Je t'aime beaucoup... Si nous allions au bazar maintenant, que j'achète mes cartes postales ! Ce pauvre ours me fait pitié. Il n'a presque plus de dents...

— Bien parlé, minette ! lança Sidonie qui venait de les retrouver. Si j'en avais le pouvoir, je voudrais reconduire cet ours en haute montagne, d'où il n'aurait jamais dû descendre. Dis donc, mon fils, laisse respirer notre Violaine ! Elle n'est pas en danger que je sache !

Eloi rougit violemment. La guérisseuse, un sourire amusé sur les lèvres, soupira. Pas besoin d'être une *brouche* pour deviner ce qui se passait dans le jeune cœur de son enfant. Enfin, à quoi bon se tourmenter, l'avenir déciderait.

Le bazar de Gavarnie portait bien son nom ; il vendait de tout : souvenirs des Pyrénées, isards sculptés dans le bois et peinturlurés, bâtons ferrés pour les amateurs de marche à pied, châles en laine tissée main, sabots, imperméables... Violaine se crut dans le plus beau magasin de la terre. Elle aurait pu passer des heures à détailler chaque babiole de cette fabuleuse caverne d'Ali Baba ! En fait, elle n'avait besoin que de trois cartes postales.

Sidonie l'aida à les choisir.

— Attends un peu, dit la guérisseuse, une pour la famille de Guillemette, une autre pour madame Duplessis... Pour qui est la troisième, petite cachottière ?

— Je veux l'envoyer à monsieur et madame Lebail, à Lourdes. Jacqueline, l'hôtelière, m'a offert le collier avec la pierre jaune. C'était avec madame Duplessis...

— Je suis sûre que ces gens seront ravis d'avoir de tes nouvelles. Nous allons acheter les timbres ici et un crayon. Tu pourras les écrire et les poster aujourd'hui même.

Violaine remercia Sidonie. L'émotion et la joie faisaient briller ses beaux yeux bleus. Elle sélectionna trois clichés différents du cirque de Gavarnie et paya elle-même, s'imaginant en jeune fille élégante... et fardée !

Le reste de la journée fut une vraie fête. Ils déjeunèrent dans un petit restaurant qui venait d'ouvrir, car la clientèle estivale abondait. Sidonie commanda des truites meunières et du riz blanc, ce qui changerait des sempiternelles pommes de terre et, pour le dessert, des sorbets au citron, un régal extraordinaire dont Eloi et Violaine ignoraient jusqu'à l'existence.

Le repas fut un moment de détente et de plaisir. Dégustant ces délices, les jeunes gens parlaient et taquinaient gentiment Sidonie. Après le dessert, la serveuse apporta un café à la guérisseuse, qui attendait ce moment avec impatience.

Ravie de l'effet de surprise, elle tendit à son fils un paquet enrubanné et lui dit :

— Et maintenant, ton cadeau, mon Eloi !

Violaine, un peu gênée, se mordit les lèvres. Elle aussi avait préparé un cadeau pour son ami, mais ce modeste présent lui parut soudain trop insignifiant. Elle le lui offrit en murmurant :

— Moi, Eloi, je t'ai fait un dessin... et j'ai recopié un poème. Monsieur Fabrou m'a prêté un livre de poésies, alors...

— Alors, continua Sidonie, tu lis jusqu'à minuit, mon petit doigt me l'a confié !

— Oh ! Celui-là ! fanfaronna Violaine, il te dit tout. Eh oui, j'ai lu *Les Malheurs de Sophie* de la comtesse de Ségur et trois fables de La Fontaine… *Robinson Crusoé* et même *Notre-Dame de Paris*, de Victor Hugo.

Sidonie hocha la tête, admirative. Elle avait souvent rencontré l'instituteur et ils s'étaient extasiés ensemble devant l'appétit de lecture de Violaine. Ce qu'ils n'avaient pas deviné, c'était le réconfort que ces livres avaient apporté à la fillette. Les mots parlaient directement à son cœur, comme si l'auteur les lui avait offerts, rien que pour elle. Dans les différentes histoires qu'elle dévorait littéralement, elle se retrouvait dans les personnages, se comparant à la capricieuse Sophie, dont les parents mouraient aussi, puis à Cosette, dans un extrait des *Misérables* de Victor Hugo qu'elle avait lu dans le livre de français du cours moyen. Les mots exprimaient ses émotions comme elle n'aurait jamais réussi à le faire en se confiant à ses amis.

Eloi ouvrit son paquet et en sortit une belle montre en argent, avec un bracelet en cuir noir. L'adolescent devint rouge d'émotion.

— Maman chérie ! Merci, merci de tout cœur !

Sidonie, fière de lire le plaisir sur le visage de son Eloi, lui expliqua :

— Tu es bientôt un homme, mon fils. Il te fallait l'heure au poignet. Si j'avais pu te donner celle de ton père, cela aurait eu plus de valeur, mais, hélas, elle ne marche plus et le mécanisme n'est pas réparable. Je voulais que tu aies une belle montre. Si jamais tu vas travailler un jour, loin de nos montagnes, tu auras un souvenir de ta mère… Ah ! n'oublie pas : il faut remonter le mécanisme tous les soirs.

Eloi était ému jusqu'aux larmes. Il savait combien sa mère avait dû économiser pour acheter un tel cadeau ! Il balbutia :

— Encore merci ! J'en avais tellement envie !

Ensuite, l'adolescent déplia le dessin de Violaine, qui représentait un aigle perché sur un rocher. L'application de son amie le toucha profondément. Il la remercia, très attendri.

— Comme tu t'es appliquée ! Tu mérites un baiser.

Eloi embrassa la joue satinée de la fillette avant de lire à mi-voix la poésie qu'elle avait recopiée de sa plus belle écriture. Il s'agissait de « L'heure du berger », de Paul Verlaine. Les mots, bien que chuchotés, charmèrent Sidonie qui ne connaissait pas ce poème.

La lune est rouge au brumeux horizon...
Dans un brouillard qui danse...
La prairie s'endort, fumeuse...

La guérisseuse lui demanda gentiment ce qui avait justifié son choix. Violaine avoua alors que cette poésie l'avait fait rêver... et qu'elle la savait par cœur. Eloi l'embrassa encore, lui murmurant à l'oreille :

— Merci, ma petite sœur chérie !

Sa mère le taquina.

— Tu pouvais le dire plus fort, Eloi ! Je t'ai entendu. Tu as raison, si je suis maman Sidonie, tu es un peu le grand frère de notre Violaine. Eh oui, son frère...

Jamais ils n'avaient été aussi gais. Leur joie était telle qu'il leur semblait impossible qu'elle puisse cesser ! La journée touchait à sa fin et le soleil amorça son coucher. Il était l'heure de prendre le chemin du retour pour les trois complices. Ils croisèrent un taxi d'une longueur démesurée, une voiture beige et noire, qui transportait une dizaine de passagers.

— Ces gens rentrent à Lourdes, tout contents d'avoir contemplé nos belles montagnes ! commenta Sidonie.

Violaine et Eloi se firent un clin d'œil et entonnèrent aussitôt « leur » chanson : *Se canto*. La fillette savait maintenant les paroles en patois et en français.

— *Ces belles montagnes, qui tant hautes sont ! M'empêchent de voir où sont mes amis...*

Ils montèrent le sentier en chantant encore, comme ivres de s'être si bien amusés. Sidonie peinait un peu, car elle avait trop mangé ! Un peu essoufflée, elle avoua aux deux enfants :

— Les rousquilles à l'anis que j'ai achetées à la boulangerie et croquées au goûter étaient de trop… et un peu lourdes à digérer !

Violaine se fit alors caressante avec sa « maman cachée », comme elle l'écrivait à Guillette. Elle lui prit la main et l'aida à marcher.

— Merci, minette, je n'ai plus de jambes, ma foi ! Au fait, ce soir, tu dors chez nous ! Olé, la vie est belle !

Et l'Espagnole accompagna ses mots, prononcés de sa belle voix chaude, d'un geste ample du bras faisant danser sa longue robe autour d'elle.

Le lundi, Violaine retourna à l'école. La foire était finie et le quotidien reprenait ses droits. Le cœur encore empli des moments de joie auprès de Sidonie et d'Eloi, à Gavarnie, elle avait voulu prolonger ce bonheur en remettant son joli corsage brodé porté à l'occasion de la fête.

La classe fermerait bientôt, car les fenaisons approchaient. Les enfants des montagnards devraient alors seconder leurs parents pour couper l'herbe, puis la faire sécher sur les prés. C'était un travail fatigant que de retourner l'herbe au moins deux fois, avec les grands râteaux de bois, sur ces versants pentus. Ensuite, il fallait charger le foin bien sec sur les charrettes ou à dos d'homme. Et tout cela se faisait dans la hâte pour éviter les pluies abondantes accompagnant fréquemment les orages du mois de juin.

Cette année scolaire était très importante pour Violaine, car elle devait passer son certificat d'études. Eloi l'avait obtenu avec succès l'année précédente. Au lieu d'en être fier, il regrettait sa réussite : désormais, il ne pouvait plus protéger Violaine des brimades de ses cousins, car Paul avait redoublé et devait donc se représenter à l'examen. Les Carrier ne supportaient pas que leur nièce soit plus brillante en classe que leur fils aîné. Aussi s'acharnaient-ils sur Paul, le poussant afin qu'il réussisse mieux que sa cousine.

Jacques Fabrou, ce jour-là, décida de mettre à l'épreuve ses plus grands élèves, dont faisait partie Violaine. Dès la première heure, il annonça à la classe qu'il allait leur donner une dictée. Cette nouvelle provoqua aussitôt le silence complet. Rares étaient les élèves qui appréciaient ce genre d'exercice. Paul ne faisait pas exception à la règle. Il se tortillait sur sa chaise et mordillait son crayon, pressentant le pire. Son frère, assis derrière lui, ne semblait guère plus rassuré. Pierre commença à renifler, signe d'une vive émotion, et fit tomber deux fois de suite son crayon par terre. Le maître fronça les sourcils et attendit que chacun soit prêt, cahier ouvert, pour dicter le texte.

Violaine, pour sa part, se réjouissait de cette épreuve, mais préférait cacher son impatience. Elle ne voulait pas s'attirer les moqueries de ses camarades en affichant ouvertement son plaisir. Elle aimait les dictées, qui lui permettaient de découvrir des textes nouveaux. L'instituteur connaissait le penchant de la fillette, avide de lectures, et il la regarda se préparer à écrire. Quel plaisir d'avoir une telle élève, si différente du reste de la classe ! La satisfaction se lisait sur son visage. De plus, il avait été informé d'une nouvelle formidable concernant son élève préférée. Il avait beaucoup de mal à cacher sa joie à l'idée du futur bonheur de Violaine.

— Maintenant que vous êtes tous prêts, nous pouvons commencer. La dictée a pour titre *Les perdrix* de Jules Renard, c'est un extrait de *Poil de Carotte*. Ecoutez attentivement !

Paul ne put retenir un sifflement d'ennui. Il devait se concentrer pour réussir à suivre une lecture à haute voix et sa paresse naturelle ne l'incitait guère à fournir cet effort. Sa cousine, contrairement à lui, retint son souffle et ne perdit pas une miette du texte. Elle n'avait jamais lu de livre de cet auteur et se promit de l'emprunter à monsieur Fabrou dont la voix scandait les mots, insistant sur les terminaisons et les liaisons.

Il était question d'un petit garçon qui doit tuer les perdrix que son père a blessées à la chasse. La scène assez pénible déplut fortement à Violaine qui ne supportait pas la violence à l'égard de tout être, quelle que soit sa nature. Mais cela ne l'empêcha nullement d'obtenir un dix sur dix, car elle n'avait fait aucune faute.

Bien entendu, monsieur Fabrou n'en fut pas le moins du monde surpris.

— Je te félicite, Violaine ! Tiens, passe au tableau. Tu es brillante aussi en calcul.

Rose d'émotion devant les compliments du maître, elle se leva et remonta l'allée, ravie d'être invitée à se rendre au tableau dont la surface lisse semblait s'offrir à sa main tenant la craie. Elle aimait ces moments où elle oubliait les brimades de ses cousins, la difficulté de sa vie au hameau au milieu d'une famille qui ne l'aimerait jamais. Son esprit était alors totalement accaparé par l'exercice à réaliser sur cette surface sombre, et la craie glissait, couvrant le tableau de lettres ou de chiffres en fonction du travail demandé. On lui aurait fait un merveilleux cadeau en lui offrant la même installation... surtout chez Sidonie ! Mais elle n'eut pas le temps d'atteindre l'estrade, car Pierre, assis juste au bord de l'allée, étendit sa jambe sur le côté, provoquant la chute de sa cousine. Furieux d'avoir plus de dix fautes à sa dictée, il n'avait trouvé que ce moyen pour assouvir sa haine à son encontre et son envie de la supplanter. Monsieur Fabrou se précipita et aida Violaine à se relever. Son genou droit lui faisait mal ainsi que ses mains qui avaient amorti sa chute. Pierre, entre-temps, avait vite rangé son pied sous le pupitre et, d'un air innocent, semblait lire quelque chose dans son cahier avec une application plus que douteuse. L'instituteur n'avait pas vu ce qui s'était passé et il s'inquiéta seulement pour son élève favorite. Violaine n'accusa pas son cousin, sachant pertinemment que cela ne servirait qu'à déclencher à nouveau une colère de sa tante le soir même. Elle se contenta d'épousseter ses vêtements et se dirigea, cette fois sans encombre, vers le tableau. Très vite, les chiffres s'alignèrent pour poser une division assez compliquée que lui dicta le maître. La craie au contact du tableau émettait un petit bruit sec chaque fois que l'élève la soulevait à peine et l'appuyait à nouveau. Se tenant bien droite, Violaine effectua rapidement l'opération, relisant à haute voix les nombres inscrits d'une écriture régulière, un peu penchée.

— Merci, Violaine, je pense que tu auras d'excellents résultats au certificat d'études. Tu peux retourner à ta place maintenant.

Jusqu'à la fin de la classe, monsieur Fabrou la mit ainsi en mesure de prouver ses capacités. De son pupitre, Paul rageait toujours. Sa cousine, avec ses cheveux dorés noués sur la nuque et son tablier bleu clair moulant son jeune corps, semblait le narguer.

Le soir, les trois enfants quittèrent l'école ensemble. Paul et Pierre marchaient devant leur cousine qui traînait les pieds, retardant l'arrivée chez sa tante. Elle aurait tant voulu retourner auprès de Sidonie et d'Eloi ! L'air chaud, orageux, lui ôtait son courage habituel.

Marcelline les attendait devant la maison, assise sur une chaise. Le petit Jean trottina à la rencontre de ses frères. Albert, debout dans l'embrasure de la porte, fumait sa pipe. Violaine les salua d'un timide bonsoir.

— Bonsoir, les écoliers ! clama Albert en lissant sa moustache. Tiens, vous nous ramenez la bâtarde ?

La fillette s'arrêta net, saisie de crainte. D'ordinaire, son oncle restait le plus patient avec elle. Il lui arrivait même de se montrer gentil quand ils étaient seuls. Elle eut le sentiment qu'il couvait une terrible colère. Quant à Marcelline, elle ne bronchait pas, le visage figé par une expression gourmande. Violaine commença à trembler, pressentant un éclat de son oncle et de sa tante. Il y avait longtemps qu'elle n'avait pas eu à subir de scènes ou de brimades.

— Eh, approche, toi ! cria encore Albert à sa nièce. Fallait y rester chez ta Sidonie ! Qu'est-ce qu'elle a fabriqué, dis voir, ta sorcière ? Ta maudite *brouche* qui a fait mourir quatre de mes brebis ! Oui, ce tantôt… quatre bêtes le ventre en l'air, gonflé comme une outre. Mes meilleures laitières ! Un de ces jours, cette putasse d'Espagnole, je vais te monter lui dire ce que j'en pense, de ses sorts du diable ! A coups de fusil, je lui expliquerai…

Violaine, malgré l'angoisse qui l'oppressait, refusa de laisser la peur l'envahir. Elle ne pouvait admettre des paroles aussi injustes à l'encontre de la guérisseuse. Révoltée, elle n'eut plus qu'une idée, la défendre. Sa colère ranima son courage et elle répliqua :

— Sidonie n'est pas une sorcière, mon oncle ! Elle a soigné les voisins qui avaient la fièvre. Et Jean cet hiver, quand il toussait tant !

Le petit, entendant son nom, s'élança vers elle en riant :

— Olaine… Au cou, Olaine !…

Violaine n'eut pas le temps de le prendre dans ses bras, car l'enfant trébucha et s'étala. Un caillou lui blessa le genou et, tout de suite, il se mit à hurler. Marcelline se leva sans hâte et se planta devant sa nièce, ignorant son fils qui s'égosillait et hoquetait. Comme la fillette faisait mine de vouloir s'occuper du petit, la jeune femme la gifla de toutes ses forces et lui cracha au visage :

— Toi, ne touche pas mon petiot, avec tes sales pattes ! Fini de faire la belle… Regardez-moi ça ! Mademoiselle a mis son beau corsage, celui qui lui a servi à montrer ses nichons à la foire ! Je t'en foutrai, moi, des corsages en soie !

Marcelline leva le bras et cogna si fort la joue de Violaine qu'elle tituba. Du même élan vengeur, sa tante empoigna le col brodé du corsage et tira de toutes ses forces. Le tissu se déchira, laissant apparaître la peau mate et dorée du cou.

Interloquée tout d'abord, la fillette reprit vite ses esprits. Elle se pencha vers eux et leur hurla à la face :

— Laissez-moi ! Je vous interdis de me toucher !

Albert ne s'attendait pas à une telle réaction de la part d'une gamine qui avait toujours gardé une certaine réserve, même lorsque sa femme la harcelait. Il accourut, bouscula son épouse et, les lèvres serrées, les yeux injectés de sang, il administra à la petite un violent coup de pied dans les fesses.

— Au lit, sale garce ! Va te coucher, sans souper !

Le petit Jean, terrifié, hurla plus fort. Paul et Pierre, excités par ce déferlement de violence, encerclèrent leur cousine en criant :

— Hou la sorcière ! hou la sorcière !

Violaine, prise de panique, attrapa Paul, le plus déchaîné, par sa veste et le repoussa. La voie était libre ! Elle courut dans sa chambre. Ce n'était en fait qu'un grenier situé au-dessus de la bergerie. Mais elle s'y sentait bien, en sécurité. La nuit, les bêlements ténus des agneaux lui parvenaient. L'été dernier, Albert, toujours sous la menace de Sidonie, avait décidé de l'installer là. Marcelline en avait été ravie ! Elle ne supportait plus de voir la paillasse de sa nièce contre le mur, dans la pièce principale où la famille se tenait la plupart du temps. Quand la fillette regagnait son grenier, sa tante arrivait presque à oublier cette présence qui ravivait chez elle tant de rancœur !

L'enfant avait aménagé de son mieux cet espace réduit. Les murs n'étaient pas plâtrés et du vieux foin jonchait le plancher vermoulu. Le soir, Violaine s'éclairait à la bougie et, comme l'avait aisément deviné Sidonie, lisait longtemps.

Violaine se jeta sur son matelas en geignant :

— Maman ! Qu'est-ce qu'ils ont ce soir ? Je n'ai rien fait ! Ils sont méchants comme avant, tous, mes cousins, ma tante, même oncle Albert !

Elle pleura en silence. Le bas de son dos la faisait souffrir autant que sa joue marbrée de blanc. Enfin, elle se calma. Ses doigts cherchèrent, sous la paillasse, le missel de Gabrielle. Elle l'ouvrit et sortit l'image à la colombe. L'enfant y puisait un profond réconfort. Dieu veillait sur elle, puisqu'il lui avait envoyé Eloi et sa mère.

— Mon cher papa, ma petite maman, aidez-moi… Tout allait un peu mieux depuis quelques mois, et voilà qu'ils recommencent !

En disant cela, Violaine semblait oublier les vexations, brimades, insultes quotidiennes dont elle était l'objet. Comme elle pouvait courir chez Sidonie le jeudi et le samedi, voire le dimanche, les autres jours de la semaine, compte tenu des heures passées à l'école, avaient fini par composer des années douces-amères, supportables malgré tout.

— Je ne comprends pas pourquoi elle est si cruelle avec moi… Je n'ai rien fait de mal, moi ! Je crois bien qu'elle devait détester sa sœur… Sidonie aussi le pense !

Soudain, un des barreaux de l'échelle craqua. Violaine sursauta et se tut, apeurée. Rien… hormis le silence. Elle oublia le bruit et continua à s'interroger. Pourquoi Albert était-il tellement furieux ? Et Marcelline ? Il y avait sûrement une raison, mais laquelle ?

Sans doute à cause des brebis mortes. Mais mon oncle ne les soigne pas comme il faut ! Ils n'ont pas le droit d'accuser Sidonie. Elle a le don de soigner, de préparer des remèdes, mais elle aime les bêtes ; elle ne ferait pas mourir des moutons ! songeait-elle, le cœur serré par l'angoisse.

Le même craquement résonna à nouveau, mais plus fort. Violaine cacha son missel et rejeta en arrière ses cheveux qui collaient à son front moite de sueur. La tête de Paul apparut bientôt en haut de l'échelle. Son cousin, grand et fort pour ses quatorze ans, se hissa sur le plancher et avança vers elle à quatre pattes. Cette irruption n'annonçait rien de bon. La fillette, alarmée, l'interpella :

— Qu'est-ce que tu veux ?

— Te parler, jolie bêtasse ! Tu ne veux pas savoir ce qu'ils ont, les parents, à te crier dessus ?

Violaine, intriguée, hésitait à le houspiller pour le faire déguerpir de son pauvre domaine. Elle aurait bien aimé comprendre la raison de cet éclat, mais elle se méfiait de lui. Elle se rappelait encore le jour où il avait eu des gestes bizarres, dans l'étable, même s'il ne l'avait guère tourmentée depuis lors.

Il continua d'avancer vers elle et, lorsqu'il fut seulement à quelques pas, il marmonna :

— Ce que tu fricotes avec Eloi, je le ferais bien aussi ! Ma mère, elle dit que tu deviens une grande fille ! Fais voir un peu si c'est vrai. Eh, t'as déjà des seins, on dirait !

La voix de l'adolescent exprimait une émotion insolite qui dérouta Violaine. Elle remarqua son regard fixé sur sa gorge, ses yeux brillant d'une lueur étrange, les vilains boutons rouges qui marquaient le menton du garçon. Serrant sur sa poitrine les lambeaux de son corsage déchiré, elle recula, effrayée.

— N'aie pas peur, dis ! souffla son cousin. C'est m'sieur Fabrou qu'a fichu la panique ici. T'as vu aussi, toute la pommade qu'il te passait aujourd'hui ! Faudrait pas exagérer quand même ! Hier, figure-toi qu'il est monté avec une lettre de ta madame Duplessis. Elle arrive le 15 août ! Elle va t'emmener dans une grande école, à Pau. Et après, quand tu seras partie, elle enverra plus de mandats aux parents. Alors, tu peux me croire, ils ont gueulé !

Paul, profitant de la stupeur de Violaine, tendit la main et enserra sa cheville. Elle se débattit :

— Laisse-moi donc ! Tu racontes des mensonges ! Pourquoi il ne m'a rien dit, monsieur Fabrou ? Et toi, ce soir, sur le chemin, tu aurais pu me prévenir…

— Violaine… ne te fâche pas ! T'as encore du temps pour voir ton amoureux ! Et puis, moi, je peux le remplacer, j'ai la même chose que lui dans le pantalon !

L'adolescent se redressa alors et attrapa sa cousine par la taille. Il la plaqua contre le mur. Il respirait très fort, sa bouche contre son cou ; elle réussit à le frapper au visage en protestant :

— Quel amoureux ? Je n'ai pas d'amoureux ! Lâche-moi !

Paul, excité par la résistance de Violaine, n'écoutait que ces pulsions obsédantes qui le prenaient, quand il l'épiait de sa chambre. Il l'avait vue se laver un matin, en chemise, et il ne pensait plus qu'à ses bras ronds et dorés, aux deux légères bosses gonflant le tissu fin, à ses belles cuisses…

Violaine luttait avec désespoir, sachant déjà qu'elle ne pourrait contrer la force de son cousin. Elle sanglota.

— Je t'en supplie, Paul, va-t'en !

D'un geste brutal, le garçon releva sa jupe, et sa main se glissa jusqu'à sa taille, cherchant à baisser sa culotte. Il la maintenait contre la paroi par le simple poids de son corps. De l'autre main, il tâta la rondeur de ses jeunes seins, les pressant de sa large paume, puis il essaya d'arracher le reste du corsage déjà déchiré par sa mère.

A présent, Violaine comprenait ce qu'il voulait, car à l'école, les élèves n'apprenaient pas que les tables de multiplication... Dans la cour de récréation, les langues allaient bon train, les élèves évoquant par petits groupes des leçons de choses un peu spéciales... Les garçons rigolaient alors bruyamment, regardant les filles avec force clins d'œil appuyés et les plus dégourdies de ses camarades chuchotaient des confidences sur ce qu'elles avaient entendu dire par les adultes ou ce qu'elles avaient vu à leur insu.

Soudain, Paul réussit à la déséquilibrer. Elle tomba sur le côté ; son cousin se coucha aussitôt sur elle et l'embrassa sauvagement. A bout de forces, suffoquant d'horreur, la fillette se démenait pourtant, essayant de repousser ce corps qui se frottait au sien. Des spasmes bizarres agitèrent le garçon et Violaine profita du drôle d'état de Paul pour le mordre à la joue.

— Pas de ça, crétin ! tonna une grosse voix.

Albert se dressait dans le grenier, blanc de rage. Il se pencha et prit son fils par le col de sa chemise.

— Petit coq, va, couillon de ta mère ! Sors de là, et dimanche prochain, tu pourras aller à confesse...

Violaine vit disparaître son cousin avec un soulagement immense. Elle chuchota, reconnaissante :

— Merci bien, mon oncle ! Je... Paul me faisait mal.

— Comment ça, « mal » ? Il t'a pas touchée où tu sais ? Il t'a pas mis son affaire où je pense ?

Brûlante de honte, les yeux rivés au plancher, elle fit non de la tête. Albert, rassuré, fixa longuement sa nièce. Ce soir, il la détestait vraiment, au moins autant que sa femme la haïssait. Et s'il avait osé, il l'aurait frappée avec joie ! Une presque femme était là, devant lui, sans défense. Elle était bien belle pour une gosse de douze ans et demi, dorée, aux formes pleines et rondes. Par chance, Violaine ne ressemblait pas trop à sa mère Gabrielle, sinon Albert, frustré depuis des années d'avoir dû se contenter de l'aînée des deux sœurs, aurait pu s'en prendre à sa nièce, tant il la trouvait désirable ce soir-là. Il n'avait qu'un geste à faire… Mais voilà, il y avait Sidonie et ses sorts de *brouche* ! Qui sait si elle ne lui nouerait pas l'aiguillette, ce qu'il redoutait plus que la mort. Ne plus honorer sa Liline, devenir la risée du versant et même de Gavarnie, il n'en était pas question !

Sa fureur d'homme sans cesse inquiet pour sa virilité, sa honte face à son désir pervers pour Violaine le rendirent à demi fou. Elle devait payer pour tout ce qu'il endurait ! Il avait besoin d'être méchant, cruel, de la souiller par les mots… à défaut d'autre chose. Il rugit :

— Sale petite traînée ! Espèce de garce ! Tu as le feu aux fesses, hein ? Et tu as pourri le sang de mon gars avec tes nichons à l'air ! Il te tourne autour comme une mouche sur de la merde… Va, t'es bien la fille de ta mère, à roucouler et battre des paupières, avec tes yeux de sainte-nitouche, et à filer ensuite. Tu veux que je te dise, petite traînée ? A mon avis, ton père, il avait les cheveux rouquins et les yeux bien bleus ! Et il ne s'appelait pas Henri Plantier, ça non, parole !… Tu peux me croire ! Ta mère, c'était une sacrée coureuse, comme toi… Sale bâtarde !

Une partie de sa fureur expulsée, Albert s'en alla, satisfait. Violaine tremblait de tout son corps. Une nausée lui montait aux lèvres, mais quand elle tenta de vomir par sa petite fenêtre, rien ne vint, car son estomac était vide depuis le midi. Elle se traîna jusqu'à sa paillasse, avec l'impression d'avoir été brisée et salie. Elle croyait sentir encore sur sa chair les doigts poisseux de Paul et, sur sa bouche, le contact répugnant de sa langue qui puait l'ail. Mais plus elle revivait cette scène affreuse, plus elle comprenait que ce n'était pas le pire. La blessure qui la faisait gémir prenait source dans son cœur à jamais meurtri par les insultes de son oncle, ces saletés qu'il avait criées…

Pliée en deux sur son grabat, anéantie, elle gémissait :

— Au secours ! Au secours… Je veux partir… ma pauvre petite maman, si belle, comment a-t-il osé la traiter ainsi ! Et moi, ce n'est pas ma faute si Paul me court après… Maman, m'man Sidonie, viens vite…

Le prénom bien-aimé trouva un écho dans son esprit affolé. Cela devint une obsession. Des coups de tonnerre éclatèrent, faisant trembler la bergerie. Il ne faisait pas encore nuit, juste un jour blafard envahi d'ombres bleues. La fillette regarda par la lucarne. De longs éclairs blancs zébraient le ciel. Puis l'orage gronda encore et encore, ses roulements sourds se répercutaient d'une montagne à l'autre. Enfin ce fut une pluie drue, diluvienne, qui s'abattit sur le hameau.

— Sidonie ! répéta Violaine.

Saisie d'une inspiration soudaine, elle prit son missel sous la paillasse et attrapa sa valise. La moitié de ses vêtements étaient rangés dans la maison, à l'étage, dans un coffre. Pas question d'aller les chercher ! Elle laissa, sur une caisse qui lui servait de table de chevet, deux livres et le bougeoir en fer. Ses trésors, elle les portait à même la peau, sous son corsage : la médaille de Lourdes, offerte par Elise Duplessis, et la topaze de Jacqueline Lebail. Elle se redressa et dit tout haut, comme pour se donner du courage :

— Je vais chez ma Sidonie ! Je ne peux pas rester ici…

Personne ne la vit sortir de la bergerie ni grimper le « sentier du bonheur », comme elle le surnommait dans le secret de son cœur.

La famille Carrier mangeait sa soupe à la lumière de six chandelles. Marcelline couvait Paul du regard, devinant qu'il avait « ennuyé » sa cousine. Albert buvait plus que de coutume, pour oublier sa colère récente à peine calmée. Son sang bouillonnait encore rien que de penser à sa nièce, mais il ne voulait rien en laisser paraître. Pierre, abruti par une éducation entre violence et indifférence, jouait à rouler des boulettes de mie de pain. Le petit Jean dormait déjà, ignorant qu'il ne reverrait jamais sa nounou « Olaine ».

13

Violaine prend son envol

Violaine avançait en trébuchant sur les pierres à fleur de terre, sa petite valise à la main. Plus lourde qu'elle ne le pensait, celle-ci lui cognait les mollets. Ses cheveux longs, trempés par la pluie ininterrompue, étaient plaqués à son gilet de laine. La nuit masquait les embûches du sentier, ses pieds glissaient sur la pente détrempée, mais rien n'aurait fait reculer la fugitive. Lorsqu'un éclair illumina le paysage, la fillette se mit à courir, prenant à peine le temps de s'assurer qu'elle ne s'égarait pas.

Sidonie me gardera pour toujours ! Je ne la quitterai pas. Ni Eloi ! Je les aime ! Je ne veux plus retourner là-bas. Je préfère mourir tout de suite, comme maman, comme mon papa ! pensait-elle.

La fillette s'arrêta brusquement, l'air hébété. De songer à son père, Henri, qu'elle avait adoré, lui rappela les derniers mots d'Albert que, dans son affolement, elle avait oubliés.

Mon oncle a dit que ce n'était pas mon vrai papa ! Non, il ment ! C'était juste pour me faire du mal… Ça existe, des parents bruns et une fille blonde… Et puis, ils s'aimaient très fort tous les deux.

Mais le doute s'insinuait, aggravant les ravages causés par les paroles de son oncle. Trempée et épuisée, Violaine eut envie de s'allonger sur la terre ruisselante de pluie et de ne plus bouger, jamais !

Mais un grognement sourd, derrière elle, la fit frémir de terreur. Une bête marchait sur ses traces. Elle l'entendait haleter dans la côte, se rapprochant peu à peu.

— Un ours ! C'est peut-être un ours ! Il a faim, il va me tuer ! Au secours, mon Dieu, au secours…

Epouvantée, Violaine abandonna sa valise pour courir. Elle avait envie de mourir un instant plus tôt et, à présent, elle voulait rejoindre la maisonnette de la guérisseuse. Le bruit de la galopade s'amplifia. La bête apparaîtrait bientôt… Elle hurla :

— Non ! Maman…

Elle allait s'effondrer, car ses jambes ne lui obéissaient plus, quand une forme fantomatique lui sauta dessus. Violaine attendait le coup de griffe et la déchirure des crocs… lorsqu'une langue tiède lui lécha le visage tandis qu'une grosse tête blanche se collait à sa poitrine. L'enfant poussa un cri de joie.

— Oh ! Tonnerre, mon brave Tonnerre ! Tu m'avais suivie… Comme j'ai eu peur !

La présence de l'énorme chien, son seul ami au hameau depuis des années, apporta un tel réconfort à Violaine qu'elle retrouva un peu de courage. Elle récupéra sa valise déjà imbibée d'eau et se remit en chemin. Tonnerre ne la quittait pas, l'entourant de démonstrations de tendresse, tout content ! Mais il n'oubliait pas pour autant son rôle de gardien, inspectant les alentours. Rassurée par l'attitude vigilante de l'animal, capable de repousser loups et ours, la fillette sut qu'elle n'avait plus rien à craindre des ombres de la nuit.

Elle avança dès lors avec l'énergie du désespoir, tout son être tourné vers un seul but : apercevoir enfin la fenêtre jaune de la maison de Sidonie. Cette faible clarté dissiperait les ténèbres, la porte s'ouvrirait sur un avenir différent, la sauvant de ceux qui lui voulaient tant de mal. Violaine se mit à parler au pastour qui l'escortait.

— Sais-tu, Tonnerre, que je ne veux plus revenir au hameau ? Tu me manqueras, mon bon chien… toi seul ! Mais je ne dois pas me laisser traiter comme ça ! Encore, moi, ça m'est égal ! Mais insulter ma mère, non, non et non… Et je ne veux plus voir Paul, je ne veux plus qu'il… me touche. S'il m'approche encore, Eloi le cognera. Et puis madame Duplessis arrive le

15 août, à ce qu'il paraît. Je l'attendrai chez Sidonie, pas ailleurs...

Son discours semblait intéresser l'animal qui remuait la queue. L'orage se calmait, cependant il pleuvait toujours. Habituée au climat montagnard, Violaine supposa que ce déluge durerait peut-être trois jours, car de violentes averses s'abattaient ainsi à chaque fin de printemps. Sidonie lui avait expliqué que c'était une bonne chose, que cela donnait au pays toutes ses sources, de belles prairies et un foin excellent.

Enfin, Violaine sentit une odeur de feu de bois. Elle aperçut une lumière jaune entre les arbres et se mit à appeler, saisie d'un immense soulagement. Eloi se précipita dehors et demanda :

— Ohé ! Il y a quelqu'un ?

Elle hurla en réponse :

— Eloi ! Eloi, c'est moi, c'est Violaine !

Tonnerre se joignit à la fillette et aboya de sa grosse voix caverneuse. Du coup, les chèvres de Sidonie, dans leur abri, bêlèrent de peur.

— Eloi ! Eloi !

L'adolescent accourut comme un fou, les bras ouverts, et reçut sur son cœur son amie en larmes. Ne sachant que dire, il la berça doucement en embrassant ses cheveux ruisselants.

— Je suis là, ma douce ! Je te tiens, n'aie plus peur ! Viens vite au chaud, maman va tomber des nues en te voyant dans cet état !

Le jeune homme la serrait sur son cœur. Il se décida à relâcher son étreinte afin de prendre la valise que Violaine avait laissée tomber. Sidonie apparut sur le seuil de la maison.

— Qui est-ce, mon fils ?

Eloi n'eut pas le temps de répondre. Violaine s'élança vers la guérisseuse et l'étreignit avec une force désespérée.

— M'man Sidonie ! Garde-moi ici, je t'en supplie ! Je me suis sauvée... S'ils viennent me chercher, protège-moi, par pitié ! J'ai peur, j'ai trop peur, je n'en peux plus !

Sidonie comprit immédiatement qu'il s'était passé quelque chose de grave. Elle murmura :

— Allons, ma minette ! Calme-toi, reprends ton souffle. Tu vas tout me raconter. Et sois tranquille, je ne sais pas encore ce que ces sagouins t'ont fait, mais je te promets qu'ils ne mettront pas un pied chez moi. Je te garde, va, je te garderai ma vie durant s'il le faut !

Ce serment rassura aussitôt Violaine. La guérisseuse s'effaça du seuil pour la laisser entrer. Elle la conduisit jusqu'à la cheminée. Lorsque Sidonie et son fils la virent à la clarté dorée des chandelles, ils eurent la même exclamation de stupeur. Elle portait une vilaine marque mauve à la joue, ses cheveux pendaient comme des algues et son corsage, qu'on devinait sous son manteau, était en lambeaux.

Il n'en fallait pas plus pour déclencher l'indignation du garçon qui s'écria :

— Mais… que t'ont-ils fait ? Dis-moi, Violaine ! Je vais les tuer un par un ! Tu entends, maman ? Ils n'ont pas le droit de la battre !

Sidonie avait un mauvais pressentiment. Elle indiqua à Eloi, d'un coup d'œil significatif, de sortir quelques instants et ajouta :

— Porte donc une tranche de pain à Tonnerre ! Ce chien a veillé sur notre minette, il a droit à une gâterie…

Le jeune homme, qui n'avait pourtant aucune envie de quitter la pièce, soupira.

— Bien, maman !

Sidonie ne perdit pas de temps. Elle frictionna Violaine avec un linge sec, l'aida à se changer et l'installa sur une chaise, près des flammes. Puis elle lui demanda tout bas :

— C'est Marcelline qui t'a frappée ? Parle, minette, que je sache la vérité. Tu m'entends ? Je dois savoir ce qu'ils t'ont fait. C'est pour t'aider, ma chérie…

— Oui… ma tante, elle m'a giflée, mais j'en ai reçu d'autres, je m'en moque. C'est… c'est…

La guérisseuse posa ses longues mains brunes sur celles de Violaine. Elle marmonna encore :

— C'est Albert ? Ou Paul ? Ils t'ont fait du mal ?

L'enfant, roulant des yeux horrifiés, se jeta au cou de Sidonie. Elle raconta ce qui s'était passé devant la maison, puis dans son grenier. D'abord les gestes de Paul, puis les affreuses accusations de son oncle. Elle finit par bégayer :

— Oh, m'man Sidonie… Il a traité ma mère de p… et il a dit que mon père, ce n'était pas le bon… Enfin que maman ne m'avait pas eue avec Henri. Mon papa, je l'aimais tant… Alors, tu comprends, je ne veux plus les revoir ! Tous, ils sont trop méchants…

Les propos de Violaine, quoique confus, avaient un cruel accent de sincérité. Sidonie devina à quel point la petite était traumatisée par ce chapelet d'ignominies lâché par Albert Carrier. Quant à la conduite de Paul, elle en éprouvait un tel dégoût, en tant que femme, qu'elle aurait bien été sur-le-champ corriger cet adolescent vicieux !

— Ma chérie, ma belle minette ! Tu as bien fait de t'enfuir et de venir chez nous. Cette fois, je te le jure, c'est terminé ! Je ne les laisserai plus te faire du mal. Qu'ils viennent te réclamer, qu'ils osent ! Ils paieront cher leurs cochonneries…

Violaine sanglotait, apaisée par la voix grave de Sidonie. Eloi entra, las d'attendre derrière la porte, mais il avait tout écouté. Ce n'était ni par curiosité ni par indiscrétion. Il se sentait simplement concerné par la vie de son amie qu'il avait vue grandir depuis la naissance de Jean, jour de leur rencontre. Un souci de justice le hantait au sujet de la fillette qu'il aimait tendrement. Cependant, il joua les innocents, avec déjà sa petite idée de vengeance en tête. Il savait bien que sa mère n'apprécierait pas cela.

— Tonnerre est reparti. Va-t-elle mieux, maman ?

— Notre minette chérie a beaucoup souffert, Eloi, dans son cœur et son corps. Si je tenais Albert ce soir, je crois que je réussirais à le changer en n'importe quelle sale bestiole, même si je ne suis pas sorcière. Hélas ! Je donnerais cher pour être une vraie *brouche*, comme dit cet ahuri, et lui nouer l'aiguillette jusqu'à un âge avancé, à lui et à son crétin de gamin !

Eloi approuva avec un rictus de colère. Violaine voulut se lever, car elle ne se sentait pas bien. Sidonie la laissa faire et le regretta vite. La fillette s'effondra sur le sol, pâle comme une morte.

— Violaine ! hurla le garçon. Maman, qu'est-ce qu'elle a ?

— Je pense qu'elle n'a rien mangé depuis midi, et avec cette course sous l'orage, la pauvrette n'a plus de forces. Aide-moi, je vais la coucher dans mon lit et lui servir une bonne soupe. D'abord, file chercher mon eau de mélisse, rien de tel pour la faire revenir à elle.

Une heure plus tard, Violaine dévorait le repas qu'Eloi avait disposé sur un lourd plateau en bois. Du bouillon de légumes, du fromage frais sucré au miel, des fraises des bois et du lard grillé redonnèrent une mine acceptable à la malade. Elle balbutia, la bouche pleine :

— Je suis au paradis, chez vous deux ! Vrai, m'man Sidonie ? Tu me gardes avec toi ? Tu l'as juré tout à l'heure !

— Mais oui, ma chérie, au moins jusqu'à l'arrivée de madame Duplessis. Ce ne sera pas simple, car Marcelline est ta tante ; légalement, tu devrais vivre chez elle, mais je suis sûre que ton amie Elise comprendra la situation. Surtout quand elle saura la vie que tu as menée depuis quatre ans ! Il faut tout lui raconter, minette, je m'en chargerai ! Je dirai comment tu étais devenue muette, maigre à faire peur ! Et pour Paul aussi, elle le saura, sois tranquille !

Violaine ferma les yeux, épuisée. Elle se sentait rassérénée, car Sidonie la garderait sous son aile, à l'abri dans cette jolie maison au parfum de fleurs séchées. La guérisseuse, prête à toutes les luttes pour le bien de sa protégée, s'allongea près de la fillette. Elles continuèrent à discuter à la seule lumière des braises au fond de l'âtre, échafaudant des plans pour l'avenir de Violaine. Eloi logeait dans une minuscule pièce adjacente, aménagée avec soin par sa mère.

— M'man Sidonie ? Pourquoi Paul m'a embrassée… comme ça ? Il me déteste ? Il me bavait sur la bouche, il se frottait à moi et j'avais mal. Quand j'y repense, tu sais, cela me donne envie de vomir.

— Ma minette, les garçons de cet âge sont des chiens fous, ils veulent jouer aux hommes ! A part mon Eloi, que j'ai élevé dans le respect des filles et des femmes. Paul a grandi chez des gens incultes, de vraies brutes. Ton cousin n'a pas de haine pour toi ; il imite ses parents, c'est tout. Et puis, tu es si belle, Violaine, on te donnerait quatorze ans ! Tu te souviens, la première fois que tu as perdu du sang ? Tu avais très peur et je t'ai expliqué que tu devenais une jeune fille. Figure-toi que c'est à partir de ce moment-là que j'ai commencé à m'inquiéter, à cause de Paul et même de ton oncle, qui a une mauvaise réputation au pays. Il aime ta tante, mais il court les jupons, à Gavarnie. Les femmes apprécient sa moustache et ses yeux bleus…

Sidonie sentit Violaine se raidir en murmurant :

— C'est vrai, ça, que mon oncle a les yeux bleus, lui aussi…

La guérisseuse ne répondit rien tout d'abord. Elle savait, grâce aux confidences d'une vieille femme du bourg, que Gabrielle aurait dû épouser Albert. Mais de là à penser… La fillette attendait une réaction, Sidonie ne l'ignorait pas. Elle serra Violaine contre elle et lui expliqua :

— Je crois que ta mère a quitté Gavarnie pour laisser une chance à Marcelline de conquérir Albert. Ta tante est jalouse de toi, comme elle l'était de Gabrielle…

Une autre hypothèse s'insinuait pourtant dans l'esprit de Sidonie. Albert aurait-il déshonoré la mère de Violaine ? Cette douce jeune fille, très pieuse déjà, serait-elle partie enceinte au Chapus ? Cela expliquerait la haine de Marcelline pour sa nièce… Cette pensée la révolta et elle marmonna assez fort :

— Non, ce n'est pas possible !

Violaine, ensommeillée, l'interrogea :

— Quoi donc ?

— Rien d'important, ma minette, des sottises. Si nous dormions ? Demain, pas d'école, tu restes avec moi. Nous écrirons à madame Duplessis.

Violaine se blottit contre la poitrine de Sidonie en soufflant un « oui » presque inaudible.

Eloi partit à l'aube, sur la pointe des pieds. Il laissa un message à sa mère sur la table.

« Chère maman, je suis sur les pâtures, pour cueillir des narcisses pour Violaine. Je me suis occupé de traire les chèvres et le lait du matin est au frais dans la remise. A tout à l'heure, Eloi. »

Sidonie, découvrant la feuille de papier bien en évidence, fronça les sourcils. Cela ne ressemblait guère à son fils ! Il quittait rarement la maison de si bonne heure. Mais elle ne se tracassa pas pour autant, car sa confiance en lui était totale. Violaine dormait encore, ravissante dans son abandon innocent.

— Ces brutes me l'auraient salie, souillée et blessée dans sa pureté, un jour ou l'autre. Pauvre chérie ! Jolie comme ça, elle en fera tourner, des têtes...

Il ne pleuvait plus et, malgré un ciel couvert, la chaleur du soleil se faisait déjà sentir. La guérisseuse sortit sur le seuil et respira, avec toujours le même plaisir, l'air frais du matin. Son regard embrassa la vallée qui s'offrait à elle et elle s'attarda, admirant ce pays de montagnes qu'elle aimait tant. Puis elle entreprit de brosser ses cheveux grisonnants, assise devant sa porte. Elle se revoyait jeune fille. A l'époque, on la disait belle, « brune et dorée », mais elle n'avait aimé qu'un seul homme, le père d'Eloi. Bien des jeunes gens l'avaient courtisée, mais aucun n'avait su toucher son cœur fier d'Espagnole. Seul son cher Thomassin avait eu le droit de l'aimer. Leur bonheur était infini, trop beau pour qu'il puisse durer, sans doute... Sidonie avait appris par sa grand-mère le secret des plantes et la façon de soigner les corps. Mais elle ignorait tout du désir qui réchauffe le ventre, des émotions naissant des caresses d'un bien-aimé... Son époux aux mains de sculpteur savait si bien la faire vibrer de plaisir...

Qu'il était loin, le temps de l'amour... Elle soupira.

— Ah, la vie ! Chaque jour passe si vite, et les mois, les années...

Violaine, qui venait tout juste de se réveiller, la rejoignit, échevelée et toute songeuse.

— M'man Sidonie, dès que je suis gaie, comme en me réveillant, je vois Paul sur moi… et puis mon oncle qui dit ces vilaines choses… J'ai eu tellement peur ! Je voudrais oublier tout de suite et je n'y arrive pas !

— Ne t'en fais pas, minette ! Tu y arriveras, parole de Sidonie ! Nous allons être bien heureux ici, tous les trois… Viens boire du lait de chèvre et manger du pain. Tu vas goûter ma confiture de myrtilles, tu m'en diras des nouvelles !

Eloi revint à midi, en sueur et l'air content. Il ramenait un gros bouquet de narcisses qu'il offrit à Violaine en rougissant :

— Bienvenue chez toi, petite sœur !

— Oh, merci, Eloi ! Je t'aime fort, tu sais, et m'man Sidonie aussi ! Vous êtes ma famille, maintenant.

La guérisseuse intervint :

— Je voudrais tant, ma chérie ! Mais ce serait un miracle ! Demain, j'irai parler à l'instituteur. Il doit nous aider et te prêter des livres. Je te ferai réviser tes leçons pour ton certificat d'études. Je veux que tu l'obtiennes, comme Eloi !

Violaine retrouva peu à peu sa bonne humeur. Elle aida son ami à garder les chèvres, puis Sidonie à préparer un gâteau. Il y eut ensuite la rédaction de la longue lettre destinée à Elise Duplessis. Cela prit beaucoup de temps, car chaque mot fut pesé afin d'expliquer le plus clairement possible la situation de Violaine. La journée s'écoula paisiblement, même si tous trois, de temps en temps, ne pouvaient s'empêcher de surveiller le sentier menant à la maison. Mais la nuit tomba sans que personne de la famille Carrier ne se soit présenté. Sidonie cachait son inquiétude. Cela ne durerait pas, elle en avait la certitude…

En effet, le lendemain, à midi, se présentèrent deux gendarmes. La guérisseuse, interloquée, les fit entrer. Elle ne s'attendait tout de même pas à cela ! Violaine et Eloi étaient assis à table, eux aussi sidérés.

Le brigadier approcha en soulevant son képi et salua d'un air embarrassé.

— Bonjour tout le monde ! Sidonie, je suis là… rapport à une plainte.

L'Espagnole, encore sanglée d'un large tablier bleu, s'exclama en riant :

— Ah ! Qu'ai-je donc fait ? Ai-je tué des brebis, changé un berger en aigle ou chevauché un ours pour aller au sabbat ?

Le plus jeune des gendarmes dévisagea la guérisseuse avec un début d'effroi. Nouvellement en poste dans la région, il n'était pas au courant des rumeurs concernant Sidonie. Mais le brigadier, surnommé le gros Lucas, s'écria sévèrement :

— Pas de plaisanteries ! Sidonie Fernandez, malgré tout le respect que j'ai pour toi, car je sais que tu es une femme instruite et que tu soignes tout le vallon, j'ai, hélas, de quoi te conduire à la prison de Lourdes. Albert et Marcelline Carrier ont porté plainte pour « coups et blessures » sur la personne de leur fils aîné, Paul Carrier, et enlèvement d'enfant, à savoir leur nièce Violaine Plantier, âgée de douze ans. Alors ? qu'as-tu à répondre, ma pauvre amie ?

Violaine se mit à pleurer. Son fragile petit bonheur, juste conquis, allait se briser, à cause de ces deux gendarmes qui parlaient d'emmener Sidonie en prison. Eloi la rassura d'un regard câlin. Il ne doutait pas du talent de sa mère à se sortir des situations les plus délicates ; elle n'était pas femme à se laisser impressionner, même par deux représentants de la loi. Il prit Violaine par l'épaule et attendit. La guérisseuse prit tout son temps pour s'asseoir sur le banc et hocha la tête en déclarant :

— Ecoute un peu, Lucas ! Tu me contes des sornettes ! Je suis d'accord, la petite est là, mais de son plein gré ! Elle est montée chez nous hier au soir et, quand tu sauras pourquoi, tu comprendras que je n'allais pas la reconduire chez son oncle. Par contre, les coups et blessures, là, ce n'est pas moi qui en suis responsable ! Même si… Tiens, approche, Violaine, et montre au brigadier ta petite figure.

Le gros Lucas examina le minois qu'on lui présentait et il y vit, sans conteste, des marques de coups, un bleu sous l'œil et des griffures au cou. L'homme se redressa, sortit son mouchoir et s'essuya le front, moite de transpiration. Pour sûr, la montée avait été rude ! Heureusement qu'il ne lui fallait pas venir jusqu'ici trop souvent ! Il fronça les sourcils, signe évident de sa perplexité, et finit par s'écrier d'un ton soucieux :

— Bon, admettons, mais la gosse a pu se faire ça en tombant ! Ce que je sais, moi, c'est que ton fils Eloi a corrigé Paul ce matin, derrière l'école. Il n'est pas majeur, donc tu es coupable à sa place.

Bien que surprise, Sidonie n'en laissa rien paraître. Ainsi, c'était là la raison du lever si matinal de son fils ! Garnement ! Mais elle ne pouvait que le comprendre, même si elle n'approuvait pas le geste. Sans quitter des yeux le regard clair du gros Lucas qui ôta son képi, elle questionna, montrant un calme parfait à défaut d'être réel :

— Et qu'appelles-tu « blessures » ? Les coups, je sais ce que c'est…

Le jeune gendarme, revenu de ses premières frayeurs, répondit :

— Il saignait à l'arcade sourcilière, au nez, et une dent serait cassée ! Un genou tout bleu, aussi.

Sidonie écouta sans dire mot, puis se leva, la tête haute, pleine d'assurance. Elle alla chercher une bouteille d'eau fraîche et du sirop de menthe préparé par ses soins avec la plante fraîche. Elle les posa calmement sur la table et ajouta :

— En tout cas, je n'irai pas le soigner ! Bon, Eloi, Violaine, sortez, mes enfants ! Plus vite que ça, mes agneaux…

Les adolescents obéirent à regret. Dès que la guérisseuse fut seule avec les deux gendarmes, elle raconta toute l'histoire de sa protégée, de son arrivée en plein hiver, alors qu'elle portait encore le deuil de ses parents, à l'agression de Paul, dans un grenier ouvert au vent où sa tante la faisait loger. Rien ne fut omis : des coups, des humiliations, de l'argent de madame Duplessis n'ayant jamais servi à l'entretien de la petite…

Le brigadier écoutait bouche bée, les yeux exorbités. Il ne doutait pas un seul instant de la parole de Sidonie qu'il connaissait depuis son installation dans la bergerie. C'était une femme de caractère, certes, mais on pouvait la croire ! Dans cette vallée perdue, il en avait vu de ces choses qui ne se racontent même pas tellement c'était misérable. Mais ça, concernant un enfant, c'était trop ! Père lui-même de deux garçons et de deux filles, il sentait son sang s'échauffer au fur et à mesure du récit de la guérisseuse. Quant à son adjoint, il en oublia de siroter son verre de menthe à l'eau.

Sidonie ne perdait rien de la réaction des gendarmes. Satisfaite et enfin certaine de ne plus avoir à redouter la loi, elle conclut :

— Maintenant, Lucas, remets ton képi et passe-moi les menottes ! Tu peux me conduire en prison… Mais j'emmène aussi la petite ; comme ça, elle sera à l'abri de ces monstres. Je ne t'ai pas menti, Lucas. Ces gens, c'est contre eux que je devrais porter plainte !

Embarrassé, le brigadier se gratta le menton et avoua :

— Baste, Sidonie ! Je serais bien en peine de t'arrêter, après ce que tu m'as raconté ! J'irais le corriger moi-même, ce saligaud de Paul, si je pouvais. Et puis, je n'ai rien contre toi. Tu as accouché ma femme quatre fois en dix ans, et la dernière, quand elle souffrait tant, tu lui as évité l'hôpital, peut-être la mort… Alors, avec ce que tu m'as confié, je ne suis pas prêt à te causer des ennuis… Je sais que tu es bonne comme le pain, va !

La guérisseuse eut un doux sourire. Elle avait gagné, mais tout n'était pas réglé, loin de là ! D'un air innocent, elle murmura :

— Pourtant, ma Violaine, il faut que je la protège jusqu'à l'arrivée de cette dame Duplessis ; et il y a aussi le certificat d'études. Lucas, brave cœur comme tu es, va voir les Carrier et fais-leur une belle peur, qu'ils me laissent leur nièce. Eloi te portera un pot de miel, du mille-fleurs, qui soignera la toux de ta petite dernière.

Médusé, car sa fille toussait depuis la veille seulement, le brigadier fixa avec respect cette grande femme au chignon grisonnant. Il bredouilla :

— Je ferai ce que je peux, Sidonie ! Toi, dis à ton fils de se tenir tranquille. Je le comprends, va, d'avoir rossé Paul… mais il a cogné un peu fort !

— Paul aussi y a été un peu fort avec Violaine ! Je ne te fais pas de dessin, Lucas. Tu as deux filles, que ferais-tu si on les touchait ? Ne t'en fais pas ! Demain, une lettre de ma plume part pour cette dame Duplessis, comme quoi Violaine habite chez moi maintenant, et elle saura ce qui s'est passé chez les Carrier. Elle vient le 15 août, je te le répète. D'ici là, ce qui nous fait un mois et demi, je garde la petite.

Le brigadier se redressa, les poings noués. Il salua Sidonie et sortit sans un mot, suivi du jeune gendarme, passablement impressionné par la personnalité de cette femme. Il chuchota :

— Merci, madame, pour la menthe…

Ils repartirent, leur pèlerine noire claquant au vent. Eloi et Violaine, qui guettaient leur départ, se précipitèrent sur Sidonie.

— Alors, maman, ils ne t'ont pas cherché d'ennuis ? questionna le garçon avec un regard plein de colère.

— Non, mon fils !

— Ils ne te mettent pas en prison ! souffla Violaine, éperdue de joie.

La guérisseuse s'esclaffa, fière de sa victoire :

— Non, ma minette ! Le soleil revient, le brigadier s'en va, la vie est belle !

Plus bas, en ébouriffant les cheveux noirs d'Eloi, elle ajouta :

— Toi, bandit, préviens-moi quand tu vas faire justice où bon te semble ! Que je n'aie pas l'air étonné, au moins !

Violaine savait tout à présent. Eloi était allé corriger Paul, pour la venger, elle. Le mal était réparé, son cœur chantait de bonheur et de gratitude. Elle enlaça Sidonie et prit la main du grand garçon. L'avenir ne lui faisait plus peur désormais.

Violaine se regardait sous toutes les coutures dans l'unique miroir dont disposait Sidonie. La guérisseuse lui avait cousu un corsage dans sa robe de mariée, gardée précieusement dans un carton. Malgré les protestations de la fillette, elle avait découpé dans le tissu les différentes pièces du futur chemisier pour sa protégée.

Sidonie l'admirait, jugeant de son œil critique la qualité de son travail. Satisfaite, elle s'écria :

— Alors, te trouves-tu assez belle pour madame Duplessis ?

— Oui, ma Sido, grâce à toi ! J'ai l'air… d'une jeune fille !

Il régnait dans la maison une atmosphère fébrile. Eloi s'était rasé une moustache naissante, à peine visible, et il avait revêtu son pantalon en velours noir, acheté à la foire de juillet. Sidonie aussi se souciait de son apparence. Elle voulait faire bonne figure devant l'épouse du notaire. Elle imaginait Elise en femme distinguée et très « chic ».

— Et moi, ma minette ? Je ne te fais pas honte, au moins !

— Non, maman Sidonie, tu es magnifique avec cette robe noire. Une reine espagnole…

L'adolescente ne tenait pas en place. Le corsage blanc, juste repassé, moulait sa jeune poitrine et sa taille fine. Elle portait au cou un ruban de velours noir. Ses cheveux qui, l'été, s'illuminaient davantage encore de reflets roux, se répandaient sur son dos en une masse ondulée. Une petite barrette les retenait en arrière au-dessus des oreilles, dégageant ainsi l'ovale parfait du visage.

Eloi se tenait immobile dans un coin de la pièce, ne disant mot, mais ses yeux parlaient pour lui, plus éloquents que de grands discours. Son visage montrait son éblouissement tandis qu'il admirait sa petite sœur, comme il la nommait à contrecœur. Malgré tous ses raisonnements, ses efforts, il ne parvenait pas à éprouver pour Violaine une simple affection. A presque treize ans, elle était déjà si jolie que c'en était inquiétant. Son amie lui hantait le cœur, occupait ses pensées et ses rêves nocturnes. Il ne parvenait plus à se rappeler sa vie avant que cette enfant de l'Océan croise son chemin. Et lorsqu'il avait rossé Paul, son intention n'était pas uniquement le fait d'un souci de justice aggravé d'un sentiment de colère. Il devait bien s'avouer qu'une sorte de fureur jalouse avait guidé ses poings.

— Ho, mon garçon ! A quoi rêves-tu donc ? lui cria Sidonie. Nous allons arriver en retard si nous continuons comme ça !

Madame Duplessis avait annoncé sa venue deux semaines plus tôt. Après un séjour à Lourdes, Elise et son fils Edouard avaient pris une chambre à l'auberge de Gavarnie. Toujours par courrier, les voyageurs leur avaient fixé rendez-vous pour déjeuner tous ensemble au village, ce jeudi 16 août 1934. Avant que cette date fût arrêtée, la correspondance entre le Chapus et la poste de Gavarnie avait battu des records.

Violaine n'arrivait toujours pas à croire qu'elle allait enfin revoir ses amis. Elle se tordait les doigts et tournait en rond dans la petite maison, incapable de se calmer. Joignant les mains, elle déclara :

— J'ai l'impression de rêver ! Sûrement, il y aura eu un nouvel empêchement et ils ne viendront pas ! Ma Sido, dis-moi que c'est bien vrai ! Je vais revoir madame Duplessis, qui a été si gentille avec moi ! Et son fils… Edouard a quatorze ans, il a dû changer. J'espère que son séjour à Lourdes lui a fait du bien.

Sidonie hocha la tête. Elle connaissait en détail les problèmes de santé d'Edouard Duplessis. L'émoi de sa protégée l'attendrissait. Elle la plaisanta :

— Toi aussi, tu t'es transformée, ma minette. Tes amis ne te reconnaîtront peut-être pas !

Violaine arrangea sa jupe de cotonnade bleue, enfila ses espadrilles basques à lacets, des chaussures idéales pour la marche sur les sentiers de montagne. Sidonie les avait achetées à un colporteur qui démarchait les maisons et hameaux isolés.

— Elise m'a félicitée, dans sa dernière lettre, d'avoir eu de si bonnes notes au certificat d'études ! pensa tout haut la jeune fille, rose de bonheur.

Pour la première fois depuis le début de la matinée, Eloi ouvrit la bouche et répliqua brusquement :

— Peut-être ! Mais moi, son projet ne me plaît pas, de t'envoyer pensionnaire à Pau, chez les sœurs. On ne te verra plus…

Sidonie tapota la joue de son fils et lui lança au passage un regard sévère. Ils en avaient déjà discuté et la guérisseuse s'était montrée ferme. Il n'était pas question de gâcher l'avenir de Violaine, si douée pour les études, en la retenant sur un bout de montagne, au royaume des aigles et des chèvres. La petite avait l'occasion de se construire un avenir brillant et ils n'avaient pas le droit de l'en empêcher, même si la cause en était leurs sentiments. L'attente devenait tendue et il était temps d'y mettre un terme. Sidonie donna le signal du départ.

— En route ! Nous avons une petite heure de marche. Si nous voulons être frais à l'arrivée, avec cette chaleur, il faudra faire des pauses au bord du ruisseau.

Violaine sortit la première, rayonnante sous la clarté matinale. Grande, mince et musclée, elle offrait au soleil l'éclat charmant de sa jeune beauté. Délivrée des cruautés de sa tante, la fillette avait grandi, s'épanouissant au contact d'Eloi et de Sidonie, pour devenir cette magnifique adolescente. Quel miracle, chaque matin, de s'éveiller sous le regard tendre de la guérisseuse, de ne plus avoir peur, de ne plus avoir mal…

— Merci, mon Dieu ! cria Violaine en levant les bras au ciel. Merci, Sainte Marie et tous les anges du ciel ! Vous m'avez sauvée !

Sidonie l'observait en fermant sa porte à clef. Elle eut un sourire ému. Cette enfant-là priait avec tant de naturel et de foi sincère que c'en était vraiment touchant. Eloi, lui, haussa les épaules. Dans sa liste de remerciements, Violaine l'avait encore une fois oublié !

Elise Duplessis buvait, du bout des lèvres, un verre de liqueur de gentiane que l'aubergiste lui avait recommandée comme tonifiante. La table, fleurie de trois petites roses rouges, se trouvait à l'extérieur du restaurant. De cette terrasse ombragée, il était agréable de contempler les cimes arrogantes des Pyrénées, le dessin dentelé et grandiose du cirque de Gavarnie. Edouard bâillait d'ennui, regardant les allées et venues des gens du bourg qui se mêlaient aux nombreux touristes.

— Il y en a des badauds ! constata-t-il soudain. Et des voitures, des ânes, des marchands. Tout ce bruit finira par me donner la migraine…

— Mais non, mon chéri, car tu respires l'air sain de la montagne. Es-tu content de revoir Violaine ?

L'adolescent haussa les épaules. Ces quatre années au Chapus lui avaient paru si ennuyeuses, à étudier ou jouer aux échecs avec son père, qu'il aurait été content de voir n'importe qui de son âge.

Il lâcha du bout des lèvres :

— Oui, mais je me demande à quoi elle ressemble maintenant. A vivre dans un pays pareil, on doit sentir le fumier et le foin à longueur de temps !

Elise posa son verre et observa son fils unique. Edouard était certes un beau garçon, mais d'une pâleur navrante. Ses cheveux, d'un blond très clair, frisottaient à peine. Sa bouche affichait une moue boudeuse qu'il ne cherchait pas le moins du monde à dissimuler.

— Nous allons bientôt déjeuner, mon chéri. As-tu faim, au moins ?

— Non, mère, pas du tout ! Je me sentais bien mieux à l'hôtel Saint-Roch… J'ai mal dormi, ici ! Je ne pourrai jamais, comme vous le souhaitiez, monter chez cette femme qui a recueilli Violaine. Je ne respire pas à mon aise dans cette région. Je crois que l'altitude m'épuise.

D'une patience infinie à l'égard de son enfant, Elise lui prit la main en souriant.

— C'était gentil de la part de Sidonie de nous inviter, toi et moi. Sa lettre était si charmante. Allons, tu vas finir par t'y habituer, ce n'est pas grave ! Sois courageux, Edouard ! Nous venons juste chercher Violaine. De plus, cela nous a donné l'occasion de t'emmener à Lourdes ! Or, depuis le départ, tu te plains assez souvent !

— Pardon, mère chérie, mais je ne suis pas habitué à voyager. Père vous avait prévenue, je risquais d'être souffrant.

Madame Duplessis retint difficilement un soupir. Cela avait été une telle victoire de partir enfin, de s'échapper du Chapus, de leur belle maison silencieuse et sinistre ! Son mari Jérôme y avait consenti après une longue semaine de querelles incessantes. Edouard avait emporté la décision, en apitoyant son père sur sa santé précaire :

« Si je guéris, à Lourdes, je pourrai courir et jouer au tennis, entrer au lycée ! Mère a raison, il faut tout essayer ! Et vous nous empêchez de partir depuis des années ! Je me demande bien pourquoi ! »

Ces arguments avaient eu raison de l'entêtement de Jérôme Duplessis, mais, dès les premiers kilomètres en train, Edouard s'était lamenté sur les cahots, les odeurs de ferraille. Seules la ville de Lourdes et la grotte où pendaient toutes les béquilles des miraculés avaient atténué sa mauvaise humeur.

Elise, pour sa part, appréciait avec un enthousiasme enfantin tous les changements. Ce jour-là, le spectacle de la montagne en plein été, toutes ces couleurs, ces parfums, ces personnages pittoresques qu'ils croisaient sur la place du village la ravissaient. Soudain, elle aperçut trois silhouettes devant l'église, dont celle d'une jeune fille vraiment ravissante. Bouleversée, elle serra fort le poignet de son fils en s'écriant :

— Edouard ! Là-bas, je crois que ce sont nos invités ! Je reconnais Violaine... Viens, allons à leur rencontre, ce serait prétentieux de les attendre à cette table.

L'adolescent hésita, puis suivit sa mère. Violaine les vit aussitôt. Le visage fin et gracieux d'Elise ne s'était pas effacé de sa mémoire.

— Regardez, les voilà ! Comme Edouard a changé ! C'est un beau garçon, n'est-ce pas ? Si distingué... Mais il est toujours aussi pâle. Il faudrait qu'il passe des vacances chez toi, ma Sido ! Cela lui redonnerait des forces...

— Peut-être, ma minette, chuchota celle-ci. Seulement, le mal dont il souffre, je ne peux pas le soigner. L'hémophilie, comme m'a expliqué sa mère dans une lettre, dépasse mes compétences.

Sidonie se tut avec un air songeur. Elle luttait en fait contre une vague timidité, ce qui lui arrivait rarement. Elle détaillait la jolie femme qui marchait vers eux, un grand sourire illuminant un visage aux traits délicats. Vêtue d'une robe légère au décolleté audacieux, beige à pois blancs, ses bras et mollets découverts, Elise Duplessis l'impressionnait par son élégance naturelle.

— Violaine ! appela Elise, mon Dieu, que tu es grande…

A un pas l'une de l'autre, elles s'arrêtèrent, gênées. Elise surmonta cette légère hésitation en s'exclamant :

— Embrassons-nous, ma chère enfant !

Violaine, de nature affectueuse, se jeta dans les bras ouverts. Elle retrouva, émerveillée, le délicat parfum de la jeune femme, sa peau de pêche sur les joues poudrées. Elle ne remarqua pas Eloi et Edouard qui échangeaient des coups d'œil méfiants. Leur inimitié avait été immédiate. Le montagnard, mince et robuste, hâlé par le soleil, jugea fier et méprisant le long garçon blafard qui portait, de surcroît, un costume trois pièces, en flanelle grise.

Quel endimanché, ce gars des villes ! pensa Eloi.

De son côté, Edouard se disait : Un vrai sauvage qui pue la chèvre… Et il vit avec Violaine. Ma Violaine, si jolie.

Sidonie comprit tout de suite ce que ressentaient les deux adolescents.

Eh bien, ils n'ont pas fini, ces deux-là ! Belle journée en perspective ! songea-t-elle.

L'apparition de son ancienne camarade de jeux avait eu un effet foudroyant sur le jeune homme. Il croyait ne lui garder aucune amitié et la retrouver grossière, sale… Mais Violaine resplendissait, prunelles de porcelaine, teint doré, cheveux de feu.

Les présentations furent enfin faites. Elise échangea une poignée de main chaleureuse avec Sidonie, dont la beauté grave et majestueuse l'époustouflait. Ni les cheveux gris ni les vêtements austères et démodés n'auraient pu la faire changer d'avis.

Cette femme a un port de reine, quelle dignité ! Et ces longs cils noirs, ces magnifiques yeux d'un brun doré ! Je comprends pourquoi Violaine se sent en sécurité auprès d'elle ! s'étonna-t-elle.

Ils se retrouvèrent attablés sous la tonnelle : Edouard et Eloi muets et taciturnes, Elise et Violaine très bavardes, sous le regard bienveillant de la guérisseuse.

— Vous êtes à l'hôtel Saint-Roch ? demandait la jeune fille en riant. Comment va madame Lebail ? J'ai toujours sa topaze, voyez comme elle brille... et votre médaille de Lourdes, madame.

— Chère petite ! Comme tu es vive, joyeuse... Jacqueline t'envoie son bon souvenir, sais-tu ! Et Gérard aussi.

Le repas se déroula sur ce ton badin. Violaine raconta l'école, les chèvres de Sidonie, le gros chien Tonnerre qui montait parfois lui rendre visite. Elise donna des nouvelles fraîches de Guillemette et de ses enfants.

— Mariette attend un bébé pour décembre. Nicole gagne bien sa vie à Saintes, comme couturière.

— Et François ? chuchota Violaine avec impatience.

— Il passe son temps libre en mer, avec son père ! répondit Elise. A treize ans, c'est un excellent marin. Mais à l'école, ce n'est pas brillant. Louis, par contre, est entré au lycée. Il a obtenu une bourse d'études... Tiens, en parlant de François, j'ai quelque chose à te remettre de sa part. Je l'ai à portée de main, ce cadeau...

La jeune femme sortit de son sac un objet enveloppé de papier de soie. La forme paraissait biscornue.

— Tiens, Violaine.

L'adolescente, fébrile et très émue, défit l'objet de son emballage. Apparut alors un coquillage nacré, encore plus beau que celui brisé par son cousin, cinq ans auparavant. Elle avait raconté cet épisode douloureux à son frère de lait dans l'une de ses longues lettres. Il n'avait pas oublié ! Une bouffée de bonheur lui gonfla le cœur. Elle contempla l'objet, les yeux brillants de larmes, puis le porta à ses lèvres, l'embrassant discrètement. Elle le colla contre son oreille droite et écouta, la mine grave, et elle revit soudain avec netteté le visage de François. Mais c'était celui d'un petit garçon, alors qu'il devait être un adolescent bien différent. Essayant de se le représenter, elle associa son image à celle d'Eloi, les mêlant dans une brûlante sensation d'affection.

Edouard et Eloi n'avaient pas quitté leur amie des yeux. Aucun détail ne leur avait échappé. Leurs visages reflétaient la même déception d'avoir été tous deux vaincus par François, même à plus de cinq cents kilomètres de distance. Mais ce sentiment était exacerbé par une jalousie cuisante !

Violaine, plongée dans son bonheur, ne remarqua rien. Elle chuchota :

— J'entends la mer ! Oh, comme j'aime ce bruit ! Quel merveilleux cadeau ! Tu dois essayer, ma Sido.

Sidonie s'exécuta avec un bon sourire. Eloi dut lui aussi se plier au rituel. Agacé, il marmonna :

— Cela fait juste un drôle de bruit !

Violaine, étonnée du peu d'enthousiasme de son ami, lui reprit son trésor en haussant les épaules.

Ce fut au dessert seulement, une superbe tarte aux myrtilles, que madame Duplessis, un peu gaie d'avoir bu du vin d'Espagne, aborda le sujet le plus important. Sous l'emprise de l'excitation des retrouvailles, elle n'avait pas beaucoup parlé à Sidonie, jusque-là. Pourtant, le sujet le plus important n'avait pas encore été abordé. Elle décida enfin d'accorder à la guérisseuse toute son attention.

— Chère madame, vous qui avez sauvé notre petite Violaine de ces brutes en la recueillant sous votre toit, que pensez-vous de mon projet ? Je voudrais tant lui donner la chance d'accéder à un vrai métier, puisqu'elle est une brillante élève !

Sidonie, d'une voix posée, lui répondit :

— En la confiant à un pensionnat religieux, c'est bien ce que vous souhaitez ? Ma réponse va sans doute vous surprendre, mais je crois que Violaine doit décider elle-même. Ma minette a tant souffert chez sa tante Marcelline que mon seul désir est son bonheur. Il est vrai qu'elle aime étudier…

Elise se mordit les lèvres. Elle n'ignorait rien des mauvais traitements qu'avait endurés Violaine pendant quatre ans. La guérisseuse lui avait tout raconté après avoir recueilli la fillette. Etrangement, la jeune femme éprouvait de la culpabilité. Ce sentiment si fort la torturait et, ne pouvant le garder pour elle, elle s'exclama :

— Oh, madame ! Non, chère Sidonie, car je peux vous appeler Sidonie, n'est-ce pas ? Je regrette tant ce qui s'est passé. Je me revois devant cette auberge, au cœur de l'hiver, et Violaine qui s'accrochait à mon manteau, me suppliant de la ramener à Lourdes… Elle pleurait tant, la malheureuse, et moi… je l'ai abandonnée à ces gens ! Quand je pense à tout l'argent qu'ils ont touché ! Mais une chose est sûre, Sidonie : dès que j'ai reçu la lettre où vous me racontiez la situation tragique de Violaine, je n'ai plus posté un seul mandat !

Edouard ne supportait pas de voir sa mère tenter de se justifier. Il protesta :

— Mère ! Vous ne pouviez tout de même pas savoir que ces gens la traiteraient si mal !

Sidonie essaya de ramener le calme autour de la table. Elle se fit apaisante :

— Votre fils a raison ; personne n'était en mesure de prévoir qu'une tante irait jusqu'à affamer et frapper sa propre nièce… Moi la première ! J'ai écrit les courriers, je savais donc que les Carrier allaient accueillir la petite. Je ne me suis pas inquiétée, malgré le peu de bien que je pense de Marcelline. J'ai eu tort ! Mais comment imaginer que ces gens se conduiraient de façon aussi ignoble ? Si vous aviez vu dans quel état j'ai trouvé Violaine : muette, maigre, portant des traces de coups… Moi que l'on dit douée de clairvoyance, voire de prescience, je n'avais rien senti et je m'en veux encore…

— Quelle honte ! se récria Elise. Et cette tromperie ! Vous utiliser comme écrivain public… Moi, je me suis dit que la famille avait de l'instruction, vu les courriers.

Violaine s'agitait sur sa chaise, n'ayant aucune envie de remuer ces souvenirs. Elle saisit le poignet d'Edouard en riant.

— J'espère que, ce soir, vous venez dormir chez Sidonie ! Nous avons mis des fleurs partout et j'ai ciré le parquet.

Edouard trouva l'adolescente si ravissante qu'il aurait voulu partir immédiatement, grimper tous les sentiers de montagne, comme savait sans doute le faire Eloi. Mais il répondit à voix basse, avec un regard caressant néanmoins :

— Je suis désolé, Violaine, c'est impossible. Tu n'as pas oublié combien je suis malade... Rien qu'ici, à Gavarnie, je souffre de malaises.

L'adolescente fut très déçue. Elle se faisait une telle fête de leur venue chez la guérisseuse ! Elle laissa échapper :

— Quel dommage, Edouard ! J'aurais voulu te montrer les chèvres, la ruche... Les abeilles de Sidonie me connaissent maintenant. Enfin, puisque tu es malade... Je te plains de tout cœur !

Elise préféra couper court, ne voulant pas gêner son fils.

— Alors, ma chérie ! aimerais-tu aller à Pau, dans une excellente école ? Ce n'est pas très loin. Tu pourras revenir en train chez Sidonie, pendant les vacances.

Eloi serra les poings sous la table. Il ne voulait pas perdre Violaine et se prit à détester cette jeune et charmante femme, qui voulait emmener son amie. Lui si loyal, si bon, se reprochait ce sentiment qu'il ne pouvait contrôler.

Quelques instants s'écoulèrent dans le plus profond silence. Tous les regards se tournèrent vers Violaine qui n'avait pas encore répondu au sujet du pensionnat. Quelque chose la tourmentait qu'elle n'osait formuler. Sidonie, prouvant encore une fois sa capacité intuitive, la devança :

— Madame Duplessis, si j'ai bien compris, vous semblez prête à payer les frais de cette scolarité. Je vous avoue que je n'en ai pas les moyens, sinon mon fils serait entré au lycée, à Lourdes. Pardonnez-moi d'être indiscrète, mais qu'est-ce qui vous pousse à une telle générosité ?

Elise se troubla, son visage devint livide. Elle but précipitamment une gorgée d'eau et regarda Edouard d'un air étrange et inquiet. Elle finit par dire :

— Nous devons vous ennuyer, mes enfants, avec nos histoires. Le repas est fini, allez vous promener un peu. Violaine, tu pourrais faire visiter le village à Edouard ? Eloi vous accompagnera avec plaisir, j'en suis sûre !

Soulagée d'échapper à la discussion, la jeune fille acquiesça aussitôt :

— Oui, madame ! C'est une bonne idée. Si on allait voir les ânes qui partent jusqu'au cirque... Ma Sido, je te confie mon coquillage, je ne veux pas risquer de le casser.

Les trois adolescents s'éloignèrent. Violaine avait pris familièrement le bras d'Edouard, peut-être pour le mettre en confiance. Eloi marchait un peu à l'écart, les mains dans les poches.

Sidonie observa sa compagne de table avant de dire :

— Excusez-moi, ce n'était pas très judicieux comme question ! Je n'ai pas vos bonnes manières, madame.

— Oh ! Les bonnes manières, j'en ai assez... Je vous en prie, appelez-moi Elise et ne vous excusez pas. Comment vous expliquer, je me sens responsable de Violaine, car j'aidais déjà ses parents au Chapus. J'ai des idées un peu « socialistes », selon mon mari, ce qui l'agace prodigieusement, d'ailleurs !

La guérisseuse devina que le couple ne s'entendait pas à la façon dont Elise avait prononcé le mot « mari ». Elle ne savait pas comment rassurer la jeune femme, car, grâce à ses dons d'intuition, à sa connaissance immédiate de l'humain, Sidonie pressentait, chez cette belle personne, une nature passionnée qui devait être en lutte permanente avec son éducation irréprochable et son statut d'épouse de notaire. Madame Duplessis, en dépit de son apparence de femme du Nord, faisait mentir l'adage prétendant que le tempérament passionné est une caractéristique réservée aux gens du Sud. Mais la guérisseuse percevait surtout un chagrin infini, probablement lié à un secret trop lourd à porter et qui devait la ronger, donnant à son regard clair une expression fuyante. Sidonie comprit qu'elle devait l'aider à se décharger enfin de son fardeau, mais qu'il faudrait du temps et beaucoup de délicatesse pour y parvenir. Elle prit la parole.

— Ma chère Elise, faites ce qui vous semble juste pour notre Violaine. Elle le mérite, ça, nous le savons. Quand je la vois, si courageuse et tellement sérieuse, je voudrais la combler de cadeaux, de bienfaits… Alors, si vous pouvez le faire, je vous en remercie.

Entre ces deux femmes qui s'étaient penchées sur le destin de Violaine naquirent ce jour-là un profond respect et une complicité amicale.

— Sidonie, vous avez offert à cette enfant la sécurité d'un foyer et surtout de l'amour. Il n'y a rien de plus précieux en ce monde. Je connais Violaine ; elle a ce sens inné de la dévotion, du partage, comme sa mère qui était une personne admirable, je vous assure. Je n'oublierai jamais Gabrielle… Elle rayonnait d'amour et de pureté, mais si fragile, hélas ! Et certains en ont profité… Je…

Elise Duplessis, rouge de colère, se tut. Les mots retenus depuis des années voulaient franchir ses lèvres, cependant… elle se résigna au silence. Avec un petit rire amer, les yeux embués de larmes, elle conclut d'une voix tremblante :

— Vraiment, Sidonie, vous avez un regard qui ferait parler n'importe qui ! Je me sens prête à toutes les confidences en votre compagnie… mais je ne puis trahir une promesse. Ce serait mal, n'est-ce pas ?

La guérisseuse approuva :

— En effet ! Mais plus mal encore de se punir à force de secrets ! Le mensonge, même pieux, pèse lourd dans le cœur… Allons, ne pleurez pas, belle dame !

Sidonie prit la main fine de la jeune femme, essayant de lui communiquer un peu de sa force intérieure. Elise frémit et confia enfin ce qui l'étouffait : tant d'années de douleur, de regrets, de haine…

Une heure plus tard, Violaine, toujours entre Eloi et Edouard, revint vers l'auberge, les joues roses d'excitation. A peine arrivée devant les deux femmes, elle s'écria :

— Ma Sido ! J'ai montré des truites à Edouard, dans la rivière, et nous sommes allés voir les ânes. L'un des guides m'a permis de monter sur une des bêtes ; oh, pas longtemps ! Eloi m'a aidée.

L'adolescente se mit à rire, ivre de bonheur. Tous ceux qu'elle aimait, ou presque, se trouvaient autour d'elle. Bien sûr, il manquait encore la famille Lignet, du Chapus : sa Guillette, François et les autres... Pourtant, le soleil brillait si fort, la vie devenait tellement belle que Violaine avait envie de s'envoler, comme les grands aigles des montagnes.

Soudain, elle prit un air sérieux et déclara tout à trac :

— Madame Duplessis, j'ai réfléchi pendant la balade. Si vous êtes toujours disposée à m'aider dans mes études, je serais très contente d'entrer dans ce pensionnat. Et j'aimerais devenir infirmière ou médecin...

Elise accueillit cette nouvelle avec soulagement et applaudit, l'air joyeux, mais les paupières rougies par les larmes essuyées à la hâte. Sidonie déclara qu'il était temps de boire un bon café et la conversation reprit, consacrée dès lors aux côtés pratiques de cette décision : le trousseau de Violaine, les gens de confiance pouvant s'occuper d'elle le jeudi, les jours de sortie... Edouard ne bâillait plus, attentif aux propos échangés, mais Eloi n'écoutait pas... depuis l'annonce de Violaine. Il contemplait, d'un œil morose, les cimes arrogantes de ses montagnes natales.

14

Le temps de l'amour

2 juillet 1939

Le train reliant Lourdes à la ville de Pau s'arrêta dans un long grincement qui mit à rude épreuve les oreilles des passagers. Jacqueline Lebail en descendit, très élégante, puis elle arpenta nerveusement le quai. L'hôtelière cherchait une silhouette familière parmi la foule et commençait à s'inquiéter lorsqu'un visage lumineux, encadré d'une chevelure flamboyante, attira son attention. Elle s'élança.

— Violaine ! Enfin... te voilà ! Je croyais que tu m'avais oubliée !

— Ma chère Jacqueline, s'écria gaiement la jeune fille. Excuse mon retard, j'ai dû faire mes adieux aux sœurs et à mes camarades.

Elles s'embrassèrent en riant. Ce n'était pas la première fois que madame Lebail venait rejoindre Violaine à Pau, mais ce jour-là, sous un soleil éblouissant, ces retrouvailles prenaient figure d'événement.

A la demande d'Elise Duplessis, cinq ans plus tôt, Jacqueline Lebail avait accepté de devenir la « marraine » et la correspondante de Violaine, qui entrait alors au pensionnat. Son mari Gérard n'y ayant vu aucun inconvénient, l'hôtelière établit un calendrier précis. Elle recevrait la lycéenne à Lourdes au début de chaque période des vacances et lui rendrait visite à Pau deux fois par mois, pour les sorties du dimanche qui nécessitaient la surveillance d'un proche.

Cet arrangement avait apporté de grandes joies à la jeune femme, dont le cœur généreux se dévouait ainsi à une juste cause. Elle en profitait, de surcroît, pour flâner dans la jolie ville de Pau, à la découverte des boutiques, et pour apprécier les spectacles organisés les jours de fête.

Violaine exultait ! Elle ne pouvait tenir en place et, prenant le bras de Jacqueline, elles sortirent de la gare à pas légers. L'adolescente laissa éclater sa joie.

— Je suis si contente ! J'ai mon diplôme d'infirmière... Je vais pouvoir consacrer ma vie à ceux qui souffrent, les aider. Si tu savais ce que cela signifie pour moi...

L'hôtelière hocha la tête d'un air attendri.

— Je m'en doute, Violaine. J'ai appris à te connaître et je sais que tu as un cœur d'or. Tu as beaucoup sacrifié pour réussir et je t'admire ! Sidonie aussi, pourtant tu lui as manqué, je crois. Elle t'aime comme sa fille ! Moi, j'aurais préféré que tu deviennes institutrice. Tu aurais pu exercer dans un village de la région. Mais en travaillant à l'hôpital de Lourdes où je t'ai trouvé une place, tu seras confrontée chaque jour à la misère humaine. On voit tant de choses, ma petite amie...

Violaine ne répondit pas. Elle n'avait pas choisi cette voie à la légère. C'était un véritable engagement, le fruit d'une réflexion sérieuse. La fillette qui avait tant souffert des méchancetés de sa tante Marcelline, qui parcourait les sentiers de la montagne avec Eloi, avait bien changé. A dix-huit ans, rayonnante de jeunesse et de maturité mêlées, un corps aussi mince que vigoureux, un visage empreint de douceur et de volonté, elle respirait la joie de vivre.

Jacqueline tira l'adolescente de ses réflexions en s'écriant :

— Allons, ne parlons pas de choses tristes en un jour pareil. Aujourd'hui, nous fêtons ton succès ! D'abord, un repas fin au restaurant, puis nous irons au fronton voir les joueurs de pelote ! Tu es en âge d'admirer les beaux gars du pays en pleine action !

Violaine rougit aux paroles de sa « marraine », mais pouffa aussi de rire.

— Oh ! Jacqueline ! Si Eloi t'entendait, il serait furieux. Jaloux comme il est…

Bonnes marcheuses, elles avaient rejoint le boulevard des Pyrénées et le longeaient d'un pas tranquille. C'était une longue et large esplanade, très fréquentée les jours fériés et en été, située au bord du plateau sur lequel s'était édifiée la ville. Une balustrade en pierre blanche permettait aux passants de se reposer un moment tout en contemplant le superbe panorama de la chaîne pyrénéenne dominée par le sommet curieusement arrondi du pic du Midi. Ce jour-là, les badauds étaient nombreux sur la promenade. Toutes deux, blondes et gracieuses, attiraient bien des regards chez la gent masculine.

Violaine, plongée dans ses pensées, semblait ne pas remarquer ces coups d'œil admiratifs. Elle se remémorait ces dernières années, s'étonnant encore de la succession des événements. Elle fit part de ses réflexions à sa compagne.

— Combien de fois en six ans sommes-nous venues ici, Jacqueline ? Combien de dimanches à observer les jeux de lumière sur les montagnes, à évaluer la hauteur de neige ou à suivre la course du gave ? Vois-tu, je les aime bien, ces sommets et ces vallées ! Parfois, lorsque j'écris à François, je lui décris « mes » Pyrénées. Mais quand je les ai découvertes la première fois, quand j'ai suivi le chemin du hameau dans le froid, près de cet oncle grognon, j'étais terrifiée ! Je trouvais ce décor affreux et effrayant. Nous avions même croisé des loups… oui, des loups !

— Mon Dieu ! s'écria l'hôtelière. Tu me l'as déjà raconté, mais cela me fait encore frémir.

— Ils sont plus rares de nos jours ! ajouta Violaine. Les ours aussi ; d'ailleurs je n'en ai pas aperçu un seul, sauf à Gavarnie, avec un collier autour du cou. La pauvre bête n'avait rien de terrifiant : son rôle consistait à danser devant le public, sous l'œil vigilant de son dresseur. Eloi m'a dit à Pâques que les chasseurs en ont tué plusieurs. Les ours s'en prennent aux brebis, signant là leur arrêt de mort. Quel dommage d'abattre ces grosses bêtes si belles ! Maintenant, j'aime ce paysage, si grandiose et tellement varié. Mais si j'étais restée chez ma tante, si ma Sido n'était pas venue me sauver, je les détesterais encore, ces montagnes. J'ai eu le temps de réfléchir au pensionnat. Si ma mère Gabrielle, dont je t'ai tant parlé, n'avait jamais avoué à personne l'existence de sa sœur Marcelline, c'était sûrement à cause du caractère odieux de cette femme. Plus qu'odieux, noir, cruel...

Jacqueline lui caressa la joue.

— Allez, ma Violaine, pas de sombres pensées ! Le soleil brille, ta vie commence à peine et tu es ravissante dans cette robe. Eloi te verrait...

Elles éclatèrent de rire. Les deux jeunes gens devaient se fiancer le dimanche suivant. Leur tendre amitié avait évolué de la douce complicité à un sentiment plus intense prenant les nuances de l'amour. Cela ne s'était pas fait en une saison, mais très progressivement, au rythme des séjours chez Sidonie. Eloi avait succombé depuis longtemps, en secret, mais Violaine s'était posé plus de questions. Elle éprouvait à l'égard du jeune homme un élan sincère, une profonde confiance. Mais l'amour, était-ce cela... ou autre chose de plus profond encore ?

Ces fiançailles furent le thème favori des discussions pendant le déjeuner. Ensuite, Jacqueline et Violaine marchèrent jusqu'au fronton, ce large mur badigeonné d'ocre jaune, au faîte arrondi, devant lequel se disputaient de furieuses parties de pelote basque, une passion locale.

Assises sur les gradins parmi la foule, toutes deux suivirent le tournoi avec enthousiasme. Les jeunes joueurs, vêtus de blanc, un béret rouge sur la tête et une ceinture de couleur à la taille, maniaient une batte en bois recourbée qui frappait au vol une balle très dure. Celle-ci semblait animée d'une vie propre, allant heurter avec un bruit sec le fronton, rebondissant à droite ou à gauche.

Souples, vifs, gracieux, les garçons de tous âges cachaient, sous leurs chemises, des muscles secs et puissants. C'était un véritable spectacle de les voir courir et relancer la balle d'un mouvement du corps si harmonieux, tels des danseurs.

— Bravo ! hurla Violaine devant une passe extraordinaire à ses yeux. As-tu vu cet envoi, Jacqueline ?

L'hôtelière, prise par la partie en cours, applaudit en criant :

— C'est formidable ! Oh ! Celui-là, qui rit tout le temps, il vient de manquer la pelote.

Les spectateurs étaient aussi agités qu'elles. La jeune fille s'amusait sans arrière-pensée, comme on chanterait après une nuit trop longue. Ses années d'études étaient terminées, bientôt elle serait fiancée à Eloi et verrait sa Sido tous les dimanches. Les épreuves de son enfance perdaient de leur aura tragique sous le soleil du Sud. Les cris des joueurs, le choc mat de la pelote contre le mur lui donnaient l'impression que son avenir serait aussi gai et animé. Une fois encore, elle se répéta : J'ai mon diplôme d'infirmière et j'aime Eloi.

Puis, elle saisit Jacqueline par le cou pour lui confier dans un soupir ébloui :

— Comme je suis heureuse ! Je n'ai jamais tant ri.

Le soir, elles reprirent le train pour Lourdes. Violaine disait au revoir à cette belle ville dont le château lui était devenu si familier, à le voir jour après jour. Le trajet leur parut court, tant elles avaient de choses à se dire. Jacqueline surtout parlait à l'adolescente et, peu de temps avant l'arrivée, elle lui précisa :

— Tu vas passer la semaine avec nous, à l'hôtel Saint-Roch, Violaine ! Repos et repos, car tu as tellement travaillé que tu as droit à quelques vacances. Mercredi, nous irons à l'hôpital, que je te présente au directeur. Et dimanche prochain ?

— Dimanche prochain, répliqua Violaine exaltée, nous partirons toutes les deux à Gavarnie pour retrouver Sidonie et mon Eloi… Et je serai fiancée le soir même !

Cette perspective les fit rire de nouveau. Bientôt, le train ralentit à son entrée en gare de Lourdes. Elles se dépêchèrent de descendre et Jacqueline, en rectifiant une mèche d'un blond pâle échappée de son chapeau, héla un taxi. Violaine eut une mimique amusée, car, depuis cinq ans que l'hôtelière l'accueillait les soirs de vacances, il y avait le sempiternel trajet en voiture jusqu'à l'hôtel Saint-Roch. La jeune fille la taquinait chaque fois, mais Jacqueline se défendait toujours en argumentant :

« C'est plus rapide et si moderne ! A Pau, je préfère marcher ; à Lourdes, j'ai hâte de revoir mon mari. Alors, le taxi ! »

Gérard Lebail les accueillit en personne dans le hall luxueux de l'établissement. Le chef cuisinier disposait de quelques instants avant le « coup de feu » du soir, aussi en profita-t-il pour féliciter Violaine dès son arrivée.

— Bravo, petite ! Demain, je t'offre le champagne ! Nous trinquerons à ta réussite. Quand j'y pense, je me dis que j'aimerais bien être malade, tiens, pour être soigné par une infirmière aussi mignonne que toi !

Violaine protesta, d'un ton à la fois offusqué et ravi, comme toute jeune fille que les flatteries enchantent.

— Oh, monsieur Gérard !

Tout le personnel, femmes de chambre, serveuses, même le maître d'hôtel, vint la saluer. Durant ces cinq années, ils avaient eu le temps d'apprécier les qualités de l'adolescente. Il était impossible de ne pas succomber à son charme naturel et à sa grande générosité. Un quart d'heure plus tard, elle s'enferma dans sa chambre et se laissa tomber dans un fauteuil, fatiguée par les émotions de cette journée bien remplie. Jacqueline lui avait aménagé cette pièce confortable au second étage.

Qu'ils sont gentils ! se dit-elle. Tous ! Jamais je ne remercierai assez Jacqueline et Gérard. Sans eux, ces années de pensionnat m'auraient quand même paru bien longues.

Elle se décida à enlever son tailleur gris, ne gardant que sa combinaison de satin et ses bas. Elle se jeta sur son lit et, allongée dans la pénombre, se laissa emporter par le flot de souvenirs qui l'envahissait, à cette date clef de sa jeune existence. Elle refit, pour elle-même, le décompte de ses cinq dernières années.

D'abord, il y avait eu le grand départ, en compagnie d'Elise Duplessis et de son fils Edouard. Violaine quittait alors Gavarnie pour le pensionnat du Sacré-Cœur de Pau. Mais elle se séparait aussi de Sidonie et d'Eloi. Cela avait été un déchirement, malgré sa promesse de revenir passer Noël avec eux. Ces montagnes qui, fillette, l'avaient tant impressionnée, voici qu'elle se désolait de s'en éloigner, car elle y avait trouvé un bonheur paisible au foyer de la guérisseuse.

— Oui, j'étais bien malheureuse de m'en aller, ce jour-là, murmura Violaine en s'étirant, mais quelle fierté d'entrer au lycée ! J'avais déjà ce rêve en moi : m'occuper des malades, comme Sidonie.

Ensuite, un de ces gros taxis à plusieurs places les avait ramenés à Lourdes. Edouard semblait enchanté de sa présence. Remarquant les larmes de Violaine, il l'avait distraite de son chagrin en lui narrant les changements survenus au Chapus, notamment la construction d'un kiosque à musique, à Bourcefranc, financée par les jeunes de la commune qui avaient organisé un défilé de chars fleuris. Elise leur souriait, d'un air un peu soucieux. Le séjour dans ce même hôtel Saint-Roch avait eu raison de la mélancolie de Violaine qui avait retrouvé avec joie les époux Lebail. La semaine avait filé bien vite, entre des visites à la grotte, des bains dans les piscines pour Edouard et des courses dans les magasins de la ville, car Elise tenait à acheter un trousseau complet à la future pensionnaire.

Et ils m'ont conduite à Pau, chez les sœurs du Sacré-Cœur ! Edouard ne voulait plus lâcher mon bras. Il tremblait en m'embrassant.

A ce point de ses souvenirs plus intimes, Violaine se sentit rosir d'émotion. Edouard Duplessis, malgré une santé toujours précaire, lui avait écrit une fois par semaine durant ces cinq années. Il lui racontait ses « flirts » avec des filles de la bonne société, en insistant sur le fait qu'il les jugeait fades et « moins belles que toi, ma chère Violaine ». Ce compliment la touchait, mais l'embarrassait également.

Si les attouchements vicieux de son cousin Paul l'avaient terrorisée, ce soir lointain où il s'était jeté sur elle dans le grenier de la bergerie, un autre garçon avait su effacer ces images de peur et de honte. Eloi, son Eloi…

— Demain ! Je vais revoir mon tendre chéri demain ! murmura Violaine dans le silence de la chambre.

Cette pensée la troubla. De longs frissons parcouraient sa peau chaque fois qu'elle prononçait le nom de son aimé. Dans son regard, elle avait lu le désir, électrisant son corps comme jamais auparavant. Elle aimait ses doux yeux qui la dévoraient. La jeune fille caressa d'une main hésitante les rondeurs de sa poitrine, la courbe de ses hanches ; elle leva une jambe et en observa le galbe d'un œil critique. Elle voulait tant lui plaire ! Etait-elle assez belle pour son aimé ?

— Eloi prétend que je suis la plus jolie du monde ! Il est fou ! Quand je suis seule avec lui, il me regarde étrangement… et j'aime ça !

Violaine se retourna et, à plat ventre cette fois, elle se détendit et ferma les yeux. Son esprit la ramena vers le pensionnat, les couloirs interminables, les grandes salles de classe qui faisaient paraître minuscule la petite école où enseignait le brave maître Jacques Fabrou.

A Pau, au milieu de deux cents autres filles, Violaine s'était sentie perdue. Jamais elle n'avait dû affronter autant de regards, de visages inconnus. La plupart des élèves appartenaient à la bourgeoisie de la ville. Pourtant les religieuses qui veillaient au bon ordre de l'institution ne toléraient aucune injustice ou discrimination. Très vite, portée en avant par sa soif d'apprendre, Violaine s'était distinguée par ses résultats. De nature modeste et serviable, l'adolescente avait gagné l'affection de tous, hormis de quelques jalouses qui se méprenaient sur son caractère doux et généreux.

Comme j'ai aimé ce lycée, pensa-t-elle en souriant. Le réfectoire et ses grosses tables en bois noir, la bibliothèque avec tous ces livres qui sentaient bon le vieux papier et le cuir, car ils étaient reliés le plus souvent. Je mettais mon nez dedans pour les respirer, cela faisait rire sœur Mireille !

Mais lorsque sonnait la cloche, la veille des vacances, la jeune fille frémissait d'impatience à l'idée de monter dans le train, escortée par Jacqueline Lebail qui venait la chercher à

Pau, les premières années. Enfin, c'était le retour à Gavarnie où l'attendaient Sidonie et Eloi.

Les semaines, les mois s'écoulaient rapidement. Chacun changeait à sa manière. La guérisseuse, qui venait d'avoir cinquante-trois ans, arborait depuis longtemps une chevelure de neige, les fils blancs ayant fini par triompher des dernières mèches grisonnantes. De nouvelles rides sillonnaient son visage toujours majestueux. Mais les yeux en amande, brillants et pénétrants, gardaient une jeunesse insolite. Eloi, lui, prenait des muscles et surtout de la moustache. Son étreinte, lorsqu'il embrassait amicalement Violaine lors de ses retours au village, se faisait pressante, câline et très douce.

L'été 1937, à la fête de Gavarnie, les jeunes gens, qui avaient de plus en plus de difficultés à se considérer encore comme frère et sœur, étaient allés au bal tous les deux. Sidonie ne les avait pas accompagnés, car elle se sentait lasse. Elle leur avait recommandé la prudence et la sagesse, selon son habitude, mais quelque chose dans son intonation les avait mis en garde contre un danger nouveau, qu'ils devinaient sans le nommer. Elle voulait parler du désir, niché dans leur corps en plein éveil amoureux.

Nous avons dansé des heures, refusant tout autre cavalier ou cavalière, se souvint-elle. Rien que lui, rien que moi. Eloi était si beau à la lumière des lampions ! Sa peau brunie par le soleil, ses cheveux noirs, son sourire… Et je portais cette robe bleue très serrée à la taille, sans manches. Il a embrassé mes épaules, mon cou. Je suis devenue toute rouge, de plaisir et d'attente de futurs baisers.

Bouleversée, Violaine se leva et alla se rafraîchir dans la salle de bains adjacente. Ses joues étaient brûlantes et ses nerfs, exacerbés par une étrange sensation d'impatience. L'eau froide lui fit du bien.

— Je voudrais voir mon Eloi ! gémit-elle. Je n'ai peur de rien quand il me tient la main, qu'il me serre dans ses bras. Comme je voudrais qu'il soit là !

On frappa à la porte de la chambre.

— C'est Jacqueline ! Ouvre vite…

La jeune fille se précipita sans se soucier de sa tenue. L'hôtelière lui tendit un papier bleu.

— Tu viens de recevoir ce télégramme, ma Violaine.

— Il vient du Chapus ! Oh, écoute : « Bravo pour réussite diplôme. Impossible assister fiançailles. Jérôme très malade. Pensées affectueuses. Elise et Edouard. » Mais... comment le savent-ils déjà ?

Jacqueline eut un sourire malicieux. Elle avait téléphoné à madame Duplessis le matin même, après avoir reçu le courrier de Violaine annonçant son retour et sa réussite à l'examen.

— J'espérais que notre Elise, dès mon appel téléphonique, sauterait dans le train, mais je ne savais pas que son époux était si souffrant. Ce soir, fais-toi toute belle ! Gérard est à ses fourneaux en ton honneur.

Puis, soudainement embarrassée, la jeune femme s'installa au bord du lit, contemplant Violaine d'un regard rêveur, et lui demanda :

— Est-ce que je peux te parler un moment ? Tu seras fiancée demain, ma jolie, et bientôt mariée. Tu prends ton poste d'infirmière à l'hôpital mardi prochain. C'est un métier contraignant, Violaine. Je sais qu'Eloi a trouvé une place à Lourdes, lui aussi, en septembre...

— Oui, comme facteur ! répliqua la jeune fille. Nous serons à notre aise. Il a été déclaré soutien de famille, puisqu'il a déjà un petit emploi à la poste de Gavarnie et que Sidonie est veuve. Grâce au brigadier Lucas qui a rempli un tas de paperasses, Eloi ne fera pas son service militaire. Il n'y aura plus qu'un petit logement à dénicher !

— Vous êtes jeunes, Violaine... et très amoureux. Tu risques d'avoir un enfant dans moins d'un an. Alors, à mon avis, il faudrait faire attention. Demande conseil à Sidonie.

— Mais... Jacqueline, bien sûr que je veux des enfants ! Et je les rendrai heureux, je les aimerai et les protégerai ma vie durant. Sans que cela nuise à mon emploi. Sidonie les gardera.

— Tu l'imagines, quittant ses montagnes et habitant Lourdes ? avança Jacqueline. Ce serait un sacrifice pour elle.

Je ne la connais pas suffisamment bien, mais tu me racontes souvent combien elle aime cueillir ses plantes, traire ses chèvres, parler à ses abeilles. Elle serait malheureuse loin de sa bergerie !

Violaine, tout à son bonheur, n'avait pas envisagé cet aspect de la question. Elle soupira.

— Nous verrons bien ! Tu es gentille de t'inquiéter de mon avenir, chère Jacqueline. Je te promets d'y réfléchir.

L'hôtelière l'embrassa sur le front et sortit. Violaine se retrouva seule à nouveau. Cette conversation l'avait perturbée. L'avenir qu'elle imaginait si simple, auprès de celui qu'elle aimait, lui parut soudain plus compliqué à envisager. Mais ils n'en étaient pas là. Demain, ils se fianceraient et cette pensée l'emplissait de joie. Sa petite chambre lui sembla tout à coup trop exiguë pour contenir son bonheur ; elle ouvrit sa fenêtre et inspira profondément, ivre de joie. Les sommets voisins se découpant sur un coin de ciel gris lui donnèrent envie de danser. Elle tournoya sur le tapis, les bras levés à la façon d'une ballerine.

— Je suis heureuse, heureuse !...

Un éclat argenté attira son regard. Parmi ses vêtements soigneusement pliés dans sa valise, quelque chose brillait. La jeune fille se pencha et prit entre ses mains le coquillage que François lui avait offert cinq ans plus tôt, par l'intermédiaire d'Elise Duplessis. C'était devenu son talisman, son porte-bonheur. Lorsqu'elle se sentait triste, le soir, dans le dortoir, il lui suffisait d'imaginer le chuchotis de la mer au creux de son oreille pour reprendre courage.

François ! J'aurais tant voulu le revoir ! songea-t-elle.

La nostalgie de son ami d'enfance lui rappela le missel de sa mère dont elle ne se séparait plus. Elle l'ouvrit. Une photographie tenait compagnie à l'image de la colombe. Violaine détailla le cliché avec un pincement au cœur. Guillemette et ses sept enfants posaient devant la mairie neuve du Chapus. Mariette avait les cheveux courts et des formes pleines, Nicole semblait très jolie, coiffée d'un chignon bouclé ; Arlette et Isabelle étaient méconnaissables, devenues jeunes filles, elles aussi ; Louis, agenouillé devant le groupe, souriait d'un air taquin ; François se tenait en arrière, une casquette de marin sur ses cheveux sombres. Il souriait, probablement au photographe, mais Violaine, depuis qu'elle possédait ce portrait de famille, prenait pour elle cette expression joyeuse et tendre. Au premier plan, on voyait la brave chienne Vénus, toujours en bonne santé malgré ses treize ans bien sonnés.

Cette douce Vénus qui m'a sauvé la vie ! J'étais trop petite, je ne l'ai pas assez remerciée à l'époque. C'est si loin, tout ça...

Ainsi, la veille de ses fiançailles, Violaine s'abandonna plus d'une heure à la mélancolie. Les Lignet, trop pauvres pour lui rendre visite, ne viendraient pas à la fête... ni Elise.

L'adolescente finit par se ressaisir et conclut, retrouvant son enthousiasme coutumier :

— Mon destin est ici, maintenant ! Mais un jour, je leur rendrai visite avec Eloi. Je lui ai promis !

Le lendemain, Jacqueline, dans une magnifique toilette verte, à jupe bouffante, et Violaine, tout aussi élégante, suivaient la route de Luz-Saint-Sauveur, à bord d'un taxi. Le ciel s'était dégagé et un soleil généreux inondait un paysage conjuguant toutes les gammes de vert. Ce voyage, animé de fous rires et de bavardages, était bien différent de celui que Violaine avait effectué durant l'hiver 1929. L'eau des torrents scintillait sous la lumière matinale, les cimes neigeuses étincelaient sur un azur d'un bleu intense.

Les deux jeunes femmes ne virent pas le temps passer. Le clocher de Gavarnie apparut après un dernier virage. Violaine, énervée et inquiète, se plaignit.

— Oh ! Jacqueline, je suis un peu décoiffée ! Et ma robe, tu es sûre qu'elle me va bien ?

Jacqueline Lebail la rassura de son accent chantant :

— Tu es vraiment exquise ! Cette belle mousseline beige, avec toutes ses petites fleurs blanches, c'est charmant. La ceinture fait très chic !

Violaine la remercia d'un sourire gêné. Elle avait hâte de gagner de l'argent, car dépendre des bontés d'Elise Duplessis, depuis tant d'années, la dérangeait un peu. D'une manière discrète mais constante, sa bienfaitrice lui envoyait tout ce que pouvait souhaiter une jeune fille coquette : jupes, tricots en laine fine, robes et sous-vêtements, sans oublier manteaux, chapeaux, chaussures de ville et de montagne.

La jeune fille constata, se remémorant les nombreux cadeaux d'Elise :

— Sais-tu, Jacqueline, que je serai moins chic bientôt... Plus jeune, je ne me rendais pas compte à quel point madame Duplessis dépensait pour moi. A présent, j'aimerais acheter mes habits ou les coudre, choisir la couleur de la lingerie. Elle a payé mes études et je lui en suis très reconnaissante, mais elle doit arrêter. Cette robe est une pure folie ! Je l'ai reçue à Pau il y a huit jours.

Jacqueline la taquina gentiment.

— Bientôt, tu vivras la moitié du temps en blouse blanche, ma Violaine !

Le taxi se gara devant la poste du village. Madame Lebail put admirer le cadre champêtre du bourg, le décor grandiose du cirque barrant l'horizon. Elle s'extasia :

— Comme c'est beau, ici ! Je voudrais venir plus souvent avec Gérard, mais nous avons tant de travail à l'hôtel !

Un grand jeune homme accourut et ouvrit la portière du côté de Violaine qui s'exclama :

— Eloi !

— Ma petite chérie ! Enfin te voilà... Je n'en pouvais plus de t'attendre. Je tourne en rond sur la place depuis des heures.

Les futurs fiancés s'étreignirent, éperdus de bonheur. Sidonie approcha, un bâton de marche à la main, souriant d'un air ému. Pour l'occasion, elle s'était soigneusement habillée, arborant une longue jupe rouge et un chemisier de dentelle de facture ancienne.

La voyant, l'adolescente s'écria :

— Ma Sido ! que tu es belle... Oh, c'est le plus beau jour de ma vie !

La grande Espagnole reçut contre son cœur la jeune fille presque en larmes.

— Ma Sido, ça y est, je suis infirmière ! Je voulais te faire la surprise. A Eloi aussi ! Tu entends ça, mon Eloi, j'ai eu mon diplôme et Jacqueline, qui connaît bien le directeur de l'hôpital, à Lourdes, m'a obtenu une place. Je commence mardi...

Sidonie, dont le regard sombre épiait les réactions de son fils, lui affirma :

— Je suis fière de toi, ma petite minette !

Eloi n'était pas du même avis et cachait mal sa déconvenue. Il n'avait pas pris au sérieux les projets dont parlait tant Violaine dans ses lettres. Ils avaient prévu de se marier, certes, mais le jeune homme comptait travailler pour deux. Habitué à ce que les femmes des montagnes restent au foyer et élèvent leurs enfants, le jeune homme n'avait pas imaginé qu'il pût en être autrement dans son propre couple. Sa mère, sachant tout cela, préféra le raisonner sans tarder, mais à sa manière.

— Voici une bonne chose, Eloi ! Un couple peut roucouler à son aise quand l'argent ne manque pas. Et puis notre Violaine fera une merveilleuse infirmière !

Le jeune homme comprit la mise en garde de Sidonie. S'il aimait autant qu'il le prétendait la jeune fille, il devait respecter ses choix. Il soupira, mais plaisanta néanmoins :

— Ma chérie, pourvu que tu me dorlotes le soir, je serai le plus heureux des maris !

Violaine contempla ce beau garçon au teint doré, au visage mobile et finement sculpté. Le regard noir, brûlant de passion, la caressait. Dans son costume de velours brun, une fine cravate sur sa chemise blanche, Eloi lui sembla le plus parfait des amoureux.

Jacqueline et Sidonie furent les seuls témoins des fiançailles dont le repas se déroula sous la tonnelle de l'auberge. Violaine se dit que cet établissement, dévolu la plus grande partie de l'année aux touristes, avait servi de cadre à diverses étapes de sa vie, toutes aussi importantes.

Eloi lui offrit une bague magnifique. La monture en or finement travaillée mettait en valeur un petit rubis d'une grande pureté. Stupéfaite, Violaine balbutia :

— Mais… elle est trop belle ! Eloi… je la reconnais. Sidonie, cette bague est à toi !

Le jeune homme avoua :

— Ma chérie, maman me l'a donnée ! Pour toi, notre Sidonie ne voulait pas d'un bijou de pacotille. Alors, elle a ouvert le buffet, sorti son coffret et m'a tendu cette merveille.

La guérisseuse ajouta :

— Tu sais, minette, que cette bague vient de ma grand-mère maternelle ! Le rubis donne courage et force, cela pourra t'être utile dans le métier que tu vas exercer. Et puis, je crois que je te l'aurais offerte même si tu n'avais pas épousé mon fils.

Jacqueline applaudit, admirative non seulement de la beauté du bijou, mais surtout de la grandeur d'âme de cette femme étonnante. Elle avait rencontré Sidonie une dizaine de fois en six ans, toujours à Gavarnie, et elle appréciait infiniment la compagnie de la guérisseuse dont la maturité alliait sagesse et bonne humeur.

Profitant d'un moment où elles se retrouvèrent seules à table, les amoureux s'étant éclipsés pour une promenade au bord du ruisseau, Jacqueline demanda à voix basse :

— Sidonie, ne sont-ils pas un peu jeunes pour se marier, nos tourtereaux ? Et puis, ils ont grandi ensemble. Elise Duplessis, dans une lettre datant de cinq ans au moins, me confiait qu'ils étaient… comme frère et sœur.

La guérisseuse plissa à demi ses beaux yeux. Elle but une gorgée de café avant de répondre.

— Il n'y a pas d'âge pour aimer, Jacqueline. Pourtant, je serai honnête avec vous, je me suis posé la même question sur leurs sentiments. Je ne doute pas de l'engagement d'Eloi. Il aime Violaine de tout son être et cela ne date pas d'hier. Elle, je ne sais pas. Après toutes ces souffrances, cette petite avait besoin de protection, de sécurité, mais elle avait aussi une soif d'aimer autant que d'être aimée. Mon fils était là, l'entourant de son amour ; elle a peut-être confondu ses propres sentiments au départ, mais ensuite ?

Jacqueline hocha la tête doucement en ajoutant :

— Ce qui me tracasse, Sidonie, c'est sans doute idiot, mais Violaine vient de passer cinq ans à étudier parmi d'autres filles. En fait, Eloi est le seul jeune homme qu'elle a pu fréquenter, apprécier. Et elle me répète toujours qu'il ressemble à ce François, son frère de lait, qu'elle n'a pas vu depuis plus de dix ans.

La guérisseuse leva une main en un geste fataliste.

— Ils s'aiment, cela seul compte à mon avis. Le reste, à quoi bon s'interroger ? Regardez-les qui reviennent... Quel beau couple !

Jacqueline, soulagée d'avoir partagé ses inquiétudes, se détendit, un grand sourire illuminant son visage tandis qu'elle admirait les jeunes gens. Elle but une dernière tasse de café, puis embrassa la jeune fille, Eloi et Sidonie. L'hôtelière devait repartir pour Lourdes. Montant dans le taxi qui l'attendait, elle s'écria :

— A lundi, Violaine ! Profite bien du grand air ! Je t'attends de pied ferme pour l'essayage de ta blouse blanche.

Sidonie et les fiancés se mirent en chemin en fin de journée. La jeune fille avait hâte de retrouver la petite maison, son « refuge », comme elle la nommait en souvenir de la nuit d'orage où, protégée par le chien Tonnerre, elle s'était enfuie de chez sa tante pour demander la protection de la guérisseuse.

Ils marchaient sans hâte, dans le clair-obscur des sous-bois, lorsque Violaine demanda soudain :

— Avez-vous des nouvelles des Carrier ? Je les croise rarement quand je séjourne ici et je m'en porte très bien ! J'ai aperçu mon oncle à Noël, près de la boucherie, mais il a vite tourné les talons.

Sidonie répliqua d'un ton dur :

— Marcelline attend un autre enfant, à son âge ! Je n'irai pas l'accoucher, crois-moi. Qu'elle fasse venir la sage-femme de Luz. Jean, d'après monsieur Fabrou, est un enfant fragile et peu éveillé ; Paul fait son service militaire à Tarbes ; Pierre aide son père. Le chien Tonnerre est mort au printemps. Il était bien vieux, le pauvre.

Cette nouvelle désola Violaine.

— Oh ! J'aurais tant voulu le revoir ! Enfin… parlons d'autre chose, Eloi soupire. Il serait même capable d'être jaloux de son ombre, mon fiancé !

La conversation reprit et ne s'acheva qu'à minuit, près de la cheminée. C'était une sorte de tradition entre eux. Violaine racontait en détail ses journées à Pau, Sidonie en faisait autant, parlant des malades qu'elle soignait grâce aux plantes de la montagne. Eloi se montrait plus silencieux, obsédé qu'il était par la présence enivrante de Violaine. Le jeune homme, très épris, vécut deux jours de supplice, à quêter des baisers et encore des baisers, mais sa fiancée se dérobait en riant. Les prétextes ne lui manquaient jamais !

« Je dois aider Sidonie à mettre le miel en pots ! » ou « J'ai la lessive à étendre »… « Une chèvre bêle, je vais voir ce qu'elle a ! »

Eloi ignorait que sa mère avait mis en garde Violaine sur les risques de la solitude à deux, durant la saison chaude. Pourtant, les sens de la jeune fille s'éveillaient et la tourmentaient elle aussi. Le dimanche soir, alors que la guérisseuse s'était allongée, épuisée par une longue marche sur l'estive, les fiancés s'éloignèrent vers une prairie étoilée de narcisses où ils aimaient souvent jouer, enfants.

Violaine ne portait qu'une chemise en cotonnade, très fine, et un grand jupon rose. C'étaient ses vêtements de montagnarde, les jours où il faisait trop chaud. Eloi avait roulé son maillot de corps rouge autour de son front, afin d'écarter des mèches rebelles, et cette coiffe écarlate le faisait paraître plus âgé, un brin différent et étonnamment viril.

D'un accord tacite, sans même en avoir convenu, ils avancèrent main dans la main jusqu'à ne plus voir le toit de chaume de la maison. La jeune fille cueillait au passage quelques narcisses, dont le parfum sucré la grisait. C'était le souffle même de la nature qui montait vers elle, l'effluve d'une terre humide et généreuse. Mutine, Violaine inclina la tête vers son compagnon.

— Sens, mon Eloi ! J'adore ces fleurs.

— Je préfère te sentir, toi ! répliqua-t-il en riant. Tu es si belle, Violaine. Tes yeux bleus si lumineux, ta peau toute dorée et tes cheveux… J'en rêve la nuit !

Eloi tendit la main et la plongea dans la masse soyeuse qui cachait à demi les épaules rondes de sa fiancée. Ses doigts s'attardèrent ensuite sur la nuque gracile, en suivirent la ligne douce, puis glissèrent lentement le long de la colonne jusqu'à la courbe des reins. Les yeux clos, le jeune homme appréciait, du bout de ses doigts fiévreux, la cambrure de sa fiancée. Il pouvait sentir des frissons courir sous la peau de Violaine qui le laissait faire, respirant juste un peu plus fort qu'avant. Les mains de son aimé quittèrent à regret ce creux appelant l'étreinte et remontèrent se perdre dans ses cheveux où, penché sur elle, il blottit son visage. Il embrassa sa peau si tendre, à la limite des petits cheveux si délicatement humides. Elle soupira de bonheur et lui chuchota :

— Ne fais pas ça, mon chéri. Enfin, pas encore…

— Ce n'est pas un péché de te caresser, Violaine. Je suis sûr que tu te méfies un peu, mais je te promets que je serai sage… jusqu'au soir de nos noces.

Les joues en feu et le cœur battant follement, Violaine se mit à courir. La sagesse n'était pas son principal souci du moment. Elle avait peur, car elle n'avait jamais pu oublier ce que son cousin Paul lui avait fait subir, un soir, dans le grenier de la bergerie. Les attouchements brutaux du garçon, le sexe dur lui écrasant le ventre à travers le tissu du pantalon, sa bouche molle et humide… Ces images la hantaient parfois et lui donnaient envie d'entrer dans les ordres. Pourtant, Eloi ferait ce genre de chose quand ils seraient mariés, elle le savait très bien.

Non, il n'agira pas de la même façon ! Parce qu'il m'aime, lui, et que je l'aime. Ce sera agréable. D'ailleurs, cela ne me dégoûte pas du tout quand il m'embrasse sur les lèvres.

Elle se hissa sur la surface plate d'un rocher et s'y reposa quelques instants, le temps de reprendre son souffle et de réfléchir à distance de son Eloi qui lui faisait tourner la tête et enflammait son corps. En elle se livrait un combat déchirant. Son esprit lui rappelait sans cesse l'horreur d'être forcée par un garçon et son corps, encore tremblant de désir, était avide des caresses de son fiancé, de ses baisers…

Eloi l'avait suivie dans sa course folle et il lui attrapa une cheville.

— Violaine ! Descends de cette pierre. Laisse-moi te prendre un peu dans mes bras, au moins.

Elle dégagea sa jambe et se percha tout à fait sur le roc, encore tiède de soleil. Le jeune homme, face au couchant, ne distinguait d'elle qu'une silhouette auréolée d'or rouge et sa longue chevelure que le vent soulevait. Elle semblait le narguer, mais ne répondit pas.

— Ma chérie ! Viens ou je te fais tomber. Je suis plus fort que toi.

Amusée, mais aussi ravie de mesurer à quel point elle l'attirait, elle lui répondit par défi :

— Non ! Je reste là ! Je te défends de me toucher, garnement !

Avec de petits cris, Violaine, faussement effarouchée, repoussa les assauts d'Eloi qui cherchait à la prendre par les pieds. Le jeu les ravissait, accordé à la douceur de cette soirée. Leur avenir serait ainsi, fait de chicaneries amoureuses et de nuits à dormir l'un contre l'autre.

Eloi menaça en pouffant :

— Violaine, descends de là-haut ! Obéis à ton futur époux ou je te donne la fessée !

Cette fois, la jeune fille suffoqua tant elle riait. Eloi en profita. Il saisit ses chevilles à pleines mains et la tira vers lui. Dans la glissade, le jupon se retroussa, coincé sous Violaine qui se laissa faire, trop heureuse d'avoir perdu.

— Voyou ! Mon tendre voyou !

Dans le mouvement, elle fit trébucher son fiancé qui, ne voulant pas la lâcher, l'entraîna dans sa chute. Ils s'écroulèrent sur l'herbe, haletants, pris d'une gaieté étrange. Tout contre lui, plus proche que jamais, Eloi sentait le corps de Violaine, ses hanches rondes, la douceur arrogante de ses seins. Il chercha passionnément sa bouche avec le sentiment de fondre de plaisir.

Ce n'était plus le baiser sage, lèvres closes. Lorsque la jeune fille sentit une langue impatiente et chaude se glisser entre ses lèvres, cherchant un passage entre ses dents pour se perdre dans sa bouche, elle eut un sursaut apeuré. Pourtant, elle avait envie de ce contact voluptueux, de caresser cette langue amoureuse avec la sienne, de mélanger l'intimité de leurs salives. Alors, elle lutta contre ce réflexe enfantin et offrit sa bouche.

Violaine, tout alanguie, ne pensait plus aux conseils de prudence de ses aînées. N'allait-elle pas se marier bientôt ?

Eloi avait l'esprit trop affolé pour réfléchir. Sa volonté de rester sage avait volé en éclats lorsque sa fiancée avait enfin répondu à son baiser. Il en rêvait depuis si longtemps ! Comme aimantées, ses mains, animées d'une vie propre, se posèrent sur la peau soyeuse de Violaine, remontant le long de ses cuisses fermes jusqu'à son ventre velouté, se coulant autour de sa taille, cherchant la cambrure des reins. Incapables de rester en place, ses doigts glissèrent sur les hanches et gagnèrent le haut du corsage. Eloi l'ouvrit et huma le parfum enivrant de la chair qui s'exhalait de sa gorge. Il écarta les pans de la chemise et dégagea de leur prison de coton les seins ronds et arrogants. Leur peau nacrée semblait appeler ses mains. Délicatement, il les caressa, s'émerveillant de leur douceur et de leur fermeté. Les pointes ne tardèrent pas à se hérisser et, gémissant de désir, sa bouche avide quitta celle de son adorée pour embrasser les mamelons, couleur de framboise mûre, qu'il téta avec une gourmandise voluptueuse.

Violaine oublia alors Paul et la brusquerie de ses attouchements maladroits. Les yeux fermés, transportée par des vagues de sensations de plus en plus aiguës, elle arqua son corps mince pour s'offrir aux mains et à la bouche d'Eloi, implorant ses caresses. Cramponnée à son amant, elle ne ressentait plus aucune peur. Le souffle court, tous ses sens en éveil, elle découvrait les félicités offertes par leurs deux corps amoureux, étroitement enlacés. Un monde de plaisir infini s'ouvrait à elle, l'emportant vers l'extase. Leurs gestes mêlés prenaient une beauté sauvage dans la lumière pourpre du crépuscule.

Ivre de plaisir et de désir, la jeune fille voulut à son tour goûter la peau de son adoré. Elle referma ses bras sur la peau nue du dos d'Eloi, brune et douce comme de la soie. Elle se mit à couvrir de petits baisers les bras musclés qui la tenaient au sol tandis que ses doigts s'aventuraient au bas de son dos. Elle n'osa pas le dévêtir, malgré son envie de découvrir ce corps d'homme qui attisait son désir. Ses mains atteignirent la courbe des fesses, puis ses longues cuisses dures. Eloi, surpris et au comble de l'excitation, retint une exclamation farouche. Au prix de sa vie, il n'aurait pu dès lors renoncer à Violaine. Son sexe le faisait souffrir, si tendu qu'il devait l'appuyer contre le ventre de sa fiancée pour éprouver un vague soulagement.

— Je t'aime, mon Eloi ! chuchota-t-elle à son oreille. Je t'aime à en mourir.

— Moi, je t'adore, ma si jolie, si tendre minette.

Eloi se redressa. Il entreprit d'ôter la chemise de Violaine, puis son jupon. Les paupières mi-closes, la gorge nouée par une excitation mêlée d'angoisse, elle se laissa dénuder. Fasciné par la beauté de sa fiancée, il s'écria, la voix enrouée par l'émotion :

— Je te vois ! Enfin… je te vois. Tu es si belle, mon amour !

Coquine, la jeune fille s'allongea, les bras ouverts, tout en formes rondes et roses, avec une matité dorée par les ombres du soir. Entre les cuisses et aux aisselles frisait la même toison d'un blond roux. Les seins rebondis se dressaient sur son torse mince. Les jambes de Violaine, galbées et bien proportionnées, le fascinaient. Eloi se pencha sur elle, hébété devant tant de beauté ! Brûlée par ce regard d'homme, Violaine n'en pouvait plus d'attendre ! Elle étendit ses jambes et caressa de la pointe du pied le ventre d'Eloi. Ce geste sensuel le tira de sa contemplation amoureuse. Il lui prit les chevilles, les couvrant de baisers, puis remonta jusqu'au creux si tendre du genou, continua le long de l'intérieur des cuisses où la peau est si douce, mais il n'osa pas se perdre dans l'intimité secrète de son amante. Il posa sa tête sur le bas du ventre, ce lieu de délices encore inconnu pour lui, car il était aussi vierge que sa fiancée...

— Ma chérie ! Je te veux... Je te veux maintenant.

C'était une supplique d'homme, un appel puissant qui résonna comme une musique primitive dans le cœur de Violaine.

— Alors... viens ! souffla-t-elle dans son cou. Moi aussi je te veux, mon Eloi. Je t'aime tant !

Il ouvrit son pantalon le plus discrètement possible, craignant d'effaroucher la jeune fille. Son sexe frôla une cuisse tiède, l'affolant davantage. Il n'en pouvait plus ! Des doigts timides, animés de curiosité pour cet attribut masculin si mystérieux pour une jeune fille innocente, se tendirent vers lui. Eloi retint son souffle. Il ferma les yeux, laissant Violaine le caresser maladroitement. Eperdu de désir, incapable de patienter davantage, le jeune homme écarta cette main et chercha son chemin dans un lieu moite, forçant un peu, les reins agités de spasmes involontaires.

Violaine, surprise par une vive douleur, cria, essayant de repousser Eloi de toutes ses forces, balançant la tête de gauche à droite en le suppliant :

— Eloi ! Oh, j'ai mal ! Je t'en prie, Eloi, arrête...

Mais le jeune homme n'entendait pas, laissant libre cours à sa passion, à cette soif de jouissance qui submergeait sa raison et son corps. Il s'enfonça plus profond, le visage figé par une expression extatique. Plus il s'agitait en elle, moins Violaine souffrait. Elle ne tarda pas à gémir à son tour, resserrant leur étreinte, leurs deux ventres soudés. Emportée par une vague de plaisir plus intense, sa tête blonde roulait sur l'herbe, sa bouche murmurant des mots inaudibles. Le temps n'existait plus pour eux.

Eloi se figea soudain dans un long cri sourd. Reprenant conscience, il perçut alors un mouvement de sa fiancée, comme un abandon déçu. Dégrisé, il la regarda, réalisant soudain jusqu'où leur passion les avait conduits.

— Oh non ! Violaine… ma pauvre minette ! Qu'est-ce que j'ai fait ? Et tu as eu mal… Ma chérie, pardonne-moi !

Le jeune homme en aurait pleuré. Violaine le fixa d'un air profondément étonné. Elle avait l'impression de revenir d'un monde aussi bizarre que celui des rêves. Cependant, la lassitude de son corps et une vague douleur intime la ramenèrent sur terre.

— Eloi ! Ne te reproche rien, tu ne m'as pas obligée. Je voulais, moi aussi… Je le voulais tant !

— Parce que tu es plus faible et si douce ! Moi, je suis lâche, ignoble et répugnant ! Je ne vaux pas mieux que ce genre de gars dont parle ma mère, qui prennent leur plaisir sans penser aux conséquences.

Violaine se rhabilla sans répondre, mais elle souriait, cachée derrière ses cheveux en bataille. L'abattement et les remords d'Eloi l'amusaient et la bouleversaient. Elle lui prit le visage dans ses mains pour capter son regard, l'obligeant à y voir le bonheur qui l'habitait. Alors seulement, elle le lâcha, puis lui murmura tendrement :

— Mon chéri ! Ne dis plus rien. Nous avons été si heureux ! Embrasse-moi encore un peu.

Il ne pouvait qu'obéir. Ils échangèrent un long baiser langoureux. Puis, la jeune fille se nicha entre ses bras, et sa présence si calme finit de le rassurer. Les rôles étaient inversés : elle qui avait tant besoin de protection devenait à présent celle qui rassure et console. Cette nuit l'avait faite femme, l'éloignant pour toujours du royaume de l'adolescence. Désormais, elle ne serait jamais plus la même. Elle ne regarderait plus son corps comme avant. La magie de l'amour l'avait transformée.

— Sais-tu, Eloi, que j'avais peur… de ça ? A cause de Paul, je me disais que ces choses étaient sales. Pourtant, quand je pensais à toi au pensionnat, j'avais envie de te toucher, de te couvrir de baisers. Chaque fois, une étrange chaleur m'envahissait… Alors, j'ai souvent réfléchi à cette contradiction. Le dimanche, à Lourdes ou à Pau, je voyais des amoureux se promener et s'embrasser, étroitement enlacés. Ils n'avaient pas l'air de trouver déplaisant le contact de l'autre. Tout à l'heure, quand tu m'as déshabillée, je te désirais follement. J'attendais déjà tes caresses autant que je voulais te caresser !

Ce discours assez hardi surprit Eloi. Il n'avait pas fréquenté d'autres filles que Violaine. Il imaginait la plupart des femmes très pudiques et réservées sur le chapitre de l'amour.

— Tu n'as pas appris tout ça chez les sœurs du Sacré-Cœur, quand même ? Je parie que tes amies du pensionnat parlaient beaucoup des garçons...

— Peut-être ! Tu le sauras un jour, mon beau chéri !

Taquine, elle se pendit à son cou. La nuit envahissait le paysage immense, une dernière clarté diffuse s'attardait sur les aiguilles du cirque de Gavarnie, encore semées de neige.

— Il faut rentrer ! soupira Eloi. Maman doit s'inquiéter.

— Pire encore ! déclara Violaine. Dès qu'elle nous verra, elle devinera tout. Mais ce n'est pas grave, puisque nous nous marierons à l'automne...

Sidonie les attendait assise près de la cheminée. Un mortier entre les genoux, elle pilait avec énergie des feuilles fraîches de bouillon-blanc, une molène souveraine contre les blessures et les brûlures. La guérisseuse évita de les regarder, leur laissant le temps de se composer un visage innocent. Manifestement, elle n'imaginait entre eux que des baisers furtifs, échangés à la faveur du soir. Sa réaction aurait été bien différente si elle avait deviné...

— Alors, mes petits ! vous avez fait une longue balade, on dirait...

Eloi se servit un verre de vin et le but d'un trait. Violaine s'empressa de mettre le couvert. Soudain, un regret immense l'envahit : celui de devoir quitter ce havre de félicité pour travailler à l'hôpital de Lourdes. Elle aurait aimé demeurer ici, dans la petite maison de Sidonie, y construire son nid auprès d'Eloi et de sa mère d'adoption, porter les enfants de son homme et lire tous les livres du monde, assise sous le pommier, les soirs d'été. Cette vie simple aurait prolongé le bonheur ayant pris naissance sous ce toit, des années auparavant. Elle soupira et laissa échapper :

— Ma Sido ! Qu'ai-je fait ?

La guérisseuse sursauta. Depuis plusieurs jours, elle ne parvenait pas à se libérer d'une pénible sensation d'angoisse. L'exclamation de Violaine la troubla.

— Allons, minette, de quoi parles-tu ?

Eloi, tout pâle, jeta un regard paniqué à la jeune fille, car ils avaient convenu de garder le secret sur ce qu'ils venaient de vivre dans le pré de narcisses. Même s'ils avaient l'habitude de se confier à Sidonie, certaines choses étaient trop intimes pour être dévoilées.

Violaine, immobile près du placard à vaisselle, tournait nerveusement une assiette entre ses mains, comme si celle-ci pouvait lui donner du courage. Elle marmonna :

— J'étais si fière de mon diplôme d'infirmière et tellement contente de cette place à l'hôpital ! Maintenant, je ne sais plus... Tout a été si vite. Le directeur était gentil pendant l'entretien, mais il ne m'a pas caché que j'aurais peu de temps libre, que le travail était pénible, fatigant. J'aimerais épouser Eloi très vite, et rester avec vous deux, dans nos montagnes.

Sidonie se leva et prit Violaine dans ses bras.

— Tu dois respecter tes engagements, minette. Et cela ne vous fera pas de mal à tous les deux de patienter un peu. Vous êtes fiancés. Rien ne presse ! Eloi embauche en septembre, toi après-demain. Le mariage peut attendre le printemps prochain.

Devant les mines déçues de son fils et de Violaine, Sidonie se reprocha d'avoir été influencée par les paroles de Jacqueline Lebail. Avait-elle eu raison d'encourager la jeune fille dans la voie du travail à la ville ? Violaine était-elle faite pour cela, sacrifiant le bonheur d'une vie simple proche de la nature à celle, plus moderne, d'une jeune femme de son temps, gagnant sa vie et décidant de son destin plutôt que de subir l'existence d'épouse de montagnard ? Plus bas, d'un ton grave, elle ajouta :

— Je fais des rêves bizarres, ces derniers jours. Vous savez que la situation en Allemagne devient préoccupante. En songe, j'ai vu des gens soumis à des tortures ignobles, des scènes de violence et de mort. Déjà, mes compatriotes espagnols franchissent la frontière, depuis 1935, pour trouver refuge en France. Nous verrons ce qui arrivera, mais je te promets une chose, ma Violaine : selon les événements, je te conseillerai moi-même en temps voulu de quitter l'hôpital et de te réfugier ici.

Troublée par les confidences de la guérisseuse, la jeune fille, oubliant d'un coup ses propres incertitudes, protesta énergiquement :

— Comment ? Si des gens ont besoin de mes services, si je peux mettre en pratique ce que j'ai appris, je ne viendrai pas me cacher chez toi. Je resterai à l'hôpital pour remplir ma mission !

— Alors, à ce que j'entends, ta voie est tracée ! Car ça, c'est un cri du cœur ou je ne m'y connais pas !

Le lendemain, Violaine descendit à Gavarnie prendre le bus. Eloi l'accompagna. En chemin, ils s'embrassèrent cent fois et plus, repris par le désir. Mais ils se montrèrent sages : non seulement il faisait grand jour, mais surtout le poids du chagrin de se séparer surpassait leur envie de s'aimer à nouveau.

15

Un si court été

Violaine finissait de ranger des pansements propres dans le local tranquille de l'hôpital où étaient entreposés médicaments et matériel. De grands placards peints en blanc abritaient aussi des draps et couvertures de rechange.

Son service se terminait et la jeune fille avait hâte de sortir à l'air frais, respirer d'autres senteurs que celles des malades ou des produits pharmaceutiques. Elle aimait rentrer à pied jusqu'à l'hôtel Saint-Roch, arpentant le trottoir de la rue de la Grotte. Autour d'elle, le vaste établissement ressemblait à une fourmilière. Les couloirs, régulièrement envahis par un ballet de blouses blanches d'infirmières affairées ou de médecins débordés, retentissaient de bruits qu'elle avait appris à reconnaître : les pas pressés du personnel, le crissement des chariots poussés dans les étages, les grincements de porte, des appels, l'écho des sonnettes…

Depuis le matin, Violaine s'était dépensée sans compter, comme chaque infirmière : panser des plaies ulcérées, des abcès purulents ; nettoyer des corps dolents ; convoyer à l'extérieur du bâtiment les grabataires, qui devaient ensuite être conduits jusqu'au sanctuaire de la Grotte avant de rejoindre les piscines… Les journées se ressemblaient toutes, mais le contact avec les malades, dotés de personnalités fort différentes, passionnait la jeune fille et la confortait dans sa vocation.

Violaine ne se sentait pas très bien : une migraine se profilait à l'horizon, la chaleur l'incommodait et jusqu'à son chignon qui commençait à lui peser. Pourtant, elle devait encore vérifier la provision de seringues et de flacons d'alcool, ce qu'elle fit avec sérieux. Fatiguée, elle s'arrêta un instant pour s'essuyer le front et soupira :

— Qu'il fait lourd ! Je suis sûre que ma pauvre Hortense souffre de la chaleur.

Avant de partir, elle décida de lui rendre visite.

Hortense Garcia, une vieille femme atteinte d'un ulcère à l'estomac très douloureux, était l'une des patientes préférées de Violaine. En fait, au cours de sa vie, la jeune femme avait rarement fréquenté des personnes âgées. Cette dame de quatre-vingt-cinq ans, au visage fin sillonné de rides, aux yeux très clairs, devint très vite une vraie grand-mère pour Violaine qui n'avait pas connu les siennes. Elle s'était donc aussitôt attachée à Hortense. Celle-ci lui racontait sa jeunesse à Lourdes, ses amours compliquées et, surtout, elle lui parlait de Bernadette… Née en 1853, Hortense avait réellement vu la jeune bergère, à l'époque des premières apparitions, et elle en avait gardé un souvenir intense.

— Encore là, Violaine ! s'écria Jeanne, une de ses collègues.

— Eh oui, je m'attarde ! Je dois aimer manquer d'air dans cette chaleur moite ! plaisanta la jeune fille.

L'équipe de nuit arrivait, créant un brouhaha familier. C'était le moment des salutations, des dernières nouvelles échangées, des consignes données à l'équipe de relève par les infirmiers de jour. Ceux qui connaissaient à peine Violaine se contentaient de la saluer brièvement. L'hôpital de Lourdes, qui accueillait toute l'année les pèlerins malades, disposait également de salles et de bâtiments pour la population locale. Le directeur, ami de Jacqueline Lebail, avait placé la nouvelle infirmière dans ce service.

J'espère que le petit Gilles n'a plus mal au ventre ! Je vais aller le voir lui aussi avant de partir… songea Violaine, toujours sanglée dans sa blouse blanche.

Elle grimpa l'escalier menant au premier étage. Avec l'air brûlant de juillet, les odeurs de désinfectant, d'eau de Javel et de lessive lui montèrent à la gorge, provoquant un début de nausée. C'était l'haleine même de l'hôpital qu'elle respirait depuis plus d'un mois et, d'ordinaire, cela ne la dérangeait pas ainsi.

Violaine entra enfin dans une longue pièce où deux rangées de dix lits se faisaient face. Un garçonnet blond lui tendit la main.

— Mademoiselle ! J'ai un peu soif et je voudrais voir ma maman.

— Oui, je sais, mon petit Gilles ! murmura la jeune fille, mais tu ne peux pas encore boire ce soir, car tu as été opéré ce matin. Je vais te mouiller les lèvres avec un peu d'eau, d'accord ?

Les gestes de Violaine ressemblaient à des caresses. Elle borda le petit, âgé de six ans à peine.

— Tu seras rétabli bientôt, mon Gillou ! Ne t'inquiète pas. Et je suis sûre que ta maman sera là très tôt demain matin.

Ensuite, par souci d'équité, Violaine rendit visite à chacun des autres enfants malades, distribuant un mot gentil à l'un, une chatouille sous le menton à l'autre, tapotant l'oreiller d'un troisième… Tous avaient droit à une marque d'attention et de tendresse.

Jeanne, plus ancienne qu'elle dans l'établissement, entra alors que la jeune fille déposait un baiser sur le front d'un bambin de huit ans, brûlé à l'épaule. Elle s'écria :

— Tu te lasseras vite de les chouchouter comme ça, ces petits ! Ma pauvre Violaine, tu fais des heures supplémentaires qui ne te seront pas payées…

— Je m'en moque, Jeanne. Je sais combien c'est dur de ne pas voir ses parents, d'avoir peur et mal.

Sa collègue haussa les épaules et ressortit. Elle prenait la bonne volonté de Violaine pour un excès de zèle, ce qui l'agaçait quelque peu.

Depuis son entrée à l'hôpital, tous pouvaient constater l'investissement personnel de la nouvelle infirmière, Violaine Plantier, qui se dépensait sans relâche. Elle avait surmonté la période de doute, celle des premiers jours où il avait fallu affronter les relents acides de désinfectant, les odeurs écœurantes des linges souillés par le sang ou l'urine, assister à une grave amputation sans broncher...

Lorsque Violaine rentrait à l'hôtel Saint-Roch, empruntant une porte étroite réservée aux femmes de chambre, elle avait l'impression d'apporter dans ce lieu cossu les miasmes de l'hôpital ; elle se lavait alors énergiquement avant d'embrasser Jacqueline Lebail.

Maintenant, un petit bonsoir à madame Hortense et je quitte ma blouse ! se dit la jeune fille.

Le visage de la vieille femme s'illumina en voyant entrer, dans la salle commune réservée aux femmes, son infirmière préférée. La lueur grise du crépuscule se répandait par les hautes fenêtres, adoucissant les marques du temps sur le visage des malades. Certaines dormaient déjà, d'autres bavardaient à voix basse.

— Ma jolie Violaine ! soupira Hortense. Mon rayon de soleil ! Je me disais que vous ne viendriez plus...

La jeune fille s'assit sur la chaise destinée aux visiteurs et prit la main décharnée de la malade.

— Je ne serais pas partie tranquille sans prendre de vos nouvelles, madame Hortense. La chaleur ne vous incommode pas trop ?

— Si, un peu, mais j'ai encore le mouchoir avec de l'eau de Cologne que vous m'avez donné ce matin. C'est frais, bien agréable... Alors, dites-moi un peu, ce fiancé ?

— Eloi est venu dimanche, nous avons mangé des gâteaux et bu du cidre à la brasserie.

— Voilà une bonne chose ! chuchota Hortense. Il faut profiter de la vie tant qu'on est jeune. Et le mariage ?

Violaine répliqua avec une moue :

— Pas avant l'année prochaine ! Sidonie, ma future belle-mère, juge cela plus raisonnable.

La vieille femme ferma les yeux un instant. Sous les rides et les marques du temps transparaissaient les traces de sa beauté passée, l'ossature délicate, le sourire rêveur sur des lèvres jadis charnues et roses.

— Allez-vous parfois prier à la grotte, vous et votre Eloi ? demanda-t-elle dans un souffle.

— Nous y sommes allés une fois ! Et j'ai pensé très fort à vous. Je vous imaginais fillette dans la foule qui guettait les moindres gestes de Bernadette. Je vais vous laisser dormir à présent, madame Hortense. Je serai là demain matin, à sept heures. J'espère que vous passerez une bonne nuit…

Violaine embrassa le front de sa malade qui se cramponna à son bras.

— Merci de votre gentillesse ! Quand je serai au ciel, je veillerai sur vous…

Violaine se hâta sur le chemin du retour. Jacqueline allait s'inquiéter de son retard, car elle se montrait de plus en plus maternelle à son égard. Ce soir-là, comme elle l'avait déjà fait à plusieurs reprises, l'hôtelière lui demanda :

— Alors, ma chérie, tu tiens le coup ? Je te trouve une petite mine ces temps-ci ! Allez, dis-moi tout !

— Mais non, je vais très bien ! assura Violaine en souriant. J'aime vraiment mon métier. Si j'avais été institutrice, j'aurais ouvert l'esprit des enfants, mais je préfère apaiser leurs douleurs, leurs peurs. Et puis, je suis contente d'être à l'intérieur des murs, du côté des soignants. Tu sais, quand j'étais petite, j'ai vu partir mon père à l'hôpital, dans une pauvre carriole. Il n'en est jamais revenu… Depuis, j'avais cette obsession de savoir comment les malades y étaient traités, ce que faisaient les médecins. A présent, je sais que rien n'est simple, que les souffrances sont multiples et certains cas, désespérés. Je vois des infirmières plus âgées que moi et endurcies par l'habitude qui pleurent en fermant les yeux d'un mort. Je croise des médecins affolés, qui vont tout tenter pour sauver la vie d'un homme dont le sang coule à flots. Travailler dans un hôpital m'a, d'une certaine façon, remis les idées en place. Si mon père n'a pu guérir, c'est sans doute qu'il était gravement atteint et non parce qu'il avait été mal soigné.

La jeune fille n'en dit pas plus. Elle dîna seule dans sa chambre d'un sandwich préparé par Gérard, puis s'allongea avec soulagement. Les marches en montagne, les descentes au village de Gavarnie depuis chez Sidonie l'avaient fortifiée. Bien que résistante à l'effort physique, les allées et venues le long des couloirs, ce piétinement permanent, lui laissaient les jambes lourdes et les pieds endoloris.

Le dimanche matin, elle trouvait pourtant le courage d'aller à la messe, mais passait l'après-midi sur son lit. C'était jour de fête pour les amoureux, car Eloi prenait le bus et lui rendait visite, apportant de la part de Sidonie du miel et des pâtisseries qu'elle avait préparées la veille.

Les semaines passaient doucement, trop lentement au goût des fiancés, tandis que les dimanches filaient comme l'éclair. Violaine songeait souvent à leur avenir qui semblait stagner. Elle vivait loin d'Eloi, seule dans sa petite chambre douillette, comme au temps du pensionnat. Elle se répétait souvent, dans la solitude de ses soirées : J'ai hâte d'avoir un logement bien à moi. Jacqueline est très gentille de m'héberger, mais dès qu'Eloi travaillera lui aussi à Lourdes, en septembre, nous devrons trouver à nous loger.

La découverte de l'amour avait transformé les deux fiancés. Leurs sentiments exacerbés par la séparation les poussaient dans les bras l'un de l'autre dès qu'il n'y avait plus de témoins. Violaine ne pouvait résister à cet élan, et elle s'offrait à son amant avec tant de fièvre et de sincérité qu'il en perdait la tête. Ils restaient de longs moments à se regarder, se caresser, toujours plus émerveillés par ce précieux cadeau que leur offrait la vie et qu'on appelle l'amour. Dans ces moments de douce complicité, plus rien ne comptait pour eux hormis la découverte de l'autre et le désir de l'aimer, encore et encore…

Elle aurait tant voulu accélérer la course des jours pour en arriver plus vite à leur mariage ! Elle se disait : Bientôt nous serons mariés ! Si je m'endurcis, je serai moins fatiguée.

Cette lassitude l'étonnait. Elle s'endormit en espérant que le 15 août, jour férié, Sidonie descendrait à Lourdes.

Une longue semaine s'écoula encore. Eloi arriva le dimanche matin et les fiancés allèrent se promener au bord du gave. Les pèlerins déferlaient sur la ville, arrivant des quatre coins de la France, certains même des pays voisins. L'hôtel Saint-Roch ne désemplissait pas, ainsi que les autres établissements de Lourdes.

Comme tous les amoureux, Violaine et Eloi étaient surtout préoccupés d'eux-mêmes pendant les quelques heures qu'ils passaient ensemble. Encore une fois, ils évoquèrent leur vie après leur mariage.

— J'aimerais habiter, près de la grotte, une petite maison avec un jardinet, disait Violaine. Tu planteras des fraises, parce que je les adore. Et nous aurons un grand lit pour nous... Le dimanche, tu m'apporteras le café avec des brioches.

Eloi rit, amusé des envies de sa fiancée, puis ajouta d'un air grave :

— Oui, si tu veux. Mais lorsque tu seras enceinte, tu quitteras l'hôpital et je travaillerai pour vous deux. Il faudra aussi monter voir maman de temps en temps, sinon elle se sentira seule.

Violaine approuva, s'imaginant en femme mariée, respectable, deux bambins pendus à ses jupes, et son Eloi s'endormant tranquillement le soir au coin du feu, après un bon repas.

Leur avenir ne pouvait que ressembler aux vies des familles que la jeune fille avait connues. Son esprit reproduisait le schéma familial de ses parents, mais aussi celui des Lignet, imprimant à jamais dans son cœur l'image même du bonheur.

La joue appuyée contre l'épaule de son amant, elle chantonna, les yeux brillants :

— Nous serons heureux, n'est-ce pas, mon Eloi ? Et tu te laisseras pousser la moustache, pour faire plus sérieux !

Ces rêveries les rendaient encore plus tendres et ils rentrèrent à l'hôtel, bras dessus, bras dessous, avec le même regard plein d'espérance.

Comme chaque lundi matin, la jeune fille voguait encore sur les petits nuages roses de son dimanche avec Eloi. L'esprit ailleurs, elle ne prêta donc aucune attention à l'air soucieux qu'affichait Gérard. Il lui servit un café dans la grande cuisine étincelante de propreté où elle avait ses habitudes. Le mari de Jacqueline, généralement calme et réservé, poussa une série de grommellements ponctués de jurons. Soudain, il déclara :

— Ma petite, ça sent le roussi ! Tu devrais lire les journaux. Hitler a déjà annexé l'Autriche. On se demande ce qu'il nous prépare. La guerre brise tout sur son passage. Quand je pense à ces pauvres Espagnols que nous accueillons, fuyant la guerre civile, et ce Franco ivre de pouvoir ! Ils ont tout perdu.

Violaine, tirée brusquement de ses rêves, posa sa tasse.

— Sidonie m'a expliqué la situation, mais j'ignorais que c'était à ce point ! L'année dernière, nous avons dû renoncer au voyage projeté. Elle voulait m'emmener dans le village de son enfance, près de Barcelone !

Jacqueline entra au même moment et se rua sur Violaine.

— Ma chérie, Elise vient de me téléphoner. Rappelle-la vite, je t'en prie, elle est bouleversée !... Son mari est mort cette nuit !

Violaine, stupéfaite de cette nouvelle, lâcha sa cuillère et s'appuya au dossier de sa chaise. Hébétée, elle marmonna :

— Monsieur Duplessis... Jérôme... le père d'Edouard !

La jeune fille n'en revenait pas. Obsédée par son Eloi, se dévouant corps et âme dans son travail, elle vivait en dehors des événements qui secouaient l'actualité. La vie extérieure à son petit univers l'avait rattrapée, et son avenir, si lumineux encore la veille, se teinta de grisaille, lui laissant un goût amer dans le cœur.

Violaine finit rapidement son café et rappela le Chapus. Elle discuta une dizaine de minutes avec madame Duplessis, puis raccrocha. Son cœur battait comme un fou. Les paroles d'Elise, entrecoupées de sanglots, résonnaient encore à ses oreilles...

La jeune fille annonça d'une voix blanche aux hôteliers :

— Edouard est très choqué ; et de voir son fils malheureux, Elise n'arrête pas de pleurer.

Bouleversée, elle ne réagissait pas, adossée au mur de la cuisine. Jacqueline, désolée de voir sa protégée si perturbée, la bouscula un peu en lui rappelant que son service allait commencer. Violaine sembla émerger de sa tristesse et partit bien vite rejoindre l'hôpital.

Maintenant je suis en retard ! Mais j'aurais bien parlé plus longtemps.

Violaine suivit la rue de la Grotte en courant. Un gros camion de pompiers, d'un rouge pimpant, la dépassa en tressautant sur les pavés, provoquant le tintement de sa cloche de cuivre. Comme chaque matin, la rue était agitée d'un va-et-vient incessant de voitures-taxis et de quelques calèches. Ce vacarme familier n'arrivait pas à tirer la jeune fille de ses pensées tournées vers Elise. Elle songeait à son étrange proposition :

« Ma chère enfant, si tu veux revenir au Chapus, ma maison t'est ouverte… maintenant que mon mari est mort. Tu n'as pas de souci à te faire pour le travail, car l'hôpital de Marennes manque d'infirmières actuellement. Je serais si heureuse de t'accueillir… et cela ferait du bien à Edouard de te revoir. Bien sûr, pour Eloi, je lui obtiendrai un poste dans le secteur… Réfléchis bien ! Tu retrouverais tes amis Lignet et vivrais à nouveau à leurs côtés. »

Retourner au Chapus ! Ces trois mots obsédaient tant Violaine qu'elle crut percevoir, l'espace d'une seconde, la rumeur de la mer à ses oreilles. Troublée, les jambes flageolantes, elle ne se sentait pas bien du tout en enfilant sa blouse. Peu accoutumée à s'écouter, Violaine mit son malaise sur le compte du café très fort qu'elle avait trop sucré. Soudain, elle fut prise de frissons, passant du chaud au froid, et son front se couvrit de fines gouttes de sueur. Jeanne, qui préparait un chariot garni de médicaments et de flacons d'alcool, l'observait d'un œil intrigué. La jeune fille, dont l'entrain coutumier avait tendance à l'énerver, semblait ce matin-là l'ombre d'elle-même, agissant avec une lenteur surprenante. Jeanne la vit porter une main à son front, respirer vite, cherchant l'appui du mur. Tout à coup, Violaine tituba, puis s'effondra mollement sur le carrelage.

— Eh alors !… Qu'est-ce qui t'arrive ?

Violaine reprit ses esprits, allongée sur un lit de toile qui servait aux urgences.

Jeanne, penchée sur elle, la dévisageait d'un air inquiet. Elle interrogea la jeune infirmière :

— Qu'est-ce que tu as ? Manges-tu assez ? Tu es toute pâle ! Je te préviens, pas question de rentrer chez toi, il y a du travail. Veux-tu boire un verre d'eau ? avec de la menthe ?

Violaine secoua la tête avec un sourire gêné et murmura :

— J'ai appris une mauvaise nouvelle ce matin, je crois que cela m'a retourné l'estomac.

Sa collègue, rassurée, la précéda pour la visite des salles. Violaine la suivit. Tout le jour, elle soigna les malades, leur accordant attention et gentillesse. Elle prit le temps de discuter avec le petit Gilles, de préparer une infusion à madame Hortense, mais son esprit était ailleurs. Elle aurait voulu s'envoler jusqu'au Chapus, consoler Edouard, veiller sur Elise, tout en revenant à Lourdes le soir même. Mais un autre problème la préoccupait.

Cet évanouissement, mes règles qui ne viennent pas, je suis peut-être enceinte. Ce sont des symptômes qui ne trompent pas, en théorie.

La jeune fille n'osait pas se réjouir d'un tel événement. Elle n'avait que dix-huit ans, n'était pas encore mariée et, pire encore, Sidonie ignorait qu'Eloi et elle avaient brûlé les étapes, malgré son habituelle clairvoyance.

Elle m'avait mise en garde et je ne l'ai pas écoutée. J'aurais dû lui dire la vérité le soir même… Mais je n'ai pas osé, j'ai douté de sa compréhension. Ma Sido me faisait confiance, persuadée que je saurais être sage et j'ai failli ! Maintenant, nous devrons avancer la noce. Sidonie sera tellement déçue par mon attitude. J'ai honte de moi !

Violaine passa une soirée agitée, partagée entre l'envie de se confier à Jacqueline ou à Elise ; elle n'aurait jamais pu le faire de vive voix, mais par lettre peut-être… Pourtant, elle n'en fit rien, certaine de décevoir l'une et l'autre. Ces femmes charmantes et dévouées qui avaient veillé sur elle, qui l'avaient aidée à devenir infirmière, seraient choquées par sa conduite.

Je le dirai à Eloi, dimanche prochain. A moins que je ne me trompe... Mais que c'est long, encore quatre jours à attendre. S'il était là, il saurait me rassurer. Il y aura tant de choses à préparer... Tout d'abord, fixer très vite une date pour les bans.

Pour se changer les idées, Violaine décida de rédiger une grande lettre à Elise non pour lui avouer ses craintes, mais afin de la réconforter suite au décès de son époux. Elle lui parla aussi d'Edouard. Sa plume gratta le papier plus d'une heure. Enfin, la jeune fille se coucha et s'endormit.

Les trois nuits suivantes furent très agitées, envahies d'images confuses du Chapus. Dans l'un de ses rêves, des vagues énormes la roulaient sur un sable dur mêlé de galets. Elle pleurait, se débattait, tentant de s'arracher à l'emprise de l'Océan. François, tel qu'il était à six ans, la sortait de l'eau en la prenant par la main. En se relevant, elle s'apercevait que son corps était celui d'une femme alors que lui n'était qu'un petit garçon. François, furieux, se sauvait ! Une autre nuit, elle rêva du visage tellement beau et lumineux de sa mère, Gabrielle, qui lui souriait d'un air attendri. Puis, dans un nouveau songe très étrange aussi, Violaine courait sur la plage, seule, et riait de bonheur.

Ces visions nocturnes lui semblaient au réveil si réelles qu'elle avait envie de pleurer.

Le dimanche arriva enfin... Violaine se doucha et choisit une robe bleue toute simple. Elle brossa ses cheveux avec soin devant le grand miroir. Ses traits étaient tirés, résultat des nuits mouvementées. Examinant son reflet, elle s'adressa à celui-ci :

— C'est un grand jour, n'est-ce pas ? Je vais annoncer à Eloi qu'il va avoir un enfant... Je lui dirai mon secret au bord du gave, au pied du château. Non, plutôt ici dans la chambre ! Il sera fou de joie... sûrement ! Et il voudra m'embrasser ! Personne n'a besoin de nous voir. J'ai tellement envie qu'il me serre contre lui... Je le connais, il va trembler d'émotion et de désir ! Et nous ferons l'amour...

Elle soupira de bonheur anticipé… Elle se détourna du miroir pour prendre son flacon de parfum. Elle s'en mit un peu au creux du cou, là où le jeune homme posait si souvent ses lèvres. Fermant les yeux, elle avait l'impression de sentir la douceur de sa bouche gourmande… Comme elle l'aimait !

L'horloge du palier sonna deux coups. Dans dix minutes au plus tard, Eloi frapperait à la porte. Elle attendit, assise au bord de son lit, fébrile d'impatience et d'émotion retenue. A trois heures, elle commença à tourner en rond, déçue et un peu inquiète.

Que fait-il ? Jamais il n'a été en retard ! Voyons, je dois réfléchir : le bus arrive à deux heures et Eloi descend à l'arrêt de la gare. Que je suis bête ! Il a dû le manquer et il prendra le suivant. Oh non ! Pas aujourd'hui… Nous n'aurons pas beaucoup de temps.

Ce fut à cet instant, en contemplant sa bague de fiançailles à sa main gauche, que Violaine acquit la certitude de ne pas voir son fiancé ce dimanche. Elle éprouva une sensation de vide immense, une peur viscérale au ventre et, sans pouvoir se l'expliquer, une terrible envie de pleurer.

Je suis si nerveuse en ce moment. Je ne suis plus la même. Ce doit être le bébé. Le service de midi doit se terminer, je vais descendre bavarder avec Jacqueline. Et puis… je me fais sans doute des idées, Eloi va arriver tout à l'heure et il ne comprendra pas la raison de mon angoisse.

La jeune fille voulait y croire de toutes ses forces, mais un sourd pressentiment anéantissait la moindre miette d'espoir. Un bruit de pas attira soudain son attention. Quelqu'un montait l'escalier du second étage.

Elle se précipita vers la porte en appelant, déjà transfigurée :

— Eloi ?

Mais c'était Jacqueline, le teint livide. L'hôtelière se tenait à la rampe, le souffle court.

— Ah ! Violaine… Je montais te voir. Ma chérie, tu attendais bien ton fiancé ?

— Oui, évidemment, c'est dimanche !

— Je suis stupide, tu as raison. Le dimanche… Voilà, je viens d'apprendre à la réception qu'il y a eu un accident sur la route de Luz ! C'est le bus qui vient de Gavarnie. Les secours sont partis là-bas. Un taxi a raté un virage et heurté le bus.

— Mon Dieu ! cria Violaine. Un accident ? Est-ce qu'il y a des morts ? Jacqueline, je t'en prie, dis-moi !

— Mais je n'en sais rien, ma pauvre petite ! Aie confiance, nous aurons des nouvelles bientôt.

Avoir confiance… alors que son corps lui disait, depuis un moment déjà, que ce retard n'était pas normal ? que l'angoisse lui tenaillait le cœur bien avant de savoir ?… Violaine aurait voulu hurler sa peur. Elle ouvrit la bouche, tendit les bras vers le vide et, tel un pantin désarticulé, vacilla, perdant connaissance.

L'hôtelière, paniquée, appela Gérard. Il monta l'escalier quatre à quatre, souleva Violaine et la porta sur son lit. Puis il s'éclipsa, laissant Jacqueline, en larmes, veiller sur leur protégée. Elle lui tamponna les tempes avec de l'eau de lavande. La jeune fille reprit conscience grâce à ce parfum fort et frais qui la fit se souvenir de jours si lointains. Elle avait sept ans et cachait dans sa poche un mouchoir qu'Elise Duplessis avait fait tomber. Elle revécut la journée avec précision. Son père était à l'hôpital et François lui avait montré la belle poupée que Nicole allait réparer.

— Quand papa est mort, j'avais déjà cette odeur de lavande sur moi. Alors… j'en suis sûre ! Mon Eloi est perdu. Je veux mourir aussi, tout de suite !

— Violaine, ne dis pas de sottises ! Il faut te calmer, supplia Jacqueline. Gérard a pris la voiture d'un voisin pour se rendre sur place. Il nous rapportera des nouvelles et nous saurons ce qui s'est passé. Il m'a promis de ramener Eloi… s'il n'est pas blessé !

Violaine saisit la main de son amie et la fixa d'un air halluciné.

— Jacqueline ! Je ne peux pas le perdre. On m'a pris mon père, puis ma mère. J'avais huit ans lorsqu'ils m'ont laissée seule au monde. Ensuite, j'ai vécu l'enfer chez ma tante. Elle me battait, m'humiliait. Son fils, ce Paul que j'ai revu l'autre jour au marché, il a voulu me forcer quand j'avais douze ans. Jacqueline, comprends-moi ! Eloi et Sidonie, ils sont ma seule famille, je n'ai qu'eux… Alors je ne veux pas… Eloi doit vivre !

Suffoquant de peur et de détresse, les nerfs à vif, Violaine revivait les épreuves passées. Un gémissement primitif, presque inhumain, s'échappa de son corps, glaçant d'effroi son amie. Puis de longs sanglots la secouèrent, exprimant toute la souffrance endurée. Ils se calmèrent peu à peu, plus par épuisement que par soulagement. La jeune fille parvint à articuler :

— Je veux mon missel, celui de maman ! Dans le tiroir, là.

Jacqueline, bouleversée par l'intensité de ce désespoir, s'empressa de lui tendre le missel. Violaine le serra contre son cœur et, petit à petit, s'apaisa.

S'il y avait une justice en ce monde, Eloi ne mourrait pas ! L'hôtelière retenait ses larmes, caressant le front de Violaine qui pleurait toujours, en silence.

Une heure plus tard, alors que la jeune fille s'était endormie, assommée par sa peine, Gérard entra dans la chambre. Il revenait à l'instant de Gavarnie et son visage crispé n'annonçait rien de bon. Jacqueline lui fit signe de se taire pour ne pas réveiller Violaine, puis, déplaçant délicatement la tête posée sur ses genoux, elle se leva et sortit sur le palier à pas feutrés, suivie de son mari.

— Alors, as-tu retrouvé son fiancé ? Elle a repris conscience un moment, mais elle délirait presque. Cette crise de nerfs l'a épuisée.

— Pauvre gosse… soupira son mari. Quel choc affreux ce sera !

— Eloi… Il n'est pas mort, dis ? Gérard, ce n'est pas possible ?

— Oh ! Jacqueline, si tu avais vu ça… Quelle horreur ! Le bus a roulé dans le ravin. Eloi était assis à l'avant. La vitre a heurté un rocher, et un éclat lui a tranché le cou. Rien n'aurait pu le sauver ! La collision a été très violente. Il y avait six blessés allongés sur le bas-côté et deux morts. Si tu avais vu tout ce sang ! J'ai cru que j'allais vomir… Les gendarmes de Gavarnie étaient déjà là. Ils iront prévenir sa mère. Pauvre femme, quand elle va apprendre… Son fils unique, si ce n'est pas malheureux ! Aussi, le taxi roulait trop vite ! Je l'ai toujours dit qu'un accident arriverait.

Le couple n'entendit pas un léger bruit derrière eux. Violaine s'était réveillée dès que Jacqueline avait quitté la chambre. A présent, elle savait. La mort au parfum de lavande venait une fois de plus de croiser sa route, lui prenant au passage celui qu'elle aimait. Pour l'instant, elle n'avait plus la force de se révolter contre le destin qui s'acharnait sur elle. Au plus profond de son corps, quelque chose venait de mourir aussi… Comme anesthésiée, elle dit simplement, d'une voix lasse :

— Jacqueline, Gérard ! Je dois partir immédiatement. C'est à moi d'annoncer la mort de son fils à ma Sidonie. Je veux quitter l'hôpital aussi. Dorénavant, je serai incapable de soigner les blessés. La moindre goutte de sang me fera penser au sien, son sang si rouge qui faisait battre son cœur, qui le gardait en vie… Je veux le pleurer là-haut, avec sa mère. Elle va souffrir autant que moi, ou plus, je ne sais pas ! On ne mesure pas le chagrin, voilà le problème… Dieu aurait peut-être la réponse, il s'y connaît en chagrin… J'ai prié tout à l'heure, avant de m'endormir ; je n'avais jamais prié avec autant de foi, mais ça ne sert à rien ! La preuve : Eloi est mort… mort, la gorge tranchée. Et moi, je l'attendais pendant qu'il se vidait de son sang…

Violaine ne cessait plus de parler, mais son regard égaré inquiéta Jacqueline. Elle la prit par le bras avec fermeté.

— Ma chérie, il faut te reposer ! Tu n'es pas en état de partir pour Gavarnie ni de faire le chemin jusque chez Sidonie. Et puis, il va faire bientôt nuit.

Le regard halluciné de Violaine retrouva une étincelle de lucidité. Elle répliqua fermement :

— J'ai l'habitude de la nuit et je ne perds pas la tête ! Par pitié, laissez-moi partir ! Je ne suis pas folle, Jacqueline, j'ai juste perdu la foi et ma naïveté de gamine à qui l'on répétait que Dieu et les saints nous écoutaient de là-haut ! Maintenant, je sais que c'est faux. Je veux seulement voir maman Sidonie !

Gérard avait écouté sans rien dire. Il n'était pas doué pour les discours et les cajoleries. Il comprenait les raisons de la jeune fille à qui il était très attaché. D'une voix résolue, il déclara :

— Rassure-toi, Violaine, je vais t'y conduire ! Notre voisin a mis sa voiture à disposition, vu les circonstances. Jacqueline, ne te fais pas de souci. Je serai de retour avant l'heure des dîners.

— Tu as raison, emmène-la. C'est normal qu'elle veuille retrouver Sidonie dans un moment pareil. Embrasse-moi, Violaine ! Sois courageuse, ma pauvre petite chérie. Et transmets toute mon affection à Sidonie. Dis-lui combien je la plains ! Dieu merci, je n'ai jamais eu à subir la perte d'un enfant. Mais j'imagine combien elle va souffrir. Un garçon aussi gentil…

Disant cela, Jacqueline la prit dans ses bras et la serra sur son cœur. Elle lui caressa les cheveux, les yeux débordant de larmes, la gorge nouée… La vie était si injuste parfois…

La jeune fille répondit d'un hochement de tête résigné. Le destin voulait la briser, eh bien, qu'il la brise ! Elle n'avait pas droit au bonheur, ce genre de bonheur tout simple que tant de gens connaissent à Lourdes, au Chapus, sur la terre entière ! La révolte la reprenait. Elle murmura, frémissante :

— Un mari qui m'aime, que j'aime. Une maison, des rires, des enfants, la soupe le soir, ce n'est pas pour moi ! Je n'ai pas eu longtemps mes parents, parce que nous étions trop heureux, sans doute…

Violaine mit un manteau et de bonnes chaussures de marche. Elle fit ses adieux à l'hôtelière, au personnel déjà informé de la terrible nouvelle, et prit place dans le véhicule. Sur la route menant à Gavarnie, elle demanda à Gérard de se garer sur le lieu de l'accident où s'était attroupée une foule de curieux. La jeune fille aperçut la carcasse du bus couché sur le côté, sur un lit de rochers. Plus bas, la rivière grondait.

L'hôtelier, avisant un camion de pompiers, ouvrit la portière.

— Reste là, Violaine. Je vais me renseigner.

Elle attendit, les yeux mi-clos. Ici, la vie d'Eloi s'était arrêtée net. Son tendre amour avait rendu l'âme à quelques mètres, seul, sans un dernier baiser.

Gérard revenait déjà. Il lui expliqua :

— Petite, ils ont emmené les corps à l'église de Gavarnie, pour ceux qui dépendent de la commune.

— Bien ! répondit-elle. Alors, allons-y !

Lorsqu'ils arrivèrent au village, une partie de la population se tenait devant la mairie. Des hommes gesticulaient, une femme pleurait, assise sur une chaise. Violaine aperçut la silhouette trapue du brigadier Lucas. Elle sortit de la voiture et faillit tomber, car ses jambes la soutenaient à peine. Le gendarme la vit.

— Oh, ma pauvre petite ! Quel malheur ! Je m'apprêtais à grimper chez Sidonie, mais le cœur me manque…

— Elle ne le sait pas, alors ? interrogea la jeune fille. Je vais la prévenir. Mais avant, je veux le voir. Où est-il ?

Lucas désigna l'église. Violaine marcha d'un pas hésitant vers le sanctuaire où elle espérait se marier avant l'automne. Deux vieilles du bourg allumaient des cierges. Trois corps reposaient près du chœur, sur des civières recouvertes de couvertures marron.

Elle s'écria :

— Non, pas les autres ! Je ne veux voir que lui, mon Eloi !

Gérard attendait près du bénitier. Violaine lui avait conseillé de rentrer à Lourdes, mais l'hôtelier avait des scrupules à l'abandonner dans un moment aussi tragique. Une femme l'aborda, toute vêtue de sombre, la tête couverte d'une mantille noire. Son visage couleur de cire était d'une beauté solennelle, malgré les rides et le pli amer de la bouche.

— Vous pouvez la laisser, monsieur Lebail. Je suis là maintenant.

Il reconnut avec effarement Sidonie Fernandez, qu'il n'avait rencontrée qu'une fois ou deux, quand elle venait à Lourdes, ce qui était très rare.

— Madame… Violaine voulait monter chez vous. La malheureuse, elle croyait que vous n'étiez pas au courant. La petite m'inquiète : elle ne pleure plus, on la dirait aveugle et absente. Elle nous a dit avoir perdu la foi, à ma femme et à moi.

— Ne craignez rien, je la protégerai, monsieur.

Gérard la salua, puis sortit de l'église. Sidonie avança vers le corps exsangue de son fils.

Violaine était immobile à côté de la civière de son fiancé. Elle n'arrivait pas à croire que cette forme inerte puisse être celle de son amant ! Une mèche de cheveux noirs dépassait à peine du bord de la couverture qu'elle se décida à soulever. Elle découvrit le front, puis le nez et la bouche impassible de son fiancé. Jamais Eloi n'avait été aussi pâle. Il semblait dormir, sous la clarté vacillante des cierges. Il avait un air serein, presque heureux, comme sa mère sur le passage du fort Louvois, morte elle aussi. La douleur fusa, aiguë, intolérable. Violaine s'agenouilla et colla sa bouche à celle déjà froide de son amant. Elle souhaitait l'embrasser une dernière fois, mais aussi étouffer ce cri d'horreur, de refus qui lui déchirait l'esprit, le cœur et le corps tout entier.

Une belle main brune se posa sur son épaule.

— Pleure, ma fille chérie, pleure, sinon tu vas perdre la raison.

Violaine se retourna, engluée dans un cauchemar incompréhensible. Sidonie ? Ici, dans l'église ?

— M'man Sidonie ? C'est bien toi… Regarde Eloi, il est… Je n'en peux plus, tu entends ! Ne me dis pas de prier, cela ne sert à rien. Dieu se moque de nous ! Je veux mourir aussi, tout de suite, là, sur son corps. Donne-moi tes plantes, celles qui tuent !

La guérisseuse se pencha et releva celle qu'elle appelait si souvent « minette ».

— Je t'en prie, reste digne, ma fille. N'oublie pas, tu portes la bague d'Eloi, le rubis, rouge comme du sang ! D'abord, laisse-moi voir mon enfant, mon petit garçon.

Fascinée par le courage et la majesté de Sidonie, la jeune fille s'écarta un peu. La grande Espagnole, dans son voile de deuil, tomba à genoux devant Eloi. Elle le contempla longuement, les mains jointes sur la poitrine. Des larmes claires ruisselaient sur ses joues, et Violaine comprit alors combien cette mère, privée de son unique enfant, souffrait. Sidonie avait déjà vu son mari, Thomassin, ramené inerte sur un brancard, alors qu'elle attendait Eloi.

L'histoire recommence ! songea Violaine avec effroi. Moi aussi, j'attends l'enfant de mon amour, mort par accident. C'est une malédiction qui nous frappe du même sort, Sidonie et moi.

Une chape de soumission au destin si cruel pesa sur les épaules de la jeune fille et la fit s'agenouiller de nouveau, à côté de Sidonie. Elles prièrent dans un profond recueillement tandis que des plaintes et des sanglots s'élevaient tout proches, car les familles des deux autres victimes venaient d'arriver.

16

Un brin d'espoir

Une heure plus tard, Sidonie et Violaine prirent le chemin à flanc de montagne qui les ramènerait chez elles. La guérisseuse tenait une lanterne à pétrole.

— Ce sera terrible de ne plus le trouver là-haut ! dit la jeune fille. M'man Sidonie, parle-moi, je t'en prie.

— Je n'ai plus de mots, ce soir, ma minette. La mort m'a coupé le souffle. Si tu n'existais pas, je me coucherais sur la prairie jusqu'à mourir à mon tour, par la seule force de ma volonté.

— Oh non ! Ne me quitte pas, ma Sido. Je suis si malheureuse. Pire que ça, le désespoir me cogne le front. J'ai envie de hurler, mais je n'ose pas, car tu es si courageuse, toi...

— Ce n'est pas du courage, Violaine. Je n'ai jamais su crier mon chagrin ni me griffer le visage comme les vieilles pleureuses de jadis. Je souffre en silence, vois-tu. Quand mon Thomassin est mort, j'ai beaucoup pleuré, car j'étais jeune encore. Mais personne n'a pu m'entendre gémir. Ma douleur, je l'ai soignée là-haut, chez moi. Mais cette fois, je n'en aurai pas la force... Alors, dès que mon fils sera enterré, je fermerai la maison à clef et je m'en irai en Espagne, chez un cousin. La guerre déchire mon pays natal et je préfère me rendre utile. Rester sous ce toit où j'ai mis Eloi au monde, seule, toujours seule, je ne peux pas. Viens là-bas avec moi, minette... Tu seras accueillie comme ma fille.

Violaine ne répondit pas, incapable d'envisager un quelconque avenir. Elles continuèrent à marcher lentement, accablées par le deuil qui venait de les frapper. La forêt alentour bruissait de menus bruits, de branches remuées, de feuilles agitées. Martres, renards, fouines, écureuils… s'affairaient à la faveur de la nuit.

Elles arrivèrent enfin sur la prairie où, durant ses jeunes années, Eloi avait couru, joué, gardé les six chèvres de sa mère. Un quartier de lune argentait le toit de chaume ainsi que les feuilles du vieux pommier sous lequel ils avaient si souvent dîné, tous les trois.

— Tu as raison, ma Sidonie ! dit tout bas la jeune fille. Il ne faut pas rester ici. Es-tu sûre que ce cousin peut t'accueillir, à Barcelone…

— Là-bas ou ailleurs, minette, le chagrin sera le même, n'est-ce pas ? Et la solitude… Quand j'ai appris l'accident du bus, j'étais à Gavarnie, j'avais accompagné Eloi au village. La vieille Camille m'avait demandé, par l'intermédiaire de son neveu, de lui rendre visite, elle souffrait de la hanche. J'ai passé l'après-midi à son chevet ; la pauvre femme vit seule dans une masure. Alors je lui ai parlé, j'ai fait un peu de ménage. J'avais beau m'occuper, je ne pouvais chasser ce nœud d'angoisse que j'avais dans le cœur. Je sentais le poids d'un malheur suspendu sur nous. Je me suis inquiétée pour toi, ma minette, puis j'ai songé à mon fils, qui était monté si joyeux dans le bus pour aller te voir. Il souriait comme un soleil en me disant au revoir !

Violaine eut un sanglot horrifié. Elle s'accrocha à Sidonie et poussa un cri de douleur.

— Je ne veux pas ! Pourquoi est-ce arrivé, ma Sido ? Ils me l'ont tué alors qu'on s'aimait si fort, qu'on allait se marier. Comme pour mon père et ma chère maman, on me prend tous ceux que j'adore ! Pourquoi, Sidonie, pourquoi ?

La jeune fille tituba, prise de nausées. Elle s'écarta de la guérisseuse pour vomir sur le talus, à plusieurs reprises, avec des hoquets et des gémissements.

— Là, ma petite, là ! Calme-toi ! Je n'ai pas la réponse à ta question, car moi aussi, quand le facteur a couru vers moi en criant que mon Eloi était mort, j'ai eu le même cri au fond du ventre, ce ventre qui l'a porté neuf mois ! Pourquoi ? Je n'ai pas de réponse…

Sidonie soutenait Violaine par la taille. A petits pas, elles arrivèrent enfin à la maisonnette qui avait abrité leur bonheur. La guérisseuse conduisit la jeune fille vers le banc, sur la terrasse.

— Viens, minette. Nous devons veiller… La nuit sera longue. Si tu es fatiguée, repose-toi. Moi, je ne pourrai pas dormir. Ah, savoir mon Eloi dans l'église, si seul, raide, froid… Cela me poigne le cœur.

— Je te tiendrai compagnie, ma Sido ! balbutia Violaine que ces derniers mots torturaient. Je me sens mieux, je vais t'aider. Il faut allumer un feu, des bougies et chanter pour mon Eloi. Tu te souviens… *Ces belles montagnes qui tant hautes sont…*

La voix de Violaine se brisa. Elle suivit Sidonie dans la maison et là, un flot d'odeurs familières l'assaillit : la senteur sucrée du miel, le parfum des fleurs d'origan qui séchaient au plafond… Elle se souvint alors de la première fois où, encadrée de la guérisseuse et d'Eloi, elle avait franchi le seuil de ce lieu enchanteur ! Inondée de soleil, parfumée de toutes les plantes ramassées par Sidonie, la maisonnette contrastait fortement avec celle, sombre et poussiéreuse, de sa tante Marcelline. La petite fille de jadis avait découvert un paradis ! Elle se rappelait les nombreux étés passés dans les montagnes, entourée de l'affection de sa nouvelle famille du jeudi et du dimanche. La maison de Sidonie était devenue son refuge, sa seule raison de supporter la vie au hameau.

Avec un hurlement déchirant, la jeune fille se jeta sur le lit et pleura convulsivement. C'était une révolte totale, un refus de la fatalité qui la faisait crier et frapper l'oreiller à poings fermés. Petite fille, confrontée à la perte de ses parents, Violaine avait versé bien des larmes, mais son âme toute neuve avait encore la force de chercher du réconfort dans la moindre source de joie, une poupée, un câlin de Nicole, la main chaude de François sur sa joue. Maintenant, la mort lui apparaissait sans fard, implacable, d'une affreuse injustice, et la ronde des « jamais plus » lui vrillait le cœur.

Il ne m'embrassera plus jamais... Il ne me sourira plus... Plus jamais il ne touchera mes cheveux ni ne me caressera... Il ne m'offrira plus un bouquet de narcisses en sifflant un air du pays... Je ne le reverrai jamais... Non ! Pourquoi, pourquoi ?

Sidonie s'affairait dans la pièce, droite et muette sous sa mantille noire. La guérisseuse n'avait pas eu le temps de conter à Violaine comment, en apprenant le décès d'Eloi, elle était remontée ici en courant la moitié du temps, pour revêtir une tenue de deuil, dont ce voile de dentelle appartenant à sa grand-mère, celle qui lui avait donné la bague ornée d'un rubis. Il lui fallait approcher le corps de son fils dans une toilette digne des sentiments profonds qui les unissaient.

Voyons, que ferai-je de mes chèvres, de mes chats ? se demandait-elle en silence. J'ai deux valises, je peux emporter mes tisanes et mes onguents, du linge, mais pas mes bêtes... Mon Dieu, et les vêtements de mon fils, sa flûte...

Elle regardait parfois du côté de Violaine, mais ne tenta pas une seule fois de la consoler. Les larmes, les plaintes, les cris, Sidonie en connaissait les vertus salvatrices. Sous ce toit, entre ces murs, elle avait pleuré, hurlé sa douleur, parce que son Thomassin était mort et qu'elle portait son enfant. Au bout de deux jours d'une sorte de folie, elle avait eu l'impression de se réveiller d'un cauchemar et de pouvoir continuer à vivre.

— M'man Sidonie ! murmura soudain Violaine.

— Oui, minette... je suis là ! Je dresse l'inventaire de ce que je possède et je me demande ce que je vais faire de tout ça ! Je dois aussi trouver une solution pour mes chèvres et mes chats qu'Eloi aimait tant.

La jeune fille se redressa. Le visage tuméfié, les yeux rouges, elle renifla, tout échevelée.

— M'man Sidonie ! Qu'allons-nous devenir ? J'ai dit à Jacqueline que je ne reprendrais pas le travail demain. Je lui ai demandé de prévenir la direction de l'hôpital. J'avais décidé de revenir vivre là, avec toi. Maintenant tu t'en vas...

La guérisseuse eut un profond soupir de lassitude. Elle s'assit au bord du lit et prit les mains de Violaine dans les siennes.

— Ma petite chérie, tu es à présent mon seul bien sur terre ! Mais en aucun cas je n'accepterai que tu sacrifies ton métier, ton avenir pour moi, car il te reste un avenir, Violaine. Le temps apaise le deuil. Un jour, tu auras envie de sourire, puis de rire, enfin d'aimer un autre homme. D'autant plus que tu ignores encore bien des choses concernant certains des liens qui unissent un couple. Je parle de l'union des corps, du désir...

Violaine l'interrompit d'un ton amer.

— Sidonie ! Toi, tu n'as pas eu envie d'aimer quelqu'un d'autre que Thomassin. Moi, ce sera pareil, tu m'entends. J'aimais Eloi...

— Bien sûr, tu l'aimais ! Un jeune homme aussi bon et si loyal. Ecoute-moi, minette. Jacqueline et Gérard Lebail t'aiment comme leur fille, ils veilleront sur toi après mon départ. Si vraiment tu ne veux pas reprendre ton emploi à l'hôpital, tes études te permettront de trouver un travail à Lourdes.

Violaine se leva du lit et alla s'asseoir au coin du feu. Une véritable tempête intérieure la ravageait. Pêle-mêle, elle pensait à Eloi mort si brusquement, à sa vieille amie Hortense qui l'attendrait en vain demain matin, à l'hôpital, puis à Elise, devenue veuve elle aussi, comme l'avaient été Gabrielle et Sidonie. La jeune fille s'exclama d'une voix exaltée :

— Je ne suis même pas sa veuve ! Sais-tu, ma Sido, qu'Elise Duplessis a perdu son mari hier dans la nuit, je crois... Elle a téléphoné à Jacqueline. Edouard est très affligé. Je leur ai écrit une lettre de condoléances...

Le silence de la guérisseuse fit relever la tête à Violaine. Sidonie s'était immobilisée au milieu de la pièce et semblait frappée de stupeur. Elle demanda enfin avec douceur :

— Madame Duplessis ne t'a rien dit de plus, minette ?

— Oh si ! Que sa maison m'était ouverte à présent, que je devrais revenir au Chapus. Elle a parlé d'un travail à l'hôpital de Marennes et même d'une place pour Eloi, à la grande poste de Bourcefranc sans doute. Comme d'habitude, Elise pense à tout.

Sidonie abandonna le linge qu'elle pliait et s'assit à son tour sous l'avancée de la cheminée. Ses yeux sombres brillaient étrangement.

— Violaine, réfléchis à cette proposition. Tu as le temps, car je ne partirai pas avant de te savoir apaisée et entourée de personnes qui t'aiment. Il serait peut-être bon que tu retournes au Chapus... Oui, tu dois y aller, je serai rassurée sur ton sort. Elise te protégera. Quant à moi, je peux donner mes chèvres à l'épouse du brigadier Lucas, qui a un pré au bord du ruisseau. Les chats, ils retourneront dans la forêt, ils survivront... Je suis une vieille sotte de me soucier d'eux alors que mon fils repose à l'église et que nous le mettrons en terre demain.

A ces mots, Violaine se mit à trembler violemment, submergée par le souvenir de l'enterrement de son père. Elle revit la foule des gens du Chapus, Elise, monsieur Bonaventure qui venait réclamer son logement et humiliait sa douce maman... Puis il y avait eu l'enterrement de Gabrielle et le vertige de se sentir abandonnée, sans plus de repères...

— Sidonie, je n'aurai pas le courage d'assister aux obsèques de notre Eloi. Je me trouverai mal, je te ferai honte ! Si je pouvais rester seule dans la prairie, près de notre rocher... à me souvenir de notre bonheur. Non, tu as raison, je viendrai... Oh ! je ne sais plus ! Je suis si fatiguée !

Sidonie prit la main de Violaine. Elle l'aida à regagner le lit. La jeune fille se dévêtit et se coucha sous l'édredon en frissonnant.

— J'ai le vertige, m'man Sidonie. Et tellement envie de pleurer. Cela m'étouffe, ma gorge est toute dure. Quand nous discutons toutes les deux, j'ai l'impression que rien n'a changé. Et puis... d'un seul coup, je pense à Eloi, je me dis que je ne le reverrai plus. Alors je n'ai qu'une idée, mourir aussi. C'est tellement soudain, le perdre comme ça. Il est mort aujourd'hui alors que je l'attendais. J'étais si heureuse dans ma chambre. J'avais quelque chose à lui dire. J'avais hâte de le revoir, de me promener au bord du gave et voilà, Eloi est parti… Celui que j'ai vu à l'église, tout froid avec ce drôle de sourire, ce n'est plus lui déjà…

— Dors, ma minette ! Je vais m'allonger près de toi, car mes jambes me jouent des tours. Promets juste une chose : de retourner au Chapus… bientôt. Songe un peu, tu retrouveras ta chère Guillemette, ses filles, ton bel Océan qui te manquait tant et François, ton frère de lait… Je souffre le martyre, moi aussi, car c'est mon fils que j'ai perdu après l'avoir élevé et après avoir partagé ses vingt années de vie. Mais je sais que le temps apaise les pires douleurs, que l'on doit vivre pour se souvenir. Tant que nous parlerons de lui, que nous garderons son visage dans nos cœurs, il ne sera pas vraiment mort, ma Violaine…

La guérisseuse n'en dit pas plus. Pousser la petite à ce départ exigeait d'elle un grand courage, car elle chassait ainsi Violaine de son existence alors qu'elle en était désormais la seule étincelle de lumière. Son cœur lui faisait si mal.

— C'est impossible, ma Sido ! bredouilla la jeune fille à demi endormie. Je veux rester près de toi. S'il le faut, je te suivrai à Barcelone…

Sidonie, très émue, hocha la tête. Les larmes jaillirent encore, elle qui croyait ne plus être capable de pleurer ! Elle se coucha près de Violaine. Blotties dans les bras l'une de l'autre, les deux femmes pleurèrent longtemps… jusqu'au jour nouveau qui leur apporterait la plus pénible des épreuves.

A Gavarnie, les obsèques des trois victimes de l'accident marquèrent à jamais les mémoires des gens du pays. Il y avait tant de bouquets, de gerbes – car c'était la pleine saison des fleurs – que leurs parfums se répandaient, étourdissants. Des personnalités de Lourdes, le maire et son épouse, des notables, s'étaient déplacés pour rendre hommage aux disparus et soutenir les familles.

Violaine vécut ces heures-là dans un état second, sans lâcher un instant la main de Sidonie dont l'allure hiératique fascina ceux qui ne l'avaient jamais vue.

Enfin, ce fut la dernière pelletée de terre sur le bois clair des cercueils, l'oraison du curé très ému par la mise en terre de trois de ses paroissiens le même jour. Albert et Marcelline Carrier étaient descendus au bourg, pour l'occasion. Curiosité ou sincère compassion, les époux observaient Violaine de loin. Celle-ci les aperçut et détourna la tête. Elle nota cependant l'absence de ses cousins, bien qu'elle eût été contente de revoir le petit Jean.

La jeune fille souffla à la guérisseuse :

— Partons maintenant, je n'en peux plus ! Ma tante m'épie avec ses yeux de vipère. Regarde-la, ma Sido, elle rit de notre malheur, comme si la mort d'Eloi la réjouissait ! Comment peut-elle être aussi cruelle, dénuée de tout sentiment honnête ? C'est un monstre !

Violaine avait fait un effort surhumain pour rester calme et digne, comme son amie. Mais Jacqueline et Gérard, venus pour la cérémonie, la rejoignirent à cet instant pour l'embrasser. Cette attention, pourtant si délicate et affectueuse, eut raison de la réserve de la jeune fille. Elle s'effondra en sanglotant sur l'épaule de l'hôtelière.

Ils sortirent tous les quatre du cimetière. Violaine se retourna une dernière fois, jeta un regard vers l'alignement des croix, puis sur le dessin dentelé du cirque de Gavarnie. Ces montagnes étincelantes sous le soleil avec leurs versants couverts de sapins lui firent soudain horreur. Seul l'amour de Sidonie et d'Eloi l'avait peu à peu aidée à admirer ces paysages grandioses, à en apprécier la beauté sauvage. Elle comprit qu'il lui serait bien trop pénible de demeurer à Lourdes ou de partir pour Barcelone.

Jacqueline s'entretenait pendant ce temps avec Sidonie au sujet de l'avenir de Violaine.

— Je ne veux pas vous priver de sa présence, mais Violaine devrait revenir chez nous dès demain. J'ai parlé au directeur de l'hôpital ; il est prêt à lui accorder trois jours de repos, vu les circonstances.

Sidonie décida de forcer le destin, car elle éprouvait dans son cœur les sensations qui agitaient sa « minette ».

— Jacqueline, je pense que le mieux pour notre protégée serait qu'elle rentre au Chapus. Elise l'attend, ses amis Lignet aussi. Ce changement d'air et de région ne peut se révéler que bénéfique.

Gérard, jusqu'à maintenant, était resté à l'écart. Le cœur lourd, car sincèrement affligé par la mort d'Eloi et le désespoir de la jeune fille, il n'avait encore rien dit, préférant le silence. Il dévisageait la guérisseuse avec respect. Finalement, il lui demanda :

— Et vous, Sidonie ?

— Oh ! Moi, je vais passer la frontière, dans le sens contraire de mes compatriotes. Ils fuient leur pays, je me juge capable d'y retourner. J'ai de la famille là-bas.

Il faisait très chaud, car il était presque midi. Violaine, qui regardait tour à tour Sidonie et Jacqueline, éprouva cette pénible impression de chaud et froid, d'éblouissement comme avant ses malaises. Elle tendit la main, cherchant quelque chose ou quelqu'un à qui se retenir, puis s'écroula mollement. Gérard la rattrapa de justesse.

— Asseyons-la sur ce banc ! s'écria la guérisseuse. La pauvre petite a trop présumé de ses forces.

Violaine et Sidonie étaient de nouveau assises au coin du feu, comme la veille. Elles étaient remontées de Gavarnie, en fin d'après-midi, après avoir bu un café à l'auberge en compagnie de Jacqueline et de son époux. Le couple Lebail avait fini par se ranger à l'avis de la guérisseuse, concédant que la meilleure solution pour la jeune fille était de partir rapidement pour le Chapus.

— Eh bien, soupira Sidonie, quelle triste journée ! Ma minette, si tu n'étais pas là, avec tes grands yeux bleus pleins de détresse, ton pauvre sourire désespéré, qu'est-ce que je deviendrais ? En vérité, je n'ai aucune envie de revoir l'Espagne et si je reste ici, dans mes montagnes, je ne me consolerai pas de la mort d'Eloi. Existe-t-il, de par le monde, un lieu où apaiser mon chagrin ? Tu me vois droite et forte, mais tu te trompes ! A l'intérieur de mon âme, de mon cœur, quel chaos ! Je voudrais m'éteindre d'un coup, comme une bougie ; ne pas me réveiller… ni demain ni jamais.

La jeune fille écoutait en se tordant les mains. Elle éprouvait la même chose que Sidonie à une différence près : cet enfant qui poussait dans son corps. Voilà pourquoi elle avait répondu, la nuit précédente, qu'il lui était impossible de rentrer au Chapus. Comment quitter sa chère Sido alors qu'elle portait son petit-fils ou sa petite-fille ? Malgré l'horreur de cette mort, l'intensité de leur chagrin, ce bébé serait une partie d'Eloi qui survivrait. Violaine ne savait comment aborder la question avec la guérisseuse. Elle tournait mille phrases dans sa tête, mais les mots refusaient de franchir le seuil de ses lèvres. Son secret, trop lourd à porter, se révélait terriblement difficile à confier.

Sidonie lui tendit une tasse de tisane fortement sucrée au miel.

— Bois, ma minette, c'est une infusion de camomille et de sauge ; cela te redonnera de l'énergie et te calmera les nerfs. Tu n'as rien mangé depuis deux jours, il faut arrêter ces bêtises. Jacqueline m'a confié que tu avais eu un malaise à l'hôtel.

Violaine, le regard fixé sur les braises du foyer, avoua :

— Oui, c'est vrai ! Je sentais, en apprenant l'accident, que je ne reverrais pas Eloi. Cette idée m'était insupportable ! Sidonie, je t'en prie, réfléchis ! Pourquoi ne pas habiter là toutes les deux ? Nous avons besoin de si peu. Le lait des chèvres, le potager, le miel suffiront à nous nourrir.

— Enfin, ne me dis pas que tu veux t'enfermer ici le reste de ta vie, avec une malheureuse *brouche* au cœur brisé ? J'ai tout arrangé au bourg : mes chèvres sont casées ; quant aux chats, j'ai trouvé à placer les deux plus jeunes. Je sais que tu as envie de revoir le Chapus, le pays de ton enfance ! Pense donc, minette, combien Elise sera heureuse de t'accueillir, et ta « Guillette », les autres…

Violaine savait que Sidonie avait raison. Malgré son immense chagrin, penser seulement à la chanson des vagues, à sa Guillette… la faisait frémir d'une joie timide, douloureuse. La gorge nouée, elle repoussa cette idée et chuchota :

— Je ne peux pas y aller, ma Sido ! Les choses sont telles que je dois te suivre partout où tu iras !

Sidonie leva les bras au ciel. Elle ne comprenait pas l'entêtement de sa minette.

— Es-tu folle ? Exprime-toi clairement ! Qu'est-ce qui te tracasse ?

— Mais… rien, tergiversa encore la jeune fille, je préfère rester à tes côtés. Tu m'as prise sous ton aile quand ma tante me martyrisait, tu m'as sauvée ! Ma Sido, je veux partager ce deuil, t'apporter mon amour et mon affection. Tu es devenue ma mère ! Et puis…

— Et puis quoi ? ronchonna Sidonie, prête à pleurer de tendresse.

— Tu n'es pas une sorcière du tout ! murmura Violaine. J'en ai la preuve. Une *brouche* aurait deviné depuis longtemps.

Cette fois, Sidonie fronça les sourcils en étudiant le joli visage de Violaine. Il lui sembla déceler, sous les traces de sa profonde tristesse, une étincelle d'espoir, infime mais réelle, comme un ver luisant qui paraît lumière vive dans une nuit obscure. La guérisseuse, bouche bée, porta une main à sa poitrine.

— Enfin, que cherches-tu à me dire ? J'en ai la langue sèche et le cœur à l'envers ! Tu n'es pas…

— Si ! j'attends un bébé d'Eloi !

Ces mots résonnèrent dans toute la maison, suivis d'un long silence. Sidonie se cacha la face. Violaine, très inquiète, guettait le moindre de ses mouvements, la plus petite expression qui aurait pu la rassurer. Elle vit ainsi couler des larmes sur les joues mates, minces filets scintillants à la lueur des flammes, qui gouttaient sur le corsage noir.

La future mère, plus qu'embarrassée, ajouta très vite :

— Ma Sido, ne sois pas fâchée ! Je sais, tu voulais que nous demeurions sages, honnêtes, mais c'était sur la prairie, quand les derniers narcisses embaumaient. Et à Lourdes, quand il venait me rendre visite… Je l'aimais tant… Et lui, mon Eloi, il m'adorait. Nous n'avons pas osé te le dire, car nous t'avions promis de patienter. Voilà ! tu sais tout.

Violaine, soulagée d'avoir confié son secret, se mit à pleurer bruyamment, telle une petite fille honteuse et punie d'une grave faute.

Enfin, Sidonie baissa ses mains, poussa un profond soupir et chuchota :

— Ma douce petite folle ! Ah, quel bonheur tu me donnes... Si mon fils était là, je vous gronderais un peu, comme toute mère qui se respecte, mais là... Ce qui vous a poussés sur ce chemin d'amour, on ne saura jamais ce que c'est ! Tu as brûlé les étapes, peut-être pour qu'Eloi vive à travers cet enfant...

La jeune fille eut un sourire tremblant malgré ses larmes. Sidonie lui présenta un visage défait où s'éveillait cependant un regain d'énergie. Puis la guérisseuse céda à cette boule de malheur qui l'oppressait depuis deux jours, elle sanglota sans bruit, haletante, éperdue.

— M'man Sidonie ! gémit Violaine. Je t'en prie !

Elle alla s'agenouiller devant la femme dévastée par la peine et qui avait lutté vaillamment pour ne rien en montrer. La prenant à bras-le-corps, elle appuya sa tête blonde contre le ventre de Sidonie et s'exclama dans un cri de bête blessée :

— Pourquoi sont-ils morts, nos hommes ? Thomassin, maintenant Eloi, pourquoi ?

La guérisseuse marmonna :

— Peut-être avaient-ils juste ce rôle sur terre, dans l'ordre du monde, de donner la vie à un enfant qui, à son tour, concevrait un autre enfant ! C'est ce que je nomme le destin et ses incompréhensibles détours, se jouant du sort de chacun.

Violaine et Sidonie se turent, chacune perdue dans ses rêveries. Enfin, la jeune fille déclara :

— Comment annoncer ma faute à Elise Duplessis, qui me place si haut ? Je ne suis même pas mariée. Et Jacqueline...

— Minette, un enfant demeure une promesse sacrée de bonheur, d'amour. Je ferai taire ceux qui ne le comprendront pas. Tu as « fauté » comme disent les cœurs froids, mais je suis certaine que tu as été guidée par une force supérieure de vie. Si tu savais, ma fille chérie, le baume que tu viens de poser sur ma blessure ! Un bébé d'Eloi, que je pourrai chérir, amuser, éduquer !

— Alors, nous allons rester ici ! conclut Violaine avec un sentiment aigu de déception.

Sidonie se dégagea de son étreinte et se leva. A pas mesurés, elle parcourut la pièce plongée dans la pénombre. Son esprit échafaudait déjà des débuts de réponse au nouveau problème qui se présentait. Un enfant ! Celui de son fils ! Cette nouvelle exigeait de la réflexion, aussi le sens pratique de Sidonie l'emporta-t-il sur le chagrin et l'envie de se refermer sur la douleur et le deuil. Elle se mit à raisonner tout haut.

— Ta place est au Chapus, minette. Ce n'est pas à moi de t'expliquer pourquoi… Mais tu devras affronter tes souvenirs et les critiques possibles de certaines personnes. Je veux que tous te témoignent de la considération et du respect, de l'affection… Bref, ce que tu inspires aux gens d'ordinaire. Alors, comment faire ?… Si tu pars seule, tu risques de ne pas supporter la médisance, les ragots, car tu es fille-mère, ma pauvre minette, et cette situation est mal vue des bien-pensants. Il faudrait… oui, il faudrait que je puisse t'aider… Mais monter vers le nord !

La jeune fille écoutait, saisie d'angoisse. En même temps, une faim insupportable la tenaillait. Elle se jeta sur le pain enveloppé d'un torchon et s'en coupa une épaisse tranche qu'elle tartina de miel. Elle croqua dedans avec une mine de fillette longtemps privée de dessert. La première bouchée l'aida à se calmer.

Sidonie la regarda, l'air amusé.

— Ah, l'appétit revient ! Je t'ai à l'œil désormais. A partir d'aujourd'hui, tu devras te nourrir correctement. Il te faudra aussi les plantes qui aident à l'accouchement, celles qui favorisent la montée du lait. Comment te les préparer si je ne suis pas avec toi ? Oh, j'en perds la tête !

— Alors, ma Sido… tu parlais de m'aider !

— Tu as raison, je reprends, minette… Patience, je dois juste me décider. Si je pars en Espagne, je ne perdrai pas de vue mes belles montagnes, mais je te dirai adieu… Et m'installer dans la vallée… non, cela ne me dit rien ! Ecoute, voici ce que nous allons faire : demain, nous partirons pour Lourdes. Si madame Lebail peut nous héberger une semaine, ce serait une bonne chose. Cela nous laisserait le temps d'écrire à Elise Duplessis pour lui annoncer ton arrivée et aussi ta grossesse. Ainsi, en fonction de sa réponse, tu sauras à quoi te préparer. Jacqueline a dû lui annoncer le décès de… de mon fils. Qui te reprocherait cet enfant ? Qui ? Celui-là, je le ferai taire d'un seul regard !

Violaine renifla, avala sa bouchée de pain, puis murmura :

— Oh, si tu m'accompagnais, je n'aurais peur de personne. Au Chapus, ils n'y connaissent rien en *brouche* des montagnes ! Viens avec nous, ma Sido !

Elles échangèrent leur premier sourire depuis la mort d'Eloi. Ce n'était qu'une faible esquisse, mais cela leur réchauffa le cœur. Tant qu'elles seraient ensemble, qu'il y aurait entre elles cette vibrante affection, d'autres sourires pourraient renaître.

— Donc, reprit Sidonie, tu écriras à Elise. Si elle accepte de loger deux personnes pendant quelques jours, nous pourrons nous trouver une petite maison à louer. J'ai des économies, ma minette, car ceux que je soigne sont généreux quand mes plantes leur apportent du soulagement. Et ce n'est pas ici que j'aurais pu dépenser mes sous, excepté les jours de foire. Nous aurons de quoi tenir une année. Ensuite, après la naissance du bébé, tu pourras travailler dans cet hôpital, à Marennes…

Violaine eut alors l'impression que le grand vent du large ouvrait la porte, balayant la révolte et les larmes. Le chagrin resterait dans leur cœur, mais elles apprendraient à l'apprivoiser. Sidonie venait de lui redonner un semblant d'espoir, leur traçant un futur possible, elle qui ne croyait plus à rien, si ce n'est à la minuscule vie qui avait germé dans son ventre… Le Chapus ! Elle allait y retourner ! Elle crut percevoir la rumeur de la mer, sentir sous ses pieds le sable de la petite plage de Bourcefranc, en bas des rochers du Daïre…

— Ma Sido ! je suis rassurée ! Tu viens avec moi au Chapus ! Je ne te quitte pas et, en plus, je vais revoir mes chers amis…

Merci, merci ! Je sais que c'est un terrible sacrifice pour toi de t'éloigner de tes montagnes, mais je t'aimerai très fort ! Je t'apprendrai la beauté de mon pays. Un jour viendra où tu l'aimeras, toi aussi. Nous prendrons le bateau pour l'île d'Oléron, je te ferai goûter les fromagers et la soupe de coques. Et puis, nous reviendrons peut-être ici avec l'enfant d'Eloi, lui faire connaître nos Pyrénées !

La jeune fille repoussa le banc et s'élança vers Sidonie. Elles s'étreignirent, riant et pleurant à la fois, échappant enfin à la tension nerveuse de ces heures épouvantables.

L'avenir ne serait pas aussi rose que Violaine l'imaginait. Sidonie ne l'ignorait pas mais, à présent qu'il y avait la promesse du bébé de son fils, elle aurait la force d'affronter les difficultés. Elle soupira :

— Il faudra se battre, ma minette ! Et trouver de la joie où il n'y en a pas. Ton bébé aura besoin de toi, ma chérie. Il doit grandir en toi dans l'amour et la sérénité. Je me répétais en attendant Eloi, seule sous ce toit : « Ris pour ton enfant, de la mésange sur une branche, du soleil à travers les volets… Souris quand il bouge au creux de ton ventre, parle-lui, chante pour lui… »

Violaine comprenait. La joue enfouie contre l'épaule de Sidonie, elle se promit d'être, pour le bébé d'Eloi, une maman douce et paisible.

— Ma Sido ! n'aie crainte, je serai courageuse. Ce tout-petit verra le jour au Chapus, là où je suis née… Nous l'emmènerons promener sur la jetée et patauger dans les flaques à marée basse.

— Je te fais confiance, minette. Et sais-tu ? J'ai hâte maintenant de découvrir ton Océan, ses parfums ! A Barcelone, j'ai vu la Méditerranée, mais j'étais jeune et je n'avais pas le droit de sortir. En Espagne, les filles quittaient le milieu familial uniquement pour se marier ou entrer chez les religieuses. Ensuite, j'ai suivi mon Thomassin dans les montagnes… Allons, c'est du passé tout ça ; nous avons le présent à organiser ! Tout est réglé, il me semble. Si nous dormions un peu ?

— Oui, ma Sido ! Quelle chance de t'avoir ! C'est le ciel qui t'a placée sur mon chemin.

Ces paroles apportèrent du réconfort à Sidonie.

— Tiens, souffla-t-elle, je croyais que tu avais perdu la foi !

— Je ne sais plus, ma Sido. J'ai tant prié depuis mon enfance, tellement imploré l'aide divine... mais cela n'empêcha pas la mort de frapper mon père, puis ma mère ; et j'ai dû supporter la haine de ma tante, subir l'agression de Paul. En apprenant la mort d'Eloi, j'ai cru devenir folle ! J'aurais voulu entrer dans toutes les églises et hurler ma révolte, ma douleur. Pourtant toi, sa mère, tu t'es mise à genoux pour prier ! En te voyant, j'ai fini par accepter ce qui nous arrivait.

— Accepter la mort, quel mot difficile, n'est-ce pas ? répondit la guérisseuse. Il nous reste à vivre encore, toutes les deux, pour l'enfant...

Jacqueline Lebail embrassa Violaine et Sidonie. Celles-ci devaient se rendre à la poste. L'hôtelière avait consenti de grand cœur à les loger dans la petite chambre de la jeune fille. Gérard leur cuisinait des plats délicieux qu'elles dégustaient à une table de la salle de restaurant. Les clients étaient fort nombreux, mais cette animation distrayait Violaine qui n'hésitait jamais à aider ses amis si besoin était.

Soudain, un adolescent entra en coup de vent dans le hall et hurla :

— Madame Lebail ! C'est terrible...

Jacqueline reconnut Alain, qui livrait du lait frais et des fromages le matin.

— La guerre ! C'est la guerre ! Avant-hier, les troupes d'Hitler ont envahi la Pologne et aujourd'hui, la France et l'Angleterre déclarent la guerre à l'Allemagne. Ma mère dit que je vais être mobilisé !

Le tocsin de l'église se mit à sonner. La nouvelle se répandit comme une traînée de poudre à travers la ville de Lourdes, de rue en rue, de porte en porte. Jacqueline regarda le calendrier accroché au-dessus du téléphone noir, sur le comptoir en bois verni. La date s'inscrivit à jamais dans sa mémoire : 3 septembre 1939.

Violaine et Sidonie rentrèrent plus tôt que prévu. Après avoir posté un courrier à Elise Duplessis, lui contant leur situation, elles avaient prévu de marcher jusqu'à la grotte, puis de rendre visite à madame Hortense, à l'hôpital. Mais la panique qui agitait la ville les fit changer d'avis et elles se précipitèrent vers l'hôtel.

— Mes pauvres amies ! s'écria Jacqueline. Vous avez appris la nouvelle ?

— Je m'en doutais depuis mon arrivée chez vous, dit simplement Sidonie. J'ai suivi l'actualité dans la presse ; le feu couvait. Nous devons nous attendre au pire !

— Les gens sont comme fous ! ajouta Violaine, livide.

Sur la place Jeanne-d'Arc, près de l'hôtel, un homme l'avait bousculée en hurlant qu'il allait mettre les « Prussiens » en morceaux. L'affolement général lui avait paru effrayant.

Jacqueline, constatant la pâleur de Violaine, lui conseilla :

— Prends vite un siège, ma petite, tu as une mine de papier mâché ! Dans ton état, il faut te ménager ! Veux-tu du thé ?

La jeune femme savait, car Sidonie lui avait confié ce qui s'était passé entre les jeunes gens, à la faveur d'un soir d'été trop doux. Jacqueline avait été bouleversée par cette nouvelle. Depuis, elle surveillait Violaine comme si celle-ci était en porcelaine. Son mari, également au courant, n'avait pas semblé surpris. Tous deux avaient été touchés par le tragique de cette grossesse. Un détail les désolait tous, Sidonie comprise : Eloi était mort avant d'apprendre que Violaine attendait son enfant. Après le départ des clients, ils avaient discuté autour d'une tisane, et la jeune fille, soulagée que ses amis acceptent sa situation sans porter de jugement, leur avait expliqué ses espoirs déçus :

« Le jour où Eloi est mort, je voulais lui apprendre que j'étais enceinte. Ensuite, nous aurions parlé à Sidonie, afin d'avancer la date du mariage. Je l'attendais, guettant son pas, cherchant les mots les plus gentils, les plus enchanteurs, pour lui avouer ce merveilleux secret. Mais il n'est pas arrivé… Il n'a rien su !

— C'est peut-être mieux ainsi ! avait conclu Sidonie. Il est parti si joyeux pour Lourdes. Heureusement, il m'a embrassée au moins dix fois et je l'ai serré très fort contre mon cœur. Il avait hâte de te retrouver, Violaine, mais il me prouvait toujours son amour et son respect. Je connaissais bien mon fils. Devenir père, c'est une responsabilité. Imaginez qu'il ait senti la mort venir ! Il serait alors parti avec un tel regret en lui ! Son âme n'aurait pas eu de repos. »

La guérisseuse montrait une telle sagesse face à la fatalité que Jacqueline se sentait toute misérable à côté d'elle. Elle en éprouvait de la gêne. Elle se disait que, dans le même cas, elle aurait été incapable de réagir de la sorte, et se serait probablement effondrée, fermée au monde extérieur, repliée sur sa douleur. Malgré tout, elle aimait beaucoup cette grande femme, aux allures royales, qui lui prescrivait tisanes et pommades avec la bienveillance d'une mère.

Elise Duplessis ne perdit pas de temps à écrire dès qu'elle eut entre les mains le courrier de Violaine. Certes, elle fut stupéfaite d'apprendre que sa protégée, si pieuse et éduquée par des religieuses, à Pau, n'avait pas su patienter jusqu'au mariage. Cependant, elle balaya d'un geste agacé ces vestiges de principes bourgeois. Quelle importance face à une telle tragédie ! Une seule chose comptait : Violaine venait de perdre son fiancé, et elle aurait à élever seule son enfant. Une fois de plus, son grand cœur lui dicta une conduite pleine de générosité. Elle téléphona immédiatement à l'hôtel Saint-Roch. Après une brève conversation avec Jacqueline, elle demanda à parler à Violaine. La jeune fille prit l'appareil en tremblant. Sidonie, de sa table, l'observa qui hochait la tête et murmurait des réponses timides. La guérisseuse attendit la fin de l'appel, puis interrogea Violaine dont les yeux étincelaient de larmes :

— Alors, qu'a-t-elle dit, ma minette ?

— Elle ne m'a fait aucun reproche, juste un petit sermon affectueux ! Mais Elise a tout de suite affirmé que nous sommes les bienvenues, qu'elle a plus de chambres qu'il ne lui en faut… Elle se charge même de prévenir Guillemette de notre arrivée. Ah, j'oubliais : Elise pense que nous devrions partir très vite, à cause de la guerre. On ne sait pas quand débuteront les hostilités, elle aimerait nous savoir en sécurité chez elle. Et puis, il paraît qu'Edouard est très heureux de me revoir. Si tu savais, ma Sido, combien cela me fait drôle, l'idée de retrouver Guillemette, Mariette, Nicole... après dix ans ! Et François... nous n'aurons presque rien à nous dire, j'en suis sûre ; il y a si longtemps que je ne l'ai pas vu. Dix ans, tu te rends compte ! C'est un homme maintenant ; il doit avoir une amoureuse, car il était beau, aussi beau que mon Eloi. Oh, Sido, je crois bien que j'ai peur.

— Ce n'est pas le moment, minette. De plus, Elise a raison : qui sait si nous pourrons voyager sans problème si les combats éclatent ? J'ai lu des récits sur la Première Guerre mondiale, celle de 14-18. J'étais en Espagne à cette époque, et encore gamine, mais ce fut une vraie boucherie, tant de jeunes gens tués au front, les campagnes désertées... Bref, il faut s'attendre à tout quand vient la guerre.

Jacqueline avait entendu l'essentiel de la discussion. Elle vint enlacer Violaine, avec des larmes au coin de ses jolis yeux clairs. Cheveux aux tons roux et mèches d'un blond lunaire se mêlèrent.

— Ma chérie, comme tu vas me manquer ! Mais nous nous écrirons, c'est promis. Je veux que tu me préviennes quand ton bébé sera né. Je t'enverrai un cadeau. Et si vous pouvez, j'aimerais bien avoir une photographie de ce petit ange ; fille ou garçon, le printemps prochain nous en réserve la surprise !

Violaine serra fort sur son cœur la jeune femme qui l'avait soutenue de sa gaieté durant toutes ses années d'études. Le couple Lebail s'était occupé d'elle avec autant d'affection et de sollicitude que si elle avait été leur propre fille. Elle murmura :

— Oh, ma Jacqueline, je te promets que je prendrai le temps de te raconter notre nouvelle vie en détail. Tu auras droit à une chronique hebdomadaire. Ne pleure pas, je t'en prie, sinon je vais m'y mettre aussi. Et je n'arrête pas, la nuit, le jour...

Sidonie essuya ses yeux embués, car le spectacle de Jacqueline et de Violaine, étroitement enlacées et sanglotant doucement, forçait sa réserve naturelle. Elle ne voulut pas les gêner et, joignant les mains, se détourna. Elle reporta son attention sur une peinture à l'huile accrochée entre deux miroirs, sur le mur de la salle. Ce tableau représentait le cirque de Gavarnie. Son cœur se serra, car elle ne reverrait plus les sommets des Pyrénées se profiler à l'horizon, quel que soit l'endroit où se porte le regard.

Adieu, mes chères montagnes ! Je ne vous verrai plus, alanguies les soirs d'été sous la caresse du soleil couchant... Je ne sentirai plus la douceur de la neige sur mon front. Adieu, mes narcisses au parfum sucré, mes fleurs sauvages que piétinaient les chevreuils à l'aube ! J'aurai toujours soif de l'eau pure de mes torrents, de ma source. Adieu, mon cher pays aux fiers sommets ! Mon fils unique est né sur vos hauteurs, il repose pour l'éternité dans la terre d'une vallée que j'aimais tant. Mais je dois veiller sur ma Violaine, jusqu'au bout. Alors je vous quitte, adieu...

Cette fois, Sidonie pleura pour de bon.

17

Retour au Chapus

Le train ralentit, car le convoi approchait de la gare de Bourcefranc. Violaine baissa la vitre en actionnant la poignée d'un geste impatient. Elle respira enfin l'air salin avec une expression avide. Frémissante, le corps fébrile, elle regardait vers l'ouest, dressée sur la pointe des pieds. Son chapeau noir faillit s'envoler, mais elle le rattrapa de justesse et le tint en place de la main.

— Sidonie, lève-toi, viens vite ! On voit la mer ! Comme je suis contente ! J'ai souvent rêvé de cette vision de l'Océan qui entoure l'île d'Oléron et s'étend à l'infini, jusqu'à l'Amérique même. Ah, il y a des grosses vagues, je le devine aux friselis blancs qui viennent du large. Sido ! tu ne viens pas ? C'est mon pays. J'ai appris à marcher sur le sable, en bas des rochers du Daïre. Oh ! J'aperçois un bateau. C'est un gros vapeur, sûrement de la compagnie Bouineau. Tiens, les pinasses sont de sortie aussi.

La jeune fille se détourna du paysage qui la fascinait tant et jeta un bref regard enfiévré à sa compagne de voyage. Sidonie lui souriait d'un air inquiet. Depuis des kilomètres, la grande Espagnole observait ces terres infiniment plates, semées de hautes herbes verdâtres, où se dressaient de petites maisons aux murs blancs et aux volets rouges. Les arbres lui semblaient rares ou bien chétifs. Elle se demandait comment elle s'accommoderait d'un tel décor. Habituée à l'altitude, à un horizon hérissé de pics neigeux et de crêtes rocheuses, cette campagne couleur pastel, dépourvue de reliefs, la déconcertait jusqu'au malaise.

— Ma Sido ! Viens, je t'en prie. Tu restes là sur ton siège, comme effrayée. Toi qui es venue pour me défendre, on dirait que je t'emmène en enfer. Allez, viens vite voir la mer. Il y a des nuées d'oiseaux !

La guérisseuse se leva. Une secousse du train la fit vaciller et elle s'appuya contre Violaine qui lui montra du doigt, comme une enfant, une vaste étendue d'un bleu pâle sur laquelle se dessinaient des dentelures blanches. Des mouettes sillonnaient le ciel limpide.

— Alors, tu retrouves enfin ton pays ! murmura-t-elle à la jeune fille. Tu aurais été plus heureuse si tu avais grandi ici. Je te sens tout émue.

— Oui, tu ne peux pas savoir à quel point ! J'étais petite en partant, mais je n'ai rien oublié. Tout est gravé dans mon cœur. Ah ! Nous entrons en gare de Bourcefranc, ensuite ce sera la gare du Chapus où nous descendrons. Quel long périple, n'est-ce pas, ma Sido ? Tu n'as pas l'air bien vaillante, ma foi.

— Il faut que je m'habitue, ma minette. Depuis deux semaines, mon existence a tellement changé ! J'ai plus de cinquante ans, alors j'accuse le choc. Le décès d'Eloi, ma maison fermée pour des années, la déclaration de guerre qui nous met tous sur les nerfs, ces régions que nous avons traversées, toutes ces villes où les gens s'entassent et s'agitent, ces usines... A Bordeaux, l'air m'a paru vicié, je ne pouvais plus respirer. Que veux-tu, quand on sort une sorcière de sa forêt, elle n'est pas à l'aise...

Sidonie faillit ajouter : « Et je ne vois plus mes montagnes », mais elle s'en abstint, afin de ne pas chagriner Violaine. Elle se traitait de vieille sotte quand ce genre de regret la prenait, car, au fond de son cœur, elle savait bien que le plus important était de vivre près de la jeune fille, de l'aider à élever l'enfant d'Eloi... l'enfant de ce fils adoré que son cher Thomassin lui avait donné. Qu'aurait-il pensé, son bel époux aux mains habiles, s'il l'avait vue aujourd'hui, à la vitre d'un train, dans ce pays plat au goût de sel ?

— Ah, ma Violaine, si mon Thomassin t'avait connue, il aurait voulu sculpter ton beau visage. C'est étrange de penser à ma vie s'il était resté près de moi. Les choses auraient été bien différentes ! Tu l'aurais aimé, le grand-père de ton bébé…

— Ma Sido, ne sois pas triste, je t'en prie ! Si tu commences à parler d'Eloi ou de Thomassin, je vais brasser des idées noires. Déjà, j'ai honte d'être si contente. Oh, regarde sur le quai, il y a des bourriches d'huîtres. Comme cela sent fort ! La marée monte, sans doute.

Violaine était très excitée, comme une enfant qui va de surprises en merveilles. Chaque détail du paysage – les toits, les arbustes, les chemins de sable – lui rappelait le passé, son passé. Pourtant, son cœur était déchiré par les remords de cette joie enfantine née du retour au pays, disputant la place à sa souffrance de veuve. Le manque de son fiancé était toujours aussi brûlant au fond d'elle. Portant le deuil de la mort d'Eloi, elle s'était vêtue de noir, couleur de sa douleur. Mais elle entendait aussi faire taire les mauvaises langues qui s'aviseraient de lui manquer de respect. Sa grossesse se verrait bientôt, et les commérages iraient bon train pour critiquer la conduite de la jeune fille pas encore mariée à un fiancé décédé. Mais sa tenue embellissait encore sa peau dorée, sa blondeur chatoyante, sa minceur. Ses magnifiques yeux bleus, souvent rougis par les larmes, semblaient d'une brillance insolite.

— Ma Sido, crois-tu qu'Elise sera à la gare ? C'est étrange de penser qu'elle est veuve. Remarque, je n'ai vu son mari qu'une fois ou deux. Cet homme ne sortait jamais. Enfin, il n'approchait pas des ruelles ni des maisons de pêcheurs… Quand j'ai dormi chez eux, la veille du départ, je l'ai aperçu. Il m'a dévisagée d'un air froid, méfiant, glacial.

La guérisseuse hocha la tête, mais ne répondit pas. Elle appréhendait l'arrêt du train, l'instant de rencontrer tous ces gens dont parlait Violaine. Après Bourcefranc, le convoi repartit au ralenti. Le village du Chapus, distant d'un kilomètre à peine, apparut aux deux femmes. Violaine soupira :

— Mon Dieu ! j'ai vu la maison des Duplessis, le cimetière où sont papa et maman… Nous irons ensemble fleurir leur tombe, hein, ma Sido ! Tiens, tu vois cette bande de sable et la forêt de pins, de l'autre côté du coureau d'Oléron ? C'est une île. J'habitais juste en face, mais je n'y suis jamais allée. Nous prendrons le bateau un jour, et nous la visiterons. Il paraît que les vignes donnent un petit vin blanc délicieux. Ma Sido, regarde cette tour ronde entourée de vagues : c'est le fort Louvois. C'est en allant de ce côté que j'ai failli me noyer et que la chienne Vénus m'a sauvée… François avait eu bien peur. Il me croyait perdue.

Violaine avait les nerfs à vif si bien qu'elle ne pouvait ni pleurer ni sourire. Le visage tendu, elle s'éloigna de la fenêtre, vérifia leurs bagages, puis enfila un gilet de laine gris. La locomotive siffla, puis l'ensemble du train s'ébranla dans un grincement aigu. Le chef de gare arpentait le quai, un drapeau rouge à la main.

— Nous sommes arrivées, ma Sido. Pardonne-moi, mais je suis si heureuse d'être de retour chez moi. J'ai quitté le Chapus à huit ans, pourtant j'ai l'impression que c'était hier ! Tout ce que je vois me paraît si familier !

— Tu as le droit de te réjouir, minette ! Allez, descendons. J'ai besoin de me dégourdir les jambes.

Elise attendait dans le hall de la gare tandis que son fils Edouard tournait en rond, les mains derrière le dos, comme son défunt père. C'était maintenant un long et maigre jeune homme aux cheveux blonds coupés court et aux traits gracieux, ceux de sa mère. Une mèche frisait sur son grand front. Le regard bleu très clair gardait une expression anxieuse, due à son enfance solitaire et maladive. De son père, il avait la bouche mince, les manières hautaines. Il se savait beau et en profitait pour courtiser les filles de son milieu, sans jamais s'attacher à l'une d'elles.

— Mère, le train arrive ! Venez donc sur le quai ! On dirait que vous n'êtes pas contente de revoir Violaine. Sur les photographies que nous avons reçues l'été dernier, elle était tellement jolie ! Elle a dû changer.

— Bien sûr, mon chéri. Mais n'oublie pas qu'elle vient de subir un deuil pénible. J'aurais préféré la recevoir dans des circonstances moins tragiques.

Elise soupira de gêne. Elle n'avait pas osé dire à son fils que Violaine était enceinte. La nouvelle l'avait suffisamment bouleversée. Seule Guillemette savait. Elle avait d'ailleurs poussé des cris scandalisés en assurant à madame Duplessis que, si sa « petiote » se trouvait dans l'embarras, ce ne pouvait être que la faute de cette Espagnole qui avait mal éduqué son fils.

« Si je l'avais gardée, ma pitchoune, elle n'aurait pas été courir la montagne avec un garçon qui devait ressembler à un bohémien ! » avait déclaré Guillemette.

— Les voilà, mère ! cria Edouard en pressant le pas.

Violaine le reconnut aussitôt : non pas grâce aux clichés échangés par courrier pendant ses six ans d'études à Pau, mais grâce à son sourire rayonnant, à sa démarche souple qui était celle du petit garçon toujours aussi élégant. Elle s'exclama :

— Edouard ! Je suis touchée que tu te sois déplacé. Madame Elise…

Brusquement intimidée, la jeune fille tendit la main à sa bienfaitrice, mais celle-ci s'élança et la prit dans ses bras. Cette preuve manifeste d'affection émut Violaine qui se mit à pleurer. Sidonie toussota afin d'attirer l'attention.

— Oh, pardon, madame Fernandez, je manque à mes devoirs ! balbutia Elise. Bienvenue au Chapus.

— Je crois que vous m'appeliez Sidonie, à Gavarnie. Alors, soyons à l'aise comme là-bas, sinon je n'oserai pas entrer chez vous.

Ces manières directes firent tiquer Edouard qui préféra concentrer toute son attention sur Violaine.

— Comment se porte ma chère petite infirmière ? Fatiguée, sans doute, après toutes ces heures de train ?

— Oui ! Mais revenir ici, cela ressemble à un rêve, malgré tout ce qui m'est arrivé…

Elise interrompit la conversation en poussant son fils vers une automobile à la carrosserie rutilante.

— Je me doutais que vous aviez de grosses valises, aussi avons-nous pris la voiture d'Edouard. Montez, Sidonie. Vos chambres sont prêtes ; elles communiquent et ont vue sur le parc. Vous verrez, il y a des écureuils dans les sapins et des haies de rosiers. Tous les petits oiseaux viennent y nicher, mais aussi les geais, les pies et les ramiers. C'est très reposant, à l'abri du vent du large.

Dix minutes plus tard, Violaine entra d'un pas hésitant dans la maison du notaire. Elle se revoyait fillette, longeant l'allée derrière Octave Lignet qui portait sa valise.

— Charlotte est toujours à votre service ? demanda-t-elle tout bas à Edouard.

— Non ! Mère l'a congédiée il y a plus de trois ans. Martine l'a remplacée. C'est une fille un peu stupide d'ailleurs, et Guillemette lui mène la vie dure.

— Guillemette ! répéta Violaine avec stupeur. Je ne peux pas croire que je vais la revoir, la toucher ! Si tu savais, Edouard, comme le temps a passé vite. Dix ans, cela semble court, mais c'est terriblement long.

La dénommée Martine ne tarda pas à sortir de la cuisine, son tablier blanc de guingois. Sidonie lui adressa un sourire apitoyé tant la jeune bonne avait une figure navrée. Rien qu'à la voir, on comprenait qu'une catastrophe venait de se produire, la mettant à la torture. Elle hésita un peu, se balançant d'un pied sur l'autre, avant de se décider à avouer :

— Madame, j'ai... Je suis désolée, j'ai fait brûler le navarin d'agneau... Le thé... Je ne peux pas servir le thé, je dois nettoyer.

— Je m'en occupe, Martine, filez ! marmonna Elise, très contrariée.

Ils s'installèrent dans le grand salon. Rien n'avait changé : les lustres de cristal, les rideaux de velours, les boiseries, les bibelots... Violaine, fillette, avait été éblouie par ces objets, signe ostensible de richesse. Dix ans plus tard, elle détaillait ce cadre luxueux sans le moindre intérêt. Pour le moment, elle avait une préoccupation majeure : quelle conduite devait-elle adopter vu sa situation de fiancée d'un mort et, qui plus est, enceinte ? Edouard n'avait pas fait allusion à Eloi, encore moins au bébé qu'elle attendait.

La cérémonie du thé s'enlisa bientôt dans un silence gêné, une fois les banalités échangées. On en vint rapidement à évoquer cette guerre qui ne changeait rien à la vie quotidienne, hormis la mobilisation des hommes valides et en âge de se battre. Ce dernier point semblait particulièrement sensible chez les Duplessis.

Elise, d'un ton sans réplique, affirma :

— Grâce à Dieu, Edouard ne partira pas ! Sa santé le met à l'abri de ce genre de souci. Le médecin a été formel, mon fils est inapte

Edouard reagit vivement, une grimace déformant son visage. Il n'était pas du même avis, cela ne faisait pas l'ombre d'un doute. Il ajouta, ironique :

— Et je passerai pour un lâche, après avoir fait figure d'infirme toute ma vie ! L'honneur de la famille en prend un sacré coup !

Elise, embarrassée que ses invitées assistent à leur querelle, s'écria :

— Tais-toi, mon chéri ! Nous en avons déjà parlé. Tu pourras reprendre l'étude de ton père dans quatre ans. D'ici là, à quoi bon vouloir jouer les héros ?

Sidonie fit celle qui contemplait le mobilier avec intérêt, et Violaine baissa le nez sur sa tasse. La situation aurait pu s'éterniser un certain temps si un événement imprévu ne s'était produit : un bruit de porte claquée retentit du côté des cuisines tandis que des éclats de voix se faisaient entendre.

— Où est-elle ? Comment ça, je ne suis pas annoncée ? Pauvre bécasse !

Violaine se raidit, frémissante de joie. Aucun doute possible sur l'identité du fauteur de troubles ! Une femme brune apparut bientôt à l'entrée du salon confirmant son intuition. L'intruse cria aussitôt

— Faites excuses, madame Duplessis, mais la petite est là et personne m'a rien dit, c'est pas croyable ! Moi qui l'attends depuis une heure au moins ! Je pouvais plus tenir, comprenez ! Le train est arrivé il y a déjà longtemps et elle, cette ingrate, n'est pas venue à la maison en premier... C'en est des façons !

— Guillemette ! bredouilla Violaine d'une petite voix.

Sa nourrice se tourna vers elle. Ses cheveux un peu grisonnants coupés aux épaules, tout ondulés et retenus par des peignes, comme le voulait la mode, ses rondeurs moulées dans une robe de cotonnade fleurie, Guillemette n'avait guère changé, à peine plus forte qu'autrefois.

— Eh bien, ma pitchoune, vas-tu me regarder longtemps avant de m'embrasser ? On ne s'est pas vues depuis dix ans et tu restes sur ta chaise comme une princesse ! Moi qui t'ai nourrie de mon lait, en voilà des manières ! Je ne dormais plus à l'idée de te revoir ! Je ne t'ai pas oubliée, petiote, et je m'en suis fait du souci pour toi, avec tous ces malheurs qui te collent à la peau.

Violaine se leva, rouge d'émotion, et se jeta au cou de sa « Guillette ». Elle retrouva intact le parfum bon marché, un peu sucré, la vigueur des bras musclés et ce mot oublié, « pitchoune », qui avait bercé son enfance.

— Oh ! Guillemette, ma brave Guillemette ! J'allais venir vous voir, tu sais, avant ce soir. Mais c'est tellement bizarre de revenir au Chapus... Après tout ce temps, j'avais peur de me sentir de trop...

— Taratata ! On ne me la fait pas, à moi ! Je vois bien que tu es une vraie demoiselle maintenant. Et la vérité, c'est que tu ne viendras plus traîner chez les *vasous* que nous sommes !

— Ah, tu crois ça ! répondit Violaine, égayée. Attends un peu et tu verras si je ne sais plus dénicher les coques ou les crabes. Chiche que je monterai sur la pinasse d'Octave ! S'il est d'accord...

— Un peu qu'il le sera, mon homme. Il s'en est assez voulu de t'avoir pour ainsi dire mise dehors, quand on a su comment elle te traitait, ta peste de tante !

Edouard soupira un peu fort. La visite imprévue de Guillemette l'exaspérait. Elevé avec pour modèle permanent celui d'un père autoritaire et conservateur, profondément attaché aux traditions et privilèges liés à son statut, le jeune homme reproduisait les mêmes travers. Il se promit de rappeler à sa mère, à la première occasion, qu'une femme de ménage n'a pas à se conduire de la sorte. Mais il vit le sourire humide de Violaine, son regard heureux, et ne pensa plus qu'à elle.

La guérisseuse n'aurait pas imaginé la fameuse Guillette sous d'autres traits. Son franc-parler, sa voix haute, ses yeux noirs lui plaisaient, mais elle devina aussi, chez cette femme de caractère, une nature autoritaire et possessive.

— Ma Guillemette, viens un peu là, disait Violaine, que je te présente ma Sidonie. Ma mère de cœur ! Et la maman de mon fiancé...

Guillemette soupesa d'un œil méfiant celle qu'elle considérait déjà comme une rivale. Malgré les nombreuses lettres de sa pitchoune, racontant les gentillesses et les qualités de Sidonie, l'épouse du pêcheur Octave Lignet décida de bouder l'Etrangère. Cependant, comme on était dans la bonne société, elle serra la main de la guérisseuse et clama :

— Je vous remercie de nous avoir ramené la petite ! Avec tous les malheurs qu'elle a eus, la mignonne, je ne pensais pas qu'elle serait si belle. Mais je ne veux pas déranger, je me sauve. Je t'attends de pied ferme, ma pitchoune, qu'on cause un peu, nous deux.

— C'est promis, ma Guillemette !

Le message était clair et Sidonie l'avait bien saisi : Guillemette retrouvait sa petiote et le rôle de la guérisseuse s'arrêtait là. Violaine n'aurait plus besoin d'elle désormais puisqu'elle avait sa nourrice !

Elise avait réussi à garder son calme durant toute cette scène, fort émouvante au demeurant. Mais elle n'aimait pas que des intrusions intempestives de la sorte perturbent son programme. Elle appréciait beaucoup Guillemette, mais ses manières l'agaçaient souvent !

La maîtresse de maison reprit les choses en main et, par courtoisie, proposa une tasse de thé à sa femme de ménage de la même façon qu'à une dame du monde, mais Guillemette déclina l'offre et repartit bien vite. Elle n'était pas stupide et savait pertinemment où était sa place dans la hiérarchie sociale. Violaine aurait volontiers suivi son ancienne nourrice, car elle l'avait sentie contrariée et un peu jalouse. Elle regretta soudain de devoir jouer les jeunes filles de bonne société chez les Duplessis. L'ambiance était sûrement plus chaleureuse chez les Lignet.

Sidonie découvrit sa chambre guidée par Elise. Violaine les quitta sur le palier, car Edouard tenait absolument à l'emmener dans le parc. La guérisseuse, profitant du fait qu'elle était seule avec madame Duplessis, lui dit à voix basse :

— Votre fils ne sait rien pour l'enfant, n'est-ce pas ?

— Non, je suis vraiment ridicule. Pendant des années, j'ai lutté contre les idées bourgeoises de mon époux et là, une pudeur dictée par les convenances me retient. Pour le reste aussi, vous savez... Je n'ai pas pu en parler à Edouard. Je ne sais pas ce qui m'arrête... tant de mauvais souvenirs, la peur de le blesser... Les évoquer leur redonnera la force qu'ils avaient perdue.

Sidonie marcha jusqu'à la fenêtre et écarta les rideaux de dentelle. Elle aperçut les silhouettes de Violaine et d'Edouard qui se promenaient le long d'une haie de rosiers, main dans la main. Elle murmura :

— Il faudrait pourtant vous hâter, Elise ! Avez-vous vu comment votre fils regarde Violaine ? Déjà, à Gavarnie, cela m'avait frappée ! Pourtant, ils étaient plus jeunes. Edouard s'enflamme facilement, d'après ce que j'ai constaté.

— Je ne sais pas... je ne sais plus ! Ils se connaissent si peu ! Comment faire ? Violaine est tellement éprouvée par la vie, je ne voudrais pas la faire souffrir davantage. Je pensais que tout s'arrangerait, puisqu'elle épousait Eloi. Ce mariage ne plaisait pas trop à Edouard ; cependant, il s'était résigné. Il se disait que votre fils saurait la rendre heureuse. Une jeune fille de

Marennes lui a plu l'été dernier. Il me parlait fiançailles. J'étais ravie, espérant déjà un beau mariage dans le parc…

Elise ne put achever et se mit à pleurer.

— On ne bâtit rien sur le mensonge, Elise. Alors le plus tôt sera le mieux. Mais je comprends vos hésitations. Ma minette est transfigurée depuis qu'elle foule « son » sable, comme elle dit ! Je ne peux présumer de ses réactions.

— Demain soir, Sidonie. Attendons demain soir. Laissons-la reprendre espoir.

Violaine et Edouard rentrèrent en bavardant. La jeune fille se contentait d'écouter son ami qu'elle n'aurait jamais cru si éloquent. Il avait réussi à la faire rire en lui confiant ses échecs amoureux.

— Je suppose que tu vas rendre visite aux Lignet maintenant ! lui demanda-t-il devant la porte du salon.

— Oui ! Et je veux courir sur la jetée, toucher mon Océan, marcher sur les rochers… Accompagne-moi donc !

— Non, Violaine. Je gênerais tes amis. Reviens vite, nous dînons à huit heures.

La jeune fille monta prévenir Sidonie, mais la guérisseuse, harassée, s'était assoupie. Violaine l'observa un moment avec attendrissement. Elle avait envie d'embrasser ce beau visage détendu dans le sommeil, les rides momentanément effacées, rajeuni. Cette femme remarquable lui avait donné la plus belle preuve d'affection, d'amour même, en la suivant au Chapus. Violaine sortit sur la pointe des pieds et chuchota :

— Je t'aime moi aussi très fort, ma Sido !

Légère et discrète, Violaine quitta la grande maison sans même croiser Elise.

Je vais passer par la côte, par les cabanes du Daïre, se dit-elle. J'irai chez Guillemette juste après… Demain, je fleurirai la tombe de mes parents, je couperai des roses chez Elise… Demain, j'emmènerai Sidonie ! Aujourd'hui, je veux redevenir la petite Violaine.

Une merveilleuse sensation de liberté l'envahit lorsqu'elle courut vers l'étroite bande de sable que les vagues venaient éclabousser. Le vent du large lui caressait le visage, les cris plaintifs des mouettes lui donnaient envie de crier aussi, de s'envoler vers les nuages. La jeune fille marcha jusqu'au bout de la jetée, en face du fort Louvois entouré par la masse mouvante de l'Océan. La marée était haute, recouvrant totalement les parcs à huîtres. Seules dépassaient les balises qui servaient de repères aux mareyeurs et qui indiquaient aussi les hauts-fonds. Un bateau de la compagnie Bouineau se dirigeait à bonne allure vers l'île d'Oléron.

Mon cher pays ! Mon Fort ! Les pinasses… Et ce vent plein d'embruns, cet air piquant… Je ne me souvenais plus de toutes ces odeurs. Comme je suis contente de les retrouver ! Quel bonheur ! Oh, mes fleurs jaunes, celles que maman aimait tant.

La jeune fille s'agenouilla et cueillit une touffe de ces petites immortelles des sables dont le parfum, puissant et aromatique, la grisa jusqu'aux larmes. Celui qui, une seule fois dans sa vie, respirait dans les dunes en bordure de plage cette senteur pénétrante, avec dans les oreilles la musique des vagues sur les rochers, ne pourrait jamais plus oublier ces minuscules corolles jaune d'or.

— Maintenant je sais que je suis vraiment de retour chez moi ! Je vais en ramener à Sidonie, je crois qu'elle appréciera.

Ensuite, Violaine s'approcha de l'eau qui brassait des grappes d'algues brunes. Le chuintement de la mer roulant sable et galets, sa couleur verte, l'écume bouillonnante l'enchantaient. Avec un rire silencieux, elle plongea ses mains dans une vague mourante et attrapa un paquet visqueux de varech qu'elle respira avec délices. Cela lui rappelait Mariette, la fille aînée de Guillemette, qui en rapportait des panières pleines afin de garnir les bourriches. La matière gluante qui aurait repoussé certaines filles des villes lui plaisait. Elle s'amusait avec François et Louis à s'en recouvrir les jambes à marée basse, ou bien tous trois les lançaient en l'air, jouant à les rattraper au vol…

Comment ai-je pu vivre si longtemps loin d'ici ?… songeait-elle.

Violaine rejeta enfin sa poignée d'algues et s'assit sur une avancée rocheuse, presque à portée des lames qui s'y brisaient, éclaboussant le ciel de gerbes d'écume. C'était une heure propice à la solitude. Les pêcheurs revenaient sans hâte vers le port ; les ouvriers ostréicoles étaient rentrés chez eux, chassés par la marée haute les empêchant de travailler. Cela convenait à la jeune fille qui contemplait l'horizon immense, laissant la rumeur de l'Océan l'envahir totalement avec une joie infinie.

Violaine n'était pas seule sur le rivage. Quelqu'un aperçut sa fine silhouette habillée de noir, ses longs cheveux blonds mêlés de roux voletant selon les caprices du vent, ses jambes fines gainées de soie se découpant sur la couleur brune des rochers.

François resta pétrifié par cette vision. Son cœur sut aussitôt ce que ses yeux refusaient de croire. Il se cramponnait farouchement au souvenir d'une petite fille aux joues rondes, semées de taches de rousseur. Cette fillette riait souvent, le fixant de ses yeux bleus pleins d'amour. Elle lui prenait la main à la moindre occasion et il n'avait jamais oublié son rire léger, pareil au son d'un grelot. Il savait qu'elle était rentrée, mais la découvrir seule, sur les rochers où ils avaient tant joué quand ils étaient petits, le frappa d'une vive émotion. La gorge serrée, il ne pouvait l'appeler tant était forte la joie douloureuse qui le tourmentait.

Il se contenta de l'observer avec tant d'intensité, de surprise ravie, que la jeune fille sentit le poids de son regard. Doucement, elle se retourna. Ce fut un choc terrible, car elle crut voir, l'espace d'un instant, son fiancé vivant, ici... au Chapus... Eloi... Non, ce n'était pas possible ! Elle ouvrit la bouche sur un cri muet, joignit les mains, le cœur prêt à défaillir. Le grand jeune homme avançait dans sa direction et, plus il approchait, plus elle notait des différences... La démarche de l'inconnu semblait plus assurée, plus souple ; chaque mouvement de son corps dégageait une impression de vigueur et de liberté. La chevelure noire ondulée encadrait un visage moins étroit que celui de son fiancé. Et puis... les yeux riaient, très sombres, le nez semblait moins accentué et, surtout, Eloi n'avait pas cette façon de sourire un peu malicieuse, tellement chaleureuse.

Violaine avait le souffle coupé. Son sang courait plus vite dans ses veines, son cœur meurtri s'affolait… Etait-il possible que…

François ? C'est François ! se dit-elle, avec l'impression de basculer dix ans en arrière.

A deux pas d'elle, le jeune homme s'arrêta, comme ébloui.

— Violaine ! C'est bien toi ! Maman m'avait dit que tu arrivais aujourd'hui. Alors, comme je ne tenais pas en place à la caserne, j'ai soudoyé un camarade et j'ai pris le bus.

Hébétée, écoutant à peine ce qu'il racontait, la jeune fille tremblait d'émotion. Elle se releva et lui tendit les mains. Elle avait l'impression que l'horloge du temps s'était arrêtée, qu'ils ne s'étaient quittés qu'une heure… ou une éternité. Comment le simple fait de le voir, de le reconnaître si bien pouvait-il la remuer ainsi jusqu'au tréfonds de son âme ? C'était incompréhensible, cette joie intense qui la prenait, bousculant ses chagrins et ses sentiments. Elle finit par bredouiller :

— François… Tu n'as pas tant changé que ça !

Le fils de Guillemette saisit les doigts menus d'une poigne ferme.

— Toi non plus ! Je t'ai reconnue de loin, à tes cheveux…

Il n'osa pas ajouter qu'il la trouvait très jolie, qu'il l'avait attendue pendant ces dix ans, lui parlant parfois quand il menait sa pinasse sur l'Océan, rêvant de la retrouver au bout de la jetée. En fait, Violaine n'avait jamais disparu de sa vie. Il chargeait chacune des lettres qu'il lui avait envoyées de baisers invisibles, de chuchotements d'amitié, puis d'un amour pur, que seuls les enfants connaissent. Leur histoire à tous deux s'était nouée ici, au Chapus, mais à présent le temps avait passé, et ils se retrouvaient adultes. François détailla la jupe et le corsage noirs, le gilet gris foncé. Même si cette tenue de deuil seyait à son amie, le jeune homme en saisit toute la signification. Il marmonna :

— Je suis désolé pour ton fiancé ! Maman m'a expliqué. C'est affreux ! Comme tu as dû souffrir, ma Violaine ! Et puis, tu connais maman, elle a fait bien des mystères, lâchant un mot par-ci par-là, mais j'ai compris. Je sais que tu attends un enfant.

Les mains brûlantes de François enveloppèrent celles de Violaine, comme pour la rassurer, la réconforter. Cette simple caresse apaisa les nerfs de la jeune fille. Ce geste, qu'elle n'avait jamais oublié, datait de leur petite enfance. Cependant, il prenait en cet instant un autre sens, car leurs doigts se cherchaient, se trouvaient… en un jeu inconscient qui troubla Violaine plus qu'il ne fallait. Les larmes sourdaient de ses yeux quand elle soupira :

— C'est si facile avec toi, François. On ne s'est pas vus depuis dix ans et je n'ai plus rien à te cacher. Tu sembles trouver naturelle ma grossesse alors que je ne suis même pas mariée ! Tu ne me reproches rien, tu ne penses qu'à me rassurer. Merci ! J'avais si peur de ton jugement, sais-tu.

Il eut un rire bref, complice.

— Oh là là ! Il n'y a pas de quoi fouetter un chat ! Il y en a beaucoup, des couples qui n'attendent pas de passer à l'église pour s'aimer. Tu n'as pas eu de chance et c'est ce qui m'attriste. Quand j'ai su que tu étais fiancée, je peux bien te le dire, j'étais un peu malheureux… jaloux, quoi ! Mais j'avais deviné que tu te sentais bien près de ton Eloi. Et puis, on était si loin l'un de l'autre ! Je me suis dit qu'au moins tu serais heureuse, protégée. Ne t'en fais pas, ma Violaine : ton bébé sera le bienvenu au Chapus. Mais ce qui me pèse, c'est cette foutue guerre. Je suis mobilisé, Louis aussi ; à Rochefort dans la marine, comme tous les gars du coin. Il ne se passe rien à la frontière allemande ni ailleurs ! Alors te savoir au pays et être cantonné là-bas, cela me fait mal.

Violaine respira une grande bouffée d'air marin et parvint à sourire :

— Ne t'en fais pas, François. La guerre ne durera peut-être pas longtemps… Je suis si contente de t'avoir revu ! Surtout ici ! J'avais peur de ces retrouvailles, que nous soyons comme des étrangers, un peu gênés… Et pas du tout, c'est incroyable et tellement bien !

Le jeune homme la contemplait d'un regard si tendre, si sincèrement gentil que Violaine eut envie de pleurer dans ses bras pendant des heures. Mais sa Guillette l'attendait ! Elle s'écria :

— François, tu m'accompagnes, bien sûr ! Ta maman doit guetter mon arrivée. Oh ! mon Dieu, le bébé Marie… Je vais tomber des nues en voyant une grande fille de dix ans !

— Ah ça, je n'ai pas pu l'empêcher de pousser pour que tu la retrouves telle quelle… Tiens, mais j'y pense, j'ai manqué à ma promesse ! Je ne suis pas allé te chercher dans tes montagnes ! Tu m'en veux ?

Violaine se souvenait. En partant, elle avait supplié son frère de lait de venir la sauver, dès qu'il pourrait.

— Non, je ne t'en veux pas ! Et puis, tu m'as envoyé un coquillage ! Ce fut mon porte-bonheur.

Ils rentrèrent dans le vieux village par une ruelle qu'ils connaissaient bien. Les roses trémières se balançaient contre les murs chaulés et, derrière les fenêtres, des regards curieux contemplaient avec étonnement le fils Lignet et une inconnue tout en noir, marchant côte à côte.

En reconnaissant la maison de ses parents, Violaine tressaillit. La façade était repeinte en ocre jaune, les volets en vert, mais le tamaris frôlait toujours le mur, deux fois plus volumineux que jadis. Des patins, pareils à ceux d'Henri Plantier, séchaient devant la porte.

— Un couple habite là ! lui souffla François, des ouvriers de « môssieur » Bonaventure.

Elle hocha la tête, luttant contre une grosse envie de pleurer. A cet instant, une forme blanche se jeta sur Violaine, avec force gémissements et jappements.

— Oh, ma Vénus ! Tu m'as reconnue… Ma brave chienne, tu es si belle et toujours en pleine forme !

La jeune fille se mit à genoux dans le sable et caressa la jolie tête de Vénus qui lui faisait fête avec tant d'amour ! Violaine se laissa lécher le menton et les joues, inondées cette fois par un flot de larmes ruisselant sur son visage. Une petite voix appela :

— Vénus, sage ! Laisse la dame !

Une enfant d'une dizaine d'années approcha, vêtue d'un tablier jaune à carreaux, les cheveux coiffés en deux belles nattes brunes. Ronde et charmante, elle regardait Violaine en souriant.

— Excusez-la, madame ! D'habitude, elle m'obéit.

La fillette fronça les sourcils en apercevant François. Elle se précipita vers lui et demanda :

— Mais tu n'es pas à la caserne ? Papa va encore se fâcher, François...

— Marie, répliqua le jeune homme, écoute donc. Cette dame, là, c'est Violaine ! Tu sais, ta nounou dont je t'ai tant parlé. Tu as vu des photos, quand même, et tu ne la reconnais pas ? Elle t'a donné des biberons et changée je ne sais combien de fois !

Du coup, la fillette devint toute rouge. Elle tourna les talons pour se réfugier dans la maison. Guillemette lui barra le passage, la bouscula en riant et alla attraper Violaine aux épaules.

— Ah, ce n'est pas trop tôt ! Je me disais que tu allais rester chez les rupins... Ma belle pitchoune ! Entre donc ! Et toi, François, tu vas finir fusillé à quitter la caserne à ta guise. Tête folle de marin, va !

Etourdie, les jambes molles, Violaine passa le seuil des Lignet et se retrouva dans la cuisine. Son cœur battait si fort qu'elle se sentait mal.

— Viens t'asseoir, pitchoune, tu es pâle comme un linge... clama Guillemette.

Deux jeunes filles étaient attablées, soigneusement coiffées et maquillées. Violaine les regardait, stupéfaite. Elle demanda :

— Arlette ?... Isabelle ?... Eh bien, on s'embrasse, non ?

Ce fut soudain une explosion de baisers, de rires aigus, car Nicole sortit de la chambre où elle s'était cachée, pour mieux surprendre sa « petite Violaine ».

— Nicole ? Vrai, c'est bien toi ? Que tu es belle ! Et d'un chic ! Une vraie gravure de mode.

Guillemette, les yeux plissés par un sourire immense tant elle jubilait, orchestrait ce concert de retrouvailles. François, accoudé au buffet, fumait une cigarette d'un air attendri. Sa mère lui cria :

— Ouvre donc le vin blanc, fainéant ! Tu vois bien qu'on a toutes la larme à l'œil et la bouche sèche. Marie, sors le fromager et les *boucs*. Pense un peu : ça fait dix ans que notre pitchoune n'a pas eu le goût des crevettes aux lèvres.

Violaine se sentait hors du temps. Les odeurs lui revenaient, celles des coquillages, du vin acide, de la cuisinière astiquée qui chauffait la pièce, même en cette soirée de septembre. De ravissants minois l'entouraient, l'interrogeaient, et le sujet principal était ce bébé à venir dont personne ne s'offusquait. La jeune femme, très émue, retrouvait enfin ses amis du passé. Ils lui avaient tant manqué ! Elle leva soudain son verre et déclara :

— Vous… vous êtes ma vraie famille !

Puis, ils la virent éclater en sanglots, implorant de ses bras tendus de nouvelles embrassades.

Sidonie discutait d'égale à égale avec Elise, dans le salon. Les deux femmes, assises près d'une fenêtre, affichaient un air soucieux. Edouard était monté dans sa chambre, cachant mal son exaspération, car il était plus de huit heures et Violaine n'était pas encore là. Elle lui manquait déjà. Il avait hâte de lui parler, de la voir…

L'impatience du jeune homme n'avait pas échappé à la guérisseuse. Il était plus que temps d'éclaircir la situation embarrassante qui s'était si vite installée.

Elise, les joues rouges et les nerfs à fleur de peau, tordait un pauvre mouchoir en dentelle sans même s'en apercevoir. Sidonie devait la convaincre d'agir rapidement. Elle essaya d'abord de la calmer et annonça :

— Elle se sera attardée chez Guillemette ! Je suis bien contente pour elle. Se sentir entourée lui sera précieux dans son état.

— Sans doute ! Lui parler maintenant risque de briser ces moments de joie tant espérés depuis qu'elle nous avait quittés. Pourtant, chère Sidonie, vous jugez que je ne dois pas attendre, même pas jusqu'à demain. J'aurais aimé que nous profitions encore un peu du calme des « non-dits » avant la tempête, et vous emmener en balade à Marennes. Mon fils est d'un naturel jaloux, ombrageux et capricieux ! Vous avez pu le constater. Il a l'impatience de son père. Sans cela, rien ne pressait véritablement. Comment peut-il être si sûr de lui ?

Sidonie insista :

— Je vous en prie, Elise ! Vous avez entendu comme moi les propos d'Edouard, il n'y a pas dix minutes de cela.

Elles échangèrent un regard angoissé, le temps de revoir le jeune homme affirmer d'un air résolu :

« Mère, j'ai compris, en retrouvant Violaine, que j'étais amoureux d'elle depuis six ans ; en fait depuis que nous nous écrivons. C'est la seule femme que je puisse supporter. Elle est intelligente, généreuse, belle comme un ange. Elle n'a pas pitié de moi, elle. En sa présence, je ne me sens plus malade ! Et puis, quoi de mieux qu'une infirmière comme épouse, puisque je dois vivre cloîtré ! »

Sidonie n'avait pu se taire devant un tel discours. Elle avait pris les devants et annoncé sans préambule au jeune homme la grossesse de Violaine. Il était devenu livide, mais très vite, avait rétorqué :

« Eh bien, tant pis ! Je serai le père du bébé. A en croire les médecins, je devrais éviter d'avoir des enfants, le mal qui m'afflige étant transmissible. Alors voici un problème réglé. Je me moque de ce qu'a fait Violaine ! Nous ne sommes plus au Moyen Age, que je sache ! Et je n'ai pas hérité de l'esprit étriqué de mon père, un vrai moine à ses heures ! »

Ces derniers mots avaient frappé Elise en plein cœur. Edouard s'étant retiré, impatient et contrarié, sa mère avait supplié Sidonie de l'aider à prendre la bonne décision. La guérisseuse avait dit d'un ton net :

« Parlez-leur ce soir même ! »

Elise y consentit. Dans ce décor élégant, Sidonie l'impressionnait encore plus que jadis, à Gavarnie. Vêtue de noir, comme les veuves antiques, la belle Espagnole aux cheveux de neige était d'une réelle distinction.

Un bruit léger de talons fins sur le carrelage les fit toutes deux sursauter. Violaine était de retour.

— Excusez-moi, s'écria-t-elle en soupirant, mais nous avions tant de choses à nous dire ! J'ai revu Nicole et aussi François ; il avait quitté la caserne en douce pour venir me saluer, Guillemette voulait me garder à souper, j'ai presque dû m'enfuir.

Sidonie devina sur le visage de sa « minette » les traces d'une profonde émotion et d'une joie intense que la jeune fille se reprochait.

Elise se mordilla les lèvres avant de répondre :

— Tu es tout excusée, Violaine. Moi aussi, j'ai beaucoup de choses à te dire… ainsi qu'à Edouard. Repose-toi un moment, je vais le chercher.

18

Révélations

Edouard et Violaine s'étaient assis sur un canapé. La jeune fille avait l'impression d'être l'un des protagonistes d'une pièce de théâtre tant le salon ressemblait à un décor, avec les lustres étincelants qui jetaient des reflets subtils sur les lourds doubles rideaux de velours. Martine avait fermé les persiennes, ce qui accentuait l'atmosphère feutrée du lieu.

Nous ressemblons aux acteurs d'une histoire attendant les trois coups pour déclencher l'action. Elise soigne même le décor en vérifiant la bonne ordonnance des verres sur la table basse. Mon Dieu, comme elle paraît inquiète... Allons-nous jouer un drame ou une comédie ? se demandait Violaine, l'angoisse au cœur.

Les jeunes gens n'avaient pas échangé un seul mot depuis l'entrée d'Edouard dans le salon. Le regard grave et affolé de sa mère les en avait dissuadés. Le silence s'éternisant un peu trop pour ne pas paraître suspect, Elise s'arma de courage et prit la parole.

— Violaine, Edouard, je vous demande de m'écouter avec une extrême attention. Si vous avez envie de m'interrompre, je vous en supplie, ne le faites pas. Nous discuterons ensuite...

— Que de mystères, mère ! s'étonna Edouard. Et le dîner ? Martine va se ronger les sangs !

Comme à son habitude, le jeune homme se souciait plus de son estomac que des paroles de sa mère. Celle-ci feignit d'ignorer la remarque d'Edouard et toussota discrètement, gagnant un peu de temps avant de se lancer. Sidonie le comprit et décida de l'aider à agir. Si elle-même se levait et faisait un geste quelconque, Elise réagirait et parlerait. Alors la guérisseuse se leva, éteignit les lampes électriques, prétextant que la clarté des bougies était plus douce à ses yeux fatigués. Puis elle s'assit dans un fauteuil, un peu à l'écart, laissant à la maîtresse de maison la liberté de mener cet entretien à sa guise. Son rôle viendrait plus tard.

Violaine faillit protester, sachant que sa Sido avait une excellente vue, mais elle n'osa pas. L'anxiété de sa bienfaitrice, tellement perceptible, l'oppressait.

Elise reprit la parole :

— Mes chers enfants ! J'aurais aimé vous laisser du temps, quelques jours à vous distraire, dans cette maison où je suis heureuse de vous voir réunis… Mais, hélas…

La jeune femme s'interrompit, prise de légers frissons. Elle but un peu d'eau et soupira. L'épreuve lui semblait insurmontable.

Edouard s'écria d'un ton impatient :

— Mère, qu'est-ce que vous complotez encore ? Parlez de ce qui vous fait souci et passons à table, je vous prie… Si c'est au sujet de Violaine, de ce que j'ai dit tout à l'heure, c'est à moi de lui avouer ce que je ressens.

— Tais-toi ! coupa Elise. Ta hâte a déjà tout gâché. Violaine est à peine de retour chez nous que tu décides de ne plus la quitter, de l'impliquer dans ta vie. As-tu songé un seul instant à ce qu'elle ressent, alors qu'elle nous retrouve tous, que son fiancé vient de mourir ? Comme je le disais à Sidonie, j'espérais passer une semaine ou deux dans le calme, l'affection. Nous aurions pu aller dîner en voiture à La Rochelle ou prendre le bateau pour l'île d'Oléron. Non, la tempête éclate immédiatement par la faute de tes exigences, mon fils, de tes caprices. Je voulais vous informer bientôt de faits très importants dans un entretien en tête-à-tête, d'abord avec toi, ensuite avec Violaine. Puisque le déroulement des événements m'y oblige plus tôt que prévu, soit ! Je vais tout vous dire ensemble… mais je ne sais par où commencer tant ceci est délicat et fort embarrassant.

Violaine jeta un regard affolé à Sidonie qui lui adressa un coup d'œil rassurant. Plus tard, la guérisseuse saurait réparer les dégâts, panser les plaies, mais cette affaire ne la concernait pas vraiment.

Elise reprit en respirant très vite :

— Tôt ou tard, ce pénible moment serait arrivé de toute façon ! Je le savais bien, mais j'espérais garder le secret encore quelques mois. Pourtant, il m'étouffe ! Alors... à quoi bon reculer ? Voilà : il s'est passé, dans cette maison, un acte ignoble dont les conséquences, multiples, continuent d'empoisonner des existences qui auraient pu être heureuses autrement. Je vais vous parler d'un temps lointain : il y a plus de dix-huit ans. A l'époque, j'avais engagé à mon service une jeune fille venue des Pyrénées, de Gavarnie précisément. Elle s'appelait Gabrielle Chenu ; ta chère maman, Violaine...

La jeune fille approuva d'un signe, sans comprendre où Elise voulait en venir. Edouard bâilla d'un air ennuyé.

— Gabrielle me plaisait beaucoup. Sérieuse, travailleuse, et surtout très pieuse, sa personne dégageait une lumière surprenante, comme une aura de douceur et de bonté. En l'observant chaque jour, je me félicitais de mon choix, car j'avais l'impression d'abriter un ange sous mon toit. Elle était aussi très belle, avec ses grands yeux verts si limpides, son sourire fin, son visage de madone. Légère, adroite, discrète, j'avais trouvé la perle rare et je prévoyais d'en faire ma gouvernante, mon amie peut-être aussi. Elle te berçait, Edouard, te promenait dans le parc. Puisque tu es un homme, mon fils, tu peux entendre certaines choses maintenant. Mon accouchement avait été difficile, pénible, me laissant handicapée dans mon corps de femme.

Le jeune homme rougit violemment et protesta, avec un peu moins de vigueur toutefois :

— Mère, je vous en prie ! Pourquoi dire une chose pareille, devant Violaine et Sidonie ?

Violaine s'interposa doucement en murmurant :

— Laisse-la parler, Edouard ! Je suis contente d'entendre un si beau portrait de maman.

Elise, les mains jointes sur ses genoux et si crispées que ses veines saillaient sous la peau fine, s'écria :

— Je ne peux pas me faire comprendre si je ne suis pas entièrement franche, mon fils. Et toi, Violaine, tu dois savoir quel malheur frappa ta mère. En raison des problèmes de santé, disons intimes, dont j'étais affligée, mon mari Jérôme changea de caractère. Déjà, il se montrait souvent violent, car il buvait. Oh, seulement le soir, au dîner, mais j'en venais à craindre l'approche de la nuit, car il devenait alors brutal, exigeant. Il m'imposait sans pitié ses désirs pervers. Edouard, je suis navrée de briser le portrait de ton héros de père, mais il m'a fait vivre un vrai martyre qu'il me fallut endurer sans rien dire.

Son fils se dressa comme piqué par une guêpe. Les traits déformés par la colère, il menaça :

— Mère, cela suffit ! Je vous interdis de dénigrer mon père. Certes, il aimait l'alcool, cependant je ne l'ai jamais vu ivre. Et puis, ces histoires de famille n'intéressent pas nos convives.

Sidonie secoua la tête, désolée de voir Elise affronter la colère mêlée de chagrin d'Edouard. La jeune femme semblait reculer encore le moment d'aller plus loin dans ses confidences. La guérisseuse l'encouragea tout bas :

— Ne vous torturez pas, Elise ! Vous n'êtes pas la coupable dans cette affaire, seulement la première des victimes.

Violaine soupira, exaspérée. L'esprit plein de la joie fragile du retour, le cœur réchauffé par l'accueil que lui avaient réservé Guillemette et sa famille, elle se demandait la raison de sa présence dans ce salon, immobile entre Edouard et sa mère. Elle ne se sentait pas concernée par ces obscures querelles de famille. Comme elle aurait été mieux là-bas, près de la jetée, dans l'humble maison de pêcheur où la vie s'écoulait simplement, sous le joug de sa nourrice ! Elle sentait que cette discussion ne l'épargnerait pas, d'une façon ou d'une autre, même si elle était loin d'imaginer son aboutissement.

Madame Duplessis poursuivit :

— Comprends un peu mon malheur, Edouard ! Lorsque j'ai supplié à genoux ton père de m'épargner… oui, à genoux, il a ricané. Je n'ai pas compris ; j'aurais dû me méfier de lui ! Dès le lendemain, il jeta son dévolu sur la charmante Gabrielle. Commença alors le temps de l'horreur ! Durant le dîner, il but sans répit. C'était un soir de printemps… Il lui demanda d'aller chercher, au fond du parc, un objet qu'il avait volontairement oublié sur l'un des bancs. Moi, je m'étais réfugiée dans ma chambre, tant j'avais peur de lui. Jérôme suivit Gabrielle. Elle se débattit, cria… Il la frappa au visage et, en l'étranglant presque, il la viola. Cela, je ne l'ai su qu'après. Un fou furieux !

L'aveu fracassant d'Elise frappa Violaine de plein fouet, car la jeune fille n'en soupçonnait rien. Elle retournait ces mots abominables dans sa tête, son esprit refusant encore leur réalité. Soudain elle poussa un cri horrifié.

— Non ! Pas maman… Pas elle !

Edouard marcha sur Elise, prêt à lever la main sur elle pour l'obliger à se taire.

— Arrêtez ! Je ne vous crois pas, mère ! Vous n'avez pas le droit de souiller la mémoire de mon père. Qu'il ait été froid et dur avec les domestiques, je l'admets, mais de là à commettre un tel acte, non ! C'est trop facile d'accuser un mort qui ne peut se défendre. Il n'a violé personne. Vous êtes devenue folle, ma parole !

— Non, je ne suis pas folle ! hurla Elise hors d'elle. Je ne mens pas, Edouard…

— Alors, vous travestissez une évidence. Je connais les femmes de chambre ; elles se laissent séduire et se plaignent ensuite, espérant un dédommagement !

Violaine, rouge de fureur et de honte, ne pouvait laisser dire cela. Elle lui cria :

— Edouard ! Tu es odieux ! Tu salis ma mère, je ne te permets pas…

Le jeune homme se tourna alors vers elle et, un sourire sardonique aux lèvres, lui répliqua d'un ton dur :

— Ne t'en mêle pas, Violaine ! Tu es mal placée pour le faire… On m'a dit que tu étais grosse de ton fiancé !

Sidonie se redressa, le regard noir de rage. Si c'était ainsi, elle allait rabattre le caquet d'Edouard qui paraissait se repaître en humiliant la jeune fille. Violaine, suffoquée par cette pique venimeuse, se leva et commença à traverser le salon, pâle comme un linge.

Elise ajouta très vite :

— Bravo, mon fils ! Tu es digne de ton père ! Aie donc le courage d'écouter la suite au lieu de nous insulter… J'avais cru entendre des bruits, des appels. Je suis descendue et j'ai couru vers la gloriette, près des rosiers. Mais je suis arrivée trop tard pour sauver cette malheureuse Gabrielle qu'il avait brutalisée de façon honteuse. La pudeur m'interdit de te fournir les détails devant Violaine. Je les connais de la bouche même de la pauvre victime que j'ai moi-même soignée, le reste de la nuit. Jérôme, ce tyran, ce pervers… Son bourreau ! Quand il m'a vue, il a brandi le poing, puis il est parti. Je l'ai haï depuis cette nuit-là, mon fils, j'aurais pu le tuer ! Je ne suis pas celle que tu penses, la sage épouse d'un notaire admirable ! Je bouillonne de colère rentrée depuis toutes ces années ! Si j'en avais le pouvoir, je ferais régner sur le monde entier la justice et l'égalité.

Sidonie se leva à son tour sans bruit et rejoignit Violaine qui se tenait la gorge, prête à hurler aussi fort qu'Elise. Elle souffla à l'oreille de sa protégée :

— Courage, ma chérie ! Tiens bon ! Il fallait que tu saches, vu ta situation…

Edouard s'était servi un verre d'alcool qu'il avala d'un trait. Elise le suivit et lui cria encore :

— Je ne pouvais te laisser idolâtrer ton père plus longtemps, Edouard, qu'il soit mort ou vivant ! Quand tu étais petit, j'ai tout fait pour te préserver, t'élever dans un foyer apparemment uni… Mes révoltes, mes gestes charitables, mes opinions socialistes me sont venues au début juste pour l'exaspérer, lui ! Je luttais à ma manière contre sa cruauté d'homme viril si fier de trousser ses femmes de chambre, d'assouvir sa bestialité sur des innocentes !

Edouard posa son verre et se boucha les oreilles avec ses mains. Violaine se réjouissait presque de lui voir un air désespéré ! Elle allait quitter le salon, mais Sidonie la retint par le poignet. Elle savait que tout n'avait pas été dit. Les jeunes gens devaient écouter la confession de la femme du notaire jusqu'au bout.

Elise ne lâcherait plus son fils tant qu'il n'aurait pas tout entendu. Elle lui ordonna :

— Conduis-toi en homme, Edouard ! Je te fais du mal, mais j'y suis obligée. Je ne veux pas que tu suives les traces de ton père. Sous tes allures polies et mondaines, mon fils, tu deviens dur, égoïste, avide de satisfaire tes désirs... Qu'est-il arrivé à Gabrielle, selon toi ? J'ai dû lui donner son congé, car il me fallait la mettre hors de danger. En effet, incapable de se satisfaire d'une seule agression, Jérôme, deux soirs plus tard, avait essayé de forcer la porte de sa chambre, au second étage. Heureusement, il y avait un verrou. A l'aube, j'ai parlé à Gabrielle qui n'avait pas dormi. Je lui ai donné de l'argent et je l'ai confiée à Guillemette Lignet qui travaillait ici de temps en temps, mais sans rien avouer du crime de mon mari. Pourquoi ? J'avais peur ! Il m'avait menacée à plusieurs reprises de te battre, toi, Edouard, qui commençais juste à marcher, et de me torturer à sa façon vicieuse.

Edouard, dévisageant sa mère, laissa échapper un bref cri de stupeur. Elise le prit par l'épaule pour ajouter :

— Gabrielle, à qui je rendais souvent visite, me confia bientôt qu'elle était enceinte. Cette nouvelle me bouleversa. J'imaginais cette pure jeune fille déshonorée, montrée du doigt par tous... Je ne pouvais le permettre. J'avais remarqué le manège d'un jeune pêcheur, Henri Plantier. Chaque fois qu'il croisait ta maman, Violaine, il ne la quittait plus des yeux, comme hypnotisé. Je suis allée lui expliquer la situation. Oh, comme il m'a regardée avec mépris, et avec haine aussi. Il m'écouta, puis me jeta à la face : « Oui, je vais épouser Gabrielle ! Ce n'est pas pour vous que je le ferai, mais parce que je l'aime ! Vous, madame, je vous plains d'être si lâche... » Henri et Gabrielle se sont mariés trois semaines plus tard. Lorsqu'une petite fille est née, j'ai veillé sur ce jeune couple. Je voulais réparer la faute de Jérôme Duplessis alors qu'il s'entêtait à nier sa paternité. Il se bornait à répéter que ces filles-là sont faciles et soumises, cédant à tous les hommes dès la première occasion.

— Non ! non ! hurla Violaine, hystérique. Ce n'est pas vrai… Je ne veux plus rien entendre ! Elise, laissez-moi partir, par pitié. Jusqu'à quand devrai-je souffrir, pleurer ? Je suis la fille d'Henri Plantier, vous m'entendez ! Vous n'allez pas tout me prendre, tout briser ! Salir ce que j'ai de plus cher, de plus beau dans mon cœur ! Vous piétinez l'image de ma mère que j'aimais tant, de mon père adoré… Vous me jetez à la figure, avec vos mots si polis, que je suis une bâtarde ! Je ne veux plus vous écouter…

La jeune fille cacha son visage contre l'épaule de Sidonie. Elle ne pleurait pas, mais son corps tremblait convulsivement. Edouard se figea, blême et hébété.

— Mère, vous n'êtes pas sérieuse ? Vous essayez de me faire croire que Violaine serait le fruit d'un viol commis par mon père… Ici… Elle est ma sœur ? C'est ça ? Enfin ma demi-sœur, avec qui je jouais sur la plage, à qui vous donniez mes vêtements trop petits ? Quelle générosité de votre part d'avoir fait la charité à ma sœur et payé ses études ! Mais, bon sang, qu'espériez-vous donc ? Que Violaine se mette un jour à genoux pour vous en remercier ? Vous la rabaissez à raconter vos saletés !

Le jeune homme s'affala sur une chaise et rejeta sa mèche blonde en arrière. Il ne mettait plus en doute les paroles d'Elise, mais son cœur refusait la vérité qui le privait de ses espoirs, de ses rêves. Il voulait Violaine pour femme, à la manière d'un ancien caprice inassouvi remontant à leur enfance, quand il la voyait filer avec François, main dans la main. Lui, le malade, le petit riche qui n'avait pas le droit de jouer comme les autres, il enviait tant François… Parvenu à l'âge de l'amour, il pouvait enfin se venger de son enfance en s'appropriant la jeune fille, l'arrachant à ces gens du peuple qu'elle aimait si fort. Assommé par cette découverte, il ne pouvait que répéter :

— Ma sœur ! Alors, je ne l'aurai pas… Vous mentez, mère, dites-moi que vous avez menti. Vous n'avez pas le droit de me priver d'elle !

— Enfin, mes enfants ! rétorqua Elise. Pourquoi inventerais-je une telle histoire ? Tu penses vraiment, Edouard, que j'oserais le faire, accusant ton père, dans le seul dessein de te contrarier ? Tout à l'heure, Sidonie en est témoin, tu clamais d'un ton supérieur que tu voulais épouser Violaine et adopter son bébé ! Je devais vous dire la vérité à tous deux... Cela n'a pas été facile pour moi non plus. J'aimais Jérôme avant ta naissance. Même ensuite... malgré tout ! Ah, combien j'ai souffert quand j'ai compris sa vraie nature ! Il me dégoûtait. Pourtant, j'ai réussi à le convaincre sur un point : il a cessé de boire. Mais, guéri de ce vice, son comportement devint de plus en plus méprisant. C'était dorénavant un homme de glace qui me reprochait sans cesse d'aider Gabrielle et son enfant. J'aurais tant voulu élever Violaine près de toi, Edouard ! Quand Gabrielle a mis au monde son bébé, je venais de lire un long poème de Paul Claudel, « La jeune fille Violaine ». Ce texte évoquait le destin tragique d'une jeune fille sacrifiée à la jalousie d'une sœur. C'est moi qui ai soufflé ce prénom à Gaby et, sans me poser de questions, elle a choisi de baptiser ainsi son enfant.

Violaine, pleine de rancœur, lui reprocha alors :

— Vous avez vraiment tout dirigé dans ma vie ! Ordonné le mariage, choisi mon prénom, mes vêtements, mon calvaire dans les Pyrénées, chez ma tante ! Même le pensionnat ! J'ai l'impression d'avoir été un jouet entre vos mains !

Elise ouvrit des yeux ahuris en protestant d'une voix vibrante de douleur :

— Mais non, ma chérie ! J'ai fait ce que j'ai pu pour réparer les catastrophes qui vous frappaient, ta mère et toi. Je peux aussi t'affirmer une chose : Henri était déjà très amoureux de Gabrielle quand je lui ai proposé de l'épouser. Ils se sont aimés, je le sais ! Quant à moi, j'ai porté le poids de ce viol toutes ces années, face au bourreau de Gabrielle. Et Jérôme ne voulait pas te voir, toi, sa fille ! Il évitait le quartier des ouvriers ostréicoles, la gare, le port. Comme il fut soulagé de te savoir à cinq cents kilomètres, hors de sa vue !

— Ce n'est pas mon père ! hurla Violaine. Je me souviens maintenant, le soir où j'ai dormi ici, comme il m'a regardée ! J'ai eu l'impression qu'il aurait voulu m'effacer de la surface de la terre. Mon père s'appelait Henri ! Il m'a portée sur ses épaules quand nous allions sur les parcs à huîtres ; il m'a sortie de l'eau le jour où la mer m'a emportée au large. Il me bordait dans mon lit en me racontant de belles histoires sur le grand marais, sur l'Océan. Il me faisait des câlins, il me prenait sur ses genoux quand je récitais mes prières ! Il m'aimait et je l'adorais ! C'était lui mon père, mon seul père !

Edouard, le front appuyé sur ses mains, se sentait profondément écœuré par tout ce qu'il venait d'entendre. Une violente migraine commençait à se faire sentir, de celles qui l'obligeaient à garder la chambre plusieurs heures, dans l'ombre et le silence. Il n'en pouvait plus de toute cette boue remuée, de ces cris ! Il gémit :

— Mère ! Taisez-vous et faites taire Violaine ! Vos cris me vrillent le crâne ! J'en ai assez de ces mensonges. Le mal est fait ! Vous pouvez vous réjouir, mon père vient de tomber de son piédestal. Voilà, vous avez gagné ! Je vous crois… En fait, je savais bien qu'il n'était pas le père idéal que j'idolâtrais. J'avais découvert bien des travers que je taisais, par égard pour vous. Et moi qui n'osais pas vous dire qu'il couchait avec Charlotte, qu'il avait séduit cette pauvre folle de Martine, sans parler des jolies visiteuses, certains jours, qui me souriaient avant d'entrer dans son bureau… Lorsque vous étiez à Marennes, j'écoutais aux portes, inquiet des choses étranges qui se passaient à deux pas de moi. Devenu adolescent, j'ai compris, mais je me suis tu aussi ! Je me disais que vous seriez trop attristée de l'apprendre. Tant d'années de mensonges pour en arriver là ! J'en ai la nausée, mère. Je vous jure que, si les Allemands envahissent notre pays, je me jetterai devant eux avec l'espoir de prendre une balle en plein cœur.

Edouard se leva en grimaçant. Sidonie devina chez lui une réelle douleur. Elle ressentit de la compassion pour ce grand jeune homme désemparé, éprouvé dans sa chair depuis l'enfance et à présent jusqu'au tréfonds de son âme. Sous ses airs vaniteux, elle percevait une certaine fragilité. Elle proposa à Elise :

— Je l'accompagne jusqu'à sa chambre ! Veillez sur ma minette, elle claque des dents. J'ai dans ma valise des herbes qui soignent les chocs nerveux. Je leur ferai une tisane en redescendant. Dites à Martine de faire chauffer de l'eau.

Sidonie prit le bras d'Edouard, incapable de protester tant il souffrait. Elise, sidérée par l'aplomb royal de la guérisseuse, se précipita vers Violaine et lui prit les mains. Elle lui chuchota :

— Ma chère enfant ! Tu sembles m'en vouloir, mais, depuis ta naissance, je n'ai fait que te protéger. Je t'aurais voulue riche, choyée, placée dans une bonne école. Je te comparais souvent à Edouard. Il avait tout cela et pas toi. Mais tu avais quelque chose qui lui manquait terriblement : la santé. Allons, regarde-moi ! Parle-moi ! Aie pitié, je t'en supplie ! Que me reproches-tu ?

La jeune fille dégagea ses mains et recula vers la porte. Cette maison cossue, le parfum de lavande d'Elise, les tableaux... tout ce décor la révulsait. Elle s'écria soudain :

— J'étais pauvre, mais choyée ! J'aurais survécu sans votre viande du jeudi, vos fraises et tous vos habits de luxe ! Et puis, vous n'avez pas cherché à me garder... quand maman est morte. C'est bizarre, comme disait Guillemette tout à l'heure, tout cet argent que vous avez versé à ma tante Marcelline, afin de la décider ! A mon avis, Octave Lignet, tout grincheux qu'il était, aurait bien voulu m'élever si vous lui aviez proposé la même somme par trimestre. Vous m'avez conduite à Gavarnie pour vous débarrasser de moi, pour satisfaire votre sale mari ! Laissez-moi ! Je ne veux plus vous voir ni habiter ici. Demain, nous trouverons un logement, Sido et moi. N'importe lequel fera l'affaire ! Je préférerais manger par terre que de rester sous ce toit où l'on a torturé ma mère...

Violaine se plia en deux, prise de spasmes. Terrifiée, Elise courut la soutenir.

— Voyons, ma chérie, calme-toi. Tu as trop souffert depuis quelques jours. Ecoute-moi, Violaine, tu ne saisis pas la portée de ce que je t'ai dit. Cette maison te revient, tu es chez toi. Je ferai le nécessaire. Tu vas vivre enfin dans l'aisance, avec Sidonie. Songe à ton bébé, il a droit à grandir sans souci. Pardonne-moi ! Je ne pouvais pas m'opposer à Jérôme, te prendre ici à la mort de ta mère. Il t'aurait fait du mal, j'en suis sûre… J'ai déjà tellement honte d'avoir dû dévoiler tout ceci, devant toi et Edouard.

Mais la jeune fille ne voulait plus rien entendre. Elle repoussa Elise et sortit du salon. La porte d'entrée claqua. Sidonie réapparut à cet instant précis et trouva la veuve de Jérôme Duplessis en larmes, le front appuyé à la haute cheminée de marbre noir.

— Elle me hait, Sidonie ! Elle me juge coupable de tout et mon fils doit me détester aussi. En criant la vérité, en libérant mon cœur, j'ai perdu les deux êtres que j'adore. Je ne pouvais quand même pas laisser Edouard tomber amoureux de sa sœur !

La guérisseuse soupira en lui tapotant l'épaule :

— Vous avez bien agi ! Je vous admire d'avoir été aussi loin dans l'aveu de ces horreurs. Cela a choqué nos jeunes gens, c'est normal. Laissez-leur un peu de temps pour réfléchir ! Une nouvelle pareille, il fallait s'attendre à une telle réaction. Mais… où est Violaine ?

— Partie comme une furie ! Elle a eu mal au ventre. Il ne manquerait plus qu'elle perde son enfant… Il faut la rattraper ! Si jamais elle faisait une bêtise, la pauvre chérie, je m'en sentirais coupable le restant de mes jours… Quel chemin de croix, mon Dieu ! Pour vous tous, pour moi, nos enfants !

— Ne vous tracassez pas trop. Je connais bien Violaine. Elle tient à ce bébé, cadeau de l'amour d'Eloi. Elle va marcher, pleurer, et reprendre son calme. Je suis certaine qu'elle mènera sa grossesse à terme. Il ne peut en être autrement ; le malheur ne gagne pas toujours. Ma minette a assez souffert. Montez donc vous reposer, je m'occupe de votre fils et j'attends notre fugueuse.

Violaine, comme à chaque fois que son cœur blessé la faisait souffrir, se dirigea vers celui qui avait toujours su la consoler. Son monde semblait sur le point de s'écrouler. Alors, fille du bord de mer, à qui aurait-elle pu confier sa détresse si ce n'est à l'Océan ? Il avait bercé ses nuits de petite fille, l'avait initiée à la beauté, avait envahi ses rêves quand elle s'était retrouvée exilée dans les montagnes... Elle avait cru ne pouvoir vivre loin de lui ! Maintenant, elle avait plus que jamais besoin de sa musique pour adoucir ses malheurs, de son souffle amical et complice qui la laverait de toute cette noirceur du passé.

Violaine marcha vers le port. Il faisait nuit et la marée basse laissait deviner l'immense étendue de sable humide sur laquelle les parcs à huîtres traçaient des carrés éparpillés. Un quartier de lune se découpait au-dessus de la côte sombre de l'île d'Oléron. La jeune fille descendit sur la plage, attirée par la silhouette du fort Louvois. Elle aperçut le passage empierré, les rails destinés à la circulation du wagonnet des ostréiculteurs, les rochers alentour, couverts d'algues brillantes. Le Fort, lieu magique de son enfance ! Il les avait tant fait rêver, François, Louis et elle ! Le temps où ils se racontaient des histoires invraisemblables, nées de leurs imaginations si fécondes, lui semblait si loin... Elle ignorait encore les malheurs qui l'attendaient, les épreuves qu'il lui faudrait surmonter. La vie était-elle aussi difficile pour chacun ? Nul ne pouvait être préparé à affronter de si grandes souffrances ! Quelle nouvelle surprise son destin allait-il lui réserver ?

Elle se sentait si heureuse il y avait si peu de temps encore, ayant retrouvé ses amis les plus chers ! Maintenant, son cœur saignait de douleur après cette scène chez les Duplessis. Ses souvenirs avaient été piétinés par la révélation de cette abomination. Que lui restait-il à présent ? Qu'y avait-il de réel dans sa vie de fillette, puisque tout ce qu'elle avait vécu venait de revêtir un sens bien différent ?

— Mon cher papa ! murmura-t-elle. Je te remercie de m'avoir aimée si fort alors que j'étais la fille d'un autre. Elise a beau dire, tu seras toujours mon père dans mon cœur ! Le père, c'est celui qui élève, cajole et protège. Tu me racontais des histoires quand j'étais couchée dans mon petit nid ; tu voulais m'emmener voir les oiseaux du grand marais, près de Brouage ; tu m'expliquais comment nettoyer les claires, reconnaître les trous de rocher où se cachent les gros crabes. Et tu riais quand je riais, tu séchais mes larmes quand j'étais tombée et que mon genou saignait… Je n'ai rien oublié, vois-tu ! Et je sais que vous vous aimiez, maman et toi. Je me souviens comme tu la prenais contre ton cœur, le matin, caressant ses cheveux… Et ces regards qu'elle posait sur toi. Le reste ne compte pas, voilà tout !

Elle avançait, les bras croisés sur sa poitrine. Les maisons de pêcheurs lui semblaient ramassées près du sol, comme pour mieux supporter le vent du large, les soirs de tempête. Les fenêtres, éclairées de jaune, parlaient à la jeune fille d'une existence toute simple faite de travail, des repas, de l'amour sous les draps, quand la lampe est éteinte.

— C'était tout ce dont je rêvais avec toi, mon Eloi, et je n'y ai pas droit ! Ah, quand je pense à ce que maman a souffert ! Et elle a été obligée d'accepter de dépendre toute sa vie des autres et de la pitié d'Elise Duplessis qui lui a même trouvé un mari ! J'espère que maman était déjà amoureuse de papa, car lui l'aimait. Comme elle devait être gênée chaque fois que nous recevions des affaires venant de la maison du notaire ! Assez ! je vais devenir folle si je n'arrête pas tout de suite ! Je dois oublier, sinon je finirai haineuse, amère, comme ma tante Marcelline. Mes parents chéris sont morts depuis longtemps. Ils sont réunis au ciel, je le souhaite de toute mon âme.

Violaine s'était assise sur le passage du Fort, à l'endroit précis où elle avait vu sa mère morte, face au large. Elle revit son clair visage si beau, encore adouci par une expression sereine, à l'image d'une sainte délivrée des vicissitudes de la terre par un destin pourtant injuste.

— Gabrielle, ma pauvre petite maman ! Combien tu as dû avoir honte, forcée par ce sale type de notaire ! Et tu as su me cacher toutes tes douleurs, tes chagrins ! Tu étais si souvent gaie et tellement courageuse. Je t'aime encore plus maintenant que je sais ce que tu as vécu. Pourquoi certains hommes se conduisent-ils ainsi, comme des brutes sans aucune morale ? Ce que tu as dû éprouver, je le devine sans peine, car j'ai eu une telle peur quand Paul a voulu abuser de moi ! Oh, si je pouvais les punir pour nous venger… Mon Dieu, pardonnez-moi, mais je les tuerais tous…

— Ohé ! Violaine, tu parles toute seule ?

La jeune fille sursauta. Elle monologuait depuis un moment et ne se savait pas épiée. François se tenait à un mètre à peine, les mains dans les poches, une casquette sur la tête. Il lui apparut comme le seul véritable garçon dont elle n'avait rien à craindre, depuis que son Eloi était mort.

— François, je croyais que tu devais rentrer à la caserne avant la nuit… Méfie-toi, on fusille les déserteurs en temps de guerre, m'a dit Guillemette.

Le jeune homme s'assit près d'elle en riant.

— Bah ! A Rochefort, nous sommes entre marins. Louis me couvrira. Je n'arrivais pas à partir, te sachant de retour. Tu sais, c'est comme quand on était gosses et que nous jouions à cache-cache : je te cherche partout… et je te trouve, car moi, je connais tes endroits secrets !

Il lui caressa la joue et sentit quelque chose de tiède et humide. Inquiet, il lui demanda :

— Tu pleures… C'est à cause de ton fiancé ?

— Si je ne pleurais que lui, François ! Elise Duplessis nous a fait une confession ce soir, à Edouard et moi.

— Oh, celui-là, quel animal ! Prends garde, Violaine ! Avec sa voiture neuve, il joue les jolis cœurs à Marennes ou à Saintes. Il pourrait chercher à te séduire. Je n'aime pas t'entendre dire : « Edouard et moi. » D'abord, cela me rappelle quand nous étions petits. Chaque fois qu'il te voyait, il te dévorait des yeux. J'étais jaloux déjà… et je le suis encore. Je déteste ce type bien habillé, aux manières hypocrites !

Violaine eut un sourire triste en répliquant :

— Il n'y a plus aucun risque, François. En vérité, Edouard est mon frère, enfin mon demi-frère. Ecoute… c'est terrible… si tu savais…

Dans un geste naturel de fillette, Violaine attira son ami près d'elle, lui passant une main autour du cou. Sa bouche près de l'oreille de son ami, elle lui conta à voix basse le secret de sa naissance.

— … et je me suis sauvée, après avoir repoussé Elise qui a été si bonne pour moi. J'étais enragée, folle de dégoût. Maintenant que je t'en parle, je me demande ce qui m'a pris de la repousser de la sorte. J'avais envie de la gifler ! J'ai eu l'impression qu'elle avait voulu, pendant des années, me voler à maman… La pauvre, je crois qu'elle était sincère : elle n'osait pas avouer son secret et s'était juré de veiller sur moi.

François avait écouté cette confession sans interrompre son amie si éprouvée. Pourtant, son âme n'avait pu s'empêcher de réagir au fur et à mesure du récit, ressentant colère, dégoût, tristesse… Il devinait combien cela devait lui coûter d'évoquer ces faits du passé. Mais il savait également que certains mots doivent être prononcés afin de pouvoir ensuite les supporter. La parole a le pouvoir d'apprivoiser les sentiments les plus violents, les faits les plus traumatisants. La guérison des âmes blessées ne peut commencer qu'après les mots. Violaine n'en avait pas conscience réellement, mais elle ressentait simplement l'urgence de sortir de son cœur l'horreur de cette révélation. Peut-être lui serait-il ensuite moins douloureux de vivre avec ce fardeau ?

François était très touché de la confiance que lui témoignait la jeune femme, lui prouvant de la sorte la profondeur de leur amitié. Il s'écria :

— Papa avait un peu raison alors, quand il disait qu'elle te couvait des yeux ! Le jour de l'enterrement de ton père, il a affirmé à maman que cette femme si riche t'enlèverait bien si elle le pouvait. C'est une sale histoire, en tout cas.

A ces mots, elle éclata en sanglots. François, violemment ému et plein de compassion, la berça doucement pour la consoler. Il lui chuchota gentiment :

— Pleure un bon coup, ma petite Violaine. Moi aussi, j'en ai le cœur à l'envers. Soulage-toi, va. Je rêvais de ton bonheur, toi qui as déjà tellement souffert ! Ah, quel malheur, cette fichue guerre ! Si j'étais libre, je veillerais sur toi et tu n'aurais plus jamais l'occasion de verser la moindre larme. Je te protégerais et la vie n'aurait qu'à bien se tenir si elle s'avisait de te préparer d'autres misères ! Je te ferais oublier tes peurs et tes chagrins, tu peux me faire confiance ! Je m'occuperais de toi. Je navigue bien, tu sais. Je t'emmènerais à l'île d'Oléron, et même à Saint-Martin de Ré, tiens ! Et jusqu'à l'île Madame, toute petite, au large du phare de Chassiron, où vivent un troupeau de chèvres et un vieux pêcheur un peu fou. Je voudrais tellement te revoir sourire... Je ferais n'importe quoi pour chasser la tristesse de ton regard !

François retrouvait son enthousiasme d'enfant. Il aurait tant voulu apaiser les tourments de Violaine qu'il lui promettait des promenades comme jadis un caramel ou un jouet. La jeune femme en fut touchée. Elle lui murmura pour le rassurer :

— Sidonie est là pour veiller sur moi, ne t'inquiète pas ! A nous deux, on s'en sortira. Dis, François, tu reviendras ? C'est bizarre : près de toi, je n'ai plus peur. Peut-être que je redeviens la petite fille qui avait entière confiance en toi. Autrefois, je t'aurais suivi jusqu'au bout du monde en te tenant la main. Tu étais mon frère, mon complice, mon dieu vivant... Je t'avais emporté dans mon cœur là-bas, dans les montagnes. Ta pensée m'accompagnait et me soutenait même si, bien souvent, j'avais envie de pleurer tellement tu me manquais. Quand j'ai connu Sidonie et son fils, je leur ai raconté notre vie au Chapus, nos jeux d'enfants, notre amitié. D'ailleurs, Eloi était très souvent jaloux, parce que je parlais trop de toi, disait-il.

Le jeune homme lui avoua dans un souffle :

— Et moi, je fus jaloux d'Eloi dès la première lettre où tu as parlé de lui ! En plus, tu me disais qu'il me ressemblait ! Je voulais être unique dans ton cœur, le seul brun aux yeux noirs, le seul à t'aimer, te protéger... Mais on nous avait séparés... J'étais jaloux d'un inconnu et lui aussi. On est vraiment idiot quand on tient à quelqu'un !

Les derniers propos de son ami troublèrent profondément Violaine. A quel point tenait-il à elle ? Elle ne montra pas sa surprise et recommanda :

— Surtout, François, ne dis rien à Louis ni à ta mère. Je ne veux pas que ces horreurs se sachent, par respect pour la mémoire de mes parents. J'en parlerai à ma Guillette quand j'irai mieux et que j'aurai une maison pour Sidonie et moi. C'est mon seul souci : trouver un toit bien à nous !

Blottie contre son frère de lait, dont le caractère généreux et joyeux avait si peu changé Violaine se calma peu à peu. Elle sentait la tension de son corps décroître et une douce somnolence l'envahir. Elle aurait pu demeurer des heures ainsi, mais elle savait que c'était impossible. Ils restèrent encore longtemps enlacés, à converser à voix basse.

François dit enfin dans un gros soupir :

— Je dois vraiment partir, Violaine ! Sinon, ce sera le peloton d'exécution avant l'aube !

— Oh non ! Ne plaisante pas avec des choses aussi graves, tu me fais peur ! Allez, sauve-toi vite, mais promets-moi de revenir me voir dès que tu pourras. J'ai besoin de mon vrai frère, celui qui a bu le même lait que moi…

François l'embrassa tendrement sur le front et se leva. Il ne pouvait se résoudre à la quitter si vite, aussi continua-t-il à lui parler, l'obligeant à le suivre un bout de chemin encore.

— Et toi, retourne vite près de ta Sidonie que je ne connais pas encore. J'aimerais bien que tu me la présentes, cette guérisseuse venue d'Espagne. J'ai senti que ma mère en est jalouse comme une tigresse. Tous les prétextes lui sont bons pour en dire du mal. Ne t'inquiète pas, ça lui passera. Pour la maison, visite bien le Chapus ; je te parie que tu trouveras une maison à louer. Tiens, demande à Marcel, le vieux pêcheur qui habite chez sa fille. Peut-être qu'il aura une idée ? Au revoir, ma Violaine ! Courage !

— Au revoir, François… mon François… chuchota-t-elle en agitant la main.

19

Entre femmes

6 juin 1940

Violaine consulta le calendrier avec un petit soupir. Sa fille venait juste de s'endormir après avoir tété. Marjolaine était née le 9 avril 1940, le jour où les troupes allemandes avaient envahi le Danemark et la Norvège. Le 10 mai, lorsque le bébé eut un mois, le chancelier Hitler envoya ses soldats à l'offensive, pénétrant en Belgique et aux Pays-Bas. En France commença un exode tragique sur les routes envahies par une population affolée. L'ennemi approchait, chassant par milliers des familles entières de leurs foyers. On pouvait voir des files interminables de gens à pied, portant un maigre balluchon chargé de quelques effets, mais aussi les moyens de transport les plus invraisemblables : brouettes, bicyclettes, charrettes à bras ou tirées par des chevaux, camions surchargés, débordant de toutes parts de mobilier entassé pêle-mêle – matelas ficelés, chaises empilées, souvenirs casés dans les rares espaces restants. Les quelques voitures, appartenant à des personnes aisées, n'étaient guère plus avancées, coincées dans les embouteillages interminables occasionnés par cet exode de la population du Nord de la France. La plupart des gens en fuite n'avaient même pas d'endroit précis où aller, un lieu pour s'installer, mais quelle importance ? Une seule chose comptait : échapper à l'avancée de l'ennemi. Régulièrement, les stukas bombardaient ces convois, des avions plus légers les mitraillaient ; les réfugiés abandonnaient alors le ruban asphalté pour se cacher sous les véhicules ou se coucher dans les fossés. Une fois l'escadre aérienne partie, les survivants reprenaient leur lent cheminement sans fin, dans les cris de désespoir des familles touchées par le raid ennemi, les pleurs et le bruit des semelles traînées sur la chaussée par des jambes trop lasses pour les soulever.

La TSF permettait de connaître l'avancée du conflit. Au Chapus, Violaine avait suivi le déroulement des événements, la délirante course à la mer engagée par les forces franco-britanniques pour couper l'avancée des blindés allemands de leurs arrières. Mais les Alliés échouèrent et, le 23 mai, la Panzer division atteignit la mer en premier. Les troupes britanniques se replièrent sur Dunkerque où elles furent encerclées ainsi que les troupes françaises, du 20 au 27 mai. Les informations circulaient difficilement ; les nouvelles étaient plus facilement colportées par des civils parlant aux soldats qui leur donnaient alors des détails.

Encore une fois, Violaine essaya de capter des bribes d'informations, mais sans grand succès.

Sidonie, assise devant la fenêtre ouverte, brodait un bavoir pour sa petite-fille. Elle dit d'une voix grave :

— Toi, ma minette, tu t'inquiètes pour tes amis Louis et François ! Ce Hitler est un fou, voilà ce que j'en pense. Il met le monde à feu et à sang… Moi qui m'habituais à notre vie ici, qui y prenais goût, on ne sait plus ce qui va nous tomber sur la tête !

Violaine laissa enfin tranquilles les boutons de la TSF et vint s'asseoir auprès de la guérisseuse. Elle secoua ses cheveux blonds et se passa la main sur le front en soupirant :

— J'ai rencontré ce brave Octave ce matin. Il m'a expliqué qu'hier, le 5, les troupes franco-britanniques ont été rembarquées pour l'Angleterre. On dit que la bataille fut très violente. De la ville de Dunkerque, il ne resterait que cendres, façades éventrées et débris humains. Octave est sûr que ses fils y étaient.

En fait, la réalité différait quelque peu, car la situation là-bas avait été catastrophique. Il avait fallu évacuer les troupes encerclées dans Dunkerque, soit 240 000 Britanniques et 140 000 Français. L'amirauté britannique disposant de trop peu de destroyers pour évacuer autant d'hommes, il avait alors été décidé de réquisitionner tout navire capable de traverser la Manche. De son côté, la marine française mobilisait nombre de bâtiments de guerre, de commerce ou de pêche. La situation était dramatique. Dès le 27 mai, la Luftwaffe commença à pilonner le port et la ville. Ces attaques avaient lieu sans interruption de sept heures du matin à sept heures du soir. Les soldats étaient systématiquement massacrés sur le ponton, car les Alliés ne disposaient que d'un seul accès à la mer. Ce fut une vraie boucherie ! Devant le nombre grandissant de morts et de bateaux coulés, il fut décidé que des barques, vedettes ou yachts prendraient les soldats sur les plages et les convoieraient jusqu'aux gros navires de transport. Ces opérations se déroulèrent de nuit. Les Britanniques et les Français durent abandonner tout leur matériel sur les plages de Dunkerque. Dans les derniers jours, il y eut même des scènes terribles de soldats désobéissant aux ordres de leurs supérieurs pour être évacués plus rapidement, engendrant la panique dans les rangs, faisant couler des embarcations sous la surcharge. Des officiers furent obligés de tirer sur leurs propres hommes pour ramener le calme et la discipline pendant l'évacuation. Tous ne purent être évacués à temps avant l'entrée des Allemands dans la ville. De nombreux soldats furent faits prisonniers à Dunkerque. Mais tous ces détails ne seraient connus qu'un peu plus tard.

Sidonie s'inquiétait elle aussi de la tournure de cette guerre barbare si gourmande de vies humaines, uniquement pour satisfaire la soif de pouvoir d'un seul homme, Hitler. Elle ne voulait pas partager ses sombres pressentiments avec la jeune femme, pour ne pas l'angoisser davantage. Elle chercha donc à détendre l'atmosphère pesante, histoire de changer un peu les idées de Violaine en la plaisantant :

— J'ai l'impression qu'Octave Lignet t'a adoptée ! Et moi aussi, je crois. Figure-toi qu'il me fait les yeux doux ! Au début, il me regardait de travers, puisque son épouse, ta chère

Guillette, m'a prise en grippe ! Maintenant, voilà qu'il nous apporte des moules et des coques tous les quatre matins, et il ne passe pas un soir sans frapper à la porte, prendre des nouvelles de ton enfant ! Enfin, je ne m'en plains pas. Je crois que je commence à y prendre goût, à cette nourriture offerte par ton bel Océan : huîtres, crevettes... et ces gros crabes si savoureux !

Violaine eut un sourire amusé. Au fil des mois, Sidonie Fernandez s'était effectivement accoutumée à vivre au bord de la mer. Les deux femmes avaient trouvé une maison près de la pointe du Chapus. C'était une très vieille bâtisse, peut-être une des premières édifiées si près de l'Océan, avec un petit jardin entouré d'une murette et flanqué d'un joli puits à margelle. Le long des murs d'un blanc grisâtre, des roses trémières commençaient à grimper et un grand tamaris, dont le feuillage évoquait des plumes vaporeuses, poussait près de la porte. Il rappelait à Violaine celui adossé à la petite maison de son enfance.

Leur emménagement avait été rapide, puisqu'elles ne possédaient rien. Elles avaient passé l'hiver atlantique dans ce logis bien clos, retrouvant un semblant de paix dans ce monde agité. Violaine avait essayé d'oublier le fameux soir de leur arrivée au Chapus, dans la maison du notaire. Les jours avaient passé tranquillement, au rythme de la grossesse de Violaine. Son ventre s'arrondissait doucement, la parant d'une beauté magique et ancestrale. Les deux femmes avaient partagé un Noël simple et chaleureux. Elles se comprenaient et les mêmes nuages de tristesse embuaient parfois leur regard, lorsque le souvenir d'Eloi se manifestait plus vivace que jamais dans leur cœur éprouvé.

Au début, Sidonie avait beau regarder autour d'elle, tout lui semblait terriblement terne en comparaison de son pays. L'horizon était trop vaste, sans crête ou col entre deux vallées pour arrêter le regard. Le vent balayait les terres, à peine freiné par les petites maisons des pêcheurs et les tamaris inclinés à force de lutter. Certains jours, il était fortement chargé de senteurs marines et d'iode, au point de lui paraître irrespirable. Le sable de la plage sous ses pieds semblait fuir, n'offrant aucune résistance au pas, à l'opposé de la sensation des chaussures sur les sentiers escarpés des versants pyrénéens. Pas de narcisses embaumant les prés ni aucune des plantes sauvages qu'elle récoltait dans les prairies d'altitude… Tout était si différent ! Elle s'était bien étonnée, à Noël, de voir un beau soleil et pas le plus petit flocon de neige. Mais les promenades sur la plage lui plaisaient beaucoup, surtout les jours de pluie, quand l'Océan rugissait sur les rochers, tel un monstre en furie. Sa nature sauvage s'harmonisait alors avec les éléments déchaînés, lui redonnant force et courage. Son cœur sensible ne pouvait rester longtemps de glace devant les couleurs changeantes de l'Océan, le ballet des pinasses sur la crête des vagues, le vol des mouettes au-dessus des chalutiers, le crépuscule de certains soirs d'été embrasant la surface de l'eau. Et puis, comment résister à l'enthousiasme si communicatif de sa protégée qui revivait depuis leur arrivée dans le bassin de Marennes ?

La guérisseuse avait appris à aimer le pays de Violaine, comprenant mieux le chagrin qu'elle avait ressenti lorsque, fillette, elle avait non seulement quitté les amis de toujours, mais aussi ce pays de sel et de vent, d'eau et de coquillages.

— Ma Sido, je trouve que la petite ne grossit pas… J'ai envie de consulter un médecin. Je me sens parfois ridicule à me faire autant de souci pour ma fille, moi qui n'ai jamais porté la moindre attention autrefois à mes petits tracas de santé. Tout ce qui touche Marjolaine m'inquiète. Dès qu'elle éternue, je suis dans tous mes états ! Elle est devenue le personnage le plus important de ma vie.

— Ne te tracasse pas comme ça ! Ce bout de chou pousse très bien, mais tu n'as pas trop de lait. Je te ferai des lentilles ce soir et de la tisane de fenouil.

Violaine rinça un bol et se lava les mains. Elle ne parvenait pas à oublier tous les événements qui s'étaient succédé depuis son retour au Chapus.

— Je vais étendre les langes qui ont bouilli. Ma Sido, tu m'appelleras si Marjolaine pleure ?

— Bien sûr, ma minette. Mais pour le moment, sois tranquille, elle dort comme un ange.

La jeune femme sortit dans son jardin et suivit l'allée étroite de sable qui menait au fil à linge. Bientôt, son angoisse s'apaisa. Ce petit espace carré semé d'une herbe rase lui faisait toujours le même effet. Elle aimait cet endroit. Ici, comme dans tout le village, le sol était imprégné de fragments de coquilles d'huîtres. Par-dessus le muret, elle apercevait l'Océan d'un bleu profond, agité de grosses vagues à la crête blanche. Cette vision acheva de la réconforter. Elle restait souvent, les yeux perdus au large, attirée irrésistiblement par la majesté de l'Océan... Elle avait alors l'impression de se faire mouette survolant les embruns, d'être l'écume à la surface de l'eau, les algues brassées par les remous, les galets roulés par le courant... Elle était tout cela et bien plus encore. Son cœur appartenait à cet univers mouvant chargé de beauté et de mystères. Elle n'aurait pu l'expliquer.

— Tant que je verrai la mer, l'île d'Oléron, les chalutiers qui suivent le coureau, je ne serai pas tout à fait triste. Si seulement il n'y avait pas la guerre !

Sa vie était une succession de bonheurs et de chagrins. Elle avait souffert de la perte de ses parents, puis de son fiancé, de la découverte de son passé trouble. Et maintenant qu'elle avait enfin retrouvé ses amis, le village de son enfance et son frère de lait, la guerre lui volait celui-ci ! Violaine ne pouvait s'empêcher de penser à son cher François. Le savoir soldat, au sein des conflits, la terrifiait.

Sa lessive étendue, elle s'assit sur le bord du puits et s'interrogea sur son proche avenir. Elise Duplessis lui déconseillait d'entrer à l'hôpital de Marennes, mais la jeune femme en avait décidé autrement.

Plus personne ne me dictera ma conduite ! songea-t-elle. Quand je pense à ce que nous avons lu dans les journaux, avec Sido, tous ces gens du nord de la France qui sont partis sur les routes, abandonnant leur maison, leurs meubles. Ils mouraient tous de faim et de soif à l'entrée de Bordeaux. Heureusement, Elise a pu recueillir deux familles originaires des

Ardennes. Elle a trouvé encore une fois une manière de se dévouer, de prouver sa générosité.

François et Louis se battaient le long des côtes françaises, le pays entier s'apprêtait à combattre les envahisseurs allemands. C'était le moment où jamais de reprendre son activité d'infirmière qui allait enfin trouver toute sa mesure. Il ne serait pas dit qu'elle ne se battrait pas, elle aussi, mais à sa façon, soulageant au moins les hommes de leurs maux, soignant les blessés.

Demain, j'entre à l'hôpital. Sidonie m'approuve, elle pense que cela me remettra les idées en place. Au moins, je me sentirai utile. Et je n'aurai pas fait ces années d'études pour rien. C'est vrai que je ne sais plus du tout où j'en suis. Pourtant, la vie est encore tranquille ici, mais peut-être plus pour très longtemps.

Avec un sourire mélancolique, la jeune femme revécut les quelques mois qui avaient suivi son retour au pays. Lorsque, couchée sur sa paillasse devant la cheminée, puis sur le matelas dans le grenier de sa tante, elle rêvait de retrouver son cher Chapus, jamais elle n'aurait pu imaginer que les circonstances seraient alors aussi dramatiques. Le cœur si lourd de la mort d'Eloi, elle renaissait à peine à la vie auprès de ses amis Lignet que la tragédie la rattrapait à nouveau. Elise avait été l'outil de son destin, mais aussi son bourreau.

Le fameux soir de la révélation de madame Duplessis, elle s'était enfuie de la maison du notaire, incapable de rester une minute de plus sous ce toit qui avait aussi abrité sa mère, autrefois. Ce lieu du viol ! Elle avait erré sur la plage et retrouvé François qui n'avait pas encore rejoint sa caserne. La nuit était déjà là ; ils parlèrent longtemps, et elle épancha sa douleur. Elle lui avait tout confié. Puis il était reparti et Violaine était rentrée chez Elise. La maison était sombre, un vrai tombeau fermé sur ses lourds secrets. Elle était montée dans la chambre de la guérisseuse. La pièce était plongée dans l'obscurité, mais la jeune femme perçut un souffle anxieux du côté de la fenêtre. Près de celle-ci, dans un grand fauteuil à oreilles, Sidonie l'attendait. Elles avaient discuté plusieurs heures sur la conduite à tenir à la lumière des événements de la soirée. Elles avaient décidé de partir le lendemain. Sur le conseil de François, elles s'étaient renseignées auprès du père Marcel qui leur avait déniché cette charmante maisonnette.

Marjolaine est née ici, sous ce vieux toit de tuiles qui a essuyé tant de tempêtes et de pluies. Ma fille, mon amour, ma perle.

Marjolaine Gabrielle Plantier avait fait une entrée discrète dans un monde bouleversé par la guerre. Mais Violaine n'oublierait jamais son accouchement. Tels deux généraux en furie revendiquant le commandement des opérations, sa Guillette et Sidonie s'affrontaient à coups de remèdes personnels et de conseils de chaque côté de son lit. La guérisseuse, exaspérée par l'humeur belliqueuse de Guillemette Lignet, avait fini par laisser l'ancienne nourrice décider de la marche à suivre.

Moi, je poussais, affolée, et j'entendais mes deux mamans échanger des piques ! songeait Violaine. « Si l'Etrangère continue à te faire boire ses mixtures, je m'en vais ! » disait Guillemette. « Si cette bonne femme ne se tait pas, je lui jette un sort ! » clamait Sidonie avec ses yeux noirs pleins de colère.

Il lui avait fallu du courage pour se concentrer sur le travail de l'accouchement, car les répliques volaient bas.

« Mais qu'est-ce que vous lui faites, à toucher son ventre comme ça ? Vous allez déformer le bébé, pardi, avec vos sales pattes d'Espagnole ! » grondait Guillemette.

« Espèce d'incrédule, d'ignare, vous ne voyez pas que ma minette a besoin de calme ? Vous criez aussi fort que vos fichues mouettes ! Quel pays, mon Dieu ! » gémissait Sidonie alors que les contractions s'accéléraient.

Ces fantaisies verbales avaient au moins eu le mérite d'amoindrir l'intensité de la douleur. Si l'heure n'avait pas été à l'accomplissement d'un geste ancestral, l'enfantement, un observateur extérieur aurait pu s'amuser de la situation. L'enfant avait daigné sortir le bout de son nez et jamais naissance ne s'était déroulée aussi bien ni aussi vite, selon Sidonie.

Guillemette, bien sûr, se devait d'avoir le dernier mot. Elle conclut donc : « C'est que tu es toute jeune ! Moi aussi, ma première, Mariette, elle est passée comme une lettre à la poste ! »

Depuis ce jour mémorable, Violaine se consacrait à son enfant, la dorlotant avec un bonheur infini. Son cœur de jeune mère débordait d'amour pour ce petit être, fruit de la passion des deux fiancés avant que la vie les sépare. Mais les choses ne s'arrangeaient pas entre Sidonie et Guillemette. Au lieu de profiter de leur présence commune, pendant la naissance, pour fraterniser, elles n'avaient songé qu'à se chamailler. De vraies harpies ! En fait, sa Guillette était la plus obtuse des deux. Elle ne voyait le bébé que si la jeune maman lui rendait visite. Jamais elle ne serait venue chez Violaine de peur de rencontrer la guérisseuse ! La nourrice faisait tout pour l'éviter. Sa jalousie était terrible, la faisant pécher par amour ! Sidonie lui avait volé le cœur de sa « fille ».

L'enfant d'une passion n'avait pas réussi à réconcilier les deux mamans d'adoption de la jeune accouchée. Pourtant, ce fut autour du berceau de Marjolaine qu'eut lieu une réconciliation surprenante : celle de Violaine avec Elise Duplessis. Violaine se rappelait encore sa première réaction devant la femme du notaire lorsque celle-ci vint à son chevet, quelques heures après la naissance de Marjolaine. Elle avait aussitôt songé : Un coup de ma Sidonie qui a couru annoncer à Elise que j'avais une fille !

Alors, en la voyant s'approcher toute timide de son bébé, Violaine n'avait pas eu le cœur de la repousser et lui avait tendu la main. Pauvre Elise ! Elle pleurait à chaudes larmes !

Combien je me suis montrée dure avec elle, injuste même ! Elle ne méritait pas ça. Pendant plus de six mois, j'ai refusé de la recevoir, de lire ses courriers désespérés. Je ne m'explique pas encore pourquoi… Je crois qu'elle a souffert autant que nous tous, en fait. Son mari la brutalisait, la trompait ; elle le savait coupable d'un acte odieux et devait malgré tout vivre à ses côtés. Tout ce qu'elle a fait, c'était pour réparer, comme elle l'a si souvent répété.

Elise, très émue devant le tableau si touchant de cette jeune mère avec son enfant, avait eu du mal à dissimuler son émotion, essuyant rapidement les larmes aux coins de ses yeux. Elle s'était exclamée :

« Ma chère Violaine, te voici maman ! A dix-neuf ans ! Puis-je embrasser ce magnifique bébé ? »

Violaine était trop sensible pour rester bien longtemps sur sa réserve. Aussi avait-elle répondu à son ancienne protectrice, avec un grand sourire :

« Bien sûr, j'espère que ma fille aura une vie moins tourmentée que la mienne ! Pardonnez-moi, Elise ! J'ai eu à votre égard l'intransigeance de ceux qui n'ont pas assez vécu. Si nous effacions ces mois de silence ? »

Elise, trop bouleversée pour répondre, s'était contentée de contempler le minois ravissant de la petite Marjolaine à travers le rideau de ses larmes de joie. Depuis ce jour, les deux femmes avaient plaisir à se rendre visite ; elles se retrouvaient aussi dans le parc des Duplessis pour bavarder, réunies par les mimiques et les cris affamés d'un nouveau-né. Violaine était heureuse d'avoir renoué avec Elise des liens aussi affectueux que par le passé.

Le temps passait tranquillement et la jeune femme, plongée dans ses souvenirs, n'avait pas entendu la porte vitrée, donnant sur le jardin, s'ouvrir. Sidonie sourit en la voyant assise sur la margelle du puits, l'air ailleurs. Elle s'approcha de sa minette et lui chuchota :

— Violaine, la petite pleure… mais si peu fort qu'on croirait un chaton. J'avais promis de t'appeler.

— J'arrive !

La jeune femme se leva vivement, déjà ravie de pouvoir prendre son enfant dans ses bras pour la nourrir. Elle attendait presque avec impatience les réveils successifs du bébé. Violaine éprouvait une joie infinie à caresser le duvet brun de son petit crâne rond, à observer les lèvres roses, gonflées, et ses yeux gris bleu qui déjà la fixaient avec une sorte de surprise.

— Ma chérie, ma toute mignonne ! Ma pitchoune ! Tu es si jolie avec tes menottes aussi délicates que des boutons de rose, tes joues si douces, ton bout de nez adorable !

Sidonie, qui écoutait avec attendrissement, secoua la tête en riant.

— Tu vas la rendre gaga, ta fille, à l'admirer autant. Et tous ces bisous ! Comment je vais faire, moi, demain et les autres jours, pour te remplacer ? Déjà que je n'ai pas de lait de chèvre à lui donner ! Tu sais, c'est ce qui me manque le plus, mes chèvres… Si nous en avions une, elle nettoierait le jardin et dormirait dans l'appentis. J'irais la faire brouter dans les prés derrière le village. Mais côté économie, ma bourse est presque vide !

— Je le sais bien, hélas ! C'est pour cette raison que je dois ramener un salaire. Ne t'en fais pas, ma Sido. Elise m'a prêté un vélo. Je travaillerai de neuf heures à midi, puis de quinze heures à dix-huit heures. Tu arriveras à la faire patienter avec un biberon d'eau sucrée, j'en suis sûre, et je serai rentrée pour les tétées.

Violaine berçait sa fille en déambulant dans la maison. Le bébé contre sa poitrine, elle passa dans sa chambre. La demeure était plus spacieuse que celle de Guillemette. Une pièce servait de cuisine, souvent ouverte sur le jardin en cette saison. Deux chambres s'alignaient au sud et un appentis, garni de bois, jouxtait les commodités. Le propriétaire avait laissé de vieux meubles que Sidonie avait nettoyés et cirés. L'aménagement, simple mais agréable, convenait aux deux femmes. Violaine cueillait des fleurs le long des chemins et confectionnait à son retour de magnifiques bouquets colorés décorant la maison. La guérisseuse avait montré son talent de couturière en taillant des rideaux dans une cotonnade achetée au marché.

Le prénom champêtre de la fille d'Eloi n'avait pas été choisi au hasard. Pendant que Violaine s'évertuait à dominer la douleur des contractions, au milieu des cris et des piques de Guillemette et Sidonie, cette dernière lui avait servi une tisane odorante. La jeune femme lui avait demandé :

« Qu'est-ce que c'est ?

— De la marjolaine de nos montagnes ! Eloi aimait cette plante si parfumée et, vois-tu, elle active la circulation du sang... Cela t'aidera, minette !

— Si j'ai une fille, alors je la baptiserai Marjolaine ! Ce serait très joli, comme prénom, n'est-ce pas, ma Sido ? Et je suis sûre que cela aurait plu à Eloi... »

Guillemette avait protesté, les mains sur les hanches :

« Ce n'est pas chrétien, ce nom-là ! Donne-lui donc un beau nom, Marie... ou Bernadette, celle qui a vu la Vierge à Lourdes, dont tu nous parles sans arrêt. Mais Marjolaine, ça ne me plaît pas, à moi ! »

Lorsque Sidonie avait annoncé que le bébé était de sexe féminin, Guillemette avait encore protesté au sujet du prénom, mais Violaine avait tenu bon. Sa fille serait baptisée Marjolaine ! Depuis, sa Guillette ne décolérait pas.

Violaine embrassa le front du bébé qui s'endormait de nouveau, rassasié et rassuré par la présence de sa mère. Quelqu'un frappa doucement au carreau de la fenêtre qui donnait sur la ruelle. Le joli visage de Marie se colla à la vitre. La jeune femme lui fit signe d'entrer par le jardin. Marie avait appris à connaître son ancienne nounou dont elle ne gardait aucun souvenir. Mais on lui avait tant raconté combien celle-ci s'était occupée d'elle, quand elle n'était qu'un bébé, que la fillette vouait une adoration sans bornes à Violaine. La petite la regardait avec des yeux remplis d'admiration, car elle trouvait la jeune mère belle, douce et très gracieuse.

La fillette quitta la fenêtre et accourut jusque dans la maison. Elle colla une bise sur la joue de Sidonie et se précipita vers le berceau.

— Bonjour, Violaine ! Je t'apporte des œufs frais. Papa te les offre. Il a livré une bourriche de *chacotis*[1] à un fermier qui lui en a donné deux douzaines en échange. Alors, on a partagé avec vous. Mais... c'est maman qui m'envoie. Elle veut te voir,

1. Huîtres impropres à la vente.

vite. Elle est couchée sur son lit et ne va pas bien, tu sais. Je crois même que je l'ai entendue pleurer.

— Qu'est-ce que tu dis, Marie ? Ma Guillette ? couchée en plein jour ? Ce n'est pas possible, elle est si vaillante ! Et tu dis qu'elle pleurait ? Jamais je ne l'ai vue verser une larme, fière comme elle est ! Je vais te raccompagner, voir ce qui se passe !

Sidonie, de la cuisine, avait vaguement entendu. Elle se leva et resta sur le seuil de la chambre.

— Je garde ta Marjolaine, ma minette ! Ne t'inquiète pas et file vite aux nouvelles.

Violaine courait presque sur le chemin sablonneux. La marée montait et le vent du large fouettait son visage. Marie, cramponnée à son bras, trottinait, tout à sa joie de ramener la jeune femme.

La maison des Lignet semblait vide. Dans la journée, les différents membres de cette grande famille vaquaient à leurs diverses occupations. Octave était en mer, Nicole, à Marennes, Arlette et Isabelle également, car elles avaient trouvé un emploi dans un hôtel. Seule Mariette, maman d'un garçon nommé Honoré, avait pris ses distances. Elle habitait du côté de Jonzac, son mari Arthur étant employé à la gare.

— Guillemette ! appela Violaine.

— Ohé ! Ma pitchoune, viens donc, mais dis à Marie de rester dans la cuisine.

La fillette, très obéissante, s'assit à la table et reprit son livre de géographie, abandonné quelques instants auparavant. Elle murmura à Violaine :

— Je vais finir mes devoirs et je te promets de ne pas écouter à la porte.

— C'est bien… Tu es gentille.

Guillemette était à demi cachée sous ses draps. Sa tête brune disparaissait au creux de l'oreiller. Violaine entra dans la chambre, ferma précautionneusement la porte et alla s'asseoir au bord du lit. Elle demanda tout bas en lui touchant le front :

— Qu'est-ce que tu as, ma Guillette ? Mais, tu es brûlante ! Marie m'a dit que tu pleurais. Cela ne te ressemble pas !

— Oh ! c'est que je suis sotte. Tu me connais : tant que je tiens debout, je marche ! Je ne me sentais pas très bien, ces derniers temps, mais je n'ai pas voulu me reposer. Là, j'ai bien essayé ce matin, mais je n'en peux plus… J'ai trop mal au ventre, ma pitchoune ! Et j'ai chaud, j'ai froid…

— Tu as la fièvre. N'oublie pas que je suis infirmière, alors je vais t'examiner.

— Non ! je n'ai jamais vu de médecin de ma vie ! Ce n'est pas aujourd'hui que je vais me laisser faire. Je ne veux pas que tu me touches, ça me fait trop honte.

Violaine, pourtant habituée aux malades depuis son travail à l'hôpital de Lourdes, éprouva un début de panique. Elle sentait que sa nourrice allait vraiment très mal, et, cette fièvre si élevée, ajoutée aux douleurs abdominales, ne présageait rien de bon. S'agissait-il de violentes coliques ou d'une crise d'appendicite ?

— Guillemette ! Je t'en prie, laisse-toi faire. Tu es indispensable à ta famille. Imagine que tu aies quelque chose de grave… Tu risques des complications. Je serai alors responsable si je ne te fais pas hospitaliser.

Avec un gros soupir gêné, la malheureuse femme repoussa le drap. Elle se tâta le ventre et avoua d'une petite voix de fillette prise en faute :

— C'est là, en bas… que je souffre. Et puis, je saigne beaucoup. Je n'aime pas causer de ça, surtout à toi, Violaine, que j'ai élevée comme ma fille. Je suis pas à mon aise…

La jeune femme, désemparée, se mordit les lèvres. Elle devait agir ! Mais comment faire si Guillemette refusait toute solution ? Il restait une seule possibilité, mais Violaine ne se faisait guère d'illusions. D'un ton navré, elle proposa :

— Si seulement tu n'étais pas aussi têtue, je pourrais demander à Sidonie de nous aider. C'est une excellente guérisseuse, une personne très instruite. Accepte au moins qu'elle t'ausculte, je t'en prie !

Guillemette, le visage tendu par la souffrance, fit signe que non. Pourtant, elle réfléchissait. A une femme plus âgée et de surcroît expérimentée, elle pourrait se confier. Mais, rien que d'imaginer cette grande Espagnole penchée sur son lit, lui fouillant l'âme de ses yeux bizarres, elle se raidit, soudain glacée.

— Non, ma pitchoune, je ne veux pas ! Tu l'as dit toi-même que c'était une sorcière... et qu'elle voyait l'avenir et sentait la maladie à travers la chair !

La jeune femme s'écria :

— Ce sont des bêtises, enfin ! Je t'ai juste confié que les gens de Gavarnie – enfin les plus stupides – la traitaient de *brouche*, ce qui signifie sorcière dans leur patois. Et elle ne devine pas l'avenir, sinon elle aurait su que mon Eloi mourrait dans ce bus. Ma Guillette, par pitié, laisse-moi aller la chercher, car une chose est vraie, elle a le don de guérir !

Sa nourrice, les yeux obstinément fixés sur le bord du drap, ne répondit rien. Elle savait que ses arguments ne convaincraient jamais Violaine d'abandonner le sujet. La douleur était telle que son corps malade acceptait déjà de se faire examiner par la guérisseuse tandis que son orgueil de matrone et son esprit buté l'empêchaient de dire oui.

— Mais pourquoi la rejettes-tu ainsi ? Depuis qu'elle est au pays, tu la boudes. Moi qui espérais tant vous voir devenir amies, c'est le contraire qui s'est produit. Je l'aime profondément ; c'est la mère d'Eloi, la grand-mère de Marjolaine. Penses-tu à ça, parfois ? Je lui dois beaucoup, car elle m'a sauvée des griffes de ma tante, à Gavarnie. Tout ceci, tu le sais bien, n'est-ce pas ?

Guillemette hésitait encore, mais la fièvre la faisait claquer des dents. Violaine se leva brusquement.

— Bon, je vais t'essuyer le front et te faire une tisane. Tu es toute moite.

La présence de Violaine et ses soins câlins apaisèrent la malade qui se sentit mieux. Marie sortit jouer à la marelle sur la jetée avec une petite voisine. Guillemette, bien installée dans ses oreillers, avait meilleure mine. Elle se mit à fixer sa « pitchoune », puis lui demanda abruptement :

— Et madame Duplessis, vient-elle souvent te voir ? Je m'en suis posé, des questions, cet hiver, suite à votre brouille... Moi qui pensais que tu serais toujours fourrée chez elle, te prenant pour une demoiselle, occupée à boire le thé ! Nicole m'a dit que tu n'y mettais plus les pieds. Et à présent que notre madame Elise héberge ces gens des Ardennes, voilà que tu lui rends visite et vous paraissez bien amies tout à coup.

Violaine, surprise de cette interpellation, ne put retenir un sourire. Pas de doute ! sa Guillette allait bien mieux puisqu'elle retrouvait son naturel de femme curieuse. Mais d'entendre évoquer cette période douloureuse qui avait succédé à son retour au pays l'attrista. Elle caressa le bras de Guillemette et répondit sans y prendre garde :

— Je lui en voulais tant, si tu savais…

— Et pourquoi donc, dis-moi ? Elle t'a quasiment sortie de la misère, et notre Gaby avant toi.

La jeune femme comprit alors, mais un peu tard, qu'elle en avait trop dit. Elle pesta en silence contre son imprudence. Mais, devant son ancienne nourrice affaiblie et dolente, si différente de la Guillemette des autres jours, elle eut soudain envie de se confier.

— Ma Guillette, quand je suis revenue au Chapus, tu te rappelles que j'étais logée chez Elise ?

— Oui ! Cela m'a vexée d'ailleurs, que tu ne viennes pas t'installer ici. Faut dire qu'il y avait l'Espagnole !

Violaine fronça les sourcils en regardant Guillemette et la menaça :

— Chut ! sinon je m'en vais ! Donc, après avoir bu du vin blanc avec vous tous, moi qui me sentais si heureuse de vous retrouver, je suis rentrée chez Elise. Là, une scène terrible m'attendait. Edouard semblait mal à l'aise, tout pâle et contrarié. J'ai appris qu'il voulait m'épouser, et élever l'enfant d'Eloi.

— Bah ! Au moins, ta gamine aurait vécu dans le luxe… Bien sûr, fière comme tu es, tu as refusé !

— Mais non, c'était pire encore ! Elise nous a raconté une histoire affreuse. D'ailleurs, je suis étonnée que tu n'en saches rien, pas même un soupçon, alors que tu as recueilli maman chez toi, à l'époque des événements…

Et Violaine conta en chuchotant la tragédie qui avait frappé Gabrielle, le crime pervers de Jérôme Duplessis, ce viol infâme et ses suites, à savoir sa propre naissance. Guillemette l'écouta sans broncher, mais des étincelles de rage s'allumèrent dans son regard noir au fur et à mesure du récit.

— Voilà, tu sais tout. Je suis la demi-sœur d'Edouard. Ce qui t'explique pourquoi il a quitté la région pour étudier à Bordeaux. Lui aussi a réagi par la colère. Au début, nous étions fous de douleur, à cause de ces sales secrets, de tous ces mensonges. En fait, je préfère que tu sois au courant. Cela m'étouffe chaque fois que j'y pense !

Guillemette sortit enfin de son silence et gémit :

— Ma pauvre, pauvre petite Gaby ! Elle a enduré toutes ces horreurs sans se plaindre, se contentant de prier jour et nuit. Remarque, Violaine, j'ai eu des doutes souvent, à te voir si blonde avec tes grands yeux bleus. Je me demandais bien pourquoi, vu que tes parents étaient bruns comme moi. Le notaire, j'ai eu l'occasion de l'observer à mon aise, quand je servais à leurs grands dîners. C'est vrai que certains traits de son visage, ses yeux bleus, son front... Ah, ma pitchoune, en voici une nouvelle ! J'en suis toute remuée. Dis donc, il était brave, Henri Plantier, de t'aimer aussi fort, sachant de qui tu étais née !

Violaine retenait ses larmes, le souvenir de celui qu'elle considérait comme son vrai père la bouleversant toujours. Elle s'apprêtait à parler de lui lorsque Guillemette se tordit de douleur, la bouche ouverte sur un cri muet. Seul un râle sourd s'éleva, que la pauvre femme étouffa d'un poing fermé, honteuse de montrer sa souffrance.

— Mon Dieu, ma Guillette ! s'exclama Violaine. Comme tu as mal ! Et moi qui t'assomme avec mes histoires ! Je t'en prie, envoyons Marie chercher le docteur. Tu me fais peur.

Guillemette tendit vivement le bras et saisit le poignet de la jeune femme avec une force surprenante pour une malade soumise à une telle douleur. Elle bredouilla :

— Non... pas le docteur, c'est impossible ! Tant pis, va chercher ta Sidonie, mais fais vite, ma pitchoune, vite...

Violaine courut à perdre haleine jusqu'à sa maison et s'écria du seuil sans se soucier du sommeil de sa fille, ce qui prouvait un réel affolement :

— Sidonie, vite !

— C'est Guillemette ? De quoi souffre-t-elle ?

— Je n'en sais rien, un problème de femme, je crois. Je prends la voiture d'enfant et je t'accompagne. Il me faut ton avis. Selon ce que tu diras, j'irai chercher le docteur.

— Et… ta Guillette, elle veut bien que je l'examine ?

— Oui ! C'est elle qui m'a suppliée de venir te chercher.

— Alors, dans ce cas, elle va sûrement très mal ! marmonna Sidonie avec une pointe d'ironie.

C'était la première fois que Sidonie pénétrait chez les Lignet. Pourtant, elle était déjà passée devant la maison au bras de Violaine qui voulait lui montrer le logement mitoyen où elle vivait fillette. Dans son panier, la guérisseuse avait emporté des sachets de plantes séchées et quelques onguents de sa fabrication.

Violaine installa le landau près de la fenêtre. Depuis qu'elle habitait de nouveau le Chapus, le moindre objet la replongeait dans son passé. Là encore, elle se revit assise à cette même place, le bébé Marie sur ses genoux. C'était le jour où Elise discutait de son sort avec les Lignet. A la surprise générale, elle avait annoncé que la sœur de Gabrielle devait se charger de l'orpheline.

Et maintenant, je suis ici et madame Duplessis m'a offert ce magnifique landau avec sa literie brodée. Pauvre Elise, elle ne peut pas s'empêcher de me faire des cadeaux que je suis obligée d'accepter, faute de revenus suffisants. En fait, rien ne change…

Ses réflexions l'avaient distraite, si bien qu'elle n'avait pas vu Sidonie entrer dans la chambre. Marjolaine dormait, aussi sa mère s'empressa-t-elle de rejoindre la guérisseuse. Mais celle-ci, une main en avant, lui chuchota :

— Minette, va donc prendre l'air et bavarder avec Marie, sur la jetée. Je vais rester seule avec Guillemette.

— D'accord, ma Sido ! Mais je ne m'éloigne pas trop, pour écouter si Marjolaine se réveille...

Sidonie ne la laissa pas achever et lui ferma presque la porte au nez. Puis elle approcha du lit. Guillemette la regardait d'un air anxieux. Elle bredouilla :

— Voilà où j'en suis ! C'est-y pas honteux tout de même, à vous battre froid plus de six mois pour vous appeler au secours ensuite.

— Je ne suis pas là pour entendre des excuses, mais te soigner. Violaine m'a dit que tu saignais ; c'est naturel ou il y a eu quelque chose...

De s'entendre tutoyer, sous le feu du regard noir de Sidonie, ramena Guillemette au simple statut de femme seule face à ses ennuis. L'attitude paisible de la grande Espagnole et sa voix grave la rassurèrent. Elle comprit enfin de quelle race était cette fameuse « Etrangère » : celle des personnes dotées d'un don mystérieux, des êtres supérieurs dont il vaut mieux s'attirer l'amitié et qui vous comprennent sans besoin d'explications.

Il n'y avait plus à tergiverser. Sidonie attendait et Guillemette ne se fit pas répéter la question une seconde fois. Elle balbutia, rouge de gêne :

— Ah, comment te dire ? Mon mari et moi, on s'aime toujours bien. Alors, à quarante-six ans passés, voilà que je me suis retrouvée enceinte. Cela ne me plaisait guère, mais, sur la tête de mes fils en train d'en découdre avec les Allemands, je n'aurais rien fait pour perdre l'enfant ! Seulement, ça me rongeait les sangs ; je n'étais pas fière de moi. Et j'ai continué à travailler comme à mon habitude : le ménage, la cuisine, les allers et retours chez les Duplessis. Même que je lui ai proposé de briquer les lustres en cristal ! Je me disais, sait-on jamais, en me fatiguant autant, cette grossesse ne tiendra pas !

Sidonie susurra d'un ton inquiet :

— Tu n'as rien bu de mauvais au moins ? De l'armoise, peut-être ?

— Mais non, je t'assure ! Je m'y connais pas trop, moi, en tisanes de bonne femme. Vois-tu, il y a quatre jours. en ramassant des coques sur les rochers, les pieds dans l'eau froide, j'ai eu une drôle de douleur au ventre. J'ai voulu rentrer à la maison et je suis tombée de tout mon long sur le chemin. Ça ne m'était jamais arrivé ! Depuis, je saigne comme pas possible… Et cette nuit, j'avais tant de fièvre que mon Octave se poussait contre le mur, car je l'incommodais.

Epuisée, Guillemette se tut en clignant des paupières. Sidonie lui toucha le front. Puis, d'un geste sec, ne laissant pas le temps à la malade de réagir, elle repoussa la couverture et releva la chemise de nuit. Du sang souillait le drap de dessous. La guérisseuse posa ses deux mains sur le ventre dur et brûlant. Elle déclara en hochant la tête :

— Combien les femmes sont gênées, presque honteuses d'être des femmes… Tu sais, Guillemette, dans mon pays en Espagne, ma mère et ma grand-mère ignoraient tout de leur corps. Elles ne m'avaient pas prévenue des petits ennuis qu'ont les filles, vers douze ou treize ans. J'ai eu bien peur quand j'ai vu du sang couler entre mes cuisses. Par chance, j'avais ma seconde grand-mère, celle qui m'a légué ses dons et sa science des plantes. Elle m'a expliqué comment on devient femme et pourquoi. Si tu m'avais raconté ce que tu avais, le soir même, il n'y aurait pas eu ce début d'infection. Tu as fait une fausse couche. J'ai déjà vu ce cas : les matières prisonnières dans ton ventre se gâtent. C'est très dangereux, ma pauvre amie !

Tout en parlant, Sidonie massait Guillemette et ses doigts parcouraient la chair de sa patiente. Il sembla à celle-ci que des ondes bénéfiques se répandaient à travers la peau et soulageaient sa douleur tandis qu'une chaleur intense irradiait son ventre. Elle en aurait pleuré. Elle se fit humble, ce qui était assez exceptionnel chez elle, et murmura :

— Que j'ai été sotte ! Voilà que je n'ai plus mal ou peu s'en faut ! Et c'est une brave dame qui me soigne, à qui j'ai fait bien des misères. Mais je suis comme ça, jalouse à en crever ! C'est que je l'aime, ma pitchoune ! J'en ai versé des larmes quand Elise me l'a emmenée. Cette petiote à qui j'avais donné mon lait, je voulais la voir grandir, la rendre heureuse ! Dans mon cœur, j'avais promis ça sur la tombe de sa pauvre mère, ma Gaby que j'aimais tant. C'était une sœur pour moi…

Des larmes inondèrent pour de bon le visage crispé de Guillemette. Sidonie la dévisagea avec bienveillance, sans toutefois relâcher la pression de ses mains. Elle n'aurait pu l'expliquer, mais celles-ci possédaient leur propre intelligence, une capacité à ressentir les endroits précis où se terraient la maladie, l'abcès, le nerf rétif, l'articulation endolorie… Ces signaux mobilisaient son attention, lui conférant une expression lointaine.

Guillemette l'observait, ne sachant trop quoi penser de ce regard dans le vague, signe d'une extrême concentration. Elle osa enfin demander :

— Je vais pas mourir au moins ?

— Non. Tu as trop d'énergie, de volonté. Mais il ne fallait pas attendre davantage. Et puis, si cela peut te consoler, je peux t'assurer que tu n'aurais pas porté à terme cet enfant. A ton âge, il risquait d'être anormal. La nature fait bien les choses ! Elle évacue d'elle-même les sources de risques possibles. Il y a bien longtemps que je m'en suis aperçue.

Guillemette attrapa le poignet de Sidonie avant de murmurer :

— J'ai confiance en toi, maintenant ! Et franchement, je te demande pardon, car je t'en ai fait voir de toutes les couleurs avec mon sale caractère. Si tu savais comme je m'en veux ! Le pays est en guerre et moi, je ne trouvais rien de mieux que de t'insulter, te traiter d'Espagnole et d'Etrangère pour un oui, pour un non ! Je ne suis pas méchante, au fond, mais je me mets en colère dix fois par jour. Dis, tu me pardonnes, Sidonie ? Je t'appelle Sidonie, hein, tu es d'accord ?

La guérisseuse éclata de rire ; elle répliqua :

— Que oui ! Moi non plus, je ne suis pas toujours gracieuse. Allez, on n'en parle plus.

— Ah, ça me fait chaud au cœur ! s'écria Guillemette. Et ça ne m'étonne pas que ma pitchoune t'aime tant. On va devenir amies, dis, Sidonie… Depuis que tu es là, à mon chevet, je me sens bien, même que je pleure comme une fontaine. Si Octave me voyait, il me reconnaîtrait pas, pour sûr !

— Laisse ton homme où il est ! Tu étais tellement en colère, si tendue ! Tu avais besoin de pleurer, de laisser parler ton cœur. Ecoute-moi, Guillemette : je n'ai pas voulu prendre ta place dans l'âme de Violaine. Elle m'appelle souvent maman et j'en suis bien contente, puisque mon fils unique est mort. De toute façon, le cœur de ma minette, il est si grand que nous pouvons y loger toutes deux, malgré nos rondeurs…

Guillemette, qui semblait revigorée, clama :

— Bien dit, Sidonie ! Allez, je t'appelle Sidonie… Sainte Vierge, que tu es bonne ! On va rattraper le temps perdu ! Je me sens mieux, prête à boire un café et à te cuire une soupe de moules, avec un bon fromager en dessert…

— Pas question ! Tu restes au lit et je vais te préparer une infusion de plantes qui feront baisser la fièvre. Et puis… nous avons à causer un peu. Je dois te donner quelques conseils…

Les deux femmes échangèrent longuement des paroles, presque chuchotées, de peur des oreilles indiscrètes. C'est ainsi que, de génération en génération, la sagesse féminine se transmettait de bouche à oreille, conférant aux femmes un pouvoir inconnu des hommes. En fait, la transmission de ce savoir permettait au sexe faible de se soustraire à la condition difficile des femmes de cette époque, encore sous le joug des anciens préjugés.

Marjolaine réclamait sa tétée. Violaine, assise au soleil devant la porte, se précipita. Le silence ponctué de chuchotis filtrant de la pièce voisine l'intriguait, mais elle préféra reporter son attention sur sa fille.

Prenant une chaise, elle lui donna le sein à l'endroit exact où, jadis, elle berçait la petite Marie. Celle-ci entra et, appuyée à la fenêtre, contempla ce joli spectacle d'une mère allaitant son bébé. La fillette finit par demander à la fin de la tétée :

— Je peux la changer ? Et après, la promener un peu dans le landau ?

Violaine, amusée, se rappela avec émotion ses débuts de nounou auprès de Marie bébé. Elle lui répondit :

— Bien sûr, ma chérie ! Pendant ce temps, je prendrai des nouvelles de ta maman.

Sidonie ne lui en laissa pas le temps. Sortant de la chambre au même instant, elle prit possession du fourneau. Puis, une fois la bouilloire mise sur le feu, elle ouvrit son sac pour examiner soigneusement ses tisanes.

— Alors ? interrogea Violaine.

— Alors, je crois que, dès demain, Guillemette sera guérie. Enfin, en état de rouspéter et de mener son petit monde à la baguette !

La jeune femme se mordit les lèvres en jetant un regard vers la chambre, certaine que sa Guillette allait rétorquer vertement depuis son lit. Mais au lieu des grognements de contrariété pressentis, Violaine perçut un bon rire joyeux qui la sidéra.

— Viens donc, pitchoune ! Tu voulais bien baptiser ta fille le 28 juin ? Sidonie et moi, on a déjà établi le menu, comme deux bourgeoises ! Va, je comprends pourquoi tu l'aimes tant, ta Sido…

Violaine éprouvait un immense soulagement ainsi qu'une vive surprise. Elle s'écria sur un ton joyeux :

— Comment ça, la guerre au Chapus est terminée ?

Ce qu'elle espérait depuis des mois arrivait enfin. Les femmes qu'elle aimait le plus au monde, qu'elle considérait comme ses mères d'adoption, s'étaient réconciliées. Elle s'élança au chevet de Guillemette. Elle l'embrassa avec douceur et lui demanda :

— Ma bonne Guillette, la peur que j'ai eue quand je t'ai vue te tordre de douleur ! Comment te sens-tu ?

— Je revis, voilà ! J'ai encore un peu de fièvre, mais je ne souffre plus. Ta Sidonie est formidable ! Une sainte, cette femme ! La preuve, on se dit « tu » maintenant ! Bon, on va en profiter pour causer du baptême… Je ferai une mouclade, bien crémeuse et passée au four, car les moules sont fameuses en ce moment. Les gâteaux, c'est Sidonie. Elle m'a parlé d'une immense tarte aux fraises et d'un flan aux pommes avec des épices à elle, mais j'ai déjà mangé leur nom… Tu comprends, pitchoune, ça, ce sera le vrai baptême pour moi. Ta petite, tu l'as déclarée à la mairie, ça je sais. Mais à l'église, devant monsieur le curé, c'est plus sérieux, et c'est le seul baptême qui compte vraiment ! Les gens commencent à me chauffer les oreilles, à dire que tu prends ton temps pour la présenter au bon Dieu, et patati et patata. Et la marraine ? Je parie que tu as pensé à madame Duplessis ! Va, riche comme elle est, ta fille aura des cadeaux sa vie durant !

Sidonie apporta un bol de tisane qui ne sentait pas très bon. Guillemette la renifla d'un air navré en marmonnant :

— J'aurais mieux aimé un petit verre de blanc !

Violaine fronça les sourcils.

— Tu vas tout avaler, ma Guillette, sinon je t'emmène à l'hôpital par la peau du cou ! Au fait, pour la marraine, tu es sûre qu'il faut qu'elle soit aussi riche qu'Elise... C'est ennuyeux, sais-tu, car je t'avais choisie, toi !

Guillemette, sidérée, ouvrit la bouche, mais ne sut quoi dire... pour la première fois de sa vie peut-être ! Un immense sourire aux lèvres, les yeux brillant de larmes de joie, elle joignit les mains à la façon d'une fillette.

— Moi, la marraine de Marjolaine ! Mon Dieu, que je suis contente... Tu avais vraiment pensé à moi ? Dis, ce n'est pas possible, je rêve ! Sainte Vierge, merci ! Tu pouvais pas me faire plus plaisir, ma pitchoune. La belle robe que ma Nicole va me coudre ! Et je me paierai un chapeau en paille d'Italie, avec mes économies. Si Octave rouspète, tant pis pour lui !

Violaine se mit à rire, imitée par Sidonie. Marie s'avança vers sa mère, le bébé niché contre sa poitrine.

Guillemette, au comble du bonheur, tendit les bras en s'écriant :

— Donne-la-moi ! Je n'ai pas profité de cette mignonne pendant six mois, tant je ruminais des bêtises. Je me disais que ce n'était pas ma petite-fille, que je n'avais pas le droit de m'en occuper, puisqu'elle avait sa grand-mère à domicile. Des âneries, tiens ! Oh ! Je m'en veux, vous pouvez pas imaginer ! J'en pleurerais...

Sidonie protesta en la prenant par la main :

— C'est oublié, voyons ! Tu ferais mieux de te reposer et de reprendre des forces pour ce baptême. La marraine doit éblouir la foule. N'est-ce pas, minette ?

— Tout à fait ! répondit Violaine en riant.

Octave Lignet, lorsqu'il rentra chez lui, eut la surprise d'y trouver une joyeuse compagnie de femmes. Ces dames semblaient faire salon autour du lit de son épouse. Sidonie était assise près du mur, entre Violaine et Marie. En face, juchées sur un divan, se tenaient ses trois filles : Isabelle, Arlette et sa jolie Nicole qui berçait Marjolaine. Toutes trois pimpantes et trop fardées à son goût, elles le dévisageaient en riant devant son air abasourdi. Il constata tout haut :

— Eh bien ! Je n'ai plus qu'à retourner au bistrot, ça manque d'hommes ici !

Grisonnant à présent, le pêcheur avait encore pris du ventre. Il ôta ses caoutchoucs et sa casquette et alla embrasser tout le monde. Puis il avança d'un air surpris :

— Mais... je rêve ou c'est bien vrai ? Madame Sidonie qui tient la main de ma femme ? Dis donc, Guillemette, tu as fait la paix, on dirait. Ça s'arrose, un événement pareil ! Tiens, Arlette, donne-moi un coup de main ! Je vais déboucher une bouteille de vin blanc ; toi, apporte des verres.

Ils trinquèrent à la santé de la maîtresse de maison qui rayonnait, assise dans son lit telle une reine régnant sur tout son petit monde, et aussi à la santé de la petite Marjolaine que Nicole berçait sur son cœur.

Octave déclara, en servant son assemblée de femmes :

— On ne croirait pas que la guerre gronde à nos portes ! Les Allemands avancent et les Anglais ripostent en bombardant n'importe où ! Mais toujours pas de nouvelles de nos deux gars...

La convivialité et la joie emplissaient la petite maison des Lignet tandis que la guerre faisait rage. Il était si bon de l'oublier quelques instants pour fêter les petits moments de vie dès que l'occasion se présentait. Mais il manquait Louis et François pour que leur bonheur fût complet. Le regard de Violaine se voila. Elle redoutait chaque jour d'apprendre une mauvaise nouvelle qui endeuillerait la famille et son propre cœur, à peine cicatrisé après la mort d'Eloi.

Malgré le brouhaha des conversations, elle songea alors à son frère de lait qui lui avait dit au revoir près des rochers, là où ils jouaient, enfants. Soudain, elle sentit la chaleur de leur dernière étreinte l'envelopper, ses oreilles résonnèrent du timbre grave et tendre de sa voix d'homme ; elle revit comme en songe l'éclat de son regard… Ce souvenir la troublait de façon étrange. Plus elle l'évoquait, plus l'image d'Eloi, son fiancé perdu, devenait floue, s'effaçant doucement jusqu'à ce que celle de son François au charme intact prenne toute la place dans son cœur… Violaine découvrait enfin l'ampleur de ses sentiments pour son ami d'enfance, se répétant secrètement : Il reviendra ! Il reviendra ici, au Chapus. Que Dieu le garde vivant, lui au moins !

20

Marjolaine

27 juin 1940

Violaine repassait la robe bleue qu'elle porterait le lendemain, pour le baptême de Marjolaine. Sidonie était chez Guillemette ; toutes deux étaient très occupées à cuisiner en prévision du repas de fête. Après des mois d'inimitié, elles ne se quittaient plus, toujours à échanger des confidences, des recettes… Finalement, la guérisseuse s'était elle aussi trouvé une famille, après avoir tant souffert par le passé. Sa complicité avec Guillemette se renforçait chaque jour davantage, resserrant peu à peu les liens de leur tendresse. La présence de ses amis et de son enfant lui apportait un sentiment de sécurité depuis longtemps oublié. Elle pouvait enfin être heureuse !

Violaine s'appliquait, soucieuse de terminer son ouvrage avant le réveil de Marjolaine. Elle savourait ces instants de solitude où son esprit vagabondait. Le chant léger des oiseaux dans le jardin agrémentait ses rêveries de trilles mélodieux. Un coup retentit à la porte qui s'ouvrit, livrant passage à la petite Marie.

— Violaine, une lettre pour toi ! Elle est arrivée à la maison, maman ne sait pas pourquoi…

— Donne vite, ma chérie. C'est sûrement Jacqueline ! Tu sais, mon amie de Lourdes. Le facteur a dû se tromper ; ce n'est pas la première fois que cela arrive.

Marie tendit l'enveloppe, puis prit place sur une chaise en regardant autour d'elle avec des yeux ravis. Cette maison lui plaisait tant, avec ses rideaux légers, les vieux meubles lustrés. De nombreux bouquets fleuris, disposés avec soin, embaumaient les différentes pièces ! Et puis, c'était si gai, toutes ces fleurs aux multiples coloris.

Violaine laissa échapper un cri de stupeur.

— Mais… c'est François qui m'écrit ! Tu le savais ? Guillemette a bien dû reconnaître son écriture, comme moi…

— Oui, je le savais ! Mais je voulais t'en faire la surprise !

— Petite coquine ! Alors il est vivant ; il va bien ?

— Maman avait juste une carte ! Lis, Violaine, après tu me raconteras ! s'écria Marie qui en sautait de joie, ravie de jouer au facteur.

La jeune femme s'installa dans un fauteuil en paille. Son cœur battait si vite qu'elle respirait avec difficulté.

Ma chère Violaine,

Après ces longs mois de silence, je peux enfin te donner de mes nouvelles. Je suis cantonné à Brest, et j'ai retrouvé l'usage de mon bras droit, car j'ai été blessé à Dunkerque, au début de juin. Nous avons vécu un véritable enfer dans cette ville, mais penser à toi m'aidait à tenir ! J'aimerais te dire de belles choses, mais je ne suis pas un poète. Quand je te revois, avec tes beaux cheveux blonds, tes doux yeux bleus, cela fait comme une lumière dans la nuit. Tu as dû avoir ton bébé. Fille ou garçon, j'en aurai la surprise en revenant au Chapus… si cette drôle de guerre ne dure pas des années.

Enfin, Pétain a signé l'armistice. Il faut espérer que la France ne sera pas anéantie et condamnée à subir le joug allemand. Je n'ose pas te demander de m'attendre. Pourtant, les moments où je t'ai tenue dans mes bras sont les plus merveilleux de ma vie.

Ton François

Marie observait discrètement Violaine. Elle la vit fondre en larmes, tremblant de tout son corps. Alors la fillette s'approcha du fauteuil et la prit par l'épaule. Elle lui caressa les cheveux et lui demanda :

— Tu es triste ?

— Oui et non, ma chérie. Je suis surtout soulagée de savoir notre François vivant, tu comprends ?

— Louis aussi a écrit à maman. Il n'a rien eu, on a de la chance.

Violaine dévisagea Marie, ses bonnes joues rondes, ses nattes châtaines et son regard brun, pétillant, si semblable à celui de son grand frère. Elle enlaça la petite en la câlinant.

— Ma chère petite Marie ! Comme je suis contente d'habiter au Chapus et de t'avoir retrouvée. Ils reviendront, nos garçons, n'est-ce pas ? Et nous irons tous ensemble à l'île d'Oléron, dîner au Château. Nous prendrons le bateau et ce sera une belle journée.

— Alors, pourquoi tu pleures ? s'étonna Marie.

— Ce n'est pas grave, je suis émue.

Violaine, désireuse de changer de conversation tant la lettre l'avait bouleversée, se tourna vers Marie et l'interrogea en lui montrant sa tenue :

— Bien, nous avons un baptême demain : celui du plus beau bébé du monde, notre petite Marjolaine. Alors, comment trouves-tu ma robe ?

Marie ne remarqua pas l'astuce et s'exclama :

— Magnifique ! Et tu seras encore la plus belle !

Elles se mirent à discuter toilettes, chapeaux et dragées. Elles se réjouissaient à l'avance de la fête à venir. Soudain, Violaine se souvint de l'heure et s'écria :

— Marie, je pars à l'hôpital dans une heure. Tu veux bien retourner chez toi et demander à Sidonie de revenir garder Marjolaine ?

La fillette se sauva en courant, car elle aimait rendre service. Depuis plus d'un mois, l'école avait fermé à cause de la guerre. Aussi, Marie s'ennuyait parfois, ce qui la poussait à multiplier les allées et venues dans les ruelles du Chapus, de la maison de sa mère à celle de son ancienne nounou.

Une fois seule, Violaine sortit de la poche de son tablier la lettre de François et la relut trois fois. Dans un geste spontané dont elle eut honte tout de suite après, elle embrassa le bout de papier.

Jeune, vigoureuse et sensuelle, les baisers d'Eloi, leurs étreintes tendres et passionnées lui avaient fait découvrir le plaisir et donné le goût de l'amour. Si son fiancé n'avait pas été tué dans ce tragique accident de la circulation, Violaine serait à présent mariée et élèverait Marjolaine sous la protection de son père, amant magnifique. Le corps de la jeune femme se rappelait souvent à sa conscience, réclamant des attentions et des caresses. Lors des nuits où le sommeil la fuyait, elle ne pouvait s'empêcher de rêver à des étreintes charnelles... Sa peau s'enflammait alors, les pointes de ses seins se dressaient et une douce chaleur envahissait son ventre soyeux. Elle avait honte de ses désirs voluptueux, mais sa jeunesse ne se satisfaisait pas de sa vie chaste de fille-mère endeuillée.

Cette situation ne lui facilitait pas l'existence, même sur son lieu de travail. A l'hôpital de Marennes, certaines infirmières lui posaient des questions insidieuses et assez dérangeantes que la jeune femme éludait avec diplomatie. Elle n'ignorait pas que le directeur ne l'aurait jamais engagée sans l'appui de madame Duplessis.

Violaine rangea à nouveau la lettre de François dans sa poche et poussa un profond soupir. Elle aurait tant aimé que son frère de lait soit là, tout près d'elle. Se lover dans ses bras, l'embrasser... était-ce condamnable ? Quel mal y avait-il à espérer le retour de celui qu'en fait elle avait toujours aimé sans le savoir ? Le reste de sa vie, devrait-elle souffrir de l'absence de l'élu de son cœur déjà malmené par la mort de son fiancé ?

Pourquoi ? J'ai l'impression d'être poursuivie par un destin cruel, qui m'empêche de trouver le bonheur.

Elle se reprocha immédiatement cette pensée, car, près de Sidonie et de la famille Lignet, elle recevait tant d'affection, de soutien, qu'elle jugea ne pas avoir le droit de se plaindre.

Assez gémi sur mon sort ! Il y a des gens bien plus malheureux que moi dans toute la France. Et ces réfugiés qui ont tout perdu : maison, travail, amis…

A cet instant précis, la porte s'ouvrit et Elise Duplessis entra en coup de vent, très élégante dans un tailleur gris. Auréolée de soleil, sa chevelure paraissait plus claire que d'ordinaire, presque argentée.

— Ma Violaine, j'ai frappé deux coups, mais tu n'as pas répondu… Si tu savais, ma chérie, quel malheur ! Je n'aurais jamais pensé qu'un jour m'arriverait pareille chose !

Elise se tordait les mains tandis que ses grands yeux clairs brillaient de larmes contenues. Violaine, bouleversée, l'attira dans ses bras.

— Que se passe-t-il ? Vous avez eu de mauvaises nouvelles concernant Edouard… Dites-moi, Elise, je vous en prie !

— Non, Edouard va très bien. Mais les Allemands sont là, ma chérie, au Chapus ! Ils sont partout. Il y a des camions blindés sur la place de la Mairie, des voitures près de notre petit kiosque à musique, à Bourcefranc… Et des officiers de la Wehrmacht viennent de réquisitionner ma maison ! Tu comprends, Violaine, il n'y a plus de combats, mais les côtes de l'Atlantique vont être surveillées, investies même. Remarque, je ne peux guère me plaindre. Ces officiers sont très corrects, ils m'ont laissé la journée pour emporter mes affaires personnelles. Si je le souhaite, ils me permettent même de loger dans le pavillon au fond du parc, là où vivait notre vieux jardinier. Mais je refuse ! Imagine, les voir fouler mes pelouses, se pavaner à la fenêtre du grand salon, dormir dans nos lits… Non, je ne le supporterai pas…

Abasourdie, Violaine restait muette, se contentant de caresser le dos d'Elise afin de la réconforter. Celle-ci reprit d'une voix véhémente :

— Ma chérie, je n'aurais jamais cru vivre un jour un tel drame ! Je t'en supplie, Violaine, peux-tu m'héberger ? J'ai retiré de l'argent liquide à la banque de Marennes, lundi dernier. Ainsi, je pourrai vous aider, bien sûr, et je garderai Marjolaine. Enfin, je me rendrai utile. J'ai tellement honte de te demander ça ! C'est le monde à l'envers, tu ne crois pas ? Mais je ne veux pas quitter le Chapus ! Je t'en supplie, accepte ! Je me sentirais mieux près de toi et de Sidonie.

Violaine retrouva sa voix et balbutia enfin :

— Et vos réfugiés ardennais ! Où sont-ils ? Nous pouvons nous arranger toutes les trois, mais ces deux familles, où iront-elles ?

Elise s'exclama, très pâle :

— C'est réglé ! Le maire a ouvert un entrepôt derrière la gare. Il y a des commodités et de l'eau potable. Alors, ma chérie, tu veux bien de moi ? Quand puis-je m'installer ?

Marjolaine accorda un répit à sa mère en poussant tout à coup des cris aigus. Juste réveillée, la petite réclamait sa tétée. Violaine jeta un coup d'œil inquiet à la pendule.

— Je dois nourrir ma fille ; pendant ce temps, nous parlerons. Ensuite, je partirai à l'hôpital.

Elise tournait autour de la jeune femme, l'air affolé. Violaine venait à peine de mettre son bébé au sein quand la porte s'ouvrit de nouveau, cette fois sur Sidonie et Guillemette.

— Le Chapus est envahi ! cria la guérisseuse. Mon Dieu, quel déferlement de troupes… J'en ai des sueurs froides !

— Ils ont réquisitionné tous les bateaux à vapeur de la compagnie Bouineau ! ajouta Guillemette, furieuse.

Il s'ensuivit une conversation animée entre Elise et les deux femmes, chacune apportant ses propres informations et ses peurs. Une atmosphère de panique régnait dans la petite maison habituellement si tranquille. Violaine éprouva soudain un spasme d'angoisse lui tordant le ventre. Elle protesta :

— Je vous en prie ! Marjolaine s'arrête de téter toutes les deux minutes, tant il y a de bruit. Calmez-vous, voyons ! Cela ne sert à rien de hurler. Il faut s'organiser. Et le baptême ? faut-il le repousser ? J'étais pourtant décidée…

Elise Duplessis l'interrompit :

— Justement ! J'étais si heureuse de vous accueillir tous chez moi. Martine avait déjà dressé une grande table sous les pins. J'avais cueilli des roses et des lys pour la décorer. Mais les Allemands s'installent et piétinent mes parterres. Ils ont garé deux énormes véhicules sous les fenêtres de la cuisine.

A bout de nerfs, Elise s'affala sur une chaise et se mit à pleurer à gros sanglots. Violaine l'avait rarement vue perdre le contrôle ainsi. Elle en fut sidérée ! Sidonie lui fit signe qu'elle s'en occupait. La guérisseuse ouvrit un placard et en sortit une bouteille d'eau-de-vie, un cadeau d'Octave Lignet. Ce dernier avait ses bonnes adresses à l'intérieur des terres charentaises. Elle en versa un peu dans un verre qu'elle tendit en ajoutant d'un ton autoritaire :

— Buvez ça, ma pauvre Elise ! Nous allons trouver une solution, pour ce baptême. Je sais bien ce qui se passe, moi ! J'ai parlé avec un pêcheur qui a fait la guerre de 14-18. Il comprend l'allemand, aussi a-t-il pu m'expliquer le dessein de la Wehrmacht en s'installant ici : surveiller la construction de blockhaus sur toute la côte, même à la pointe de Chassiron, au bout de l'île d'Oléron. Ce sont des fortins, sortes d'abris en béton, d'où ils pourront guetter la mer, à cause de nos alliés américains…

Violaine écoutait pendant que sa fille tétait. Elle s'exclama :

— Pourtant la semaine dernière, le 22 juin, il y a eu l'armistice !

— Ce n'est pas si simple ! soupira Elise. L'armistice a mis fin aux combats, c'est tout ! Pétain l'a accepté pour sauver le pays. Enfin, c'est ce que pense notre maire. Seulement, les Allemands occupent Paris, et, vois-tu, ils sont les maîtres à présent. Nous n'avons plus qu'à courber l'échine, à nous faire tout petits en espérant ne pas trop souffrir de la folie de ce terrible chancelier Hitler…

Guillemette tapa sur la table, les yeux exorbités .

— Moi, je vous dis, ça va être du joli, la France ! Pardonnez l'expression, madame Duplessis, mais je prévois un beau merdier ! Voilà ! Et cette vieille crapule de Bonaventure, notre patron, il doit déjà se frotter les mains à l'idée de vendre ses huîtres aux Boches ! Mon Octave, il les appelle comme ça, les Allemands !

Sidonie eut un sourire amer. La verve populaire et le caractère emporté de Guillemette la distrayaient certes, mais ne pouvaient maquiller la réalité autrement plus angoissante. Elle garda ses inquiétudes pour elle et, profitant d'un temps de silence, annonça calmement :

— Pour le repas de baptême, je propose de le faire ici, dans notre carré de jardin. Si le vent ne souffle pas trop fort, nous serons à notre aise... On mettra des planches sur des tréteaux, le tout recouvert d'une belle nappe. Et puis le principal, c'est d'être tous réunis !

Violaine, rassurée, s'écria :

— Excellente idée ! Demain, je suis en congé, je pourrai vous donner un coup de main. Merci pour ma petite !

Elise commença à énumérer tout ce qu'elle apporterait, si toutefois elle parvenait à piller ses placards sans attirer l'attention des officiers. Elle se plaignit :

— Martine est bien sotte, aussi ! Figurez-vous qu'elle a tout de suite accepté de rester au service de nos ennemis. En me laissant tomber qui plus est !

— Tant pis ! De toute façon, je n'avais pas la place pour la coucher. Vous, Elise, je vous prête ma chambre. Je dormirai dans celle de Sidonie.

La guérisseuse apprit ainsi l'infortune de madame Duplessis et son installation prévue le jour même dans leur maisonnette. Guillemette hocha la tête, puis plissa ses yeux sombres pour chuchoter :

— On doit se serrer les coudes ! Et puis il y a eu l'appel du général de Gaulle, vous savez, le 18 juin ! Moi, je suis sûre que nos hommes, dans toute la France, ils vont se battre à leur manière, en douce. Et les Allemands, on les verra déguerpir un jour ou l'autre, parole de Guillemette !

Violaine poussa un gros soupir. La fin de leurs angoisses n'était pas pour demain. Sidonie, avide de journaux, avait dépensé, juste après leur installation dans leur maison, ses derniers sous pour acheter un poste de radio. Ainsi, elle pouvait suivre les événements. La guerre était bien là ! Impossible de se voiler la face, surtout depuis que les Allemands avaient investi le Chapus. La jeune femme déplora en secret cette menace larvée, encore indistincte, qui pesait sur eux tous. Elle marmonna en tendant le bébé à Elise qui n'attendait que ça :

— Je vous confie Marjolaine ! Je m'en vais.

Il y eut alors, venant de la ruelle, un bêlement plaintif. Les quatre femmes se figèrent, leurs regards tournés vers la rue. La tête dégarnie d'Octave Lignet apparut à la fenêtre ouverte. Elles poussèrent en chœur un soupir de soulagement. Le mari de Guillemette cria d'une voix de stentor :

— Ohé, madame Sidonie, je vous apporte une surprise ! Une biquette qu'un copain de Pons m'a donnée.

Sidonie se précipita dehors et découvrit une belle petite chèvre blanche aux longs poils soyeux. L'animal ne ressemblait guère à ses chèvres de la montagne, rousses au museau noir et si vives. Cette bête venait des prairies plates du bord de mer.

Octave, très fier de lui, demanda :

— Vous plaît-elle au moins ? Elle a du lait, je peux vous l'assurer. Suffit de la traire matin et soir, mais vous vous y connaissez !

Sidonie, la gorge nouée, n'en croyait pas ses yeux. L'attention d'Octave la touchait infiniment. Elle répondit, la voix chargée d'émotion :

— Si elle me plaît ? Je n'ai jamais vu une si jolie bête ! Celles que j'avais à Gavarnie me manquent tellement ! Au début, d'être loin de mes montagnes, avec la mort de mon fils en plus, je n'avais pas le moral. Mais vous êtes tous si gentils ! Je suis bien contente d'avoir suivi ma minette. Tenez, Octave, il faut que je vous embrasse…

Violaine applaudit à la vue de sa chère Sido déposant deux gros baisers sur les joues d'Octave soudain cramoisi. Avec un éclat de rire, elle grimpa sur son vélo et quitta la compagnie de ses amis pour aller à l'hôpital. Sur la route de Marennes, ses mollets musclés dorés par le soleil, elle pédalait gaiement, toute souriante en repensant au tableau charmant qu'elle venait de quitter : celui de Sidonie caressant une chèvre blanche tandis qu'Elise, Marjolaine dans ses bras, discutait sans façon avec sa Guillette et son Octave.

L'église Saint-Louis de Bourcefranc, parée de bouquets de roses rouges et de gerbes de lys de la Madone au parfum lourd, était envahie d'une foule très animée. Sur les premiers bancs, la famille Lignet se tenait rassemblée ; tous étaient en toilette de fête. Octave avait mis un complet-veston gris, une cravate bleu canard et un chapeau neuf, offert par sa fille aînée Mariette. Celle-ci riait de plaisir, dans une robe rose qui moulait des formes plus rebondies que jadis. La jeune femme ressemblait tant à sa mère que certains vieux pêcheurs, quand elle venait au Chapus, la prenaient pour Guillemette. Son époux, Arthur, ses cheveux châtain clair coupés en brosse, paraissait inquiet. Il était démobilisé en raison d'un problème cardiaque, mais les Allemands étant partout, du Chapus à Marennes jusqu'à Royan et Saintes, son activité de chef de gare le confrontait quotidiennement aux forces ennemies. Il vivait très mal cette situation qui le rendait nerveux. Leur fils Honoré, un garçon de huit ans, était absorbé dans la contemplation de la maquette du *Saint-Louis* suspendue au plafond ; celle-la même qui avait tant intrigué Violaine quand elle avait presque cet âge.

Nicole, jolie comme un cœur, attirait bien des regards. Fine et élégante, elle avait relevé ses cheveux en chignon, et son corps gracile était particulièrement mis en valeur par une robe verte resserrée à la taille. Son fiancé, un certain Richard, était cantonné dans une caserne de Saintes.

Arlette et Isabelle s'étaient acheté des robes bon marché, blanches à ceinture rouge, et portaient le même petit chapeau de paille garni de fleurs en papier. Marie, à qui l'on avait confié Marjolaine, nageait en plein rêve. Ses cheveux bruns défaits, légèrement ondulés, se répandaient en cascade presque jusqu'en bas du dos. Violaine lui avait dégagé le front à l'aide d'un bandeau blanc orné de perles.

Sidonie, assise près d'Elise Duplessis, se sentait le point de mire de tous les regards. Elle venait juste de renoncer à ses austères vêtements de deuil, et, bien droite, arborait ses habits de fête : un corsage immaculé couvert de dentelles, une longue jupe rouge foncé et, sur ses cheveux blanchis avant l'heure, une mantille, tout à fait espagnole, de dentelle rouge. Violaine avait été la première étonnée de voir sa Sido sortir de l'armoire des bijoux en or d'une grande beauté. Elle l'avait embrassée tendrement en lui déclarant :

— Ma Sidonie, tu es une vraie reine de Castille ! Je voudrais que Marjolaine soit aussi belle que toi, plus tard.

— Si elle te ressemble, elle sera magnifique, minette ! avait rétorqué la guérisseuse.

Violaine avait mis pour l'occasion une robe qui datait de ses années d'études à Pau, encore un cadeau d'Elise. Plus longue que l'exigeait la mode, cette toilette bleu ciel lui allait à ravir, fluide et légère, en harmonie avec son regard d'Océan illuminé par le soleil d'été. Des manches ballon découvraient ses bras dorés et le décolleté très chaste s'ornait d'un col blanc. Nicole avait coiffé son amie avec art, nattant ses splendides cheveux blonds où de charmants reflets roux persistaient, puis disposant les tresses en couronne autour de son front. Toute la famille avait applaudi à cette trouvaille qui embellissait Violaine, lui conférant une allure de princesse.

Elise était la seule à sembler mal à l'aise. Elle observait la foule rassemblant la plupart des familles du Chapus, car les réjouissances étaient rares en temps de guerre. Aussi le baptême de Marjolaine était-il un événement auquel chacun s'était promis d'assister. La veuve du notaire les connaissait tous ; elle pouvait mettre un nom sur chaque visage. Beaucoup de pêcheurs avaient travaillé avec Henri Plantier, le père de Violaine. Par leur présence, ils prouvaient qu'ils n'avaient pas oublié ce brave jeune homme, emporté à la fleur de l'âge par une phtisie galopante. Les vieilles du bourg se tenaient près du bénitier, toutes vêtues de noir, coiffées de leur quichenotte traditionnelle.

Celles-là se souviennent surtout de notre Gabrielle, songea Elise, car elles m'en parlent encore, dès que je leur dis bonjour.

Violaine était assise près d'Elise. Celle-ci, par un effet du hasard, s'était habillée en gris perle, une jupe droite et un chemisier à épaulettes, lui aussi rehaussé d'un col blanc. Malgré ses cheveux semés de fils d'argent, Elise restait une belle femme aux yeux limpides.

— Vous êtes ravissante ! lui souffla Violaine. Nos toilettes sont presque identiques, à part la couleur.

— Oui, soupira madame Duplessis, j'avais remarqué. On pourrait nous prendre pour la mère et la fille. Mais je sais que tu ne m'accepteras jamais comme telle. Et puis, tu as déjà Sidonie et Guillemette. Mais je voudrais tant que tu comprennes combien je t'aime, ma chérie ! Combien je me suis attachée à toi, car je t'ai vue grandir ! Et combien je m'en veux de t'avoir laissée partir ! Mais je ne pouvais affronter cette brute qu'était mon mari ; pardonne-moi encore, je t'en prie !

Le curé entouré des enfants de chœur se préparait à commencer la cérémonie lorsqu'une silhouette d'homme se découpa dans la clarté inondant le seuil de la porte principale. Violaine perçut un murmure général et se retourna. Edouard remontait l'allée, une jeune fille à son bras, ses talons hauts claquant sur le pavé. Le couple s'empressa de s'asseoir, à bonne distance des Lignet.

Violaine saisit le poignet d'Elise et le serra très fort. Tout bas, elle lui murmura :

— Je ne savais pas que vous aviez invité votre fils ?

— Ma chérie, ne sois pas fâchée, mais Edouard est aussi ton frère et l'oncle de Marjolaine. Je lui ai téléphoné… puisque tu ne l'avais pas invité. Je jugerais normal et judicieux que tu le prennes comme parrain de ta fille.

Violaine n'en revenait pas. Elle n'aurait jamais cru Elise capable d'un tel aplomb. Elle s'offusqua :

— Non et non ! Je ne reviens pas sur ma décision. Le parrain de ma fille sera François Lignet. Le prêtre n'a fait aucune objection à ce choix. François est soldat, mais il sera déclaré parrain aujourd'hui. Octave le représentera.

La jeune femme, très contrariée, avait haussé le ton contre son gré. Aussi leur discussion n'échappait-elle pas à leurs plus proches voisins. Le curé lui-même se mit à les observer d'un air agacé. Edouard, comprenant qu'il était l'enjeu des propos échangés depuis son entrée, se leva alors et vint saluer Elise.

— Je suis venu, comme vous le désiriez, mère, et j'ai acheté une médaille pour l'enfant.

Violaine releva la tête et, toujours sous l'emprise de la colère, détailla le visage blême de son demi-frère. Le jeune homme avait un teint maladif, les yeux cernés de mauve et les lèvres très pâles. Edouard avait belle allure malgré sa maigreur et ses cheveux d'un blond assez terne. Il était extrêmement élégant. Ses moyens le lui permettaient dans la mesure où il jouissait de la fortune de son père défunt. De plus, son travail dans une étude d'huissiers, à Bordeaux, l'autorisait à un train de vie confortable. Elle ne l'avait pas revu depuis le soir d'automne où Elise s'était décidée à avouer son terrible secret. Elle aurait pu souffrir de cette séparation intervenue dans de telles conditions. Son cœur pourtant sensible ne s'était pas le moins du monde soucié des conséquences de la révélation pour son demi-frère. Elle-même trop bouleversée, il lui avait fallu beaucoup de temps pour surmonter cette épreuve. En regardant Edouard, nul sentiment d'amitié ou d'affection ne s'éveilla en elle. Violaine n'avait jamais oublié, en fait, les mots injurieux qu'il avait prononcés à l'encontre de Gabrielle.

— Bonjour, Violaine ! chuchota-t-il. Tu es superbe, une vraie vedette de cinéma. Il paraît que tu es toujours célibataire. Tu n'auras pas de mal à trouver un père à la petite… Alors, suis-je parrain, oui ou non ?

— Non ! lui asséna Violaine. Suis-je assez claire ? S'il faut te mettre les points sur les i, le parrain de Marjolaine, c'est François.

— Ah ! fit Edouard, évidemment. Il est dans la marine, je crois. Navré, mais tu as peu de chances de le revoir. Ta fille risque de n'avoir aucun parrain. Enfin… à toi de voir ! Je me suis déplacé pour rien.

Le jeune homme retourna auprès de son amie, une jolie fille à la chevelure noire et raide. Il lui entoura l'épaule d'un bras possessif et tendre.

Elise, rouge de gêne devant le comportement de son fils et indignée par sa cruauté vis-à-vis de Violaine, siffla entre ses dents :

— Ils sont fiancés. Elle s'appelle Bérengère de Lattre. Son père a des vignobles très réputés. Sa famille est très connue et possède une grosse fortune !

Violaine, d'une voix presque inaudible, ironisa :

— Merveilleux ! Elise, c'est fou comme vous restez une grande bourgeoise, au fond. Généreuse, dévouée, socialiste, mais issue d'un milieu qui ne me plaira jamais. M'imposer Edouard ainsi, c'est inadmissible ! Cela dit... je vous pardonne ! Vous avez réagi en maman qui a envie de réunir un frère et une sœur...

Heureusement, Marjolaine sortit encore une fois sa mère d'une situation embarrassante. Elle se mit à pleurer et ses cris de nourrisson résonnèrent, amplifiés par la voûte de l'église. Le curé, en surplis blanc et mauve, se hâta de baptiser le bébé. Le discours qu'il prononça ensuite, devant ses fidèles, émut Violaine jusqu'aux larmes, notamment la fin.

— ... et j'évoquerai maintenant le grand-père de Marjolaine : Henri Plantier, un courageux et aimable pêcheur de chez nous, qui avait épousé une femme admirable. Ils n'ont pas eu le bonheur de tenir dans leurs bras leur petite-fille. Qui donc a pu oublier Henri, ainsi que Gabrielle Plantier, cette personne d'une grande piété, dont la foi profonde m'a toujours impressionné ? Le malheur l'a frappée à plusieurs reprises, dans sa chair, dans son âme, mais elle a su rester confiante en la bonté de Dieu. En ce jour béni, nous avons la joie d'accueillir Violaine, l'enfant prodigue qui a su retrouver le chemin de son pays natal. Je sais que certains ici l'ont jugée sans rien savoir de sa tragique histoire. Alors, je vous le dis, est-elle condamnable, celle qui voit son fiancé mourir et élève seule l'enfant de l'amour ? Jésus a pardonné à la femme adultère ! A notre tour, sachons ouvrir notre cœur à Violaine et à sa petite Marjolaine. Ainsi, nous honorons encore la mémoire de Gabrielle. Elle s'est éteinte sur ce rivage qui nous donne notre nourriture et de quoi gagner notre pain quotidien...

Guillemette, qui avait porté Marjolaine sur les fonts baptismaux, se mit à pleurer d'émotion, souriant à Violaine d'un air heureux. Au comble du bonheur, elle se sentait la reine de la cérémonie, après le bébé bien sûr ! En tant que marraine, elle entendait le faire savoir ; aussi, elle n'hésitait pas à attirer l'attention générale. Rien n'aurait pu l'atteindre en un jour pareil ! Pour la circonstance, elle avait demandé l'aide de Nicole afin que sa tenue soit à la hauteur de l'événement. Sa fille avait tenu parole et lui avait confectionné une jolie robe jaune décorée d'une nuée de minuscules papillons ivoire. Cette couleur chaude seyait au teint hâlé de Guillemette. Ses cheveux bruns, coupés court récemment, supportaient un chapeau en paille d'Italie garni d'un ruban jaune. Un peu de rouge à lèvres et de la poudre de riz mettaient la touche finale à son apparence. Octave lui-même avait admiré son épouse et tenu à le lui montrer ! Joignant le geste à la parole, ses mains viriles s'étaient glissées sous le tissu fin, flattant la rondeur voluptueuse de ses hanches, s'arrêtant juste au bas de son dos...

Les paroles sacrées prononcées, les cris de l'enfant apaisés après la sensation d'eau bénite froide sur son petit front, la jeune maman reçut les félicitations d'usage. Ensuite commença la lente avancée vers la sortie de l'église. Violaine, bouleversée par les paroles du prêtre et la présence d'Edouard, arriva la première sur le parvis ensoleillé. Elle n'avait plus qu'une envie : rentrer chez elle et boire un peu de vin, car ses jambes tremblaient. Mais elle devait attendre le reste de l'assemblée ; elle s'appuya un instant contre l'un des piliers du porche pour combattre sa faiblesse.

Octave paradait, tenant Guillemette par la taille. Il était au moins aussi fier que sa femme ! Elise avait supplié la « marraine » de lui confier un peu le bébé. Edouard, voyant Marjolaine dans les bras de sa mère, s'approcha, sa fiancée sur les talons. Il se pencha sur le bébé et, l'examinant d'un œil indifférent, finit par dire :

— A qui ressemble-t-elle ?

— Elle est magnifique ! soupira Elise. Regarde, ses cheveux poussent un peu, mais ils sont bruns. Et ses yeux ! on dirait qu'elle comprend tout. Avoue qu'elle est mignonne, une vraie poupée !

Violaine, juste derrière, écoutait en contemplant sa fille noyée sous un flot de dentelles d'un blanc pur. Cette robe de baptême avait une histoire, elle aussi. Quelques jours auparavant, Guillemette avait sorti un carton de l'armoire de sa chambre. Dans la boîte, Violaine avait découvert cette tenue de bébé. Sa Guillette lui avait alors expliqué d'un ton grave :

« C'est ta robe à toi, ma pitchoune. Quand Olivier Bonaventure m'a demandé de vider la maison de tes parents, j'ai tout récupéré. Je ne voulais pas que les affaires de ta famille disparaissent. Je les ai gardées pour toi, à tout hasard… pour le jour où tu reviendrais au Chapus… Marjolaine n'était pas née mais j'avais déjà blanchi et repassé cette toilette. C'est Gabrielle qui l'avait cousue elle-même, ta pauvre mère… »

La jeune femme avait été bouleversée en tenant entre ses doigts ce vêtement confectionné par sa mère. Elle avait l'impression de la voir devant elle, penchée sur son ouvrage à la lueur de la lampe. Les yeux pleins de larmes, elle avait porté la petite robe à son visage, comme si elle y cherchait le parfum de sa mère… Mais le passé n'obéit pas à la volonté des hommes. Le temps ne peut que s'écouler, imperturbable aux désirs, aux peines ou aux regrets ! Violaine le savait bien… Mais il lui avait semblé un instant que le temps ne comptait pas, ni les absents puisque les objets, les tissus, les bijoux demeuraient au fond des buffets, prêts à témoigner, en toute occasion, d'un passé que nul n'effacerait. Enfin, elle avait sa petite Marjolaine ; c'était son seul avenir. Alors, elle avait secoué sa tristesse et ressenti un grand bonheur à l'idée de vêtir son bébé d'une tenue faite par Gabrielle.

Une fois rentrée chez elle, Violaine avait accroché au-dessus du berceau de Marjolaine, dans un petit cadre, l'image à la colombe dont elle ne s'était jamais séparée. Ce morceau de papier avait pour elle plus de valeur que tout. Sa mère l'avait embrassé et conservé précieusement, puisqu'elle y avait vu un signe de l'au-delà, envoyé par son mari, Henri…

— Alors, ce banquet ? il serait temps d'y aller ! s'exclama Nicole. Allons, que tout le monde forme le cortège, et en route jusque chez Violaine !

La famille Lignet se dirigea vers le Chapus en suivant la grande route qui, de Bourcefranc, rejoignait le village et le port. Elise installa Marjolaine dans son landau. Edouard et sa fiancée attendaient un peu à l'écart. Violaine hésita, puis elle lança au jeune couple, d'un ton assez aimable :

— Eh bien, maintenant que vous êtes ici, venez donc boire un verre avec nous ! N'est-ce pas, Elise...

Au même moment, une compagnie de blindés allemands remonta l'avenue, soulevant des gerbes de poussière blanche mêlée de sable. Un soldat, au volant d'une voiture qui précédait le convoi, leur fit signe de s'écarter.

— Coupons par les ruelles et les champs ! souffla Violaine un peu effrayée par ce déploiement de forces. Vite, la petite pleure déjà.

Sidonie jubilait. Le temps était agréable et la marée, basse, ce qui signifiait peu de vent et un beau soleil. Le repas serait donc une réussite. Elle passa en revue la longue table installée sur des tréteaux et nappée d'un drap blanc. Avec Violaine et la petite Marie, elles avaient disposé des petits bouquets de roses au centre. Devant chaque place était disposée une assiette en porcelaine ornée d'un liseré doré, un service qui venait de la maison du notaire. Elise avait réussi à subtiliser, dans sa propre cave, six bouteilles de champagne qu'elle avait cachées dans une malle, au milieu de ses vêtements.

— Tout est en ordre ! se réjouit la guérisseuse. Un beau décor pour ma minette et son bébé.

Pour le moment, les invités discutaient autour du puits. Le jardinet était bien rempli, sans oublier la chèvre blanche que Sidonie appelait Biquette. L'animal broutait au bout d'une corde, reliée à un piquet. Violaine berçait le landau afin d'endormir sa fille.

Guillemette saisit une cuillère et, ainsi armée, tapa le fond d'une poêle pour attirer l'attention des convives. Dès qu'elle vit les regards se tourner vers elle, elle s'écria, satisfaite :

— Allez, tout le monde à table ! J'ai une faim de loup… Eh ! Ma pitchoune, ça te dit rien, les loups ? Ceux de la montagne ! Ils ont bien failli te croquer, non ?

— Oh ! ma Guillette, ne parlons plus de tout ça. J'ai eu si peur ce soir-là ! La neige partout et ces hurlements dans la nuit !

Marie s'accrocha au bras de la jeune femme.

— S'il te plaît, raconte, Violaine, raconte l'histoire des loups et du gros chien blanc…

Nicole, occupée à déboucher du vin blanc, protesta :

— Mais tu la connais par cœur !

— Moi, elle m'intéresse ! ajouta Edouard. Je ne savais pas que tu avais vu des loups, Violaine…

Sidonie frappa dans ses mains en clamant :

— Nous causerons mieux tous assis autour de la table, non ? Ma minette n'en peut plus !

Violaine approuva en riant. Octave lui tendit une chaise qui la plaçait au centre de la tablée, face à l'Océan. Puis, d'autorité, il se mit à côté d'elle. Edouard, pris de soupçon tout à coup, compta rapidement les assiettes. Evidemment, il en manquait deux ! Le constat était simple : sa fiancée et lui n'étaient pas prévus. Elise le savait, puisqu'elle était responsable de cette situation délicate. Elle tournait autour de Sidonie en jetant des regards désolés. La guérisseuse comprit son manège. Elle n'allait pas laisser gâcher cette belle journée par une histoire aussi bête. Aussi déclara-t-elle, en haussant les épaules :

— Edouard et cette sympathique demoiselle sont venus boire un verre avec nous, mais ils ne vont pas rester debout comme ça. N'est-ce pas, Violaine ?

— Bien sûr ! répliqua la jeune femme. Arlette, pourrais-tu aller chercher les vieux tabourets dans l'appentis ?… Merci !

Chacun pourvu d'un siège, tous purent enfin s'attabler, prêts à se détendre et à savourer un vin blanc sec bien frais qu'accompagnaient des crevettes grises, cuites au bouillon ; des tartines de pain beurré devaient être mangées avec cette entrée.

Edouard, qui semblait d'humeur amicale, était bien décidé à revenir sur le sujet abandonné si vite. Il s'écria :

— Alors, Violaine, ces loups ?

— Oui, j'aimerais bien comprendre ! murmura sa fiancée.

La jeune mère, comprenant qu'elle ne pourrait y échapper, soupira, puis commença son récit :

— J'avais huit ans ! Je venais juste d'arriver dans une vallée des Pyrénées, à Gavarnie. Mon oncle était venu me chercher avec sa carriole tirée par une mule. Il me ramenait chez lui, et chez... ma tante... Bref, nous avons eu un accident ; la charrette s'est détachée, a roulé dans le ravin et nous avons dû rentrer à pied. J'étais terrifiée, mais je ravalais mes larmes. Il neigeait très fort et le chemin pentu était déjà recouvert d'un épais manteau blanc. Tout à coup, des hurlements lugubres retentirent partout dans les bois, puis se rapprochèrent. Les cris semblaient venir de tous les côtés à la fois.

— Mon Dieu, s'exclama Guillemette, j'en ai la chair de poule à écouter ça ! Ma pauvre pitchoune ! Et moi qui te croyais bien tranquille, au chaud !

Marie, d'un air fâché, lui tira le bras :

— Chut, maman !

Violaine continua :

— C'étaient des loups. Ils traversèrent le chemin, disparaissant derrière les arbres, réapparaissant plus loin... Ils nous encerclaient peu à peu. Mon oncle avait oublié son fusil chez lui. Alors, il m'a prise sur son dos. Avec le recul, je pense qu'il avait bien peur, lui aussi.

Guillemette l'interrompit à nouveau, malgré le regard courroucé de sa petite dernière. L'œil mauvais, elle affirma :

— Si les loups avaient pu le dévorer, ce sale type ! Je l'aurais pas plaint, cette vermine de Carrier !

Cette fois, un « chut » général s'éleva. Edouard se servit un second verre de vin. En écoutant le récit de Violaine, il venait de faire un bond dans le passé de plus de dix ans. Il revivait son chagrin d'alors quand la fillette était partie en train, avec sa mère. A cette époque, Elise lui avait paru impitoyable en le séparant de Violaine. Et son amie avait été ensuite si malheureuse chez les Carrier...

En plus, c'était ma sœur. Si je l'avais su, je l'aurais aimée davantage ! songea le jeune homme, bizarrement ému.

Edouard n'aimait pas se laisser aller au sentimentalisme. Aussi reporta-t-il son attention sur le récit que Violaine venait de reprendre.

— Donc, mon oncle n'était pas fier et moi non plus ! J'étais terrorisée avec tous ces loups. Soudain, un énorme chien blanc, qu'on nomme « pastour » là-bas, apparut. Le collier autour de son cou était hérissé de pointes en fer qui empêchaient les bêtes de l'égorger. Il aboya trois fois, on aurait dit l'orage ! Et les loups se sont sauvés... C'était le chien Tonnerre, il portait bien son nom ! Il était quatre fois plus gros que notre Vénus.

La chienne, contente d'entendre son nom, se mit à japper en quémandant à Guillemette une caresse.

— Et après, tata Violaine ? demanda Honoré assis sur les genoux de sa mère, Mariette.

Le mot « tata » avait été jeté au hasard, mais il enchanta la jeune femme et le reste de la famille Lignet.

— Après, je suis arrivée chez Marcelline, la sœur de ma mère Gabrielle. Mais cette partie de l'histoire n'est pas du tout amusante ! Tu t'ennuierais si je la racontais, mon petit Honoré...

Sidonie s'était éclipsée dans la cuisine où elle surveillait la cuisson de trois canards. Leur chair grasse suintait, répandant un jus brun sur un lit de pommes de terre en fines lamelles. Guillemette la rejoignit, rieuse et excitée. Elle venait chercher la mouclade pour l'apporter sur la table.

— Dis donc, ma Sido ! Que fait-on d'Edouard Duplessis et de sa donzelle ? On peut pas les mettre dehors, quand même, puisque madame Elise loge ici maintenant !

— Amenons deux assiettes et des couverts ! souffla la guérisseuse avec un sourire malin. Violaine ne regarde pas trop méchamment son demi-frère. A mon avis, elle sera d'accord pour les inviter à manger.

— Bonne idée ! Et puis il y a assez pour tout le monde, car j'avais compté Louis et François au cas où le bon Dieu ferait un miracle ! S'il pouvait me ramener mes garçons !

Du rire, Guillemette était prête à fondre en larmes. Sidonie lui tapota la joue.

— Pas de ça, ma bonne amie ! Ils reviendront, j'en suis sûre ! Et j'aurai enfin le plaisir de les connaître ! Belle comme tu es, avec ton maquillage, tu n'as pas le droit de pleurer !

— Veux-tu te taire, Sido ! Grande et bien roulée, tu es bien plus belle que moi ! Même que, parfois, je m'inquiète de mon Octave ! Il ne te tourne pas autour, au moins ?

La guérisseuse pouffa et devint écarlate malgré son teint bistre.

— Oh, toi ! Décidément, tu en as, de drôles d'idées ! File apporter ta mouclade avant que je te change en grenouille...

Nicole venait aux nouvelles, car les invités commençaient à s'impatienter. Les crevettes étaient une agréable mise en bouche, mais la suite se faisait attendre ! Elle entra dans la cuisine pour voir ce que faisaient les deux cuisinières. Elle les découvrit pliées en deux par le fou rire. Le large plat rempli de moules et de crème brûlante, aromatisée au safran, faillit atterrir sur le carrelage. La jeune fille n'en revenait pas de découvrir ces femmes d'âge mûr se conduire comme des gamines se racontant des farces. Elle sermonna sa mère :

— Maman ! Nous avons faim ! Et toi, Sidonie, que fais-tu avec ces assiettes ?

La guérisseuse, haletante, lui répliqua :

— Pour Edouard et mademoiselle Bérengère, tiens !

Quelques minutes plus tard, sous la ramure d'un vieux rosier, avec pour musique les cris monotones des mouettes et des goélands, les convives savouraient la mouclade de Guillemette.

Elise, les joues roses du plaisir de partager ce moment de fête avec son fils, déclara :

— Un régal !

Violaine, égayée par le vin de son pays, mangeait de bon appétit. Mais elle gardait un œil sur le landau où dormait sa fille. Le bruit et les rires ne semblaient pas déranger le nourrisson. La chèvre observait souvent ces gens bruyants qui mangeaient, puis elle retournait à son herbe, l'air songeur. Sidonie, qui avait remarqué le manège de sa bête, plaisanta soudain :

— Voyez ma Biquette ! Elle doit se demander ce que nous trouvons de bon à brouter sur cette table... Pardi ! elle ne comprend pas nos mystères, les assiettes, les fourchettes et j'en passe !

Arlette et Isabelle, qui adoraient la grande Espagnole, éclatèrent de rire. Bérengère les imita ; ce banquet champêtre l'amusait beaucoup. Elle trinqua même avec Octave Lignet sans se préoccuper des différences sociales.

Arthur, l'époux de Mariette, se lança dans un récit confus qui s'adressait surtout à Guillemette.

— Oui, belle-maman ! Je me souviens très bien de la première fois où j'ai vu ma belle Mariette. C'était à la gare du Chapus. Elle y cherchait François qui, à l'époque, était plus petit que mon Honoré. Le garnement avait décidé de musarder entre les wagons, sur les quais. Moi, je causais avec le chef de gare. Soudain, j'ai aperçu une ravissante jeune fille, brune et dorée, qui allait gifler un gamin à demi caché derrière moi. Je me suis dit : « Cette beauté, je la marierai ! » Si, je vous assure ! Et j'ai réussi ! Je ne regrette rien, ça non !

Mariette le remercia d'un baiser sur la bouche. Violaine détourna les yeux quand le jeune couple commença à échanger des regards langoureux et des câlins discrets. Non par souci des convenances, mais à cause du manque qu'elle ressentait de plus en plus souvent ; elle se sentait si seule, ne partageant aucune intimité amoureuse, et son corps gardait en mémoire les caresses d'Eloi.

— Papa, cria Marie, raconte donc quand Violaine a failli se noyer, au large du Fort !

— Ah, non ! refusa tout net Octave. Nous avons cru perdre la tête, Henri et moi, en apprenant que la petite avait disparu, emportée par les vagues. Je me souviens que jamais on n'avait conduit une pinasse aussi vite. Mon pauvre ami Henri, qui suait avec moi sur les parcs à huîtres, en pleurait de terreur. Et quand on l'a repêchée, notre Violaine, il a loué le bon Dieu et ses saints.

Guillemette se frotta les yeux en reniflant.

— Tais-toi, mon homme ! Sinon je pleure tout mon saoul, car j'ai le vin triste. Et ce jour-là, je ne l'ai pas oublié. J'aurais étripé mon François qui avait emmené la petite bien trop loin, alors que la marée remontait...

— D'ailleurs, François, il en parlait encore, de cette histoire, vous savez, à Noël dernier ! assura Arlette. Il disait que, si Violaine s'était noyée, il se serait jeté à l'eau le lendemain, pour la rejoindre au fond de la mer.

Violaine fit un effort surhumain pour ne pas éclater en sanglots. François par-ci, François par-là... Ce prénom cognait dans sa tête, au creux de son ventre, et gonflait son cœur avide d'amour. Un peu grisée par le vin, elle mêlait dans ses souvenirs les visages d'Eloi et de François, confondait leurs gestes de tendresse, leurs regards sombres où brillait une même lumière passionnée.

Sidonie revint de la cuisine avec un plat magnifique. La peau grillée des canards luisait sous le soleil. Des applaudissements fusèrent pour honorer la cuisinière qui, bien entendu, se sentit flattée.

— Superbe ! clama Edouard. J'adore le canard ! Je ne regrette pas d'être venu. Pourtant, quelle affaire pour sortir de Bordeaux ! C'était le chaos, là-bas. Les Allemands ont investi tous les châteaux et les plus beaux domaines. La ville grouille de réfugiés. D'ici un mois, il y aura de graves problèmes d'alimentation. Déjà, certaines denrées sont impossibles à obtenir si l'on n'a pas assez d'argent.

Sa fiancée le rabroua.

— Ne parlons pas de la guerre ! Nous sommes invités à une fête, il ne faut pas gâcher l'ambiance. Et vous, Violaine, vous n'avez pas d'autres souvenirs de la montagne ? Avec ou sans loups ?

Violaine sursauta, car elle était perdue dans d'étranges pensées. Elle s'empressa de répondre :

— Oh, j'ai passé dix ans à Gavarnie, dont six à Pau. J'ai donc vécu davantage en ville que dans les hauteurs. J'ai lié connaissance avec un couple extraordinaire qui tient un hôtel renommé, à Lourdes. Ces hôteliers s'appellent Gérard et Jacqueline Lebail. Je les ai rencontrés quand j'avais huit ans. Elise et moi étions descendues chez eux, car nous devions aller à Gavarnie le lendemain. Jacqueline a été très gentille avec la fillette que j'étais. Je venais de perdre mes parents et je m'en allais dans une famille inconnue. Cette situation était terrible pour moi. Elle a deviné mon grand chagrin. D'ailleurs, je porte toujours ce pendentif qu'elle m'avait offert alors, cette topaze qui « donne du courage », m'avait-elle expliqué. Ensuite, du temps où j'étais pensionnaire, cette femme charmante venait le dimanche me chaperonner. Souvent, nous admirions les Pyrénées d'un grand boulevard où nous nous promenions toutes les deux. Un jour, elle m'a emmenée voir les joueurs de pelote basque. Nous avons de nombreux souvenirs communs. Depuis, j'écris régulièrement à cette amie.

— Et l'ours, Violaine ! cria Marie très enjouée. Raconte l'ours pour Honoré !

Violaine soupira, amusée.

— C'était un vieil ours ; il avait été dressé à danser par un homme aux allures de bohémien. Celui-ci jouait du tambourin. J'ai eu pitié de lui. De l'ours bien sûr, pas de l'homme ! Et puis, mes petits, si vous voulez tout savoir, je préférais les chats et les chèvres de ma Sidonie. Bon, allez-vous enfin me laisser goûter mon aile de canard ?

L'ambiance était à la détente et à la bonne humeur. Les conversations reprirent de part et d'autre de la table, interrompues par de petits rires, des bruits de verres entrechoqués et des rumeurs de satisfaction. Guillemette ne tarda pas à reculer un peu sa chaise. Elle annonça à la cantonade :

— Je n'en peux plus ! Sidonie, tu as une façon de cuire les canards qui m'épate !

— Merci, ma Guillemette ! Ta mouclade était une merveille aussi.

Octave, hilare, sa chemise déboutonnée sur sa poitrine couverte d'une toison grise, était lui aussi particulièrement détendu. Ecoutant les deux anciennes ennemies jurées échanger tant de politesses, il ne put s'empêcher de rugir :

— Ecoutez-les s'envoyer des fleurs ! Si les Allemands et nos soldats faisaient la paix comme ces deux-là, avec autant de bonne volonté, la guerre serait vite finie !

Elise éclata de rire. Edouard la contempla, et lui souffla à l'oreille :

— Mère, vous avez l'air d'une jeune fille !

— Merci, mon chéri ! Et toi, tu as une mine splendide depuis que tu es là, dans ce jardin, près de nous tous.

Ils se firent un clin d'œil complice. Sidonie, qui débarrassait les assiettes sales avec l'aide de Nicole et d'Isabelle, chuchota à Elise :

— C'est l'heure du champagne et des gâteaux.

Violaine avait reçu l'ordre de ne pas bouger de sa chaise. Elle vit donc Edouard et sa mère disparaître dans la cuisine et revenir les bras chargés de bouteilles. Arlette et Marie les suivaient, portant un plat chacune. Sur l'un trônait un gros gâteau nappé de caramel et garni de crème jaune ; sur l'autre resplendissait une grande tarte aux fraises.

— Les dernières fraises de mon jardin ! Je n'allais pas les laisser aux officiers de la Wehrmacht ! chuchota Elise à son fils.

— Parlez encore moins fort, mère ! conseilla Edouard. Il ne fait pas bon s'opposer à l'ennemi ni médire de lui en public.

Tout le monde applaudit à l'arrivée des pâtisseries, surtout Marie et Honoré. Cet éclat de joie réveilla le bébé.

— Tiens, Marjolaine pleure ! remarqua Violaine. Elle doit avoir faim.

— Eh bien, tu auras du bon lait à lui donner, avec tout ce qu'on a dégusté ! assura Octave.

Nicole, Arlette et Isabelle allaient se précipiter pour apporter la petite à sa mère, mais Edouard les devança toutes les deux.

Il sortit délicatement le nourrisson du landau et le coucha sur son bras replié. Marjolaine le fixait de son regard bleu et, le prenant peut-être pour sa mère, car il était blond aux yeux bleus comme elle, la petite lui sourit en agitant ses menottes.

Le jeune homme tenait un bébé dans ses bras pour la première fois. Emu, il bredouilla :

— Eh… ça alors ! Elle m'aime bien, on dirait. Je crois même qu'elle me fait du charme ! Violaine, tu entends ? Marjolaine n'a pas peur de moi !

La jeune femme sourit et, d'une voix attendrie effaçant les mois de froidure entre eux, lui répondit :

— Donne-la-moi vite, grand sot !

Edouard lui confia le bébé à regret. Au passage, il effleura de ses lèvres le cou de sa demi-sœur et marmonna :

— Pardonne-moi, Violaine. J'ai dit des horreurs que je ne pensais pas. Tu es, et tu seras toujours ma princesse des sables…

Sidonie apporta un biberon en déclarant :

— Grâce à toi, Octave, Marjolaine boit du lait de chèvre un coup sur deux. Je ne te remercierai jamais assez !

Octave rougit, heureux comme un pape, mais ne dit rien. Guillemette le regardait d'un œil sévère et il le savait bien ! Violaine voulut donner elle-même son repas au bébé. Elle goûtait ces instants sereins et intimes avec son enfant. Mais qui plus est, ce jour-là, elle avait besoin de s'occuper afin de lutter contre l'émotion qui la submergeait. Les paroles d'Edouard l'avaient bouleversée. Comment avait-elle pu oublier qu'il la surnommait ainsi, quand ils faisaient des châteaux de sable sur la plage ? Chaque fois qu'elle lui parlait avec des expressions en patois, il ouvrait de grands yeux, ébahis et heureux…

Une légère détonation lui fit pousser un cri. Octave avait débouché du champagne en même temps qu'Elise. Le vin pétillant, de qualité supérieure, coula dans les coupes en cristal dont chacun devinait la provenance.

— Toujours ça que les Boches n'auront pas, ni les verres de madame Duplessis ni ce qu'il y a dedans ! murmura Guillemette en regardant autour d'elle.

C'était la deuxième fois que ce noble breuvage leur chatouillait les papilles. De plus, le savourer au nez et à la bouche des envahisseurs le rendait encore plus exquis. La fête semblait vraiment complète et chaque convive se sentait en harmonie avec le reste de l'assemblée réunie dans le petit jardin.

Le champagne apaisa les nerfs surmenés de Violaine. Son corps éprouvait une détente délicieuse. Sa fille blottie contre elle, la jeune femme contemplait, à l'horizon, l'Océan parcouru de vagues écumeuses, entre l'île d'Oléron et le fort Louvois. Le ciel se chargeait de nuages gris et le vent se levait.

La marée monte ! se dit-elle en respirant avec bonheur le souffle puissant de son pays natal, son haleine iodée et salée. Je ne me lasserai jamais de voir la mer gronder et danser, d'admirer la course des bateaux sur le coureau, de sentir le sable tiède sous mes pieds… Je veux rester ici toute ma vie !

21

Un matin de printemps

A la tombée de la nuit, Sidonie se laissa choir sur une chaise et déclara :

— Je suis épuisée, ma minette ! Et il reste la table à défaire, planches et tréteaux, si jamais il pleuvait.

Violaine répliqua :

— Laisse, ma Sido, va donc te coucher ! Je suppose que tu n'as pas faim après ce festin ?

Elles empilèrent les assiettes sales et les casseroles dans une bassine. La vaisselle serait pour le lendemain, car cette longue et magnifique journée de fête les laissait dolentes, un peu étourdies par le champagne. Violaine accompagna Sidonie dans la chambre où était installé le berceau d'osier de Marjolaine. Depuis qu'elle buvait du lait de chèvre, son sommeil s'était amélioré ! La jeune mère se pencha sur son enfant et déposa un baiser léger comme une plume sur son front. Elle murmura :

— Regarde cet amour de bébé ! Elle suce son pouce maintenant.

— Eh, elle pleurera moins la nuit ! déclara tout bas la guérisseuse. Et toi, minette, que vas-tu faire ? L'autre chambre est libre, puisque notre Elise est partie du côté de Saintes avec son Edouard. Cette nuit dans un hôtel va la faire renouer avec le luxe. Ça va la changer, ma foi ! Alors, prends tes aises un peu. Profites-en !

— Oui, c'est une bonne idée. Et puis, je n'ai pas envie de dormir. Je crois que je vais écrire à mon amie Jacqueline. J'ai tant de choses à lui raconter et aussi ce merveilleux baptême ! Elle était si triste de ne pouvoir y assister. Dans son dernier courrier, elle a promis d'envoyer un cadeau à Marjolaine…

Sidonie embrassa Violaine sur le front, puis, dans un élan maternel, elle la serra sur son cœur.

— Ah, ma petite chérie, j'espère qu'il y aura encore de beaux jours comme celui-ci. Je suis fière de toi ! Tu as su pardonner à Edouard.

— Il était sincère en me présentant ses excuses. Je l'ai senti à sa voix, dans son regard… Avec le recul, je pense que ses injures d'alors n'étaient que le fruit de sa colère, du chagrin… Edouard a toujours eu un caractère bizarre : soit gentil, soit hargneux. Allez, bonne nuit, maman Sidonie !

La jeune femme s'affaira un moment encore dans la cuisine en faisant le moins de bruit possible, puis elle sortit dans le jardin, avide d'un peu de solitude, de calme… A petits pas, elle marcha jusqu'au puits et s'assit sur la margelle, fascinée par le ciel nocturne où apparaissaient peu à peu une multitude d'étoiles. La chèvre entendit le léger bruit des pas feutrés et bêla depuis l'appentis où on l'enfermait chaque soir jusqu'au matin.

— Chut ! Biquette, sois sage…

Violaine s'éloigna de la maison et alla s'appuyer à la murette envahie de lierre. En fait, elle reculait le moment de rentrer dans sa chambre solitaire, d'allumer une bougie et de se mettre à écrire cette lettre. Le couvre-feu, proclamé dès l'arrivée des Allemands à Bourcefranc et au Chapus, les obligeait à garnir les fenêtres de couvertures. L'usage des lampes électriques, pour ceux qui disposaient d'une installation moderne, était proscrit.

La jeune femme ferma les yeux un instant, songeant au fond de son cœur :

Comme je voudrais ne plus souffrir d'envie, d'une sorte de jalousie… quand je vois Mariette et son mari s'embrasser. Moi aussi, j'ai eu un amoureux ; mon Eloi me manque tellement ! Je voudrais qu'il soit là, qu'il voie grandir sa fille. Mais je suis seule, toujours seule… Non, je n'ai pas le droit de penser ça !

Entourée de Guillemette, d'Octave et de leurs filles, de Sidonie et d'Elise, comment osait-elle se plaindre ? Pourtant, des souvenirs précis la hantaient, se glissaient dans son sommeil... Elle rêvait d'Eloi, de son corps magnifique, de ses mains douces tellement avides de sa peau, de sa bouche gourmande, de leur harmonie au sein du plaisir. Ils émergeaient épuisés de ces moments de complicité, comme ivres d'amour partagé, mais apaisés ! Au réveil, le cœur chaviré, le corps malade de frustrations, Violaine pleurait, désespérant de ne pouvoir revivre tout cela.

Soudain, une image lui revint, tellement précise qu'elle en rougit. Elle gémit tout bas :

— Oh non ! Pourquoi faut-il que mon corps me tourmente ainsi ? Si seulement je pouvais oublier que j'ai aimé un homme... oublier la douceur des caresses... oublier le bonheur de s'endormir l'un contre l'autre...

Violaine se reprochait souvent sa nature sensuelle, même si elle n'y pouvait rien changer. Et puis, elle songeait à Marjolaine, et les remords disparaissaient. Elle n'aurait pas eu sa fille chérie si son corps n'avait pas répondu à l'appel du désir d'Eloi.

— Allons, je ferais mieux de rentrer. L'air est trop doux, les roses sentent si bon que je pourrais dormir sur l'herbe !

Elle entendit alors, dans la ruelle voisine, une sorte de sifflement ténu, peut-être le cri d'une petite bête ou d'un oiseau de nuit. Violaine se retourna et, sans bruit, traversa son jardin. Le sifflement, bas et mélodieux, semblait venir du sol, mais elle avait beau écarquiller les yeux, elle ne voyait rien. Intriguée, la jeune femme ouvrit le portillon en bois qu'elle empruntait rarement, car un des gonds manquait.

Elle crut deviner une silhouette tapie dans le recoin d'un mur. En tout cas, c'était quelqu'un qui connaissait les lieux, puisqu'il se tenait près d'un bâtiment inhabité. Partagée entre la peur et la curiosité, Violaine avança lentement, sur la pointe des pieds. Tous ses sens aux aguets, elle essayait de raisonner : Cela ne peut pas être un soldat allemand, pas ici, à cette heure-là...

Soudain, elle crut percevoir un chuchotement, mais tellement faible qu'il était inaudible. Elle s'arrêta, attendant de savoir s'il allait se répéter. Peut-être comprendrait-elle mieux la fois suivante ; elle retint son souffle... et se figea. Elle en était sûre : l'inconnu venait de parler, prononçant son prénom. Elle n'eut pas le temps de réfléchir qu'une poigne énergique la happa.

— Violaine ! C'est moi, François !

— François ? Oh, François...

Il la tenait serrée contre lui, si bien qu'elle ne voyait pas son visage. Il lui souffla dans le creux de l'oreille :

— Ma Violaine ! Ne fais aucun bruit surtout, ne bouge pas ! Si une patrouille allemande arrive, tu fileras dans ton jardin sans te soucier de moi ; je sais où me cacher.

— Mais, François, répondit-elle aussi bas, tu peux entrer à la maison. Qu'est-ce qui se passe ? Pourquoi tu n'es pas venu au baptême, si tu étais au Chapus ?

— Ecoute-moi, Violaine. On vient me chercher dans une heure, dans le petit bois près de Marennes. J'entre dans la Résistance. Nous allons libérer la France ! Louis s'est embarqué pour Londres. Pour ma part, j'ai voulu te revoir avant de partir, pour te donner des nouvelles de mon frère et moi. Comme ça, tu leur expliqueras, aux parents. En restant soldat, j'étais un peu considéré comme un prisonnier de guerre et je ne pouvais pas me battre pour mon pays. Avec le général de Gaulle, les choses bougent. Si nous nous y mettons tous, nous réussirons à libérer la France, tu verras !

Violaine l'écoutait, mais certains des mots se perdaient tellement il parlait bas. Et puis, son souffle chaud lui caressait le cou, la transportant dans l'univers des sens.

Elle était si heureuse de le revoir !

— Tu peux venir un peu dans mon jardin ou à la maison. J'aimerais tant que tu voies Marjolaine, ma fille.

François la serra plus fort, comme bouleversé.

— Ah, c'est une fille ? Alors, elle sera belle comme toi ! Je ne peux m'attarder, Violaine, ni te faire courir de danger. Si on me trouvait chez toi, tu serais soupçonnée. Les Allemands semblent corrects pour le moment, mais il se passe des choses effroyables là-bas, dans leur pays.

La jeune femme se dégagea brusquement, exaspérée par ces retrouvailles frustrantes. Bien qu'il soit juste contre elle, Violaine devait faire comme s'il n'était pas là. Elle aurait aimé discuter avec François, lui offrir un café ou un verre de vin… Le voir surtout, l'entendre, le sentir…

— Je t'en prie, n'aie pas peur. Tout est calme. Viens ! dit-elle en le prenant par la main.

Vaincu, François la suivit jusqu'au jardin. Près du puits, un peu de clarté nocturne, coulant du ciel étoilé, leur permit de se regarder. Le visage de Violaine, encadré de ses cheveux dénoués, était inondé de lumière lunaire. Qu'elle était belle dans la magie de la nuit ! François ne put cacher son admiration :

— Que tu es jolie, ma Violaine !

Elle aussi le contemplait, stupéfaite ! Jamais elle ne l'avait trouvé aussi beau ! Le vent avait dégagé son front des mèches noires, révélant l'ossature du visage. La forme de ses traits dévoilait son cœur généreux et sa force de caractère. Violaine se sentait blessée, fragile… regrettant déjà le refuge de ses bras d'homme. Son cœur s'affola.

— Mon François ! Tu es là et je vais te perdre aussitôt. C'est trop cruel !

— Violaine !

Il la prit aux épaules, mais ses mains glissèrent rapidement sur la peau nue, vers le cou gracieux, s'aventurèrent jusqu'à sa nuque, soulevant la masse des cheveux blonds. Enfin, il l'enlaça tout entière, avec un tremblement heureux.

— Oh, ma petite chérie, laisse-moi t'appeler ainsi. Si je suis venu ce soir, c'est simplement pour te dire combien je t'aime. Oui, je t'aime… mais pas comme un frère. En fait, je t'aime depuis toujours ! Je pense à toi tous les jours, et cela date de quinze ans au moins. Quand je t'ai revue, j'ai eu envie de t'enlever, de t'emmener au bout du monde, pour te consoler, te protéger… et attendre… que tu puisses m'aimer aussi.

— François… gémit-elle, au bord des larmes. Tais-toi, par pitié ! Il ne faut pas…

— Oui, bien sûr, je sais… Tu as perdu ton fiancé que tu aimais. Maintenant, tu élèves son enfant, tu le chéris en souvenir de lui, mais je t'aime, ma douce, je t'aime ! Je ne sais pas quand je reviendrai ni même si je sortirai vivant de cette « guerre de l'ombre », comme disent mes compagnons. Alors, je t'en prie, accorde-moi une faveur… une seule. Laisse-moi t'embrasser.

Violaine se mit à trembler. François l'étreignait si fort qu'elle respirait avec difficulté. En même temps, des sensations s'éveillaient, la dominaient… Leurs corps se touchaient, se rassuraient. Elle eut un soupir impatient et lui tendit ses lèvres. Il s'en empara… sans hâte d'abord, puis il perdit sa réserve attentive et s'abandonna au désir qu'il avait d'elle, à l'amour qui le transportait.

Ce fut un baiser ardent dont la jeune femme n'aurait pas osé rêver, un baiser fou, source d'amour et d'une passion plus puissante qu'un feu de joie. Les lèvres de François dévoraient les siennes avec une soif farouche. Son sang se mit à courir plus vite, faisant naître en son cœur des émotions connues et inoubliables. Mais jamais encore Violaine n'avait succombé avec une telle ivresse ! Chaque fibre de son corps répondait à cette fièvre que lui communiquait le jeune homme dont les mains s'égaraient, fermes et brûlantes.

Ils auraient pu s'embrasser des heures, sans reprendre souffle, car ils buvaient leur âme à la bouche l'un de l'autre. Ils avaient l'impression de se retrouver après avoir été séparés une éternité. François reprit pied avant elle dans la réalité. Il la repoussa doucement, avec une plainte de désespoir.

— Je dois partir, ma Violaine. Si je reste, je ne pourrai pas me contenir ; je te demanderai plus… et ça, je ne veux pas.

Elle s'accrochait à ses mains, cherchant à tout prix à abolir l'espace qu'il avait imposé entre eux. Son corps se tendait vers lui, affolé, impatient…

— Tant pis ! se plaignit-elle. Ne me quitte pas ! Serre-moi encore ! J'ai besoin de toi, François…

— Non, ma douce, mon tendre amour ! Imagine... si tu avais un autre enfant, sans mari ni fiancé, ta vie deviendrait impossible et j'aurais honte de ma folie ! Mort ou vivant, cela me rendrait trop malheureux !

Elle lui mit la main sur la bouche.

— Ne dis pas ça. Toi, tu ne peux pas mourir ! Pas toi, mon François ! Si je te perdais... Oh, mon Dieu, je ne le supporterais pas ! J'ai eu tant de chagrins déjà... Promets-moi de revenir en vie, je t'en supplie !

François, stupéfait de sentir chez Violaine l'écho de sa propre passion, avait légèrement desserré la tension de ses bras tenant la jeune femme à distance. Elle le remarqua aussitôt et se jeta contre sa poitrine. Sa bouche sensuelle déposa de petits baisers légers sur son visage tandis que ses mains fines caressaient les joues mal rasées, suivaient l'avancée du front, l'arête du nez, le dessin de ses lèvres tremblantes... Elle pleurait et riait sans bruit, ne pouvant croire à ce qui leur arrivait. Quel bonheur tout à coup, alors qu'elle désespérait quelques instants seulement avant son arrivée ! Au risque de souffrir encore, de se torturer de questions, de remords, Violaine acceptait déjà une certitude : cette immense joie enflammant son corps et son cœur, c'était une découverte ! Eloi n'avait pas eu le temps d'éveiller pleinement à la passion de femme totalement épanouie la jeune fille qu'elle était alors. La mort les avait séparés trop tôt... avant que leur amour prenne toute son ampleur. Ils en étaient encore à découvrir leur corps, laissant le désir prendre le pas sur leurs sentiments. Maintenant, elle savait qu'elle aimait François, sans plus de doute possible. Il avait toujours été là, dans le secret de son cœur, et elle ne souhaitait qu'une chose : qu'il partage tous les instants de sa vie ! A jamais !

Mais voilà, il allait se fondre dans la nuit, la laisser seule avec le regret ardent de ce baiser merveilleux.

— Violaine, ma chérie, au revoir... Un jour, je reviendrai dans ce jardin et je verrai ta petite Marjolaine ! Un jour, je pourrai te prendre dans mes bras et ne plus te quitter. Pense à moi jour et nuit ! Ton amour me protégera.

Au moment de le voir s'éloigner, la jeune femme le retint en chuchotant :

— Mais comment savais-tu où j'habitais, dis ? J'aurais pu dormir, ne pas t'entendre siffler...

— Quelqu'un m'a renseigné... et j'avais confiance en ma chance, comme si j'étais sûr que tu serais là, à m'attendre...

François la serra encore, la couvrant de baisers fous. Elle sentit une dernière fois la douceur tiède de ses lèvres, puis il recula et s'enfuit en courant. Elle murmura :

— François, non ! Ne pars pas...

Violaine était seule de nouveau. Elle se laissa tomber sur l'herbe, s'allongea à même le sol et pleura longtemps... à la fois désespérée et follement heureuse !

17 avril 1945

Violaine était incapable de bouger malgré le danger que présentaient les bombardements aériens dévastant la côte atlantique. Elle regardait le désastre, les yeux voilés de larmes. Le fort Louvois venait d'être à demi détruit. Sa silhouette tronquée, les rochers alentour, jonchés de grosses pierres et de débris divers, composaient une vision sinistre. Marie, devenue une jolie jeune fille de quinze ans, lui tenait le bras en sanglotant.

Une petite voix demanda alors :

— Pourquoi ils ont cassé mon Fort ? On pourra plus se promener sur le passage, à marée basse ?

— Marjolaine, ma chérie, c'est la guerre, tu sais bien ! murmura Violaine en caressant les cheveux bruns de sa fille. Je suis très triste, moi aussi. Tu te souviens, je t'ai dit que ta grand-mère Gabrielle était morte à cet endroit, en contemplant l'Océan.

Mais l'enfant insista :

— Il faut que mémé Sido voie mon fort tout cassé. Toutes les deux, on allait souvent là-bas, sur les rochers.

Violaine ébouriffa les épais cheveux de sa fille. Marjolaine adorait sa grand-mère et passait la moitié de ses journées

« fourrée dans ses jupes », comme disait Guillemette qui avait bien du mal à ne pas jouer les jalouses.

Marie chercha à entraîner Violaine.

— Il faut rentrer ! Ecoute, les avions reviennent...

La jeune femme avait gardé sa blouse d'infirmière, avec au bras le brassard de la Croix-Rouge. En fait, elle arrivait juste de l'hôpital. Lorsqu'elle avait entendu les terribles déflagrations, rien ni personne n'aurait pu l'empêcher de quitter son travail et d'enfourcher son vélo. Elle s'était précipitée au Chapus. L'angoisse lui nouait le ventre ! Elle voulait s'assurer que les Lignet, Sidonie et Marjolaine étaient vivants.

Sidonie accourut, escortée par Guillemette. Elles avaient affronté d'un seul cœur les tourments d'une guerre qui n'en finissait plus.

Octave arriva lui aussi, distancé par les deux femmes, car il boitait. Il hurla :

— Violaine, es-tu folle ? Exposer les filles !

— Mais ils ont bombardé le Fort ! cria la jeune femme. Si cela continue, il ne restera rien du Chapus ni de Bourcefranc !

Sidonie, reprenant difficilement son souffle, ajouta :

— La ville de Royan vient d'être réduite en miettes ! Marjolaine, viens vite avec mémé Sido. Ta maman va retourner à l'hôpital.

Entendant ce mot, Violaine ferma les yeux, saisie d'un étourdissement. Depuis trois jours, elle soignait des blessés dans un état critique, membres brisés, ventres ouverts, visages défigurés par l'écroulement d'un mur ou d'un toit, mains arrachées... Elle se croyait imprégnée d'une odeur fétide de sang, de pus et de poussière crayeuse.

— Tu as raison, ma Sido. Surtout, si la sirène retentit de nouveau, il faudra emmener la petite dans la cave de la mairie. Moi, je retourne près de mes malades. Je n'en peux plus ! Je n'ai presque pas dormi de la nuit !

Guillemette la soutint d'une bourrade affectueuse. Elle la bisa sur la joue, à sa façon brusque.

— Allez, ma pitchoune, tu seras décorée quand les Allies nous auront libérés une bonne fois pour toutes ! A la radio, ils annoncent la déroute des Boches ! Pas trop tôt !

Octave hocha la tête. Il passa paternellement un bras autour de l'épaule de Violaine en ronchonnant :

— Et si tu allais t'allonger chez toi une petite heure... Tu es pâle comme un linge !

Au-dessus d'eux, dans le ciel d'un bleu pur, passèrent deux avions dont les moteurs grondaient. Mais ils virèrent vers le sud et disparurent. Un grand calme retomba sur la jetée et le port.

— On voit le bout du tunnel ! affirma Sidonie. Pendant cinq ans, on a résisté, nous aussi, à notre manière. Je veux dire, contre la pénurie et les tracasseries de l'ennemi. N'est-ce pas, ma Violaine ? Ton pays est un pays de cocagne : pour manger, il suffit de parcourir les parcs et les rochers, à marée basse.

— Moi, je sais attraper les crabes et les crevettes ! clama Marjolaine en sautillant.

C'était une adorable petite fille, mince et vive comme Eloi. Ses cheveux brun foncé ondulaient un peu, retenus en arrière par un bandeau. Elle avait d'immenses yeux foncés qui accentuaient encore la ressemblance avec son père, au grand bonheur de Sidonie. Marie, qui lui avait servi de grande sœur, l'embrassa en riant. Violaine porta la main à son front et soupira :

— Octave, si vous alliez leur dire, à l'hôpital, que je resterais bien avec ma Guillette et ma Sido une petite heure. Le directeur, ce matin, m'a conseillé de rentrer chez moi.

— Je prends ton vélo et je file ! Si je n'avais pas ce genou qui me lâche, je pourrais donner un coup de main, moi aussi. Ils ont besoin de bras pour dégager les décombres de la gare. Ah, quel malheur de vieillir !

Violaine suivit Guillemette dans la maison, que les bombes avaient épargnée jusqu'à maintenant. La jeune femme, assise à table, but deux verres d'eau fraîche. Marie et Marjolaine s'installèrent en face d'elle. Sidonie fit réchauffer de la soupe.

— Tu dois avaler quelque chose, minette ! Tu es à bout de forces.

— De voir le Fort écroulé, ça m'a coupé les jambes ! Quand Elise apprendra la nouvelle, déjà que sa maison est détruite aussi !

Elise Duplessis avait rejoint son fils Edouard à Bordeaux depuis deux ans, car Bérengère avait donné le jour à un petit garçon, baptisé Philippe. Devenue grand-mère, la veuve du notaire avait un peu délaissé ses amis du Chapus, mais elle promettait de leur rendre visite dès la fin du conflit.

— Mémé Sido ? demanda Marjolaine. Et Biquette ? Tu es sûre qu'elle n'a pas pris une bombe ?

— Je ne pense pas, ma mignonne, car je l'ai mise dans un pré. Elle peut courir où elle veut et, finaude comme elle est, rien ne lui arrivera.

Rassurée, Marjolaine se leva et alla embrasser sa mère en lui soufflant à l'oreille :

— Maman que j'aime, est-ce que je peux jouer devant la maison, juste devant, sous l'arbre ? Vénus s'ennuie, je lui tiendrai compagnie.

— Ma pauvre Vénus ! se désola Guillemette, pensez qu'elle a dix-huit ans ! Elle tient encore debout et me fait toujours la fête. C'est le régime poisson qui l'a entretenue, comme nous !

Les trois femmes éclatèrent d'un rire nerveux. Si la France entière, à cause de la guerre, avait souffert de la faim et s'était pliée à la loi de l'ennemi, avec ses tickets de rationnement, il n'en était rien au Chapus ! Personne n'avait gardé le ventre creux. La population, au nez des Allemands, pêchait et dénichait coquillages et crabes, au jour le jour. Violaine, grâce à son poste à l'hôpital, ravitaillait les deux maisons en chicorée, sucre et médicaments.

— Nous n'avons pas fait de marché noir, nous au moins ! s'écria Guillemette. Pas comme certains ! Môssieur Bonaventure paiera cher ses trafics avec les Boches, je vous le dis !

Violaine aurait souhaité un peu de silence. Elle se sentait oppressée comme avant un grand malheur. Ces cinq années de l'Occupation la laissaient amère et triste. Son pays ravagé, tous ces gens disparus, les Juifs notamment, ces rumeurs qui circulaient sur des camps de concentration en Allemagne… Tous ces malheurs lui ôtaient peu à peu le goût de se battre. Mais surtout, durant ces interminables mois, aucune nouvelle de François ni de Louis… Octave et Guillemette n'évoquaient plus leurs deux fils qu'à voix basse déjà endeuillée. Ils les savaient dans la Résistance, mais on racontait tant d'horreurs, des massacres à l'aube, des fusillades orchestrées… Pour Violaine, sa seule source de vraie joie, c'était Marjolaine qu'elle voyait grandir et s'épanouir entre ses deux « mémés », Guillette et Sido. La fillette montrait une intelligence précoce et un cœur généreux. Comme elle était née au début de la guerre, qu'elle était accoutumée aux soldats qui déambulaient dans les ruelles ou sur le port, la situation lui paraissait très normale.

Sidonie déposa un bol fumant sur la table. Elle chuchota :

— Tiens, ma minette, ta soupe ! Des poireaux du jardin, quelques pommes de terre et du pain dur. Mais, ce soir, nous cuirons des dorades. Octave a réussi à en troquer sur le port.

— Moi aussi, je veux de la soupe, mémé chérie, je te prie ! supplia Marjolaine qui était vite rentrée en entendant parler de nourriture.

— Oui, ma mignonne, je te sers tout de suite. C'est demandé si gentiment et poliment…

— Moi, Violaine, je te fais une chicorée ! ajouta Guillemette. Cela te remontera, ma pitchoune.

Violaine fit oui d'un geste las. Tour à tour « minette » ou « pitchoune », elle avait envie d'entendre une voix d'homme l'appelant « ma chérie » ou « mon petit amour ». Elle termina son assiette bien après Marjolaine qui était déjà repartie dehors.

Soudain, Vénus aboya sur un ton joyeux. Marjolaine la gronda :

— Chut, Vénus ! C'est un monsieur…

Alarmée par les jappements de la chienne, Sidonie se précipita pour faire rentrer sa petite-fille. Un jeune homme d'environ vingt-cinq ans avançait dans la ruelle. Le cœur de la guérisseuse se serra douloureusement. Elle crut revoir son fils

Eloi : même stature élancée et mince, des cheveux noirs, le visage harmonieux et d'une beauté attachante.

— Mon Dieu, ce n'est pas possible !

La ressemblance était saisissante ! Le doute n'était plus permis. Son fils était bien mort, malheureusement ! Donc, cet inconnu ne pouvait être que François dont Violaine lui avait tant parlé. Elle disait toujours qu'Eloi lui ressemblait. L'homme lui sourit tandis que Vénus remuait la queue en gémissant de joie. La guérisseuse répondit par un regard chaleureux, puis elle rentra précipitamment en emmenant Marjolaine.

— Mais, mémé, je veux rester dehors… Je veux voir le monsieur, il a l'air gentil !

— Non, chut ! Ta maman a de la visite.

En entendant ces mots, Violaine songea à quelqu'un de l'hôpital. Elle se leva, inquiète. Elle aurait dû y être ! Peut-être Octave n'avait-il pas eu le temps de prévenir de son retard ?

Guillemette allait sortir aussi, mais Sidonie la retint au passage en chuchotant :

— Laisse, ma bonne amie, c'est ton François qui revient. Tu auras le temps de l'embrasser plus tard ! Ces deux-là, ils ont le droit de se retrouver sans témoins, tu ne crois pas ?

Guillemette étouffa un cri de bonheur et se jeta dans les bras de Sidonie. Marjolaine les regardait sans trop comprendre la raison de ces embrassades. Elle boudait un peu d'avoir été obligée de rentrer. Qu'est-ce qui se passait aujourd'hui de si extraordinaire pour chambouler tout le monde ? Marie, plus âgée, avait deviné qu'un événement heureux se préparait. Souriante, elle proposa une partie de dominos à la fillette.

Violaine sortit précipitamment et le soleil l'éblouit un instant. Elle distingua une silhouette d'homme et tituba d'émotion.

François, qui attendait près de la barrière, se figea, frappé par la beauté de la jeune femme que la lumière du matin inondait. Ses longs cheveux brillaient, sa peau dorée étincelait. Il contemplait ce joli visage tant aimé qui avait illuminé ses rêves. Et il voyait enfin, agrandis par la stupeur, ses beaux yeux bleus qui le fascinaient. Vêtue de blanc, Violaine lui fit songer à une jeune mariée affolée… Elle bredouilla :

— François ! Mon François ! C'est toi ! Enfin !

Elle leva vers lui des yeux embués de larmes. Il se précipita, les bras tendus, et elle se blottit dans ce refuge inespéré.

— Ma chérie, ma Violaine ! C'est fini, je suis là. Bien vivant, comme promis ! Ne pleure pas, je t'en prie !

— François, mon amour, comme je t'aime ! C'était si long, ces années sans toi. Oh, mon Dieu, tu es vivant, vivant ! J'avais tellement peur que la mort te prenne, toi aussi, comme mes parents, comme Eloi !

Violaine le touchait, le caressait, l'embrassait… Elle avait besoin de se prouver qu'elle ne rêvait pas. Fini le temps des doutes, des remords, des hésitations ! Le passé était derrière elle et le bonheur lui souriait enfin ! Elle y avait droit ! François chercha ses lèvres, les effleura, puis les savoura… Ensuite, très grave, son regard noir voilé par l'émotion, il lui murmura à l'oreille :

— Epouse-moi, ma chérie ! Deviens ma femme, Violaine. J'attends ce jour depuis que je t'ai pris la main sur la jetée, quand tu apprenais à marcher et que j'y parvenais mieux que toi. J'avais quelques mois de plus et me sentais déjà ton protecteur ! Cette fillette blonde que j'adorais, je la veux pour épouse.

— Oh oui, oui, oui, mille fois oui… Et Marjolaine ?

— La belle petite que ta Sidonie a emmenée chez nous, je la veux aussi. Il me tardait de devenir son père. Qui sait ? Peut-être aurons-nous d'autres enfants qui te ressembleront ?

François garda Violaine blottie contre lui et la berça. Il avait attendu ce moment depuis le soir du baptême de Marjolaine. Ensuite, chaque nuit étoilée lui avait vrillé le cœur, le faisant songer à sa Violaine qui lui avait avoué son amour. Il avait été l'homme le plus heureux du monde lorsqu'ils s'étaient embrassés longuement… Désormais, ils n'auraient plus jamais à se séparer !

Mais ce moment hors du temps, de soupirs et de baisers, ne dura pas longtemps. Des cris de joie éclatèrent et ce fut la ruée. Guillemette, Marie et Sidonie, précédées par Marjolaine, sortirent de la maison.

— A quand la noce ? s'écria Marie.

Elle avait tout compris depuis longtemps, grâce à la clairvoyance de sa grande amie Sido.

— François !

C'était le cri du cœur d'une mère retrouvant son enfant après l'avoir cru mort cent fois au moins. Guillemette bouscula tout le monde et se précipita vers son fils, le serrant d'une étreinte vigoureuse.

— Tu es revenu, mon François, mon François chéri ! J'ai eu si peur pour toi ! Regarde comme je pleure ! Dis, et Louis ? Où est-il ?

— Il revient lui aussi, maman. Il a été blessé le mois dernier, mais il va bien. Je pense qu'il sera là pour le mariage. A ce sujet, Sidonie, j'ai une demande à vous faire : m'accordez-vous la main de Violaine ?

La guérisseuse dévisagea longuement ce beau garçon qui ressemblait tant à son Eloi. Ainsi le ciel, dans sa grande clémence, lui redonnait un fils !

Sidonie le regarda droit dans les yeux et dit simplement, d'une voix douce :

— Qui pourrait dire non ? Il y a si longtemps que Violaine vous attendait ! Depuis le jour où je l'ai prise sous mon aile, je crois. Elle vous a toujours aimé, mais elle l'ignorait !

Violaine rougit en écoutant les paroles de sa maman des Pyrénées. Elle se mit à rire, ivre de bonheur. François l'enlaça, puis, la serrant sur son cœur, il l'embrassa !

— Dis-moi, mon amour, si nous allions conter, à ton vieil ami l'Océan, le bonheur qui nous arrive ?

Il lui prit la main de la même façon que lorsqu'ils étaient enfants. Fous de joie et pleins d'une certitude de bonheur infini, ils se dirigèrent vers la jetée pour écouter ensemble le chant de l'Océan.

Remerciements

Tout d'abord un grand merci à mon éditeur,
Jean-Claude Larouche, et à Sylvie Rey
pour la qualité de leur écoute.
Je tiens à remercier très vivement toutes
les personnes qui m'ont apporté leur témoignage
sur le quotidien du milieu ostréicole et pyrénéen
du début du XXe siècle :
Claudine Mémin et son époux Joël, Christiane Pétrowiste,
Jean-Yves Ménadier, Marcel Grignon, Jean-Louis Chauvet,
Jacqueline et Gérard Lebail,
et plus particulièrement à mes chers cousins,
Sylvia et Laurent Lignet.

Que les personnes que j'aurais pu oublier
trouvent ici l'expression de toute ma reconnaissance.

Romans Trésors de France

Jean Anglade
Un lit d'aubépine
Le Saintier
Les Ventres jaunes

Sylvie Anne
Le Secret des chênes

Marie-Paul Armand
L'Enfance perdue
Le Pain rouge

Patrick Breuzé
Le Silence des glaces
La Grande Avalanche

Nathalie de Broc
La Dame des Forges
La Tresse de Jeanne

Annie Bruel
Le Mas des oliviers

Michel Caffier
Le Hameau des mirabelliers

Jean-Pierre Chabrol
La Banquise

Didier Cornaille
Les Labours d'hiver
Les Terres abandonnées

Georges Coulonges
Les blés deviennent paille
L'Eté du grand bonheur

Anne Courtillé
Les Messieurs de Clermont
Les Dames de Clermont

Annie Degroote
Les Silences du maître drapier
Les Filles du Houtland

Alain Dubos
La Palombe noire
Le Secret du docteur Lescat

Marie-Bernadette Dupuy
L'Orpheline du bois des Loups
La Demoiselle des Bories

Elise Fischer
Les cigognes savaient
Les Alliances de cristal

Laurence Fritsch
La Faïencière de Saint-Jean

Gérard Georges
Les Amants du chanvre

Denis Humbert
Un si joli village
La Malvialle

Jean-Paul Malaval
Les Compagnons de Maletaverne
Une reine de trop

Dominique Marny
A l'ombre des amandiers

Louis Muron
Le Chant des canuts

Michel Peyramaure
Un château rose en Corrèze
Les Grandes Falaises

Jean Siccardi
La Symphonie des loups

Jean-Michel Thibaux
La Bastide blanche

Brigitte Varel
Les Yeux de Manon

Louis-Olivier Vitté
La Rivière engloutie

FSC
www.fsc.org
MIXTE
Issu de sources responsables
FSC® C003309

Composé par Nord Compo Multimédia
7, rue de Fives, 59650 Villeneuve-d'Ascq

Cet ouvrage a été imprimé en France par

CPI
BUSSIÈRE

à Saint-Amand-Montrond (Cher)
en juillet 2013

N° d'impression : 2003900
Dépôt légal : août 2013